Anne Schelzig

NICHT DIE LIEBE MACHT BLIND, SONDERN DIE SEHNSUCHT DANACH

Roman

Querverlag

Erste Auflage März 2022

Lektorat: Katja Schurter

Umschlag und grafische Realisierung von Sergio Vitale.

Gesamtherstellung: Finidr
ISBN 978-3-89656-310-1
Printed in the Czech Republic

Bitte fordern Sie unser Gesamtverzeichnis an:
Querverlag GmbH
Akazienstraße 25, 10823 Berlin
www.querverlag.de

HASLACH IM KINZIGTAL, NOVEMBER

Heute wieder meinen Traum gehabt. Hätte damit eher an ihrem Geburtstag gerechnet. Ich sehe ihr Gesicht vor mir, sehe, wie sie vom Zug erfasst wird, wie sie mir hinterherblickt, ihren abgerissenen Kopf, obwohl das gar nicht sein kann. Sie hat mich ja erst angesehen, und sich dann umgedreht. Hätte sie sich nicht umgedreht, wäre sie ja gar nicht erst vor den Zug gelaufen. Und trotzdem dieser Blick.

Dann bei Frau Richter gewesen. Habe mich schon wieder gefragt, ob es irgendwie sein kann, dass ich diese Steffi-Träume absichtlich vor den Tagen bekomme, an denen ich zu ihr gehe. Ich sollte versuchen, mich an einen perfekten Tag mit Steffi zu erinnern.

Natürlich – und das war wohl von Anfang an der Sinn der Übung – gab es keinen perfekten Tag. Nur solche, die fast perfekt waren.

Die perfekt hätten sein können, wenn ich genügend Arsch in der Hose gehabt hätte. Wie der Tag, an dem wir im Strandbad rumknutschten. Es war nicht perfekt, aber um Längen besser als meine Knutschversuche, die ich bisher mit Typen unternommen hatte.

„Na, übt ihr schon mal?“, riefen zwei Typen von der Bank schräg gegenüber. Sie grinsten dämlich. „Sollen wir euch helfen?“, nervten sie weiter, als wir nicht antworteten.

„Ja, von mir aus, macht doch.“ Ich wollte frech und trotzdem lässig klingen – und ging natürlich keine Minute lang davon aus, dass sie tatsächlich zu uns rüberkommen würden. So was habe ich allen Ernstes mal gesagt. Ich könnte kotzen.

Steffi neben mir erstarrte. Ihre Scham, ihre Abscheu übertrugen sich innerhalb von Sekundenbruchteilen auf mich.

Ich versuchte trotzdem, Steffi noch mal zu küssen, aber sie wollte nicht mehr und ich habe mich tierisch aufgeregt. Dass sie eine Spaßbremse ist und mich nicht wirklich liebt, wenn sie sich von so ein paar Honks aus der Fassung bringen lässt. Ich war so dumm damals. Aber Unwissenheit schützt vor Strafe nicht. Hat schon meine Oma immer gesagt. Alles Perfekte ist für mich Heuchelei.

Frau Richter meinte, ich hätte ein „negativistisches Weltbild“. Dafür könne ich nichts, das sei wohl eine Folge der kontinuierlichen negativen Erfahrungen, die ich gemacht habe, und die durch meine Eltern leider nur unzureichend aufgefangen wurden, da sie mit den negativen Erfahrungen beschäftigt waren, die sie selbst machen mussten. Ich sagte, mehr, damit ich es gesagt hatte, dass meine Eltern aber ihr Möglichstes getan hätten, um mir eine Stütze zu sein.

„Manchmal ist das Möglichste eben nicht genug. Sie können ja beides akzeptieren – dass Ihre Eltern Sie lieben und sich um Sie gekümmert haben, dass ihnen das aber nicht immer gelungen ist", sagte sie, als wäre ich so ein vernachlässigtes geschlagenes Heimkind, das seine Eltern trotz allem mit Zähnen und Klauen verteidigt. Dabei hatte ich doch nur nicht den Eindruck erwecken wollen, ich würde meine Eltern hassen und sie bei jeder Gelegenheit in die Pfanne hauen wollen.

Außerdem, hä? Ich soll akzeptieren, dass es nichts gibt, was perfekt ist, aber auch nicht immer alles so negativ sehen. Was denn jetzt?

Alles, was ich mit Steffi Schönes erlebt habe, ist mit irgendeiner Kacke verknüpft. Schon allein, wie ich sie kennengelernt habe. Auf einem Ausbildungskurs zur Jugendleiterin bei der evangelischen Kirche. Bei einem Bezirksjugendreferenten, der den guten alten Zeiten hinterhertrauerte, als die Betreuer noch bei den Jugendlichen im Zelt schliefen, weil das nun mal „zum Erwachsenwerden" dazugehöre, dass Erwachsene und Kinder gewisse Zeiten gemeinsam verbrachten. Er heulte rum, dass das nun alles nicht mehr erlaubt sei, weil einige hysterische Eltern sich beschwert hätten, dass da auf einer von hundert Freizeiten mal irgendetwas passiert sei, was die mutmaßlichen Opfer im Nachhinein als „übergriffig" interpretiert hätten.

Ich war natürlich gleich mal bedient.

Steffi sah mich an. „Jedes Opfer ist eines zu viel", sagte sie, ohne sich vorher gemeldet zu haben. „Außerdem ist doch die Frage, von wem dieser Wunsch nach gemeinsamen Aktivitäten ausgeht. Meiner Erfahrung nach sind es meistens Erwachsene, die Kindern diesen Wunsch unterstellen. Ich fand es als Kind total gut, meine Nächte im Zelt nur mit anderen Kindern verbringen zu können."

„Kinder wissen halt manchmal nicht, was sie eigentlich brauchen."

„Ihh. Ihr Ernst? Außerdem, voll diskriminierend, zu behaupten, Kinder würden ihre eigenen Bedürfnisse nicht spüren."

„Diskriminierend, ach je. Hab ich mir da etwa wieder eine von diesen Progressiven eingefangen." Er machte einen auf dicke Hose, aber ich merkte, wie verunsichert er war.

„Doch wohl nur, weil Erwachsene ihnen abgewöhnt haben, ihre Bedürfnisse ernst zu nehmen", sprach Steffi über ihn hinweg.

Plötzlich bekam ich richtig Lust, mich auch mit diesem Vollpfosten zu streiten. „Wenn man es wirklich korrekt benennen will, sind es doch vor allem weibliche Kinder, denen ihre Wahrnehmung absozialisiert wird", sagte ich. Zumindest stand das in einer von Ronnis Bettlektüren, wo sich das Lesezeichen innerhalb der letzten fünf Jahre allerdings nur um siebzehn Seiten weiterbewegt hatte. Ich wusste das, weil ich gelegentlich durch dieses Buch blätterte, seit ich entdeckt hatte, dass darin das Wort „Orgasmus" vorkam (den Frauen unter patriarchalen Bedingungen so gut wie nie erreichten, weil sie sozialisationsbedingt nie gelernt hatten, eigenständiges Begehren zu entwickeln, sondern ihre sexuelle Empfindungsfähigkeit darauf konditioniert wurde, nur auf Reize zu reagieren, die von außen an sie herangetragen wurden – alles Weitere war mir dann zu kompliziert).

„Oh, eine Feministin haben wir auch noch." Er sah nach Lachern heischend in die Runde. „Bist du nicht die mit den beiden Elterinnen", fragte er, als keine kamen.

Hier lachten tatsächlich ein paar Teilnehmer, aber ich glaube eher, um ihre Fremdscham zu überspielen und um zu verhindern, dass er so lange weiter peinliche Witze machte, bis endlich einer lachte.

Wir waren jedenfalls gleich vom ersten Tag an unten durch. Spoiler Alert, wir sind nach einem halben Jahr aus dem Kurs geflogen, weil wir das christliche Gedankengut nicht überzeugend genug vermittelten. Ich muss zugeben, damit hatte er sogar recht. Sowohl Steffi als auch ich waren schon Atheistinnen gewesen, als wir uns für diesen Kurs angemeldet hatten, und nach drei Wochenenden wussten wir, wieso. Eigentlich hätten wir uns längst selber abmelden können, aber da waren wir schon zusammen und hätten uns ja nicht mehr sehen können … Ja, auch mit zwei lesbischen Müttern kann so was kompliziert sein, und für Steffi sowieso.

Ihre Familie waren Bauern, die von der Milchwirtschaft, Kartoffel- und Gemüseanbau und, seit die Großmutter sich im Wald hinter dem Haus erhängt hatte und ihre Wohnung von Grund auf saniert worden war, auch von Feriengästen lebten. Offiziell war die Oma dement gewesen, hatte während eines Sommergewitters die Orientierung verloren, sich völlig durchnässt an einen Baum gekauert und war im Laufe der Nacht erfroren. Die familieninterne Version war, dass sie Steffis unnormales Verhalten, ihren lächerlichen Aufzug und überhaupt ihre abartigen Neigungen nicht mehr ertragen hatte, vor allem, da Steffi ihre Perversionen auch noch so öffentlich zur Schau trug. Steffi wusste, dass das nicht stimmte, ihre Oma war nämlich die Einzige, die sie von Anfang an so akzeptiert hatte, wie sie war, deswegen war der Großteil ihres Erbes auch an Steffi gegangen und nicht an Steffis Vater, oder wenigstens an ihren Bruder. Der drehte nach dem Tod ihrer Oma völlig durch. Seinen Freunden gegenüber nannte er sie nur noch „die fette Steffi Manzer – halb Mann, halb Panzer", und regte sich darüber auf, dass sie überhaupt den Namen „seiner Familie" benutzen durfte. Was er sonst noch sagte oder machte, erfuhr ich nicht.

Ich habe mich oft gefragt, ob gewisse Probleme in unserer Beziehung vielleicht gar nicht erst aufgetaucht wären, wenn ich sie meinen Eltern vorgestellt und auf Irinas dummes Gelaber einfach geschissen hätte. Aber selbst wenn, Steffis Eltern hätten ihr doch nie erlaubt, dass sie mich besuchen kommt, geschweige denn bei mir übernachtet. Da ließ ich es mir lieber gefallen, dass Steffi behauptete, ich würde unsere Beziehung nur geheim halten, weil ich mich interessanter fühlen wollte.

Nein. Es ging darum, dass ich wollte, dass wir beide gleiche Ausgangsbedingungen hatten. Irgendwie spürte ich schon ganz am Anfang, dass es ein Ungleichgewicht in unsere Beziehung bringen würde, wenn sie immer nur bei mir wäre und wir uns beide vor ihren Eltern geheim halten müssten. Am Ende hatte ich ja recht behalten, wenn auch aus anderen Gründen als gedacht.

„Ich lass mir da schon was einfallen, mach du dir mal keinen Kopf", hatte sie immer wieder gesagt.

Sie hätte ihren Eltern erzählt, dass sie weiterhin zu diesem Kurs ging, und hätte am Ende das Zertifikat gefälscht oder so. Dafür, dass sie solche Arschloch-Eltern hatte, war sie erstaunlich naiv. Sie glaubte allen Ernstes, sich in den Sommerferien zwei Wochen lang bei mir verstecken zu können, während sie offiziell als Betreuerin an der Sommerfreizeit teilnahm, die wir als eine Art Prüfung gebraucht hätten, um dieses Zertifikat zu bekommen.

Irina fand schon heraus, dass ich sie angelogen hatte, als ich nach dem zweiten Kurswochenende behauptete, Herr Schödl (unser Kursleiter) habe überzogen und ich hätte einen späteren Zug nehmen müssen, weil ich mit Steffi noch einen Döner essen wollte (unser Ersatz für das, was für normale Menschen das erste Date war). Sie rief bei den Eltern von Emma an, die auch bei uns im Kurs war, unter dem Vorwand, sie wolle wissen, ob es schon eine Liste gebe, wer was zum Erntedankfest im Oktober mitbringe. Im Laufe des Gesprächs bemerkte sie ganz nebenbei, dass zwei ganze Tage am Wochenende ja schon ziemlich lang seien und man nur hoffen könne, dass Herr Schödl nicht noch auf den Gedanken komme zu überziehen. Schließlich mussten die Kinder ja auch noch Hausaufgaben machen.

„Die Emma ist gerade zur Tür rein und ist auch sonst immer pünktlich nach Hause gekommen“, meinte die Mutter, und ich war (wie immer) enttarnt.

„Wir sind wirklich enttäuscht. Wir würden dir doch alles erlauben, wenn du einfach normal fragen würdest wie andere Kinder in deinem Alter“, behauptete Irina. „Wieso hast du uns nicht einfach gefragt, ob du noch mit ein paar anderen aus deinem Kurs einen Döner essen darfst? Ich verstehe nicht, wieso du uns unterstellst, wir würden dir so etwas nicht erlauben.“ Sie hielt das gefüllte Salatbesteck über meinen Teller. „Ich nehme an, du möchtest nur noch kalt essen?“ Ich wollte gar nichts mehr essen, aber was sollte ich denn sonst sagen außer „ja, bitte“?

„Meine Eltern sind nicht wie deine Helikoptermamas, die ständig überall anrufen und alles überprüfen. Meinen Eltern ist es total egal, was ich mache, solange die Fassade stimmt.“ Steffi hatte sich zu diesem Kurs nur angemeldet, weil sie mal ein Wochenende im Monat für sich haben wollte. Ich war aus demselben Grund dort, auch wenn ich das gegenüber anderen nie so gesagt hätte.

Steffi war in der zehnten Klasse der Realschule und hatte die Noten, um danach Abitur zu machen, und das, obwohl sie von ihren Eltern an Nachmittagen und Wochenenden auf dem Hof und auf dem Markt als unbezahlte Arbeitskraft ausgebeutet wurde (meine Worte, nicht ihre), aber es war eigentlich schon seit zehn Jahren klar, dass sie eine Ausbildung zur Pferdewirtin machen und dann bei Mosers auf dem Pferdehof nebenan arbeiten würde. Sie interessierte sich wirklich für Pferde, nicht nur so Wendy-mäßig, aber sie wollte inzwischen lieber Tiermedizin studieren, und das war halt nicht drin, weil unnötig und teuer. Sie hatte schon durchgerechnet, dass sie fast kein Bafög bekommen würde und sie entweder den Rest komplett selber erjobben müsste, was sie sich nicht zutraute, oder ihre Eltern dazu bringen, für die Differenz aufzukommen, notfalls per Gerichtsurteil, und das konnte sie komplett vergessen. Außerdem musste sie erst mal aufs Gymnasium, und dass ihre Eltern sie noch drei weitere Jahre durchfütterten, vor allem nach dem Tod ihrer Oma und dem Erb-Debakel, konnte sie sich ebenfalls abschminken, denn das ererbte Geld war gemäß § 1642 BGB leider, leider bis zu Steffis achtzehntem Geburtstag fest angelegt.

Zumindest das mit dem Gymnasium klappte dann doch, denn Steffi trat in den Hungerstreik.

„Hauptsache Aufmerksamkeit, oder. Mit mir nicht", erklärte ihr Vater.

„Muss das denn jetzt sein, dass du uns noch mehr Kummer bereitest? War das mit der Oma nicht schon genug?", sagte ihre Mutter.

„Bei den Reserven dauert das doch mindestens drei Monate, bevor man überhaupt ansatzweise sieht, dass sie abgenommen hat", sagte ihr Bruder, der mit seinen Kumpels vor dem Stall herumlungerte, während Steffi den Kühen Heu gab.

Nach zwei Wochen gaben ihre Eltern nach. Steffi erzählte mir später, sie habe natürlich abends heimlich gegessen, sie habe nur Angst gehabt, dass es auffallen würde, weil sie nicht schnell genug abnahm. Dass der Hungerstreik nur gefakt war, fand ich irgendwie noch cooler, als wenn sie ihn tatsächlich voll durchgezogen hätte. Orientierung auf das Ziel und Orientierung auf die Selbstachtung. Steffi hatte das irgendwie instinktiv drauf.

Wir wechselten zusammen auf das Sozial- und Gesundheitswissenschaftliche Gymnasium in Lahr. Ihr Bruder tönte herum, dass er dort Kumpels hätte, die ihr ihren Hirnfurz mit dem Abitur schon austreiben würden. Es stellte sich heraus, dass sie doch nicht so gut mit ihm befreundet und im Gegensatz zu ihm viel zu bequem waren, um ein Mädchen, auch wenn sie seltsam war, einfach aus Jux und Dollerei zu ärgern. Als ihr Bruder erfuhr, dass seine angebliche Gang sich seinem Auftrag widersetzte, wurde er natürlich noch wütender, aber davon bekam ich nichts mit.

Sie trennten dort nicht nach Fachrichtungen, sondern nach „Fahrschülern“ von außerhalb und „Einheimischen“ aus Lahr, deswegen hatten wir das Glück, in derselben Klasse zu sein und nur einige Stunden in der Woche getrennte Kurse zu haben. Irina war natürlich entrüstet, dass ihre Tochter mit den ganzen Realschülern das „Abitur für Arme“ machte, und dazu auch noch ein Jahr länger brauchte als die auf dem richtigen Gymnasium.

„Lass sie doch gehen, sie ist doch sowieso ein Jahr jünger als die anderen“, sagte Ronni. Ich hatte nämlich nach einem Halbjahr in der ersten Klasse in das zweite Halbjahr der zweiten Klasse wechseln müssen, was mich vom etwas aufgedrehten Klassenclown zur eingebildeten Strebertussi degradierte. Die nächsten achteinhalb Jahre wurde ich permanent gemobbt. „Vielleicht findet sie dort endlich mal Leute, die sie so akzeptieren, wie sie ist.“

„Na klar. Realschüler.“ Irina wurde lauter. „Und dann auch noch mit dieser Steffi zusammen! Die ist doch überhaupt der einzige Grund für diese Aktion. Du kannst dir doch nicht wegen einer Freundin deine berufliche Zukunft versauen!“ Noch ein Satz bis zum Tobsuchtsanfall. „Bist du dieser Frau so hörig, dass du ihr blind hinterherrennst, ohne einen Gedanken an dein weiteres Leben zu verschwenden?“

Ich bin mir ziemlich sicher, dass sie damals noch nicht wusste, dass Steffi und ich zusammen waren. Sie unterstellte anderen Menschen grundsätzlich sexuelle Motive, wenn sie etwas taten, was ihr nicht genehm war. Wenn Ronni sich mit einer alten Freundin treffen wollte, hieß das natürlich, dass sie mit dieser Frau eine Affäre hatte. Wenn ich einen Rock anzog, den sie mir selbst ausgesucht hatte, der ihr aber später an mir doch nicht mehr gefiel (was bedeutete, dass sie ihn selbst anziehen musste), tat ich das, um „meine sexuellen Gelüste auszuleben“. Eines der vielen Dinge, die in Irinas Kindheit schief gelaufen waren, war, dass ihr Vater ein notorischer Fremdficker war, wie sie es nannte, und meine Oma ihr auftrug, sonntags morgens, nachdem er betrunken in seinem Arbeitszimmer eingeschlafen war, seine Manteltaschen auf Spuren zu untersuchen, die Hinweise darauf gaben, wo er die letzte Nacht verbracht hatte. Davon erzählte sie oft und gerne, sobald sie jemand wegen ihre pädagogisch eher weniger wertvollen Sprüche kritisierte.

Ich hatte ja schon vor Steffi meine Vermutungen gehabt, was das Lesbischsein angeht, aber beschlossen, sie erst einmal für mich zu behalten, denn woher wollte ich wissen, ob ich wirklich lesbisch war oder nur glaubte, lesbisch zu sein, weil ich mit zwei Lesben aufgewachsen war? Die Leute aus meiner Klasse hatten mich deshalb seit dem ersten Schultag auf dem Gymnasium fertig gemacht.

„Was kommt dabei raus, wenn zwei Lesben es miteinander machen?“

„Eine Kampflesbe.“

Das war überhaupt nicht lustig und total dumm, aber trotzdem verletzend. Noch dazu regte ich mich auf, weil ich mich darüber aufregte, dass mich die dummen Sprüche so aufregten.

Aber sie hatten es ja auch nur von ihren Eltern übernommen. Dass Kinder, die bei Homos aufwuchsen, selbst Homos wurden, gehörte sozusagen zur Allgemeinbildung.

„Guck an, jetzt vermehrt es sich auch noch“, sagte Herr Moser auf Melanies Geburtstagsparty zu seinem Kumpel. Melanie war eine von zwei Freundinnen, mit denen ich in meiner Grundschulzeit noch befreundet war, nachdem ich die Klasse wechseln musste. Herr Moser war ihr Vater.

„Na ja, es kann sich ja nicht vermehren. Dafür braucht es uns ja immer noch, auch wenn es das gerne verdrängt.“

„Vielleicht hat die Kleine ja Nachholbedarf, wo sie doch ihr ganzes Leben ohne Männer auskommen musste.“

Der Kumpel lachte. „Ich hab ja mal gehört, dass Töchter von Alleinerziehenden schon früher anfangen, diese Pheromone auszuschütten, um Männer anzulocken, weil sie ja zu Hause keinen haben“, erklärte er.

„Jaja, die Natur hat das schon sehr geschickt eingerichtet, um gelegentliche Ausreißer wieder auszugleichen.“

Ich stand vielleicht drei Meter entfernt vor dem Kuchenbuffet, das im Garten vor dem Haus aufgebaut worden war, tat aber so, als hätte ich es nicht gehört. Die beiden Typen merkten genau, dass ich nur so tat, und grinsten sich eins.

„Wenn ich mir die Kinder hier so angucke, hätten manche Heteropaare auch mal über eine Samenspende nachdenken sollen", rief ich über die Wiese.

Nein, natürlich nicht. Ich war neun und wollte einfach nur heulen. Ich konzentrierte mich so sehr darauf, dass meine Tränen nicht durch meine Augen nach draußen gelangten, dass es sich anfühlte, als sei mein ganzer Körper nach innen, von meiner Haut weggerutscht, so dass, wenn ich nach draußen guckte, eine Lücke zwischen mir und meinem Schädel war und sich um meine Augenhöhlen herum schwarze Ränder bildeten. Ich ging mit meinem vollgepackten Teller zu den anderen Kindern, konnte aber nichts essen und mit keinem mehr ein Wort reden. Niemandem fiel es auf.

Das nächste Mal auf eine Geburtstagsparty ging ich erst wieder in der elften Klasse mit Stefanie zusammen. Gleich zwei Wochen nach Schuljahresbeginn luden uns die drei Mädchen, die Ambitionen hatten, zu den beliebtesten Mädchen der Klasse aufzusteigen, und die alle drei innerhalb einer Woche Geburtstag hatten, zu ihrer Party ein. Ich befürchtete, zur Attraktion ihrer persönlichen Freakshow zu werden, und hatte mir die Abfahrtszeiten der Züge eingeprägt, falls wir schon früher nach Hause fahren mussten (geplant war, dort zu übernachten, und ich würde mir nicht die Blöße geben, meine Eltern anzurufen und zuzugeben, dass ich es auch auf der neuen Schule sozialtechnisch wieder verkackt hatte).

„Auf in die Höhle des Löwen", sagte ich, als wir aus dem Zug stiegen. Die Organisatorinnen hatten einen ihrer Kumpels überredet, uns vom Bahnhof abzuholen. Er wartete bereits auf dem Parkplatz. „Mal gucken, wo der uns in Wirklichkeit hinfährt."

„Geh doch nicht immer gleich vom Schlechtesten aus", sagte Steffi. „Es gibt auch Menschen, die sind nett zu anderen, auch wenn die Sachen anders machen als sie. Die wollen uns wahrscheinlich einfach nur kennenlernen. Wir sind ja auch was Besonderes." Sie gab mir einen Kuss auf den Mund. Mit einem Mal war mir wieder klar, dass das, was andere Leute über Steffi, über mich, über uns sagten, nichts als Gelaber war. Sie hatten einfach keine Ahnung. Selbst Ronni nicht, und vor allem nicht Irina.

„Seid ihr extra aufs SG gewechselt, damit ihr zusammen sein könnt?", fragte Andi, als wir zwischen acht anderen Gästen in ihrem Gartenpavillon saßen. Einige andere lehnten von außen an der Wand, streckten den Kopf herein und gaben sich alle Mühe, an die Aschenbecher zu kommen, die in der Mitte des Pavillons auf dem Tisch standen.

Steffi rauchte, und ich war kurz davor, selber anzufangen, weil ich in den Pausen oder in Situationen wie diesen nicht alleine sein wollte, mir aber so vorkam, als würde ich einem armen Raucher den Platz wegnehmen. Ich versuchte das auszugleichen, indem ich einen der Aschenbecher in der Hand hielt und bei Bedarf herumreichte.

„Ihr seid so süß zusammen", sagte Kristina, die die Party mit organisiert hatte. „Wenn mein Freund extra wegen mir die Schule wechseln würde, ich würde durchdrehen. Also, vor Freude."

„Sicher?", fragte Marvin, der beste Kumpel von Kristinas Freund.

Der saß neben ihm und boxte ihn in die Schulter. „Also ich würde ja noch eher für Kristina die Schule wechseln als für dich, du Pfosten." Es folgte großes Gegröle und Geschubse und ich musste aufpassen, dass mir der Aschenbecher nicht aus der Hand fiel.

Ja, super, Willi, Thema komplett verfehlt, dachte ich. Selbst wenn ich stockhetero wäre, schon alleine wegen diesem dümmlichen Gequatsche und Macho-Gehabe könnte ich nie was mit Männern anfangen. In der Beziehung hatte meine lesbische Sozialisation mich wohl doch geprägt. Als ich zehn war, verbrachten wir das erste Mal in meinem Leben die Sommerferien in einer gemischten Ferienanlage auf Teneriffa, und das erste, was mir auffiel, war die Lautstärke, in der Männer innerhalb einer Gruppe kommunizierten – wenn man diese Mischung aus Brüll- und Grunzlauten, die etwa achtzig Prozent der Geräusche ausmachte, die sie von sich gaben, als Kommunikation bezeichnen wollte.

„Ja, und dann extra noch vom Gymnasium. Voll krass, oder?"

„Hä, das machen doch voll viele", meinte Willi.

„Ja klar, wenn sie es nicht packen notenmäßig. Aber das war bei Laura ja wohl eher nicht der Grund, oder?"

„Als ob. Ich meine, weißt du, was sie für Noten hatte?"

„Warum interessiert dich das denn so brennend?"

„Irgendeinen Grund wird es wohl gehabt haben, oder?"

Schon wieder voll an der Frage vorbei. Warum machten manche Menschen eigentlich überhaupt den Mund auf?

„Ich bin gewechselt, weil am Gymnasium leider nur Arschlöcher sind."

„Na ja, ziemlich viele", meinte Steffi.

„Warum musst du eigentlich alles, was ich sage, immer irgendwie verbessern?"

„Weil das, was du sagst, eben so nicht stimmt. Jetzt schon wieder. Ich verbessere nicht immer alles, was du sagst. Und es sind am Gymnasium auch nicht nur Arschlöcher."

„Mann. Das war ein Stilmittel."

„Ein was?" Marvin beugte sich durch das Fenster des Pavillons über meine Schulter, weil ich den Aschenbecher nicht schnell genug hinausgereicht hatte.

„Eine Übertreibung. Das ist ein Stilmittel, das Dinge anschaulicher macht. Natürlich nicht alle Dinge. Nur manche."

„Ach so, die Dinger." Er drückte seine Kippe aus und zog seinen Kopf wieder aus dem Fenster.

„Aber selbst wenn sie wissen, dass das ein Stilmittel sein könnte, wissen doch normale Leute nicht, dass du es auch so meinst."

„Ja doch, eigentlich schon, dachte ich."

„Also ich weiß so was nicht. Und ich glaube nicht, dass ich da die Einzige bin. Also eigentlich wollte ich auch nur sagen, dass es auch am Gymnasium Menschen gibt, die nett sind."

„Ach, nur nicht zu mir oder was, und das ist natürlich meine Schuld?"

„Das habe ich doch überhaupt nicht gesagt. Das machst du auch total oft. Manchmal unterstellst du …"

„Manchmal? Ich dachte, oft?"

Niemand lachte.

„… unterstellst du Leuten Dinge, die sie überhaupt nicht gesagt haben, und dann bist du sauer wegen was, das überhaupt nicht passiert ist."

„Ich rege mich oft über eingebildete Dinge auf. Alles klar. Danke fürs Gespräch."

Steffi sah mich schweigend von oben bis unten an und wandte sich dann kopfschüttelnd ab.

Die anderen schwiegen peinlich berührt, wie man das halt so macht, wenn man gezwungenermaßen einen Streit mitbekommt, der einen nichts angeht. Alle sahen zu Boden und hätten gerne ein neues Gespräch angefangen.

Es war Willi, der sich schließlich ein Herz fasste. „Wer von euch ist eigentlich der Mann und wer die Frau?", fragte er, ohne jegliche Ironie in der Stimme.

„Merkt man das nicht?", nuschelte Marvin in seine Bierdose.

„Na, keine von uns beiden." Als sei gar nichts gewesen, legte Steffi mir den Arm um die Schultern. „Das ist doch der Sinn der Sache."

„Haha. Als ob so was jemals Sinn macht", nölte Willi. „Ja oder, ist doch so", erklärte er, als ihm niemand zustimmen wollte.

„Oh je, jetzt lasst es halt mal", sagte Andi. „Wenn ihr hier rumpöbeln wollt, könnt ihr gleich wieder gehen. Alle beide."

„Ja klar, uns kackst du an, aber bei den beiden Frauen sagst du nichts."

„Und außerdem, es ist doch nun mal eine Sackgasse, evolutionsbilolo-, also, evolutionär gesehen."

„Ja und? Es muss ja wohl nicht alles Sinn ergeben. Erst recht nicht für dich."

„Gott wird sich schon was dabei gedacht haben", sagte Andi.

„Jetzt nichts gegen dich oder Gott, aber wieso muss sich bei allem irgendjemand etwas denken?", fragte Steffi. „Es kann doch auch mal irgendwas einfach so sein, wie es ist."

„Alles klar, Stefan." Willi drückte seine Kippe aus und blies ihr den Rauch ins Gesicht.

Ich wollte irgendwas sagen, aber meine Gedanken rasten so schnell, dass ich gar nicht wusste, was ich selber dachte. Mir fiel einfach nichts ein. Willi hatte schon längst seinen Kopf aus dem Pavillon zurückgezogen und ging zurück zum Haus.

Das war jetzt natürlich mies gewesen vom Willi. Man diskutierte, einerseits hatte Andi gesagt, dass …, aber andererseits war Willi doch Kristinas Freund, und sie hatte doch die Party auch mitorganisiert, deswegen konnte man doch nicht einfach …

„Nein. Ich hab denen gesagt, wenn sie rumstressen, fliegen sie raus. Ende der Diskussion." Andi quetschte sich an den anderen vorbei aus dem Pavillon.

„… künstlich aufregen …", hörten wir Willi kurz darauf.

„Innerhalb von zwei Minuten steht hier mein Vater."

„Diskriminierung … umgedrehter Sexismus …", verteidigte sich Willi.

„Du benimmst dich daneben, ich sage dir, du sollst dich verpissen. Nix Sexismus."

Kristina verließ ebenfalls den Pavillon, redete leise auf ihn ein. Er ging dann, aber das war es für uns mit der friedlichen Zeit in der Schule.

„Stefan" wurde Steffis unfreiwilliger Spitzname. Natürlich nannten nicht alle sie so. Aber trotzdem. Wir hatten uns gerade daran gewöhnt, uns keine dummen Sprüche mehr anhören zu müssen, da ging es wieder von vorne los. Später, wenn sie nicht dabei war, nannten sie sie auch „das Neutrum", nur um zu gucken, wie ich darauf reagierte. Ich tat so, als hörte ich sie nicht.

Ich bin mir sicher, ich hätte es verhindern können, wenn ich auf dieser Party schnell genug einfach richtig ausgerastet wäre. So wie später Steffi gegenüber.

Alles zwanzig Mal hinterfragen und fremden Leuten permanent negative Absichten unterstellen, das mache ich ja auch nicht, weil es mir solchen Spaß macht. Es ist echt anstrengend, weil man, wenn man seine eigenen negativen Gedanken laut sagt, als Antwort auch noch die negativen Gedanken von anderen mitbekommt. Irina würde jetzt sagen, dass sie mir das ja schon immer gesagt hat, und mir irgendeinen Kalenderspruch à la „Wer Wind sät, wird Sturm ernten" unter die Nase reiben. Aber so meine ich das nicht. Ich glaube wirklich, dass ich Irinas unbearbeitetes Trauma mit ihrem Vater mitbekommen habe. Alle Leute sind scheiße, und wenn sie nett sind, tun sie nur so und verarschen einen dann doch. Irina war ja in die Fremdgeh-Aktionen ihres Vaters voll mit eingebunden, aber sie hat immer gedacht, solange sie noch nicht erwachsen ist, wird er bei meiner Oma bleiben, weil er doch seine eigene Tochter nicht im Stich lassen würde. Als sie zehn war, hat er eine andere Frau kennengelernt (fünfzehn Jahre jünger als er), mit der er dann noch ein anderes Kind gezeugt hat. Bei dieser Familie ist er den Rest seines Lebens geblieben.

Toll. Jetzt, wo es zu spät ist, mache ich Therapie. Offiziell geht es um meinen überdurchschnittlich hohen Alkoholkonsum. Meine Therapeutin sagt selbst, eine Therapie bringt aber eigentlich gar nichts, wenn meine Sucht mir den Blick auf meine eigentlichen Probleme verstellt. Jedenfalls behandelt sie mich nicht wie einen

Alki, denn Alkohol ist nur das Symptom, aber nicht die Krankheit.

Darauf einen Korn.

Nein Scherz, eine halbe Stunde packe ich noch.

Ich soll an meinen negativen Grundannahmen arbeiten.

Das ist doch das Gleiche, was Steffi meinte mit nicht immer das Schlimmste erwarten.

Das Seltsame ist, ich hätte die besten Voraussetzungen für ein gender-non-konformes Leben gehabt, mit lesbischen Müttern und einem schwulen Vater in Berlin-Schöneberg, der sogar einmal mit uns in die Kirche ging, obwohl er selbst nie an Gott geglaubt hat. Als ich den Leuten an meiner neuen Schule das erste Mal von meiner Familienkonstellation erzählte, bekam Steffi ganz feuchte Augen und konnte ihren Blick gar nicht mehr von mir abwenden. Es war so offensichtlich, dass es nicht mein Anblick war, der ihr Tränen in die Augen trieb, sondern das Bild, das sie von mir und meiner Familie hatte. Nach einer Weile stellten sich die meisten unter meiner Familie so etwas wie die Regenbogen-Version von Gilmore Girls vor, woran Steffi sicher auch einen gewissen Anteil hatte.

Ich hatte nicht nur eine unglaublich coole Mutter, sondern sogar zwei, und noch dazu einen reichen Vater im Hintergrund, weil die Detlevs und Uwes ja in der Regel gut verdienten, als Modedesigner oder Theaterregisseure. Mein Detlev hieß Maik. Man spekulierte unter Zuhilfenahme gewisser Handbewegungen, ob dieser Name total prollig oder schon wieder tuntig war. Noch an Fastnacht auf dem Schneeball wurde darüber debattiert. Und er war Landschaftsgärtner. Ja, das war jetzt aber schon schwul. Definitiv. Gärtner, hallo?

Dass das hieß, dass wir nicht in Geld schwammen, verstanden die meisten dann auch wieder nicht. Also versuchte ich, den Leuten aus meiner Klasse zu erklären, dass es meinen Eltern wichtiger war, Zeit mit mir zu verbringen, als viel Geld zu haben. (Als ich mit Steffi zusammenkam, nahm dieses Bedürfnis allerdings rapide ab.) Jedenfalls arbeiteten sie beide in Teilzeit, weshalb ich eben nicht an zwei Klassenfahrten im Jahr teilnehmen konnte, sondern nur an einer. Trotzdem unterstellten manche mir „Sozialschmarotzertum“. Als ich ihnen erklärte, dass wir gar keine Unterstützung vom Amt bekamen, weil meine Mütter trotz Teilzeit „zu viel“ verdienten und dass auch das Jugendamt keinen Unterhalt zahlte, wenn das Kind mit Hilfe einer Samenspende gezeugt worden war, erklärten sie mir wiederum, meine Mütter seien doch selber schuld, wenn sie das auch noch zugaben.

„Außerdem, dein Vater ist doch bekannt, da können deine … äh … Mütter, den doch auf Unterhalt verklagen, oder? Ich sehe meinen Vater auch nur ein- oder zweimal im Jahr, und trotzdem muss er zahlen."

„Sie haben sich aber vor meiner Geburt mit meinem Vater darauf geeinigt, das nicht zu tun."

„Na und, vor Gericht würdet ihr aber Recht bekommen."

Das wusste ich selber. Ich wusste aber auch, dass man ein bisschen googeln musste, um an diese Information zu kommen, was bedeutete, dass manche Leute offensichtlich Zeit darauf verwandten, sich um die finanziellen Angelegenheiten meiner Familie Gedanken zu machen. „Aber das wäre doch voll arschig. Sie haben sich nun mal darauf geeinigt, dass Maik keine Pflichten mir gegenüber hat, aber dafür eben auch keine Rechte."

„Das ist doch wohl nicht so schlimm, wenn du ihn so zwei Mal im Monat siehst oder so. Mit meinem Vater geht das auch", sagte Carina.

„Aber vielleicht will ich das nicht. Und er auch nicht", schob ich hinterher, bevor wieder die Frage kam, ob ich denn etwa „auch" was gegen Männer hätte, so wie offensichtlich meine Mütter, denn auch wenn ich sagte, dass ich keinen Kontakt zu meinem Vater wollte, musste es ja eigentlich an ihnen liegen, dass dieses Gefühl in mir entstanden war. Es gab ja schon genügend normale Mütter, die ihre Ex-Männer so lange schlechtmachten, bis die armen Kinder Angst vor ihren Vätern hatten, obwohl sie sie nicht einmal kannten. Auf lesbische Mütter musste das ja gleich doppelt zutreffen, wo ihnen der Männerhass ja quasi angeboren war.

„Meine Mütter waren logischerweise nie mit Maik zusammen. Warum sollten sie ihn dann vor mir schlechtmachen wollen?"

„Ja, eben. Sie waren nie mit ihm zusammen, deshalb haben sie ja auch kein Problem, ihn runterzumachen."

Gerade eben war die Annahme noch gewesen, die Mütter würden alle aus Eifersucht und verletzten Gefühlen über ihre Ex-Typen herziehen. Aber klar, immer so, wie man es gerade brauchte.

Außerdem waren es Ronni und Irina gewesen, die immer meinten, Männer anschleppen zu müssen. Einerseits sagten sie mir, ich hätte zwei Eltern, wie alle anderen Kinder auch, nur eben zwei Mütter anstatt eine Mutter und einen Vater. Andererseits nahm Ronni oft einen ihrer Kollegen mit, wenn wir wandern gingen, einmal fuhren wir sogar mit ihm in den Urlaub. Er hieß Thomas und war von seiner Frau getrennt, mit der er eine Tochter hatte. Ich mochte ihn, aber ich hatte oft das Gefühl, dass er nur nett zu mir war, um sich mit Ronni gut zu stellen. Mit seiner eigenen Tochter konnte er nicht auf Ausflüge gehen, weil seine Ex ihm das nicht erlaubte. Sobald er da war, fühlte ich mich so fehl am Platz, obwohl ja angeblich Thomas nur mitgekommen war, „damit ich auch mal wusste, wie das ist, einen Vater zu haben". Weil Thomas aber gar nicht mein richtiger Vater war, hatte ich das Gefühl, dass ich das nicht richtig lernen konnte und deshalb etwas ganz Wichtiges verpasste. Hätten meine Eltern dieses Fass nicht aufgemacht, hätte ich das gar nicht erst mitbekommen.

Das eine Mal, als ich zwischen Maik und meinen Müttern an Weihnachten in der Kirche gesessen hatte – diese Aktion war Ronnis Beitrag zur queeren* Sichtbarkeit im ländlichen Raum –, hatten zwar die Älteren aufgeregt miteinander getuschelt und ließen sich nur durch intensives Armtätscheln ihrer Nebensitzerinnen beruhigen. Die Jüngeren lächelten uns aufmunternd zu, als erwarteten sie, dass wir jeden Moment zum Altar stürmen und eine ungeplante Musical-Nummer aufführen würden.

„An Weihnachten kommt dann eben doch die ganze Familie zusammen, gell?", sagte Frau Schneider, als wir uns nach dem Gottesdienst mit unseren Weihnachtslichtern auf den Heimweg machten.

„Also mein Partner fehlt ja leider", antwortete Maik. „Er war auch unter Androhung ewiger Höllenqualen nicht in eine Kirche zu kriegen. Ich mache da meiner Tochter zuliebe auch mal eine Ausnahme. Zumindest an Weihnachten." Er legte mir den Arm um die Schulter. Ich hatte bisher immer gedacht, er wisse halt nicht, wie er mit Frauen umgehen sollte. Wusste er jetzt anscheinend auch nicht. Seine Hand klammerte sich verzweifelt an meinen Oberarm. Aber anscheinend konnte er seine Beklemmungen schon mal überwinden, wenn es darum ging, öffentlichkeitswirksam Sprüche zu klopfen. Dass das in diesem Fall mir die Höllenqualen verursachte, war ihm egal.

„Das stimmt so aber auch wieder nicht. Das Jörgi ist bloß nicht dabei, weil die beiden Tucken sich mal wieder gestritten haben wie anscheinend jedes Jahr vor Weihnachten. Übrigens ist es das erste Weihnachten, das er mit uns verbringt, und auch das erste Mal, dass er mich seine Tochter nennt."

Nimm das, „Papa".

Frau Schneider warf Ronni und Irina einen entsetzten Blick zu. Ihr Mann verkniff sich ein Grinsen.

Für einige lange Sekunden herrschte absolutes Schweigen.

„Sag mal! Was sind das denn für hirnverbrannte Sprüche?", fragte Irina. Ich hörte genau, wie sehr sie sich zwingen musste, laut zu werden. Sie wäre am liebsten im Erdboden versunken. Nicht nur, weil ihr peinlich war, was ich gesagt hatte, sondern weil ich sie zwang, sich vor allen Leuten aufzuregen. Am liebsten wäre ihr gewesen, sich bei mir unterzuhaken, um mich unauffällig wegzuziehen und so zu tun, als hätte ich überhaupt nichts gesagt. Zumindest so lange, bis wir in der Wohnung waren.

„Wir hatten uns doch sowieso schon ganz am Anfang darauf geeinigt, dass ich mit ihr keinen Kontakt haben muss. Ich weiß nicht, wieso ihr euch das alle paar Jahre anders überlegt", sagte Maik, kurz bevor er wieder nach Hause fuhr.

DEZEMBER

Es ist wieder Feldsalat-Saison, das heißt, ich darf jetzt jeden Tag arbeiten und verdiene auch entsprechend. Ich mag Feldsalat putzen. Und die Chefin sagt auch, dass ich das gut kann. Ich soll jetzt samstags am Hofladen im Verkauf helfen. Sie sieht es als Belohnung, aber ich habe darauf überhaupt keine Lust. Andererseits, mehr Stunden, mehr Kohle.

Irina sagt, wenn ich tatsächlich vorhabe, im Kundenkontakt zu arbeiten, soll ich mir aber neue Kleider besorgen. Sie hat keine Lust, sich wegen mir fremdzuschämen. Sie hat damals wegen der Steffi-Sache schon genug durchgemacht. Als ob nur ich daran schuld bin, oder. Sie hat mir neue Kleider besorgt. So peinlich. Aber ich habe keine Energie für so eine Scheiße, also ziehe ich sie halt an. Eine Karotten-Stoffhose mit Gummibund oben. Und so einen seltsamen weiten Strickpullover mit einem viel zu großen V-

Ausschnitt. Wolle und Haut. Das passt ja wohl überhaupt nicht. Aber egal, unter der taillierten hellblauen Winterjacke mit Fellkragen sieht den ja keiner.

Ich mag einfach nicht mehr. Irgendwann traue ich mich auch mal ins H&M. Also in die Männerabteilung. Warum bin ich da eigentlich nie mit Steffi zusammen hingegangen? Ich dachte halt immer, sie lacht mich aus, weil sie meint, ich will sie nachmachen. Wenn ich wirklich so wäre wie Steffi, würde ich mich doch richtig dagegen wehren, solche Klamotten anzuziehen, wie Irina sie hier ständig anschleppt.

Heute war meine letzte Stunde vor Weihnachten. Frau Richter sagt, ich soll ausziehen. Genau genommen nervt sie mich damit schon seit Monaten. Aber wie, warum, wohin? Mein bisheriges Umfeld erachtet sie zwar als „hinreichend gut". Aber dass es Leute gebe, die noch größere Probleme hätten als ich, müsse ja nicht heißen, dass ich mich nicht auch mit meinen Problemen beschäftigen dürfe.

Mein größtes Problem kann sowieso keiner lösen. Steffi ist weg. Ich bin schuld. Wie soll sich das jemals ändern?

Sie meint, es könne sein, dass allein mein Wohnort mich schon „triggert". Ich hasse dieses Wort. Für die meisten Leute heißt „das triggert mich" doch nichts anderes als „das regt mich auf".

Sie meint nicht nur wegen Steffi, sondern auch wegen dieser Geschichte mit Thomas, die auch wieder so lächerlich ist, dass es mir peinlich ist, mich damit zu beschäftigen, weil eben eigentlich gar nichts war und ich mich trotzdem so darüber aufrege. Und ich weiß nicht, wieso.

Doch, natürlich weiß ich es. Wegen der Reaktion meiner Eltern. Ich solle doch mal drüber nachdenken, ob meine „Flucht" zu Steffi damit zu tun haben könnte, dass der erste Annäherungsversuch des Gegengeschlechts so „schief gelaufen ist". Und das von zwei Lesben. Und vor allem war Thomas überhaupt nicht das erste männliche Wesen, das sich mir genähert hat, auch wenn er sich das vielleicht so zusammenfantasiert hat.

Ich hatte vorher nämlich schon mal ein „richtiges Date" mit einem Jungen. *Ich* habe mich *ihm* genähert, möchte ich klarstellen. Auch wenn das in diesem Zusammenhang nicht gerade für mich spricht. Vorher hatte ich mich anderthalb Stunden lang in der Badewanne verrenkt, um beim Rasieren ja sämtliche Haare zu erwischen. Das Resultat war, dass ich an einigen Stellen die oberen drei Hautschichten mit abgeschabt hatte, während an anderen noch ganze Fellareale stehen geblieben waren. Eigentlich wäre das Date schon genug gewesen, um Bescheid zu wissen (schweißige Hände, Stinkefüße, Mundgeruch und zum Schluss ein schleimiger Zungenkuss). Trotzdem haderte ich noch einige Wochen lang mit mir – hatte ich einfach noch nicht den Richtigen getroffen? War ich dazu erzogen worden, Männer unattraktiv zu finden? Hatte ich einfach nur keinen Bock, mich zu enthaaren? Schließlich entschied ich, dass es aus evolutionsbiologischer Sicht ja wohl äußerst kontraproduktiv war, sich vor dem Sexualakt irgendwelchen Ritualen zu unterziehen, die das Verlangen danach, diesen tatsächlich auszuführen, auf null reduzierten.

Also, ich wusste schon vor der dummen Aktion mit Thomas, nein, *von* Thomas, dass Männer nicht mein Ding sind. Ich hatte es meinen Eltern nur nicht erzählt, weil ich instinktiv gespürt haben muss, dass sie damit ein Problem haben würden. Außerdem hatte ich die „Gegenprobe" nicht gemacht. Die erste Frau, in die ich mich verliebte, war nun mal Steffi. Wenn ich sie vor dieser Aktion kennengelernt hätte, wären solche bescheuerten Diskussionen gar nicht aufgekommen, oder ich hätte sie einfach ignorieren können. Ich ärgerte mich maßlos, dass ich ihnen damals nicht gleich von meinem ersten Date mit dem schleimigen Stinkesocken-Typ erzählt hatte.

Thomas war einer von Ronnis Kollegen und Wanderfreunden. Also einer von den Typen, die Ronni und Irina hier regelmäßig anschleppten, weil sie es extrem wichtig fanden, dass ich auch männliche Bezugspersonen hatte. „Nebenberuflich" (also schwarz) war er Gitarrenlehrer. Als ich elf war, fasste Ronni sich ein Herz und gestand ihm, dass sie schon immer mal Gitarre lernen wollte. Sie hatte früher Klavier und Geige gespielt, war aber im Gegensatz zum Rest ihrer Familie komplett unmusikalisch, jedenfalls im Vergleich zu ihrer Schwester, die mit sechs Jahren das erste Mal bei *Jugend musiziert* gewonnen hatte. Sie wollte ja auch nicht besonders gut werden, nur fürs Lagerfeuer sollte es reichen. Thomas erklärte sich bereit, Ronni ein paar Stunden zu einem Sonderpreis zu geben. Aus den paar Stunden wurden insgesamt fast vier Jahre.

Obwohl er uns regelmäßig besuchte, hielt er die Gitarrenstunden lieber bei sich im Studio ab. Aber als Ronni sich das Bein brach, als sie die Kiste mit den Weihnachtssachen in den Keller trug, kam er einige Male zu uns nach Hause. Nach einer ihrer Stunden hoppelte Ronni durch die Küche, um Kaffee und Kuchen zu machen (warum musste man das tun, wenn man ein gebrochenes Bein hatte und an Krücken lief?), und während sie in der Küche war, ging ich ins Wohnzimmer, um Thomas so lange Gesellschaft zu leisten. Es hatte mich niemand darum gebeten, ich fand es nur unhöflich, dass Thomas allein im Wohnzimmer sitzen musste, wo er doch extra mit der sperrigen Gitarre den Weg zu uns nach Hause auf sich genommen hatte. Er saß auf dem Sofa und klimperte vor sich hin. Bisher war ich nur mit ihm zusammen gewesen, wenn Ronni und Irina auch mit dabei waren. Sie machten ihre Erwachsenen-Dinge (reden, wandern, reden), und ich lief hinterher und beantwortete brav Fragen nach Schule, Freunden und so weiter.

Jetzt saß ich da und wusste überhaupt nicht, was ich sagen oder machen sollte. Ich fand es nervig, dass er nur schweigend dasaß und klimperte. Er hätte das Ding ja auch weglegen und mich irgendwas zu Schule, Freunden oder sonst was fragen können. Also saß ich auch einfach da und schwieg. Ich überlegte, ob ich mit dem Kopf im Takt nicken sollte oder so, aber es war mir dann doch zu peinlich. Ich beobachtete einfach nur, wie sich seine Finger übers Griffbrett bewegten.

Plötzlich spielte er theatralisch einen lauten Akkord und würgte ihn gleich darauf ab. „Willst du auch mal?“ Er streckte mir die Gitarre entgegen.

Nein. Aber das zu sagen, wäre ja noch unhöflicher gewesen, als bei Ronni in der Küche zu bleiben.

Aber wäre es wirklich so unhöflich gewesen, Ronni zu helfen, anstatt hier herumzusitzen und sich dann womöglich noch von Ronni bedienen zu lassen? Ich war kurz davor, mich zu entschuldigen und in die Küche zu gehen.

Ich weiß nicht, warum ich es nicht tat.

Ich ahmte seine Sitzhaltung nach, legte planlos die Finger aufs Griffbrett und zupfte unsicher an den Saiten herum.

„Das klingt ja schon toll!“

„Als ob.“

„Warte mal.“ Er setzte sich neben mich und griff mit der linken Hand ein paar Akkorde, während er meine rechte Hand rhythmisch über die Saiten führte. Er roch nach Aftershave und

Schweiß. Männer rochen anscheinend nicht nur anders, sondern auch intensiver.

„Du machst das echt richtig gut!"

Wenn Thomas gegangen war, roch das Wohnzimmer noch tagelang nach ihm. Ähnlich war es im Bad, nur nicht ganz so lange, weil im Bad öfter gelüftet wurde. Sollte eigentlich Aftershave den Körpergeruch überdecken oder verstärken? Vom Geruch des Aftershaves bekam ich einen warmen Kopf. Es stach mir in den Augen. Unter dem Griff seiner Hand wurde meine Hand schweißig. Ich zog sie weg.

„Hoppla." Er tat so, als sei ich abgerutscht, und setzte sie wieder auf die Saiten. Ich wurde plötzlich aggressiv, aber nicht so, dass ich ihn weggeschubst hätte, sondern eher so unterschwellig genervt, wie als Irina mich als Kind geföhnt, gekämmt und dabei an den Haaren gezogen hatte. Es hatte immer ewig gedauert, weil Irina immer noch eine feuchte Strähne und noch eine feuchte Strähne fand, so lange, bis wirklich jedes einzelne Haar trocken war.

„Du musst doch wenigstens ordentlich aussehen." (Wenn ich sonst schon nichts konnte? Wenn ich schon nicht hübsch war?)

Ich wollte einfach nur weg.

Wieso zwangen sie mich immer, Dinge zu tun, auf die ich keine Lust hatte?

Wieso musste ich ständig mit Leuten abhängen, mit denen ich überhaupt nichts zu tun hatte? Mir gingen die ganzen Stefans und Andis und Thomasse eh nur auf den Keks, aber Ronni und Irina taten immer so, als machten sie das nur mir zuliebe. Ronni stand jetzt bestimmt auch in der Küche und kam sich total pädagogisch wertvoll vor, weil sie es mir ermöglichte, Zeit mit einer männlichen Bezugsperson zu verbringen.

Dabei wäre ich genauso gut ohne Männer ausgekommen – eigentlich wäre es mir ohne sogar lieber gewesen, denn der sonntägliche „Herrenbesuch", wie Frau Duffner von gegenüber es nannte, sorgte für noch mehr Gerede als die Tatsache, dass ich mit zwei Müttern aufwuchs. Rina und Ronni kriegten davon natürlich nichts mit, weil sie nicht jeden Tag mit zehn anderen Kindern zur Schule laufen und sich anhören mussten, was die Eltern dieser Kinder beim Abendessen für Theorien aufstellten.

Aber sie mussten doch merken, dass die Stefans und Andis, mit denen sie sich mir zuliebe umgaben, sich ihnen gegenüber irgendwie anders benahmen als in der Gegenwart anderer Frauen. Entweder meinten sie, mit mir spielen zu müssen, weil ich ja „keinen Vater hatte“ (Stefan dachte, ich spiele bestimmt gerne Fußball, weil man ja als Mädchen, das bei Lesben aufwuchs, selber dykey sein musste), oder sie nahmen mich mit auf „Familienausflüge“ mit ihren eigenen Familien, damit Ronni und Irina sich mal erholen konnten (und weil das, was Ronni und Rina mit mir machten, ja keine richtigen Familienausflüge waren – natürlich nicht, wenn ständig irgendwelche mitleidigen Fremden mitlatschen mussten!).

Was sollte das? Als ob Ronni nicht zu ihm gehen konnte, um ihre blöden Gitarrenstunden zu nehmen, gebrochenes Bein hin oder her. Und wie lange sie brauchte, um einen Kaffee zu machen, war ja auch auffällig. Das konnte nicht nur daran liegen, dass sie mit einer Hand die Krücke halten musste. Was war, wenn Ronni diese Stunden nur genommen hatte, um eine Ausrede zu haben, Thomas hierherzuholen?

Das hätte auch bedeutet, dass sie sich absichtlich das Bein gebrochen hätte, anders hätte Thomas ja keinen Grund gehabt, herzukommen. Aber irgendwas war hier komisch. Andererseits war ich ja von mir aus ins Wohnzimmer gekommen.

„Also ich glaube, mit ein paar Stunden könntest du auch ziemlich bald richtig gut spielen. Frag doch mal deine Muttis, ob sie dir erlauben, ein bisschen Unterricht zu nehmen.“

Ich hatte da noch nie drüber nachgedacht. (Und außerdem sagte Thomas schon wieder „Muttis“, nur weil Irina aus dem Osten war und Thomas meinte, dass sie deswegen zu Hause alle sächsisch sprachen, oder was er dafür hielt. Haha.)

Es war zwar peinlich, aber irgendwie auch ganz schön zu sehen, wie Ronni bei Grillabenden auf ihrer Gitarre rumzupfte und die anderen Frauen mitsangen, aber da ging es weniger darum, dass es schön klang. Es war eher so: Ronni versuchte ein Lied zu spielen, irgendwer erkannte es schließlich, sang ein paar Zeilen mit und dann saßen alle anderen um Ronni herum und versuchten, sich an den restlichen Text zu erinnern, was so gut wie nie gelang, so dass stattdessen irgendwann alle über das Festival, den Urlaub oder was auch immer redeten, wo sie besagtes Lied zuletzt gehört hatten.

„Ja, ich frag mal. Wenn du meinst, dass es bei mir wirklich was bringt. Ich weiß echt nicht, ob wir noch mehr Geld für Gitarrenstunden rauswerfen können, wenn wir doch eigentlich sowieso alle komplett unmusikalisch sind."

„Aber ums Geld solltest du dir doch keine Gedanken machen müssen." So hatte ich das überhaupt nicht gemeint. Als seien Ronni und Irina schuld, dass sie es zuließen, dass ich mir wegen solcher Erwachsenen-Dinge den Kopf zerbrach. Weil man, solange man unter achtzehn war, ja komplett abgeschirmt werden musste von allem, damit man keinen psychischen Schaden davontrug. Dabei waren die Probleme, die andere Kinder mir machten, tausendmal schlimmer als das, was die Erwachsenen für meine Probleme hielten.

„Wir sind doch Freunde. Da müsst ihr mir doch nicht jede einzelne Stunde bezahlen."

„Ja, aber ich weiß ja nicht mal, ob ich überhaupt selber Gitarrenstunden will. Ich hab nur gesagt, dass ich mal frage, weil das halt höflich ist oder so."

Den letzten Satz hatte ich eigentlich für mich behalten wollen. Aber irgendwas stimmte doch hier nicht. Ich merkte, dass Thomas' Haare feucht waren, obwohl es gar nicht warm war. Thomas' Schweiß schien einen Feuchtigkeitsfilm auf meiner eigenen Haut zu hinterlassen. Wo war denn jetzt Ronni abgeblieben? So lange konnte es doch wirklich nicht dauern, in der Drückerkanne zwei Tassen Kaffee zu machen. Ich wollte aufstehen. Aber Thomas sah jetzt schon irgendwie pikiert aus. Wenn ich ihn jetzt einfach alleine hier sitzen ließ, wäre er bestimmt richtig sauer und würde, um sich zu rächen, Ronni stecken, dass sie eigentlich gar nicht Gitarre spielen konnte.

Also blieb ich einfach sitzen und wartete darauf, dass Thomas mich anpflaumte oder einen blöden Witz machte.

„Fühlst du dich eigentlich manchmal einsam?", fragte er stattdessen. Ich konnte quasi hören, wie die Worte in der Stille des Raumes nachhallten. Ich wusste überhaupt nicht, wie ich darauf reagieren sollte. Was hatte das mit dem zu tun, worüber wir gerade geredet hatten?

„Du bist ja so still auf einmal." Thomas rieb mir über den Rücken. Ich spürte die Wärme seiner Hand durch den Stoff meines T-Shirts und bekam Gänsehaut, obwohl mir heiß war.

Was zur Hölle sollte ich denn jetzt sagen?

Ich kam mir total dumm vor.

Unter dem Geruch von Schweiß und Aftershave war noch irgendein anderer Geruch. Leicht stechend, wie nach Spucke, die langsam trocknete.

Ich bemerkte, dass ich mit meinen Händen die Gitarrensaiten vollschwitzte.

„Komm, wir spielen noch ein bisschen." Er musste das Zucken in meinen Händen gesehen haben. Er nahm meine linke Hand und legte sie um das Griffbrett. In die rechte Hand drückte er mir ein Plektrum und legte seine Hand auf meinen Handrücken.

Sein Atem traf meine Wange und machte so ein komisches fiependes Geräusch. Ohne zu überlegen, drehte ich meinen Kopf zu ihm hin, um nachzugucken, ob er einen Popel in der Nase hatte, denn ich fand solche Dinge leider in den unpassendsten Momenten unglaublich spannend. Kein Popel. Nur Haare. Und Hautschuppen (oder doch eingetrocknete Popel?) an der Nasenspitze. Trotzdem könnte ich ihn darauf hinweisen, dass er mal seine Nase putzen sollte. Dann hätte er einen Grund, seine Hände wegzunehmen.

Plötzlich schob er seinen Kopf an mich heran und drückte seine Lippen auf meinen Mund. Ich zuckte zurück – der komische Geruch musste wirklich von seiner Spucke kommen. Er legte seine Hand auf meinen Hinterkopf.

„Äh?" Ich war verwundert und angeekelt zugleich. Das musste er doch auch hören. Aber nein. Er nutzte die Gelegenheit (dass ich meinen Mund geöffnet hatte) und schob seine Zunge in meinen Mund. Sie war warm und glitschig, aber auch irgendwie rau. Seine Bartstoppeln kratzten. Er hatte Spucke an seinen Mundrändern, die an meinen Wangen kleben blieb. Vor meinem inneren Auge sah ich seine Zunge voller Pickel und weißem Belag, den man eigentlich morgens nach dem Aufstehen abschabte. Die ganze Zeit gelangte sein Atem in meinen Mund, so dass ich seine ausgeatmete Luft einatmete. Ich wollte den Mund schließen, hatte aber Angst, dabei seine Zunge noch mehr zu berühren. Er drückte mich gegen das Sofa, so dass meine eine Hand zwischen meinem Rücken und der Lehne eingeklemmt war. Als ich sie bewegte, fuhr mir ein stechender Schmerz in die Schulter.

Bevor ich meine Scheißhand frei bekommen konnte, fasste er mir mit seiner anderen Hand ans Kinn, sein Daumen drückte sich in meinen Mundwinkel und rieb seine Spucke noch tiefer in meine Haut hinein. Mit der anderen Hand fuhr er über meine Brust, meinen Bauch (die ganzen Schwabbel, so peinlich) und kratzte dann zwischen meinen Beinen an meiner Jeans herum. Ich bekam kaum Luft, konnte meinen Kopf nicht bewegen und sah dadurch auch nichts. Ich griff mit meiner freien Hand nach seiner, griff ins Leere, seine Gesichtshaut verzog sich gegen meine, grinste er etwa? Er hörte auf, gegen den Jeansstoff zu kratzen, und griff nach dem Knopf meiner Hose. Im Gegensatz zu meiner fand seine Hand ihr Ziel sofort. Endlich bekam ich sie zu fassen und wollte sie von meinen Beinen wegschieben. Er tat so, als hätte ich nach seiner Hand gegriffen, weil ich mit ihm Händchen halten wollte oder so, und umschloss sie mit seiner und strich auch noch mit seinem Daumen über meinen Handrücken. Endlich bekam ich meine Hand frei und kratzte ihn, damit er meine andere Hand los ließ. Es machte ihm überhaupt nichts aus, ich musste gefühlt fünf Minuten wie bescheuert mit dem Kopf schütteln und ihn kratzen, bis er seine Scheißfresse endlich aus meinem Gesicht nahm und mich losließ.

„Oh! Wieso weinst du denn jetzt?", frage er. „Das ist doch nichts Schlimmes."

„Weiß ich doch. Ich weine ja auch gar nicht. Mir ist bloß warm." Ich wollte nur noch raus hier. Sonst würde ich ausrasten und ihm eine reinhauen. Und damit wäre ja der ursprüngliche Zweck meines Wohnzimmeraufenthalts ad absurdum geführt.

Weiter zu denken, schaffte ich nicht.

„Ach so", sagte Thomas. Er lachte. „Ich dachte schon."

„Hä? Was denn?"

„Na ja … Ach nichts."

„Aha." Ich hasste das, wenn Erwachsene anfingen, irgendwas zu erzählen und dann mittendrin beschlossen, dass ich dafür doch noch zu jung war oder was auch immer.

Mit dem Ärmel meines Pullovers wischte ich meine Mundwinkel trocken. Ich roch an der feuchten Stelle am Stoff. Aber meine Nase war so voll von Thomas' Aftershave- und Schweißgeruch, dass ich den stechenden Geruch von vorhin gar nicht mehr wahrnahm. Ich würde den Pullover trotzdem vorsichtshalber in die Wäsche tun. Hoffentlich fiel das nicht auf, weil ich ihn erst heute Morgen frisch angezogen hatte. Bei einem Pullover konnte ich ja schlecht sagen, dass mir da ein Unfall passiert sei, ganz davon abgesehen, dass ein Spuckefleck ganz anders aussah als ein Blutfleck.

Ich griff nach der Klinke, öffnete die Tür und stieß mit Ronni zusammen, die in einer Hand die Krücke, in der anderen die Kaffeekanne trug. Sie wäre fast gefallen, und die Kanne hinterher. Mir mussten die Ohren zugefallen sein, sonst hätte ich sicher schon vorher gehört, wie sie den Flur langging. Thomas fing seelenruhig an, Gitarre zu spielen.

„Ich geh mal noch die restlichen Sachen aus der Küche holen." Ich drängte mich fast an ihr vorbei.

„Das fällt dir aber früh ein", meinte Ronni. „Teller, Besteck und Kekse."

„Soll ich dir nicht lieber erst die Kaffeekanne abnehmen?"

„Nein danke, das krieg ich jetzt auch noch hin."

Dass Irina mich so anschnauzte, war ich ja gewöhnt. Aber Ronni? Ich hätte doch in die Küche gehen sollen. Ich hatte es genau gewusst.

Jetzt kam Thomas natürlich auch noch angesprungen.

„Oh, vielen Dank, das ist echt lieb", sagte sie, als er ihr die Kanne abnahm und sie auf den Tisch stellte.

Ich verdrückte mich in die Küche. Was sollte ich mitbringen? Teller, Kekse.

„Löffel fehlen auch noch", sagte Ronni, als ich ihr beides in die Hand drückte.

Ich ging noch mal zurück in die Küche. „Ich müsste mal kurz für kleine Jungs." Thomas kam ebenfalls in den Flur. Er machte die Wohnzimmertür hinter sich zu. „Alles okay?", flüsterte er und tätschelte mir schon wieder über den Rücken. Er sprach extra langsam, als wolle er mich nicht noch weiter aufregen.

„Ja, klar", sagte ich.

„Wirklich?" Er beugte sich bis auf fünf Zentimeter zu mir herab und starrte mir ins Gesicht. „Du siehst aber irgendwie unglücklich aus." Er streckte die Hand aus, als wolle er mir unters Kinn fassen. Ich drehte den Kopf zur Seite.

„Ja, alles okay", sagte ich.

„Aber irgendwie glaube ich dir das nicht."

Wir standen vor dem Bad, ich hätte gerne Zähne geputzt und mir das Gesicht gewaschen und ärgerte mich, dass er sich vordrängelte und dass das Bad wieder stundenlang nach ihm stinken würde. „Nein wirklich, es ist alles okay" Ich verzog meinen Mund zu einem künstlichen Grinsen, dass mir die Mundwinkel wehtaten.

„Ach", er atmete übertrieben laut aus. „Und ich dachte schon, da steht jetzt was zwischen uns."

„Also die Laura hat sich ja echt nicht ganz blöd angestellt gerade", sagte er, als wir am Wohnzimmertisch saßen und Kaffee tranken. Die Bitterkeit überdeckte den ekelhaften Geschmack in meinem Mund. „Sie sollte echt mal ein paar Stunden nehmen."

„Ich will aber keine Stunden nehmen", sagte ich. „Das habe ich dir vorhin schon gesagt."

„Aber da hörte es sich so an, als würdest du dir Sorgen machen wegen dem Geld."

„Nein. Das war nur aus Höflichkeit, weil ich dir nicht sagen wollte, dass ich keinen Bock auf Gitarre-Spielen habe. Das habe ich dir aber auch schon vorhin erklärt. Ich weiß nicht, wieso du jetzt schon wieder damit anfängst. Außerdem bin ich schon in der Theater-AG. Das reicht mir vollkommen."

„Am Geld soll es doch nicht scheitern", sagte Thomas mit einem künstlich bittenden Blick zu Ronni, als hätte ich gerade mit mir selbst gesprochen.

„Ich finde das mit der Theater-AG ja gar nicht so gut. Du weißt, warum."

Immer dieses Getue mit „du weißt ja, warum", weil Ronni und Irina darauf bauten, dass es mir peinlich wäre, wenn sie das jetzt vor allen Leuten aussprächen. Das konnte sie diesmal vergessen. Warum sollte mir jetzt noch irgendwas peinlich sein? Und vor allem nicht so was.

„Sie meint, nur weil ich gelogen habe, dass wir zweimal in der Woche Probe haben statt einmal, sollte ich jetzt überhaupt nicht mehr in die Theater-AG gehen. Weil das ja auch total logisch ist."

Thomas grinste besserwisserisch vor sich hin. Klar, er hatte natürlich voll den Plan, warum ich nachmittags manchmal für zwei Stunden von der Bildfläche verschwinden musste.

Fühlst du dich manchmal einsam?

Oh Mann. Es fiel mir wie Schuppen von den Augen. Er dachte natürlich, ich würde nach der Schule heimlich mit Jungs rumknutschen. Weil ich das heimlich machen musste, weil ich ja mit zwei Lesben aufwuchs. Alter, war der dumm.

„Ich hab mich einmal die Woche mit meinen Freundinnen getroffen" (huschte da nicht schon wieder ein anzügliches Grinsen über Thomas' Gesicht? Noch einmal und er hatte einen Teller Kekse im Gesicht!, noch dazu, wo es gar nicht stimmte – ich hatte eigentlich gar keine Freundinnen, nur Kundinnen, ich hatte das alles alleine durchgezogen), „und wir haben Klamotten geklaut. Beim Boschert, nicht bei C&A. Da lohnt es sich ja gar nicht, so billig, wie das Zeug da ist."

Ronni verschluckte sich fast. Sie stellte ihre Tasse auf dem Tisch ab.

„Bist du da neuerdings stolz drauf oder was?"

„Nö, aber wenigstens hab ich nicht das gemacht, was er denkt, was ich mit meinen Freundinnen mache."

„Laura! Was soll das denn jetzt? Willst du noch Kaffee?" Ronni hielt die Kaffeekanne über Thomas' Tasse.

„Nein danke, ich hab noch."

Ihhh. Hatte er mir wirklich vor zehn Minuten die Zunge in den Mund gesteckt?

„Und dann haben wir die Klamotten weitervertickt. Wir waren so gut, sogar die Zwölftklässler haben bei uns eingekauft."

Das hatte ich Ronni und Rina bisher verschwiegen.

„Ach, das denkt sie sich doch jetzt nur aus, weil sie uns schocken will." Ronni tat sich noch zwei Kekse auf den Teller und lachte.

„Äh, hallo? Warum sollte ich mir irgendwas ausdenken? Macht ihr das persönlich öfter, oder wie kommst du auf die Idee?"

„Was ist denn mit dir los heute? Willst du mal kurz an die frische Luft?", war alles, was Ronni dazu einfiel.

Schon wieder so ein schmieriges, besserwisserisches Grinsen von Thomas.

„Seh ich aus wie ein Hund, der Gassi gehen muss? Du bist ja schlimmer als Irina!"

„Also, wenn das wirklich stimmt, würde ich das aber nicht groß rumerzählen", mischte Thomas sich ein. „Nicht, dass das noch strafrechtliche Konsequenzen hat. Und wenn es nicht stimmt und du deinen Freundinnen damit Hehlerei unterstellst, auch solche Äußerungen sind durchaus justiziabel."

Shit. Stimmte das? Aber ich hatte das doch stundenlang gegoogelt. Unter vierzehn war man noch nicht strafmündig, und außer dass die Eltern einen von der Wache abholen mussten, passierte meistens nichts. Trotzdem hatte ich Herzklopfen und einen trockenen Mund.

„Also, auch wenn es stimmt, ist es nicht strafbar. Ich war damals nämlich noch unter vierzehn." So ein Idiot, echt.

„Aha. Da kennst du dich ja bestens aus."

„So was weiß man halt." Weil man sich halt vorher informierte. „Durchaus justiziabel" am Arsch.

„So, tut man das? Na du musst es ja wissen. Aber wenn es nicht stimmt, und du stellst hier einfach irgendwelche Falschbehauptungen über deine Freundinnen auf, dann wäre das schon strafbar. Jetzt bist du ja über vierzehn."

„Aber es stimmt doch. Ich hab ja gerade gesagt, warum sollte ich irgendwas erfinden. Also, was genau ist dein Problem?"

„Echt jetzt. Was ist denn hier los? Kriegt ihr beide eure Tage oder was?" Ronni lachte ihr kumpelhaftes Mackerlachen.

„Haha, sehr witzig, echt." Nachdem sie eine halbe Stunde lang einen auf Fünfziger-Jahre-Hausfrau gemacht hatte mit ihrem Kaffee und ihren Kekschen, musste sie jetzt auf einmal die fette Dyke raushängen lassen. Danke für nichts.

„Ich weiß auch nicht, wieso sie jetzt versucht, alles, was ich sage, ins Lächerliche zu ziehen. Ich bin hier ja wohl nicht derjenige, der, um Aufmerksamkeit zu erregen, irgendwelche absurden Schwänke aus seinem Fantasieleben erzählt."

So langsam fragte ich mich auch, was hier lief. Er war doch derjenige, der etwas zu verheimlichen hatte. „Ich erzähle nichts aus meinem ‚Fantasieleben'. Was soll das?"

„Ja klar, du hast mit deinen Freundinnen einen ganzen Kleiderladen hochgezogen, und das hat keiner gemerkt. Wo soll das denn bitte gewesen sein?"

„Auf dem Mädchenklo. Und natürlich haben das nur die mitbekommen, die es mitbekommen sollten."

„Und dann habt ihr da geklaute Klamotten verkauft. In der großen Pause oder was?"

„Genau." Ich lehnte mich zurück. „Eine Freundin von mir" (hust hust) „hat Fotos von den Kleidern gemacht, wenn wir was Neues reinbekommen haben, und sie auf Instagram gepostet. Dann wussten die Leute, die sich auskannten, dass wir am nächsten Tag in der großen Pause wieder was verkaufen."

„Ach, das war so richtig von vorne bis hinten durchgeplant? Das ist ja sehr interessant." Thomas schabte sich am Kinn. Das Geräusch war von der Qualität her vergleichbar mit Fingernagel auf Tafel. „Das sollte ich vielleicht mal der Schule melden."

„Also Thomas, jetzt übertreibst du aber. Oder macht ihr das etwa immer noch?"

„Nein. Jetzt bin ich ja über vierzehn."

„Oh, so jung und schon so durchtrieben."

Ronni schob ihren Teller weg und setzte sich auf.

„Also sag mal! Ich will jetzt wissen, was bei euch los ist. Seit ich ins Wohnzimmer reingekommen bin, ist hier schlechte Stimmung."

„Es liegt nicht an dir." Um mich abzulenken, zog ich mein Handy aus der Tasche meiner Jeans und checkte meine WhatsApp-Nachrichten. Im Klassenchat wieder nur das Übliche.

Morgen ist übrigens die Aufführung von diesem gestörten Theaterstück.

Och nee, ich will lieber zwei Stunden Mathe.

Vier!

Was für ein Theaterstück?

Crossing Lines – Ein Mutmach-Stück für Menschen vom anderen Ufer.

Und solche, die es werden wollen. ;)

Äh, Leutis? Ihr wisst schon, dass Laura hier mitliest, ne?

Ja, klar :)

Die hat sich das Stück doch ausgedacht.

*Um ihren Elter*innen Mut zu machen.*

Wohl eher sich selber.

Als ob. Die schlau genug ist, sich so ein Theaterstück auszudenken, meine ich.

So einen Scheißdreck kann sich meine behinderte Cousine ausdenken.

Leute, jetzt reißt euch mal zusammen, okay?

Ich sollte jetzt irgendwas Schlaues zurückposten. Aber jetzt war ja wohl eher schlecht. Und der justiziable Arsch saß immer noch hier rum. Warum musste man sich eigentlich immer mit fünf beschissenen Dingen auf einmal beschäftigen? Zum hunderttausendsten Mal klickte ich auf „Benachrichtigungen stumm schalten". Eigentlich sollte ich diese Scheißgruppe endlich verlassen. Aber die Genugtuung gönnte ich ihnen nicht.

„Laura Spatz, jetzt leg mal das Handy weg." Ronni nahm mir das Handy aus der Hand und legte es neben meinen Teller. „Was ist das wieder für ein Quatsch mit den Kleidern auf dem Schulklo? Und wie kommst du jetzt überhaupt da drauf?"

„Das ist kein Quatsch. Das haben wir wirklich gemacht. Und es ist nicht strafbar. Das sagst du doch nur, weil du mir Angst machen willst!"

„Warum sollte ich dir denn Angst machen wollen?" Thomas holte sein Handy raus und tippte irgendwas darauf herum.

„Haha. Tu doch nicht so."

Thomas sah mich an, als sei ich vollkommen geistesgestört.

„Was tue ich denn?", fragte er.

„Also, wenn das mit eurer kleinen Klo-Boutique wirklich stimmt, dann werde ich heute auf jeden Fall noch mit Irina drüber reden. Wer war denn da noch mit dabei? Doch bestimmt diese Melanie aus der Klasse unter dir. Da sollte man der Mutter ja wohl auch mal Bescheid sagen."

„Kannst du gerne machen." Ich lehnte mich zurück. Das würde sie nie tun. Seit das Jugendamt seine Hausbesuche gemacht hatte, um zu gucken, ob man Ronni erlauben könne, mich zu adoptieren (ich war damals schon vier, und Ronni und Irina waren seit zehn Jahren zusammen, aber Vorschrift war Vorschrift), hatte sie es sich zum Grundsatz gemacht, sich niemals in die Erziehungsangelegenheiten anderer Familien einzumischen. „Und natürlich stimmt es. Zum hundertsten Mal jetzt."

Irina fände das jetzt total witzig. So übertrieben streng, wie sie sonst war, bei krummen Dingern hatte sie echt Humor. Nachdem sie die Überbleibsel meiner letzten Verkaufsaktion in der unteren Schublade meines Kleiderschranks entdeckt hatte, war sie zwar erst mal ausgerastet. „Das bringst du alles zurück", blaffte sie mich an und schmiss die Kleider quer durch mein Zimmer aufs Bett. Dabei fiel ein aquamarinblauer Triangel-Bikini auf den Boden. Sie hob ihn auf und hielt ihn prüfend ins Licht „Obwohl, der ist ganz hübsch. Wenn er mir passt, darfst du ihn behalten."

Aber das musste ja Thomas nicht unbedingt wissen.

„Kleine Klo-Boutique. Du scheinst das ja nicht besonders ernst zu nehmen, dass deine Tochter hier anscheinend im großen Stil Hehlerei betreibt."

„Betrieben hat“, verbesserte ich ihn. „Und jetzt glaubst du mir auf einmal doch?“

„Ich will jetzt verdammt noch mal wissen, was hier los ist. Wieso sollte dir irgendjemand nicht glauben? Was denn überhaupt?“

Was sollte ich denn sagen? Und Ronni ihren Traum vom späten Gitarrenglück zerstören? Nachher laberte der Arsch noch rum, dass ich es war, die gerade irgendwie falsch reagiert hatte. Und Irina würde ausrasten. Was, wenn sie damit zur Polizei ging und das jemand mitbekam? Hier auf diesem Drecksdorf wusste auch jeder, wer wo wann wie oft zu welchem Frauenarzt ging zum Beispiel. Wenn sich rumsprach, dass Irina deswegen Anzeige erstattete, wäre ich komplett unten durch. Und was, wenn er im Gegenzug doch ein Fass aufmachen würde wegen dieser Boutique-Sache? Ganz zu schweigen davon, dass Ronni und Thomas Kollegen waren.

„Ach, in der Schule ärgern sie mich wieder. Weil ich nächste Woche diesen Auftritt mit der Theater-AG habe und die aus meiner Klasse keine Lust auf das Stück haben.“

„Und daran merkt man, dass du lesbisch bist“, meinte Steffi zu mir, als wir an einem der Kurswochenenden in „unserem“ kleinen Zimmer unterm Dach lagen und das in den Holzbalken geritzte Herz, das unsere Initialen umrahmte, mit den Fingern nachfuhren. „Wenn du hetero wärst, hättest du bestimmt Stockholm-Syndrom entwickelt und dich trotzdem in ihn verliebt.“

„Findest du das nicht ein bisschen gemein gegenüber Hetero-Frauen? Es verliebt sich doch nicht jede in ihren Vergewaltiger. Außerdem hab ich mal gelesen, dass es das Stockholm-Syndrom gar nicht gibt. Sie haben dieser Frau damals nur angedichtet, dass sie in ihren Entführer verliebt ist, weil sie sich absichtlich bei ihm eingeschleimt hat, damit er die anderen Geiseln gehen lässt. Weil sie nämlich gemerkt hat, dass der Typ kurz vorm Durchdrehen war, aber die Polizei total überfordert war mit der Situation. Und damit die Frau später nicht rumerzählen kann, dass die Polizei verkackt hat, haben sie sie als psychisch krank hingestellt.“

„Krass, echt? Das habe ich ja noch nie gehört. Ich dachte immer, man entwickelt unter Stress so starke positive Gefühle, um die negativen Gefühle zu überdecken. Aber wer sagt, dass das positive Gefühle sind, nur weil man sie normalerweise eigentlich dann hat, wenn man etwas Positives erlebt." Steffi sah zur Decke, dann zum Fenster. Sie war kurz davor, noch etwas zu sagen.

Ich nahm ihre Hand und streichelte ihre Finger. Sie umfasste meine Hand und drückte sie, ich wusste nicht, ob um sich ein Herz zu fassen und weiterzusprechen, oder um das Thema zu beenden.

„Ich bin jedenfalls froh, dass ich es einfach nur eklig fand", sagte ich, als ich ihr Schweigen nicht mehr aushielt.

Manchmal fragte ich mich, ob wir zwischendurch nur über stressige Erlebnisse redeten, um herunterzukommen und uns später umso besser wieder hochfahren zu können. Niemand von den anderen wollte in dieses Zimmer, da es direkt unterm nicht isolierten Dach und damit zu weit weg vom „Partyzimmer" im Erdgeschoss lag. Im Winter pfiff der Wind durch die Ritzen – Steffi war überzeugt davon, sogar mal eine Schneeflocke abbekommen zu haben, aber das konnte auch einer von ihren Sprüchen gewesen sein, um mich dazu zu bringen, ihr Gesicht abzuküssen. Steffi dachte sich gerne solche Spiele aus. Ich verstand zwar, was sie damit bezweckte, hätte es aber besser gefunden, wenn sie mir einfach ganz direkt gesagt hätte, wie ich meine Zunge wo hinstecken sollte. Aber vielleicht war es ganz gut so, denn bei einem noch höheren Erregungslevel wäre ich glaube ich implodiert.

Immer, wenn sich unsere Finger trafen, küssten wir uns auf den Mund, als sei es überhaupt nicht vorherzusehen gewesen, dass zwei Finger sich treffen würden, wenn sie sich gleichzeitig mit unterschiedlichen Geschwindigkeiten auf einer geschlossenen Umlaufbahn bewegten. Manchmal bewegte ich meinen Finger absichtlich schneller, aber nicht zu oft. Ich wollte ja nicht, dass Steffi dachte, ich lege es darauf an, von ihr geküsst zu werden. Schade, wie viele potentiell schöne Momente man sich versaute, nur weil man dachte, das Gesicht wahren zu müssen. Eigentlich war ich wie benebelt vor Glück, surfte auf einem nie gekannten Oxytocin-High – ich hätte nie gedacht, dass die bloße körperliche Nähe zu einer Frau bei mir solche Reaktionen auslösen könnte. Schwitzen, Herzrasen, Gänsehaut. Alles Dinge, die ich schon tausend Mal gehört, gelesen und für Lügen oder zumindest Übertreibungen gehalten hatte.

SILVESTER

Ronni und Irina sind weggefahren. Ich habe drei Tage meine Ruhe. Ronni hat mich damals so lange genervt, bis ich ihr doch noch von der Sache mit Thomas erzählt habe. Und sie musste es wie immer noch am selben Tag Irina weitererzählen. Gemeinsam haben sie gegoogelt und mir dann eröffnet, dass nur Küssen sowieso nicht strafbar ist. Als ob ich jemals vorgehabt hätte, irgendetwas in die Richtung zu unternehmen. Ich war einfach nur froh, dass der nicht mehr hier auftauchte. Ronni arbeitet heute noch mit ihm zusammen, allerdings müssen sie nicht mehr gemeinsam für Reparaturaufträge rausfahren. Trotzdem.

Aber er dachte doch, dass ich genau deswegen niemand was davon erzähle. Hätte ich auch nicht, wenn Ronni nicht so endlos genervt hätte.

Wenn ich einfach meine Klappe gehalten hätte, wäre das mit Steffi vielleicht nicht passiert. Weil Ronni und Irina mir dann nämlich nicht unterstellt hätten, ich hätte was mit Steffi angefangen, nur um die Sache mit Thomas zu verarbeiten. Irgendwie gibt es tausend Sachen, die ich hätte machen können, damit das nicht passiert.

„Hat er noch irgendwas anderes gemacht?" Irina hatte eine dermaßen genervte Fresse, selbst wenn er noch was anderes gemacht hätte, hätte ich es für mich behalten.

„Nein. Er hat mir nur seine Zunge in den Hals gesteckt. Das war schon eklig genug."

„Ach komm, in den Hals gesteckt. Jetzt übertreib doch nicht."

„Er hat mir einen Zungenkuss gegeben. Und es war eklig." Hä? Sie fragte mich, ob noch was Schlimmeres passiert war, und als ich nein sagte und einfach das erzählte, was passiert war, übertrieb ich plötzlich. Konnte die Frau sich mal entscheiden?

„Na ja. Du hattest ja tatsächlich diesen Ausschlag im Gesicht. Ich dachte schon, du hast wieder diese künstlichen Energy-Drinks mit den tausend E-Stoffen getrunken."

„Was heißt hier wieder? Ich habe in meinem Leben ein einziges Mal Red Bull getrunken." Na ja, eine Woche lang. In der siebten Klasse, auf dem Landschulheim, weil ich Angst hatte, wenn ich einschlafe, kippen sie mir Wasser aufs Bettlaken, malen mir Pimmel ins Gesicht oder Schlimmeres.

„Jetzt sag doch mal. War da sonst noch was?"

„Nein. Hab ich doch schon fünfmal gesagt."

„Deswegen musst du mich aber nicht gleich anpampen."

Ich hatte keine Lust, mich noch länger mit dieser Scheiße zu beschäftigen, also biss ich mir auf die Zunge.

„Hat er echt nicht noch was anderes versucht?"

Selbst, wenn etwas gewesen wäre und ich es erzählen würde, würde sie mir trotzdem unterstellen, dass ich übertrieb. Wieso fragte sie, wenn sie es eh nicht hören wollen würde? Doch nur, um später sagen zu können, sie habe mich gefragt und ich hätte ja die richtigen Antworten gegeben.

„Nein", sagte ich so ruhig wie möglich.

Ich glaube, eigentlich sind sie fast schon froh, dass mir das mit Thomas passiert ist, weil sie mir deshalb unterstellen können, ich hätte einfach nur keinen Bock auf Männer.

Ronni meldete sich später bei der Musikschule an und hat seitdem zwar nur zwanzig Minuten Unterricht pro Woche, aber dafür eine Gitarrenlehrerin (die so eindeutig hetero ist, dass selbst Irina sich keine Gedanken zu machen braucht).

JANUAR

Ronni, klar, ist halt Ronni, und hat dann doch noch zwei solche Trullas vom Jugendamt zu uns nach Hause geholt. Ausgerechnet Ronni. (Ausgerechnet das Jugendamt, nachdem sie nach meiner Geburt geschlagene fünf Jahre Stress hatten, bis Ronni mich endlich adoptieren durfte.)

Natürlich ohne mich vorher zu fragen oder mir überhaupt Bescheid zu sagen.

Ich kam gerade von der Schule und sollte spontan noch mal schildern, was passiert war. Tat ich.

Bitte noch mal von vorne und diesmal ganz genau.

Tat ich.

Sie sagten dasselbe, das auch im Internet stand. Küssen allein war nicht strafbar. Man könne vielleicht mit viel gutem Willen Thomas' Festhalten meines Kopfes als Freiheitsberaubung interpretieren, aber dass sich ein Polizist fände, der dieses Maß an gutem Willen aufbringen würde, sei sehr unwahrscheinlich.

Ronni ließ nicht locker und ging mit mir trotzdem zur Polizei.

Gleiches Spiel. (Spontan erzählen, aber bitte trotzdem ganz genau.) Die Polizistin war nett, deswegen betonte sie, dass sie uns auf keinen Fall irgendetwas Böses unterstellen wolle. Aber es könne eben Leute geben, die als Außenstehende unseren Wunsch, Anzeige zu erstatten (unseren Wunsch – danke, Ronni) als Versuch interpretieren könnten, Thomas zu mobben. Also, nicht, dass das irgendjemand tatsächlich dachte, vor allem nicht sie, aber jeder Verteidiger würde es eben so hinstellen, als sei das unser (noch mal danke) wahres Motiv, deshalb sollten wir es doch lieber lassen. Obwohl sie natürlich verstehen könne, dass für uns in unserer speziellen Familienkonstellation eine unliebsame Begegnung mit einem Mann eine besondere Herausforderung sei. Ronnis Wangen wurden rot und röter, wie immer, wenn sie sich das Weinen verkniff. Es tue ihr leid, aber es gebe eben keine richtige Handhabe, wenn nichts eindeutig Strafbares vorgefallen sei. Also vorgefallen sei ja offensichtlich schon etwas, dass er meinen Kopf festgehalten habe, sei schon schlimm, aber leider hätte ich mich nicht augenblicklich und für den potentiellen Beschuldigten eindeutig erkennbar gewehrt.

Zum Abschluss las sie uns noch aus einem dieser ominösen Gutachten vor, denen ich mich würde unterziehen müssen, sollten wir uns tatsächlich entscheiden, Anzeige zu erstatten. Natürlich nur, falls das Verfahren nicht gleich in den ersten drei Monaten eingestellt würde.

„‚Die Zeugin Frau M. ist von durchschnittlich attraktivem, im Allgemeinen gepflegten Äußeren und trägt schlichte, aber situationsangemessene Kleidung.' Das ist der Code für die Zeugin ist hässlich, wäscht sich nicht und hat absolute Billigklamotten an. Es muss nicht mal so gewesen sein, aber Papier ist bekanntlich geduldig.

‚Die letzte Aufgabe des kognitiven Tests wurde angemessen, aber etwas fassadär bearbeitet.' Das heißt, die Zeugin, das wären in dem Fall Sie, hat sich Mühe gegeben und es gerade noch so hinbekommen, aber leider hat sie versucht, sich als besser hinzustellen, als sie ist, sie hat versucht, ihre Fassade aufrechtzuerhalten.

Also, ein Beispiel lese ich Ihnen noch vor: ‚Bei der Beschreibung des Tathergangs sagt die Zeugin aus, sie habe während des Geschlechtsaktes Schmerzen zwischen den Beinen gehabt. Dies widerspricht ihrer anfänglichen, auf dem Polizeirevier H. getätigten Aussage, der Beschuldigte habe sie währenddessen an der Hüfte auf den Boden gedrückt, was ja praktisch schon schwer durchführbar erscheint, und ihr dadurch Schmerzen verursacht. Zudem entspricht es dem bei Borderline-Patientinnen häufig beobachteten Muster der schrittweisen Eskalation der Schilderungen (erst Schmerzen an der Hüfte, dann Schmerzen zwischen den Beinen). Weiterhin ist auffällig, dass die Patientin von ihrer Harnröhre spricht, die gebrannt habe, da der Beschuldigte sie dort angefasst habe, ob vor oder während des mutmaßlich stattgehabten Aktes, konnte sie nicht mehr sagen, wo er doch offensichtlich ihren Kitzler berührt haben muss. Dass eine fast dreiundzwanzigjährige Frau zu beschämt ist oder zu geringe anatomische Kenntnisse hat, um ihr Geschlechtsteil akkurat zu benennen, ist sehr unwahrscheinlich, vor allem, wenn man die Umstände bedenkt, in denen die Zeugin aufgewachsen sein will, und ist daher eher als Teil der Strategie zu bewerten, sich selbst als möglichst kindlich und unerfahren zu präsentieren. Abschließend ist festzustellen, dass die Zeugin zwar über eine durchschnittlich ausgeprägte Beobachtungsgabe verfügt, jedoch auf Grund der ihrer Persönlichkeitsstruktur inhärenten Eigenheiten für Ereignisse, in deren Mittelpunkt sie selbst steht, als Zeugin ungeeignet ist.'

Die Frau war übrigens vor und während ihrer Anzeige noch nie beim Psychiater, hatte also auch keine Borderline-Störung. Ich sage Ihnen, so bedauerlich Ihre Situation ist, lassen Sie das. Sie gehen da als wütende junge Frau rein und kommen als psychisch gestörte, manipulative, aufmerksamkeitsheischende Männerhasserin wieder raus. Und wenn Ihnen dann noch mal so was passiert, oder noch etwas Schlimmeres, ziehen die einfach das alte Gutachten aus der Schublade und schicken Sie gleich wieder nach Hause."

Die Chance, dass es überhaupt so weit komme, dass über mich ein Gutachten erstellt werde, sei natürlich sehr gering, aber sie habe uns trotzdem mal „beispielhaft" einen kleinen Einblick gewähren wollen, was so auf uns zukäme im Fall der Fälle.

„Ja, das verstehen wir natürlich", sagte Ronni. „Trotzdem vielen Dank für Ihre Mühe."

„Dafür nicht", sagte die Polizistin. „Das ist schließlich unser Job."

(Ja, genau. Fälle so zurechtzufrisieren, dass nichts, was passiert ist, „eindeutig erkennbar" irgendwas ist. Das ist euer Job. Die kriegen doch Prämie für jeden Fall, der nicht auf dem Schreibtisch der Staatsanwaltschaft landet.)

Hatte zu Neujahr den Vorsatz, mit dem Saufen aufzuhören. Ich dachte, nach dem dritten Silvester muss es ja klappen. Aber tja, der Baum der guten Vorsätze trägt die wenigsten Früchte. Trotzdem, die leise Hoffnung hatte ich schon, dass es mir leichter fallen würde, aufzuhören, wenn alles zu hat und Ronni und Irina aus dem Haus sind.

MÄRZ

Therapeutin: „Wo wollen Sie hinziehen? In den nächsten ein bis zwei Jahren? Sagen Sie spontan irgendeinen Ort."

„Sie wissen genau, bei so was muss ich erst eine Stunde googeln." Schon bei dem Wort „spontan" kriege ich hohen Blutdruck und Schweißausbrüche. Wenn Irina beschließt, „spontan" irgendwo hinzufahren, führt das meistens dazu, dass sie versucht, die Planungsleistung, für die andere sich drei Tage Zeit nehmen, in einer halben Stunde zu bewältigen, dabei die Menschen um sich herum zusammenschreit und dann erklärt, man könne nun doch nicht fahren, weil es ja nicht möglich sei, dass die Menschen in dieser Familie einen mit allereinfachsten Handgriffen unterstützten, woraufhin Ronni sagt, dass es doch aber schade wäre, jetzt, wo schon alles fast vorbereitet sei, doch nicht zu fahren, so dass also zwei weitere Stunden in diese Vorbereitung investiert werden und man entweder zur Hochbetriebszeit oder kurz vor Kassenschluss am „spontanen" Ausflugsziel ankommt (Badesee, Kanuverleih, Affenwald, Campingplatz), wo Irina sich noch mal darüber beschwert, wie unfähig diese Familie doch ist, einen entspannten Sonntagsausflug zu unternehmen so wie alle anderen Menschen auch.

Therapeutin, meinen Einwand ignorierend: „Was ist Ihr Traumberuf?"

„Man sieht es mir nicht an, aber ich glaube, ich würde gerne mit Kindern arbeiten."

„Genauer."

„Kindergärtnerin. Aber ich glaube, das wäre für die Kinder nicht so gut."

„Lassen Sie das doch die Kinder entscheiden."

„Ja, sag ich doch. Wenn die entscheiden dürften, wäre ich nach drei Tagen wieder arbeitslos."

Therapeutin seufzt. „Also, der Grund, warum Sie diesen Beruf nicht ergreifen wollen, ist."

Ich wartete darauf, dass sie den Satz zu Ende sprach, bis ich kapierte, dass es eine Frage sein sollte.

„Dass ich Angst habe, dass die Kinder mich nicht mögen."

„Was meinen Sie, woher kommt diese Angst?"

„Ich weiß, voll offensichtlich, aber ich wurde im Kindergarten gemobbt. Und in der Schule auch. Bis auf die letzten drei Jahre am Gymnasium. Da habe dann ich meine Freundin gemobbt. So lange, bis sie sich vor den Zug geworfen hat." Die Geschichte kennt sie schon längst. Es kommt mir fast so vor, als ob sie absichtlich immer wieder Situationen schafft, wo ich sie noch mal erzählen muss.

War so, ist so. Kann ich nicht ändern. Ich gehe eigentlich nur in Therapie, weil ich keinen Bock habe, noch mal stationär einzufahren. Die stecken mich dann wieder auf die Station zu den vergewaltigten Frauen. Es ist voll scheiße, wenn alle um dich rum nichts dafür können, dass es ihnen schlecht geht, und dir geht es auch schlecht, aber du bist selber schuld. Und zusätzlich noch daran, dass es anderen schlecht geht.

Wenn gar nichts mehr hilft, tröste ich mich damit, dass Steffis Familie sie nicht sonderlich vermisst.

Ich komme nur um des lieben Friedens willen hierher. Offiziell bin ich gerade arbeitslos (krankgeschrieben sähe doch blöd aus in Ihrem Alter, sagte die Frau vom Jobcenter). Das Dumme ist, jetzt liege ich meinen Eltern auf der Tasche. Ich gehe dreimal die Woche zum Biolandhof Gemüsekisten packen und gebe davon symbolische hundert Euro für Essen und Miete ab. Ronni sagt immer, wenn ich nicht hier wohnen würde, müssten sie das Haus ja trotzdem weiter abbezahlen.

Ich muss endlich von zu Hause ausziehen.

Aber was, wenn dann alles noch schlimmer wird?

„Radikale Akzeptanz", sagt Frau Richter. „Wir sprechen ja nicht zum ersten Mal über diesen Aspekt Ihres Lebens, und wie Sie selbst richtig bemerkt haben, gibt es Menschen, die an viel schlimmeren Dingen schuld sind."

„Nur, und das habe ich auch schon öfter gesagt, haben diese Menschen entweder genug Arsch in der Hose, sich umzubringen, oder sie haben kein Gewissen."

„Wir haben aber auch schon darüber gesprochen, warum Ihre Form von Schuld nicht dieselbe ist wie von jemandem, der geplant und absichtlich einen Menschen tötet."

„Na und? Für das Opfer ist das Ergebnis doch das gleiche. Außerdem, wissen Sie, ob das stimmt, was ich Ihnen hier erzähle? Manchmal weiß ich das ja nicht mal selber. Das gibt es doch, dass man falsche Erinnerungen an ein Ereignis hat, um sich selbst zu entlasten. Vielleicht habe ich sie ja geschubst."

„Wenn das wirklich so wäre, säßen sie mit sehr hoher Wahrscheinlichkeit nicht hier."

„Sehr hohe Wahrscheinlichkeit. Ja, na und. Solange noch eine kleine Restwahrscheinlichkeit besteht, dass ich es doch war."

„Wenn es Ihnen hilft, daran zu glauben, dass Sie aktiv in ihren Tod involviert waren, dann tun Sie das."

„Und wenn nicht?"

„Dann sage ich Ihnen noch mal: Wenn der Zug zwei Minuten früher durchgefahren wäre, wäre Ihre Freundin auch tot und Sie würden sich genauso schuldig fühlen."

„Ja, aber ich *wäre* nicht schuldig. Wenn ich sie nicht so verletzt hätte, hätte sie sich nicht umgedreht und wäre nicht noch mal über diese blöden Schienen gelaufen. Und ich kann ja nicht mal sagen, dass ich das, was ich gesagt habe, nicht so gemeint habe. In dem Moment habe ich es so gemeint."

„Es ist nicht sehr zielführend, wenn wir hier den gleichen Dialog jede Woche wieder aufführen. Ich bin sicher, Sie kennen meine Antwort an dieser Stelle bereits auswendig."

„Wollen Sie damit sagen, ich spiele nur Theater?"

„Nein, das will ich damit nicht sagen, und das wissen Sie auch." Es ist das Ende der Stunde, und sie muss sich wie immer sehr bemühen, mir die richtige Dosis Genervtheit mitzugeben. „Also, Hausaufgabe: Sie geben den Ort, an dem Sie leben möchten, und den Beruf, den Sie gerne hätten, in eine Suchmaschine ein, und wenn dabei ein Stellenangebot auftaucht, bewerben Sie sich darauf."

Ich dachte, ich müsste erst mal ein unbezahltes Praktikum machen und Ronni und Irina anschnorren, damit sie mich noch mal ein Jahr durchfüttern. Aber so wie es aussieht, kann man sich mit einem Minimum an pädagogischer Erfahrung (höhö) als Erzieher-Assistentin bewerben. Bei einer gibt es sogar die Option, nach einem Jahr als Assistentin eine richtige Ausbildung anzufangen. Jaja. Aber ich probiere es halt mal, damit die mich endlich in Ruhe lassen.

Ich will es ja machen. Ich glaube halt nur nicht, dass es klappt.

APRIL

Muss man bei der Bewerbung jetzt Belege mitschicken oder nicht? Habe sogar bei der Sprechstunde für Auszubildende beim Arbeitsamt angerufen. Die meinte, wenn ich irgendwelche Praktikumsnachweise rankriegen kann, wäre das natürlich schon gut. Aber ich war ja auf dem Gymnasium für Gesundheit und Soziales, das sei ja schon mal was. Ob ich da nicht irgendwelche Praktika in dem Bereich gemacht hätte.

Stimmt, da war ja was. Zwei Wochen lang den Krankenschwestern in der Offenburger Kinderklinik hinterhergelaufen und ein paar Kindern Bücher vorgelesen. Hatte ich total verdrängt.

Wenn ich mit dem Kursleiter in der Kirche eher nicht so im Guten auseinandergegangen sei, solle ich lieber nicht nach einer Bescheinigung fragen und am besten auch gar nicht erwähnen, dass ich diesen Kurs überhaupt angefangen habe.

MAI

Hab mal fünf Bewerbungen abgeschickt. Vielleicht wird es ja in absehbarer Zeit doch noch was mit den queeren Räumen. Ich hab mich mal auf *OkCupid* angemeldet und als Wohnort Berlin angegeben. Hab das Foto hochgeladen, wo ich diese schwarze Wollmütze aufhabe. Wenn man nicht genau hinguckt, könnte man meinen, ich habe kurze Haare.

Mich hat direkt eine Taleia angeschrieben, dass sie auch neu in Berlin ist. Ob ich am Freitag mit ihr auf eine After-Work-Party ins Jasmin gehe. Hab gerade mal geguckt. Das ist voll der BDSM-Schuppen.

Aber: Die schenken keinen Alkohol aus. Interessanter Zufall. Die Adresse sollte ich mir auf jeden Fall merken.

Zwei Einladungen für Bewerbungsgespräche. Die eine von einer Kita in Kreuzberg mit der Option, dort eine Ausbildung zu machen. Das andere ist telefonisch, und die Kita ist in Reinickendorf. Soll ich das überhaupt machen? Wenn, dann würde ich ja schon gern ein bisschen zentral wohnen. Unrealistisch, ich weiß.

Heute telefonisches Bewerbungsgespräch. Sie haben gedacht, sie probieren es mal, aber eigentlich suchen sie schon eher jemanden mit einer abgeschlossenen Ausbildung, zumindest als Kinderpflegerin.

Ja dann sag das doch. Jetzt habe ich mich zwei Tage umsonst verrückt gemacht. Aber immerhin, nur eine Flasche AK an zwei Tagen, statt wie sonst jeden Tag eine.

Absage von der Kita in Reinickendorf im Briefkasten. Es war doch eigentlich am Telefon schon klar. Aber sie mussten es mir natürlich noch mal schriftlich reinwürgen.

Nein, sie waren so höflich, es mir per Post zu bestätigen.

Ha, Therapieerfolg.

Die Kita in Kreuzberg hat angerufen. Ich dachte erst, um ihre Einladung zurückzunehmen, aber dann wollten sie nur noch ein paar Details besprechen.

Sie wollen wohl immer, dass Leute, die noch keine Ausbildung haben, erst mal als Erzieher-Assistenten bei ihnen anfangen. Da verdient man sogar mehr als während dem ersten Ausbildungsjahr! Hoffe nur, dass sie nicht fünf Leute einstellen und nach einem Jahr nur einer die Ausbildungsstelle bekommt. Aber das konnte ich ja vor dem Gespräch schlecht fragen.

Die Frau (Seifert? Oder Seibert?) meinte, ich soll, wenn ich schon nach Berlin fahre, gleich mal nach Besichtigungsterminen für Wohnungen gucken. Sie hätte da auch so eine Nummer, von der WG, in dem eine? einer? eines? ihrer Eltern bis vor Kurzem gewohnt hat. Ich soll da gleich mal anrufen. Also ein bisschen fishy wirkt das ja schon alles. Vor Kurzem ausgezogen? Und das Zimmer ist noch frei? In Berlin? Aber egal, angucken kann man sich's ja mal.

Ich soll jedenfalls zum 1. Juli anfangen.

Denen muss jemand abgesprungen sein, hundert pro.

Was erzähle ich denn jetzt eigentlich Ronni und Irina?

Ach, gar nichts. Ich habe keinen Bock darauf, mich stundenlang zu rechtfertigen und Irina klopft dann trotzdem blöde Sprüche.

„Für was haben wir dich dann eigentlich aufs Gymnasium geschickt? Da hättest du doch gleich auf die Realschule gehen können."

Ja hätte ich. Dann hätte ich Steffi schon früher kennengelernt und die Zeit bis zur zehnten Klasse wäre erträglicher gewesen. Ich habe keinen Bock auf so einen Intellello-Scheiß. Irina sagt, ich solle doch irgendwas mit Literatur studieren und dann an der Uni arbeiten. Die spinnt! Nur weil eine ihrer Exen Professorin für deutsche Literaturwissenschaft in Halle ist. Aber sie hat keine Ahnung, was man machen muss, um an so eine Stelle zu kommen. Ich auch nicht. Aber ich will da ja auch nicht hin.

Sie findet sich witzig, und sie meint es – vielleicht – wirklich nur nett. Aber ich ertrage ihre Sprüche einfach nicht. Werde es Ronni sagen, am Morgen, bevor ich losfahre.

JUNI

Von Donnerstag bis Samstag in Berlin gewesen. Ronni hat mich sogar zum Bahnhof gefahren. Sie hat mich so traurig angesehen, als sie mich umarmt hat, ich glaube, sie hat nicht damit gerechnet, dass ich noch mal zurückkomme.

Habe die Stelle *und* die Wohnung. Wollte eigentlich feiern gehen und bin eine halbe Stunde vor dieser Busche rumgelungert. Aber alleine ist immer noch genauso doof wie damals auf Klassenfahrt. Damals dachte ich wenigstens noch, wenn ich erst mit Steffi zusammen in einer Klasse bin, wird alles besser. Im Endeffekt saß ich in so einem fensterlosen Loch am Hackeschen Markt und habe darauf gewartet, dass ich ganz zufällig ganz tollen Leuten begegne, die mein Leben komplett verändern. Nicht mal Steffi war da. Es war alles genau wie damals.

Das Bewerbungsgespräch war dann wieder sehr nett, also fast schon zu nett, dass ich dachte, die tun nur so und sagen am Ende, sie melden sich dann. Dass das letzte Mal, dass ich etwas mit Kindern zu tun hatte, schon fünf Jahre zurückliegt, hat sie nicht gestört. Sie wollten allerdings wissen, ob ich schon mal „längerfristig“ mit Kindern gearbeitet hätte. Ich stammelte was von Babysitten mit dreizehn. Ob ich nicht noch eine andere, längerfristigere Erfahrung hätte. Ich befürchtete, sie (Frau Seibert und ihre Kollegin, deren Namen ich leider wieder vergessen habe, obwohl ich wirklich versucht hatte, ihn mir einzuprägen) merkten, dass ich irgendwas zu verbergen hatte, deswegen rückte ich dann doch mit diesem Jugendleiter-Kurs raus.

Ich erzählte natürlich die bereinigte Version. (Ich hatte auf diesem Kurs meine erste Freundin kennengelernt, wir waren uns beide erst mal nicht sicher und hielten unsere Beziehung geheim, aber irgendwann konnte Steffi es nicht mehr für sich behalten und outete uns vor dem Kurs, woraufhin der alte, weiße Kirchenmann uns unterstellte, wir könnten gar nicht ernsthaft daran interessiert sein, den christlichen Glauben weiterzutragen, und uns nahelegte, den Kurs abzubrechen. Wir nahmen seine Entscheidung hin und erzählten unseren Eltern, wir hätten schlicht kein Interesse mehr an der Arbeit mit Kindern und Jugendlichen – was natürlich nicht stimmte –, um zu verhindern, dass einer unserer Eltern bei Herrn Schödl nach den Gründen fragte, und ließen uns lieber von ihnen als faule, planlose Teenager beschimpfen, als ihnen von unserer Beziehung zu erzählen.)

Und es funktionierte genauso gut wie bei Irina: Man muss ihnen nur das Gefühl geben, man würde ihnen gerade etwas mega Unangenehmes erzählen. Das kann irgendwelcher hanebüchener Scheiß sein, Hauptsache, sie denken, man hat sich ihnen gerade total geöffnet.

In Wirklichkeit erzählte Steffi ihren Eltern gar nicht, dass sie rausgeflogen war, und erst recht nicht den Grund – weil wir nur maximal bei der Hälfte aller Workshops anwesend gewesen waren, wir gingen stattdessen beim Dreher-Bäcker frühstücken, ins Kino (Trolls, was Gescheiteres lief nicht nachmittags, und ja, wir kamen uns total retro vor) und einmal ins Strandbad am Gifizsee – nicht ins Wasser natürlich, wir setzten uns auf eine Bank auf dem Campingplatz, etwas abseits, hielten Händchen und knutschten herum. Sehr zögerlich (das war es wohl, was die beiden Typen dazu bewog, sich einzumischen), es blieb unser erstes und einziges Mal dort.

Ich sagte meinen Eltern tatsächlich, ich hätte keinen Bock mehr auf die Scheiße. Irina wollte sofort wissen, warum, aber statt mich zu fragen, rief sie Herrn Schödl an, der ihr en détail von meiner „Liebelei" mit Steffi erzählte, in die ich unleugbar mehr Zeit investiert hätte als in meinen Jugendleiter-Kurs.

Man könne sich ja mal überlegen, ob das Zufall sei, dass auch ich mich offensichtlich zum weiblichen Geschlecht hingezogen fühle. Er glaube nicht. Er habe es aber sehr schade gefunden, dass

Steffi nicht mehr am Kurs habe teilnehmen wollen, nachdem er mich vor die Wahl gestellt habe, meine Aktivitäten mit Steffi während der Kurszeit zumindest einzuschränken oder eben eventuell nächstes Jahr noch einmal von vorne anzufangen. Zumindest hatte er das so gesagt.

Und warum er mich vor die Wahl gestellt hatte zu gehen, nachdem Steffi zum dritten Mal in Folge im Gruppenraum vor allen Leuten verkündet hatte, dass sie heute ja schon wieder ihren Schlafsack vergessen hätte, hach so ein Zufall, und deswegen leider mit in meinem schlafen musste, konnte ich mir auch nur dadurch erklären, dass er sich nicht traute, die Tochter einer alteingesessenen Bauersfamilie rauszuschmeißen, auch wenn sie katholisch war (das hätte ja noch blöder ausgesehen), und sich stattdessen auf die Tochter der Ossi-Lesbe stürzte.

Irina kriegte einen Ausraster wie sonst nur, wenn Ronni sich mit ihrer Freundin traf – sie hätte mich beinahe geschlagen. Ja, ich weiß, andere werden tatsächlich geschlagen, aber ich erschrak mich trotzdem.

„Na, toll dass ich das von Herrn Schödl erfahre. Ausgerechnet. Und der denkt natürlich, es liegt an uns. Weil Homos kriegen Homokinder, so wie Heteros nur Heterokinder kriegen."

Ich war erst mal sauer, dass er behauptete, ich sei es gewesen, die Steffi von diesem Kurs abgehalten hatte. Dabei sah Steffi doch viel lesbischer aus als ich.

„Warum hast du uns das denn nicht erzählt?", fragte Ronni.

„Das könnt ihr euch doch wohl selber denken!"

„Nein. Wir können keine Gedanken lesen, das haben wir dir schon ganz oft gesagt." Ja klar, immer, wenn es drauf ankam, hatte man plötzlich alles Mögliche ganz oft getan.

„Genau wegen dem, was jetzt passiert ist. Weil die Leute sich das Maul zerreißen über Erb-Homos und die Leute mich eh schon seit ich zehn bin als Lesbe bezeichnen. Obwohl ich da noch nicht mal wusste, dass das was Schlimmes sein soll." Jedenfalls nicht das, was andere Leute sich darunter vorstellten. Ich kriegte nur mit, dass es etwas war, was man offensichtlich nicht sein sollte, denn auch wenn man nichts dafür konnte, dass man *es* war, konnte man es sich doch wenigstens verkneifen.

„Die Leute zerreißen sich doch schon immer das Maul über uns. Das ist uns doch egal." Ronni kam zu mir und nahm mich in den Arm. An der Art, wie ihr Herz klopfte, merkte ich genau, dass es ihr nicht egal war. Aber ich brachte es nicht über mich, ihr zu sagen, dass ich merkte, dass sie mir zuliebe log.

„Aber vielleicht stimmt das ja doch, dass sie sich das abgeguckt hat." Irina hatte die Angewohnheit, plötzlich so zu tun, als sei ich nicht mehr anwesend. „Ist doch schon komisch, keine zwei Monate nach dieser Sache mit Thomas lernt sie diese Steffi kennen. Die will ich mir jetzt übrigens doch mal genauer anschauen."

„Damit du dir über sie das Maul zerreißen kannst, oder?"

„Das hat doch überhaupt niemand gesagt." Ronni drückte mich noch mal. Es fühlte sich gut an, aber ich war so wütend. „Natürlich hat hier nie irgendjemand was gesagt. Aber ich weiß doch, dass ihr das denkt!"

„Du willst doch nicht etwa sagen, dass du glaubst, was irgendein Spießer aus der Kirche erzählt", sagte Ronni zu Irina, während sie mir über den Rücken strich und mich hin und her schaukelte.

„Du bist nur sauer, weil ich die Einzige hier bin, die kein Problem mit der Kirche hat." Irina hatte nämlich die Hoffnung noch nicht aufgegeben, dass die Kirche im Schwarzwald wenigstens ansatzweise Gemeinsamkeiten mit der Kirche hatte, in der sie sich zu Vorwendezeiten in Leipzig engagiert hatte. Beides waren doch evangelische Kirchen.

Natürlich nur dem Namen nach. Ronni hatte mir mal erklärt, dass die protestantische Kirche in Baden eigentlich ein Zusammenschluss von calvinistisch-reformatorischen Bewegungen war, die aber mit der lutherischen Reformation nichts zu tun hatten, im Gegensatz zu den Kirchen in Norddeutschland, die sich eben auf Luther beriefen. Gemeinsam war ihnen nur, dass sie sich gegen die katholische Kirche wandten, weshalb sie auch protestantisch hießen. Luther wollte aber nur die katholische Kirche reformieren, während Calvin und die anderen Reformatoren sie abschaffen und eine komplett neue Kirche gründen wollten (sie wollten also nicht den Katholizismus reformieren, sondern die Kirche an sich). Für Ronni waren die süddeutschen Protestanten intolerante, deterministische Calvinisten, die norddeutschen dagegen waren eigentlich Katholiken, nur dass sie nicht an die Erbsünde glaubten und Spaß am Sex haben durften (sonst hätten sie ja wohl kaum als einzige öffentliche Organisation Lesben und Schwulen zu DDR-Zeiten einen Zufluchtsort geboten).

„So schlimm wie bei euch wär's aber bei uns selbst ohne Kirche nicht gewesen", meinte Irina.

„Ich finde doch eure Kirche sowieso nur so toll, weil ich dich dort kennengelernt habe." Ronni hatte sich nach der Wende als eine der Ersten aus ihrem Bekanntenkreis 1997 „in die Zone" getraut und auf dem Kirchentag in Leipzig (auf den sie nur gegangen war, weil sie Einzelheiten darüber erfahren wollte, wie die evangelische Kirche es geschafft hatte, eine Revolution anzuzetteln) gleich die Liebe ihres Lebens kennengelernt, die ihr erklärte, dass es strenggenommen nicht die Kirche an sich war, sondern die Menschen, denen die Kirche ihre Räume zur Verfügung stellte, und dass sie von den Aktivitäten, die in diesen Räumen stattfanden, mitnichten immer begeistert gewesen war.

Obwohl Ronni sie über diese Unterschiede mehrfach aufgeklärt hatte, schien Irina immer noch zu denken, dass Menschen, die sich in der Kirche engagierten, prinzipiell systemkritisch und freigeistig eingestellt waren. Sie hatten also auch nichts gegen ALFs (andere Lebensformen) und dementsprechend auch kein Interesse daran, Menschen, die diese Formen lebten, in irgendeiner Weise zu beeinflussen. Sie fasste Herrn Schödls Bemerkung also lediglich als Hinweis auf, dass ich es war, die (wie schon in der ersten Klasse) die anderen Kinder abgelenkt hatte, und dass es durchaus möglich war, dass meine eigentliche sexuelle Orientierung durch meine besondere Erziehung überlagert wurde. („Umgekehrt gibt es das ja auch.")

So erklärte ich mir jedenfalls Irinas Verhalten nach dem Gespräch mit Herrn Schödl. Wenn ich gute Laune hatte.

Aber Ronni setzte sich durch, und Steffi durfte am Wochenende zu uns kommen, und sie überredete schließlich auch Irina, dass ich mit Steffi zusammen die Schule wechseln durfte. Also kam Steffi so gut wie jedes Wochenende zu uns. Meist kam sie Samstagnachmittag und blieb bis Sonntagmittag, manchmal kam sie schon Samstagmorgen und blieb bis Sonntag um fünf. Ich weiß nicht, ob Steffi ihren Eltern jemals erzählt hat, dass sie nicht mehr zu diesem Kurs ging. Herr Schödl wird es ihnen nicht gesagt haben. Aber ich halte es für unwahrscheinlich, dass es ihnen nicht doch von irgendwoher zu Ohren gekommen ist. Andererseits, vielleicht traute sich einfach niemand, sie auf so etwas aufmerksam zu machen, nach der Sache mit Steffis Oma, und weil die

Leute einfach weiter in Ruhe ihr Gemüse bei Manzers kaufen wollten.

Vornerum war Irina total nett zu Steffi, aber sobald sie aus dem Haus war, lästerte sie über sie ab. „Selbst wenn du lesbisch wärst, müsstest du dich doch nicht mit so einer einlassen, oder?“, war noch einer ihrer netteren Sprüche. „Steffi mit drei f“, sagte sie auch oft, „fett, faul, phlegmatisch.“ Unglaublich witzig.

Ronni versuchte ihr immer wieder klarzumachen, wie verletzend sie sich verhielt. Das war zwecklos, denn sie wusste es doch schon längst. Deswegen machte sie es ja. „Die nutzt dich doch nur aus“, war noch einer ihrer Lieblingssprüche. Und das Schlimme war, ich wusste, dass sie Scheiße laberte, und fing trotzdem irgendwann an mich zu fragen, ob sie recht haben könnte.

Was ich außerdem gemacht hatte, interessierte während des Gesprächs überhaupt nicht, dabei hatte ich mir so eine schöne Story zu meinem derzeitigen „Job“ zurechtgelegt – ich arbeitete auf einem Biolandhof, nicht, weil mich niemand außer ein Unternehmen, das unter Mindestlohn bezahlte, überhaupt nehmen würde, nein, weil ich, wenn auch nur mit unbedeutenden Handgriffen, wenigstens einen kleinen Beitrag leisten wollte zur Bewahrung unserer Erde, nachdem ich jahrelang Handlangerin der Konsumgüterindustrie gewesen war. Aber wie gesagt, sie fragten nicht danach. War wahrscheinlich auch besser so.

Meine zukünftige Chefin hat mich schon mal gleich zum Sommerfest am ersten Juli eingeladen. War vielleicht doch gut, dass ich vor dem Vorstellungsgespräch nicht noch Klamotten kaufen war.

Bei der Wohnungsbesichtigung stand ich mit zehn anderen Frauen im Flur herum, als Annika, eine der beiden Mitbewohnerinnen, sich zwischen mich und die anderen stellte. Sie war groß und kräftig, ohne dick zu wirken, und schirmte mich ziemlich effektiv von meinen Mitbewerberinnen ab.

„Brauchst du das Zimmer dringend?“, fragte sie. Sie klang ernsthaft besorgt und beugte sich, vermutlich in Erwartung eines vertraulichen Gesprächs, zu mir herunter. Der spießige Duft irgendeines Reformhaus-Duschgels stieg mir in die Nase. Ich war irritiert. An ihr hätte ich eher Axe Bodyspray vermutet.

„Ja, schon ziemlich", antwortete ich, konnte ihr dabei aber nicht lange in die Augen sehen, da es offensichtlich war, dass andere das Zimmer dringender brauchten als ich. Eine Frau bekam seit Kurzem kein Bafög mehr, steckte mitten in ihrer Master-Arbeit und war wegen Eigenbedarfs gekündigt worden. Eine andere war auf Grund ihrer Gehbehinderung auf einen Aufzug angewiesen.

„Dann ist das hier eh nicht das Richtige für dich. Auf den Aufzug hier kann man sich null verlassen. Wir sind da schon seit Jahren dran, aber weil das ein städtisches Gebäude ist, dauert alles ewig."

Das Ausmaß meiner Dringlichkeit hingegen beschränkte sich darauf, dass mich der Kindergarten, bei dem ich heute Morgen mein Bewerbungsgespräch gehabt hatte, vor einer halben Stunde angerufen und mir gesagt hatte, dass ich die Stelle hatte. Noch während der Besichtigung verflog meine Euphorie. Ich kam mir vor, als hätte ich meine Beziehung mit Steffi öffentlich ausgeschlachtet, um bei der Leiterin zu punkten, und sei nur als Quotenlesbe eingestellt worden. Gab es so was wie positive Diskriminierung vielleicht doch? Ausgerechnet aus der Sache mit Steffi einen Vorteil zu ziehen, ohne zu erwähnen, wie unsere Beziehung geendet hatte, war einfach nur schamlos.

Ich muss wohl auch auf andere entsprechend verzweifelt gewirkt haben, denn Annika führte mich irgendwann unter den teils fragenden, teils neidischen Blicken der anderen Frauen alleine ins Wohnzimmer.

„Alles klar, ich gehe mit den anderen schon mal so lange raus." Madeleine, die zweite Mitbewohnerin, warf mir einen prüfenden Blick zu, bevor sie die Wohnzimmertür schloss und die anderen aus der Wohnung lotste, um ihnen das Klavierzimmer und den gemeinschaftlichen Partyraum im Erdgeschoss zu zeigen. Der Duft, den sie im Raum hinterließ, roch ähnlich kontrolliert biologisch wie der von Annika, aber zu ihr passte er irgendwie. Wahrscheinlich hatte Madeleine Annika dazu genötigt, auch nur noch non-toxische Kosmetikprodukte zu benutzen, so wie Irina uns allen ihre neuesten Diäten aufdrückte.

„Was macht ihr eigentlich so?", fragte ich.

„Du meinst beruflich?"

„Äh, ja." Für Details aus dem Privatleben war es ja wohl noch zu früh.

„Ich arbeite bei einer Autovermietung. Madeleine macht gerade ihr Praktisches Jahr an der Charité. In der Geburtshilfe." Ehrfurcht schwang in ihrer Stimme mit.

„Das ist bestimmt echt anstrengend, oder?"

„Ja, vor allem, wenn sie Nachtdienst hat."

Ich wollte nicht genauer nachfragen, für welche der beiden es besonders anstrengend war. Wir saßen da und schwiegen verkrampft.

„Und warum genau willst du dieses Zimmer unbedingt haben?" So wie Annika die Frage formulierte, war mir klar, dass sie damit auf irgendeine eventuell vorliegende Notsituation meinerseits anspielte. Das musste ich natürlich aufklären. Andererseits wollte ich das Zimmer haben. Zwanzig Quadratmeter, hohe Fenster, in einem 2007 erbauten Gebäude. Ein großer Balkon vor der Küche. Ein Garten und eine Wiese im Innenhof. Und, zumindest dem ersten Eindruck nach, zwei Mitbewohnerinnen, mit denen das Zusammenleben sicher über das einer Zweck-WG hinausgehen würde. Das alles für fünfhundertfünfzig Euro warm, inklusive Telefon, Internet und Fernsehen. Und ich hatte ja aus meiner angeblich schlimmen Geschichte heute schon einmal Profit geschlagen.

„Also, ich muss natürlich nicht weg. Nicht, dass du denkst, ich muss vor meinem durchgeknallten Ex fliehen oder so."

Annika sah mich an, als könne sie sich überhaupt nicht erklären, wie ich auf die Idee kam, sie könne so etwas über mich gedacht haben.

„Ich bin jetzt bei dir eh nicht davon ausgegangen, dass du vor eine*m* Ex fliehen müsstest."

„Ähm, okay. Freut mich."

„Sehr überzeugt klingt das nicht."

„Mich wundert nur, dass Leute mir das anscheinend ansehen, obwohl ich es gar nicht darauf angelegt habe." Ehrlich jetzt. Ich hatte ganz normale Frauenkleider an, eine Bluse mit pastellfarbenen Blümchen drauf und sogar eine beige Stoffhose, wegen des anderen Bewerbungsgesprächs. „Das geht mir so, seit ich zehn bin. Das ganze Dorf daheim wusste, dass ich lesbisch bin, noch bevor ich überhaupt wusste, was das genau ist."

Also, natürlich wusste ich, was es ist, das ließ sich ja nicht vermeiden. Aber wie es sich anfühlte, erfuhr ich erst durch Steffi. Außerdem war jetzt nicht gerade der beste Moment, meine lesbisch-lesbische Familiengeschichte auf den Tisch zu packen. Ich hatte oft genug erlebt, dass gerade die Leute, die selbst nicht ganz der Norm entsprachen, sehr deutliche Vorstellungen davon hatten, wie weit diese Abweichung von gesellschaftlichen Standards gehen durfte.

„Klassischer Fall von ‚My hair knew I was gay before I did'." Annika lachte. „Und jetzt? Neues Spiel, neues Glück?" Annika ließ sich ins Sofa sinken und sah mich neugierig an.

Das war jetzt schon sehr direkt. Also eigentlich schon unverschämt.

Andererseits wollte ich dieses Zimmer.

„Na ja, ich brauche diese Wohnung, weil ich heute erfahren habe, dass ich in knapp vier Wochen eine neue Stelle in Berlin anfangen kann", versuchte ich es erst mal mit der offiziellen Version.

Annika blieb unbeeindruckt.

„In einem Kindergarten."

Sie hob eine Augenbraue. „Was hast du denn vorher gemacht, und was willst du jetzt ausgerechnet in einem Kindergarten?"

„Was heißt, ausgerechnet ich? Wieso sollte ich nicht in einem Kindergarten arbeiten?" Das klang um einiges genervter, als ich beabsichtigt hatte. Ich musste das echt mehr als ein zweites Bewerbungsgespräch betrachten. Die anderen waren sicher bald von ihrer Besichtigung der Gemeinschaftsräume zurück. Für was auch immer das das Codewort war.

„Ich habe nicht gefragt, warum ausgerechnet du. Ich habe gefragt, warum du ausgerechnet in einem Kindergarten ein wahrscheinlich unbezahltes Praktikum machst. Die letzten zehn Jahre musst du ja was vollkommen anderes gemacht haben, sonst würdest du doch jetzt nicht mit einem Praktikum anfangen."

„Ich bin zweiundzwanzig." Ich machte eine beleidigte Kunstpause.

Annika verzog keine Miene.

„Da wird man sich ja noch mal beruflich neu orientieren dürfen." Mir egal, wie sich das auf meine Chancen auswirkte. Ich musste mich doch hier nicht nackig machen. „Außerdem mache ich kein unbezahltes Praktikum. Ich habe eine bezahlte Stelle als Erzieher-Assistentin."

„Also, ich habe ja nichts gegen Menschen mit Brüchen im Lebenslauf. Aber so wird das mit uns nichts. So ein paar Stichpunkte zu deinem Hintergrund bräuchte ich schon, um zu entscheiden, ob du zu uns passt." Annika seufzte und schob sich umständlich aus dem durchgesessenen Sofapolster.

Das klang sehr nach schlechten Erfahrungen mit einer früheren Mitbewohnerin. Vielleicht einer mit einem Drogenproblem, die ihnen die Wohnung ausgeräumt hatte.

Oder einer, die eine dreiviertel Flasche Rotwein brauchte, um einzuschlafen, die Flasche aber immer ganz austrank und dann nachts um drei auf der Suche nach der Kloschüssel durch die Wohnung polterte.

Mist.

Ich sah mich noch einmal um.

Erst jetzt erkannte ich, dass das sperrige Ding neben mir hinter der Tür, die normalerweise wahrscheinlich offenstand, ein Heimtrainer war. Der Lenker und der Sattel waren mit Kleidern bedeckt, die wohl darauf warteten, gebügelt zu werden. Auf einer abgeschrammten Kommode gegenüber dem Sofa stand der Fernseher. Auf der leicht vergilbten Raufasertapete über dem Gerät hatte jemand mit einer Reißzwecke einen leuchten roten Pfeil angebracht.

„Remote, telemando, FERNBEDIENUNG!", stand darunter geschrieben, und sie lag tatsächlich auf ihrem Platz auf dem verstaubten Gehäuse des Fernsehers von mindestens vor 2000. Auf dem Couchtisch stand eine Vase mit rosa, weißen und gelben Rosen aus dem Garten. Mein Gefühl sagte mir, dass hier immer eine Blumenvase stand, nicht nur, wenn Leute zur Besichtigung kamen.

„Entschuldigung. Darf ich noch mal von vorne anfangen?" Ich lehnte mich vorsichtig gegen den Sattel des Heimtrainers.

„Bitte. Du darfst dich sogar auf unser Sofa setzen."

Das Polster war so weich, dass ich darunter diverse Ecken und Kanten spüren konnte. Ich vermutete, den Rahmen des Bettkastens oder seinen Inhalt. „Aber du musst zugeben, als Casting-Couch ist das gute Stück eher weniger geeignet, oder?"

Annika schien nun endgültig überzeugt, dass ich nicht mehr alle Tassen im Schrank hatte. Trotzdem setzte sie sich neben mich. Der Geruch ihres Bio-Deos stieg aus ihren Kleidern. Ich fühlte mich total gut aufgehoben. Wenn es doch nur so wäre!

„Also, noch mal ganz offiziell von vorne." Sie holte tief Luft. „Warum sollen wir uns für dich als neue Mitbewohnerin entscheiden?"

„Nee, oder?", platzte es aus mir heraus. „Was ist das eigentlich für eine arrogante Hipster-Frage? Als Nächstes fragst du mich, welche Zeitung ich lese und ob ich mich über die letzte Folge Markus Lanz auch so aufgeregt habe wie Madeleine und du." Das war's dann wohl mit dem Zimmer im Szenekiez. Aber wenn das hier doch so eine glutenfreie Schnösel-WG war, zog ich lieber nach Marzahn-Hellersdorf. Ich hatte recherchiert – mittels einer in der U-Bahn liegengebliebenen Blöd-Zeitung, zugegebenermaßen.

Aber Hellersdorf war so weit weg von meiner Kita. Wenn ich das Zimmer hier bekäme, müsste ich morgens nur zehn Minuten zu Fuß gehen. Und ich brauchte morgens jede Minute Schlaf. Selbst wenn ich nicht noch ausnüchtern musste.

Annika kicherte. Überrascht sah ich auf. War sie gerade ein Stückchen näher an mich herangerutscht oder bildete ich mir das ein? „Markus Lanz? Ist das nicht dieser Typ mit der langen blonden Dauerwelle? Ich dachte, der macht diese Show, wo Leute am Geruch der Socken erkennen müssen, ob der Träger Müsli oder Spiegelei zum Frühstück gegessen hat."

„Hä, nein, das war doch Thomas Gottschalk. Lebt der überhaupt noch? Ich weiß aber eigentlich auch nicht, wer Markus Lanz ist", schob ich hastig hinterher. „Ich hab nur auf dem Weg hierher in der Zeitung gelesen, dass er gestern Abend mal wieder eine Emotionsorgie gefeiert haben soll. Wegen was konnte ich aber nicht mehr lesen, weil ich aussteigen musste."

„Jetzt musst du mir aber natürlich verraten, welche Zeitung du gelesen hast", sagte sie mit einem Augenzwinkern.

Ich fand Menschen, die nur mit einem Auge zwinkern konnten, total faszinierend. „Bild-Zeitung. Aber die lese ich nur in der U-Bahn. Nicht, dass du denkst, ich kaufe mir die." Ich verkniff mir gerade noch rechtzeitig zu fragen, ob sie auch mit den Ohren wackeln konnte. Ich hatte nämlich die Vermutung, dass diese beiden Fähigkeiten in einem Menschen meistens gleichzeitig auftraten.

„Ach, und wie oft fährst du so mit der U-Bahn? Du kommst doch aus irgendeinem Nest im Schwarzwald, oder?"

„Boah, krass, dass du dir das gemerkt hast, bei den vielen Antworten auf diese Anzeige." Ja gut, das war jetzt etwas dick aufgetragen.

„Von den gefühlt dreihundert Antworten haben wir ja auf höchstens zwanzig reagiert. Und selbst bei denen stellte sich bei fünfen nach der zweiten E-Mail raus, dass die Interessentin ein Interessent war. Obwohl gleich im Betreff der Anzeige stand, dass das hier eine Women-only-WG ist. Wenn es nicht so wäre, hätten wir den ganzen Stress hier jetzt gar nicht."

„Aber es sind doch trotzdem noch genug Bewerberinnen, oder?" Selbst wenn man nicht in einer Frauen-WG wohnen wollte, musste einem in Berlin doch jedes Mittel recht sein, um den Kreis der Interessent*innen einzuschränken.

„Jaja, aber das war auch nicht das Problem." Sie überlegte. „Also, unsere vorige Mitbewohnerin hat irgendwann rausgefunden, dass sie doch nicht mehr in einer Frauen-WG wohnen will. Ich hoffe, du hast deine Selbstfindungsphase jetzt so weit abgeschlossen, dass du weißt, in welchen Zusammenhängen du dich so bewegen willst. Auch wenn es viele Bewerberinnen gibt, oder gerade deshalb, ist es nämlich ziemlich schwierig, eine zu finden, die hierher passt."

„Ich wollte eh noch was fragen dazu. Habe ich das richtig mitbekommen, dass das ganze Haus hier ein Frauen-Wohnprojekt ist?"

„Alle zwei Häuser." Annika nickte zufrieden. „Ich nehme an, du hast damit kein Problem."

„Nein, natürlich nicht. Sonst hätte ich mich ja nicht zur Besichtigung angemeldet." In Wahrheit hatte ich keine Ahnung gehabt, dass es sich bei diesem Projekt um irgendetwas Besonderes handelte. Aber dass ausgerechnet ich hier landen musste, und es mir hier auch noch gefiel, obwohl mir meine Mütter eigentlich seit Jahren auf den Keks gingen, war schon irgendwie peinlich. Wahrscheinlich spielte die Sozialisation doch eine größere Rolle, als sich die meisten Leute eingestanden. Wie dem auch sei, ich würde jetzt nichts sagen, was meine Chancen minimieren könnte. Es ging ja darum, erst mal ein Zimmer zu finden, und außerdem, wollte ich überhaupt mit Typen zusammen wohnen? Ich hatte mir darüber schlicht noch keine Gedanken gemacht. „Aber dreist ist es schon, sich auf eine Anzeige zu melden, wo ausdrücklich steht, dass das

Zimmer nur für Frauen ist. Ich würde das umgekehrt ja auch nicht machen."

„Manche Männer probieren es einfach nur, um Frauen dazu zu bringen, sich auf irgendeine Weise mit ihnen zu beschäftigen, ehrlich." Sie schüttelte genervt den Kopf.

„Ja, fast so wie kleine Kinder, die rumstänkern, um wenigstens irgendeine Form von Aufmerksamkeit zu bekommen", bemerkte ich und kam mir sehr lebensklug vor.

„Na, bei deinen pädagogischen Kenntnissen kann ja nichts mehr schiefgehen", sagte sie mit einem spöttischen Lächeln.

Mein Gesicht wurde heiß. „Ist doch so", murmelte ich. Danach fiel mir nichts Schlaues mehr ein.

„Bleib locker. War doch nur nett gemeint." Annika strich mir ungelenk über den Arm. „Wie du dir vielleicht denken kannst, müssen wir diese Casting-Sessions bei so einer Wohnung nicht allzu oft abhalten. Also sind wir noch nicht dazu gekommen, einen Katalog an subtilen, psychologisch ausgeklügelten Fragen zu entwickeln."

„Ja, sorry." Ich wischte mir die Hände an meiner Hose ab, was auf dem beigen Stoff graue Streifen hinterließ. Nicht überdeutlich, aber wenn man genau hinsah, konnte man sie definitiv erkennen.

„Sorry wofür denn?" Annika schüttelte in gespielter Verzweiflung den Kopf. Eine Haarsträhne fiel ihr ins Gesicht. Ich entdeckte einzelne graue Haare darin, die glänzten, als seien sie mit Absicht hineingefärbt. Sie war vielleicht vierzig, wirkte aber mindestens zehn Jahre jünger. Im Gegensatz zu mir.

„Ich weiß auch nicht. Also okay, ich will nicht in einer gemischten WG wohnen, weil …"

„Stopp!" Sie legte ihre Hand auf meine, mit der ich immer noch an meinem Hosenbein herumnestelte. „Ich will nicht wissen, was du nicht willst. Ich will wissen, was du willst. Speziell in dieser WG hier."

Ach herrje.

„Jetzt sag's doch einfach. So schüchtern scheinst du doch gar nicht zu sein, wenn ich jetzt mal nach deiner fachkundigen Einschätzung unserer Couch gehe."

„Doch, das ist es ja. Eigentlich bin ich voll schüchtern. Ich weiß auch nicht, was mit mir los ist. Wirklich, seit ich auf dieser Couch sitze …“ Ich kicherte wie ein beschwipster Teenie. Ich musste hier raus. „Warum will ich hier wohnen. Also. Ich komme aus einem vornerum total toleranten, aber eigentlich todesspießigen Schwarzwalddorf. Ich hatte also noch nicht die Gelegenheit, besonders viele Erfahrungen zu sammeln, weder auf einer Couch noch sonst wo.“

Wenn ich sagen würde, dass ich nicht nur selbst lesbisch, sonderrn bei zwei Müttern aufgewachsen war, würde ich den Zuschlag definitiv bekommen. Das lag irgendwie in der Luft. Welche der fünfzehn anderen Bewerberinnen konnte das von sich sagen? Aber allein bei dem Gedanken daran, das laut auszusprechen, spürte ich, wie sich mein Kiefer verkrampfte. Was war denn, wenn Annika dachte wie Steffi? Dass ich es deswegen doch viel leichter gehabt haben müsse als andere? „Ich war dort mit einer Frau zusammen. Nicht besonders lange, und die Beziehung war auf Grund der äußeren Umstände leider auch nicht so eng, wie ich es mir gewünscht hätte.“

Was für eine dreiste Lüge. Und warum fiel es mir leichter, über meine Beziehung zu Steffi zu sprechen, als über meine Mütter?

Annika nickte verständnisvoll. Dabei verstand sie nichts. Konnte sie gar nicht.

Ich hätte jetzt eigentlich tausend Sachen erklären müssen.

„Weil diese Frau, also meine Freundin, ziemlich plötzlich gestorben ist“, sagte ich stattdessen.

Annika schwieg. Nicht ratlos. Eher abwartend.

„Das war kurz vor meinem Abitur. Ich habe danach gar nichts mehr auf die Reihe bekommen und habe halt bei mir im Dorf eine Ausbildung zur Industriekauffrau angefangen, obwohl mir von Anfang an klar war, dass ich das gar nicht will. Ich hatte nur keine Kraft, mir über irgendwas Gedanken zu machen. Und meine Eltern dachten auch, es wäre besser, wenn ich erst mal in der Nähe bleibe. Weil ich nicht besonders stabil war zu dieser Zeit. Aber irgendwann habe ich gemerkt, dass ich da raus muss. Weil die mich dort nie so akzeptieren werden, wie ich bin. Für die bin ich quasi schuld daran, dass …“

Annika nickte wieder und legte mir behutsam den Arm um die Schulter.

„Ich wusste einfach, wenn ich jetzt nicht gehe, werde ich es nie schaffen.“

„Das tut mir echt leid." Annika strich mir über den Rücken. Sie sah aus, als wolle sie mich umarmen.

Draußen schloss Madeleine die Wohnungstür auf. „Ich hab zu den anderen gesagt, wir melden uns. Ich denke, das war in Ordnung so, oder?", rief sie aus dem Flur.

Annika nickte.„Du kannst das Zimmer haben, wenn du willst", sagte sie zu mir.

„Danke." Ich musste aufpassen, dass ich nicht anfing loszuheulen.

Madeleine kam ins Wohnzimmer. „Kaution sind übrigens zwei Warmmieten." Sie streifte sich irgendwelche Krümel von den nackten Füßen.

„Okay. Ich überweise es dann so bald wie möglich." Ich wunderte mich, wieso Annika die Auswahl der neuen Mitbewohnerin offensichtlich alleine treffen durfte. Fanden in einer typischen WG nicht erst langwierige Plenumssitzungen am Küchentisch statt, bevor der Auserwählten die basisdemokratisch getroffene Entscheidung mitgeteilt wurde?

„Ach, du bist doch in gut einer Woche sowieso hier", meinte Annika. „Du kannst es uns immer noch dann geben."

Madeleine warf ihr einen strafenden Blick zu.

„Nein, das ist wirklich in Ordnung. Gib mir einfach deine Kontonummer", sagte ich zu ihr. Zehn Gehminuten!

„Dann rufe ich jetzt wenigstens schon mal Angelika an, ob sie am …", Annika wischte über ihr Handy, „dreißigsten Juni Zeit für dich hat."

„Der erste Juli geht auch. Ich muss ja erst am dritten Juli anfangen."

„Hast du Kinder?", fragte mich Madeleine plötzlich. „Oder bist du schwanger?"

„Äh, nein? Wieso?"

„Von mir aus, probier es halt trotzdem", sagte sie zu Annika. „Aber ich glaube nicht, dass Angelika sich für solche Fälle zuständig fühlt."

„Was für Fälle? Und wer ist Angelika?"

„Eine Freundin von uns. Sie hat das Projekt ‚Schöner Wohnen' wieder aufleben lassen", sagte Annika mit einem gewissen Stolz in der Stimme. Sie ging offensichtlich davon aus, dass ich, wie jeder andere halbwegs gebildete Mensch, wusste, was das Projekt „Schöner Wohnen“ war. „Sie ist die Leiterin eines feministischen Umzugsunternehmens“, half sie mit einem Augenzwinkern nach.

Ich kapierte immer noch nichts.

„Sie redet sich ein, dass sie Frauen hilft, von ihren gewalttätigen Typen wegzukommen“, rief Madeleine aus der Küche, „indem sie ihnen den Umzug organisiert. Also ich sag ja, das ist nicht das richtige Unternehmen für dich.“

„Ach, ich rufe sie nachher mal an. Für dich macht sie bestimmt eine Ausnahme.“ Annika nickte mir aufmunternd zu.

„Ähm, eine Frage hätte ich doch noch.“ Irgendwie kam mir das hier doch alles ein bisschen schnell vor. „Kann ich die Zimmer noch mal kurz sehen?“ Ich hatte im Zug auf einem WG-Forum gelesen, dass man bei Besichtigungen manchmal gar nicht mitbekam, dass eine WG ein Zimmer mehr hatte als angegeben, und dass sich nach dem Einzug dann rausstellte, dass dieses Zimmer dann von einem fünfzigjährigen, dauerwichsenden Creep bewohnt wurde, der vor der Badtür herumschlich, wenn die anderen duschten.

„Ja klar, kein Ding. Wir haben dir ja auch noch gar nicht die Gemeinschaftsflächen gezeigt. Also, das Wohnzimmer kennst du ja schon“, Annika deutete in den Raum hinein, stand auf und ging in den Flur, „das ist dein Zimmer, und das“, sie öffnete die Tür des dritten Zimmers, ist Madeleines und mein Zimmer. Ich denke nicht, dass du ein Problem damit hast, oder?“ Annika warf Madeleine einen leicht irritierten Blick zu.

„Nein, darum geht es mir nicht. Ich hab halt gelesen, dass sich des Öfteren erst nach dem Einzug in eine WG herausstellt, dass beim Besichtigungstermin nicht alle Mitbewohner anwesend waren.“

„Ach sooo. Nein, außer uns, und hoffentlich bald dir, wohnt hier niemand mehr. Hast du sonst noch Fragen?“

„Wie lange stand denn das Zimmer leer?“ Wenn schon, denn schon.

„Also du willst es aber echt genau wissen. Es wurde hier niemand ermordet, falls du das meinst.“

„Ich dachte nur, in Berlin gäbe es Wartezeiten gar nicht erst.“

„Na klar hätten wir das Zimmer einfach an irgendwen vermieten können.“ Madeleine sah zur Decke.

„Aber wir wollten uns eben Zeit lassen.“

„Wir wollten einfach nicht noch mal mit einer zusammenleben, die sich erst als queer präsentiert, um hier ein Zimmer zu bekommen, und sich dann doch als Hete entpuppt. Und ja, Angelika hat uns angerufen und uns ein bisschen von dir erzählt. Da dachten wir gleich, das könnte passen." Madeleine verschränkte die Arme.

„Aber woher weiß denn diese Angelika davon, dass ich eine Wohnung suche? Du hast doch noch gar nicht mit ihr telefoniert?"

„Angelika und Susanne kennen sich ziemlich gut. Also, Susanne ist deine zukünftige Chefin, und Angelika hat auch mal in dieser Kita gearbeitet."

„Und diese Angelika kennt ihr, weil ihr auch schon ihr Umzugsunternehmen in Anspruch genommen habt, oder wie?" Ich kam nicht mehr mit.

„Nein, so dramatisch ist es nicht. Wir kennen sie über einen gemeinsamen Bekannten. Sollen wir jetzt noch schnell den Garten und die Balkons angucken?" Annika öffnete die Wohnungstür.

Die Wohnung selbst hatte keinen Balkon, aber dafür hatten jeweils zwei Stockwerke gemeinsam einen riesigen Gemeinschaftsbalkon. Der Innenhof bestand aus einer Blühwiese mit Bäumen und Bänken, am hinteren Ende stand ein hölzerner Fahrradschuppen. Eigentlich perfekt für Josie. Sie war schon alt, viel Auslauf brauchte sie nicht. Es ging ihr mehr ums Prinzip.

Was juckte es mich denn, wer hier wen kannte und warum. Hauptsache, ich bekam das Zimmer. „Okay, danke für den Rundgang. Eine letzte Frage habe ich noch: Darf ich vielleicht meine Katze mitbringen?"

„Na klar, überhaupt kein Problem." Annika schien sich beinah zu freuen.

Madeleine zuckte mit den Schultern. „Aber denk an die Kaution."

War heute im H&M in Offenburg und hab mir endlich mal ordentliche Klamotten gekauft. Es hat überhaupt niemanden interessiert, dass ich in der falschen Abteilung war. Ich dachte immer, wenn man als Frau Männerhosen anzieht, sehen alle, dass im Schritt was fehlt. Geht aber. Nur dass mir der Hosenbund bis zum Bauchnabel geht. Ich hab jetzt mal eine Jeans und eine beige Stoffhose mitgenommen und ein paar T-Shirts, die hoffentlich dazu passen. Bei den Männer-T-Shirts habe ich Größe M! Und ich fühle mich auch ganz normal, also gar nicht sooo dick jetzt. Obwohl Irina ja immer behauptet, dass Männersachen „schmaler" geschnitten sind. Jedenfalls fühle ich mich endlich mal so, dass ich wirklich was anhabe. In Frauenklamotten pfeift einem doch immer irgendwo der Wind rein.

In der Umkleidekabine habe ich mich überhaupt nicht doof gefühlt und beim Bezahlen nur ein bisschen. Da hätte ich einfach gesagt, ich bin für meinen Freund einkaufen. Ja, klingt auch blöd. Aber es hat ja keiner gefragt am Ende.

Ich habe kurz überlegt, ob ich mir solche pseudo-maskulinen Klamotten kaufe, die dann aber immer noch sexy, also feminin aussehen, zum Beispiel Latzhose mit bauchfreiem Top drunter oder eine weit geschnittene Hose, die an der Taille dann aber total eng ist, so dass man dann doch noch die richtigen Kurven sieht. Aber solche Sachen stehen mir genauso wenig wie andere Frauenkleider.

Nur gerade eben zu Hause vor dem Spiegel kam ich mir richtig bescheuert vor. Obwohl niemand da ist, wurde ich das Gefühl nicht los, dass Irina gleich in mein Zimmer geplatzt kommt.

Wie hat Steffi das bloß gemacht. Aber sie konnte das auch, bei ihr sah es einfach gut aus. Ob sie sich trotzdem in ihren ersten richtigen Klamotten so gefühlt hat wie ich gerade? Ich weiß gar nicht, ob ich mich eher in Männer- oder Frauenklamotten wie ein Transvestit fühle.

Zwei Tage später hat Irina natürlich die Tüte mit meinen neuen Sachen gefunden. Ich soll doch nicht immer versuchen, irgendwas zu sein, das ich nicht bin. Ob ich die nicht lieber hier lassen will für Ronni (die darf das nämlich). Ob ich mich denn an meiner neuen Arbeitsstelle gleich wieder zum Deppen machen will. Ich war kurz davor, ihr zu sagen, dass das gar nicht meine, sondern die Klamotten von meinem Freund sind, der der eigentliche Grund ist, warum ich nach Berlin ziehe, was ich ihr aber nicht sagen wollte, weil ich ihr nicht zumuten wollte, dass sie „in diesem Haus wieder die rote Lampe anmachen muss" wie damals für Steffi.

Ich war wirklich kurz davor, weil ich einfach diese latente Aggression nicht aushalte. Ständig unterstellt sie mir, ich würde irgendjemand nachmachen wollen. Entweder irgendwelche Mädchen, mit denen ich nicht mal lange genug in einer Klasse war, um sie zu kennen (Grundschule), Steffi (Klamotten, klar, nur deshalb war ich mit ihr zusammen) oder sie selbst (lesbisch sein, denn genau, mein sehnlichster Wunsch ist eigentlich, so zu sein wie sie, deswegen habe ich mir ja auch eine jüngere Version von Ronni als meine angebliche Freundin gesucht).

Ein Glück habe ich den Termin bei meiner Friseurin erst morgen.

War gerade bei Janine. Sie hat geschlagene zwanzig Minuten lang mit mir herumdiskutiert, warum ich mir denn jetzt meine schönen, kräftigen (borstigen) Haare abschneiden lassen will.

„Sie sind zu schwer."

„Dann steck sie doch hoch."

„Ich will einfach lieber kurze Haare haben."

„Gut, dann machen wir sie jetzt kurz."

Raus kam ein kinnlanger Bob und Pony, so dass ich aussah wie ein adipöser Prinz Eisenherz. Ich will aber so einen Schnitt mit ausrasiertem Nacken. Ich weiß nur nicht, wie das heißt. Sie tat so, als wisse sie das auch nicht. Noch mal zehn Minuten später rang sie sich dazu durch, mir einen femininen Kurzhaarschnitt zu schneiden, wo man die Haare dann so ins Gesicht kämmt. Wie das heißt, hat sie mir auch nicht verraten, und ich hatte auch keinen Bock, nachzufragen. Jedenfalls sehe ich jetzt aus wie ein fetter Julius Caesar.

So. Ich mach jetzt diese Liste, mit der mich meine Therapeutin schon seit einem halben Jahr nervt. Meine kurz- und mittelfristigen Ziele für mein supertolles neues Leben. Bitte schön:

1. Nicht mehr saufen. Aber wie soll ich das schaffen. Ich ziehe nach Berlin, verdammt. Ja ich weiß, aber kiffen kann ich doch nicht. Davon bekomme ich Kopfschmerzen und Paranoia.

Von einem Tag auf den anderen aufhören, schaffe ich auch nicht. Kompromiss: nicht mehr in der Wohnung, sondern nur noch auf Partys saufen. Aber auf Partys macht es ja eben gar keinen Spaß, weil ich mich da immer so auf die ganzen neuen Leute konzentrieren muss. Dann wirkt der Alk gar nicht richtig. Dann eben nur noch, wenn ich von einer Party nach Hause komme. In Berlin gibt's ja diese Läden, die angeblich die ganze Nacht aufhaben.

2. Abnehmen. Wie? Keine Ahnung. Darum kann ich mich ja jetzt nicht auch noch kümmern. Ich hoffe, dass das von alleine passiert, wenn ich weniger Alkohol trinke (Alkoholkalorien!!!) und mich berufsbedingt mehr bewege. Diese Kita hat ein Naturerlebnisprogramm, zumindest laut Website. Weil Ronni sich Sorgen macht, ob „das denn jetzt wirklich das Richtige für dich ist mit den Kindern", habe ich ihr davon erzählt, und sie hat es natürlich Irina weitergetratscht. Seitdem meint sie jedes Mal, wenn sie an meinem Zimmer vorbeiläuft, einen total künstlichen Lachkrampf kriegen zu müssen. „Stell dir mal vor, ein Kind klettert auf einen Baum, und du musst es wieder runterholen. Der arme Baum! Das arme Kind!"

Ronni dagegen kriegt Schweißausbrüche. Statt rumzusticheln und mir alles madig zu machen, hat sie angefangen, Mommyblogs zu lesen. Zweiundzwanzig Jahre nach der Geburt ihres Kindes. Aber gut. Besser spät als nie.

Ich kann sie ja beide irgendwie verstehen. Aber trotzdem ist es wieder so typisch. Sie labern ständig rum, wie sehr sie mich lieben und in allem unterstützen, was ich mache – aber eben nur dann, wenn das, was ich mache, etwas ist, was sie selber gut finden. Siehe meine Beziehung zu Steffi. Klar, dass ich Irina irgendwann geglaubt habe, war mein Fehler. Aber so weit wäre es gar nicht gekommen, wenn Irina ihre Mutmaßungen einfach für sich behalten hätte. „Ja, natürlich, das ist so eine typische Sandkastenlesbe." (Im Gegensatz zu mir, die ich mir mein Lesbisch-Sein nur abgeguckt hatte.) „Sie sucht halt Anschluss. Dir ist schon klar, dass sie dich nur benutzt, weil sie Kontakt zu anderen Lesben will, oder?" (Das hieß natürlich, zu Ronni und Irina, nicht zu mir.)

Irinas Verhalten Steffi gegenüber war sowieso komplett widersprüchlich. Einerseits war Steffi ein „schlechter Einfluss" auf mich (phlegmatisch, dumm, faul, dick), andererseits eben eine Richtige Lesbe TM, weil man es ihr halt auch ansah, was ehrlich gesagt einen nicht unerheblichen Teil ihres Reizes auf mich ausmachte. Jetzt nicht mal unbedingt wegen der Klamotten. Es war eher die Tatsache, dass sie mit sechzehn schon so viel Arsch in der Hose hatte, als Diesel-Dyke durch unser beschauliches Schwarzwalddorf zu laufen und Leute anzupöbeln, wenn die sie für einen Typen hielten (oder so taten als ob, um sie zu beleidigen). Guck, wenn du so wärst wie Steffi, dann würden wir dir glauben, dass du lesbisch bist. Aber so?

Eine Weile lang hatte ich ja die Vermutung, dass Irina heimlich in Stefanie verliebt war. Das würde auch erklären, warum sie nach ihrem Tod meine Emotionen so invalidiert hat. („Trauer ist nichts weiter als Selbstmitleid. Du tust dir nur selber leid, weil du Steffi nicht mehr um dich hast. Steffi bekommt ja von deinen Gefühlen gar nichts mit. Sie sind also reine Energieverschwendung." Klar, aber ich bin diejenige in dieser Familie, die Probleme hat, ihre Gefühle zu benennen und zu akzeptieren. Woher habe ich diese Probleme wohl?) Jedenfalls musste Irina so tun, als seien meine Gefühle ungerechtfertigt, um eine Bestätigung dafür zu schaffen, dass auch ihre eigenen Gefühle ungerechtfertigt sind. Projektion und so. Das habe ich mir jedenfalls aus dem zusammengereimt, was mir Frau Richter über solche Prozesse erklärt hat.

3. Das Wichtigste: Erst mal so tun, als fände ich alle Leute, die ich neu treffe, total nett. Vielleicht stellt sich ja irgendwann raus, dass es stimmt. So oder so ähnlich hat Frau Richter das jedenfalls formuliert.

4. Auch ein Ratschlag von ihr: Manchmal Dinge tun, die mir auf den ersten Blick sinnlos erscheinen oder die ich sogar doof finde, einfach, um eine Gelegenheit zu schaffen, mit anderen Menschen in Kontakt zu treten. Beispiel: in eine Meet-up-Gruppe für Lesben einzutreten, die gerne kegeln, auch wenn ich selber jetzt nicht unbedingt gerne kegle, einfach nur, um andere Lesben kennenzulernen. Sie meinte natürlich, dass ich es damit nicht übertreiben soll.

Ich merke gerade, Punkt eins könnte zum Problem werden. Aber bitte, ich habe noch nie während der Arbeitszeit gesoffen. Außer, wenn die anderen auch gesoffen haben. Allerdings habe ich seit fast einem Jahr gar nicht mehr richtig gearbeitet. Ist auch besser so. Wer weiß, irgendwann wäre ich nicht auf dem Parkplatz, sondern noch auf der Bundesstraße vom Fahrrad gefallen. Da ist es doch besser, dass ich jetzt einen Popel-Job habe, wo ich hinlaufen kann. Außerdem bin ich so wenigstens ein kleines bisschen nützlich, weil wir seitdem Rabatt auf unsere Einkäufe dort kriegen. Zwanzig Prozent auf Obst und Gemüse, zehn Prozent auf Molkereiprodukte

Ich weiß doch auch nicht, wie das wird. Wahrscheinlich scheiße. Das heißt, ich sitze in drei Monaten wieder in der Klapse, oder, schlimmer, wieder hier in diesem Kaff.

Offiziell soll ich ja hier meinen Suchtdruck protokollieren. Aber was soll das bringen? Ich schreibe so lange darüber, dass ich gerne saufen würde, bis ich wieder anfange zu saufen oder was? Sinnlos. Bei mir soll das ja kein Dauerzustand werden. Irgendwann werde ich einfach kein Bedürfnis mehr danach haben. So einfach ist das.

Ich meine, ich habe wenigstens einen Grund, oder. Jaja, das sagen sie alle, ist klar. Aber mein Grund ist wenigstens nachvollziehbar. Ich muss bloß mit dem Grund klarkommen, dann geht auch der Suchtdruck weg. Ich habe keinen Suchtdruck, ich habe Sehnsucht.

Ich bin wütend.

Ich saufe oder ich raste aus.

Oder ich saufe und raste dann aus.

Aber was kann ich dafür, wenn die Kühe ständig ihre Meinung ändern. Die ganzen letzten Monate haben sie mich genervt, dass ich auf eigenen Beinen stehen soll.

Jetzt plötzlich ist mein Plan, nach Berlin zu ziehen, bloß eine spätpubertäre Anwandlung.

„Du brauchst nicht zu denken, dass wir solche Eskapaden finanziell unterstützen", meinte Irina, in einem letzten Versuch, mich von meinen Auszugsplänen abzubringen. „Du hattest einen gut bezahlten Ausbildungsplatz als Industriekauffrau. Wenn du diese Sicherheit aufs Spiel setzen willst, nur um dich selbst zu bestrafen, oder um zu beweisen, wie leidensfähig du bist, oder was auch immer du dir da wieder zurechtdenkst, dann brauchst du auch nicht damit zu rechnen, dass wir dich da rausholen, wenn du wieder mal auf die Schnauze fliegst."

Sie denkt wirklich, ich hätte mir bewusst den Firmenparkplatz für meine „Show" ausgesucht, und sei auf dem Weg zum Fahrradständer mit Absicht vom Fahrrad gefallen. Und nein, ich war nicht mal besoffen, ich war müde, weil ich zwei Nächte fast nicht geschlafen hatte, weil ich eben nichts getrunken hatte. Bitter, oder? Mein Chef empfahl mir eine Auszeit. Ich nahm meinen Jahresurlaub und wollte die Zeit nutzen, um für meine Abschlussprüfungen zu lernen. Ich trank zwei Wochen keinen Tropfen, konnte mich trotzdem oder deswegen kein Stück konzentrieren. Statt mich der Schande des Nicht-Bestehens auszusetzen, ließ ich mich krankschreiben. Und noch mal krankschreiben. Währenddessen hatte ich sogar ein Erstgespräch für die Aufnahme auf einer Entzugsstation, aber die meinten, ich entspreche nicht dem typischen Profil einer Alkoholikerin, und wollten mich auf die Station mit den ganzen vergewaltigten Frauen stecken. Aber da gehöre ich nun wirklich nicht hin. So viel Schamgefühl habe ich noch, dass ich nicht einer Frau, die ein sexuelles Trauma hat, den Platz wegnehme. Ja, natürlich sagten sie mir, dass sexuelle Gewalterfahrungen keine Voraussetzung sind, um dort aufgenommen zu werden. Aber ich wäre mir da einfach blöd vorgekommen.

Ambulant ging es ja dann auch. Sieht man doch.

Auch Ronni, die normalerweise mehr Verständnis für mich aufbringt, oder zumindest ihr Unverständnis taktvoller formuliert, musste mir heute zum Abschied noch einen mitgeben.

„Ich weiß wirklich nicht, ob ausgerechnet du mit Kindern arbeiten solltest." Ihre Stimme war samtweich. „Du regst dich doch immer so auf. Was ist, wenn du mal ein Kind anschreist?"

„Ich schreie nie jemanden an. Außer euch", schrie ich. „Außerdem, habt ihr euch schon mal überlegt, ob *ihr* euch ein Kind hättet anschaffen sollen? Vielleicht lag es ja gar nicht daran, dass ihr Lesben seid, dass Ronni mich nicht adoptieren sollte."

Ronni ist von Irina einiges gewöhnt, deswegen dachte ich, sie verdreht kurz die Augen und gut ist. Außerdem weiß sie ja, dass ich nicht sie, sondern Irina für tendenziell erziehungsunfähig halte. Aber sie fing quasi aus dem Nichts an zu weinen. Ich hatte Ronni erst einmal weinen sehen. Irina heult ja öfter mal rum, wenn sie überlastet ist, aber Ronni, nie. Mein Magen war wie ausgehöhlt und trotzdem dachte ich, ich muss jeden Moment kotzen.

„Was soll ich denn noch machen?", schluchzte (!!!) sie. „Wir sehen doch, wie schlecht es dir geht. Aber du lehnst ja jede Hilfe ab und reitest dich immer weiter in die Scheiße rein."

Irina lehnte mit verschränkten Armen am Türrahmen und überwachte wie üblich unsere Kommunikation. Sie hat die zwanghaft-paranoide Vorstellung, dass Ronni und ich zu keinem Zeitpunkt irgendetwas anderes zu tun hätten, als hinter ihrem Rücken über sie zu lästern. Einmal lachten Ronni und ich über einen Witz, er war so dumm, dass ich mich gar nicht mehr an ihn erinnere, und

Irina unterstellte uns, wir würden so tun, als hätten wir uns einen Witz erzählt, damit wir einen Vorwand hätten, uns über sie lustig zu machen. Seitdem glaube ich an ererbtes Trauma. (Irinas Vater war bei der Stasi, Irinas Mutter in einer kirchlichen Widerstandsgruppe. Mehr erzählte mir Irina nicht, und auch meine Oma meinte immer bloß, ich soll warten, bis sie tot ist, dann darf ich ihre Tagebücher lesen.) Ein solches Level an gedanklicher Verknotung kann sich ein Mensch doch nicht im Laufe eines Lebens aneignen, oder?

„Wie geht es dir denn heute eigentlich?“, fragte Irina, bevor Ronni mir noch mehr emotionale Zuwendung zuteil werden lassen konnte. Sie behauptete, das sei ihre Art, sich „um mich zu sorgen“ – mir zwei bis drei Mal die Woche ohne jeglichen Zusammenhang, ganz egal, über was wir vorher gesprochen hatten, diese sinnlose Frage zu stellen, deren Antwort sie gar nicht wissen wollte.

Mit Ronni hatte ich anfangs noch geredet, einfach weil ich mit irgendjemandem reden musste, aber nach einer Weile legte sich das, vor allem weil Ronni sich schon immer von Irina dazu hatte nötigen lassen, ihr jedes Detail unserer Gespräche haarklein weiterzugeben.

„Ich vermisse Steffi“, war alles, was ich mittlerweile sagte.

„Aber komm, ihr wart doch eigentlich nur befreundet“, sagte Irina, wie immer, wenn ihr danach war, mich heulen, schreien oder gegen Möbel treten zu sehen. „Das hast du selbst gesagt.“

Ja, klar. Und irgendwann kurz vor ihrem Tod hatte es sogar gestimmt. Aber das war ja wohl kaum meine Schuld gewesen.

„Und so lange kanntet ihr euch ja nicht“, legte sie nach, da ich mich noch nicht unterhaltsam genug aufregte.

„Du warst halt auch in einer sehr verletzlichen Lage damals.“ Stufe drei. „Wegen dieser unglücklichen Sache mit Thomas.“ Bei ihr klang es immer so, als sei ich in Thomas unglücklich verliebt gewesen. Ich weiß nicht, ob es daran lag, dass sie das selbst glaubte, oder ob sie mich einfach noch mehr provozieren wollte.

„Wir sehen doch, wie schlecht es dir geht“, versuchte Ronni wie üblich, die Situation zu entschärfen. „Aber wir wissen eben auch nicht mehr weiter.“ Ronni zog umständlich ihr Stofftaschentuch aus der hinteren Hosentasche. „Nur, dass du nach Berlin ziehst, halten wir für keine gute Idee.“

„Wir? Wer ist eigentlich ‚wir'? Redest du nicht eigentlich von dir? Und sagst wir, um die Tatsache zu verschleiern, dass es Irina scheißegal ist, wie es mir geht und was ich mache? Die macht mich doch schon seit Jahren nur noch fertig. Seit ich Steffi kennengelernt habe. Wisst ihr, wie scheiße es ist, wenn man ausgerechnet von zwei Lesben vorgeworfen bekommt, man sei keine richtige Lesbe? Ronni, du sagst doch selber immer, es kann gar nicht an der Erziehung liegen, sonst wären ja alle Kinder, die bei Heteros aufgewachsen sind, automatisch selber hetero."

„Es gibt aber genug Menschen, die bei Heteros aufwachsen und deswegen selber erst mal jahrelang denken, sie seien heterosexuell", leitete Irina zu Stufe vier über. „Also muss es ja auch Menschen geben, die bei homosexuellen Menschen aufwachsen und deshalb erst mal denken, sie seien selbst homosexuell. Vor allem, wenn die ersten Erfahrungen mit dem Geschlecht, zu dem sie sich eigentlich hingezogen fühlen, sagen wir mal nicht ganz optimal verlaufen. Das war bei dir ja wohl ganz offensichtlich der Fall. Du hast doch diese Steffi nur angeschleppt, um uns zu provozieren. Weil du genau wusstest, dass sie die Art von ‚Frau'" (sie malte Anführungszeichen in die Luft) „ist, mit der du am besten dafür sorgen kannst, dass sich die Leute über uns das Maul zerreißen."

Das war so homophob, voller Selbsthass und Verdrehungen, dass ich ihr am liebsten eine gescheuert hätte. Stattdessen schmiss ich die Tür hinter mir zu und bestätigte Irina in ihrer Grundannahme, dass es sich bei jeder meiner Gefühlsäußerungen um spätpubertäre Anwandlungen handelte, die man auf keinen Fall ernst nehmen durfte.

Ich verkroch mich auf meine Matratze, die unter dem Hochbett lag, das ich seit Steffis Tod nicht mehr benutzen kann, weil ich abends zu besoffen, morgens zu verkatert und zu allen anderen Zeiten zu fett dazu bin, da hochzuklettern. Pünktlich nach zehn Minuten hörte ich, wie Ronni die Treppe hochkam und behutsam klopfte.

„Versprich mir, dass du gut auf dich aufpasst." Die weiche Haut an ihren Wangen war gerötet, ihr Blick erschöpft, voller Traurigkeit und Liebe.

„Ja, mache ich." Ich hatte keine Ahnung, wie. Aber das konnte ich ihr ja kaum ins Gesicht sagen. Ich hatte immer gewusst, dass Ronni viel mehr meine Mutter war als Irina. Vielleicht, weil sie das Gefühl hatte, sich mehr um mich bemühen zu müssen, da sie mich nicht geboren hatte. Irina schien mit meiner Geburt ihre Mutterpflichten als erfüllt zu betrachten.

„Ronni?"

„Ja, mein Mausezähnchen?"

Sie wusste genau, dass sie mich damit immer zum Heulen brachte. Aber bei ihr machte mir das nichts aus, weil ich nie das Gefühl hatte, dass sie mir unterstellte, ich würde übertreiben oder nur so tun, als ob. „Wer von euch beiden wollte mich eigentlich mehr?"

„Wir wollten dich beide gleich stark. Das weißt du doch."

„Du lügst. Warum schützt du sie immer? Du musst doch merken, wie sehr sie mich hasst."

„Übrigens, ich habe noch was für dich in die Garage gestellt", sagte sie, statt meine Frage zu beantworten. „Guck's dir an, wenn wir weg sind, und wenn's nichts ist, lass es stehen." Sie tätschelte mir die Schulter.

Es waren noch drei Tage, bis sie wegfahren würden, natürlich hatten sie ihren Ausflug so gelegt, dass er genau auf das Wochenende fiel, an dem ich ausziehen würde, und natürlich wollte Ronni, dass ich schon vorher reinguckte, damit sie es notfalls noch mal umtauschen konnte.

Ich würde überhaupt nicht in die blöde Garage gucken, denn ich weiß jetzt schon, dass es eines ihrer üblichen „Versöhnungsgeschenke" ist. Erst sind wir wochenlang arschig zu dir, und dann stellen wir dir kommentarlos irgendwelche Geschenke hin, um zu zeigen, dass wir dich ja doch ganz doll lieb haben. Ich hasste das. Ich bekam jedes Mal ein schlechtes Gewissen davon und war wieder nett zu ihnen, ohne dass der Grund, warum ich sauer war, behoben gewesen wäre.

Mein Typ wird verlangt. Heute helfe ich ihnen gern, denn sie wollen zu Irinas Sechzigstem für sechs Tage wegfahren – zu Irinas Fünfzigstem waren es fünf Tage, zu ihrem Vierzigstem vier Tage, zu ihrem dreißigsten drei Tage, das Prinzip ist klar. Zu Ronnis Sechzigstem gab es Bratwurst auf der Terrasse, die sie vorher noch selber neu verlegen musste. Ja, sie macht so was gern, aber trotzdem. Sie fahren in die Traube Tonbach, nein, wir haben nicht so viel Geld, dass wir uns das leisten könnten, und das macht es ja noch schlimmer. Sie gehören zu der Sorte Gast, die sich an den schlechtesten Tisch setzen lassen, sich nicht beschweren, weil sie drei Mal so lang wie alle anderen warten müssen, bis überhaupt die Bedienung kommt, und in der Zwischenzeit schon mal am Wasser in der vergessenen Blumenvase nippen, weil sie denken, dass muss bestimmt dieser legendäre Kräutersud sein, den jeder Gast zur Begrüßung bekommt.

So, jetzt sind die Kühe endlich weg und ich kann mich ungestört im Haus bewegen (zum Beispiel in Richtung Kühlschrank und dann natürlich in den Keller. Irgendwann werde ich zu fett sein, um hinter die Waschmaschine zu kommen, dann hat sich das mit der Sauferei auch erledigt).

Aber ach nein, oh Wunder. Ich ziehe am Samstag aus. Das ist ihnen auch wieder nicht recht, nachdem ich mir die letzten drei Jahre lang ihr passiv-aggressives Genöle anhören musste („Irgendwann musst du diese Sache doch auch mal abschließen", „Es bringt doch Steffi nichts mehr, wenn du ihr jahrelang hinterhertrauerst", „Du musst trotz alledem irgendwann lernen, auf eigenen Füßen zu stehen", „Steffi war doch bisher deine einzige Freundin. Kann es nicht sein, dass du doch noch einen Mann findest, der zu dir passt?" Das von Irina, der „Spätberufenen", die mir danach ihren „jungen Kollegen" – einen dreißigjährigen Bankkaufmann – vorstellte. Sie ist der Meinung, entweder muss man es einem Mädchen schon im Kindergarten ansehen, dass es mal eine Butch wird, oder sie muss vorher mit mindestens zehn Männern gepennt haben, um eine eventuell doch vorliegende Heterosexualität definitiv ausschließen zu dürfen).

Ich bin natürlich doch in die Garage gegangen. Da standen ein neues Bett, ein dazu passendes Nachtschränkchen, ein Schreibtisch mit Stuhl und ein Kleiderschrank. Sogar schon aufgebaut. Sehr praktisch für einen Umzug. Natürlich musste ich heulen. Es war so typisch. Statt mit mir ins Möbelhaus zu fahren, damit ich mir selbst etwas aussuchen konnte, stellen sie mich vor vollendete Tatsachen. Sie hatten sich offensichtlich die Zeit genommen, alleine dorthin zu fahren, und es waren jetzt auch nicht die billigsten Möbel. Da hätten sie mich doch mitnehmen können. Aber nein, dann wäre ja der Überraschungseffekt dahin gewesen, der nichts anderes war als der Versuch, sich durch einen möglichst großen Kontrast zu ihrem vorherigen Verhalten bestmöglich in Szene zu setzen. Ich habe so keine Lust mehr auf diese Spielchen.

Also habe ich die sorgfältig aufgebauten Möbel wieder in ihre Einzelteile zertreten, und dabei gleich noch Ronnis Heimwerker-Regal abgeräumt. Ja, kindisch. Und vor allem würden sie es wieder nicht verstehen, sondern mir unterstellen, ich hätte ihre Hilfe nur abgelehnt, um vor anderen einen auf armes, verstoßenes Kind machen zu können.

Egal. Jetzt ist es eh zu spät. Ich überlege nur noch, ob ich das so gut wie möglich wieder aufräumen soll. Aber ich glaube, ich lasse es so wie es ist und sage, es ist Kunst.

Das Bett hat Gott sei Dank nichts Gravierendes abbekommen.

TAG X-1

Suchtdruck: Ach komm ey. Ich will halt saufen, also mache ich das auch.

Also Druck im eigentlichen Sinne habe ich eigentlich eh null. Ich könnte es mir gut noch ein paar Stündchen verkneifen. Aber wenn ich mich nicht langsam einsaufe, wird mir immer so schnell schlecht. Und das will ich nicht. Heute ist schließlich mein letzter Abend.

Und Ronni hat gesagt, es wäre nett, wenn ich noch den „Rasen" mähe, bevor ich gehe. Als ob ich nichts Besseres zu tun hätte an meinem letzten Abend. (Ja, ich hätte es auch gestern machen können. Aber ich hatte eben keine Lust, mir dabei zugucken zu lassen, wie ich auf allen vieren diesen blöden Grünstreifen um unsere Terrasse herum mit der Grasschere bearbeite, weil er so schmal ist, dass ein Rasenmäher überhaupt nicht drauf passt.)

Außerdem ist diese Terrasse der Ort, an dem sie seit Jahren ihren sozialen Anpassungsfetisch ausleben. Solche dysfunktionalen Verhaltensmuster werde ich nicht länger unterstützen. Sie eignet sich dazu natürlich besonders gut, weil sie nicht wie eine normale Terrasse nach hinten raus geht, sondern zur Seite, so dass man von der Straße aus direkt drauf glotzen kann.

Man saß also wie auf dem Präsentierteller und wurde ständig durch „Guten Morgen", „Wie ist's" und hirnzellenabtötenden Smalltalk („Hast du schon gehört, der Fastnachtsumzug nächstes

Jahr soll über die Breite Straße gehen, nicht über die Hauptstraße, das hat es ja noch nie gegeben!") vom Essen abgehalten.

„Das ist doch der Sinn einer Terrasse. Wenn wir das nicht wollten, könnten wir ja drinnen essen", hatte mir meine Mutter eines Tages erklärt. Natürlich erst, nachdem sie mich unter dem Vorwand, ich solle ihr mit dem Dessert helfen, nach drinnen zitiert hatte, damit ja niemand mitbekam, wie sie mich anschnauzte.

„Wie krank muss man sein, um so was zu wollen?", fragte ich sie, hätte aber genauso gut mit den Prilblumen auf den Küchenfliesen reden können (die sie dort „aus Spaß" angeklebt hatte), wie immer, wenn ich irgendetwas sagte oder fragte, was ihr nicht genehm war. „Kann ich dann in Zukunft bitte drinnen essen? Mich nervt dieses dumme Gequatsche ungemein." Beim letzten Satz ließ ich meine Stimme absichtlich laut werden und beobachtete amüsiert, wie Irina zur Terrassentür hechtete, um sie mit mühsam beherrschter Panik zuzuschieben. „Wenn du mal in deinem eigenen Haus wohnst, kannst du von mir aus im Keller essen, und deine eigenen Kinder können sich so viel Pizza bestellen, wie sie wollen. Aber solange du hier wohnst, nimmst du deine Mahlzeiten gemeinsam mit deinen Eltern ein."

„Und dazu muss ich draußen sitzen und mich von allen Leuten begaffen lassen. Für euch bin ich doch sowieso nur ein Prestigeobjekt, euer Lebensabschnittsprojekt oder was auch immer. Der lebende Beweis, dass ihr total normal seid. Aber wenn ihr normal wärt, würdet ihr euch auch mal trauen, Dinge zu tun, von denen ihr glaubt, dass andere sie nicht normal finden."

„Na, aber du bist uns doch erstaunlich gut gelungen, findest du nicht?", versuchte meine Mutter, vom Thema abzulenken. Bei einem normalen Menschen würde man davon ausgehen, dass diese Bemerkung scherzhaft gemeint war. Aber die Selbstüberschätzung meiner Mutter kannte keine Grenzen. Sie dachte wirklich, alles was sie anfasste, wurde zu Gold.

„Erstaunlich gut gelungen? Was soll das denn heißen? Dafür, dass ihr nur so minderwertiges Rohmaterial zur Verfügung hattet oder wie? Dann möchte ich dich aber daran erinnern, dass die Hälfte dieses Materials von dir kommt. Laut deiner Aussage sogar neunzig Prozent, da ja mein Körper aus deinen Zellen gebaut wurde."

Ich wusste schon, seit ich drei war, dass ich durch eine Samenspende entstanden war (oder mit Hilfe eines genetischen Reproduktionsassistenten, wie Irina meinen Vater zu nennen pflegte). Es hatte mich als Kind nie gestört. Eigentlich störte es mich auch jetzt nicht. Was mich nervte, war die offenkundige Tatsache, dass meine Eltern meine unkonventionelle Zeugung dadurch überkompensierten, dass sie die Kehrwoche nicht jeden zweiten Samstag, sondern quasi jeden Samstag zweimal machten und sie meine Bastelschere zweckentfremdeten, um das Gras an den Rändern unserer Terrassenplatten zu bearbeiten.

Was mich nervte, war die Tatsache, dass ich nicht nur ihr Kind war, sondern vierundzwanzig Stunden am Tag auch noch als Türöffner für ihre Freundschaften mit den alteingesessenen Spießerfamilien dienen und mich auch entsprechend benehmen musste. Wenn ich am Kaffeetisch auf dieser bescheuerten Terrasse einfach hätte meine Klappe halten und meinen Kuchen essen dürfen, wäre es ja noch einigermaßen erträglich gewesen. Aber nein, ich musste mich jedes Mal diesem elenden Frage-Antwort-Spiel aussetzen, bei dem ich exakt passende Antworten in genau der richtigen Länge abliefern musste („Und, wie war es in der Schule?" – „Gut." – „Wie, gut? Erzähl doch mal." – „Wir haben Igel gebastelt und dann waren wir draußen und haben Kastanien gesammelt. Dabei haben wir ein Eichhörnchen beobachtet. Das ist von Baum zu Baum gehüpft, war aber noch ganz klein, und ich hatte Angst, dass es vielleicht runterfällt.") Es reichte nicht, einfach nur zu sagen, was passiert war. Es mussten eine detaillierte Beschreibung mehrerer Vorgänge und mindestens ein Gefühl darin vorkommen.

So wie sie das seit der zweiten Klasse mit mir geübt hatten.

Entgegen meinen Befürchtungen hatte es mir in meiner Klasse, und auch in der Schule, ziemlich gut gefallen. Ich fand es spannend, mit so vielen anderen Kindern in einem Raum zu sein, und wollte einfach nur das Beste aus dieser Gelegenheit herausholen. Vorher war ich im Waldkindergarten gewesen, der zwar super war, aber dort gab es eben nur acht Kinder. Meine Lehrerin interpretierte meine Kontaktfreudigkeit als Unfähigkeit, mich zu konzentrieren, und als Neigung, andere von ihrer Arbeit abzuhalten. Es war schon so, dass ich nicht bei allem immer mitkam. Aber das lag nicht daran, dass ich es nicht kapierte, sondern daran, dass ich meine Mitschülerinnen spannender fand als irgendwelche Kärtchen mit Äpfeln drauf, die ich irgendwie auf dem Tisch anordnen sollte.

Meine schulischen Leistungen blieben also hinter den Erwartungen meiner Lehrer und auch meiner Eltern zurück (das kam davon, wenn man sein Kind drei Jahre lang nur Bucheckern sammeln und vegetarische Würstchen grillen ließ, meinte meine Oma, da musste die Gehirnentwicklung ja längerfristig drunter leiden, und das war dann auch der letzte Versuch, mich mit irgendwelchen alternativen Erziehungsformen in Berührung zu bringen). Da sie meiner Oma aber nicht recht geben oder einsehen konnten, dass ich einfach nur nicht besonders helle war, kamen meine Eltern auf den Trichter mit der Hochbegabung. Rückblickend betrachtet handelte es sich dabei wohl eher um eine Retourkutsche an meine Oma für den Spruch mit dem Vitamin B-Mangel, aber da jeder wusste, dass meine Eltern zwei Lesben waren, hatten meine Lehrer wahrscheinlich Angst, nach diesem neuen Anti-Diskriminierungsgesetz belangt zu werden, und nickten die Heimdiagnose meiner Eltern ab, indem sie meine Verpeiltheit ohne weitere ärztliche Überprüfung als Underachievement interpretierten, statt mich sitzen bleiben oder einfach in meiner alten Klasse zu lassen.

In der zweiten Klasse war ich für alle nur das Streberkind, das allen beweisen musste, dass es besser war als sie, was überhaupt nicht stimmte. Ich hatte niemanden mehr zum Reden, war zu Tode gelangweilt und vermisste meine alten Klassenkameraden, mit denen ich mich nach einer Weile auch nicht mehr traf, weil sie sich mit den Zweitklässlern gegen mich verbündet hatten und mich nun auch für besserwisserisch hielten. Nach sechs Wochen in der neuen Klasse gab es überhaupt keine Kinder mehr, die mich mochten. Ich redete also auch mit niemandem mehr während des Unterrichts, und wenn meine Lehrerin mich etwas fragte, antwortete ich nur noch mit „Woher soll ich denn das wissen."

„Aber du bist doch anscheinend der neue Einstein hier, hab ich gehört", meine neue Klassenlehrerin baute sich grinsend vor der Tafel auf. „Und dann kannst du uns nicht mal sagen, wie sich ein Junge fühlt, der sich einen Hund wünscht, aber in einer viel zu kleinen Wohnung wohnt?"

„Ich habe wirklich keine Ahnung. Ich wünsche mir nun mal keinen Hund, und ich wohne auch nicht in einer kleinen Wohnung“, sagte ich trotzig, weil ich nicht zugeben wollte, dass ich die letzten zehn Minuten überlegt hatte, was Miri, meine ehemals beste Freundin aus der ersten Klasse, wohl heute Nachmittag machen würde, statt mir diese blöde Geschichte über den blöden Jungen mit seinem blöden Hund anzuhören.

Damit war mein Schicksal endgültig besiegelt. Mein Ruf als moderne Marie Antoinette wurde noch dadurch verstärkt, dass Ronni und Irina damals gerade ihre Paleo-Phase hatten und ich, statt ein normales Schulbrot zu essen, kleingeschnittene Hühnchenbrust mit Ei und Avocado-Stückchen aus meinem Salatcontainer klaubte. Obwohl ich also das genaue Gegenteil von dem tat, was ich in meiner alten Klasse getan hatte, fand auch meine neue Klassenlehrerin, ich sei aufmüpfig, diesmal eben, weil ich mich weigerte, mich ins Klassengefüge einzuordnen, und den Unterricht boykottierte. Sie rächte sich, indem sie mir unterstellte, ich könne auf Erzählungen und Geschichten nicht altersangemessen emotional reagieren. Das Einzige, was meine Eltern, die panische Angst davor hatten, etwas falsch zu machen, und deshalb in Krisensituationen zu Autoritätshörigkeit neigten (nachdem sie genau diese Autorität vorher mit ihrer selbst gestellten Hochbegabungs-Diagnose ohne Not angezweifelt hatten), aus dem einstündigen Gespräch bei meiner Klassenlehrerin mitnahmen, war, dass sie im Begriff waren, eine (potentiell gemeingefährliche?) Psychopathin heranzuziehen (vielleicht doch zu viel Vitamin B12 jetzt mit dem Paleo?).

So kam es zu diesen öffentlichen Befragungen auf der Terrasse. Auf die Frage, was ich denn heute Schönes erlebt hätte, antwortete ich schon bald geübt, indem ich munter von springenden Eichhörnchen, zwitschernden Vogeljungen und tragisch verstorbenen Bienen erzählte. Dass die Biene gestorben war, weil ich sie in eine Streichholzschachtel gesteckt hatte, unterschlug ich intuitiv, obwohl meine Motive für diese Tat gar nicht so düster waren wie bedauerlicherweise das Resultat. Sie hatte mich gestochen, und ich dachte, ich könnte sie als Wiedergutmachung domestizieren und dazu bringen, für mich Honig zu machen. Leider starb das Tier, bevor ich mir über die konkreten Details meines Plans klar werden konnte. Dabei hatte ich ihr extra eine Goldregenblüte in die Schachtel gelegt und sie einen ziemlich großen Spalt offen gelassen. Als ich sie am nächsten Morgen tot und von kleinen roten

Ameisen umringt in der Schachtel liegen sah, bekam ich den bisher größten Schreck meines Lebens. Ich hatte das wirklich nicht gewollt. Die kleinen roten Ameisen krabbelten meine Beine hoch und mussten irgendwie in meinen Magen gelangt sein, der plötzlich so komisch kribbelte. Ich verbarg die Schachtel in meiner Hand und schlich mich ums Haus herum zu den Mülltonnen, um die Spuren meines Verbrechens zu beseitigen. Als ich den Deckel der grauen Tonne anhob, schlug mir der Geruch von aufgewärmten Fleischresten und Badmülleimer(inhalten) entgegen, und ich musste brechen. Mein Mageninhalt lief an der Außenseite der Tonne hinab. Ich schaffte es gerade noch rechtzeitig, auf die Zehenspitzen gestellt, die Streichholzschachtel unter zwei klebrig feuchten Mülltüten zu verstecken, bevor Irina mich entdeckte.

„Darüber musst du dich überhaupt nicht wundern. Wenn du frühmorgens nichts Besseres zu tun hast, als kaltes Eis hinunterzuschlingen“ (gab es auch warmes Eis?) „und es dann auch noch verheimlichst. Versuch es gar nicht erst“, sagte sie, noch bevor ich überhaupt daran denken konnte, etwas zu erwidern, „die ganze Terrasse ist voller roter Ameisen. Wenn davon eine ins Haus kommt, können wir die nächsten zwei Wochen auf der Terrasse kampieren.“

„Bei den Ameisen?“, fragte ich. „Warum das denn?“ Mir war wirklich nicht klar, mit welch finsteren Mitteln eine einzelne Ameise unser Haus in Beschlag nehmen und uns zwingen konnte, zwei Wochen inmitten ihrer Artgenossen auszuharren. Hatte die tote Biene etwas damit zu tun? Aber die lag doch in der Mülltonne. War das vielleicht der Grund? Hatte ich den Ameisen ihre Nahrung gestohlen, und während die einzelne Ameise unsere Rückkehr ins Haus verhinderte, machten sich ihre Artgenossinnen über uns her? „Aber rote Ameisen fressen doch nur Aas“, fiel mir Gott sei Dank gerade noch rechtzeitig ein.

„Ich hab dir gesagt, rede dich nicht immer raus!“ Irina griff mich im Nacken und schob mich zurück ins Haus. „Na, komm. Gib's zu.“

„Ja, okay Ich hab mir ein Eis genommen.“

„Ein Eis?“

„Ja, wirklich nur eins.“ Panik flackerte in mir auf, sie könne noch einmal zur Tonne zurückgehen, um die nicht existenten Eispapiere zu zählen.

Im Laufe der Jahre stellte ich allerdings fest, dass sie meine Geschichten nur dann überprüfte, wenn sie glaubte, dass ich versuchte, etwas zu verheimlichen. Ich musste also nur so tun, als würde ich etwas zugeben, was mir unangenehm war. Solange diese unangenehme Sache weniger schlimm war als das, was ich in Wirklichkeit verheimlichte, war ich fein raus. In Zukunft dachte ich also daran, gelegentlich auch mal ein paar Dinge und Gefühle in meine Geschichten einzustreuen, die mir, wenn sie wirklich passiert wären, unangenehm hätten sein müssen.

Ich weiß, meine Eltern haben vielleicht am wenigsten falsch gemacht, aber das, was sie falsch gemacht haben, fühlt sich am schlimmsten an. Egal wie, aus Versehen oder unbewusst, sie haben ihren Konformitätszwang auf meine Kosten ausgelebt, und das auch noch, weil sie unbedingt zu einer Gruppe dazugehören wollen, die sie nie im Leben akzeptieren und hinter ihrem Rücken immer dumme Witze über sie reißen wird. Nein, ich schreibe jetzt hier keine Beispiele rein. Bananen. Ja, Bananen. Da hat man dann die Lesben und die Ossis in einem Aufwasch gedisst. (Aber Lesbe und Ossi, das ist einfach zu gut. Des konnsch dir net usdenke, har har.) In den letzten Jahrzehnten ist den Dorfaffen hier noch nichts Besseres eingefallen. Aber in dieser Gegend lacht man ja allgemein gern über Witze aus Vorkriegszeiten.

Hab letztens einen Artikel in so einem Magazin namens *FLINTA* Berlin* gelesen, ich wollte eigentlich nur nach Veranstaltungen gucken, weil es ja wichtig ist, dass ich mir soziale Netzwerke aufbaue, und das passiert ja auch in der Großstadt nicht von allein, sagt Frau Richter, und bin da auf diesen Artikel gestoßen über „Queere Räume im Schwarzwald“ und hab bald das halbe Glas Apfelkorn gegen meinen Bildschirm geprustet. Ich lebe jetzt seit zweiundzwanzig Jahren hier und habe noch keinen einzigen queeren Raum gesehen. Dürfen da nur die ganz Einheimischen rein, am liebsten nur die mit Ariernachweis?

Meine Therapeutin ist die Einzige, die meine Pläne, von zu Hause auszuziehen, gut findet. Bei Berlin als neuem Wohnort ist sie aber auch eher skeptisch. Ja, Berlin soll eh total überlaufen sein, wahrscheinlich ziehen die richtig coolen Leute schon längst wieder raus aufs Land. Aber das ist mir wurscht. Ich muss unter Leute. Ich schwitze. Und mir ist kalt. Mein Plan ist, nix mehr zu trinken, sobald ich umgezogen bin. Therapeutin sagt, ich soll es probieren, aber wenn es so nicht klappt, soll ich in eine Klinik gehen. Sie meint aber, dass es echt sein kann, dass ich weniger trinke, wenn ich mehr Sozialkontakte habe. Und dass die Wahrscheinlichkeit, Leute zu finden, mit denen ich Sozialkontakte aufbauen kann, in einer größeren Stadt wohl höher ist als auf dem Dorf. Aber die werden dann wahrscheinlich alle saufen, und ich bin wieder der Außenseiter. Toll.

Na ja, heute (und notfalls morgen früh) darf ich ja noch. Aber ich muss noch über die Hälfte von meinem Krempel zusammenpacken. Ich wusste auch nicht, dass das so viel ist. Ist es ja eigentlich auch nicht, es braucht bloß viel Platz. Ich habe jetzt schon allein zwei Steffi-Kisten. Da ist auch nicht viel drin, aber ich muss es halt gut verpacken, damit nichts kaputt geht. Ich habe ja viel von ihren Eltern bekommen, weil sie der Meinung sind, es steht mir zu, weil ich die Letzte war, die sie lebend gesehen hat.

Soll ich lachen?

Ach Mist, klappt noch nicht.

Jedenfalls, ihre ganzen Bücher sind auch noch im Keller. Ich würde sie ja gerne hierlassen, aber ich habe Angst, dass meine Eltern sie einfach irgendwann wegschmeißen und denken, ich merke es nicht, so wie damals bei meinen ganzen Kinderspielsachen. Oder meine Converse-Turnschuhe, die angeblich an der Sohle kaputt waren, dabei müssen die so aussehen, das hat fast ein halbes Jahr gedauert!

Drei Schluck Apfel. Damit ich auf Pegel bin. Und nicht bei jedem Zettelchen oder jeder Ü-Ei-Figur überlegen muss, ob und wie ich sie genau einpacke. Ich hab auch noch die Tickets von „Trolls“. Eine Hose und ein Sweatshirt, natürlich von Irina gewaschen.

Wir waren gerade aus dem Eselsbeck gekommen, der einzigen offiziellen Raucherkneipe in Haslach, irgendwann nachts um zwei. Es war Anfang Oktober, noch warm genug, dass man draußen sitzen konnte, was wir auch die meiste Zeit getan hatten. Aber Irina hörte Raucherkneipe und der Rauch roch gleich zehnmal intensiver. Sie zwang uns, uns auf der Terrasse bis auf die Unterwäsche auszuziehen und unsere Sachen in die Waschmaschine zu legen. Auf einmal waren die Nachbarn egal. Und dass wir unsere Sachen genauso gut erst im Keller hätten ausziehen können, weil wir sie anschließend sowieso zur Waschmaschine tragen mussten, fiel ihr auch nicht auf, wie immer, wenn sie gerade einen ihrer Aussetzer hatte. Alles, was zählte war, dass wir auf keinen Fall das Haus in diesen versifften Klamotten betraten.

„Wenn Steffi hier schläft, geht ihr aber bitte vorher noch duschen. Alle beide."

Kriegte die Frau nicht mit, was sie da sagte? „Dann aber gleichzeitig. Wir müssen doch Wasser sparen." Alkohol machte tatsächlich mutiger.

„Ja, natürlich. Es muss sich doch lohnen." Steffi schien hellauf begeistert von der Idee, im Bad meiner Eltern (ja, es war auch meins, aber trotzdem), mit vollem Blick auf Irinas Slipeinlagen (die unbenutzten natürlich, aber trotzdem!) eine spätnächtliche Duschorgie zu veranstalten. Sie umarmte mich von hinten und schob mich an Irina vorbei ins Bad. Sie schloss die Tür. Schlüssel gab es bei uns nicht.

„Aber was ziehen wir denn an, wenn wir fertig geduscht haben?"

„Darüber machen wir uns Gedanken, wenn es so weit ist." Sie küsste mich auf den Nacken und öffnete meinen BH. Wärmewellen breiteten sich von meinem Hals und meiner Vulva aus, wanderten durch meinen Körper, über meine Haut, und sammelten sich an den Punkten, an denen Steffi mich mit ihren Fingern, ihren Lippen, ihrer Zunge berührte. Durch das Zusammentreffen von Steffis Haut mit meiner wurden die Wellen wieder an ihren Entstehungsort geschickt, sammelten sich dort noch einmal neu und kamen mit doppelter Kraft zurück. Durch die Bewegungen in und auf meinem Körper konnte ich meine Körperteile nicht mehr steuern. Ich war gezwungen, an einer Stelle zu verharren und mich von Steffi halten zu lassen. Mit einem Arm drückte sie mich an sich, mit dem anderen streifte sie meinen BH erst von meiner linken, dann von meiner rechten Schulter.

Er fiel auf den Boden, auf den Duschvorleger.

Steffi streichelte meine Brüste, meinen Bauch, meine Hüften, abwartend, kreisend. Ich müsste mich einfach zu ihr umdrehen, sie anlächeln, zurückküssen, ausziehen.

Irina hatte mittlerweile die Waschmaschine angestellt – auch so was Sinnloses: Sie ließ uns die Kleider in die Waschmaschine legen, aber anstellen durften wir sie nicht – und Ronni aufgeweckt. Sie saßen in der Küche, Irina beschwerte sich, Ronni redete beschwichtigend auf sie ein.

„Es ist nachts um drei. Was stimmt mit denen nicht? Das ist doch wohl unmöglich!"

„Lass sie doch. Das gehört halt dazu."

„Sich die ganze Nacht in der Kneipe rumzutreiben und sich volllaufen zu lassen. Und zwei Stunden zu spät nach Hause zu kommen. Da kommt man ihr schon entgegen und erlaubt ihr, diese Steffi mitzubringen und bis zum spätestmöglichen Zeitpunkt draußen zu bleiben, und sie nutzt es aus, um unsere Regeln komplett zu missachten."

Unsere Regeln. Als ob Ronni damit irgendwas zu tun hätte. Es war Irina, die sich den ganzen Murks ausdachte.

Ich konzentrierte mich auf Steffis warme Hände.

„Und jetzt muss sie uns mit dieser Tussi auch noch vor der ganzen Nachbarschaft blamieren. Obwohl ich ihr schon erlaubt hatte, dass die hier schläft. Aber sie muss es natürlich so hindrehen, dass sie uns damit in die Pfanne haut. Ich meine, muss das sein? Was ist, wenn uns Mosers oder sonst wer das Jugendamt auf den Hals hetzen, weil wir unsere Tochter schwul gemacht haben?"

Ronni lachte. Irina lachte mit, aber ich hörte genau, dass das ihr soziales Lachen war. Für sie war es bitterer Ernst.

„Ach komm. Was sollen sie denn sagen? Die kapieren doch nicht mal, dass die beiden überhaupt zusammen sind. Sogar uns haben die Leute doch noch zehn Jahre lang gefragt, ob wir Schwestern sind." Ronni lachte. Steffi lachte mit.

„Tu doch nicht so naiv. Du weißt ganz genau, dass sie uns das nur gefragt haben, damit wir ihnen unsere Familiengeschichte mit allen Details erzählen. Und die müssen sich jetzt noch vor allen Leuten zum Gespött machen. Wahrscheinlich knutschen sie in der Öffentlichkeit stundenlang rum und irgendwelche ekelhaften alten Männer geilen sich daran auf."

„Findest du, dass wir uns auch zum Gespött machen?" Ronnis Tonfall war merklich abgekühlt.

Ich sollte jetzt rausrennen und Irina anschreien. „Du hast uns doch gerade gezwungen, uns auf der Terrasse nackig zu machen. Du schreist hier die ganze Zeit rum, dass es Duffners drei Häuser weiter noch hören. Und du warst diejenige, die darauf bestanden hat, ausgerechnet in der tiefsten süddeutschen Pampa ein Haus zu kaufen."

„Ach komm, lass die doch labern." Steffi zog sich mit zwei Handgriffen aus, stieg in die Dusche und stellte das Wasser an. Zwei Sekunden später regte sich Irina darüber auf, dass um diese Uhrzeit das Wasser lief.

Eigentlich hätte hier der Romeo-und-Julia-Effekt einsetzen und ich meine Beziehung zu Steffi mit Zähnen und Klauen verteidigen müssen. Stattdessen war ich zwar aggressiv, aber was sollte das bringen? Ich hatte einfach keine Lust mehr auf dieses Gestresse jedes Wochenende. Ich wurde das Gefühl nicht los, dass Irina weniger krass reagieren würde, wenn meine Freundin nicht Steffi wäre, sondern jemand Mädchenhafteres, wie Melanie. Es war alles so verlogen. Und anstrengend.

Ich wollte, dass alles so war wie früher, bevor Irina von Steffi und mir erfahren hatte. Aber das war ja irgendwie auch Steffis Schuld, oder. Sie hatte es ja darauf angelegt, dass wir aufflogen. Warum sollte ausgerechnet ich sie jetzt trösten?

„Geh du mal zuerst." Ich stand immer noch vor der Duschkabine. „Ich warte so lange in meinem Zimmer." So dass Irina sich darüber beschweren konnte, dass ich um diese Uhrzeit unnötigerweise zweimal die Treppe benutzt hatte.

„Ach komm. Jetzt sind wir beide schon mal hier." Sie hielt die Dusche eine Millisekunde lang auf mein Gesicht. Das Wasser war warm.

Eigentlich hätte ich gar nichts sagen, sie einfach nur umarmen müssen.

„Wir müssen ja auch gar nichts machen. Wenn du nicht willst." Sie hielt die Dusche auf meinen Bauch. Für zwei Millisekunden.

Sie seufzte. „Ich weiß nicht, was mit dir los ist. Dann schlafe ich halt nachher im Wohnzimmer auf dem Sofa."

„Da wird sich Irina aber bedanken, wenn sie wegen dir die Couch noch mal neu beziehen muss."

„Na siehst du. Dann musst du mich eben doch in deinem Bett schlafen lassen." Sie hielt die Dusche auf meine Brüste.

„Ach Mann! Jetzt lass es doch mal! Du merkst doch, dass ich nicht mit dir zusammen duschen will. Ich hab's dir jetzt drei Mal gesagt."

In drei Schritten war Irina vor der Badtür. „Was ist denn hier los?“ Als sie das sagte, stand sie schon im Bad. Sie sah mich, leicht nass, in Socken in einer kleinen Pfütze stehen. Sie bemühte sich, Mitleid mit mir zu haben, konnte es aber trotzdem nicht lassen, meine Figur abzuchecken. Mit einem angeekelten Blick wandte sie sich ab. Ich dachte, sie wolle Steffi aus der Dusche zerren. Sie hielt sich gerade noch zurück und verschränkte die Arme vor der Brust. „Ich möchte, dass du jetzt gehst.“ Sie drehte sich weg, nahm ein Handtuch aus dem Schrank unter dem Waschbecken und reichte es ihr, ohne sie anzusehen. Das sah so bescheuert aus, dass ich lachen musste. Auch Steffi grinste, während sie sich einwickelte, voller Hoffnung, dass ich Irina mit einem dummen Spruch wieder vertreiben würde.

Ich wartete. Steffi auch. Sie sah mich erst besorgt an, dann überrascht, ungläubig, schließlich verletzt. Sie ließ ihre Schultern sinken und stieg aus der Dusche. „Ähm, tut mir leid, aber ich wollte nur sagen, es wäre echt doof, wenn ich um die Zeit noch zu Hause aufschlagen würde. Meine Eltern denken doch jetzt … Kann ich nicht wenigstens auf dem Sofa schlafen?“ Ihr Gesicht wurde rot.

„Was denken deine Eltern?“, blaffte Irina. „Dass du auf der Kirchenfreizeit bist? Glaubst du eigentlich wirklich daran, dass sie das denken, nachdem jeder gesehen hat, wie du durch sämtliche Haslacher Kneipen gezogen bist? Und nein, du kannst nicht hier schlafen. Ruf dir ein Taxi.“

Steffi sah mich genauso an wie knapp vier Wochen später, am Bahnhof.

„Jetzt lass sie sich doch wenigstens noch die fünf, sechs Stündchen ausruhen. Um die Zeit fährt doch hier kein Taxi mehr“, rief Ronni aus dem Flur.

Irina schwieg mit verschränkten Armen.

„Ist gut, ich fahr sie nach Hause.“ Ronni durchsuchte ihre Jacken an der Garderobe nach dem Autoschlüssel.

„Das halte ich für das Beste.“ Irina machte die Badtür hinter sich zu.

„Aber was ziehe ich denn jetzt an?“ Steffis Stimme klang brüchig. „Was ist denn mit dir los? Glaubst du etwa, was deine Mutter erzählt? Ich weiß doch auch nicht, was die für ein Problem mit mir hat.“ Sie wickelte das Handtuch enger um sich.

„Ich hab dir doch gesagt, die kommt nicht damit klar. Aber du hast die ganze Zeit gedacht, ich übertreibe. Wieso musstest du es ausgerechnet vor Herrn Schödl rumposaunen?"

„Ich dachte halt, die Evangelen wären cooler bei so was." Sie sah auf ihre Zehen. „Meinst du, deine Mutter lässt mich jetzt gar nicht mehr zu euch kommen?"

„Wieso zu uns? Ich dachte, du wolltest zu mir."

„Meine ich doch." Sie kratzte mit ihrem Zehennagel an einem nicht-existenten Fleck herum. „Ich dachte halt, bei euch wäre es entspannter als bei mir zu Hause. Tut mir leid."

In diesem Moment klopfte Ronni an die Badtür. (Es konnte nur Ronni sein, denn Irina klopfte „in ihrem Haus" aus Prinzip nicht an.) „Ich hab dir mal ein paar von meinen Kleidern rausgesucht. Die kannst du Laura ja dann in der Schule wiedergeben."

Tränen liefen über Steffis Gesicht. „Scheiße. Die wollen echt nicht mehr, dass ich zu euch komme, oder?"

„Ach, das sagt sie doch jetzt nur, um Irina zu beruhigen. Ich rede morgen noch mal mit denen. Oder vielleicht lieber, wenn ein bisschen Zeit vergangen ist."

„Ja, okay" Sie klang plötzlich hart und abgeklärt. „Dann sehen wir uns am Montag in der Schule."

„Hä? Ich bin doch noch hier." Ich machte einen Schritt auf sie zu, wollte sie umarmen. Schlecht mit Handtuch, aber trotzdem.

Sie wich zurück. „Kannst du bitte rausgehen?"

„Okay. Bis Montag dann." Mit einer Hand krallte ich mich an meinem Handtuch fest, mit der anderen griff ich nach der Türklinke.

„Mann, das ist doch alles scheiße, oder?", weinte Steffi hinter meinem Rücken. „Wenn ich nicht mehr zu euch kann, wo soll ich denn dann hin."

Zu euch. Schon wieder. „Vielleicht kannst du ja von zu Hause ausziehen?"

„Ja klar. Als ob die mich gehen lassen würden."

„Da reden wir einfach am Montag noch mal drüber, okay?" Ich öffnete die Tür und stieß auf dem Flur beinahe mit Irina zusammen.

„Siehst du, was habe ich dir gesagt!"

Ich ging nach oben in mein Zimmer, zog meinen hässlichen, schon zwei Wochen getragenen Schlafanzug an und legte mich auf das Hochbett. Kurz darauf fiel die Autotür zweimal zu, der Motor sprang an.

Irina kam die Treppe hoch und kramte bei offener Tür in Ronnis und ihrem Schlafzimmer herum. „Aber wenigstens kann sie jetzt noch mit Ronni nach Hause fahren. Da freut sie sich sicher."

„Ja klar. Erst ist sie nur hier, weil sie andere Lesben kennenlernen will, natürlich richtige Lesben, wie dich und Ronni, und jetzt, wo sie nicht mehr herkommen darf, nutzt sie natürlich die letzte Gelegenheit und wirft sich im Auto Ronni an den Hals."

„Na klar. Ist dir noch nicht aufgefallen, dass sie immer nur an den Samstagen morgens kommt, wenn Ronni nicht arbeiten muss?" Irina wusste genau, dass ich immer ewig brauchte, um von meinem Hochbett runterzukommen.

„Du bist so durch, wirklich. Ist dir noch nicht aufgefallen, dass Ronni an zwei Samstagen im Monat arbeiten muss?" Und ich musste an einem dieser Samstage den ganzen Vormittag alleine mit Irina abhängen.

„Natürlich. Aber wenn sie an beiden Samstagen morgens käme, wäre es ja wohl ein bisschen offensichtlich, oder?"

„Du steigst doch selber nicht mehr durch bei deinen Verschwörungstheorien. Lass mich endlich in Ruhe!"

Nach diesem Abend war nichts mehr so wie vorher.

Auch wenn Steffi sich mit aller Kraft bemühte, so zu tun, als ob.

Sie hätte da bleiben, wir hätten den Rest der Nacht reden müssen. Ich hätte das Schlimmste verhindern können, wenn ich sie wenigstens selbst rausgeschmissen hätte. Stattdessen legte ich mich ins Bett, während Ronni sie nachts um drei nach Hause fuhr.

Peinlicher Sex im Haus der Eltern. Im Endeffekt hätte dieser Abend eines meiner wenigen normalen Teenie-Erlebnisse werden können. Wenn ich nur irgendwas getan hätte. Zum Beispiel Irina eine reinhauen. Ich weiß nicht, wie ich das, was die Frau erzählte, jemals hatte ernst nehmen können.

TAG X, EIN UHR MORGENS

Ich muss immer noch meine Sachen packen. Das mache ich nachher, wenn ich richtig müde bin.

Ich werde nie wieder eine Frau finden wie Steffi. Nie wieder. Jaja, das labert doch jede.

Warten.
Wirkt.
Weitermachen.
Aber bei mir stimmt es.
Ich werde nie wieder eine Frau finden, die sich die Zeit nehmen wird, mich kennenzulernen.
Ich war ja schon auf Dates mit anderen. So komplett vereinsamen tut man hier jetzt auch wieder nicht. Ja, ich hatte sogar mal drei Monate Freundschaft plus mit einer. Also sogar mit zweien. Nacheinander natürlich. Obwohl mit der einen hätte ich sie auch nebeneinander haben können. Die fand ich eigentlich überhaupt nicht heiß. Aber sie sich selber. Das fand ich damals irgendwie anziehend. Die war halt so hetero-hübsch. Und solche fliegen ja auf mich. Ja okay, manche. Weil ich anscheinend etwas maskulin wirke. Dabei schmier ich mir halt einfach nur nicht irgendwelche toxischen Substanzen ins Gesicht. Und klar, wenn man selber „feminin" aussieht, also auf Deutsch wie eine Hete, dann braucht man ja eine Frau, die „maskulin" wirkt. Hihihi. Es ödet mich so an.
Das mit diesem Pseudo-Hetentum, ein „Männchen", ein „Weibchen", ist doch eh nur fürs Fernsehen. Oder halt zwei Weibchen, die für den Typen hinter der Kamera, oder vor dem Bildschirm, miteinander rummachen. Auch nicht viel besser. Ich bin irgendwie nichts Halbes und nichts Ganzes. Ohne Steffi. Wir beide wären der perfekte Kugelmensch gewesen. So was gibt es doch nur ein Mal im Leben, wenn überhaupt. Ich hatte das Glück, dieser Person begegnen zu dürfen.

Jaja, PTSD. Kann man auch kriegen, wenn man das Ereignis, das einen traumatisiert, selbst ausgelöst hat.
Ist das ein schlechter Witz aus der Gehirnforschung oder einfach ein Rettungsanker, den man Verbrechern anbietet, damit sie sich nicht ganz so scheiße fühlen? Man stelle sich mal vor, ein Typ, der gerade eine Frau umgebracht hat, würde zum Psychologen rennen und über „Symptome" klagen, und der Psychologe würde ihm eine posttraumatische Belastungsstörung diagnostizieren.
Oder ein Typ, der gerade ein kleines Kind gefickt hat, würde zum Arzt rennen, weil ihm der Pimmel so weh tut. Ich wette, das gibt es wirklich.

Kein einziges Wort dürfte mehr aus meinem Mund kommen. Die Zunge sollte ich mir herausreißen. Oder gleich die Kehle durchschneiden und die Zunge durch den Schlitz herausfallen lassen.

Ich habe ja nach Steffis Tod versucht, nicht mehr zu sprechen. Hat nicht mal anderthalb Tage gehalten. Weil Irina plötzlich angefangen hat, sich über mich lustig zu machen, damit ich aggressiv werde. Ob ich jetzt unter die Barfüßerinnen gegangen sei. Hat mir richtig unter die Nase gerieben, wie melodramatisch die Nummer ist.

Irgendwann habe ich es eingesehen.

Die schlimmste Strafe wäre eh, den ganzen Rotz nüchtern zu ertragen.

Nur noch ein Mal. Nur noch einen Abend. Nur noch ein Wochenende. Dann schaffe ich es. Auf einmal. Ganz bestimmt.

Ich muss noch meine Abschiedsrunde machen. Alle Orte, die mir und Steffi etwas bedeutet haben. Irgendwie habe ich jedes Mal, wenn ich dort hingehe, Angst, dass sie sich verändern. Dass ich sie nicht mehr wiedererkenne, weil Steffi plötzlich ganz weg ist und ich mir nicht mehr vorstellen kann, dass ich überhaupt jemals mit ihr hier war.

1. Der Bahnhof. Klar, dass mir der als Erstes einfällt. Nein. Da gehe ich nicht hin.

2. Das Försterhaus. Eigentlich ist es bloß ein alter, sich langsam auflösender Holzschuppen mit einer morschen Bank davor, der ziemlich planlos auf einer Wiese am Waldrand herumsteht und von dem niemand weiß, wem er gehört oder was in ihm aufbewahrt wird.

Es war eigentlich klar gewesen, dass Steffi mir hier, auf dieser Bank, einen Antrag machen würde. Ein Blumenkranz an der Tür, zu der Steffi endlich den Schlüssel besorgt hatte. Und natürlich würde ich ja sagen. Klar hatte ich überlegt, ob ich nicht erst mal ablehnen sollte, der Form halber, aber das war doch eigentlich eh nur so eine Heterotradition, die zwischen Frauen überhaupt keinen Sinn machte. Warum sollte ich ihr nicht geradeheraus sagen, dass ich sie liebte? Vor wem musste ich mich denn anstandshalber zieren? Das war doch alles unnötig. Und trotzdem erzählte ich ihr nie etwas von diesem kleinen Tagtraum.

Dort haben wir uns zum ersten Mal geküsst. Ich will eigentlich gar nicht mehr daran denken. Es erinnert mich doch bloß jedes Mal daran, dass ich so etwas Schönes nie wieder erleben werde. Ich müsste jetzt sagen, dass unser erster Kuss gar nicht so besonders war, dass er erst in meiner Erinnerung, nach Steffis Tod, zu etwas Besonderem wurde. Aber so war es nicht. Ich wusste schon in den Sekundenbruchteilen vorher, als ich die Wärme spürte, die von ihrem Gesicht ausging, und den Duft ihrer Haut roch, dass ich mich wirklich in sie verliebt hatte. Ich atmete ein, und ein Teil ihrer Seele ging auf mich über und breitete sich in meinem ganzen Körper aus. Bis in jedes kleinste Äderchen und Blutgefäß. Als wir uns umarmten, spürte ich ihr Herz sanft gegen meine Brust schlagen und zum ersten Mal in meinem Leben spürte ich mein eigenes.

Und als sie plötzlich in den Tod gerissen wurde, nahm sie das alles wieder mit.

Ich bin herzlos, leblos, kalt.

Was mache ich hier noch.

Ja, ich hatte mal solche Pläne. Ich habe ausprobiert, ob der Heizkörper im Bad mein Gewicht tragen würde. Man kann es ja auch mit einer Türklinke machen. Aber ganz ehrlich, ich weiß nicht, wie. Ich würde lieber von irgendwo runterspringen, um sicherzugehen.

Klar habe ich überlegt, auf die gleiche Weise zu sterben wie Steffi. Aber das ist so ein schrecklicher Anblick, das wünsche ich meinen ärgsten Feinden nicht, mal davon abgesehen, dass es ja nicht meine ärgsten Feinde wären, die meine Überreste wegputzen müssten. An der Wand der Bahnhofshalle klebte vier Wochen später noch Blut und eingetrocknetes Fleisch. Ich habe es abgekratzt und auf einem Wattepad in das Döschen getan, in dem ich meine Milchzähne aufbewahrt hatte. Die brauchte ich ja wohl nicht mehr. Das Döschen ist jetzt in einer meiner Steffi-Kisten.

Drei Minuten warten.

So, wirkt.

Weitermachen.

3. Der Friedhof.

4. Dieses verschissene Haus hier. Mein Zimmer. Mein Bett. Mir wird schlecht, wenn ich die Federfüllung vom Kopfkissen rieche. Obwohl sie nur nach mir riecht.

Ach Scheiße. Josie. Vielleicht sollte ich sie doch besser hier lassen. Hier hat sie wenigstens einen Garten, auch wenn der nur aus den drei mickrigen Grasstreifen besteht, die unsere mickrige Terrasse einrahmen. Aber Josie ist *meine* Katze. Ronni hat sie mir nach „diesem Unfall" aus dem Tierheim mitgebracht, an dem sie jeden Tag auf dem Weg zur Arbeit vorbeiläuft. Und ich weiß eh, wenn ich sie hier lasse, kriegt Irina nach zwei Wochen plötzlich eine rapid onset Katzenallergie und zwingt Ronni, Josie zurück ins Tierheim zu bringen. Nee. Und außerdem, das Haus, wo ich hinziehe, hat auch einen Hinterhof. Da hat sie mehr Platz als hier. Und sie ist ja nicht blöd. Irgendwie kriege ich das schon hin, ihr beizubringen, wie sie auf den Hof kommt. Okay, das mit dem Wieder-Hochkommen wird schwierig. Aber wenn es Katzenklappen gibt, gibt es bestimmt auch Katzenklingeln.

Halb fünf. Noch fünfeinhalb Stunden, bis diese Angelika kommt. Habe fast alles zusammengepackt. Wichtige Orte abgelaufen. Sogar den Bahnhof. Die Fassade wurde wohl schon vor Monaten neu gestrichen.

Habe mir gerade Kotzbowle gemacht. Zum krönenden Abschluss. Habe ich zum letzten Mal an Halloween getrunken. Also Steffis Geburtstag. Sie war seit der Duschaktion nicht mehr bei mir gewesen, wir sahen uns nur in der Schule. Vor den anderen taten wir so, als sei alles normal. Wir hatten für Halloween schon alle möglichen Leute zu mir nach Haslach eingeladen, und das sollte jetzt nicht wegen so ein bisschen Beziehungsstress ins Wasser fallen.

„Na, da bin ich aber froh, dass diese Steffi-Episode jetzt vorbei ist", erklärte Irina zwei Wochen vor der Party (nachdem sie das Thema Steffi eine Woche lang ignoriert hatte). „Ich habe ja letztens gelesen, dass es völlig normal ist, dass man sich in der Pubertät phasenweise in Menschen verliebt, die den eigenen Eltern ähnlich sind. Da hast du dich halt in eine Frau verliebt. Macht ja Sinn in deinem Fall. Du und Ronni, ihr wart euch ja sowieso schon immer besonders nah." Die Leier schon wieder. „Was denn?" Irinas Gesichtsausdruck nach musste Ronni sie unterm Tisch gegen das Schienbein getreten haben. „Und dann noch diese Sache mit Thomas. So was kann schon auch für Verwirrung sorgen. Es tut mir jedenfalls leid, falls ich da irgendwie dazu beigetragen haben sollte."

„Diese Sache mit Thomas". An der war sie doch mit Schuld mit ihrem Vaterersatzwahn. Aber sie würde mir jetzt bis an mein Lebensende unterstellen, dass ich nur deswegen glaubte, ich würde auf Frauen stehen.

Es hätte mir so egal sein können, was sie dachte. Trotzdem wurde ich das Gefühl nicht los, dass sie recht haben könnte. Wurde eine Sache, auch wenn sie falsch war, vielleicht doch wahr, wenn man sie oft genug wiederholte?

„Aber die Party am einunddreißigsten feiert ihr doch trotzdem noch hier, oder?" Ronni streichelte mir über den Rücken.

„Na klar", sagte Irina. „Bei wem soll Steffi denn sonst feiern. So eine Dumme wie Laura findet sie doch nie wieder."

„Was bist du eigentlich immer so garstig zu den beiden?" Ronni schenkte mir Kaffee nach. Sie hatte die Fähigkeit zu sehen, dass ich am liebsten weinen würde, noch bevor ich das selber merkte.

„Gib ihr nicht so viel Kaffee. Dann ist sie wieder den ganzen Tag so aufgeregt." Sie redete über mich wie über ein Haustier. „Das kann ich doch wohl selber entscheiden, oder?"

„Ich merke nichts davon, dass du irgendwas selber entscheiden könntest."

„Weil du mich immer volllaberst mit deinen blöden Theorien."

„Kannst du sie widerlegen?"

„Jetzt lass sie doch mal in Ruhe. Du siehst doch, dass sie völlig mitgenommen ist. Sie mögen sich halt. Warum und auf welche Weise kann uns doch egal sein."

„Mir ist es aber nicht egal, dass mein Kind ausgenutzt wird. Die sitzt hier jedes Wochenende rum, frisst sich bei uns durch und lässt sich von Laura die Hausaufgaben machen. Hat sie dir dafür schon mal irgendwas zurückgegeben?"

„Wie soll sie das denn machen, wenn sie nichts hat?" Inzwischen weinte ich doch.

„Weißt du, dass sie nichts hat? Vielleicht erzählt sie dir das nur, damit du Mitleid mit ihr hast, weil sie gemerkt hat, dass du einsam bist."

„Ja und? Woran liegt es denn, dass ich einsam bin? Doch wohl an euch! Nein, ich meine nicht, dass ihr lesbisch seid. Ich meine, wie kann man so dumm sein, als Lesben mit Kind in ein verschissenes Schwarzwald-Dorf zu ziehen? Noch dazu, wenn man aus dem Osten kommt."

„Wir sind wegen dir hierhergezogen", sagte Irina. „Ich wäre lieber in Stuttgart geblieben. Aber da war es ja für Ronni nicht gerade einfach."

Haha. Ronni war drei Dörfer weiter von hier, also in Baden, aufgewachsen. Als ob das vergleichbar wäre.

„Ich habe übrigens mit Herrn Manzer gesprochen. Ich fand ihn sehr nett. Ich kann mir nicht vorstellen, dass Steffis Familie so drauf ist, wie sie dir weismachen will. Sie haben schon seit Jahren vermutet, dass Steffi lesbisch sein könnte, und dieser Verdacht hat sich schon vor einiger Zeit bestätigt. Du warst nämlich überhaupt nicht Steffis erste Freundin."

Als hätte ich das jemals behauptet. Sie hatte wohl mal online eine aus irgendeinem Nest bei Freiburg kennengelernt, und die war auch ein paar Mal bei ihr gewesen. „Das weiß ich eh schon längst. Ihr Bruder hat sich die ganze Zeit über die beiden lustig gemacht, und das hat die Freundin irgendwann nicht mehr ausgehalten und hat sich von ihr getrennt. Steffi will halt nicht, dass ihr das noch mal passiert, deswegen kommt sie jetzt immer hierher."

„Also, der Herr Manzer hat mir das aber ganz anders erzählt." *Der* Herr Manzer, als ob sie jetzt eine von hier wäre, weil sie drei Minuten mit einem einheimischen Bauern geredet hat. Sie grinste. „Sie hat sich wohl als Typ ausgegeben, und das Mädchen war ziemlich überrascht, als ihr dann ein anderes Mädchen gegenüberstand, und da hat sie sich entschuldigt, und gesagt, ihr Bruder hätte sich nicht hergetraut und sei auch nicht so gut im Nachrichten-Schreiben, weshalb sie das übernommen habe. Das Mädchen war wohl einigermaßen überrascht, hat dann aber doch zugestimmt, sich den Bruder mal anzugucken, und ist mit zu ihr nach Hause gefahren. Sie fand ihn ganz nett äußerlich und hat mit ihm ein bisschen geflirtet. Als er überhaupt nicht darauf reagierte, hat sie gemeint, dass er doch keine Angst vor ihr haben müsse, und ist aus allen Wolken gefallen, als sich herausstellte, dass er gar nicht auf der Suche war, weil er nämlich schon längst eine Freundin hatte."

„Ach, so ein Bullshit! Du glaubst aber auch alles, was man dir erzählt, oder? Was soll der Manzer dir denn sonst erzählen, außer dass er alles richtig gemacht hat und der Allertollste ist? Das ist so eine abstruse Story, die hat er sich wahrscheinlich aus irgendeiner Vorabendserie abgeguckt."

Steffi hatte sich ein paarmal mit der Tussi getroffen, bis sie ihr gestand, dass sie doch hetero war. Also kam Steffi sich halt total verarscht vor, so als ob die das eigentlich schon lange vorher wusste und nur mal rumprobieren wollte, damit sie was zu erzählen hat. Ihr Bruder lachte sich heute noch darüber kaputt.

„Ach, meinst du im Ernst, die Steffi hat sich dich ganz zufällig ausgesucht?"

„Hä? Was laberst du?" Immer noch heulend stand ich auf.

„Wir wohnen seit Jahren im selben Ort wie Manzers. Es hat sich also auch zu ihnen herumgesprochen, dass wir Lesben sind. Meinst du, das wusste Steffi nicht, als sie dich angesprochen hat?", sagte sie, als ich schon auf dem Treppenabsatz stand.

„Sie hat mich doch nicht angesprochen! Wir haben uns in diesem blöden Kurs kennengelernt. Oder meinst du, sie wusste schon, dass ich mich da angemeldet hatte, und hat sich deshalb auch angemeldet?"

„Möglich wär's. Sie ist schließlich katholisch. Schon komisch, dass sie sich bei der evangelischen Kirche angemeldet hat, oder?"

„Ach so ein Blödsinn! Sie hat einfach gedacht, dass es bei uns entspannter ist als bei den Katholiken. Woher hätte sie denn wissen sollen, dass ich auch zu diesem verfickten Kurs gehe?"

„Na ja, kann sein, dass ich das letzten Sommer mal erzählt habe, als ich auf dem Markt an Manzers Stand einkaufen war. Im Nachhinein tut mir das auch leid." Sie zog Ronni ihren Teller weg, obwohl noch ein angebissenes Stück Brötchen darauf lag.

„Ihr spinnt doch alle beide! Meinst du, ich fange was mit einer Sechzehnjährigen an? Darüber haben wir doch jetzt tausendmal geredet in den letzten Wochen."

„Also mit mir nicht." Meine Ohren waren zugefallen. Ein leiser, aber durchdringender Pfeifton war das Einzige, worauf ich mich konzentrieren konnte. „Und wieso sagst du, dass ich spinne? Ich habe so was doch nie gedacht."

„Das war wohl dein Fehler. Aber tröste dich, ich wäre auch nicht darauf gekommen." Irina nippte an ihrem Kaffee.

„Nee, oder?" Meine Stimme war hoch und quietschend.

„Natürlich nicht." Ronni stand auf, legte den Arm um mich und griff dabei wie immer zwischen die Muskeln in meiner Schulter. War das eigentlich der einzige Move, den sie drauf hatte, wenn Leute gestresst waren? „Mensch, jetzt mach doch das arme Kind nicht verrückt mit deinen Verschwörungstheorien! Steffi findet mich halt cool, aber doch nicht attraktiv. Sie wäre halt selber gern so wie ich, deswegen sucht sie halt die Nähe zu mir."

„So erklärst du dir das vielleicht. Und vielleicht hast du ja recht. Aber diese Steffi denkt, sie ist verliebt in dich. Und so wie ich dich kenne, fühlst du dich von so was sehr geschmeichelt, um es mal unverfänglich auszudrücken."

„So wie ich auch bloß denke, dass ich in Steffi verliebt bin, oder was? Du spinnst doch!"

„Genau. Für dich fühlt es sich auch echt an, obwohl jeder Außenstehende mit ein bisschen Menschenkenntnis sehen kann, welche Gefühle wirklich dahinter stecken. Und diese Steffi nutzt das eben schamlos aus, um sich über dich an Ronni ranzuwanzen. Die wiederum Steffi dazu bringt, weiß Gott was mit ihr zu machen."

„Also jetzt reicht's aber! Seit wir uns kennen, unterstellst du mir, dass ich hinter deinem Rücken mit anderen Frauen rumvögle. Das habe ich noch nie gemacht, noch nie! Obwohl es mir wahrlich nicht an Gelegenheit gemangelt hätte …"

„Wie du jedes Mal betonen musst."

„Und seit Neuestem ficke ich jetzt auch noch kleine Mädchen."

Mir schoss vor Scham das Blut ins Gesicht. Ich hatte Ronni noch nie so reden hören. Irina laberte ständig was von Familie und Frieden und Atmosphäre, aber sie war es doch, die hier ständig die Leute gegeneinander aufhetzte. Erst Ronni und mich, und jetzt auch noch mich gegen Steffi. Nur weil sie selber ihr Beziehungstrauma mit ihrem Vater nicht aufgearbeitet hatte.

„Also ich glaube ja, dass Irina eigentlich in Steffi verliebt ist." Das Einzige, was hier half, war doch, diese ganze Scheiße ins Lächerliche zu ziehen. „Sie hat ja schon recht. Steffi ist ja schon irgendwie eine jüngere Version von dir. Und jetzt ist sie eifersüchtig, dass Steffi nichts von ihr will. Sondern von mir", rief ich, bevor Irina mir das Wort abschneiden konnte.

Am Samstagmorgen vor der Party fuhr ich mit Ronni zusammen einkaufen, setzte die KOTZ-Bowle an (Kürbis-Orange-Traube-Zitrone – das T stand eigentlich für Tequila, aber dazu ließ sich selbst Ronni nicht breitschlagen), backte Hexenfinger und Gehirn-Cupcakes und hängte auf der Terrasse kleine Kürbis-Lichterketten in die Blutberberitzen-Hecke (die eigentlich zu Mosers Grundstück gehörte, aber das war mir egal). Ich zog meine derzeit besten Klamotten an, die ich schon drei Tage vorher rausgesucht hatte, und schminkte mich sogar ein bisschen (Maskara, Labello). Irina war zu ihren seltsamen Hippie-Freunden nach Alpirsbach gefahren. Ich war bester Laune. Ich suchte die Playlist raus, schloss die Boxen an meinen Computer an. Wenn wir erst mal eine Runde zu Chasing Cars getanzt hatten, würden Steffi und ich uns sicher wieder verstehen.

Um halb sieben, als Ronni und ich gerade den Wohnzimmertisch ausgezogen und stapelweise Teller ins Wohnzimmer getragen hatten, rief Steffi an, dass sie doch nicht kommen könne. Ihre Familie wolle, dass sie an ihrem Geburtstag doch lieber zu Hause bleibe.

Um halb acht kamen die ersten Gäste. Ich erzählte ihnen ganz aufgeregt, dass Steffi nicht kommen dürfe, wegen ihrer blöden Eltern, und dass wir nachher zu ihr fahren und sie quasi entführen müssten. Ich erzählte noch ein paar Horror-Storys darüber, was ich glaubte, was ihre Familie, und vor allem ihr Bruder, mit ihr machten. Irgendwann rief Kristina Steffi auf ihrem Handy an.

„Wir wollten fragen, ob du noch kommst oder ob wir dich irgendwie holen sollen", sagte sie. „Moment, ich geh mal kurz vor die Tür", sagte sie zehn Sekunden später. Ich hörte, wie sie die Treppe hoch und in mein Zimmer ging, ohne mich vorher zu fragen.

Geschlagene zehn Minuten später kam sie wieder runter. „Also, der Willi und ich fahren jetzt kurz zu Steffi, okay?", erklärte sie mir. Sie sagte nicht, um sie hierherzuholen. Davon ging ich einfach mal aus.

Aber natürlich kamen sie nicht wieder, und nach ungefähr einer halben Stunde guckten auch die anderen Gäste auf ihre Handys, lachten, und verabschiedeten sich, nachdem sie sich noch jeder zwei, drei Cupcakes reingedrückt hatten.

Das war natürlich die Retourkutsche dafür, dass ich mich nach unserer Kneipentour nicht für sie eingesetzt hatte, so viel war mir klar. Und dass die Leute nur mit mir abhingen, wenn Steffi dabei war, auch.

Trotzdem kam ich mir dumm vor. Irinas Geheule aus dem Schlafzimmer nachts machte es auch nicht besser.

Heute hab ich die Kotzbowle natürlich nach Originalrezept gemacht.

Es klingelte. Ich dachte, das hätte ich bloß geträumt.

Es klingelte wieder.

Nein.

Es war Samstag. Sie war wirklich da. Wie hieß die Frau noch mal? Beate? Brigitte? Und ich lag auf dem Sofa im Wohnzimmer.

Wieso hatte mein Wecker nicht geklingelt? Ich sah auf mein Handy. Das hatte ich immerhin noch geschafft mit runterzunehmen. Ein verpasster Anruf von Ronni. Zwei von dieser Angelika, einen um kurz vor zehn, einen vor zehn Minuten. Es war halb zwölf. Sie hatte um zehn Uhr da sein wollen. Da hatte sie sich aber ganz schön verspätet. Gott sei Dank.

Oder stand sie jetzt schon seit anderthalb Stunden da unten vor der Tür rum?

Ich setzte mich auf.

Mit wurde schwindelig.

Egal. Ich stand auf.

Es klingelte schon wieder. Langsam wurde es peinlich.

In der Küche stand noch der leere Topf von den Käsespaghetti, die ich mir irgendwann gemacht haben musste, auf dem Herd. Den benutzten Teller sah ich jetzt nirgends. Wahrscheinlich stand er oben in meinem Zimmer, unter meinem Hochbett. Ich ging hoch, ich musste eh noch Klamotten anziehen. Sie hörte doch, wie ich die Treppe hoch und runter lief. Dann wusste sie wenigstens schon mal, dass ich zu Hause war.

„Guten Morgen!", sagte eine etwa sechzigjährige Frau mit graubraunen Haaren und rausgewachsenem Kurzhaarschnitt, als ich es endlich an die Tür geschafft hatte. „Ich bin Angelika." Sie trug Outdoor-Kleidung, eine Fleecejacke und so eng sitzende, schnelltrocknende Wanderleggings, wie Irina sie sich vor ungefähr zehn Jahren auch mal gekauft, aber sich nie getraut hatte, anzuziehen.

Sie hatte bestimmt auch den passenden Sonnenschutz-Visor zu diesem Outfit im Auto. „Also, ich hatte mich ja ein bisschen verspätet." Sie scannte mich mit einem Blick von oben bis unten ab. „Aber das scheint dir ja nicht ganz unrecht zu sein, oder?" Sie lachte und streckte ihre Hand aus. Warm, trocken. Meine eigene war kalt und schweißig. Falls es sie störte, ließ sie es sich nicht anmerken.

„Es ist etwas spät geworden gestern. Letzte Nacht und so. Und ich müsste noch ein paar letzte Sachen aufräumen. Willst du so lange einen Kaffee?"

„Ja, gerne." Nach einem wehmütigen Blick auf das Vogelhäuschen an unserer Tür folgte sie mir ins Haus. Sie sah sich in der Küche und im Wohnzimmer um (der Teller von gestern stand auf dem Boden neben der Couch-Lehne), strich über den Küchentisch aus massivem Kirschholz, sagte „hach" beim Blick aus der Terrassentür auf den Schwarzwald, die Bäume immer noch von Lothar dezimiert, die grün bestandenen Berge zackig wie Dinosaurier-Rücken. „Und von hier willst du wegziehen, ja?"

„Na ja. Ich kann doch nicht zu Hause wohnen bleiben, bis ich vierzig bin."

„Wo sind denn jetzt deine Kisten?" Angelika ging zurück in den schmalen Flur, als könnte sie dort eine Kiste übersehen haben.

„Die sind in der Garage. Ich mache das Garagentor auf, und dann kannst du dich doch mit dem Umzugswagen rückwärts davorstellen."

„Habe ich schon probiert. Mehrmals. Eure Einfahrt ist ziemlich eng. Du müsstest mal die Mülltonnen beiseite schieben, dann klappt es vielleicht."

„Das macht normalerweise immer meine Mutter", sagte ich. „Nicht weil ich zu faul bin. Aber unser Nachbar beschwert sich, sobald die Tonnen auch nur einen Grashalm auf seinem Grundstück, geschweige denn ein Blatt seiner Hecke, berühren."

Sie stellte ihren Kaffee auf dem Flurschränkchen ab, ging vor die Tür und öffnete, ohne mich zu fragen, das Garagentor, wo ich versucht hatte, den Blick auf Ronnis Möbel so gut es ging durch Umzugskartons zu verstellen. Am Ende waren es doch fünfzehn Stück geworden. Fünf davon mit Steffis Sachen.

„Anders komme ich da aber nicht ran. Und ich habe keine Lust, den ganzen Kladderadatsch weiter durch die Gegend zu schleppen als nötig. Ist ja jetzt doch ein bisschen mehr, als Annika gesagt hat."

„Was hat sie denn gesagt?"

„Ist egal jetzt. Wir kriegen das schon noch mit alles." Sie drehte sich um und machte sich daran, die Mülltonnen, die im Neunzig-Grad-Winkel am Rand unserer mit diesen altmodischen, hundeknochenförmigen Steinen gepflasterten Einfahrt standen, auf den einen Meter breiten Rasenstreifen zu ziehen, der den Beginn von Mosers Grundstück markierte.

Ich rannte zu ihr hinüber, um das Schlimmste zu verhindern. „Bloß nicht! Meine Eltern bringen mich um!"

Sie ignorierte mich.

„Nein, wirklich. Der Grasstreifen gehört doch teilweise unserem Nachbarn, also zur Hälfte, um genau zu sein. Mit dem haben wir Stress, seit wir eingezogen sind. Der kackt uns wegen jedem Scheiß an. Wegen jedem. Wirklich."

Das Problem war, dass der Nachbar uns (oder vielmehr mir) seit zwei Jahrzehnten unterstellte, ich würde jedes Mal, wenn ich den Müll rausbrachte, seinen Rasenstreifen platttreten. Um auf sein Stück Rasen treten zu können, hätte ich mich hinter die Mülltonne stellen müssen, hätte sie also nur auf sehr umständliche Weise öffnen können. Er unterstellte mir also, dass ich zweimal in der Woche rituelle Kreistänze aufführte, nur weil er dachte, ich sei immer noch sauer auf ihn, weil er vor fünfzehn Jahren mal zu mir rübergewinkt und mich gefragt hatte, ob ich schon mal Banane gegessen hätte.

Ich dachte damals, „Banane", im Gegensatz zu „eine Banane", sei irgendein besonderes Gericht, wie „kalter Hund", das war ja auch ein Kuchen und kein echter kalter Hund.

Es musste was Besonderes sein, wegen einer stinknormalen Banane würde er ja nicht so einen Aufwand betreiben. Ich natürlich, ja, juhu, gerne (ich fragte bei Spaziergängen im Wald die Männer auch immer, ob ich mitkommen durfte zum Pilzesammeln). Irina kriegte das mit und schickte Ronni vor, um mich abzufangen, bevor sich das Ossi-Kind vom neuen Nachbarn mit einer Banane beschenken ließ. Leider gelang ihr das nicht (Herr Moser musste die Banane schon auf dem Flurschrank liegen gehabt haben).

„Ist das wirklich nur Banane?" Ich sah ihn irritiert an. „Ich dachte, du meinst mit Banane irgendwas Besonderes."

„Na, ich dachte jetzt auch, dass Banane für dich was Besonderes ist."

„Nein, ich dachte, du meinst Bananenkuchen oder so." Warum verstand der komische Mann mich immer falsch?

„Aber ich habe dich doch gefragt, ob du eine Banane willst, und du willst gleich einen ganzen Kuchen. Das ist ja auch wieder ein Ding, oder?" Er sah mich an. Anscheinend erwartete er, dass ich ihm antwortete. Aber was denn?

Die letzten paar Sätze hatte Ronni Gott sei Dank mitbekommen. Sie nahm mich bei der Hand. „Nur zu Ihrer Erinnerung, es ist 2005 und nicht 1989."

„Jaja." Er sah uns an, irgendwas wollte er noch hinterherschicken, aber ihm fiel nichts ein.

„Gleichfalls", sagte Ronni.

Herr Moser war nun endgültig perplex. Das waren doch Ossis? Woher wussten die, was „jaja" bedeutete?

Plötzlich breitete sich ein Grinsen auf seinem Gesicht aus. Er hatte wohl gerade den rettenden Einfall gehabt. „Ich hab halt gedacht, ich frag mal, ob wenigstens eine von euch drei Mädels gerne Bananen isst."

Jetzt war es Ronni, die nicht wusste, was sie sagen sollte.

„Hä aber?", schaltete ich mich ein. Irgendwie merkte ich schon damals, wenn meine Eltern sich unwohl fühlten. „Normale Bananen haben wir doch auch zu Hause. Warum fragst du uns das überhaupt?"

„Ja, normale Bananen vielleicht, aber …" Er lachte dumm rum.

Ich verstand überhaupt nicht, wieso er sich die ganze Zeit so lustig fand.

„Es reicht!" Ronni zog an meinem Arm. „Was sagt eigentlich Ihre Mutter dazu, dass Sie es nötig haben, lesbische Frauen anzugraben?", fragte sie ihn. (Wieso nötig haben, regte Steffi sich auf, als ich ihr davon erzählte, das bedeutet doch nichts anderes als, er braucht es so dringend, dass er sogar eine lesbische Frau angräbt, obwohl die hässlich ist, oder keine richtige Frau, oder whatever. Das ist doch internalisierter Lesbenhass pur. Deine Mütter denken aber auch null darüber nach, was sie da eigentlich sagen. Und wenn du das alles mitangehört hast, ist es ja kein Wunder, dass du selbst so schlecht über dich denkst.)

Der Typ rastete komplett aus. „Wenn ich noch einmal mitkriege, dass Sie was gegen meine Mutter sagen! Dann gnade Ihnen Gott!“, schrie er, vollkommen am Thema vorbei. „Es reicht ja schon, dass solche wie ihr jetzt hier wohnen dürfen. Aber dann auch noch mit Kind!“, erneuter Themawechsel. Diese ganzen Widersprüchlichkeiten konnte ich erst später in Worte fassen. Vielleicht waren aber gerade deshalb die Scham und die Angst, die ich Ronnis wegen empfand, umso stärker.

„Martin!“, rief seine Mutter von drinnen, „hilf mir mal mit den Sprudelkisten.“

Er machte eine wegwerfende Handbewegung, so ausladend, dass ich befürchtete, er würde Ronni im Gesicht treffen. „So was erzieht Kinder. Eine ganze Generation von Gestörten“, brabbelte er im Weggehen.

„Warum sind Sie eigentlich hetero?“, rief Ronni ihm hinterher. „Hat man Ihnen das auch anerzogen?“

Er schmiss die Haustür mit dem Ellenbogen zu, um sich nicht noch einmal umdrehen zu müssen.

„Ich hab dir doch gesagt, wir hätten das Haus hier nicht kaufen sollen“, sagte Irina, als Ronni mit mir an der Hand wieder im Flur stand. Sie nahm den Staubsauger aus dem Putzschrank, trug ihn ins Schlafzimmer und machte die Tür hinter sich zu. Trotz des laufenden Staubsaugers hörte ich, dass sie weinte.

„Wirklich, der Typ ist voll der Arsch. Wenn meine Eltern jetzt wegen mir wieder mit ihm Stress kriegen, regen sie sich voll auf. Der hat sich mal bei der Stadtverwaltung über uns beschwert, weil wir unsere Kehrwoche nicht samstagmorgens, sondern freitagabends gemacht haben. Kein Mensch weiß, wozu der sonst noch fähig ist.“

„Dann stell die blöden Mülltonnen irgendwo anders hin. Sonst kriegen wir das nicht eingeladen. Das kotzt mich jetzt schon wieder an, ehrlich. Die Rede war von fünf bis zehn Kartons, und du stehst mit deinem ganzen Hausstand hier. Stell sie doch so lange auf den Parkplatz gegenüber. Da steht doch jetzt keiner, und wir sind doch in einer halben Stunde wieder weg.“

„Aber da wohnen Duffners. Die sind genauso …“

Angelika ließ mich einfach stehen und ging in die Garage. „Nee, oder?“, rief sie, als sie die Möbel sah, die ich notdürftig mit der

Plane für unsere Gartenliegen abgedeckt hatte, um ihren Zustand so gut es ging zu verbergen.

„Das muss doch alles gar nicht mit! Wirklich, nur die Kartons. Und so viel mehr als zehn sind es doch gar nicht."

Angelika zog die Plane mit einem Handgriff herunter. „Bist du sicher, dass deine Eltern sich nicht eher darüber aufregen werden?", fragte sie, als sie den Trümmerhaufen begutachtet hatte.

„Davon wissen sie ja schon", log ich. „Aber wenn ich jetzt auch noch Stress mit den Nachbarn anfange, werden meine Eltern wieder denken, dass ich das mit Absicht gemacht habe, um sie vor den Leuten hier schlecht dastehen zu lassen. Wirklich jetzt, ich habe zwei Mütter. Das Leben hier war echt nicht immer leicht die letzten zwanzig Jahre."

„Was? Du hast zwei Mütter?"

„Ja."

„Also, das sind Lesben?"

„Ja-ha."

„Ach, das ist ja interessant."

„Wenn du meinst."

„Ja, also. Canceln wir jetzt deinen Umzug wegen zwei Mülltonnen, oder wie?"

„Nein, schon gut. Ich schiebe sie kurz zu Duffners rüber. Wo steht eigentlich dein Umzugswagen?"

„Das ist nicht meiner. Der ist geliehen und er muss bis heute Abend zweiundzwanzig Uhr zurück sein. Wollte ich nur mal erwähnt haben."

„Du hast den extra gemietet? Das wusste ich nicht. Annika hat erzählt, du hast ein eigenes Umzugsunternehmen."

„Ach, dann bin ich ja nicht die Einzige, der sie Blödsinn erzählt hat." Sie lachte herzlich. Oder versuchte es zumindest. „So wie sie deine Situation geschildert hat, dachte ich, deine homophoben, rechts-konservativen Eltern sind kurz davor, dich mit einem Schwarzwälder Bauernsohn zwangszuverheiraten." Angelika schüttelte den Kopf, griff beherzt nach dem Griff der Restmülltonne und stellte sie mitten auf dem Grasstreifen ab. „Es ist zwölf Uhr morgens. Das kriegt doch kein Mensch mit."

„Da wäre ich mir nicht so sicher." Ich deutete mit dem Kopf auf das kleine Fenster neben Mosers Haustür, wo ganz klar die Gardinen wackelten. „Frau Duffner steht garantiert schon seit einer halben Stunde im Gäste-WC und beobachtet uns."

Sie folgte meinem Blick. „Ich sehe nichts."

„Glaub mir, wenn du zwanzig Jahre hier lebst, siehst du so was."

„Ich fahre jetzt den Sprinter her, und du regelst das hier. Vielleicht solltest du dir in der Zwischenzeit erst mal überlegen, ob du überhaupt mitfahren willst. Ist ja nicht zu fassen. Ich dachte, hier geht es um akute häusliche Gewalt, Verbrechen gegen die sexuelle Selbstbestimmung und was weiß ich noch alles, und jetzt stehen wir rum und diskutieren über Mülltonnen und Grashalme. Aber die Einzige, die in diesem Haus offensichtlich die Sau rausgelassen hat, bist du. Die schönen Möbel!"

„Wieso denkst du eigentlich gleich, dass ich das mit den Möbeln war?"

„Wieso ich das denke? Weil du mir gesagt hast, dass du sogar schon deinen Eltern davon erzählt hast, du Eule!"

Äh, na ja. Das konnte ich doch genauso gut erfunden haben. Es hätte ja letzte Nacht einer eingebrochen sein können, und weil ich einfach keinen Stress wollte so kurz vor meiner Abreise, hätte ich es auf meine Kappe genommen. Eigentlich wäre das mit dem Einbruch die perfekte Ausrede gewesen. Aber so was fiel mir natürlich erst ein, als es schon zu spät war. Ich musste echt aufhören zu saufen.

„Also wirklich, guck dich doch mal in eurem Haus um!", meckerte sie weiter, da sie mein Schweigen offensichtlich als Gleichgültigkeit interpretierte. „Da drin sieht's aus wie Dresden 1945, du hast noch nichts gepackt! Als Annika mich angerufen hat, fragte sie mich, ob ich einer jungen Frau in einer Notsituation helfen kann, und erzählte mir was von homophober Gewalt in der Familie. Aber so langsam habe ich den Eindruck, ich sollte vielleicht eher deine Mütter vor dir retten. Wo sind die eigentlich?" Sie sah aus, als sei sie kurz davor, zurück in die Garage zu stürmen und die Tiefkühltruhe aufzureißen, um zu gucken, ob ich da drin meine zerstückelten Mütter aufbewahrte.

„Die konnten sich gerade noch rechtzeitig in den Urlaub flüchten."

„Na, dann hoffen wir mal, dass sie nicht aus Versehen zu früh zurückkommen. Also, wenn ich wieder da bin, ist da drinnen aufgeräumt. Wir müssen noch mindestens zehn Stunden fahren heute. Und um zehn muss ich den Wagen eigentlich wieder zurückgeben."

Natürlich räumte ich meine restlichen Sachen in fünf Minuten ein und in weiteren drei wusch ich das bisschen Geschirr ab, das ich in den letzten drei Tagen gebraucht hatte. Ich schaffte es sogar, Angelika nebenbei noch einen Kaffee zu machen, den ich ihr in die Hand drückte, als sie zurückkam.

„Und was ist mit deiner Katze? Die hättest du beinah vergessen, oder was?"

„Nein, die ist auch schon abfahrbereit." Ich hatte sie nicht mal einfangen müssen. Also fast nicht. Sie war trotz des ganzen Chaos um halb eins aufgetaucht und hatte fast gar nicht gestrampelt, als ich sie in die Transportbox gesetzt hatte.

JULI

Ankunft in Berlin nach
- dreieinhalb Stunden Warten auf den Abschleppdienst
- einer Stunde Abschleppen zur nächsten Werkstatt
- dort noch mal einer Stunde Warten auf das Urteil des diensthabenden Kfz-Mechanikers („Kühler überhitzt, verzogener Zylinderkopf, nix mehr zu machen")
- noch mal einer dreiviertel Stunde Fahrt nach Berlin (nur mit Katze, Gitarre und kleinem Rucksack, aber natürlich ohne Wechselkleidung)

Im Endeffekt waren wir dann um halb fünf Uhr morgens endlich bei Angelika in der Wohnung. Ich konnte nicht schlafen.

Um kurz vor zwei endlich an meiner neuen Adresse. Angelika immer noch total aggro, weil ich ihre Planung für den heutigen Tag durcheinandergebracht habe.

Erst stellte sie meinen Rucksack am Hinterreifen des Autos ab, genau in eine Pfütze, in der Zigarettenkippen und gelbbraun verfärbte Taschentücher schwammen. Beim Aufsetzen streifte das feuchte Ende des Gurtes meinen nackten Arm. Dann wollte sie die Katzenbox auch noch in dieselbe Pfütze stellen.

„Hallo? Kannst du mal ein bisschen aufpassen? Wenn du ein Problem mit mir hast, dann sag es halt, anstatt meine Katze passiv-aggressiv in den Dreck zu stellen!"

Sie schnüffelte blöd in der Luft rum. „Bei deinem Mundgeruch muss ich ja wohl nichts mehr sagen, oder?"

Scheiße. Hatte sie es doch bemerkt.

Ich sagte ja bereits, ich konnte nicht schlafen und dachte, ich trinke mal noch was. Geplant war Wasser. Aber dann stand da so eine ewig angestaubte Weinflasche hinten auf ihrem Kühlschrank, hinter ungelogen dreißig anderen Flaschen, und es wäre überhaupt niemandem aufgefallen, wenn ich nicht auf ihre Luftmatratze gebrochen hätte. Und auf ihren Flokati-Teppich.

Peinlich, ich weiß.

Wenigstens Josie hat sich benommen und ist brav auf ihrer Decke sitzen geblieben, ohne irgendwelche Spuren zu hinterlassen.

Ich drückte auf den Klingelknopf.

Nichts rührte sich.

Josie ruckelte in ihrer Box von links nach rechts, so schnell, dass ich befürchtete, mir würde die Box doch noch aus der Hand fallen.

Angelika trat knirschend von einem Fuß auf den anderen.

Ich musste aufs Klo.

Ich klingelte noch mal. Noch immer rührte sich nichts. Ein warmer Fleck sammelte sich in meinem Nacken. Als Kind hatte ich ein paarmal epileptische Anfälle gehabt. Da hatte ich diese warmen Flecken auch bekommen. Schlafmangel, Aufregung, größere Veränderungen, zählte ich auf. Verstärkte Wahrnehmung von Gerüchen. Ich drehte mich doch um. Angelika stand mindestens zwei Meter von mir weg. Nein, das jetzt nicht auch noch.

Sie musterte mich mit gerunzelter Stirn. „Keine Sorge, du bist mich gleich los."

„Nein, es liegt nicht an dir." Von irgendwo her stieg mir das Wasser in die Augen. Plötzlich auftretende Stimmungsschwankungen. Ich fing an, mir ernsthaft Sorgen zu machen. Aber ich würde den Teufel tun, hier zwischen Tür und Angel meine Krankengeschichte auszubreiten. Ich wollte in einem Kindergarten arbeiten, und da Angelika mir mittlerweile nicht mehr so wohlgesinnt war wie am Anfang, was, wenn sie den falschen Leuten davon erzählte? Es würde schon nichts sein. Ein kleiner Schwächeanfall, wenn es dumm kam. Ich atmete tief durch.

„Nein, wirklich, alles okay. Ich bin nur ein bisschen müde", beruhigte ich sie.

„Aha.“ Sie kratzte sich am Kinn.

Ich klingelte noch mal. Im selben Moment ging die Tür des rechten Seitenflügels auf.

„Sorry, dass es so lange gedauert hat.“ Annika war leicht außer Atem. „Der Fahrstuhl ist kaputt.“

Angelika schnaubte, ich konnte nicht sagen, ob es ein Zeichen von Genervtheit oder Schadenfreude war.

„Viel zu tragen gibt es ja eh noch nicht. Mein Bus steht immer noch in der Werkstatt in KW.“

„Ach nee. Mann, du machst es aber spannend“, sagte Annika zu mir. „Kommst du auch noch mit hoch?“, fragte sie, an Angelika gewandt.

„Vielleicht ein andermal.“

„Es wurde ja noch ziemlich spät gestern. Leider aus wenig erfreulichen Gründen“, verkündete ich.

„Ja, das haben wir auch mitbekommen.“ Annika schob die Hände in die Taschen und wartete auf weitere Hinweise, wie sie mit dieser Information umgehen sollte.

„Angelika hat die Nacht vorher auf einem Parkplatz statt in einem Hotel verbracht und dabei acht Stunden nonstop die Klimaanlage laufen lassen.“

Angelika wandte sich so abrupt von mir ab, es fühlte sich an, als würde sie sich von mir abstoßen wollen. „Der eigentliche Grund, warum ich sauer bin …“

„Und jetzt weigert sie sich auch noch, mir zu helfen, diese paar Kisten hochzutragen“, fiel ich ihr ins Wort. „Als ob das zu viel verlangt wäre.“

„… ist genau das hier!“, rief sie. „Du hast hier drei wildfremde Leute, die sich für dich den Arsch aufreißen, obwohl du eindeutig massive Probleme hast mit dir und der Welt, und du machst nichts, als völlig überzogene Ansprüche zu stellen. Es klappt nun mal nicht immer alles, so wie man sich das vorstellt. Aber alles, was von dir kommt, sind Unterstellungen. Ich habe dich bei mir übernachten lassen, obwohl ich dich überhaupt nicht kenne. Ich habe dir diese Scheißluftmatratze aufgeblasen, weil du zu müde warst, und sogar noch bezogen. Und obwohl du gestern Nacht offensichtlich einen totalen Aussetzer hattest, habe ich dir heute Morgen noch was zum Frühstück hingestellt. Eigentlich hätte ich dich hochkant rauswerfen oder dich am besten gleich in ein Hotel fahren sollen. Ach, und tu nicht so, als ob du dir das nicht leisten könntest. Wenn deine Eltern genug Kohle haben, ein Wochenende in irgendeinem Schwarzwälder Nobelhotel zu verbringen, haben sie dir bestimmt auch ein nettes Sümmchen mitgegeben."

„Haben sie nicht." Mein Hirn war komplett vernebelt. Doch selbst durch diesen Nebel spürte ich todsichere Gewissheit, es mit Angelika unwiederbringlich verkackt zu haben.

„Ich weiß jetzt nicht, warum. Aber ich habe das Gefühl, ich sollte mich entschuldigen." Instinktiv machte ich einen Schritt auf Angelika zu, um sie zu umarmen. Dann merkte ich, dass ich noch immer die Transportbox in beiden Händen hielt. Und dass mein Knie, stellvertretend für den Rest meines Körpers, zusammenklappte. Die Box neigte sich. Josie rutschte nach. Sie fauchte empört.

Angelika fing die Box gerade noch rechtzeitig auf und machte dabei ein ähnliches Geräusch wie Josie. „Im Ernst, kriegst du eigentlich irgendwas alleine auf die Reihe?"

„Immerhin bin ich jetzt hier, oder?" Als komplett lebensunfähig musste ich mich ja wohl auch nicht abstempeln lassen.

„Du hast dich ins Auto gesetzt und dich hierher chauffieren lassen, nachdem ich dir deinen kompletten Hausstand ins Auto geladen habe. Glanzleistung." Angelika schnaubte und drückte mir die Transportbox in die Arme.

„Na und? Ich habe dich nicht gezwungen, mir zu helfen. Ihr habt es mir angeboten, und es war ja wohl nicht umsonst." (Dass siebenhundertfünfzig Euro dafür ein absoluter Witz waren, erfuhr ich leider erst später.)

„Und übrigens, meine Katze lebt auch noch. Sie ist zwölf Jahre alt. Das ist voll viel für eine Bengalkatze."

Annika lächelte müde. „Wollt ihr nicht doch zusammen hochkommen? Ich sehe hier noch Klärungsbedarf."

„Nein, danke. Ich habe ehrlich gesagt langsam mal Wichtigeres zu tun." Beim Weggehen wischte sich Angelika völlig übertrieben die Hand, mit der sie die Katzenbox gehalten hatte, an der Hose ab.

„Jetzt trinken wir erst mal einen Kaffee", sagte Annika, als ich aus meinem neuen Zimmer kam, nachdem ich Josie aus ihrer Box befreit und ihr aus meiner Kapuzenjacke auf meiner selbstaufblasenden Isomatte ein behelfsmäßiges Nest gebastelt hatte. Sie setzte sich demonstrativ daneben.

Annika hatte netterweise eine ihrer Salatschüsseln mit Wasser gefüllt, die Josie von ihrem Platz aus nun kritisch beäugte. Ich setzte mich zu ihr, strich ihr über den Kopf und sprach beruhigend auf sie ein. Aus purer Gewohnheit gab sie mir eine Kopfnuss unters Kinn und maunzte spöttisch. Sie bemerkte ihren Fehler noch im selben Moment und wandte sich entsetzt und angewidert ab. Auf der Suche nach einem Eckchen, in das sie sich verkriechen konnte, strich sie an der Wand entlang.

Auf dem Rückweg von diesem Kindergarten-Fest musste ich unbedingt ein Katzenklo besorgen. Bisher hatte ich mich mit zehn Rollen Küchenpapier und feuchten Tüchern über Wasser gehalten. Gott sei Dank hatte Josie bisher nur gepinkelt, was sich relativ diskret entsorgen ließ (alte Plastik-Einkaufstüten hatte ich auch dabei, die ich an der Raststätte oder unter Angelikas Gemüsechips-Tüten diskret im Mülleimer hatte verschwinden lassen). Allerdings würde das nicht mehr lange so bleiben. An der Art, wie Josie sich an die Wand drückte, sah ich, dass sie nicht nur eine Ecke zum Verstecken suchte.

„Hast du vielleicht einen alten Pappkarton, in den sie sich setzen kann?“, fragte ich Annika, die am Herd stand und gekonnt zwischen Espresso-Kocher und Milchschäumer wechselte. Ich musste ja nicht gleich sagen, wofür der Karton eigentlich gedacht war.

„Ja, guck mal im Flurschrank. Da sind ein paar von diesen bunten Aufbewahrungsboxen. Wenn sie da rein passt, kannst du einfach den Deckel abmachen und sie reinsetzen.“

Zweifelnd musterte ich die betreffenden Kisten aus stabilem, mit aufwendigen Blumenmustern verziertem Karton, die mit Sicherheit zwanzig Euro pro Stück gekostet hatten. „Von der Größe her passen sie ja“, rief ich, „aber ich glaube, als Katzenversteck“, ich räusperte mich verlegen, „sind sie wirklich zu schade.“

„Ach, das ist kein Problem. Du kannst sie wirklich gerne nehmen. Ich bin doch froh, dass sie endlich mal zu was nütze sind. Außerdem, andere habe ich nicht“, fügte sie hinzu, als ich nicht antwortete.

„Also gut, auf deine Verantwortung." Ich suchte den Karton heraus, der noch am wenigsten neu und unberührt aussah, und stellte ihn in mein Zimmer, natürlich mit dem Deckel drauf, damit Josie nicht auf irgendwelche Ideen kam. Ich würde ihn auf keinen Fall tatsächlich als Katzenklo benutzen. Da sich in meinem Zimmer außer Annikas Isomatte, meinem Rucksack und meiner Kapuzenjacke überhaupt nichts weiter befand, hatte ich keine Möglichkeit, ihn irgendwo außer Reichweite zu stellen. Ich müsste nur noch meinen zehn Jahre alten Schlafsack ausrollen (der, den ich mir schon mit Steffi geteilt hatte), und das Junkie-Ambiente war perfekt. Suchti blieb Suchti.

Ich ging in die Küche, um zu fragen, ob sie mir eventuell Duschgel, Shampoo und ein Handtuch leihen könnte. Doch bevor ich etwas sagen konnte, stellte sie eine Tasse Kaffee mit Milchschaum auf den Tisch und setzte sich mit ihrer Tasse auf den Platz gegenüber.

„Danke. Das ist echt lieb", sagte ich und blieb stehen. „Ich muss nur leider in einer Stunde beim Sommerfest im Kindergarten sein."

„Ach komm, oder?" Sie lehnte sich zurück und schlürfte genüsslich. „Du musst doch nicht eine Stunde, nachdem du aus dem Umzugswagen geklettert bist, gleich auf der Arbeit stehen."

„Ich hab aber gestern extra noch mal Bescheid gesagt, dass ich komme. Ich glaube, das käme jetzt sehr unprofessionell rüber, wenn ich mich gleich an die erste Abmachung, die ich mit ihnen getroffen habe, nicht halte."

Annika musterte mich von oben bis unten. „Ich glaube, es kommt um einiges unprofessioneller, wenn du so da aufkreuzt." Sie lachte. Schon irgendwie frech. „Und so wie du riechst, werden sie dich wahrscheinlich eher im Tierkindergarten einsetzen."

Ich musste mich beherrschen, um nicht an meinen Achseln zu riechen. „Deshalb auch meine Frage, ob du mir Duschgel leihen kannst." Wieso mussten die Leute hier immer gleich so dreist sein? Und ich hatte bisher gedacht, dass Annika im Vergleich zu Angelika und Madeleine einigermaßen nett war.

„Jetzt trink doch erst mal deinen Kaffee."

Im Interesse eines möglichst störungsfreien Zusammenlebens sollte ich das wohl tun. Immerhin hatte sich Annika die Mühe gemacht und für meinen Espresso extra noch Milchschaum aufgeschlagen, obwohl sie selbst gar keine Milch trank. „Ich mache mir aber wirklich Sorgen, dass ich zu spät komme", platzte es stattdessen aus mir heraus. „Es ist schon kurz nach zwei. Um drei fängt es an, und ich muss da ja auch noch hinfahren."

Annika seufzte. Ihr Blick fiel auf meine volle Tasse.

„Es tut mir echt leid", sagte ich. „Aber ich weiß jetzt schon, wenn ich da nicht hingehe, mache ich mir den ganzen Nachmittag Gedanken." Und die ganze Nacht, so dass ich morgen früh vollkommen aufgelöst dort ankommen würde.

Annika sah zur Decke, dann zu mir und schüttelte verständnislos den Kopf. „Tu, was du nicht lassen kannst", meinte sie. „Aber glaubst du nicht, dass es noch blöder kommt, wenn du zu spät kommst, jetzt, wo sie doch schon um Punkt drei mit dir rechnen?" Ihr Gesicht war todernst. Aber in ihren Augen blitzte Schadenfreude.

Trotzdem überfiel mich Panik. „Meinst du wirklich, ich sollte da jetzt lieber anrufen und absagen?"

„Das musst du wissen. Ich will dir bei solchen wichtigen beruflichen Entscheidungen ja nicht reinreden."

Mann. Ich hasste es, wenn ich genau wusste, dass jemand gerade Scheiß erzählte, aber mein Körper darauf reagierte, als sei es wahr. „Ich werde einfach versuchen, pünktlich zu kommen und jetzt kurz duschen gehen."

„Bitte, tu dir keinen Zwang an."

„Okay, danke." Ich wartete. Ach Mist, ich war ja noch gar nicht dazu gekommen, sie zu fragen. „Das Problem ist nur, mein Kulturtäschchen habe ich leider in einem meiner Umzugskartons vergraben."

„Was bitte ist ein Kulturtäschchen und wieso willst du damit duschen?", fragte sie. „Werden da nicht die ganzen hübschen Kultursächelchen nass?" Sie fühlte sich offensichtlich auf den Schlips getreten, als hätte ich absichtlich ein Etepetete-Wort verwendet, nur damit sie sich prollig fühlte.

„Sorry. Ich meinte natürlich meine Waschtasche. Nur meine Mutter sagt immer Kulturtäschchen, wenn sie gerade besonders gebildet klingen will."

„Aha. Das Duschgel steht jedenfalls auf dem Wannenrand. „Sie trank den Rest ihres Espressos und sah enttäuscht in die leere Tasse.

„Du kannst meinen trinken, wenn du willst“, bot ich an.

„Danke. Sehr großzügig von dir.“

„Ja, so bin ich halt.“ Ich lächelte übertrieben freundlich. Schlimmer konnte die Situation ja nicht mehr werden.

Sie lachte trocken.

Na immerhin. Vielleicht hatten wir ja doch einen ähnlichen Sinn für Humor.

Ich räusperte mich. „Also. Könntest du mir vielleicht ...“

„Was denn noch?“

„Ich bräuchte noch ein Handtuch.“

„Daran soll es jetzt nicht in letzter Minute scheitern.“

„Okay, vielen lieben Dank.“ Ich ging zum Küchentisch und stürzte meinen gerade noch lauwarmen Latte Macchiato hinunter.

Annika schüttelte wortlos den Kopf. „Dir ist klar, dass du in den fünf Minuten, die du jetzt in der Tür standest, auch einfach mit mir hättest am Tisch sitzen und den blöden Kaffee ganz in Ruhe trinken können, oder?“

„Ja, ist angekommen. Man lernt eben nie aus.“

In meinem Zimmer hatte sich Josie mittlerweile doch auf meiner Kapuzenjacke auf der Isomatte breitgemacht. Ich wertete das als erstes Anzeichen einer eventuell bevorstehenden Versöhnung. Als hätte sie meine Gedanken gelesen, stand sie auf und sah sich nach einem anderen Platz um. Mangels geeigneter Alternativen überwand sie ihren Stolz und legte sich schließlich doch wieder auf die Matte. Der Karton war noch unversehrt.

Eigentlich hatte Annika ja recht. Ich sollte wirklich hierbleiben, allein schon Josie zuliebe. Oder wenigstens die Zeit nutzen, um ein Katzenklo und noch ein paar Reserve-Dosen Katzenfutter zu besorgen.

Ich sah auf die Uhr. Zwanzig nach zwei. Zwanzig Minuten Duschen und Umziehen, zehn Minuten Katze streicheln, wenn sie mich ließ. Wenn ich es dann tatsächlich in den von Google Maps angegeben zehn Minuten zur Kita schaffte, würde ich gerade noch so pünktlich kommen. Jetzt hatte ich schon so einen Aufwand betrieben und alle verrückt gemacht. Und nach zwanzig Stunden in der blöden Transportbox und einer Nacht in einer fremden Wohnung kam es auf die drei Stunden auch nicht mehr an.

Vielleicht sollte ich zuerst die Katze streicheln und dann duschen, als Kompromiss. Ich kraulte ihren Kopf. Sie machte sich steif, lief aber nicht weg. Nach einer Weile fing sie sogar an zu schnurren. Ich hatte mal in einem Katzenforum gelesen, dass Katzen manchmal schnurrten, um sich in Stress-Situationen selbst zu beruhigen. Ich redete mit leiser Stimme auf sie ein, bis sie sich irgendwann auf meinen Schoß setzte, ihren Kopf an meinem Kinn rieb und mir ins Ohr maunzte. Wenigstens eine Sache, die geklärt war. Ich legte sie mir über die Schulter wie ein Baby und stakste vorsichtig zu meinem Rucksack, bückte mich ganz behutsam und nahm eine von drei übrigen Dosen Katzenfutter heraus. Das Maunzen wurde lauter, sie hakte ihre Krallen in mein T-Shirt und gefühlt meine oberen drei Hautschichten.

„Gibt ja gleich was."

Sie drehte sich auf meinem Arm so, dass sie mir ihren Hintern ins Gesicht streckte, und stieß mit ihrer Schnauze so ungeduldig gegen die Dose, dass sie mir aus der Hand fiel. Sie sprang panisch hinterher und hielt sie mit den Vorderpfoten fest, als könnte sie sich jeden Moment im nächsten Mauseloch verkriechen. Sie scharrte mit den Krallen über den Aludeckel und verbiss sich am Metallrand. Ich wollte ihr die Dose wegnehmen, um sie zu öffnen. Sie fauchte mich wütend an und schlug ihre ausgefahrenen Krallen in meinen nackten Unterarm. Sie benahm sich exakt so wie vor fünf Jahren, als Ronni sie trotz Irinas Protesten aus dem Tierheim geholt hatte. Ich wickelte meine Kapuzenjacke um den Arm und versuchte es noch einmal. Nach dem vierten Versuch war ich schließlich erfolgreich. Ich fetzte den Deckel ab und ließ die Dose auf den Boden fallen. Josie stürzte sich darauf und hatte den Inhalt in drei Zügen weggeatmet. Sie schnippte mit dem linken Ohr und sah mich erwartungsvoll an.

„Na gut. Ausnahmsweise." Auch wenn ich mir im Hinterkopf natürlich ausmalte, welche Auswirkungen das auf unser Verdauungsendprodukt-Entsorgungsproblem haben könnte. Ich setzte mich neben sie auf den Boden und sah ihr beim Fressen zu. Alles andere fühlte sich vollkommen unwirklich an. Ich konnte plötzlich verstehen, wieso die Menschen früher befürchteten, durch zu schnelles Reisen einen Hirnschaden zu bekommen. In den letzten sechsunddreißig Stunden war so viel passiert wie sonst in einem ganzen Jahr nicht. Ich bezweifelte, dass ich heute noch in der Lage war, irgendwelche neuen Reize zu verarbeiten. Josie war schon wieder fertig und stupste mit der Schnauze gegen mein Knie. Ich brachte mich in Streichelposition. Sie kletterte auf meinen Schoß und vergrub ihren Kopf in meiner Ellenbeuge. Ich drückte meine Nase in das weiche Fell in ihrem Nacken und roch die vertraute Mischung aus Tierwärme und Jasmintee, die von ihrer Haut ausging. Das erste Mal in den letzten zwei Tagen sank meine Grundspannung auf unter achtzig Prozent. Vom Boden aus sah ich durch das hohe Fenster einen Ast voller sonnenbeschienener, hellgrüner Lindenblätter vor strahlend blauem Himmel. Aber meine innere Wetteruhr war auf Dauerregen eingestellt. Josies Rücken hob und senkte sich im Rhythmus ihres Atems gegen meine Wange. Mir fielen die Augen zu. Mit ihrem Schnurren als White Noise hätte ich die nächsten zwölf Stunden durchschlafen können. Behutsam hob ich sie hoch. Sie hakte sich mit ihren Krallen in meine Hose.

„Es tut mir wirklich leid, aber ich muss noch eine Sache erledigen heute. Danach habe ich ganz viel Zeit, nur für dich."

Sie knackte und quiekte verzweifelt, als ich versuchte, ihre Krallen einzeln aus dem Stoff zu pulen.

„Versprochen, echt jetzt." Gerade, als ich anfangen wollte, innerlich auf das Schweinesystem zu schimpfen, das einen zwang, an einem Sonntagmittag zur Arbeit zu gehen, riss sie sich los und verdrückte sich fauchend in der hinteren Ecke des Zimmers neben dem Heizkörper.

Ich ging ins Bad und zog Hose und T-Shirt aus. Dabei stellte ich fest, dass Josie es geschafft hatte, auf dem Oberschenkel meiner Hose unbemerkt einen Pissfleck zu hinterlassen. Aber dieses Fest sollte ja draußen stattfinden, also war die Wahrscheinlichkeit, dass irgendwer etwas roch, ziemlich gering. Die Spuren von Josies fingiertem Unfall waren also das kleinere Übel. Mein T-Shirt allerdings war unrettbar verloren. Kein Duschen und kein Einnebeln mit Bodyspray würde jemals den Ammoniak-Geruch übertünchen, der sich im Laufe der letzten zwei Tage in den Stoff eingefressen hatte.

Was jetzt? Meine Kapuzenjacke von Josies Haaren befreien und sie über meinem BH anziehen? Draußen waren mittlerweile an die dreißig Grad. Wenn ich bei diesen Temperaturen mit etwas Langärmeligem herumliefe, würde meine Chefin noch denken, ich versuchte, irgendwelche Selbstverletzungsnarben zu verstecken. Mal ganz davon abgesehen, dass meine Jacke nach einer halben Stunde genauso riechen würde wie mein T-Shirt jetzt. Es half nichts. Ich zog mich wieder an.

Annika stand in der Küche und machte den Espresso-Kocher sauber.

„Entschuldigung, dass ich noch mal stören muss", nuschelte ich. „Ich habe gerade festgestellt, dass meine Kleider doch etwas dreckiger sind, als ich dachte." Dass Josie dazu auch einen nicht unerheblichen Beitrag geleistet hatte, verschwieg ich lieber. Nicht, dass Annika noch einen falschen Eindruck von ihr bekam. „Und da ich es leider nicht mehr schaffe, unterwegs bei einem H&M vorbeizugehen, wollte ich …"

„Ach, hör doch auf. Als ob du ernsthaft vorhattest, eine halbe Stunde vor deinem existentiell wichtigen Termin noch shoppen zu gehen."

Nun ja. Da ich dazu neigte, mich beim Essen zu bekleckern und mir auch während meiner Erdbeerwochen gerne mal die eine oder andere Panne passierte, waren Spontankäufe während der Mittagspause bei mir wirklich keine Seltenheit gewesen, als ich noch gearbeitet hatte. „Ich weiß, das ist jetzt echt dreist, aber könntest du mir vielleicht eine Hose und ein T-Shirt leihen?"

„Na klar, wenn's weiter nichts ist. Kann ich sonst noch was für dich tun? Vielleicht eine kleine Fußmassage nach dem ganzen Stress?"

„Nein, aber vielleicht … Socken?"

In diesem Moment schloss Madeleine die Wohnungstür auf. Chlorgeruch breitete sich im Flur aus. „Ach hallo. Hast du es also doch noch geschafft, ja?"

„Äh, ja. Nur meine Sachen halt noch nicht."

„Aber die Katze schon, oder?"

Äh ja? Meine Katze gehörte schließlich nicht zu meinen Sachen? „Die ist in meinem Zimmer und akklimatisiert sich gerade."

„Ach okay. Na ja, dann gehe ich jetzt erst mal duschen."

„Ähm." Ich wartete darauf, dass Annika die Situation aufklärte.

Sie sagte nichts. Ich konnte ihr jetzt nicht gerade vorwerfen, dass sie zu wenig für mich getan hätte. Trotzdem war es peinlich.

Sie kannte Madeleine doch viel besser als ich. Wieso musste ich jetzt noch einer fremden Person meine Probleme erklären?

„Ich muss um drei bei meinem Kindergarten sein und müsste davor auch noch schnell duschen. Ich hoffe, das ist okay."

Madeleine sah alles andere als begeistert aus. „Das Wasser im Schwimmbad ist halt total verchlort." Sie kratzte sich am Oberarm. „Aber beeil dich bitte."

„Okay, danke."

„Und was ist jetzt mit Klamotten?", fragte Annika.

„Kannst du mir nicht schnell was raussuchen? Also irgendwelche Sachen, die du selbst nicht mehr anziehst vielleicht?"

„Okay. Das wird dir halt alles ein bisschen lang sein." Sie verschwand in ihrem und Madeleines Schlafzimmer. Madeleine folgte ihr.

Ich stand blöd im Flur rum. Würde das jetzt länger dauern, so dass ich inzwischen schon mal duschen konnte, oder sollte ich lieber warten, damit Annika dann nicht mittendrin ins Bad platzen musste? Ich hörte, wie sie hinter der geschlossenen Tür tuschelten und lachten. Ich sollte mal kurz nach Josie gucken.

Sie saß immer noch in ihrer Ecke neben der Heizung, schleckte sich die Futterreste aus den Krallen und ignorierte mich nach Kräften. Ich ließ die Zimmertür auf, als Zeichen, dass Annika die Sachen in mein Zimmer legen konnte, während ich unter der Dusche war. Ich sollte vielleicht wirklich mal einen Blick auf die Kleider werfen, bevor ich sie anzog, aber ich traute mich nicht zu klopfen und das vertrauliche Gemurmel zu unterbrechen. Schlimmer als in meinen eigenen durchgeschwitzten Klamotten würde ich darin auch nicht aussehen.

„Also wirklich, da können wir ja demnächst Kindergeld beantragen, oder Erziehungszuschlag oder wie das heißt." Madeleine versuchte, leise zu lachen, aber sie kriegte sich gar nicht mehr ein. „Gib ihr doch das komische Hawaii-Hemd, das Henrike dir geschenkt hat. Farblich passt das doch total. In einen Kindergarten." Dem Tonfall nach musste Henrike Madeleines Vorgängerin sein.

Ich war froh, als das Wasser endlich lief und Madeleines Gekicher übertönte. Das Wasser wurde natürlich erst nach fünf Minuten warm, als ich gerade fertig war. Das einzig Gute an diesem neuen Pixie-Cut war, dass man ihn lufttrocknen lassen konnte. Wenn ich jetzt noch fragen müsste, wo der Föhn war, würde ich mich komplett zum Brot machen. Ich nahm ein Handtuch vom Regalbrett über der Tür, wickelte mich darin ein, knüllte meine Unterhose und meine Socken in mein T-Shirt und hoffte, dass ich mit meinem Kleiderknäuel ungesehen in mein Zimmer verschwinden konnte.

Als ich halbnackt und tropfend über den Flur tapste, stand meine Tür sperrangelweit offen. Annika und Madeleine standen mit dem Rücken zu mir vor der Heizung und sahen auf etwas herab. Ich roch es zwar, hoffte aber trotzdem, dass es nicht das war, wonach es aussah. Madeleine drehte sich zu mir um. Sie hatte sich den Kragen ihres T-Shirts über die Nase gezogen und würgte.

„Also komm, so schlimm riecht es jetzt aber auch nicht." Doch, tat es. Aber es war meine Katze. Auf die ließ ich nichts kommen. „Das muss der Stress der letzten Tage gewesen sein." Kurz flackerte in mir der Gedanke auf, ob sich zwischen mir und Josie eine Art Co-Abhängigkeit ausgebildet hatte. Ich ging zu den beiden, um das Ausmaß des Malheurs zu beurteilen. Ich dachte, Josie hätte unter oder neben die Heizung gekackt, aber ich hatte sie mal wieder gnadenlos unterschätzt. Sie war auf den Heizkörper geklettert und hatte sich exakt so in Position gebracht, dass sie in den Zwischenraum zwischen den zwei Heizplatten kacken konnte. Der Zwischenraum war so schmal, dass die Kackebollen nicht auf den Boden fielen, sondern an der Innenwand des Heizkörpers entlang gerutscht waren, wo sie jetzt feststeckten. Dabei hatten sie eine schöne satte Schleifspur hinterlassen. Unter der Heizung hatte sich eine Pfütze gebildet. Es hieß immer, Katzen pinkelten und kackten an getrennten Orten, und das war bei Josie normalerweise auch so. Aber klar, zu ganz besonderen Anlässen konnte man schon mal eine Ausnahme machen.

Ich hatte keine Ahnung, wie ich diese Stellen jemals wieder sauber bekommen sollte. Eine Zahnbürste wäre zu kurz, eine Flaschenbürste zu dick. Ich persönlich hätte das einfach lufttrocknen lassen und mich darüber gefreut, dass dieses Malheur nicht während der Heizperiode passiert war. Ich meinte, irgendwo gelesen zu haben, dass Exkremente nach achtundvierzig Stunden aufhörten zu riechen. Leider hatte ich zwei Zeuginnen, mit denen ich mich auseinandersetzen musste. Josie schlich hinter der Tür hervor, setzte sich mit durchgedrückten Vorderpfoten neben mich und beobachtete die Szenerie mit unbewegter Miene.

Ich sah an mir herunter. „Ich würde vorschlagen, ich ziehe mich jetzt kurz an, und dann mache ich das sauber."

„Dann mach das mal. – Wie willst du das denn jemals wieder sauber bekommen?", sagten Annika und Madeleine gleichzeitig.

„Irgendwas wird ihr schon einfallen." Annika legte Madeleine den Arm um die Schulter und lotste sie aus dem Zimmer. „Warum hast du sie denn nicht in die Pappkiste reinmachen lassen? Es war mir doch von Anfang an klar, dass du sie dafür brauchst."

„Aber die ist doch viel zu schade als Katzenklo."

„Es ist ja wohl besser, einen Pappkarton zu versauen als den Boden", erklärte mir Madeleine, als sei ich fünf Jahre alt.

„Aber es ist doch nur Laminat." Ich verstand die Aufregung nicht.

Madeleine sah zur Decke. „Ja, eben. Und Laminat quillt auf, wenn es nass wird." Ihrem Ton nach hätte sie am liebsten etwas ganz anderes gesagt.

„Aber Pappe doch auch", verteidigte ich meine Entscheidung.

„Ah ja. Und eine zehn Euro teure Pappkiste wegzuschmeißen und den Bodenbelag in einem Zimmer auszuwechseln sind natürlich eins zu eins miteinander vergleichbar." Madeleine ging in die Küche und fing an abzuwaschen. Mist. Ich hatte mich eigentlich in die Küche schleichen und heimlich ein Messer oder eine Gabel aus der Schublade nehmen wollen, um Josies Hinterlassenschaften aus dem Zwischenraum zu entfernen.

„Ich hab dir ein paar Sachen rausgesucht." Annika zeigte auf den Kleiderstapel, den sie auf meinen Rucksack gelegt hatte.

„Vielen Dank. Ich kümmere mich gleich um die Beseitigung der Unfallfolgen."

„Ich bring dir noch Küchenrolle und einen Lappen." Sie ging zur Heizung und schlug zweimal kräftig gegen den Heizkörper. Der Klumpen löste sich und fiel in die Pfütze. „Sag Madeleine, du kaufst nachher noch Sagrotan. Dann nimmst du einen Kochlöffel und wickelst da einen Lappen drum oder so, und versuchst die Reste irgendwie wegzubekommen."

„Okay, mache ich." Im Kopf hatte ich schon „Heizkörperzwischenraumbürste" und den dazu passenden Reiniger gegoogelt. Ich überlegte ernsthaft, Irina anzurufen. Die hatte für jede Staubkorngröße ein gesondertes Mikrofasertuch und wusste bestimmt auch, welches Equipment man zur Heizungszwischenraumreinigung benötigte. Aber so verzweifelt war ich dann doch noch nicht.

Ich begutachtete die Kleider, die Annika mir gebracht hatte. Sogar eine Unterhose und ein BH waren dabei. Peinlich. Andererseits hatte ich mich in den letzten zwei Tagen so oft blamiert, ich stumpfte langsam ab. Dunkelblaues Polo-Shirt und beige Männerhose. Eigentlich genau das, was ich anziehen wollte. Allerdings hatte ich keine Ahnung, ob es auch so aussah, wie ich dachte, dass es aussah. Ich würde mich im Fahrstuhl noch mal genauer bespiegeln. Ich konnte ja kaum an Annikas und Madeleines Schlafzimmertür klopfen, um zu fragen, ob ich mal kurz … Ach Scheiße, der Fahrstuhl war kaputt.

„Willst du mal in den Spiegel gucken?“ Annika drückte mir eine Rolle Küchenrolle in die Hand. „Sorry, hab vergessen, anzuklopfen.“

„Macht nichts. Sollte ich das denn?“

„Nö, geht eigentlich.“

Als ich vor dem Spiegel stand, musste ich zugeben, dass es stimmte. Eigentlich sah ich in Annikas Klamotten besser aus als in denen, die ich mir gekauft hatte. Noch nicht ganz so, wie ich vor meinem inneren Auge aussah, aber immerhin sah ich aus wie ich. Und mit der Zeit würde ich die Feinheiten auch noch hinbekommen. Wohnung, Kleidung, das Wichtigste schien ja schon mal zu klappen. Jetzt musste ich mir nur noch den Job klarmachen.

Als ich endlich das Schiebetor hinter mir geschlossen hatte und etwas desorientiert auf dem Bürgersteig stand, war es genau drei. Und zehn Minuten später wären doch wirklich nicht so schlimm. Ich rief Google Maps auf und ging eine Allee entlang zum Wassertorplatz. Von U-Bahn oder Straßenbahn war nichts zu sehen oder zu hören, obwohl keine zweihundert Meter entfernt eine Straßenbahn-Haltestelle sein musste. Die Baumreihen, Büsche und der Kanal zu meiner Rechten schienen sämtliche Geräusche zu verschlucken.

Ich bog rechts ab in einen Park, in dem es aussah wie auf einem Wimmelbild von Ali Mitgutsch. Eine Trommlerin trommelte, ein Jongleur bemühte sich, im Rhythmus dazu zu jonglieren. Sie standen zu weit voneinander entfernt, als dass ich mit Bestimmtheit hätte sagen können, ob sie ihre Performance aufeinander abgestimmt hatten. Dazwischen saßen Leute in kleinen Grüppchen zusammen, redeten, tranken, rauchten. Ein paar Meter neben mir hatten eine Groß- oder zwei, drei Kleinfamilien aus ihren Kinderwägen und Buggies eine Art Wagenburg gebaut, in der Mitte lag ein Flickenteppich aus mitgebrachten Decken, auf denen sowohl rosa als auch blau angezogene Kinder sich laut lachend um ein paar Plastikautos prügelten. Die, die noch nicht laufen oder krabbeln konnten, lagen strampelnd auf dem Rücken und kauten versonnen auf Plastikdeckeln oder Taschentuchpackungen herum.

Links neben mir etwas heruntergekommene, teilweise mit (für mich nicht entschlüsselbaren) Tags verzierte (Jugendstil-)Reihenhäuser. Großstadt! Keine nervigen Fertigbau-Einfamilienhäuser mehr, wo jeder im akkurat zurechtfrisierten Garten oder auf seiner Terrakotta-gefliesten Terrasse saß. Und in jedem dritten Haus ein Coffee Shop, mit Tischen und Bänken und Menschen davor. Ich musste mich zusammenreißen, um nicht jedem Einzelnen zuzunicken und „Mahlzeit" zu rufen. Schließlich war es schon um drei.

„Admiralbrücke, geradeaus." Nein, echt? Die Admiralbrücke? Wo ich in der zehnten Klasse zusammen mit Kiki und Miriam irgendwelche Hipster angequatscht hatte und eine Stunde später kichernd auf der Wiese gelegen war, während Miri auf der Suche nach dem Mann mit dem Hotdog-Grill um den Bauch und Kiki mit einem der Hobby-Holzfäller zwischen den Bäumen verschwunden war? Und hier wohnte ich? Irgendwie hatte ich manchmal doch mehr Glück, als ich dachte. Dass ich ausgerechnet an dem Ort wohnte, wo ich einen der besten Tage meines Lebens verbracht hatte.

Weil ich mir vorgestellt hatte, wie schön es wäre, wenn Steffi jetzt auch hier wäre. Sie war damals gerade dran, ihre Eltern zu überreden, nach Lahr aufs Gymnasium gehen zu dürfen, wenn sie diese blöde Realschule in Hausach endlich hinter sich gebracht hatte.

Sie hatte mal was von einem Make-up-Tutorial auf der Schultoilette erzählt, an dem sie „teilgenommen" hatte, als Make-over-Kandidatin. Ihre Klassenkameradinnen hatten die Prozedur auch wirklich gefilmt und auf YouTube hochgeladen, inklusive Vorher-Nachher-Vergleich. Ihre Eltern hatten zwar (ziemlich widerwillig, wie Steffi sagte, und erst, nachdem sie sich das Video in Steffis Beisein drei Mal angeguckt und sich dabei nur mit Mühe das Lachen verkniffen hatten) dafür gesorgt, dass die Urheberinnen das

Video wieder aus dem Netz nahmen. Allerdings erst, nachdem sie über sämtliche Schul-WhatsApp-Gruppen verbreitet hatten, dass das ach so lehrreiche Video leider leider in zwei Stunden und fünfundfünfzig Minuten wieder aus dem Netz genommen werden müsse (dann war es nämlich 00:00 Uhr, und Steffis Eltern hatten ihnen bis Ende des Tages Zeit gegeben – „Ja, wir wissen auch, dass das kein Mobbing im eigentlichen Sinne ist. Aber unsere Steffi möchte das halt trotzdem nicht").

Steffi hatte mir das Video mal gezeigt. In dem Film machte sie einen auf cool und lustig, als sei sie in diesen „Prank" von vornherein einweiht gewesen und mache das jetzt halt „ironisch" mit. Und die Urheberinnen waren natürlich nicht ganz blöd und hatten den Teil, wo sie Steffi abgepasst hatten, als sie aus der Klokabine kam, weggeschnitten. Wenn man es also nicht sehen wollte, musste man nicht sehen, dass Steffi die ganze Zeit kurz vorm Heulen war. Aber wie den Kommentaren unter dem Video („Lustig – Lesbe wird zum ersten Mal geschminkt – endlich mal!") zu entnehmen war, war den Zuschauern (die Steffi ja kannten) vollkommen klar, dass „so eine" das niemals freiwillig tun würde („Haha und das Beste ist, wie sie noch so tut, wie wenn sie es selber witzig findet, so gestört ey" – „Jaaa, genau, und genützt hat's erst nix. die einzige Tusse wo ich kenn die mit Schminke im gesicht noch hässlicher aussieht als Ohne.")

Egal. Sie hatte ihren Abschluss. Nach den Sommerferien würden wir gemeinsam auf eine Schule gehen und uns jeden Tag sehen, und spätestens in drei Jahren nach dem Abi endlich mal gemeinsam auf Klassenfahrt gehen. Und danach würde ich vielleicht mit ihr hierherziehen.

Eigentlich war der Abend doch nicht so gut gewesen. Alle hatten sich irgendwie vergnügt, und ich war größtenteils alleine rumgesessen oder -gelegen. Nicht, dass ich es unbedingt anders gewollt hatte. Ich wollte sowieso am liebsten alleine sein, nur ich und meine Tagträumereien darüber, wie schön es hier sein würde, wenn ich erst mal mit Steffi hier wäre.

Und jetzt war sie wieder nicht da. Nicht nur nicht da, sie war weg. Ganz weg. Für immer. Wegen mir.

Nur noch über die Brücke, dann rechts und zweihundertsiebzig Meter geradeaus. Als ich die bunten Luftballons am Eingang sah, war es acht nach drei. Na bitte.

In den Räumen hing der Geruch von Kantinenessen, der sich nicht besonders gut mit dem Kaffeegeruch vertrug, der aus den Thermos-Pumpkannen am Kuchenbuffet kam, das im Foyer aufgebaut worden war. Es war niemand zu sehen, dem Rufen und Scheppern nach zu urteilen, das durch die offene Tür zum Hinterhof hereindrang, spielten die Kinder gerade Dosenwerfen und die Eltern feuerten an. Beim Anblick der (bestimmt nicht von echten Kindern gemalten) überdimensionierten Kinderbilder, die gerahmt an den Wänden hingen (Elefanten, Löwen, Krokodile links, Bäume, Blumen und Wiesen rechts), fühlte ich mich auf einmal seltsam beklommen.

Ich war wohl das einzige Kind in meiner Gruppe, das sich freute, endlich in die Schule zu kommen. Ich durfte nie bei der Kindergärtnerin auf dem Schoß sitzen (natürlich sagte sie das nicht, aber es gab immer, wenn ich vor ihr stand, ganz plötzlich ein anderes Kind, das dringend auf ihren Schoß musste, weil es gerade ganz traurig war – zumindest behauptete sie das, und das jeweilige Kind ließ es sich gefallen). Die Mappen aller anderen Kinder waren chronologisch sortiert und ordentlich geheftet. In meiner lagen meine ersten Blumen- und Baumbilder zwischen meinen Schreibversuchen des Abschlussjahrs, und ganz hinten, mit einem Eselsohr, das ganz bestimmt nicht ich da reingemacht hatte, lag mein Weihnachtsmann-Elch-Klebebild, das ich eigentlich Ronni hatte zu Weihnachten schenken wollen, das aber am letzten Tag vor den Ferien seltsamerweise nicht mehr auffindbar gewesen war. Die Hälfte aller Krepppapier-Kügelchen war abgefallen, und auf dem blauen Tonpapier darunter war ein Staubstreifen zu sehen, der aussah wie ein halber Schuhabdruck. Rein zufällig war ausgerechnet für mein Bild kein Platz mehr auf der Fensterbank gewesen, so dass Monika es leider auf dem Boden hatte ablegen müssen.

Alle Kinder versprachen ihr, sie mindestens einmal in der Woche nach der Schule besuchen zu kommen, wenn sie in der ersten Klasse waren. Ich sagte lange nichts, erst als die meisten Kinder weg waren, sagte ich meinen Eltern, dass ich auch noch mal Tschüs sagen wolle, und ging zu ihr hin. Sie sah mich natürlich erst mal minutenlang nicht. Da nur noch eine Handvoll Kinder übrig waren, war es sehr auffällig, dass sie mich die ganze Zeit ignorierte. (Sie räumte Teller zusammen, schmiss scheppernd schmutziges Besteck in einen Eimer, ging, gerade als ich neben ihr stand und sie am Ärmel zupfen wollte, in die Küche und stand zwei Minuten später mit leeren Händen in der Küchentür und ließ ihren Blick gedankenverloren durch den Raum schweifen, immer knapp über meinen Kopf hinweg.)

Irina beobachtete die Szene mit diesem peinlichen Blick, der wütend sein sollte, aber dann doch immer so aussah, als fange sie gleich an zu heulen. Ronni tätschelte ihr den Arm und versuchte, sich dem Anblick meiner vergeblichen Annäherungsversuche zu entziehen, indem sie sich voll und ganz Irina zuwandte. Dadurch sah sie aus wie ein liebeskranker Tölpel, der nicht von seiner Angebeteten lassen konnte – so beschrieben es jedenfalls die anderen Eltern, wenn sie glaubten, ich bekäme es nicht mit. Das hatte bereits auf anderen Kindergartenfesten für nur mühsam unterdrücktes Gelächter gesorgt. Auch heute stupste wieder einer der übrig gebliebenen Väter seine Frau an und nickte in Richtung Ronni und Irina, so dass ich kurz davor war, wieder zu ihnen zurückzulaufen, um Schlimmeres zu verhindern.

Doch dann, endlich, trafen sich unsere Blicke, und es war niemand mehr im Foyer, dem sich Monika sonst hätte zuwenden können. Ich ging zu ihr an die Küchentür. Sie nahm das Geschirrtuch, das sie sich über die Schulter gelegt hatte, und trocknete sich die Hände ab.

„Du, ich wollte dich noch was fragen."

Sie beugte sich zu mir herab, die Hände immer noch im Geschirrtuch versteckt. „Was gibt's denn", fragte sie mit gesenkter Stimme.

„Also, wenn ich in der Schule bin", ich rieb mir die Hände an meinem weiß-rosa gestreiften Baumwollkleid und meinte, Irinas ängstliche Blicke im Rücken zu spüren.

„Was ist denn dann noch?", fragte Monika.

„Darf ich dich dann auch mal besuchen kommen?"

Ihr Blick zuckte kurz nach links und rechts und blieb dann an Ronni und Irina hängen. Plötzlich warf sie sich das Geschirrtuch über die Schulter und hob mich hoch. „Aber natürlich darfst du mich besuchen kommen." Sie drückte mich an sich und streichelte mir mit ihrer riesigen Hand über den Kopf, so dass mein Gesicht in das fleckige, feuchte, säuerlich riechende Geschirrtuch gedrückt wurde. „Das dürfen doch alle meine Kinder!"

Ich war erleichtert. Vielleicht war mein Weihnachtsmann-Elch-Klebebild doch aus Versehen runtergefallen, und gestern Abend hatte sie vielleicht einfach keine Zeit mehr gehabt, um meine Mappe aufzuräumen.

„Ja, nach drei Stunden, und auch erst, als sonst keiner mehr geguckt hat." – „Na ja, sie klang schon ein bisschen gekünstelt", hörte ich Ronni und Irina auf dem Nachhauseweg miteinander flüstern.

„Vielleicht hat sie sich einfach bloß nicht getraut", rief ich dazwischen. „Weil sie schüchtern ist oder so."

Ronni murmelte irgendwas Zustimmendes.

Irina holte tief Luft, aber dann presste sie die Lippen aufeinander und schüttelte bloß schweigend den Kopf. Ich war sauer, weil ich dachte, dass sie nur nicht wollten, dass ich mit Monika befreundet war. Aber als ich sie im September mal besuchen ging, war sie wie immer.

Was, wenn die Erzieherinnen hier alle Monikas waren und auch fies zu den Kindern, die sie für nicht normal hielten? War ich nicht eigentlich immer noch ein Kind, das normale Menschen aus irgendeinem Grund, der mir für immer verborgen bleiben würde, nicht mochten, fragte ich mich, während ich so tat, als würde ich das Kuchenbuffet bewundern, falls jemand hereinkam und sich fragte, warum ich hier so blöd rumstand. Und was, wenn mich die Monikas gleich mitmobbten, zum Vergnügen der normalen Kinder und ihrer normalen Eltern? Was, wenn mich die Kinder dann auch komisch fanden und gar nicht wollten, dass ich auf sie aufpasste?

Ich nahm mir mit spitzen Fingern ein Zitrone-Basilikum-Cupcake vom runden Holzbrettchen. Im Vergleich zu den Granatapfel-Schoko-Muffins und dem Sandkuchen, die daneben standen, sahen sie noch am appetitlichsten aus. Das lag nicht zuletzt daran, dass sie noch ordentlich auf dem Brettchen aufgetürmt waren, während von den anderen Kuchen anscheinend nur noch angekaute Reste übriggeblieben waren. Ich beäugte das grüngelbe Frosting, das noch gut erkennbare Blattstückchen enthielt, und roch vorsichtig daran. Ich hatte seit der vertrockneten Scheibe Hefekuchen bei Angelika heute morgen nichts mehr gegessen, und man sollte ja immer mal was Neues ausprobieren, aber dann roch ich Pfeffer, Vanille und einen Hauch Melone. Einzeln ja vielleicht ganz lecker, aber in Kombination mit Zitrone und Basilikum? Aßen die Kinder hier so was wirklich freiwillig, auch zu Hause, oder hatten die Eltern diese ausgefallenen Kreationen nur mitgebracht, da sie glaubten, den anderen Eltern so weismachen zu können, ihre Kinder äßen so etwas ganz natürlicherweise? Oder nahmen die Eltern irgendwelche ganz speziellen Globuli ein (die die Kinder dank Langzeitstillen natürlich mit aufnahmen), die den Geruchs- und Geschmackssinn erweiterten, und ich war einfach zu spießig und verklemmt, um dieses Geschmackserlebnis in seiner Vollkommenheit wahrnehmen zu können?

Andererseits war die Wahrscheinlichkeit, hier auf irgendwelche Tante Monikas zu treffen, offensichtlich eher gering. Ich schob mir das Törtchen in den Mund und schmeckte erst mal gar nichts. Meine Zunge und die Innenseite meiner Wangen belegten sich mit einer glibberigen Schicht, die seifig war, aber gleichzeitig meine Schleimhäute austrocknete, so ähnlich wie Erdnussbutter, nur süß. War da etwa auch noch Koriander drin? Oder hatte jemand die Förmchen vor dem Backen mit Spüli eingerieben statt mit Butter? Während ich kaute und gleichzeitig versuchte, den Glibber von den Innenseiten meiner Wangen zu saugen, ging rechts von mir eine Tür auf, hinter der sich, dem Geruch nach zu urteilen, die Toiletten befanden, und an der Hand seines Vaters kam ein Kind heraus. Es sah mich und zog und kratzte sich nachdenklich am Ohr, zeigte dann auf mich und grinste. Ich wandte mich ab und schluckte hastig die unzerkauten Reste des Törtchens herunter.

„Du, Papa, guck mal!"

Ich befürchtete eine dieser Kleinkind-typischen besserwisserischen Bemerkungen über meine Essmanieren. Aus dem Augenwinkel sah ich, wie es aufgeregt an der Knopfleiste seines für den Anlass etwas zu schicken, weil tadellos gebügelten, weiß gewolkten Hemds grabbelte. Ich machte mich aufs Schlimmste gefasst.

„Die Frau isst unsere Küchlein!"

Küchlein. Ach herrje. Definitiv zu viele Globuli. Ihre Stimme schwankte zwischen stolz und vorwurfsvoll.

„Ich hab dir doch gesagt, wenn man sich Mühe gibt, kommt auch was Gutes dabei raus. Das hast du ganz toll gemacht." Auch der Vater war unverkennbar stolz auf das Werk seiner Tochter.

„Ich hoffe, es ist in Ordnung, dass ich mir einfach eins genommen habe", sagte ich, während ich nach einer Möglichkeit suchte, das durchgeweichte, klebrige Papierchen diskret verschwinden zu lassen.

„Ja, natürlich. Die sind doch zum Essen gedacht."

Da war ich mir nicht so sicher.

Aber er lächelte, offensichtlich immer noch ganz beseelt von der Tatsache, dass die Muffins seiner Tochter doch noch einen Fan gefunden hatten. Da würde ich mich hüten, irgendetwas Gegenteiliges anzudeuten.

Ich wollte mir doch nicht schon vor meinem offiziellen Arbeitsbeginn Feinde machen. Und er wirkte definitiv so, als würde er jedem, der seinem Kind ein einziges Haar krümmte, und sei es nur verbal, lebenslange Feindschaft schwören. Nein, beweisen konnte ich das natürlich nicht. Er strahlte eben einfach das Gegenteil von Ronni und Irina aus.

„Na, dann hab ich ja richtig Glück gehabt, dass ich ausgerechnet die erwischt habe, die zum Essen sind", behauptete ich dennoch, um dem Kind zuliebe witzig zu sein.

Stattdessen lachte der Vater.

Auch gut.

Häh?

Warum das denn plötzlich?

Normalerweise war mir das doch völlig wurscht, was Typen von mir dachten. Zumindest bildete ich mir das ein, nach dieser dämlichen Aktion im Park damals. Aber vielleicht konnte man bei manchen Typen auch mal eine Ausnahme machen.

Plötzlich fühlte sich mein Gesicht noch verschwitzter und das Papier in meiner Hand noch klebriger an. „Daraus schließe ich mal, dass ich mir noch eins nehmen darf", sagte ich und griff erneut nach den Spüli-Küchlein.

Warum?

„Gib mal das alte Papierchen. Ich bring's in den Mülli", sagte das Kind.

„Danke. Das ist aber lieb." Ich hielt ihm das Papierchen hin, und das Kind zog es mir beinah aus der Hand.

Mit gestrafften Schultern und nach vorne gerecktem Kinn machte es sich auf den Weg ans andere Ende des Raums, wo neben der Tür zum Hofausgang ein grüner, ein gelber, ein schwarzer und ein brauner Mülleimer standen, mit Deckeln in Form von Froschgesichtern. Das Kind blieb vor ihnen stehen, rieb sich den

Hinterkopf, tänzelte eine Weile hin und her und entschied sich schließlich für den braunen.

Sein Vater verfolgte das Geschehen genauso aufmerksam wie ich. Sein Gesicht sah aus, als würde er sich noch nicht sehr lange rasieren. Überhaupt war seine Haut sehr klar. Männer hatten doch immer so große Poren. Seit dem erzwungenen Close-up mit Thomas achtete ich auf so was. Er war bestimmt nicht älter als neunzehn oder allerhöchstens zwanzig. So jung, und kümmerte sich trotzdem so gut um sein Kind. Wenn ich auf Typen stehen würde, wäre er mir zu babyhaft, aber im Moment war ich froh, nicht die Jüngste hier zu sein. Aber vielleicht täuschte ich mich auch, einfach wegen seiner, sagen wir mal, eher kompakten Statur, und er war doch schon fünfundzwanzig.

Abgesehen davon, dass er kleiner und schmaler war als andere Männer, kam er auch sonst irgendwie inkongruent rüber. Seine Stimme wirkte viel jünger. Ich hatte mal von einer Frau gelesen, die aus politischem Protest heraus zehn Jahre geschwiegen hatte. Als sie mit dreißig wieder begann zu reden, tat sie das mit der Stimme einer Zwanzigjährigen.

Mysteriös.

„So ein niedliches Kind. So aufgeweckt und hilfsbereit", sagte ich, bevor er sich noch beschwerte, dass ich ihn so anstarrte. Kaum hatte ich zu Ende gesprochen, merkte ich, wie abgedroschen das klang.

„Danke." Den Vater schien das nicht zu stören. „Wo ist denn deins? Ist doch okay, wenn ich du sage, oder?" Er hielt mir die Hand hin. „Ich bin Torben." Seine Worte und diese förmliche Geste passten irgendwie nicht richtig zusammen, aber ich fand das eher interessant als peinlich. War das mit dem Handschütteln nicht so ein Ossi-Ding?

„Im Osten achten wir eben noch auf Höflichkeit", hatte mir Irina erklärt. „Wir", wie immer, wenn es um etwas ging, was „bei uns" besser gewesen war (Schulsystem, Ausbildung, Zusammenhalt in der Bevölkerung, lach). Er war auch irgendwie schmaler und kleiner als andere Männer. Und seine Haut war so blass. Keine Ahnung, ob das damit zu tun hatte, dass er (vielleicht) aus dem Osten kam.

Sollte ich ihn das fragen?

Wohl eher nicht.

„Klar können wir uns duzen. Schreibt man Torben eigentlich mit T oder mit Th?“, fragte ich stattdessen und schüttelte seine Hand. Seitdem wir in diesem Psychologie-Grundkurs in der Oberstufe mal die verschiedenen Arten des Handschlags behandelt hatten, konnte ich niemandem mehr die Hand geben, ohne parallel dazu die Festigkeit, Dauer und Menge der abgegebenen Feuchtigkeit zu analysieren. Normalerweise fiel mir immer auf, ob jemand schwitzte, zu fest drückte, meine Hand verzweifelt umklammerte oder den Handschlag dazu nutzen wollte, mich näher an sich heranzuziehen. Gerade jetzt meldeten meine Rezeptoren überhaupt keine Besonderheiten. Warm, trocken, angemessen lang. Vollkommene Neutralität sozusagen.

„Nur mit T. Mit Th sieht so spießig aus. Interessante Frage übrigens, so für den Anfang.“ Mit seinem gebügelten Hemd, dem akkuraten Seitenscheitel und den sorgfältig nach rechts gegelten Haaren hatte ich ihn eher als Th-Typ eingeschätzt.

Das Kind hatte mein Papierchen ordnungsgemäß entsorgt und trat einen Schritt aus der offenen Tür zum Hinterhof. Das Spiel (Eierlaufen? Staffellauf?) schien immer noch in vollem Gange zu sein. Das Kind drehte sich noch einmal zu seinem Vater um und schaute fragend. Er nickte, und das Kind rannte auf und davon. Die beiden schienen ganz entspannt zu sein und er keiner von diesen Labervätern, die ihr Kind erst mal fünf Minuten lang mit irgendwelchen Verhaltensvorschriften zutexteten, von denen das Kind sowieso nur maximal die Hälfte mitbekam, um dann beim kleinsten Regelverstoß noch mehr Anweisungen quer durch den Raum zu brüllen, anstatt einfach mal zu dem Kind hinzugehen und ihm zu zeigen, was es falsch gemacht hatte.

Naja, erst mal selber besser machen.

„Und wie heißt du?“, riss Torben mich aus meinen Gedanken.

„Oh, ganz vergessen, sorry.“ Ich konzentrierte mich darauf, nicht wegzuschauen. „Laura.“

„Schöner Name.“

„Danke. Geb ich so weiter.“ Mann, war der alt.

„An wen denn?“

Ehrlich jetzt? „Na an meine Mutter.“ Ich holte tief Luft. Kein Rumdrucksen mehr. „Mütter.“ Aber warum fühlte es sich immer noch so an, als würde ich mich selbst outen, wenn ich von meiner Familie erzählte? Warum scannte ich Torbens Gesicht misstrauisch nach Zeichen der Ablehnung oder Empörung ab? Oder nach den Ansätzen eines höhnisch-mitleidigen Grinsens? Warum fragte ich mich immer noch, ob ich das jetzt wirklich hatte sagen müssen, wo ich den Typen doch kaum kannte und noch nicht mal meinen ersten Arbeitstag hier begonnen hatte?

„Mütter", wiederholte er. „Ach." Er rieb sich das Kinn und schien nach einer passenderen Antwort zu suchen.

Siehst du, jetzt hast du ihn in Verlegenheit gebracht. Der arme Mann.

„Fast hätte ich gesagt, Glückwunsch. Aber für deine Familie kannst du ja genauso wenig wie für deinen Namen."

„Wie, für meine Familie kann ich nichts? Ich finde meine Familie ziemlich gut so, wie sie ist."

„Oh, Entschuldigung. Da hab ich mich missverständlich ausgedrückt. Obwohl, ich hab doch gesagt, Glückwunsch, oder?" Er rieb sich den Hinterkopf, so wie seine Tochter gerade eben. Ich musste lächeln. „Ich meinte, Glückwunsch, dass deine, ist das okay, wenn ich Eltern sage?, sich entschieden haben, dich zu bekommen." Unter dem Ärmel seines weißen Hemds war ein Schweißfleck zu sehen, aber sehr klein und dezent. Nur in der Mitte war es richtig nass, drum herum nur ein bisschen feucht. Fast schon niedlich. „Also, wenn sie sich dazu entschieden haben."

Ich musste ziemlich auffällig auf den Fleck gestarrt haben, denn er nahm seinen Arm plötzlich wieder herunter, vergrub seine Hände in den Hosentaschen und sah auf die Spitzen seiner braunen Rauleder-Boots, die unter seiner stonewashed Jeans hervorguckten.

„Ja, das haben sie. Ich bin ein Spenderkind." Mann! Beschreib ihm doch gleich noch die drei Heiminseminationen, die es brauchte, bis sich die befruchtete Eizelle endlich einnistete. Außerdem, Spenderkind. Sperma ist kein Samen, und ein „Samenspender" auch bestimmt kein Spender, denn er macht das ja wohl kaum umsonst, hatte Irina mir mehrfach erklärt. Und irgendwie hatte sie recht. Der, wie auch immer man ihn nennen wollte, hatte doch meinen Eltern kein Kind gespendet, sondern lediglich Reproduktionsassistenz geleistet. Zum Kind war ich doch erst durch meine Eltern geworden.

„Ach, interessant." Er hob die Hand, um sich am Ohr zu kratzen, merkte es aber rechtzeitig und schob sie zurück in seine Hosentasche. „Marla ist auch mein biologisches Kind. Also das Kind von mir und meiner Ex."

War das jetzt der Versuch, sich als heterosexueller Cis-Mann solidarisch mit queeren Menschen zu zeigen, dass man seine reproduktiven Rahmenbedingungen offenlegte und dabei so tat, als seien sie genauso besonders wie die Zeugung eines Kindes durch ein lesbisches Paar? Ich fühlte mich irgendwie übergangen oder eigentlich auch ein bisschen verarscht. Ein Heteropaar hatte ein Kind bekommen und sich irgendwann wieder getrennt. Jetzt lebten sie wahrscheinlich glücklich und zufrieden im Wechselmodell, das total gut funktionierte für sie als Familie, weil sie alles immer total gut und achtsam kommunizierten.

„Ach, ich wusste gar nicht, dass geteiltes Sorgerecht unter Heteros mittlerweile auch schon als queerer Lifestyle gilt." Meine Antwort geriet mir bissiger, als ich beabsichtigt hatte. Oder vielleicht auch nicht.

Denn er lachte schon wieder so fröhlich, als habe er meinen Unterton gar nicht wahrgenommen. Männer halt.

„Ich bin Transmann", sagte er.

Ach. Jetzt machte das natürlich alles Sinn.

Es war mir ja schon gelegentlich passiert, dass ich, wenn ich in einer fremden Stadt irgendwo in der Schlange stand, den Hinterkopf der Frau vor mir betrachtet und mir allerlei sehnsüchtige Gedanken darum gemacht hatte, wie denn ihr Gesicht aussehen möge – nur um dann an der Stimme zu hören, dass es sich um einen Mann handelte.

Traurig.

Und jetzt war mir das quasi andersrum passiert.

Hm.

„Ach sooo." Ich baute mich auf und machte mich bereit für meinen nächsten Schenkelklopfer. Offensichtlich hatten wir ja einen ähnlichen Humor. „Das beruhigt mich jetzt aber. Ich hatte schon Angst, ich bin vor lauter Stress hetero geworden."

„Aha?" Er machte einen Schritt auf mich zu, verschränkte die Arme und sah mich herausfordernd an.

Also das mit dem Humor war wohl doch etwas komplizierter.

Aber jetzt, wo ich es wusste, sah ich es echt ziemlich deutlich. Nur sein Gesichtsausdruck sagte mir, dass ich das lieber nicht laut sagen sollte. Ich wich seinem Blick aus und sah auf seine Schuhe.

„Voll schick.“ Das war echt so. Ich hätte ihn am liebsten gefragt, wo er sie herhatte, aber ich wollte nicht so armselig rüberkommen und offen zugeben, wie gerne ich seinen Style kopiert hätte. Ich kam mir in meinen geliehenen abgetragenen, viel zu weiten Baggy-Pants nun doch etwas schäbig vor. Das dunkelblaue Polo-Shirt, das mir vor einer halben Stunde noch halbwegs schick vorgekommen war (jedenfalls für meine Verhältnisse), fand ich jetzt doch ziemlich verwaschen. Zu allem Überfluss konnte ich auch noch den aufgewärmten Schweiß riechen, der aus meinen Turnschuhen aufstieg.

„Ach, na klar. Weil Frauen ja so verrückt nach Schuhen sind, oder was willst du damit sagen?“ Er stellte sich extra breitbeinig auf und schob die Hände wieder in die Hosentaschen.

„Äh, nee?“ Mann! Musste ich das jetzt wirklich laut sagen? Wahrscheinlich schon. Ich hatte ja damit angefangen. Und er sah echt aufgekratzt aus.

„Ich wollte mit meiner Bemerkung davon ablenken, dass ich dich irgendwie interessant finde, was mir bei einem Mann noch nie passiert ist.“ Peinlicher ging es ja wohl echt nicht. Gleich bei der ersten Begegnung. Andererseits war in diesem ersten Gespräch ja auch schon das Wort Samenspende gefallen.

Seit ich in Berlin angekommen war, stolperte ich von einer Peinlichkeit in die nächste. Und ich hatte immer gedacht, der Alkohol sei an meinen Aussetzern schuld.

„Also, du hast doch gerade nach meinem Kind gefragt“, versuchte ich das Thema zu wechseln. „Ich habe keins. Also, noch nicht. Ich bin die neue Praktikantin und fange nächste Woche hier an.“

„Ach, interessant“, sagte er zum dritten Mal. „Dann kommst du zu Marla in die Gruppe.“ Begeistert klang er nicht. Außerdem, täuschte ich mich, oder stellte er mich gerade auf eine Stufe mit einem Kindergartenkind?

Wie abgesprochen betrat in diesem Moment ein ganzer Pulk Eltern mit ihren Kindern an der Hand das Foyer und steuerte auf das Kuchenbuffet zu, vor dem wir immer noch standen.

Torben beachtete sie nicht. „Willst du damit sagen, dass ich selber schuld bin, wenn ich mich darüber aufrege, dass du mich nur attraktiv findest, weil du mich offensichtlich noch als Frau wahrnimmst?“, sagte er, meiner Meinung nach ziemlich laut. Die Leute guckten sich höflich die Kuchen an, aber an den durchgedrückten Rücken der Erwachsenen und den verunsicherten Blicken der Kinder sah ich, dass sie sehr genau zuhörten. Ich musste doch erst mal sortieren, was er überhaupt von mir wollte.

„Was ist denn? Ist dir nicht gut?“, fragte er höflich. Aber die Aussicht, sich vielleicht um mich kümmern zu müssen, ließ den Schweißfleck unter seinem Arm merklich anwachsen.

Jetzt, wo er es sagte, war mir tatsächlich etwas schwindlig, und ich hatte ein flaues Gefühl im Magen. Aber es war nicht so schlimm, dass es sich auf meinem Gesicht widerspiegelte, hatte ich gedacht. „Geht schon, alles gut“, sagte ich. Nicht, dass er meine Übelkeit mit seinen Küchlein in Verbindung brachte.

„Aber du siehst echt blass aus. Sollen wir vielleicht mal rausgehen?“

Wieso war er denn so besorgt auf einmal? Stimmt, da war ja noch was. Er suchte bloß einen höflichen Vorwand, um endlich nach seiner Tochter gucken zu können.

„Okay. Danke.“ Ich lächelte ihn an und fragte mich im selben Moment, wieso.

„Ich denke auch, ein bisschen frische Luft ist jetzt bestimmt gut für dich.“ Torben nahm seine Hände aus den Hosentaschen und stellte sich neben mich. Er wollte mir doch nicht etwa seinen Arm anbieten? Und überhaupt, weil ich keinen Bock hatte, künstlich gute Laune zu verbreiten, musste ich mal kurz an die frische Luft gebracht werden oder wie? Ich machte einen Schritt nach vorne, so dass er hinter mir lief, und schob mich zwischen den Eltern durch, die am Kuchenbuffet warteten. Dabei rempelte ich eine Mutter leider ziemlich unsanft an. Ihr fiel das Himbeer-Rote-Bete-Törtchen vom Teller und landete mit der Füllung voran auf der (bestimmt extra teuren, weil biologisch abbaubaren) weißen Papiertischdecke. Hinter mir schnaufte ein Mann übertrieben genervt, obwohl ich ihn überhaupt nicht berührt hatte. Ich wollte mich umdrehen, um den Schaden zu begutachten und eventuell an seiner Beseitigung mitzuwirken, aber es war so ein Gedränge, dass ich befürchtete, durch jede zusätzliche Bewegung noch mehr Schaden zu verursachen. Außerdem stand zwei Elternpaare neben mir meine neue Chefin, die ich in der ganzen Aufregung noch gar nicht begrüßt hatte.

„Entschuldigung?“

Sie hörte mich nicht.
„Entschuldigung?"
Keine Reaktion.
Torben griff von hinten an mir vorbei und strich ihr über den Oberarm. „Susanne. Hier will sich jemand vorstellen."
„Ach, schön, dass du da bist! Wie war denn der Umzug?" Sie setzte zu einer Umarmung an, bemerkte aber, dass sie einen Teller in der Hand hatte, auf dem sich drei olivgrün-erdfarbene Kreationen befanden.
„Gut." Ich war leicht irritiert von ihrer überschwänglichen Begrüßung. Und gleich beim Du? Meine bisherigen Erfahrungen hatten eher das Klischee des unverschämten, schlecht gelaunten Berliners bestätigt.
„Komm doch schnell mit nach draußen, dann stelle ich dir schon mal deine Kolleg*innen vor." Das erste Mal, dass ich jemanden das Sternchen in echt aussprechen hörte. Interessant. Ich dackelte Susanne hinterher zum Ausgang, dicht gefolgt von Torben.
Sie stellte ihren noch vollen Teller unauffällig auf einem der Tische neben der Tür ab und musterte mich von oben bis unten. So schlimm sah ich doch jetzt auch wieder nicht aus, oder?
„Na, hast du dich schon ein bisschen eingelebt in deiner neuen Heimat?", fragte sie.
„Also, ehrlich gesagt hatte ich dazu noch nicht so die Zeit, weil ich erst seit zwei Stunden hier bin. Ich bin auch noch nicht dazu gekommen, mich umzuziehen, deshalb das etwas ungewöhnliche Outfit." Äh, ja. Irgendwie peinlich, dass ich mit zweiundzwanzig immer noch reflexhaft lügen musste.
„Oh je. War Stau gestern Abend? Ich hab ja gelesen, dass sie natürlich genau in den Ferien überall in Deutschland noch mal die Autobahnen auf Vordermann bringen wollen."
„Nein, davon habe ich nichts gemerkt. Der Umzugswagen hat gestreikt. Irgendwas mit der Elektronik."
„Ach so. Ja, diese neumodischen Dinger. Da muss nur mal der Scheibenwischer defekt sein und schon fährt sich der komplette Motor runter. Wirklich lästig."
Torben rieb sich das Kinn und sah mit zusammengekniffenen Augen zur Decke. Wahrscheinlich überlegte er, ob er uns über die korrekte technologische Terminologie aufklären sollte. Ja natür-

lich, kaum in die Cowboy-Boots geschlüpft, schon überkam einen wohl der unwiderstehliche Drang zu mansplainen.

Abregen. Er hatte doch noch gar nichts gesagt.

„Aber es wäre doch überhaupt nicht schlimm gewesen, wenn du ein bisschen später gekommen wärst. Du siehst ja, es ist eh noch nicht viel los."

Ich hatte mir den ganzen Stress also völlig umsonst gemacht. Danke auch. Außerdem, der Geräuschkulisse nach zu urteilen, ging es zumindest draußen sehr lebhaft zu. Wie war das dann erst, wenn sie hier volles Haus hatten?

Torben verschränkte die Arme vor der Brust und schob einen cowboygestiefelten Fuß nach vorne – jetzt bloß nichts sagen, aber es fiel extrem auf, dass er diese Haltung aus seinem früheren Leben als Frau mit herübergenommen hatte, oh Gott, durfte man das überhaupt so sagen? Das klang ja, als sei er von einem Tag auf den anderen wiedergeboren, aber war das überhaupt eine akkurate Beschreibung dieses Prozesses, der sich doch bestimmt über einige Jahre hinzog? Ich wollte ihn gerne fragen, aber das würde er bestimmt hassen, ich hatte es auch gehasst, wenn die Leute mich ausquetschten über mein Leben als Tochter zweier lesbischer Frauen, auf dem Land auch noch, weniger über mein Leben als lesbische Tochter zweier lesbischer Mütter, das war dann doch eine Spur zu progressiv und schien manchen den Plot des Pornos zu versauen, den sie unter dem Thema „lesbische Frauen" abgespeichert hatten.

„Also, ich möchte dir jetzt nicht zu nahe treten", meinte Susanne (sagten Leute diesen Spruch nicht immer auf, kurz bevor sie einem etwas vollkommen Grenzüberschreitendes reinwürgten?), „aber du siehst echt aus, als hättest du dich besser noch mal eine Runde aufs Ohr gehauen. Wirklich, keiner ist dir böse, wenn du jetzt wieder nach Hause gehst und erst mal richtig ankommst."

Ich fühlte mich aber gar nicht müde, wieso hörte ich das heute schon zum dritten Mal? Und außerdem, war es nicht schon ein bisschen frech, Leute so direkt auf ihr schlechtes Aussehen anzusprechen? Es hätte ja auch sein können, dass ich Krebs hatte, oder eine andere Autoimmunkrankheit, die meinen Körper von innen auslaugte. Ich bekam direkt Lust, das in den Raum zu werfen.

„‚Du siehst müde aus', weiß doch wohl jeder, das ist nur Code für ‚Schmink dich mal ordentlich'", nörgelte Steffi.

Torben wippte auf seinen Schuhspitzen hin und her, als sei er total gespannt auf meine Antwort, als sei das ein ganz spezieller Nach-Bewerbungs-Psychotest, der über meine berufliche Zukunft in dieser Einrichtung entscheiden würde.

„Ja, prinzipiell hätte ich nichts dagegen", pflichtete ich ihr bei (es kam bestimmt nicht so gut, noch vor dem ersten Arbeitstag Stress mit der Chefin anzufangen), „aber andererseits wollte ich wirklich kommen, schon allein, weil ich ja gestern extra noch mal angerufen hatte, dass ich auf jeden Fall da sein werde." In anderen Worten, weil ich mich nicht getraut habe, diesen lästigen Termin wieder abzusagen. Sehr subtil.

„Dein Pflichtgefühl in Ehren, aber nach so einem anstrengenden Ereignis wie einem Umzug quer durch Deutschland, noch dazu mit Verzögerung durch eine Autopanne, kann man sich ruhig mal einen Tag Auszeit gönnen. Das kannst du dir auch merken für deine Arbeit hier. Wenn du dich krank oder sonst wie beeinträchtigt fühlst, bleib bitte zu Hause. Du arbeitest hier mit Kindern, da musst du bei Kräften sein, auch geistig."

Sollte das jetzt heißen, dass sie mir die Arbeit hier doch nicht zutraute? Nur weil ich mal nicht so ganz fresh aussah? Wurde hier trotz der alternativen Fassade aus veganen, glutenfreien Globuli-Törtchen doch nur darauf geguckt, dass alle Angestellten präsentabel und leistungsfähig aussahen? Aber warum zur Hölle machte sie so einen Aufstand? Ich kannte das bisher nur von meinem Arbeitgeber aus der Präzisionsdrehteile-Firma. Alle faselten von Work-Life-Balance und Mitarbeitergesundheit, aber es brauchte sich keiner einzubilden, dass man deswegen tatsächlich länger zu Hause bleiben konnte, wenn man krank war. Nach spätestens einer Woche (spätestens!) hatte man wieder auf der Matte zu stehen und gesund auszusehen, scheißegal, wie viel Grad Fieber man hatte. Umso erstaunlicher, dass mein Chef mich damals nur wegen ein paar Schürfwunden nach Hause geschickt hatte. Also musste ich echt scheiße ausgesehen haben.

„Gut, danke, dass du mich darauf hinweist. Aber sehe ich wirklich so fertig und verwirrt aus?" Dem erschrockenen Gesichtsausdruck von Susanne nach kam ich mal wieder aggressiver rüber als beabsichtigt. „Dabei habe ich mich doch bloß nicht geschminkt", versuchte ich die Stimmung aufzuheitern.

Sie atmete aus und zwang sich zu lächeln. „Ich will doch nur nicht, dass du denkst, du müsstest dir und anderen irgendwas beweisen, und dann hast du in drei Monaten einen Burnout."

Burnout? Bei Erzieherinnen? Gab es das? Und selbst wenn, ich war ja bloß Praktikantin und hatte davor schließlich auch schon mal richtig gearbeitet. „Das war natürlich nicht meine Absicht. Es ist halt einfach meine Art, mich an Termine und Absprachen zu halten." Angelika würde jetzt kurz und trocken auflachen. Aber das musste Susanne ja nicht wissen.

„Und das ist genau das, was ich meine. Es gibt eben auch Situationen, wo man den eigenen Ansichten entgegen handeln muss, um sich selbst, und damit auch sein Umfeld, zu schützen."

Aha? Ich hätte ja zu gern gewusst, ob sie gerade ein konkretes Szenario aus ihrer eigenen Vergangenheit vor Augen hatte. „Also, ich finde das ja nett von dir, dass du dir solche Sorgen um deine Mitarbeiter machst. Aber wenn ich mich nicht in der Lage gefühlt hätte, hierherzukommen", irgendwas drückte gegen meinen Ellenbogen, „dann wäre ich zu Hause geblieben." Ich schleppte mich extra hierher, und statt das irgendwie wertzuschätzen, wurde ich behandelt, als sei ich unzurechnungsfähig. Ich sah zur Seite und merkte, dass Torben seine Hand an meinem Ellenbogen hatte. Ernsthaft?

„Es ist ja auch total gut, wenn jemand so pflichtbewusst ist. Wie du auch schon bemerkt hast, eigentlich macht sich Susanne wirklich nur Sorgen." Zu ihr gewandt sagte er: „Ich zeige ihr mal das Gelände, und dann begleite ich sie nach Hause."

Nach Hause auf die Krisenstation oder was? Entweder hatten mich die Mitmenschen in meiner Filterblase in den letzten fünf Jahren alle komplett verarscht, da sich niemand getraut hatte, mir zu sagen, dass ich mal noch ein paar Monate länger in der Klinik hätte bleiben sollen, oder hier spielte sich hinter den Kulissen ein Thriller ab, in dem auf mysteriöse Weise Mitarbeiter innerhalb kürzester Zeit an extremer Überarbeitung verstarben, und die Chefin versuchte gerade verzweifelt, aber vergebens, einen weiteren jungen Menschen vor diesem Schicksal zu bewahren.

„Dann komme ich doch gleich mit und stelle dir schon mal einen Teil deiner Kolleg*innen vor."

Anscheinend rechtfertigte mein Zustand einen Betreuerschlüssel von 2:1.

„Und dabei können wir ja endlich mal nach deiner Tochter gucken, oder, Torben?“ Ein bisschen passive Aggression war ja wohl erlaubt in so einer Situation.

„Ach, Marla?“, schaltete sich Susanne ein. „Die ist draußen bei Kathi und räumt gerade beim Wasserbomben-Pingpong ab.“

So ein Pech aber auch.

Der Innenhof war links und rechts mit blickdichten, mannshohen (oder eher Torben-hohen) Nadelhecken von den Nachbargrundstücken abgeteilt. Im hinteren Bereich war eine Wiese mit Rutsche und Klettergerüst, der vordere Bereich war gepflastert, mit einem Baum in der Mitte. Auf den Steinen waren diverse Spielgeräte verteilt, die ich teilweise noch aus meiner eigenen Kindheit kannte.

Instant-Versagensängste.

An den Seiten des Hofs waren längs je zwei Bierbänke aufgebaut, an denen, so sah es auf den ersten Blick aus, die Eltern saßen, während unter eine Buche in der Mitte des Hofs auf ein paar Klappstühlen und zwei Campingtischen die Erzieher und Erzieherinnen saßen.

„Ist es okay, wenn ich euch gleich mit dem Vornamen vorstelle?“, fragte Susanne.

„Klar, kein Problem“, sagten die Erzieher und sahen mich dann schweigend an.

„Ob es für dich auch okay ist“, erklärte Torben.

„Äh, ja, klar.“

„Also, das ist Laura, und das sind Christine und Leonie, sie arbeiten mit den Drei- bis Vierjährigen, zusammen mit Timo und Michelle, die heute leider verhindert sind. Meltem und Oliver“, die beiden winkten lächelnd zu mir herüber, „betreuen unsere Kleinsten, zusammen mit Jana und Katharina.“

„Die sind gerade was zu trinken holen“, sagte Oliver, wie um zu verhindern, dass Susanne Spekulationen über ihre Abwesenheit anstellte.

„Ja, und dann gibt es noch unsere Hausmeisterin, Frau Beckmann.“

„Die ist übers Wochenende zu ihrer Mutter gefahren“, erklärte Leonie.

„Stimmt, das hatte sie gesagt“, meinte Susanne.

„Was macht ihr?“ Marla und einige andere Kinder kamen herübergerannt, als sie uns alle auf einem Haufen stehen sahen.

„Wer ist die Frau denn?", fragte ein kleiner Junge verängstigt, als sei ich die geisteskranke Tante, die es nach zwanzig Jahren geschafft hatte, aus der Dachkammer zu fliehen.

„Ist das deine neue Freundin?", fragte das Mädchen, das sich gerade noch mit Marla um die vermutlich letzte intakte Wasserbombe gestritten hatte.

Na bitte. Wenn ich als Torbens potentielle Freundin durchging (der ja durchaus passabel aussah und sich deshalb auch keine Frauen unter seinem Niveau auszusuchen brauchte), konnte ich ja nicht ganz schrecklich aussehen.

„Nee. Oder?" Marlas Blick glitt zu einer blonden Frau um die dreißig mit Pferdeschwanz und hippem Schlabber-Top über der weißen Jeggings. „Oder, Mama?" Sie sah misstrauisch zwischen mir und ihrer Mutter hin und her.

„Ähm nein. Ich bin bloß die neue Praktikantin", versuchte ich, einem Familienstreit vorzubeugen. „Hab ich vorhin schon gesagt, aber da warst du schon spielen."

„Was, bist du die neue Neela?", fragte mich das Mädchen mit der Wasserbombe. „Und wie lange bleibst du hier?"

„Neela war die Praktikantin vor dir", erklärte Torben. „Sie musste ihr Praktikum leider schon nach zwei Monaten abbrechen."

„Ach, das ist aber schade. Ich möchte schon gerne länger bleiben." Ich hoffte nur, dass diese Neela nicht eines von diesen allseits beliebten Sonnenscheinchen war, der alle Kinder hinterhertrauerten und die nun die Aggressionen über ihren Verlust an mir auslassen würden. „Übrigens, ich bin die Laura."

„Die Laura? Aus Laura und die wilden Tiere?" Marlas Freundin wedelte aufgeregt mit der Wasserbombe auf und ab.

„Echt?" Der Junge, der mich erst noch ängstlich beäugt hatte, kam näher. „Das war doch die, die mal drei Tage mit den Wölfen im Naturschutzgebiet gewohnt hat?"

„Jaja, Laura, die mit dem Wolf heult", Marlas Freundin zeigte aufgeregt mit dem Finger auf mich, „die Folge hab ich auch gesehen am Freitag oder letzte Woche irgendwann."

Ich bekam langsam ernsthafte Zweifel, ob ich meinen Ruf als wie auch immer gearteter Freak jemals wieder loswerden würde. Aber immerhin war ich innerhalb weniger Minuten von der Burnout-Patientin zur Tierflüsterin aufgestiegen. Ich bekam fast schon

Angst, dass mir mein spontan zuerkannter Ruhm genauso schnell wieder genommen werden würde.

Marlas Freundin, anscheinend ganz vertieft in die Erinnerung an diese Folge, knautschte mit den Zähnen auf der Wasserbombe herum. Sollte ich sie ihr wegnehmen, oder zumindest sagen, dass sie sie bitte aus dem Mund nehmen sollte? Aber niemanden sonst schien das zu stören.

„Häh nee!", rief Marla. „Die Folge haben wir doch zusammen geguckt. Und die Frau sah ganz anders aus. Das hätte ich vorhin sonst gleich erkannt."

Schade schade.

„Außerdem, außerdem, oder, Papa?" Sie zupfte so aufgeregt an der Seite von Torbens Hemd, dass sie es ihm beinah aus der Hose zog.

„Was denn, mein Hase?", fragte Torben und nahm Marlas Hand in seine.

„Na Dings. Genau." Sie sah zufrieden zu ihm auf.

„Ja?"

„Na, die hieß doch gar nicht Laura, sondern nämlich Lara!"

Ach Manno.

„Aber du siehst fast ein bisschen aus wie die", tröstete mich der Junge.

Na dann.

„Aber gehst du mit uns mal in den Zoo?", fragte Marlas Freundin.

„Das muss ich erst mit Susanne klären. Und natürlich mit euren Eltern." Ich nickte den beiden Frauen zu, die etwas gezwungen, aber wohlwollend lächelten.

„Und wie lange bleibst du?", fragte mich der Junge.

„Also, erst mal ein halbes Jahr."

Das Lächeln von Marlas Mutter wirkte auf einmal seltsam eingefroren.

„Na ja, aber jetzt geht Laura erst mal nach Hause und packt ihre Sachen aus."

Ehrlich jetzt! Ich hatte mittlerweile mehr als deutlich gemerkt, dass Torben ganz versessen darauf war, mich nach Hause zu bringen. Aber das musste er doch jetzt nicht noch vor anderen, mir vollkommen fremden Leuten kundtun. (Ich glaubte nicht, dass er mich *deswegen* nach Hause bringen wollte, das wäre wirklich sehr schnell gegangen. Aber ein kurzer Blick zu Marlas Mutter und ihrem genervt-resignierten Gesichtsausdruck sagte mir, dass sie Ähnliches dachte.)

„Sie war nämlich ganz lange unterwegs und ist dann extra gleich noch hergekommen, nur um euch Hallo zu sagen."

Na gut, das war jetzt irgendwie wieder putzig. Marlas Mutter nahm mein Lächeln mit einem leichten Kopfschütteln und einem diskreten Blick zur Mutter von Marlas Freundin zur Kenntnis.

„Aber sie hat uns doch noch gar nicht Hallo gesagt", Marla sah sich mit verschränkten Armen in der Runde um, „oder? Also, ich glaube nicht."

„Na gut, dann mache ich das jetzt. Hallo Kinder!", rief ich wie der Kasper im Kasperletheater.

„Nein!" Marla hüpfte auf und ab. „Du musst es einzeln sagen, sonst zählt es nicht. So wie Susanne das morgens macht."

Ach guck, es ging schon los. Die Neue machte alles falsch.

„Alles klar. Dann muss ich aber vorher eure Namen wissen." Ich atmete aus.

„Hä, aber meinen weißt du doch schon, oder?"

„Ja, richtig, Marla. Und wie heißt deine Freundin?"

Marla kaute an ihrem Finger und sah erst zu ihrer Mutter, dann zu ihrer Freundin.

Das Mädchen stupste Amelie in den Rücken. „Du sollst sagen, wie ich heiße."

„Ich, wie du heißt? Hä, warum?"

„Egal. Ich heiße Amelie."

„Und ich heiße Lukas." Der Junge schüttelte mir brav die Hand.

Amelie flüsterte Marla etwas ins Ohr. Marla holte tief Luft, um etwas zu sagen. „Nein, das darfst du doch nicht laut sagen!" Amelie hielt ihr die Hand vor den Mund.

„Amelie, das geht so aber auch nicht." Ihre Mutter zog sie zu sich hinüber. „Wenn man in einer Gruppe ist, muss man es so sagen, dass es alle hören, oder gar nicht."

„Okay, dann gar nicht."

„Doch!", rief Marla. „Der Lukas ist immer ganz blöd zu uns."

Immer, ganz blöd. Es klang wirklich übertrieben.

„Na ja, er ist bestimmt nicht den ganzen Tag lang blöd zu euch, oder?"

„Doch!“ Marla löste sich von ihrer Mutter und schubste Lukas leicht nach hinten. „Er und Samuel ärgern uns immer.“

„Aber deswegen kannst du ihn doch nicht einfach schubsen!“, sagte Amelies Mutter. „Was machen sie denn so Schlimmes?“

„Sag ich nicht. Aber irgendwann hau ich ihn kaputt. Und Samuel auch.“

„Also Marla, wirklich. So was sagt man doch nicht zu anderen Kindern“, sagte ihre Mutter.

„Aber die sagen das auch immer zu uns!“

„Hä nein, das stimmt überhaupt nicht!“

„Aber so was Ähnliches, was noch viel schlimmer ist!“

„Was denn?“, fragte Lukas.

„Sag ich nicht.“ Marla sah auf den Boden. „Aber irgendwann verprügel ich dich!“

„Jaja, das sagst du eh bloß, wo Erwachsene dabei sind.“ Er rannte weg, zu der Frau, der ich das Törtchen vom Teller gefegt hatte, und sagte leise etwas zu ihr. Natürlich.

„Kommst du mit uns mit zu den Stationen?“, fragte Marla.

„Ja, du musst unsere Punkte zählen“, erklärte Amelie.

Nach ungefähr einer halben Stunde kam Torben zu der Station mit dem Ringwurf-Spiel, wo ich gerade dabei war, gegen Amelie zu verlieren.

„Ich hab dir mal was zu trinken geholt.“ Er hielt mir einen mit einer gelb-grünen Flüssigkeit gefüllten Porzellanbecher hin. „Zitrone-Pfefferminz.“

„Danke, das ist echt lieb.“ Aber auch leicht nervig. Ich trank einen Höflichkeitsschluck und holte mein Handy aus der Hosentasche. „Meine Umzugshelferin wollte sich noch melden, ob das Auto schon repariert ist, und mir meine Sachen vorbeibringen.“ Bis jetzt keine Nachricht.

Ein leichter Wind wehte durch die Bäume. Ich bemerkte, dass mir das T-Shirt an meinem Rücken klebte. Auch vorne unter meinen Brüsten war ein W-förmiger Abdruck zu sehen. Es war heiß, aber das war wirklich extrem.

„Sehe ich schon länger so aus?“, fragte ich Torben, der mich dabei beobachtete, wie ich an mir herabsah.

Ein mitleidiges Lächeln huschte über sein Gesicht.

„Also gut, dann lass uns mal gehen. Bis morgen dann!", rief ich etwas ziellos in die Runde. Die Kinder waren längst mit anderen Dingen beschäftigt.

Auf der Wiese am Kanal war es jetzt richtig voll. Stimmengewirr, Musik aus verschiedenen Boxen. Die Wärme der vielen Menschenkörper schien bis hier an die Straße hochzusteigen. Schweiß lief mir die Stirn und den Hals hinab. Abwischen konnte ich ihn auch nicht ständig, denn Torben hatte mich sehr genau im Blick. Ich hatte keine Lust mehr gehabt, ihn abzuwimmeln, nachdem er noch gefühlt zehn Mal angeboten hatte, mich nach Hause zu begleiten. Seitdem liefen wir schweigend nebeneinander her.

Ich sollte wohl ein Gespräch anfangen, schon allein, um ihn dafür zu entschädigen, dass er sich dazu bereiterklärt hatte, mit mir zu laufen. „Ist wohl die Hitze. Und der Schlafmangel. Gestern Abend, sechzig Kilometer vor Berlin, ist der Umzugswagen liegengeblieben, und wir mussten mit einem Leihwagen nach Berlin, und ich habe bei meiner Umzugshelferin auf der Luftmatratze geschlafen" (eigentlich wirklich nett, dass Angelika mir gestern noch die Matratze aufgepumpt und sogar bezogen hatte, nachdem wir uns gestritten hatten) „und jetzt hoffe ich nur, dass sie den Wagen bald repariert bekommen, dass ich meine Sachen endlich wiederkriege."

„Und du hast nicht gestern Abend die erste Nacht in Berlin damit gefeiert, dass du ein paar Substanzen getestet hast, die du jetzt gerade wieder ausschwitzt?" Er lächelte mitleidig.

„Hä?" Daran, dass ich diese Möglichkeit nicht mal im Traum in Erwägung gezogen hätte, merkte man wohl, dass ich gerade erst hierhergezogen war. „Nein, habe ich nicht. Das würde ich doch nicht machen, direkt vor meinem ersten Arbeitstag."

Torben grinste vor sich hin. Es war offensichtlich, dass er mir kein Wort glaubte.

„Wirklich nicht", legte ich nach. „Wie soll ich denn in der kurzen Zeit jemanden kennenlernen, der mir so was besorgt?"

Das schien ihn zu überzeugen. „Aber wegen einer Nacht nicht schlafen so zu schwitzen, ist schon krass."

„Ich hab doch gesagt, ich bin noch nicht mal zwei Tage hier. Da hab ich halt noch keine Toleranz aufgebaut. Gegenüber Schlafmangel, meine ich." Der Mann war aber auch penetrant. Vielleicht hätte ich ihn in dem Glauben lassen sollen, ich hätte gestern mal eine halbe Emma probiert oder so.

„Ach, hier wohnst du“, sagte er, als das Tor mit der regenbogenfarbenen Wollfadenummantelung in Sichtweite kam (aber bestimmt noch hundert Meter entfernt war, sodass er eigentlich noch überhaupt nicht mit Sicherheit sagen konnte, ob ich wirklich in genau diesem Haus wohnte).

„Ist es so offensichtlich?“

„Was heißt offensichtlich. Es passt halt. Deswegen bist du doch dort eingezogen, oder nicht?“

Ja, Mann. Peinlich, dass er mich daran erinnern musste, dass mir das eigentlich gar nicht peinlich zu sein brauchte.

In diesem Moment bog Angelika mit dem Umzugswagen in die Straße ein. Ich lief schneller, um ihr das Tor aufzuschließen, bevor sie aus dem Wagen ausstieg, und gestikulierte wild herum, um ihr das verständlich zu machen.

Sie stieg trotzdem aus. „Was ist das jetzt? Die Histrio-Variante von einem Flattermann, oder was?“

„Schrei doch noch lauter!“ Torben war ungefähr fünfzig Meter hinter uns. „Ich wollte dir doch bloß sagen, dass ich dir das Tor aufschließe, damit du nicht extra aussteigen musst.“

„Danke schön. Aber ich bin nicht zum ersten Mal hier. Und guck dir mal an, wie breit und wie hoch das Tor ist. Selbst wenn ich gerade so durchkäme, wo soll ich mich dann hinstellen? Auf die Wiese vielleicht? Dann brauchst du gar nicht erst auszupacken, so schnell wie du wieder hier rausgeworfen wirst.“

„Vielen Dank für den Hinweis.“ Warum war sie denn immer noch so aggro? Man könnte fast meinen, ich hätte ihr letzte Nacht auf den Teppich gekotzt.

„Ich geh mal kurz rein und gucke, ob der Fahrstuhl inzwischen repariert wurde“, sagte ich.

„Mann. Es ist Sonntag. Wann soll da was repariert worden sein?“ Angelika öffnete die hinteren Türen und lud seelenruhig, aber ziemlich zügig die Kartons aus, die wir (oder vielmehr sie) gestern Morgen um meinen Schreibtisch herumgebaut hatten. Die labberigen Kartons, die seit zwanzig Jahren im Keller vor sich hin gemodert hatten, fingen noch in ihren Händen an, sich in Einzelteile aufzulösen. Sie ignorierte die sich auffaltenden Böden und die aufspringenden Deckel und machte unbeirrt weiter.

Ja, es war eine blöde Idee gewesen, an Umzugskartons zu sparen, aber wenn, dann hätte mir das jemand vorher sagen müssen, und nicht eine halbe Stunde, nachdem ich mein ganzes Hab und Gut bereits darin verpackt hatte.

„Heißt das, ich muss die ganzen Kartons jetzt zu Fuß in den sechsten Stock hochschleppen? Und was ist mit dem Bett und dem Schreibtisch?“ Angelika konnte doch jetzt nicht meinen ganzen Hausstand hier im Innenhof abladen wie Sperrmüll. Sie machte weiter, als hätte sie mich nicht gehört. „Ich meine, könntest du mir dann bitte doch noch helfen, die Sachen hochzutragen? Alleine schaffe ich das nicht.“

Gerade hatte sie einen Karton in der Hand, dessen Inhalt ziemlich deutlich klapperte. Angelika ließ den Karton aus ungefähr einem halben Meter Höhe einfach auf die Steinplatten fallen.

Etwas zerbrach.

Ich rannte zu ihr und öffnete den Karton, obwohl ich schon wusste, was es war. Der Bilderrahmen mit unseren Fotos, den Steffi mir vor drei Jahren zu meinem Geburtstag geschenkt hatte. Sie hatte den Rahmen mit blauer Farbe bestrichen und Margeritenblüten aus Plastik darauf geklebt. Ich hatte mit einem dm-Gutschein gerechnet, wie im Jahr zuvor, hatte ihn eigentlich schon so fest eingeplant, dass ich die zwanzig Euro, die ich dadurch sparen würde, mental für das Essen am Schulkiosk zurückgelegt hatte. Ich brauchte total lange, bis ich meine Erwartungen anpassen und mich über diesen Bilderrahmen freuen konnte. Viel zu lange natürlich, so dass Steffi natürlich dachte, ich müsse all meine Kraft aufwenden, um meine Freude zu faken. Ich war so blöd. Wegen einer Woche Schnitzelwecken und Marsriegel. Wo ich genauso Ronni hätte fragen können, ob sie mir noch was leiht für die Woche (und sie das Geld sowieso nie zurückhaben wollte).

Jetzt, als ich die Glasscherben und den Riss im Holzrahmen sah, wurde mir klar, wie viel Zeit und Mühe sie darauf verwendet hatte. Und ich hatte es nicht mal bemerkt, wegen so einer oberflächlichen Scheiße. Warum war ich so? Welcher Mensch geht bitte davon aus, dass er zweimal hintereinander dasselbe Geburtstagsgeschenk bekommt, und versteift sich dann so dermaßen darauf, dass er das Geschenk, das er wirklich bekommt, und das viel wertvoller ist, scheiße findet? Ich versuchte mein Bestes, Steffi vom Gegenteil zu überzeugen, aber ich war so schockiert von der Erkenntnis meiner eigenen Dummheit, dass alles, was ich sagte, tonlos und gleichgültig klang.

Ich war gerade noch geistig anwesend genug, um zu verstehen, dass ich jetzt nicht auf Angelika losgehen durfte. Ich setzte mich auf die Straße und weinte.

„Das schöne Bild! Das war das beste Geschenk, das ich jemals bekommen habe.“ Meine Tränen tropften auf eines von Steffis lachenden Gesichtern. Wir hätten jetzt zusammen hier sein können. „Nie wieder wird mir jemand so ein schönes Geschenk basteln!“

Nach nicht mal einer halben Minute kam ich mir total daneben vor. Meine Therapeutin hatte recht, ich war eine Schauspielerin. Obwohl sie das selber gar nicht gesagt hatte. Aber gedacht ganz bestimmt. Genau wie Angelika und Torben.

„Was glotzt ihr mich so blöd an! Lasst mich doch einfach in Ruhe. Ihr habt diesen ganzen Umzug doch eingefädelt, weil ihr genau wusstet, dass ich nicht zurückkann. Sonst wäre ich jetzt gar nicht hier!“

„Jetzt reicht's mir.“ Angelika zog den Schlüssel ab und schlug die Tür zu. „Ich komme in einer halben Stunde wieder. Wenn bis dahin der Wagen nicht leer ist, zahlst du die hundertfünfzig Euro Leihgebühr für die nächsten vierundzwanzig Stunden. Und Torben, misch dich bloß nicht ein. Ich hab sie gestern noch gefragt, ob sie sich sicher ist, dass sie überhaupt mitfahren will.“

Ach. Die zwei kannten sich. Auch noch. Ich setzte mich auf die Ladefläche des Wagens. Dann bezahlte ich halt die hundertfünfzig Euro. Wenn es denn überhaupt so viel waren. Ich konnte doch wohl nichts dafür, dass die Scheißkarre liegengeblieben war, weil Angelika die Klimaanlage überstrapaziert hatte. Ich würde gar nichts mehr tun. Ich wollte mich einfach nur noch auf die Ladefläche fallen lassen und schlafen. Einfach nur schlafen. Ich spürte mein Herz, obwohl ich mich gar nicht mehr bewegte. Ich sah an mir herunter. Das T-Shirt hob und senkte sich unter den Schlägen. Schweiß tropfte von meiner Stirn auf meine Hände und auf die Hose, die mir viel zu weit war. Ich spürte den warmen Stoff auf jedem Zentimeter meines Oberschenkels und fühlte, wie sich die Haare darunter aufrichteten. Es bildete sich eine Luftschicht zwischen dem Stoff und meiner Haut. Auch an meinen Armen hatte ich Gänsehaut. Der Kragen des T-Shirts kratzte an meinem Hals und war viel zu eng. Meine Körperwärme schien aber unbedingt durch diesen Kragen entweichen zu wollen und kroch an meinem Hals entlang über meine Wangen bis zur Stirn, wo sich neue Schweißtropfen bildeten. Als ich die Hände hob, um mir die Haare aus dem Gesicht zu streichen, fühlten sich meine Hände an, als ob sie zitterten, aber als ich sie vor mein Gesicht hielt, zitterten sie gar nicht, so wie wenn man ein Flattern im Augenlid spürt und panisch zum Spiegel rennt und dann ist das Flattern äußerlich gar nicht zu sehen.

„Ich glaube, ich helfe dir mal. Hundertfünfzig Euro extra müssen ja wirklich nicht sein. Wie ich Angelika kenne, war der Umzug bestimmt auch so schon teuer genug." Torben trat mit der Schuhspitze seine Zigarette aus, hob sie auf, guckte, ob sie auch wirklich aus war, hob sie auf und ging damit zu den Mülltonnen.

Ich stand auf. Mein Kopf war schwer und gleichzeitig wie mit Luft gefüllt. Ich konnte nicht weiter als die paar Meter bis zu Torben sehen, der, die Hände locker in den Hosentaschen, zu mir herüberschlenderte. Mir war so warm und gleichzeitig hatte ich immer noch Gänsehaut. Unter jedem einzelnen Hubbel spannte sich meine Haut an, dass es fast schon weh tat. Dumpfer Schmerz durchzog meine Knochen vom Nacken bis zur Hüfte. Ich wollte nur noch warten, bis es Abend war. Mich wieder in den Bus setzen, die Beine auf dem Sitz heranziehen, noch mal schlafen und dann zu Hause wieder aufwachen.

In meinem kalten Zimmer auf der Nordseite, in dem es selbst an Sommertagen wie diesem grau und dunkel war wie an einem Novembertag. Das endlose Gemurmel aus dem Erdgeschoss, auf und ab, lauter, dann wieder hastig leiser. Merkten sie, dass ich merkte, dass ich ihnen unheimlich war? Sie schoben es darauf, dass ich jetzt erwachsen sei, was doch nichts anderes hieß, als dass ich jetzt ein eigenes Wesen mit eigenen Gefühlen sein müsse, zu dem sie alle verwandtschaftlichen Bindungen kappen könnten. Dass sie mich nicht mehr aus familiärem Pflichtgefühl dulden müssten wie ein giftiges Gewächs in den eigenen Zweigen. Ich hatte doch immer der Baum sein wollen, der zwischen ihnen wuchs. Auf allen meinen selbstgemalten Kinderbildern stand ich zwischen ihnen, einen Arm links nach Irina, einen rechts nach Ronni ausgestreckt, mit zu vielen Fingern an jeder Hand wie wild sprießende Äste. Und sie standen an meiner Seite, immer schön im Rock, wie zwei Baumstämme, die Haare wild abstehend wie

Laubkronen, Irinas Haarklammern schief und krumm gezeichnet wie zwei wunderlich goldene Blüten, damit ich groß werden konnte, so groß, dass ich ihnen später einmal selbst Schatten spenden könnte.

Torben stand vor mir, leicht nach Rauch und Coffein-Haarwasser duftend, und streckte die Arme an mir vorbei nach der nächsten Kiste aus. Ich tappte zur Seite, musste doch mit anpacken, und jetzt die ganzen Treppen hoch. Torben trug die Kiste weg. Dahinter stand das Katzenklo. Wenigstens das olle Ding würde ich ja wohl nach oben tragen können.

„Mach dir nicht so einen Kopf. Angelika nimmt viele Dinge einfach sehr schnell persönlich", erklärte mir Annika, nachdem endlich mein ganzes Geraffel in meinem Zimmer angekommen war. „Lade sie einfach irgendwann demnächst mal auf einen Kaffee ein, dann fängt sie sich schon wieder."

Ich verkniff mir die Frage, wie bald dieses Demnächst sein musste, und beschloss, das Thema erst mal zu verdrängen. Ich wusste nicht, wie viel Angelika anderen von meinen Aussetzern erzählt hatte. Falls Annika zu viel wusste, ließ sie es sich jedenfalls nicht anmerken.

Ich sollte gleich morgen zur Frühschicht im Kindergarten sein. Deshalb stand ich das erste Mal seit fast einem Jahr um sechs Uhr auf. Ich fühlte mich relativ wach. Vielleicht lag es an der stechenden Note von vollem Katzenklo in der Luft. Josie lag unter meinem Bett und kaute mit Hingabe auf meiner Socke herum, die gestern Abend noch auf dem Stuhl gelegen hatte. Sie war also immer noch beleidigt. Mein Kopfkissen allerdings war voller Haare. Das hieß, sie hatte längere Zeit neben mir gelegen, wenn auch heimlich. Weil sie ja sonst keine Bezugsperson mehr hatte. Zu Hause hatte Ronni ab und zu mit ihr gespielt, und sie hatte immer rausgekonnt. Jetzt war sie mitten in der Stadt und schon seit fast drei Tagen nicht mehr draußen gewesen. Ich glaube, mein Verlust hätte nicht so schwer gewogen wie jetzt der Verlust ihres Reviers. Ich zog eine Vespertüte von der Rolle und wie einen Handschuh über meine Hand, um damit den Inhalt des Katzenklos auszusortieren. Zu Hause hatte ich diese Probleme fast nie gehabt, weil Josie immer rausgegangen war. Ich hatte mir das irgendwie total easy-peasy vorgestellt, ihr beizubringen, die sechs

Stockwerke runterzulaufen und zu einer bestimmten Uhrzeit wieder vor dem Eingang zu sitzen. So wie es momentan aussah, schaffte ich es nicht mal, mir das selbst beizubringen.

Meine Kleider hatte ich Gott sei Dank schon am Vortag rausgelegt. In der relaxed-Jeans aus der H&M-Männerabteilung sahen meine Beine etwas kurz aus und dadurch, dass mir der Bund bis zum Bauchnabel ging, wölbte sich mein Bauch noch mehr vor als sonst. Ich musste unbedingt Annika fragen, wo sie ihre Hose herhatte. Aber das weite T-Shirt (knallgelb mit Spongebob-Gesicht) kaschierte das Schlimmste. Gestern Abend hatte ich mich noch danach gefühlt. Heute Morgen eher nicht, aber vielleicht kam das ja noch.

Josies Futternäpfe waren alle dreckig, die Futterreste schön angetrocknet. Ich weichte sie ein und wollte ihre Wasserschüssel nachfüllen. Im Wasserfilter war nicht mehr genug Wasser. Ich ging ins Bad und sprühte mich inklusive meines T-Shirts mit Deo ein, während das Wasser durchlief, und hoffte, dass Josie nicht gerade versuchte, sich durch das gekippte Fenster in die Freiheit zu zwängen.

Als ich ins Zimmer kam und mich hinunterbeugte, hörte sie auf zu kauen, sah mich unter dem Bett hervor mit Grumpy-Cat-Miene an und drehte mir dann den Hintern zu. Ich setzte mich in gebührendem Abstand neben das Bett auf den Boden (die zwei Minuten mussten sein) und redete beruhigend auf sie ein. Ohne sich nach mir umzudrehen, kroch sie weiter Richtung Wand. Sie verharrte mit leicht angehobenem Kopf reglos in einer offensichtlich sehr unbequemen Position und schien sogar die Luft anzuhalten.

Ich gab auf, stellte den gefüllten Futternapf vor die noch nicht ausgepackten Umzugskartons und die Wasserschüssel unter das Fenster (Zumachen!). Ich guckte noch mal in der Küche nach, ob ich alle Katzenfutterkrümel aus der Spüle entfernt hatte. Ich sollte irgendwas essen, konnte mich aber nicht dazu bringen, weil mir der Katzenfuttergeruch nicht aus der Nase ging.

Zehn vor sieben. Wenn ich mich beeilen musste, kam ich wenigstens nicht dazu, mir unnötige Gedanken zu machen, wie zum Beispiel, was passieren würde, wenn die Kinder aus meiner Gruppe sich über mein Spongebob-T-Shirt lustig machten, das ich erst total freundlich und motivierend fand und jetzt aus Zeitgründen nicht mehr wechseln konnte. Oder doch? Egal jetzt.

„Ich würde vorschlagen, du gehst heute einfach mal mit in meine Gruppe", sagte Susanne, nachdem sie mich den Erzieherinnen aus den anderen Gruppen vorgestellt hatte. „Lauf einfach mal mit und guck, wo du was helfen kannst. Ich könnte dir jetzt noch ewig Vorträge halten, aber du sollst dir ja erst mal deinen eigenen Eindruck bilden. Außerdem ist das ja nicht das erste Mal, dass du mit Kindern arbeitest, wenn ich mich richtig an deine Bewerbungsunterlagen erinnere."

Guck, wo du helfen kannst. Das sagte Irina auch immer. Und ich guckte und guckte und sah trotzdem nie etwas.

„Nein, lass, das kann ich selber", erklärte mir ein Junge, als ich nach seinem rechten Schuh griff, um ihm beim Ausziehen zu helfen. Seine Mutter (natürlich die, mit der ich gestern zusammengestoßen war, die Welt war klein) beobachtete die Szene mit Resting Bitch Face. Also ließ ich es bleiben und stand, während die Eltern ihre Kinder brachten, nur blöd rum und fragte mich, ob es schleimig rüberkam, dass ich jedes Mal Hallo sagte und mich vorstellte, wenn jemand Neues hereinkam. Manche Kinder zeigten mit dem Finger auf mich und grinsten, und ich brauchte fünf Minuten, um zu kapieren, dass das (wahrscheinlich) an meinem T-Shirt lag.

„Hallo Spongebob!" Lars sprang auf und drückte dem Spongebob auf meinem T-Shirt einen Kuss auf den Mund. „Guten Morgen!" Er schüttelte die Hand des Spongebobs, die sich an der Seite meines Bauchs befand.

„Ebenfalls! Wie heißt du denn?" Bevor ich mich über seine etwas direkte Art der Begrüßung wundern konnte, kam Marla auf uns zugerannt. „Er heißt übrigens Marsriegel", rief sie, und legte ihm die Hände auf den Mund.

„Gar nicht! Und nimm deine Flossen aus meinem Gesicht!" Er griff nach Marlas Händen und drehte sich um, ohne Marla loszulassen. Sie drehte sich ein Stück mit. Als es nicht mehr ging, ließ sie sich auf ihn drauf fallen. „Judo, Judo!", rief sie, als sei ihre Bewegung eine Art Kampfsport-Version von Uno.

„Lass das!" Er richtete sich auf und stieß sie dabei unsanft von sich. Marla konnte sich noch rechtzeitig abstützen und landete unsanft auf dem Po.

„Du Arsch!" Sie sprang auf und trat ihn in ebendieses Körperteil.

Er drehte sich herum und holte aus. Es sah aus, als würde er Marla ziemlich genau am Auge treffen. Ich packte ihn am Arm. Er biss mich ins Handgelenk und übertraf dabei alles, was ich aus den letzten drei Jahren von Josie gewöhnt war. Und er hielt richtig fest.

„Lars, lass das bitte." Susanne stand neben uns, griff aber nicht ein. Lars nutzte die Gelegenheit und intensivierte seinen Biss.

„Echt jetzt, lass das!" Ich musste mich wirklich zusammenreißen, um ihm nicht die Nase zuzuhalten oder Ähnliches. „Es tut langsam echt weh", versuchte ich es noch einmal konkreter.

Und siehe da, er ließ wirklich los. „Aber du darfst mich nicht festhalten! Stimmt's?" Er zog Susanne am Ärmel.

„Ja, das stimmt. Wir fassen unsere Kinder nur an, wenn sie von sich aus zu uns kommen. Davon weichen wir nur im äußersten Notfall ab."

„Ach, okay. Das tut mir leid. Als er mit dem Arm so ausgeholt hat, dachte ich, das könnte ein Notfall werden."

„Ich gebe zu, es braucht etwas Übung, um das zu erkennen."

„Die Frau darf mich nicht anfassen!", wiederholte er. „Und Marla und Amelie nennen mich immer Marsriegel."

Ich konnte nur inständig hoffen, dass der arme Junge nicht Lars Riegel hieß.

„Dann sag Laura bitte mal, wie du richtig heißt."

„Ich heiße Lars Riegel."

Ach, also doch.

Samuel, Lukas, Lars. Wie viele waren das denn? Und wieso waren die alle in derselben Gruppe?

„Und ich bin Laura. Vielen Dank, Lars, dass du mir deinen Namen gesagt hast", erklärte ich.

Der Ansatz eines Lächelns zeigte sich auf Susannes Gesicht. „Ach so, bevor ich es vergesse, wir haben nachher noch Teambesprechung. Wenn du möchtest, kannst du gerne daran teilnehmen, auch wenn heute dein erster Tag ist."

Im Gruppenraum nahm sich Marla ein Kissen vom Stapel und setzte sich neben Amelie und ein anderes Mädchen. Ich fühlte ein leichtes Ziehen in der Brust, obwohl ich wusste, dass das vollkommen lächerlich war.

Zuerst sangen alle das Morgenlied, und dann sagte jedes der vierzehn Kinder, was es am Wochenende gemacht hatte. Als die Hälfte des Kreises berichtet hatte (von Einkaufen bis Tante besuchen bis Schlittschuhlaufen – weil es draußen so warm war – war alles dabei), hatte erst ein Kind mal am Rande erwähnt, dass es auf dem Sommerfest gewesen war. Das war ja eine relativ magere Ausbeute, dafür, dass es einer der Höhepunkte des Jahres sein sollte. Dann waren Tom, Marla und Amelie an der Reihe. Auch von ihnen erwähnte niemand das Sommerfest, obwohl sie doch da gewesen waren.

In etwa eineinhalb Minuten würde ich einen kindgerechten Bericht meines Wochenendes liefern müssen. Mein Hirn arbeitete auf Hochtouren. Wenigstens wurde ich dadurch wach. Susanne hatte am Freitag Muffins für das Sommerfest gebacken und am Samstag Morgen das Foyer geschmückt und den Spieli draußen aufgeräumt. Dann war ja nachmittags unser Fest, sagte sie, und für mich klang das wie ein Wink mit dem Zaunpfahl, eine passiv-aggressive Anspielung darauf, dass von den wenigen Kindern, die gekommen waren, keines diese Veranstaltung für erwähnenswert hielt.

„Und abends haben wir natürlich aufgeräumt, damit heute wieder alles ordentlich ist", schloss sie ihren Bericht.

Ich fragte mich, wer „wir" war, wahrscheinlich sie und zwei andere Mütter, die sich in Vollzeit der Erziehung ihrer Kinder widmeten (Hausfrau und Mutter klang so altmodisch). Oder vielleicht gab es gar kein „wir" und es war ihr peinlich zuzugeben, dass sie die ganze Arbeit alleine an der Backe gehabt hatte.

„Und du warst auch auf dem Sommerfest!", sagte Lars, bevor ich ein einziges Wort sagen konnte. „Ich hab dich gesehen, am Kuchenstand! Aber dann bist du einfach weggerannt und die Mama musste die ganze Tischdecke noch mal neu machen und die ganzen Kuchen abräumen."

Weiß nicht, ob sie das musste. Aber wenn sie meinte. „Das tut mir leid. Das ist mir gar nicht aufgefallen."

„Meine Mama sagt, doch, und du hast dich noch gar nicht entschuldigt." Waren es also doch alles drei Geschwister. Sie sahen sich gar nicht ähnlich. Lars war vielleicht fünf Zentimeter kleiner als seine Brüder, die gleich alt zu sein schienen. Lukas war damit beschäftigt, an der Naht seines Sitzkissens rumzupopeln, Samuel machte Knoten in seine Schnürsenkel.

„Das werde ich natürlich so bald wie möglich nachholen." Und im Gegenzug eine Entschuldigung dafür verlangen, dass mir Lars fast die Haut vom Knochen gezogen hatte. „Aber ansonsten war es wirklich sehr schön, so viele von euch schon einmal kennenzulernen."

„Und sie hat dafür ganz viele von unseren Muffins gegessen", verkündete Marla. „Wir dachten schon, die schmecken nicht, weil ich nämlich aus Versehen zu viel Natrum reingemacht habe."

Natrum, war das ein Gewürz? Oder eine besondere Sorte Globuli? Musste ich nachher mal googeln.

„Aber du bist auch ganz früh wieder gegangen", schaltete sich Lukas plötzlich ein.

„Ja, genau", sagte Marla. „Und mein Vater musste mithelfen, weil Laura doch erst gestern umgezogen ist, sonst hätte Laura nämlich ganz viel Geld bezahlen müssen, wenn Angelika den Wagen nicht rechtzeitig zurückgegeben hätte. Die versteht bei so was nämlich keinen Spaß."

Den Rest des Tages verbrachte ich damit, hinter Susanne herzulaufen, Spielzeug aufzuheben, das die Kinder wahrscheinlich eigentlich selbst wegräumen sollten, und beim Mittagessen und beim „Tee" (um vierzehn Uhr, nach dem Mittagsschlaf) das Geschirr auf dem Tisch millimeterweise hin und her zu schieben, damit es ordentlich aussah. Ich hatte offensichtlich doch mehr von Irina mitbekommen, als mir lieb war. Der Höhepunkt des Tages, die einzig ansatzweise sinnvolle Tätigkeit in acht Stunden, bestand darin, Marla und Amelie auf der Schaukel anzuschubsen.

Ich schaffte es einfach nicht, so zu sein, wie ich mich selbst sah. Ich lief herum wie in Watte gepackt, als würde ich durch zwei einzelne Röhren gucken. Ich fühlte mich die ganze Zeit beobachtet, von Susanne, den anderen Erzieherinnen, denen ich auf dem Flur oder auf der Toilette begegnete (am Wochenende hatte ich festgestellt, dass ich schon in der WG Probleme hatte, aufs Klo zu gehen, wenn Madeleine in der Küche war und die Tür offen stehen ließ, weil ich den Gedanken einfach nicht ausblenden konnte, dass sie, wenn sie mir auch nicht absichtlich zuhörte, wohl doch gewisse Geräusche mitbekam), und jetzt ging ich einmal nach vier Stunden auf die Toilette und gerade, als ich mit heruntergelassenen Hosen über der Schüssel hing (man setzte sich nicht auf fremde Klos, war mir von klein auf beigebracht worden), kam eine Erzieherin herein (da ich hier noch niemanden so gut kannte, dass ich sie an der Gangart erkannt hätte, konnte ich nicht mal sagen, welche), und ich erstarrte. Sollte ich Klopapier von der Rolle ziehen und so tun, als würde ich die Brille abwischen oder mit Papier auslegen? Aber dann würde diese Person wahrscheinlich denken, ich bereite mich auf eine größere Aktion vor und hätte mich nicht so weit unter Kontrolle, dass ich das nicht zu Hause erledigen konnte, sondern unbedingt an meinem ersten Tag auf einer mir vollkommen fremden Arbeitsstätte. Wie groß war überhaupt die Wahrscheinlichkeit, dass die Person wusste, dass ich es war, die auf dem Klo saß? Es gab ja insgesamt nur zwei Erzieher, aber zehn Erzieherinnen hier, und von denen waren heute fünf anwesend.

Die unbekannte Frau in der Kabine neben mir zog sich die Hosen herunter. Ich beschloss, auf den Spülknopf zu drücken und so zu tun, als sei ich schon fertig. Ich hatte Angst, dass meine Reglosigkeit sonst irgendwie fehlinterpretiert werden könnte, falls sie doch wusste, dass ich es war und sich das Gerücht bezüglich meines angeblichen Drogenkonsums schon weiter herumgesprochen hatte. Neben mir plätscherte es, dann hörte ich die Spülung und wie die Frau sich wieder anzog. Dann konnte es ja nicht mehr lange dauern. Tatsächlich ging sie in den Vorraum zum Händewaschen. Gerade, als sie Papier zum Hände-Abtrocknen aus dem Spender zog, öffnete sich die Tür erneut.

„Ach, hallo“, erkannte ich nun Susannes Stimme. „Denkst du bitte noch an die Dokumentation nachher?“

„Ja, klar, ist schon fast erledigt. Ich lege sie dir auf den Schreibtisch, bevor ich gehe.“ Eine von beiden machte den Wasserhahn an. Ich war mir sicher, durch das Rauschen des Wassers Gemurmel zu hören. Eine stellte den Wasserhahn wieder aus und verließ den Raum.

Konzentrier dich ganz auf den Moment. Angenehm war es nicht, aber ich drückte so viel Wasser aus meiner Blase wie möglich, denn ich hatte das untrügliche Gefühl, dass ich nicht lange alleine sein würde.

Erneut ging der Wasserhahn an und wieder aus.

„Laura! Alles in Ordnung bei dir?“, hörte ich da auch schon die unbekannte Stimme, mitten im Strahl. Sie wusste also doch, dass ich das war. Es konnte ja nur bedeuten, dass sie gerade im Vorraum über mich geredet hatten. Mühsam drückte ich den Strahl ab und zog meine Hosen hoch. Leider bekam ich es auf die Schnelle nicht hin, meine Bewegungsabläufe so zu koordinieren, dass diese beiden Vorgänge nacheinander stattfanden, und so landete ein Teil des Strahls auf der Klobrille, ein Teil vor dem Klo und ein Teil hinten am Bund und am Hintern meiner Hose. Ich machte mich daran, die Klobrille mit Klopapier trocken zu wischen (warum sonst hieß es denn Klopapier?), als es an der Kabinentür klopfte. Ich wischte panisch auf den Fliesen herum. Dabei sah ich durch den Spalt unter der Tür einen Schatten hin und her huschen. Schatten war vielleicht schon zu viel gesagt, ich spürte eine blitzschnell vorüberhuschende Veränderung der Lichtverhältnisse. Ich war mir sicher, dass die unbekannte Person unter dem Spalt der Kabinentür hindurchgeguckt hatte.

„Ja, alles in Ordnung", sagte ich, während ich mich aufrichtete, wobei mir schwindlig und für einen kurzen Moment schwarz vor Augen wurde. Ich hatte eine Art Hitzewallung, die mir den Schweiß auf die Stirn trieb. Mit einem Stück Klopapier wischte ich ihn mir ab und kam aus der Kabine.

Im Vorraum am Waschbecken stand Meltem, die die Gruppe der Waldmäuse leitete, und tat so, als würde sie sich die Hände waschen.

„Ja, der erste offizielle Tag. Schon sehr aufregend, oder?" Vor allem, wenn man an seinem ersten inoffiziellen Tag die Gerüchteküche schon dermaßen angeheizt hat, schien sie in Gedanken hinzuzufügen.

„Mit kleinen Kindern zur arbeiten, ist ja schon noch mal etwas anderes. Ich habe immer Angst, ich könnte etwas sagen, was vielleicht unangemessen ist oder so."

„Ach, unangemessenes Verhalten gibt es genauso bei Kindern, wie du heute schon erfahren durftest."

„Ich nehme an, du meinst Lars ... Rieger. Heißt der wirklich so? Seine Eltern müssen ihn ja schon bei seiner Geburt nicht besonders gemocht haben, oder?"

Meltem sah mich befremdet an.

„Na ja, Marla, also ein anderes Kind aus der Gruppe, nennt ihn immer Mars Riegel. Das findet er doof."

„Ach je. Die beiden waren doch auch schon bei mir in der Mäusegruppe. Da waren sie noch ein Herz und eine Seele. Bis, na ja, erzähle ich dir ein andermal. Jedenfalls haben Marla und Amelie gerade eine Phase, wo sie sich gegenseitig und andere, die sie mögen, als Süßigkeiten bezeichnen. Marla nennt Amelie immer Amicelli und Amelie sagt Marshmallow zu ihr. Das ist überhaupt nicht böse gemeint, aber na ja … ich glaube irgendwie auch, dass er von seiner Familie ausgegrenzt wird. Wir sind noch nicht ganz dahintergekommen, wieso."

Ich erzählte ihr von seiner kreativen Begrüßung heute Morgen.

„Ja, wie gesagt, das kann vieles sein. Aber die Eltern wollen mit ihm nicht zum Arzt."

„Oh, okay. Also zum Arzt würde ich deswegen ja nicht gerade."

„Na ja, wenn du ihn länger kennst, wirst du merken, dass er solche kreativen Verhaltensweisen, wie du sie nennst, ziemlich regelmäßig an den Tag legt."

„Mit seinen Eltern habe ich es mir ja auch schon verkackt. Ich habe die Mutter – heißt die eigentlich auch Frau Rieger?"

„Ja, auf jeden Fall."

„Ich habe Frau Rieger angerempelt, als ich Susanne hinterhergelaufen bin, als sie mich den Erzieher*innen" (sprach ich das richtig aus?) „vorstellen wollte, und dabei ist ihr der Muffin vom Teller gefallen und sie musste die Tischdecke austauschen, das war anscheinend so ein Drama, dass Lars heute Morgen im Morgenkreis noch davon erzählt hat."

„Ach, siehst du, davon habe ich gar nichts mitbekommen. Ich war wohl zu beschäftigt, diese ungenießbaren grüngelben Kräuter-Muffins auf sozialverträgliche Weise zu entsorgen."

„Zitrone-Basilikum."

„Ah ja."

„Die hat Marla gemacht."

„Ganz alleine, nehme ich an."

„Was ist eigentlich Natrum?"

„Natrum? Habe ich noch nie gehört. Wie kommst du darauf?"

„Marla meinte, sie hätte davon zu viel in den Teig getan."

„Ach, Natron! Das kann man anstelle von Backpulver nehmen. Aber daran alleine lag es sicher nicht. Die muss da Spülmaschinenpulver reingetan haben oder so."

„Ja! Mit Zitronengeschmack."

Meltem lachte. „Du, was ich dich die ganze Zeit schon fragen wollte – wie heißt du noch mal?"

„Laura."

„Ah ja. Ich bin Meltem."

Manno. Jetzt hatte ich mir ein Mal einen Namen gemerkt.

So langsam fiel mir das mit dem negativistischen Weltbild auch auf.

„Alles klar", sagte sie. „Ich denke, wir sehen uns dann draußen im Garten. Ich muss jetzt erst mal gucken, ob die Kleinen alle im Bett sind."

Um vier war die „späte Frühschicht" zu Ende. Ich verabschiedete mich an der Tür kurz von den Kindern, indem ich in den Raum hineinwinkte. Sie waren gerade mitten beim Spielen, denn es gab heute kein Kind, das schon um vier abgeholt wurde. Ich holte meinen Rucksack aus der Personalküche und guckte noch mal kurz bei den Wühlmäusen rein, um Meltem und Oliver Tschüs zu sagen.

„Denk dran, um sechs ist Teambesprechung", sagte Oliver leise.

Ich wollte gerade zur Tür gehen, als Torben ins Foyer kam.

„Ach, hallo", sagte ich. „Marla hat gar nicht gesagt, dass du sie heute abholst."

„Deswegen bin ich ja auch nicht da. Ich wollte eigentlich zur Teambesprechung."

„Arbeitest du auch hier?" Konnte ja sein, dass ich etwas verpasst hatte.

„Nein. Es geht um Marlas Situation in der Gruppe."

„Aber die Teambesprechung ist wohl erst um sechs. Ich wollte jedenfalls gerade noch mal nach Hause gehen."

„Ach, Scheiße. Um sechs. Habe ich das schon wieder mit sechzehn Uhr verwechselt. Das passiert mir dauernd. Und ich habe mir heute Nachmittag extra frei genommen."

„Ach, das ist ja doof. Hätte mir aber auch passieren können."

Er schwieg. Aber nur, weil er sich so aufregte, dass er Angst hatte, rumzuschreien, wenn er den Mund aufmachte. Ich kannte diese Angst nur zu gut.

„Wollen wir vielleicht was trinken gehen? Also, einfach nur so, weil wir ja jetzt eh Zeit haben. Also ich. Vielleicht hast du ja doch was anderes vor."

„Jetzt nicht, aber um sechs wollte ich eigentlich schon längst wieder zu Hause sein und … Ach, egal. Lass uns aber gehen, bevor Marla uns sieht. Sonst macht sie sich nur wieder unnötig Sorgen und dann heißt es wieder, ich würde sie unangemessen oft mit meinen persönlichen Problemen konfrontieren."

Begeistert klang es nicht, und ich konnte auch nicht ganz folgen, wollte aber so zwischen Tür und Angel nicht genauer nachfragen.

„Ach, Laura, du bist auch noch da." Susanne kam aus dem Gruppenraum der Sonnenkäfer. „Torben. Du bist schon wieder zu früh."

„Ja, ich weiß. Ich bin auch gleich wieder weg. Ach Mist, ich dachte, ich kann Marla gleich nach der Teambesprechung mitnehmen. Ich muss noch kurz Kathi anrufen, damit sie das übernimmt. Ach, aber die hat gleich ihre Lerngruppe."

„Frag doch Angelika", sagte Susanne, die solche Engpässe anscheinend öfter mitbekam. War Angelika so eine Art Leihoma, die einsprang, wenn die Eltern spontan dringende Termine hatten? Ich hätte sie jetzt nicht als die typische Oma eingeschätzt, aber was wusste ich denn.

„Ach, Laura. Was ich eigentlich fragen wollte, kannst du vielleicht für morgen ein oder zwei Päckchen Knete besorgen? Die gibt es gerade bei Rewe, das ist doch gleich bei dir um die Ecke. Irgendein Kind hier muss die Dinger heimlich essen."

„Das war Samuel. Der macht sich daraus immer Spiegelei und Kartoffelklöße", rief ein Kind.

„Gar nicht, das wart ihr selber", verteidigte er sich „Ihr habt aus der Knete Geschirr gemacht und es dann irgendwo versteckt. Jeder kriegt das mit, wie ihr immer heimlich flüstert. Und wenn ich es finde, sag ich das der Susanne."

Als wir die Admiralbrücke entlanggingen, hielt ich unauffällig Ausschau nach dem Baum, unter dem ich mit Steffi gesessen hatte. Unter dem ich gerne mit Steffi gesessen hätte. Ich hatte es mir so oft vorgestellt, es machte schon fast keinen Unterschied mehr. Aber es sah alles so verändert aus. Vielleicht war es gar nicht hier, sondern ein paar hundert Meter weiter den Kanal entlang. Wie unbeschwert war alles gewesen, als ich noch dachte, dass, wenn wir erst mal die Scheißschule hinter uns hätten, ein ganzes gemeinsames Leben vor uns läge. Nach Steffis Tod hatte meine Therapeutin gesagt, es sei normal, dass man nach dem Verlust eines wichtigen Menschen manchmal so eine Art Halluzinationen hatte, dass man dachte, dieser Mensch sei noch bei einem. Ich hatte das schon vor ihrem Tod gehabt. Vielleicht weil ich damals schon insgeheim wusste, dass ich niemals in Wirklichkeit mit ihr glücklich zusammen sein würde.

Aber das lag doch gar nicht an uns, sondern daran, dass das ganze Drumherum so scheiße gewesen war. Warum regte man sich, wenn man jung war, immer über solche bescheuerten Lappalien auf? Wenn ich genug Arsch in der Hose gehabt hätte, meinen Eltern zu sagen, dass es mir total scheißegal war, wie sie sich meine Beziehung zu Steffi zurechtpsychologisierten, und dass es mir am Arsch vorbei ging, ob sie mich als „richtige Lesbe" akzeptierten oder nicht, dass ich mit Steffi zusammen sein wollte, ganz egal, ob mich das nun zu einer Lesbe machte oder zu sonst irgendwas. Aber es war so unglaublich verletzend, und dumm, einfach nur dumm, wenn ausgerechnet die Menschen, die einen am ehesten verstehen müssten, die Unterstützung verweigerten. Wenn man wusste, dass eigentlich alles so schön sein könnte, wenn nur die Leute nicht so dumm wären.

Und wenn Steffi und ich uns nicht permanent über andere Menschen hätten aufregen müssen, hätten wir vielleicht genug Energie frei gehabt, um uns um unsere eigenen Probleme zu kümmern. Wir hätten mal darüber reden können, dass es mir Angst machte, wenn sie nicht auf meine Nachrichten antwortete. Dass ich dann jedes Mal Panik bekam, entweder, sie wolle mit mir Schluss machen, oder ihr könne etwas Schlimmes passiert sein. Dann hätten wir uns vielleicht nicht immer so schnell gestritten. Ich wäre nicht so schnell ausgerastet. Vielleicht. Und sie hätte nicht vor mir weglaufen müssen. Vielleicht.

Ich gab die Suche nach dem besonderen Baum auf und lief Torben hinterher, der ein Stück weg vom Wasser über die Wiese ging.

„Bist du sicher, dass man sich hier hinsetzen kann?" Ich suchte den Rasen nach Hundekötteln ab. „Äh, und ich dachte, wir gehen was trinken?"

„Ja." Er räusperte sich. „Das ist mir jetzt ein bisschen peinlich. Ich habe meinen Geldbeutel zu Hause vergessen."

„Aber du bist doch mit der Bahn hergekommen, oder mit dem Bus?"

„Ja. Aber eben ohne meinen Geldbeutel."

„Schade. Ich meine, blöd jetzt." Ich wollte nicht allzu sehr nach Irina („das enttäuscht mich jetzt aber") klingen.

„Ja. Aber ich konnte eben auch nicht wissen, dass du vorhast, mit mir was trinken zu gehen."

„Also geplant war das jetzt nicht." Nicht, dass er noch dachte, ich hätte irgendein Komplott gesponnen, um ihn zu verführen oder so. „Und du hättest ja sagen können, dass du keinen Geldbeutel dabei hast."

„Ernsthaft?"

„Was bist du denn so aggressiv auf einmal? Du hättest doch wirklich einfach nein sagen können."

„Ganz ehrlich? Überleg doch mal. Wenn dich jemand fragen würde, ob du mit ihm was trinken gehen willst, würdest du dann sagen ‚Nein, sorry, ich habe meinen Geldbeutel vergessen'?"

„Natürlich nicht. Ich hätte halt einfach so nein gesagt, und dass ich noch irgendwas ganz Wichtiges zu tun habe oder so."

„Ja, klar. Aber in meinem Fall wäre das doch total leicht zu durchschauen gewesen, wenn ich doch eigentlich um sechzehn Uhr die Teambesprechung gehabt hätte. Außerdem ist es doch doof, eine Beziehung, also ich meine, eine wie auch immer geartete Beziehung, mit einer dummen Ausrede zu beginnen. Setzen wir uns hin?", fragte er, als ich nichts dazu sagte.

Eigentlich wollte ich schon, aber plötzlich ärgerte ich mich, dass ich diesen blöden Baum nicht gefunden hatte. Torben kannte sich aus, aber was bitte hätte ich denn fragen sollen? „Entschuldigung, weißt du zufällig, wo dieser eine Baum ist, unter dem ich während der Klassenfahrt saß und mir meine Freundin herbeihalluziniert habe, weil niemand sonst mit mir zu tun haben wollte?"

Wo war sie eigentlich gerade?

Vielleicht saß sie ja unter diesem Baum?

Und ich verpasste sie gerade, weil ich zu doof war, diesen blöden Baum zu finden?

Sollte mir das nicht langsam mal egal sein?

„Also, irgendwie habe ich das Gefühl, du hast es dir anders überlegt."

„Nein." Ich setzte mich hin.

Er wartete anscheinend auf weitere Erklärungen.

„Ich bin ein bisschen schüchtern."

„Aha. Na dann." Er setzte sich neben mich und umschlang seine Knie mit den Händen.

Und jetzt?

Ich hatte das Ganze ja angeleiert, also musste ich es irgendwie in Gang halten.

Nur wie?

Ich hätte ja eigentlich von seiner Seite ein bisschen mehr Initiative erwartet. Schließlich war er der Mann. Ja, blöd, aber … er wollte doch ein Mann sein, oder?

Und genau deswegen erwartete er offensichtlich im Gegenzug von mir, dass ich den Rede-Part übernahm.

Nö.

War ein bisschen blöd, sich beim ersten Treffen nur anzuschweigen.

Trotzdem nö.

Er saß ziemlich dicht neben mir. Ich spürte seine Körperwärme. Laut dieser Übung aus dem Psychologie-Grundkurs zur Bestimmung des eigenen Nahbereiches hieß das, dass mir seine Nähe nichts ausmachte, was wiederum hieß, dass ich ihn mochte. Warum fühlte ich das dann nicht?

Bei Steffi hatte sich das ganz anders angefühlt. Da hatte ich schon im Dönerladen so eine Wärme ums Herz gespürt, weil ich sie einfach so süß fand. Wäre das bei Torben auch so, wenn er nicht diese blöden Bartstoppeln an Kinn und Wangen hätte?

Er ließ seine Knie auseinanderfallen, lehnte sich zurück und stieß dabei mit seiner Schulter gegen meine.

Ich war sofort auf hundertachtzig.

Diese Masche, Teile seines Körpers unabsichtlich auf einer Frau abzulegen und dann stur in eine andere Richtung zu gucken oder sich obsessiv in eine andere Beschäftigung zu vertiefen – Zigarette drehen, aufs Handy starren, tippen –, war so megabillig. Irgendwie war ich etwas enttäuscht. Ich hätte nicht gedacht, dass er sich gleich die beschissensten Angewohnheiten seiner neuen Geschlechtsgenossen aneignete. Ich setzte mich demonstrativ einen halben Meter weg und kam mir total kindisch dabei vor und ärgerte mich darüber, dass ich mir kindisch vorkam. Was war kindisch daran, sich einer ungewollten Berührung zu entziehen?

Das merkte er natürlich sofort. Aber anstatt mich auszulachen oder eine verächtliche Bemerkung zu machen, wie es vielleicht ein als Mann geborener Mann getan hätte, entschuldigte er sich. „Tut mir leid. Manchmal denke ich, ich muss Dinge, die man als Mann so tut, einfach mal ausprobieren. Manchmal übertreibe ich da wohl ein bisschen."

„Du gibst also zu, dass du absichtlich dein Bein an mir gerieben hast, um dich an mich ranzumachen."

„Bein an dir gerieben. Na ja. Ich habe kurz dein Knie mit meinem Knie berührt. Aber ja." Er wurde rot, zwang sich aber, mich weiterhin anzugucken. Ich schwieg, um ihn ein bisschen schmoren zu lassen (ja, auch ich konnte mal „Dinge ausprobieren, die man als Frau so macht"). Irgendwann guckte er doch weg und fing an, einzelne Grashalme vor sich auszurupfen. Irgendwie tat er mir ja auch leid, und wenigstens hatte er es nicht abgestritten.

Aber trotzdem. Was sollte das. Ich hatte ihn nicht darum gebeten, und er hatte mich nicht mal gefragt.

„Und jetzt erwartest du extra viel Lob von mir, weil du so offen über deine Gefühle sprichst. Und das als Mann."

„Meine Göttin!", rief er aus, „es tut mir leid! Ich habe nicht bedacht, dass dich das so tiefgreifend in deinen Persönlichkeitsrechten verletzt."

A-hahaha. Jetzt also doch. Sobald sie merkten, dass man ihre Annäherungsversuche nicht so toll fand wie sie sich selber, war plötzlich alles nicht so ernst gemeint gewesen und man musste grottenschlechte Witze darüber machen, um das zu beweisen. „Du brauchst jetzt nicht mit der alten ‚Ich wollte doch nur mal lustig sein'-Nummer zu kommen, damit du mir dann chronische Humorlosigkeit unterstellen kannst, wenn ich nicht darüber lache."

„Nee, aber so ein Fass aufzumachen brauchst du ja wohl auch nicht." Er war jetzt doch sehr angepisst, was in seiner Stimmlage sehr putzig klang.

Fand ich das jetzt, weil er ein Mann war, oder war ich wie einer von diesen ekligen alten Machos, die es so niedlich/sexy/amüsant fanden, wenn eine Frau wütend wurde? „Du hast doch angefangen, ein Fass aufzumachen. Ich habe mich einfach nur weggesetzt und gut ist."

Er drehte sich so, dass er mir ins Gesicht schaute. „Irgendwie werde ich trotzdem das Gefühl nicht los, dass du eigentlich gar nicht mit mir hier sein willst. Und jetzt brichst du hier einen Streit vom Zaun, nur um mich wieder loszuwerden."

„Also vielleicht solltest du nicht von dir auf andere schließen." Etwas Schlaueres fiel mir auf die Schnelle nicht ein.

„Ich glaube, wir lassen das lieber, oder?"

„Als ich zum ersten Mal in Berlin war, auf Klassenfahrt, war es ziemlich scheiße, weil eigentlich niemand mit mir was zu tun haben wollte außer die zwei Tussen, die so high waren, dass sie gar nicht mehr mitbekamen, mit wem sie redeten. Deswegen saß ich irgendwann alleine unter einem Baum und habe mir vorgestellt, wie es wäre, wenn meine Freundin jetzt mit dabei wäre. Nur bevor das passieren konnte, ist sie gestorben. Und diesen Baum habe ich gerade versucht zu finden." So verrückt klang es gar nicht. Allerdings war das ja auch nur die Hälfte der Geschichte.

„Das tut mir leid." Er setzte sich ein kleines Stück weiter weg von mir und zog seine Knie ganz dicht zu sich heran.

„Danke. Aber warum nimmst du meinen Wunsch nach Distanz erst jetzt ernst? Muss man als Frau immer erst mit schlimmen Erfahrungen aus der eigenen Lebensgeschichte kommen, bevor man einen Anspruch darauf hat, mit Respekt behandelt zu werden?"

„Meinst du wirklich, es liegt daran, ob Männer dich mit Respekt behandeln oder nicht? Es kann genauso gut nach hinten losgehen."

„Was genau meinst du damit?"

„Na, dass Typen dich erst recht scheiße behandeln, wenn sie wissen, dass du Gewalt erlebt hast. Oder andere schlimme Dinge."

Ich wartete. Er sprach nicht weiter. Wieso konnte er seine Klappe halten und ich nicht?

„Ich glaube, wir sollten mal das Thema wechseln."

„Ja, dann mach das mal."

„Wieso ich? Wusstest du, dass es zur weiblichen Sozialisation gehört, für die männlichen Gesprächsteilnehmer Themen herauszusuchen, über die sie gerne reden, und so das Gespräch in Gang zu halten? Wenn der Frau das nicht gelingt, sind natürlich sie und ihr blödes Gequatsche schuld daran, dass das Gespräch versiegt."

„Also, dann zeige ich dir jetzt ein paar Fotos von meinen Wasserschwein-Babys, die gestern zur Welt gekommen sind."

Er holte sein Handy raus und zeigte mir die Bilder.

Zwei kleine Wasserschwein-Babys auf einer Flauschedecke, dann eines von ihnen Nase an Nase mit seiner Mutter, dann alle beide beim Trinken. So süß!

Ehe ich mich versah, saß ich Torben quasi auf dem Schoß.

Na klar, Mission Accomplished, dachte ich. Er schien dasselbe zu denken. Wir lächelten uns an.

„Sind das wirklich deine Wasserschweine? Wo hast du die denn her?"

„Also, wenn ich so einen Garten hätte, mit solchen Bäumen und so einem Teich, mitten in Berlin, dann würde ich sie mir wirklich zum Privatvergnügen halten."

Ich sah nur eine Pfütze, ein paar Blätter im Hintergrund und sonst nur Sandboden.

„Ich bin Tierpfleger. Hat Marla das noch nicht erzählt?"

„Nein. Ehrlich gesagt hatte ich noch gar nicht so viel mit ihr zu tun. Ich habe sie und Amelie mal auf der Schaukel angeschubst und ansonsten eigentlich gar nicht viel von ihr gesehen."

„Ach, alles klar. Na ja, macht nichts." Er schwieg.

Sollte ich nach mehr Fotos fragen? Wie groß werden Wasserschweine eigentlich? Was machst du denn so alles als Tierpfleger? Nimmst du manchmal Tiere mit nach Hause?

Aber irgendwie passte das alles nicht.

„Meine Freundin wollte Tierärztin werden."

„Ach, so ein Zufall. Oh. Die, die gestorben ist?"

„Ja. Ich hatte bisher keine andere."

Nach Irina gab es keine Zufälle. Alles war vorherbestimmt. Kinder suchten sich ihre Eltern aus.

„Das tut mir leid. Ich scheine ja eine gewisse Ähnlichkeit mit ihr zu haben, von daher sehe ich das mal als Kompliment."

„Danke. Aber du wirkst auch gerade etwas besorgt. Hat es was mit dieser Teambesprechung zu tun?"

„Ja." Schweigen. „Danke, dass du nachfragst."

Gern geschehen. „Um was geht es denn da?"

War es doof, überhaupt nachzufragen, oder wäre es doof, davon auszugehen, dass es etwas mit Torbens Trans-Sein zu tun haben könnte?

„Ich glaube, Marla wird geärgert. Von zwei dieser Rieger-Kinder. Aber sie erzählt mir nichts, weil sie denkt, ich mache mir sonst Sorgen um sie. Dass ich mir viel mehr Sorgen mache, wenn ich merke, es stimmt was nicht, aber sie erzählt mir nichts, das versteht sie noch nicht."

„Vielleicht hat sie Kathi was erzählt? Das gibt es ja manchmal, dass man mit einem Elternteil besser über bestimmte Dinge reden kann. Also, bei mir war das so. Aber besagtes Elternteil hat dem anderen natürlich immer alles brühwarm weitererzählt."

Er lachte. „Aber das spricht ja irgendwie für die Beziehung zwischen deinen Eltern. Zwischen mir und Kathi gibt es so was nicht. Ich habe das Gefühl, dass sie gewisse Dinge, die Marla ihr erzählt, extra für sich behält, weil sie denkt, das gibt ihr ein besonderes Verhältnis zu Marla."

„Na ja, aber ist das denn nicht auch okay? Ich wäre froh gewesen, wenn ich Ronni, also meiner einen Mutter, wirklich hätte vertrauen können. So hatte ich immer das Gefühl, dass den beiden ihre Beziehung zueinander wichtiger ist als ihre (jeweilige) Beziehung zu mir."

„Es kommt darauf an, was es ist. Mal ein kleines Geheimnis von wegen, ich habe zwei Eis gegessen statt einem, ist ja nicht schlimm, aber wenn du merkst, dein Kind bedrückt etwas, und du weißt nicht, was es ist, ist das schon scheiße."

„Ach, ich weiß nicht. Ich habe Ronni zum Beispiel erzählt, dass ich mich in eine Frau verliebt habe, und sie hat es sofort Irina weitererzählt, und die hat sich darüber lustig gemacht und hat eigentlich bis heute nicht damit aufgehört." Und jetzt sitze ich hier mit einem Typen. Brüller.

„Das liegt dann aber nicht daran, dass deine Eltern miteinander geredet haben, sondern dass ein Elternteil sich darüber lustig macht. Ist doch völlig klar, wenn man weiß, dass das Kind nicht möchte, dass man was weitererzählt, dass man dann dem Kind einfach nicht sagt, dass man es weitererzählt hat."

„Dass man also das Kind anlügt, weil man denkt, es ist so doof und merkt es dem anderen Elternteil nicht an, dass der schon längst Bescheid weiß." Ich erinnerte mich an Irinas Blick, wenn sie es sich verkneifen musste, etwas zu sagen, weil sie von Ronni erfahren hatte, dass ich Pommes (!) gegessen hatte. Vor dem Abendbrot! „So was kannst du nicht verheimlichen. Wenn du was weißt, sieht man es dir an."

Torben sah auf einmal sehr blass und müde aus.

„Aber vielleicht erzählt sie dir auch Sachen, die sie dafür Kathi nicht erzählt. Oder es gibt Sachen, die erzählt sie keinem von euch beiden."

„Na ja, aber wenn man schon nicht sagen will, was das Kind erzählt hat, kann man doch als Mutter wenigstens zum anderen Elternteil hingehen und wenigstens sagen, dass es überhaupt was erzählt hat. Einfach nur, damit der oder die andere dann weiß, ja, es gibt da was, aber das Kind hat schon jemanden, mit dem es darüber reden kann."

„Aber wenn du das durchziehen willst mit der Masche, dass du gegenüber Marla so tust, als wüsstest du nichts, wird das doch noch tausendmal schwieriger, wenn du weißt, da ist was, aber du kennst keine Details. Da stellst du dir doch sonst was für Horror-Szenarien vor. Da könnte selbst ich nicht mit einem Pokerface vor meinem Kind rumlaufen."

„Stimmt auch wieder. Trotzdem habe ich das Gefühl, dass da was ist, was Marla mir nicht erzählt, aber Kathi weiß darüber genau Bescheid."

„Hat Marla dir gegenüber denn irgendwas Konkretes gesagt?"

„Es gibt ja seit einem Jahr dieses Projekt, dass Kinder selber Bücher für die Bücherecke mitbringen können, um das Vorleseangebot etwas zu diversifizieren."

„Ach, ist das mit den Büchern immer noch ein Problem? Ich wurde zu meiner Kindergartenzeit ja noch mit dem Struwwelpeter traktiert. Weil Kinder sich ja angeblich so gerne gruseln. Ich habe mich nur immer gefragt, warum sich jemand eine Geschichte über etwas Schlimmes ausdenkt, was im richtigen Leben gar nicht passieren kann. Ich fand das dann auch nicht gruselig, sondern einfach nur dumm und unnötig. Es passiert doch in Wirklichkeit schon genug Scheiße."

„Na ja, solche Bücher werden heutzutage nicht mehr angeschafft. Sehr zum Verdruss von gewissen Neu-Berlinern wahrscheinlich. Aber aktiv neue Bücher anschaffen ist auch nicht."

„Mann, echt. Ich dachte, in einer Stadt wie Berlin wäre das quasi vom Senat vorgeschrieben, dass die Kinderbücher immer auf dem neusten Stand zu sein haben, was Diversität angeht."

„In Berlin ist eigentlich nur vorgeschrieben, dass alle machen dürfen, was sie wollen, solange es nichts kostet. Deswegen dieses pädagogisch wertvolle Programm. Und Marla hat eben ihre zwei damaligen Lieblingsbücher mitgenommen. Jackie die Meerjungfrau und eines über eine Vogel-Familie. Weil manche Vögel doch auch keine eindeutigen Geschlechtsmerkmale haben. Zumindest erkennt man die von außen nicht immer. Und damit hat irgendwie alles angefangen. Riegers haben sich wohl über die Figuren in dem Buch lustig gemacht, haben immer dumm gelacht, wenn jemand diese Bücher vorgelesen hat, und haben die Figuren abgemalt, aber halt mit Penissen und Muschis, obwohl Vögel überhaupt keine Penisse haben und es in diesen Büchern eigentlich gar nicht um das Trans-Thema geht, sondern darum, dass es egal ist, was jemand für ein Geschlecht hat. Deswegen glaube ich auch, dass sie Marla gar nicht wegen mir ärgern, sondern dass die ein ganz anderes Problem haben, aber nein, diese seltsame Obsession mit Genitalien muss ja von den älteren Brüdern kommen, die sich angeblich über mich und meine Körperteile lustig machen. Sie stellen sich wohl alles Mögliche vor, wie ich untenrum aussehe, und Marla versucht eben ihr Bestes, um dagegenzuhalten. Dabei weiß sie das genauso wenig und erzählt dann wieder ihre Version davon."

„Als ich im Kindergarten war, hatte ich auch mal einen Jungen in der Gruppe, der der Kindergärtnerin von seinen seltsamen Träumen erzählt hat. Er meinte, er hätte geträumt, wenn er groß ist, kriegt er mal Brüste und einen Penis." Hannes. An den hatte ich schon ewig nicht mehr gedacht. „Der hatte keine Trans-Menschen um sich. Also vielleicht ist das bei manchen Kindern einfach eine ganz normale Phase. Aber natürlich haben die Kindergärtnerinnen getuschelt, dass er bei meinen Müttern und mir etwas aufgeschnappt haben müsse."

„Aber so harmlos ist das nicht. Und die großen Brüder, die ich nicht kenne, haben das sicherlich auch nicht nur aus der Schule aufgeschnappt. Und Lars ist echt durch. Marla und er waren seit der Krabbelgruppe befreundet, und Riegels haben das immer wohlwollend toleriert. Damals wurde ich ja noch weiblich gelesen. Ich war jetzt nicht gerade feminin, aber eindeutig als Frau erkennbar."

„Auf dem Dorf, wo ich aufgewachsen bin, reicht es schon, wenn du nicht eine eindeutig feminine Frisur hast und nur Hosen trägst. Es müssen nicht mal Männerhosen sein. Ronni, also meine

Mutter, wird ständig für einen Mann gehalten. Obwohl mittlerweile eigentlich alle wissen müssten, dass sie eine Frau ist. Du verstehst, was ich meine." Inzwischen ignorierte sie es, aber man merkte trotzdem, dass es sie ankotzte. „Na ja, jedenfalls scheint Marla dir doch ganz schön viel zu erzählen. So schlecht scheint euer Verhältnis also nicht zu sein."

„Ich weiß, auf dem Dorf gehen die Uhren langsamer, aber wird man da heutzutage wirklich noch angepöbelt wegen den Kleidern, die man trägt?"

„Na ja, angepöbelt nicht direkt. Zumindest wenn man über dreißig ist. Aber die Leute zerreißen sich halt das Maul über einen. Und ich musste meine Friseurin richtig überreden, dass sie mir einen Kurzhaarschnitt macht, und guck mal, was daraus geworden ist."

„Ach du Scheiße. Das ist ja wie im neunzehnten Jahrhundert oder so."

Ich war mir ziemlich sicher, dass er mir nicht glaubte. Vielleicht hatte die Friseurin mich auch nur deshalb so lange zugelabert, weil sie wusste, mit mir konnte sie es machen. „Na ja, aber was du so durchblicken lässt, klingt ja auch nicht gerade so, als ob in Berlin alles auf dem neusten Stand ist. Dabei heißt es doch immer, es ist die queere Hauptstadt von Deutschland oder sogar Europa?"

„Vielleicht war das mal so, bevor es offiziell erklärt wurde. Ich glaube, am besten war es direkt nach der Wende, im Ostteil. Alle, die schon ein bisschen älter sind, schwärmen, wie toll damals alles war. Und jetzt, wo Diversität staatlich gefördert wird, wird es wohl langsam wieder cool, das scheiße zu finden."

„Wie alt bist du eigentlich?"

„Achtundzwanzig. Und du?"

„Echt? Du siehst aber jünger aus. Nee, echt jetzt. Das müssen die Hormone sein."

„Äh okay. Das war jetzt leicht unangemessen."

„Sorry."

„Und wie alt bist du?"

„Dreiundzwanzig."

„Du wirkst aber auch ein bisschen jünger."

„Nur sehe ich nicht so aus, oder wie?"

„Na ja, im Moment gerade nicht."

„Was soll das denn heißen?" Mir stieg die Hitze ins Gesicht. Was wusste der denn schon wieder?

„Angelika hat mir so was erzählt. Tut mir leid. Ich wollte das eigentlich gar nicht wissen. Aber sie ist so eine Tratschtante, die erzählt dir echt alles, was du nie hören wolltest. Sie war übrigens bis vor drei Jahren Erzieherin in Marlas Kita und ist ganz dicke mit Susanne. Also, was ich weiß, weiß Susanne schon längst."

„Na prima." Ich beschloss, die Verarbeitung dieser Information erst mal zu verschieben.

„Tut mir auch leid. Aber mach dir nicht so 'nen Kopf. Susanne weiß auch, dass Angelika gerne übertreibt. Es muss ja keiner erfahren, dass sie in deinem Fall wohl ausnahmsweise mal recht hatte."

„Vielen Dank auch! Dann kann ich ja eigentlich direkt nach Hause gehen."

„Ich sag doch, mach dir keinen Kopf. Die wird denken, du hast die letzte Nacht vor deinem Umzug ein bisschen dolle gefeiert und Sonntag morgens noch ein Konterbier gebraucht."

„Dir ist klar, dass das keiner denken wird, oder? Und selbst wenn, wäre das allein ja schon krass."

„Ich glaube, wir wechseln lieber das Thema."

„Okay. Kann es sein, dass deine Ex nur so tut, als ob sie mehr weiß, weil sie merkt, dass sie dich damit stressen kann? Sorry, ich wollte jetzt nicht über deine Ex lästern."

„Geschmeidiger Übergang. So habe ich das noch nie gesehen. Aber das würde eigentlich auch zu Kathis sonstigem Verhalten passen. Marla ist nämlich sonst überhaupt nicht so, dass sie Geheimnisse vor mir hat."

Aus Kinderperspektive wagte ich das zu bezweifeln. Ich hatte schon im Kindergarten aufgehört, Ronni und Irina zu erzählen, wenn mich jemand ärgerte. Da kam nur „Oh das tut mir leid" von Ronni, die selber bald mitheulte, und „Dann tritt ihnen doch gegens Schienbein" von Irina. Ich hatte nur immer gespürt, dass die Kinder es auf mich speziell abgesehen hatten (mich ärgerten alle, während andere, wenn sie geärgert wurden, wenigstens noch ein kleines Grüppchen auf ihrer Seite hatten), aber lag es an meinen Eltern? Lag es daran, dass meine eine Mutter aus dem Osten kam und die andere auch bloß zugezogen war? Lag es daran, dass etwas mit mir nicht stimmte?

Aber wenn sie mich extra danach fragten, ob ich heute wieder geärgert worden war, konnte ich auch nicht lügen. Irgendwann fragten sie eben nicht mehr, das war das Beste für alle. Am Ende meiner Kindergartenzeit bekam Irina dann einen Tobsuchtsanfall wegen dieser blöden Bilder-Mappe, und ich schämte mich. Aber was ich hätte tun sollen, wusste ich bis heute nicht.

„Darf ich dich mal was fragen?“

Eine von diesen dämlichen Fragen wie „Bist du sauer, wenn … ich dir sage, dass du scheiße aussiehst“?

„Was soll ich denn darauf antworten?“

„Du könntest sagen, dass du dir die Frage anhörst und dann entscheidest, ob du sie beantworten willst oder nicht. Aber entschuldige, ich finde eigentlich auch, es ist eine blöde Formulierung.“

„Okay, also, dann mache ich das so.“

„Mit welcher deiner Mütter verstehst du dich besser?“

Das war ja relativ einfach. „Mit Ronni.“

„Und ist das die, die dich geboren hat, oder die andere?“

„Na die andere. Du brauchst nicht denken, dass du einen Nachteil Kathi gegenüber hast. Bei Irina – also meiner Bauchmama, habe in den letzten zwanzig Jahren noch kein besseres Wort dafür gehört – hatte ich immer das Gefühl, sie hat mich ausgetragen und damit ihre Schuldigkeit getan. Natürlich sagen sie mir das nicht, aber ich bin felsenfest davon überzeugt, dass es Ronni war, die ein Kind wollte, und dass Irina ihr diesen Gefallen nur getan hat, damit sie mit ihr zusammenbleibt.“

„Aber hätte Ronni dich nicht selber austragen können?“

„Ging wohl nicht. Glaub mir, ich habe mir als Kind tausendmal vorgestellt, wie viel besser mein Leben wäre, wenn Ronni meine Bauchmama wäre. Dann hätte sie nicht aus erzwungener Dankbarkeit mit Irina zusammenbleiben müssen, und wir wären auch nicht in diesem blöden Drecksnest wohnen geblieben. Es war nämlich Irina, die unbedingt ein Haus wollte, das sie jetzt abzahlen bis ans Ende ihrer Tage. Zwei Frauen, einundzwanzig Prozent weniger Gehalt, beide Teilzeit wegen Kindererziehung, du verstehst.“

„Ach, das tut mir echt leid.“ Er kratzte sich an der Wange.

„Ja, und außerdem, Ronni ist ziemlich butch. Sie leben so dieses Butch-Femme-Modell, das sie subversiv nennen, wo sie aber eigentlich nur Hetero-Paaren hinterherhecheln.“ Ich sah Torben an, und plötzlich wurde mir bewusst, wie die Menschen um uns herum uns wahrnehmen würden, wenn wir ein Paar wären. „Also, wenn Ronni mich ausgetragen hätte, wäre sie wohl ihren Job endgültig losgewesen, weil das die Vorstellungswelt der meisten Menschen gesprengt hätte."

„Na, kommst du voran?" Jemand griff von hinten Torbens Schulter und drückte sie.

Angelika. Und hinter ihr ein struppiger Terrier.

„Was machst du denn hier?" Torben schien genauso wenig begeistert zu sein wie ich.

„Was ich hier mache? Ich bin hier, weil ich auf dein Kind aufpassen soll, weil du mich angerufen hast, weil du schon wieder einen Termin versemmelt hast."

„Ja, ich erinnere mich. Aber warum kommst du dann jetzt schon?" Der Hund beschnüffelte Torben und setzte sich dann neben ihn.

„Bin ich dir dafür Rechenschaft schuldig? Aber bevor du wieder denkst, ich spioniere dir hinterher, ich wollte lediglich die Gelegenheit nutzen und mit meinem Hund spazieren gehen." Sie setzte sich ungefragt neben uns.

„Nach Spazierengehen sieht das aber nicht aus." Torben rutschte ein Stück weg. Der Hund rückte nach.

„Na sag mal! Das Enkelkind darf ich abnehmen, wenn es gerade genehm ist, aber mit meinem Kind darf ich mich nicht unterhalten, oder wie?"

„Nein. Ich werde für Marla langfristig sowieso eine andere Lösung finden. Angelika ist übrigens meine Pflegemutter", sagte er zu mir gewandt.

„Bitte? Das ist ja schlimmer als auf dem Dorf hier."

Torben lachte.

„Na, das wird ja immer besser. Komm Flöcki, wir gehen. Die wollen uns hier nicht."

Flöcki blieb sitzen.

„Du weißt ganz genau, warum ich nicht will, dass du so viel Zeit mit Marla verbringst."

„Ach, ich soll keine Zeit mit ihr verbringen, Kathi soll keine Zeit mit ihr verbringen. Du bist ja fast wie diese Riegers, nur umgekehrt."

„Ja, du wieder mit deinen Vergleichen. Du hast einfach keine Ahnung, wie das ist. Ich habe keine Kraft mehr, mit Leuten zu diskutieren, die nicht mal versuchen wollen zu verstehen, in was für einer Lage ich mich befinde."

„Glaub mir, ich weiß, wie das ist. Ich wollte auch ein Junge sein, bis ich fünfundzwanzig war."

„Erstens, ich bin schon lange über fünfundzwanzig. Zweitens, ich will nicht ein Mann sein, ich bin einer. Aber diesen Unterschied ignorierst du ja schon seit Jahren."

„Na gut, kann sein, dass ich das nicht nachvollziehen kann." Angelika lehnte sich zurück. „Komm, Flöcki, hier." Sie pulte ein kackbraunes Leckerli aus ihrer Hosentasche. „Na komm. Die magst du doch, oder?" Sie zog sie zu sich auf den Schoß. Sobald sie den braunen Klumpen aus ihrer Hand gefressen hatte, entwand sie sich ihrem Griff und legte sich an Torbens Seite auf die Wiese.

„Ja, klar. Das sagst du jetzt, und vergewohltätigst den armen Hund. Aber wenn keiner mehr zuhört, fängst du wieder an, mich damit zu nerven."

„Also gerade eben hast du damit angefangen."

„Weil ich nicht will, dass du Marla irgendwelche Schauermärchen erzählst von wegen, ich lasse mir den Bauch aufschneiden und Haut vom Arm abziehen. Was hast du dir dabei eigentlich gedacht?"

„Auch wenn das ja wohl stimmt, von mir hat sie das nicht. Ich war fünfunddreißig Jahre lang Erzieherin. Meinst du, ich würde mit Kindern so darüber reden?"

„Von wem hat sie es denn dann?"

Mir würden da spontan mindestens zwei mögliche Verdächtige einfallen.

„Ich weiß es nicht. Aber du siehst doch, wie sehr es sie beschäftigt, nur weil sie mal davon gehört hat. Dann kannst du dir ja vorstellen, was los ist, wenn du erst mal wochen- oder monatelang im Krankenhaus liegst."

„Das hängt ja wohl vor allem davon ab, wer ihr was darüber erzählt. Wenn ich wollte, könnte ich einem Kind auch eine Geburt so beschreiben, dass es sich zu Tode ängstigt."

„Aber eine Geburt ist ein natürlicher Vorgang und …"

„In der Theorie vielleicht."

„… und ist ja zumindest etwas, was passieren muss."

„Ja wohl auch nicht unbedingt."

„Das würde ich nicht unbedingt Marla erzählen. Außerdem, du weißt, was ich meine. Egal, wie vielen OPs du dich unterziehst, sie werden nichts daran ändern, dass du nun mal weiblich bist."

„Wie oft denn noch? Ich bin nicht weiblich. War ich noch nie.“ Er wandte sich zu mir. „Das sieht man doch wohl. Hättest du gewusst, dass ich …“, wandte er sich an mich. „Ach, vergiss es, ich muss doch hier wohl keinen Test bestehen, um mich vor euch zu rechtfertigen.“ Er verschränkte die Arme und sah Angelika unverwandt an. Nach ein paar elend langen Sekunden schien er nicht mehr zu wissen, wohin mit sich. Er sah sich im Park um und bemerkte die Menschen, die ihn beobachteten. Er rieb sich den Nacken und sah zu Boden, um ihren Blicken auszuweichen.

„Na gut, dann habe ich mich falsch ausgedrückt“, lenkte Angelika ein. „Du bist ein Mensch mit gewissen körperlichen Merkmalen. Das macht dich als Person nicht männlich oder weiblich. Trotzdem hast du auf Grund dieser körperlichen Merkmale gewisse Gemeinsamkeiten mit Menschen, die sich als Frau sehen.“

„Warum hackst du da immer darauf rum? Wenn ich braune Augen hätte, würdest du doch auch nicht sagen, dass ich auf Grund meiner braunen Augen gewisse Gemeinsamkeiten mit anderen Menschen habe, die auch braune Augen haben.“

Irgendwie hinkte der Vergleich, aber ich kriegte gerade nicht auseinander, wieso. Welche Augenfarbe hatte Torben eigentlich?

„Wenn der Rest der Menschheit die Tatsache, dass manche Menschen braune Augen haben, als Ausrede benutzt, um diese Menschen auszubeuten, dann hast du mit diesen Menschen eine Gemeinsamkeit, ob dir das passt oder nicht.“

„Na und? Wenn ich mir blaue Kontaktlinsen reinmache, sieht ja wohl keiner mehr, dass ich braune Augen habe.“

„Und was ist, wenn du irgendwann keine blauen Kontaktlinsen mehr hast? Die Tatsache, dass manche Menschen unterdrückt werden und andere nicht, hat nun mal was mit körperlichen Merkmalen zu tun. Sei es nun Hautfarbe oder Geschlechtsmerkmale.“

„Aber zumindest Frauen werden bei uns ja gar nicht mehr ausgebeutet. Jedenfalls nicht alle. Und wenn, dann auch nicht mehr als Männer.“

„Das halte ich für ein Gerücht.“

„Ach ja? Dann bring doch mal Beweise dafür, dass es eine Form von Ausbeutung gibt, von der nur Frauen betroffen sind.“

Angelika sah ihn mit einer Mischung aus Genervtheit und Mitleid an. „Hase, ich weiß nicht, was du mit diesem Showdown hier bezweckst", sie streifte mich mit einem Seitenblick, „aber erstens hast du gerade eine ziemlich steile These aufgestellt, und wenn du sie aufstellst, ist es deine Aufgabe, sie zu beweisen, und nicht meine, dir zu beweisen, dass sie nicht stimmt. Und zweitens haben wir da in den letzten Jahren doch schon zur Genüge darüber diskutiert."

Anscheinend nicht, sonst würde er ja nicht darüber reden wollen.

„Also, machen wir's kurz. Ob eine Gruppe von Menschen unterdrückt ist, bemisst sich nicht nur daran, ob es eine Form von Gewalt gibt, von der nur sie betroffen ist, sondern auch an den Reaktionen auf die Gewalt, die diese Gruppe erfährt. Ob zum Beispiel die Reaktion darin besteht, zu behaupten, dieses gewaltvolle Verhalten sei gar keine Gewalt, sondern sei für diese Gruppe eine Form der Selbstermächtigung und mache den Menschen, die zu dieser Gruppe gehören, sogar Spaß, weil es ihnen, im Gegensatz zu allen anderen Gruppen angeboren sei, Schmerz und Erniedrigung besser ertragen zu können."

„So sagt das doch aber überhaupt niemand. Du übertreibst immer so maßlos, nur damit es in deine Weltsicht passt. Und dann benutzt du auch noch ständig dieses Nazi-Vokabular. Du schaffst es auch immer wieder, jedes noch so dumme TERF-Klischee zu erfüllen."

Angelika lächelte versonnen. Sie schien schon ziemlich genau zu wissen, wohin die Reise ging. „Erstens, Ermächtigung ist eine der drei möglichen Übersetzungen für Empowerment. Nur, weil Nazis es mit einer anderen Bedeutung benutzen, heißt das nicht, dass jede andere, die dieses Wort benutzt, auch Nazi ist. Zweitens, Übertreibung macht anschaulich. Natürlich sagt das so niemand. Sonst müssten sich Frauen ja mal fragen, was ihnen da für ein Schwachsinn erzählt wird. Was sie im Übrigen vor über hundert Jahren schon getan haben. Damals mussten ihnen die anderen Menschen leider irgendwann recht geben, und deshalb hat man sich neue Formulierungen für denselben alten Scheiß ausgedacht. Frauen können nicht nur Schmerzen besser ertragen, sie möchten es sogar. Und sie müssen sich nicht um Kinder kümmern oder andere Menschen versorgen, es ist ihnen angeboren, das zu wollen."

„Welche Fünfziger-Jahre-Strohfrau hast du dir denn da wieder zusammengebastelt? Ich persönlich kenne niemanden, der behauptet, dass Frauen so sind."

„Ich persönlich kenne aber jemanden, der nicht so ist und deshalb glaubt, keine Frau zu sein."

„Ich glaube doch nicht *deshalb*, dass ich ein Mann bin. Ich weiß sehr genau, dass es Frauen gibt, die nicht irgendwelchen veralteten Klischee-Vorstellungen entsprechen und trotzdem Frauen sind. Jaha, ich weiß, dass man auch als Mädchen Jungssportarten machen kann", nahm er Angelikas unausgesprochenen Einwand routiniert vorweg.

„Die bloße Tatsache, dass du von ‚Mädchen- und Jungensportarten' sprichst – ach komm, wir haben das schon so oft durchgekaut."

„Na klar, jetzt, wo dir nichts mehr einfällt, brichst du das Gespräch ab."

„Du, mir fällt da noch ganz viel dazu ein. Aber das kennst du alles schon. Du allerdings konntest mir bisher immer noch nicht erklären, warum du dich als Mann fühlst, ohne deinerseits auf irgendwelche veralteten Klischees zurückzugreifen."

Er stand auf. „Erstens, ich muss das überhaupt nicht erklären. Du musst ja auch nicht erklären, warum du lesbisch bist. Und zweitens, ich greife ja nur darauf zurück, um anderen Menschen verständlich zu machen, wie ich mich fühle. Und was kann ich dafür, dass die Menschen das nur zu kapieren scheinen, wenn ich auf binäre Kategorien zurückgreife?"

„Bitte, jetzt schmeiß doch nicht schon wieder Identität und sexuelle Orientierung zusammen. Das sind zwei unterschiedliche Dinge. Du standest vorher auf Frauen und du stehst jetzt immer noch auf Frauen. Deine sexuelle Orientierung hat sich also durch deinen Identitätswechsel nicht geändert."

„Was heißt hier Identitätswechsel? Jetzt tu doch nicht so, als ob du es nicht verstehst. Ich war schon immer ein Junge, und jetzt bin ich ein Mann. Das Einzige, was sich geändert hat, ist die Tatsache, dass ich darüber spreche."

„Ich könnte über mich rückblickend auch sagen, dass ich schon immer wusste, dass ich lesbisch bin. Das war aber nicht so. Ich habe fünfundzwanzig Jahre lang gedacht, ich bin hetero. Natürlich kann ich jetzt hergehen und jeden Stein in meiner Vergangenheit umdrehen und darunter ein Zeichen dafür finden, dass ich schon immer lesbisch war. Und mit einer schön zurechtfrisierten Origin Story fühle ich mich auch gleich viel akzeptierter."

Torben verzog das Gesicht und ballte die Fäuste in seinen Hosentaschen. Ich befürchtete einen erneuten Wutausbruch. Auch Flöcki, die inzwischen wieder neben mir lag, beäugte die Situation kritisch. Aber plötzlich entspannte Torben sich wieder. Sein Rücken streckte sich ruckartig, als wollte er einen kleinen Sprung tun. Ein schelmisches Lächeln breitete sich auf seinem Gesicht aus.

„Es gibt aber genug Frauen, die bei sich die gleichen Hinweise finden und trotzdem wissen, dass sie hetero sind", schloss Angelika ihre Erklärung.

„Ja, genau!", sagte er, als sei er es gewesen, der dieses Wissen bei ihr habe abprüfen wollen, und sei nun fast schon überrascht, dass sie am Ende doch noch die richtige Antwort gefunden hatte. „Siehst du, eigentlich haben wir doch exakt dasselbe Problem. Du wusstest doch auch erst nicht, was mit dir los ist, weil du niemanden kanntest, der so war wie du. Du hast doch immer gesagt, dass du dir erst sicher warst, dass du lesbisch bist, als du wirklich gesehen hast, dass es auch andere Frauen gibt, die so sind wie du, und nicht nur solche, die schon von Anfang an wussten, was mit ihnen los ist. Wieso kannst du nicht endlich sehen, wie ähnlich wir uns sind? Deswegen haben wir uns früher doch auch so gut verstanden." Er machte einen Schritt in ihre Richtung. In seinen Schultern zuckte es, dass es beinah so aussah, als wolle er sie umarmen.

„Lassen wir mal beiseite, dass du, bis du dich das erste Mal in eine Frau verliebt hast, relativ zufrieden mit deiner Identität warst." Angelika ging nicht auf sein Versöhnungsangebot ein. „Ja, ich weiß, es lag nicht nur am Verliebtsein, dass sich das geändert hat, aber das brauchen wir nicht hier zu besprechen. Was du hast, nennt sich sexuelle Reifungskrise und ist relativ normal bei Kindern in der Pubertät, die später homosexuell werden. Es ist jedenfalls was anderes als diese Körperwahrnehmungsstörung bei kleinen Kindern, die hauptsächlich Jungs betrifft."

„Ach ja, die alte TruScum-Leier. Nur wer schon in der Krabbelgruppe weiß, dass er oder sie trans ist, ist in echt trans. Außerdem bin ich Gott sei Dank kein Kind mehr. Und zu dir kann ich ja auch sagen, du bist keine richtige Lesbe, weil du dich nicht schon im Kindergarten geoutet hast."

Ich verstand immer weniger. Gleichzeitig kamen mir immer mehr Themen bekannt vor. Reflexhaft beugte ich mich vor und drückte Flöcki an mich. Sie zwickte mich mit ihren Zähnen in die Hand.

Was war jetzt hier das Problem? Torben war lesbisch, aber in Wirklichkeit trans und Angelika glaubte ihm das nicht, obwohl sie selber lesbisch war. Häh? Also sie wollte lieber, dass er eine lesbische Frau war, und er machte sich lieber freiwillig zum Hetero. Also genau das Gegenteil von mir.

„Hallo, also wenn du willst, können wir gerne unsere Eltern tauschen", meinte ich. „Meine Mütter wären total froh, ein heterosexuelles Kind zu haben, weil sie selber nicht damit klarkommen, dass sie lesbisch sind. Sie denken, ich bilde mir das nur ein, weil ich gerne so wäre wie sie."

„Ja, klar. Wer will als junger Mensch nicht genau so sein wie seine Eltern." Angelika lachte. „Aber du weißt schon, dass die wahrscheinlich nur Angst haben, dieses Klischee zu erfüllen, von wegen ‚Wenn Homos Kinder haben, werden die Kinder auch zu Homos'. Logisch. Das ist ja bei den Heteros genauso. Die kriegen auch ausschließlich heterosexuelle Kinder. Also Leute, dann würde ich vorschlagen, wir machen mal eine Familienzusammenführung mit anschließendem Elterntausch."

„Ach so, willst du mich gerne wieder loswerden. Stimmt, du willst ja keine Jungs. Ressourcenverschwendung und so."

What?

„Torben. Du weißt ganz genau, dass das nicht so ist. Aber für mich wirst du eben immer eine Frau bleiben. Du kannst doch nicht diesen Teil deines Lebens einfach auslöschen."

„Wer sagt denn, dass ich das will? Es ist mir auch klar, dass ich den größten Teil meines Lebens als weiblich gelesener Mensch verbracht habe. Aber das heißt eben nicht, dass ich tatsächlich ein weiblicher Mensch war. Eigentlich hast du mit deiner feministischen Erziehung verhindert, dass ich erkenne, dass ich ein Mann bin. Du hast mir ja ständig erzählt, dass du deine Energien nicht an Männer verschwendest, und weil du meine einzige Bezugsperson warst, habe ich mir eingeredet, dass ich ein Mädchen bin. Um zu überleben. Ich habe sogar ein Kind bekommen, nur um mir und anderen zu beweisen, dass ich doch eine Frau bin. Aber das hat alles nur noch schlimmer gemacht. Na ja, im Nachhinein war es ja gut so, wie es gelaufen ist.“ Er lachte trocken.

Ach du Scheiße. Und ich hatte gerade diesen ganzen Stuss über Irina erzählt.

„Na, was ist mit dir? Du wirkst aber auch ein bisschen ... wie würde Torben das jetzt nennen ... lost.“ Sie hatte Torben wohl genug fertig gemacht und hatte sich ihr nächstes Opfer auserkoren.

„Aha. Danke fürs Kompliment.“

„Wir sind halt alle nicht bescheuert. Ich zum Beispiel habe zwanzig Jahre lang Mädchen-Sozialarbeit gemacht. Da hat man viel mit Abhängigkeit zu tun.“

„Ich bin doch nicht abhängig“, rutschte es mir heraus. Ich wusste, dass es nicht stimmte, und wusste auch, dass es mir niemand glauben würde, aber gesagt haben konnte man es doch mal. Außerdem hatte ich jetzt schon fast drei Tage nichts getrunken, und ich merkte es kaum. Auch meine Finger zitterten nicht oder so. Ich hatte bloß so ein Kribbeln in der Magengegend morgens, aber das kam von der Aufregung, und die war ja wohl verständlich.

„Siehst du eher Ameisen oder eher weiße Mäuse?“

„Ha ha.“

Angelika beobachtete mich aus dem Augenwinkel und schien auf weitere Informationen zu warten.

„Manchmal schwitze ich ein bisschen, und am Samstagmorgen war mir schlecht. Aber das war ja eher, na ja, weil ich Alkohol getrunken hatte, und nicht, weil ich keinen getrunken hatte. Und Übelkeit ist doch eine Abwehrreaktion des Körpers. Wenn mein Körper den noch als toxische Substanz erkennt, ist es jedenfalls noch nicht ganz so schlimm.“ Außerdem, wenn man zwei Stunden lang in der Bullenhitze Kartons in den fünften Stock hochschleppte, schwitzte und zitterte man halt mal. Mein Gott. Vor allem, wenn man den ganzen Tag über nichts gegessen hatte außer einem vertrockneten Stück Hefekuchen.

„Hast du dich schon informiert, ja?“

„Nee, nicht ich. Meine Eltern.“

„Na, das ist ja noch besser. Und wie lange hast du jetzt schon keinen Alkohol getrunken?“

„Drei Tage“, antwortete ich wie aus der Pistole geschossen.

„Wie lange hast du keinen Alkohol mehr getrunken?", fragte sie noch mal, ihr Ton schärfer.

„Du siehst auch echt alles, oder?"

„Berufskrankheit."

„Also, seit Samstagmorgen um sechs Uhr elf."

„Gut. Oder nicht. Jedenfalls bringe ich dir am Freitag mal eine Packung Campral vorbei."

„Das klingt irgendwie ziemlich … verschreibungspflichtig." Ich hatte keine Lust, dass das dann so was war wie dieses Catapresan, das sie mir während meines Schnupperaufenthalts in der Psychiatrie verschrieben hatten. Davon war ich mehrmals in Ohnmacht gefallen und tagelang mindestens zehn Zentimeter über dem Boden geschwebt. „Sollte ich dafür nicht lieber zum Arzt gehen?"

„Hast du einen? Und außerdem, in deinem Alter, wo du gerade eine neue Stelle hast, würde ich mit so was nicht zum Arzt gehen."

„War ich eh schon." Wenn sie wüsste. „Hat nichts gebracht."

Schweigen.

Peinlich.

„Na, du bist ja auf dem besten Wege, dir ein neues Pflegekind zu organisieren." Diesmal stützte Torben sich nach hinten ab, aber natürlich auch wieder so, dass er meinen Oberarm streifte. Wieder setzte ich mich weg. Er bemerkte es nicht. „Ach stimmt, du nimmst ja nur Mädchen auf. Da passe ich wohl nicht mehr ins Programm." Er wollte weitersprechen, schüttelte stattdessen nur den Kopf und gab eine Mischung aus hilflosem Schniefen und verächtlichem Schnauben von sich. „Schämst du dich eigentlich nicht?", sagte er zu mir. „Diese Suchti-Nummer glaubt dir doch kein Mensch. Sei doch wenigstens so ehrlich und sag einfach, dass du nur Aufmerksamkeit willst."

„Auch jemand, der im Moment nur behauptet, süchtig zu sein, kann irgendwann tatsächlich abhängig werden", erklärte Angelika. „Nimm doch nicht alles so persönlich. Du wirst immer mein Kind bleiben. Da haben wir doch auch schon so oft darüber geredet, nur, weil du was machst, das ich nicht gut finde, heißt das doch nicht, dass du es nicht trotzdem machen kannst. Du musst eben nur damit klarkommen, dass ich es nicht gut finde. Aber das wird dir noch oft im Leben so gehen. Wenn du das gut findest, kann es dir doch egal sein, was andere Leute darüber denken."

Torben ließ die Arme sinken. Er atmete ein. Beim Ausatmen fing er an zu weinen. „Warum verstehst du mich denn nicht einfach? Du bist der wichtigste Mensch in meinem Leben. Da kannst du doch nicht von mir verlangen, dass es mir scheißegal ist, was du über mich denkst. Vor allem, weil du mich jedes Mal spüren lässt, dass du mich nicht gut findest."

„Ich finde nicht dich nicht gut, sondern das, was du mit dir machst. Und du kannst mich nicht dazu zwingen, das gut zu finden. Wir kennen uns jetzt schon eine ganze Weile, und deshalb ist meine Meinung, dass das, was du vorhast, nicht der richtige Weg für dich ist. Ich habe dir erklärt, warum, und ich hatte den Eindruck, du hast meine Gründe auch verstanden. Wenn du findest, dass das, was ich dir sage, für dich nicht stimmt, dann musst du so handeln, wie du es für richtig hältst. Ich mag dich trotzdem noch genauso wie vorher, auch wenn sich das für dich nicht so anfühlt."

Äh, jaaaa. Das klang jetzt aber sehr nach Irina-typischer Problemverdrehung. *Du hast den Eindruck, dass ich dich nicht mehr lieb habe, weil du gerade sauer auf mich bist.* Anders gesagt, es ist nicht mein, sondern dein Problem, dass meine ach so positiven Gefühle für dich wegen deiner bösen Emotionen ganz verdreht bei dir ankommen. Steffi hätte hier bestimmt eine ihrer analytischen Sternstunden. Ich dagegen war einfach viel zu langsam, da jetzt in Echtzeit einzugreifen. Ich erkannte zwar, dass es hier ein Problem gab, aber bis ich kapiert hatte, was das Problem war, und vor allem, wie ich es in Worte fassen konnte, waren die anderen schon drei Probleme weiter. Steffi hätte Torben garantiert auch ein oder zwei Takte zu seinem Selbstbild gegeigt. Trotzdem, Vorgeschichte und ausführliche Gespräche hin oder her, was Angelika hier gerade abzog, ging gar nicht.

„Aber vielleicht findest du andere Menschen, die dich auf diesem Weg unterstützen. Wenn es für dich der richtige ist." Oh mein Gott. Jetzt dachte er garantiert, dass ich mit „anderen Menschen" mich selber meinte. „Also, meine Eltern finden es auch scheiße, dass ich lesbisch bin", räumte ich dieses Missverständnis aus. „Obwohl, oder weil, sie selber lesbisch sind. Ich glaube, sie denken, sie haben in ihrer Erziehung versagt, weil ihr Kind auch ein Homo geworden ist. Was sollen denn die Leute denken, wenn die blöden Lesben wirklich jedes Klischee bis aufs i-Tüpfelchen erfüllen müssen? Aber das ist ihr Problem, wenn sie sich die Scheiße, die andere Leute vielleicht über sie denken, so zu eigen machen. Ich dachte auch, ich bin erst richtig lesbisch, wenn mich andere, richtige Lesben als Lesbe akzeptieren. Aber wenn diese Lesben so ein Problem mit anderen Lesben haben, dann fühlen sie sich vielleicht selber doch nicht als die richtigen Lesben, die sie vorgeben zu sein. Verstehst du, was ich meine?"

Nachdem in den letzten zwei Minuten zehnmal das Wort Lesbe gefallen war, hatten auch die letzten bekifften Dödel um uns herum ihre Pupillen auf uns fokussiert.

Angelika sah zu ihnen hinüber und machte dabei ein Gesicht, das jeden Schwerverbrecher auf Abstand gehalten hätte. Es dauerte trotzdem weitere zwei Minuten, bis sie es schafften, ihre Blicke wieder von uns abzuwenden.

Torben nickte. „Danke für dein Mitgefühl. Ich weiß, dass ich mir wohl – wieder mal – eine neue Familie werde suchen müssen. Aber es tut eben so weh. Gerade weil es von jemandem kommt, der das auf Grund seiner eigenen Geschichte doch eigentlich verstehen müsste."

„Hase, jetzt übertreib doch nicht schon wieder so! Warum musst du dir gleich eine neue Familie suchen, nur weil ich mal eine deiner Lebensentscheidungen nicht gutheiße? Du kannst es doch trotzdem tun. Oder kannst du auch sonst dein Leben nur leben, wenn alle Menschen um dich herum jeden Schritt, den du tust, hundertprozentig gut finden?"

„Nur weil du *mal eine* meiner Lebensentscheidungen nicht gut findest? Wir haben seit Jahren über nichts anderes gesprochen, und du bist mir kein Stück entgegengekommen. Das kann ich mir nicht anders erklären als damit, dass du ein Empathieproblem hast. Und dann schaffst du es ja nicht mal, mich wenigstens einfach in Ruhe zu lassen, sondern fängst an, mich mit deinen Argumenten zu nerven, sobald ich das Thema auch nur erwähne."

„Du fängst mit dem Thema an, weil du hoffst, dass ich dir irgendwann in jedem noch so kleinen Detail zustimmen werde. Aber das wird nicht passieren, ganz egal, wie oft du das noch versuchst. Du kennst meine Einstellung mittlerweile. Wenn du nicht willst, dass ich sie dir noch mal sage, dann darfst du eben nicht immer wieder mit diesem Thema anfangen."

„Aber siehst du denn nicht, wie schwer du es mir damit machst? Der Erfolg einer Transition hängt auch davon ab, ob man ein Umfeld hat, das einen dabei unterstützt."

„Hase, was du da gerade machst, ist emotionale Erpressung. Nur, weil ich dir nicht zustimme, dass eine komplette Transition die Lösung aller deiner Probleme ist, kannst du mich nicht dafür verantwortlich machen, wenn du hinterher mit deiner Umwandlung unglücklich bist."

„Schon wieder! Das machst du doch mit Absicht, oder? Es heißt ‚Angleichung', nicht ‚Umwandlung'!"

„Stimmt, Angleichung passt eigentlich auch viel besser. Man kann sich ja nur dem Gegengeschlecht angleichen, umwandeln kann man sein eigenes Geschlecht ja eh nicht."

„Das ist genau das, was ich meine! Du kannst nicht einfach sagen, dass du es nicht gut findest, du musst immer noch einen draufsetzen, indem du mich irgendwie beleidigst. Ich muss mich ständig rechtfertigen für meine Entscheidung."

„Ja, gut, das mit der Umwandlung gerade hätte ich mir verkneifen können. Aber du kannst nicht von mir erwarten, dass du das Thema so lange auf den Tisch bringst, bis ich irgendwann nur noch Sachen sage, die dir genehm sind. Das wird nicht passieren."

„Ja, lieber soll ich meine Identität und meine Probleme totschweigen. Das ist Auslöschung von Trans-Identität, was du hier betreibst."

Gut, das fand ich jetzt etwas überspitzt formuliert. Aber Übertreibung machte ja anschaulich, wie Angelika vorhin selbst gesagt hatte.

„Wenn du bei deinen Eltern am Tisch sitzt, und die verbieten dir, über deine Freundin zu reden, dann ist das doch für dich auch scheiße, oder? Was kann ich denn dafür, dass ich so bin? Ich will doch einfach nur glücklich sein, so wie du auch." Er setzte sich hin und ließ seinen Kopf zwischen seine Knie sinken. Angelika schloss die Augen und atmete tief durch. Das wirkte irgendwie schon ziemlich oberlehrerinnenhaft arrogant. Es konnte ja sein, dass sie seine Probleme übertrieben fand, aber deswegen musste sie sich ja noch lange nicht über ihn lustig machen. Erst recht nicht, wo er offensichtlich so verzweifelt war, dass er hier in aller Öffentlichkeit in Tränen ausbrach. Ich setzte mich neben ihn und wühlte in meinem Rucksack nach Papiertaschentüchern.

Leider hatte ich keine. Die Packung, die ich gestern Abend extra eingepackt hatte, lag im Zimmer der Sonnenkäfer auf dem Spieletisch.

„Ach Hase, was soll ich denn noch machen?" Sie hörte sich an, als würde sie selbst gleich anfangen zu weinen. „Du bist, wie du bist, und alle haben dich lieb, so wie du bist. Und ja, ein Teil dessen, wie du bist, ist vermutlich angeboren. Dass du auf Frauen stehst nämlich. Aber wie du damit umgehst, das ist eine Folge der Erfahrungen, die du im Laufe deines Lebens gemacht hat. Und es tut mir leid, dass ich das so hart sagen muss, aber ich finde, das, was du vorhast, ist Selbstverletzung mit anderen Mitteln." Angelika seufzte und zog mit einer routinierten Bewegung ein frisches Päckchen aus einer der vielen Seitentaschen ihres Rucksacks. Sie beugte sich hinunter, um sich neben ihn zu setzen.

Er sprang auf, rammte die Hände in die Hosentaschen und drehte uns den Rücken zu. Er blieb so stehen, sein Kopf bewegte sich hin und her, als suche er krampfhaft nach etwas. Wenn er eine Katze wäre, dachte ich, würde er nach einem Platz suchen, an dem seine Hinterlassenschaften seine Menschen maximal ankotzen würden. Hinter der Heizung zum Beispiel.

„Wenn ich nicht bei dir hätte aufwachsen müssen", wandte er sich wieder an Angelika, „dann wäre ich überhaupt nicht so verbissen."

„Du erkennst also, dass dieses Problem nichts mit dir zu tun hat, sondern eine Reaktion auf das Verhalten deines Umfelds ist. Wie kann dein ‚So sein' denn dann angeboren sein?"

„Das meine ich nicht, und das weißt du ganz genau!" Er gab ihr von hinten einen Schubs gegen den Rucksack. „Wenn du mich nicht vollgequatscht hättest mit deinem radikalfeministischen Scheiß, dann hätte ich mich schon viel früher getraut, mich als Mann zu zeigen, es hat nur so lange gedauert, weil ich genau wusste, dass du ausrasten würdest. Und dann wäre die ganze Scheiße gar nicht erst passiert, weil dann hätte ich mich gar nicht dazu überreden lassen, weil ich nämlich nicht dauernd das Gefühl gehabt hätte, ich müsste meine Weiblichkeit unter Beweis stellen, und dann hätte ich mir und meinen Mitmenschen dieses ganze Leid ersparen können."

Flöcki rannte zu Torben. Er nahm sie hoch und drückte seine Nase in ihr Fell. „Wenn du mich endlich so akzeptieren könntest, wie ich bin, dann müsste ich auch nicht immer wieder damit anfangen. Und dann könnte ich endlich glücklich sein." Er wischte sich die Nase am Ärmel ab. „Was kann ich denn dafür, dass ich so bin, wie ich bin?"

„Zum hundertsten Mal: nichts. Aber ich werde mich nicht hinstellen und dir sagen, dass du an deinem Körper herumoperieren lassen sollst, wenn ich nicht glaube, dass sich dadurch an dem, wie du bist, etwas ändern wird. Du bist doch schon, wie du bist. Bleib doch einfach so."

„Aber ich will eben, dass auch andere Menschen sehen, wer ich bin. Ich kann doch nichts dafür, dass die Leute mich so, wie ich jetzt bin, nicht akzeptieren."

„Die Leute, die Leute! Was sind das denn für Leute, die dich nicht akzeptieren? Vielleicht bist du mit den falschen Leuten zusammen, wenn die dir solchen Scheiß erzählen."

„Ja, das sagt die Richtige." Torben lachte bitter.

„Also, ich hab dich wirklich für einen Mann … ich meine, ich habe gleich gesehen, dass du ein Mann bist."

„Ja, vielen Dank. Das bringt mich wirklich enorm weiter."

Ja, merci fürs Gespräch, echt. „Also, ich kenne dich und deine Vorgeschichte nicht wirklich. Aber als wir uns das erste Mal gesehen haben, wirktest du auf mich nicht so, als hättest du Probleme mit deiner Transidentität. Du hast mir ja auch gleich davon erzählt, und das fand ich ziemlich mutig. Also, ich meine", schob ich hinterher, bevor er mich unterbrechen konnte, „ich war eigentlich total froh, weil du mir dadurch das Gefühl gegeben hast, dass ich nicht die Einzige bin, die etwas Peinliches sagt." Schleim-Time hoch zehn. Ging es eigentlich noch schlimmer?

„Ach, trans oder lesbisch sein ist also peinlich. Vielleicht solltest du mal deine internalisierte Queerphobie reflektieren", kam prompt die Retourkutsche.

„Aber es ist doch wohl normal, dass man Schwierigkeiten hat, über solche Themen zu sprechen, erst recht mit Leuten, denen man zum ersten Mal begegnet."

„Dass du das normal findest, ist genau der Beweis für das, was ich gerade gesagt habe." Er nickte, offensichtlich sehr zufrieden mit dieser Erkenntnis.

„Also, ich muss jetzt gehen. Meine Katze wartet." Wenn auch wahrscheinlich nicht auf mich. Ich stand auf. „Ja, tschüs dann."

Ich merkte, dass ich mich an den Trägern meines Rucksacks festhielt wie am ersten Schultag.

Torben schob die Hände in die Hosentaschen. „Also, ich habe ja schon auch mitbekommen, dass es dir im Moment nicht so gut geht", sagte er.

„Das hat anscheinend jeder mitbekommen außer mir." Ich lachte dümmlich in das betretene Schweigen hinein. „Mann, müsst ihr da alle drauf rumreiten? Ich hatte ein anstrengendes Wochenende, das ist alles. Wirklich, langsam nervt es." Obwohl ich es eigentlich ganz nett von Angelika fand, dass sie sich trotz allem um mich kümmerte.

Dennoch kam ich mir irgendwie benutzt vor, als hätten sie mich nur als Statistin für ihr privates Theater gebraucht und jetzt als gemeinschaftlichen emotionalen Mülleimer. Theater. Ach ja. Das war wohl ihre Version des allwöchentlichen Trauerspiels, das ich mit meiner Therapeutin aufgeführt hatte.

„Ja, das Gefühl kenne ich." Torben rieb sich das Kinn. „Aber vergiss nicht, nachher ist noch diese Teambesprechung. Deswegen musste ich mir dieses ganze Programm hier ja überhaupt erst geben."

„Wir kennen das Problem. Aber es bringt jetzt nicht viel, das zu diskutieren, wenn die Eltern von Lars, Lukas und Samuel nicht dabei sind."

Wir saßen zu zehnt im Konferenzraum, der eigentlich ein Nebenraum des Papier- und Materiallagers war, an einem Hufeisen aus verkratzten Tischen mit abgestoßenen Ecken, die aussahen, als stammten sie aus einer Schulkantine. Jeder hatte einen Block und einen Stift vor sich liegen – außer mir. Ich durchsuchte möglichst leise meinen Rucksack nach etwas, das sich als Schreibzeug eignete. In der Vordertasche meines Rucksacks fand ich einen Gratis-Kugelschreiber. Ich überlegte, ob ich noch mal schnell aufstehen und mir aus dem Papierraum ein Blatt holen sollte. Oliver schob mir lächelnd eines von seinen zu.

„Und um mir das zu sagen, habt ihr mich hier einbestellt und mich zwei Stunden warten lassen?"

„Es tut mir leid, dass du zu früh da warst. Aber wir haben dich nicht warten lassen. Und du wolltest an dieser Teambesprechung teilnehmen, weil es dir nicht gereicht hat, dass ich dir diese Information bereits am Telefon gegeben habe."

Und deswegen hatte er extra Angelika herbestellt. Wegen den fünf Minuten wäre das ja wohl kaum nötig gewesen. „Ich geh mal kurz raus und gucke, ob Angelika noch in der Nähe ist. Dann kannst du Marla doch gleich mit nach Hause nehmen."

Meltem sah zu Oliver hinüber. Der sah zur Seite, aber so, als wisse er schon, welche Antwort jetzt käme.

„Ich habe dich vorhin extra gefragt, und du hast explizit gesagt, dass du an dieser Teambesprechung heute teilnehmen möchtest. Wenn es dir doch zu viel ist, hättest du das sagen müssen."

„Ich will doch jetzt nicht rausgehen, weil ich nach Hause will. Ich gucke kurz, ob ich Angelika erwische, und in der Zeit kann ja Torben noch mal sagen, was sein Problem ist."

Mir war klar, dass ich lieber meine Klappe halten sollte, aber ich hasste es einfach, wenn Leute einen absichtlich missverstanden und als dumm hinstellten.

Susanne seufzte. „Ich habe ja schon gesagt, das Problem ist uns bekannt. Es ist allerdings so niederschwellig, dass wir da keine konkrete Handhabe haben. Außerdem kann Torben auch selbst nach seiner Tochter gucken, wenn er sowieso gerade gehen wollte."

„Ich habe doch schon tausend Mal gesagt, was mein Problem ist", sagte Torben. „Aber ich sage es gerne noch mal: Meine Tochter wird gemobbt, weil ein paar Kinder, also vermutlich eher ihre Eltern, ein Problem mit meiner Transsexualität haben. Ich habe extra ein paar Bücher zu diesem Thema besorgt, nur Marla sagt eben, dass sie urplötzlich verschwunden sind, und da ist es doch nicht ganz abwegig, anzunehmen, dass die Kinder der Riegers etwas damit zu tun haben."

„Ja, aber dafür gibt es keine Beweise. Und solange wir keine Beweise haben, können wir auch niemanden beschuldigen."

„Also bitte, du kennst doch die Vorgeschichte! Marla und Lars waren ein Herz und eine Seele, und Lukas und Samuel haben sich null für Marla interessiert. Aber seit ich meine Transition begonnen habe, ging dieses Gemobbe von den beiden Älteren los, und Lars und Marla dürfen nicht mehr miteinander spielen. Das ist doch wohl kein Zufall, und du weißt ganz genau, dass das eigentlich mit mir und meiner Transition gar nichts zu tun hat."

„Du glaubst, dass der Streit zwischen Marla und Lars andere Gründe haben könnte. Aber auch dafür gibt es keine Beweise. Und bevor wir die Eltern mit derartigen Anschuldigungen konfrontieren, müssen uns schon sehr konkrete Hinweise vorliegen."

„Gegen Laura haben sie ja auch schon gehetzt, wie ich gehört habe."

Mein Herz setzte kurz aus. Wer? Die Kinder? Die Eltern? Ich wusste nicht, was ich schlimmer fände. Erst die Scheiße, dass Susanne das mit der Sauferei mitbekommen hatte, und jetzt das.

„Lass dich von dem bloß nicht verrückt machen", flüsterte Olli. „Der scheucht echt alle auf mit seinen – ich nenne es mal Vermutungen."

„Aber warum sagt er das denn dann?" Mein Herz hämmerte immer noch. Ich hasste es, wenn Leute solche Nebelkerzen zündeten.

„Frag jetzt bloß nicht nach. Denen wird im wahrsten Sinne des Wortes einfach deine Fresse nicht …"

„Dürfte ich für das nächste Thema um ein bisschen mehr Aufmerksamkeit bitten? Also, Torben, wir haben ja am vierten September den Termin zusammen mit Familie Rieger, wo du den Bücherschwund noch mal ansprechen kannst."

„Den gibt es allerdings wirklich. Nur glaube ich nicht, dass da Kinder für verantwortlich sind. Wie sollten die denn die Bücher hier rausschmuggeln. Das sind ja Bilderbücher." Während er sprach, malte Olli mit gesenktem Kopf eifrig Strichmännchen auf sein Blatt.

„Meinst du, das waren die Eltern?" Ich schrieb das Datum auf meines.

„Nein", sagte Meltem. „Die hätten doch das gleiche Problem, und sie dürfen außerdem die Gruppenräume gar nicht betreten." Sie tippte auf ihrem Handy herum, vielleicht, um so zu tun, als wolle sie sich den vierten September in den Kalender eintragen. Torben verließ den Raum.

Danach ging es nur noch um wichtige Termine bis Weihnachten (die sich laut Meltem eh noch fünfmal verschieben würden) und um Beschwerden über den neuen Caterer.

Als ich mich anderthalb Stunden später total platt auf den Heimweg machte, stand Torben vor dem Eingangstor der Wohnanlage.

Zum zweiten Mal heute blieb mir in seiner Gegenwart das Herz stehen. „Ist irgendwas mit Marla?", rief ich.

„Nein, die ist doch bei Angelika. Ich dachte nur, ich besorge dir wenigstens die Knete aus dem Rewe, wenn ich dich vorhin schon nicht auf einen Kaffee einladen konnte." Er hielt mir eine Papiertüte entgegen.

„Danke. Das ist echt total nett." Ich hatte Susannes Auftrag komplett vergessen. Da hatte er mir ja ein richtig sinnvolles Geschenk gemacht. Offensichtlich waren doch noch Spuren seiner weiblichen Sozialisation vorhanden.

Wir schwiegen uns an. Ich hatte die ganze Zeit das Gefühl, als sei er wegen irgendwas sauer, aber traue sich nicht, es mir zu sagen. Und ich wollte es ehrlich gesagt auch nicht genau wissen. „Aber du musst mir jetzt noch sagen, was sie über mich gesagt haben. Sonst kann ich die ganze Nacht nicht schlafen."

„Ach, lass. Es ist wirklich nur dummes Gerede. Und es sagt mehr über sie aus als über dich. Bis demnächst dann." Er nickte mir kurz zu und verschwand Richtung Straße.

„Na, du siehst aber schon deutlich erholter aus", begrüßte mich Susanne, als ich um 7:31 Uhr vor dem Zimmer der Sonnenkäfer stand. „Was ein paar Nächte guter Schlaf so ausmachen können. Hast du die Knete mitgebracht?"

Knete? Scheiße. „Ach, nein, das habe ich leider ganz vergessen." Das stimmte doch aber gar nicht. „Also, nicht ganz. Sie liegt noch bei mir zu Hause. Soll ich kurz noch mal los und sie holen?"

„Nein, das lohnt sich nicht. Dann machen wir heute noch mal Schwungübungen."

„Ich geh dann schon mal rein, oder?"

„Ja genau, sag ihnen schon mal, sie sollen in den Sitzkreis gehen." Kaum entfernte ich mich, drehte sie sich zu dem grinsenden Vater um, hundertprozentig, um mit ihm über mich abzulästern.

Nimm dich nicht immer so wichtig, hörte ich Irinas Stimme in meinem Kopf. Das war der Satz, den sie mir wohl in den letzten einundzwanzig Jahren am häufigsten an den Kopf geworfen hatte. „Die eigenen Fehler stören einen bei anderen immer am meisten" war der zweithäufigste. Hatte ich eigentlich wirklich vor nicht mal einer Woche einen Satz komplett neuer Möbel kaputtgetreten? Und leise war ich dabei auch nicht gewesen, durch das Garagentor hörte man jedes Geräusch. Und eigentlich sollte ich den beiden doch wenigstens mal eine Mail schreiben.

„Guten Morgen“, sagte ich in meiner bestgelaunten Stimme zu den Kindern.

„Hallo Laura!“, rief Amelie. „Wir haben schon gedacht, du hast doch keinen Frühdienst.“

„Ja, weil Susanne hat gesagt, du bist noch gar nicht da.“

„Aha. Nee, das ist schon okay so. Ich hab nur ein bisschen länger gebraucht, als ich dachte, weil ich mich doch noch nicht so gut auskenne hier in der Gegend. Aber jetzt kenne ich den Weg ganz genau. Morgen bin ich auf jeden Fall pünktlich.“

„Hä, aber du wohnst doch nur fünf Minuten von hier weg, hat mein Papa gesagt“, drohte Marla meine Notlüge aufzudecken.

„Aber man kann sich doch trotzdem verlaufen, du Nuss.“ Amelie schlug Marla gegen die Stirn. „Du hast dich am Anfang sogar im Kindergarten verlaufen, und da braucht man noch weniger als fünf Minuten, wenn man ein Mal ganz durchlaufen will.“

„Aua, lass das!“ Marla zog an Amelies Pferdeschwanz. „Außerdem war das nur ein Mal! Ich kenne mich nirgends so gut aus wie hier.“

Sollte ich eingreifen? Aber sie redeten einfach weiter und keine störte sich weiter an dem, was die andere mit ihr machte.

„Hä, du kennst dich besser im Kindergarten aus als bei dir zu Hause? Wo wohnst du denn?“

„Du weißt nicht, wo ich wohne? Obwohl du schon ganz oft bei mir zu Hause warst? Bist du ein bisschen langsam oder was?“ Marla versuchte, Amelie ihren Finger ins Ohr zu stecken.

„Ähm. Also, Susanne meinte, wir sollen schon mal mit dem Morgenkreis anfangen“, lenkte ich ein, bevor die Auseinandersetzung eskalierte.

„Aber das darfst du gar nicht!“, sagte Lars. „Wir fangen immer erst an, wenn alle Erzieherinnen da sind.“

„Ja, ich meinte eigentlich auch gar nicht, dass wir anfangen, sondern nur, dass ihr schon mal eure Sitzkissen in einen Kreis legen sollt.“

„Aber du hast doch gesagt, dass wir ohne Susanne anfangen.“ Lars schien ernsthaft aus dem Konzept gebracht.

„Ich komme an mein Sitzkissen gar nicht ran. Das macht Susanne immer“, sagte ein anderes Mädchen, Lilly oder Leila.

„Und in welchen Kreis sollen wir unsere Kissen überhaupt legen?" Lars drehte sich ein Mal um sich selbst. „Wir machen das immer in dem Kreis neben der Bücherecke."

„Draußen Kreis, draußen Kreis!", verlangten fünf Kinder gleichzeitig, bevor ich Lars antworten konnte.

„Also, tut mir leid. Da habe ich mich missverständlich ausgedrückt."

Fragende Blicke, aufgeregtes Flüstern.

„Das bedeutet, sie hat es falsch gesagt", klärte Marla die Lage, nachdem sie und Amelie sich ausgeflüstert hatten.

„Ja, also, stimmt. Wir fangen natürlich nicht ohne Susanne an. Und wir machen den Kreis genau dort, wo ihn Susanne auch immer macht."

In dem Moment kam Susanne zur Tür rein. Einerseits war ich erleichtert, andererseits hatte ich schon wieder nicht erledigt, was sie mir eigentlich aufgetragen hatte.

„Äh, also, tut mir leid. Ich bin irgendwie noch nicht dazu gekommen, die Sitzkissen ..."

„Ja, weil sie uns total falsche Sachen erzählt hat. Dass wir draußen Sitzkreis machen und so", sagte Lukas.

„Hat sie gar nicht gesagt!", rief Marla. „Du lügst immer voll rum!"

„Ich lüge gar nicht! Sie hat gesagt, dass wir draußen Sitzkreis machen."

„Nee, *wir* haben gesagt, dass wir draußen Kreis machen wollen", sagte eines der Mädchen, die den Sprechchor initiiert hatten. „Und dann hat Laura aber gesagt, dass wir es so machen wie immer", erklärte sie Susanne.

„Na dann ist ja alles gut. Manchmal versteht man Sachen falsch. Das ist gar nicht schlimm. Jetzt holt ihr bitte eure Sitzkissen aus dem Regal."

Der Rest des Tages verlief friedlich. Ich sorgte dafür, dass die Vorschulkinder immer genug Blätter für ihre Schwungübungen hatten, und spielte mit den Sprachförder-Kindern (unter denen auch Marla war) „Ich packe meinen Koffer".

Nach dem Mittagessen durfte ich in der Raupen-Gruppe (bei den unter Dreijährigen) helfen, die Kinder für den Mittagsschlaf fertig zu machen. Als Meltem das Schlaflied sang, fiel ich selber in eine Art Halbschlaf. *„Wo schlafen Bärenkinder? In Höhlen schlafen* *sie, in Höhlen schlafen sie. Im Dunkeln geborgen, bis weit in den Morgen* (schön wär's). *So träumen und schlafen sie.*"

In der Mittagspause saß ich mit den anderen in der Küche. Sie hatten selbstgeschmierte Brote dabei, Christine sogar mit Essiggurke, Schinken und Ei. Gestern war mir gar nicht aufgefallen, dass ich Hunger hatte, weil ich fast die gesamte Mittagspause auf dem Klo verbracht hatte. Meltem und Oliver hatten sogar Salate dabei.

„Ich finde es ja wirklich bewundernswert, dass ihr das hinbekommt, euch vor der Arbeit noch einen richtigen Salat zu machen."

„Ach, alles Gewohnheit", sagte Meltem, aber so, dass ich mich nicht dafür schämte, dass ich es bisher noch nicht geschafft hatte, mir diese Gewohnheit zuzulegen.

„Wenn du eh erst später Mittag isst, kannst du auch was von den Kindern essen. Antonia macht dir bestimmt einen Teller fertig, wenn du sie nach dem Ende deiner Schicht ganz lieb fragst", sagte Oliver.

„Danke, das klingt tatsächlich nicht schlecht. Aber natürlich nur, wenn es wirklich okay ist."

„Ja, klar. Ansonsten landet es doch nur bei der Tafel, wie alle Essensreste von den Kitas. Und weil alle ihr Zeug da abgeben, ist es dann wieder zu viel und die schmeißen auch die Hälfte weg."

„Sag nicht immer Essensreste. Das klingt, als sei das Essen schon bei jemandem auf dem Teller gelegen, was ja nicht stimmt." Meltem stand auf, um ihre Salatdose auszuspülen. „Ich gehe dann mal zurück, damit Nina und Alex ihre Pause machen können. Wenn du mal einen ganzen Tag bei den Kleinen vorbeischauen willst, sag einfach Bescheid. Oder auch wenn du irgendwelche Fragen hast."

„Danke, das ist lieb von dir", sagte Oliver.

„Ja, so bin ich halt." Meltem strich ihm über den Kopf. „Manche brauchen halt ein bisschen länger, bis sie sich zurechtfinden, stimmt's?"

Sie lachten.

„Da bin ich ja froh, dass ich nicht die Einzige bin."

„Jaja, keine Sorge, hier bist du gut aufgehoben", meinte Oliver.

„Nur musst du echt pünktlich kommen morgens. Susanne hasst das, wenn man zu spät kommt."

„Ja, so leicht passiv-aggressive Schwingungen habe ich gespürt heute Morgen."

Oliver kratzte sich am Hinterkopf. Er überlegte wohl, wie viel er mir als Neuling anvertrauen konnte.

„Sie hat schlechte Erfahrungen mit unzuverlässigen Menschen gemacht." Das musste meine Vorgängerin mit dem ominösen Burnout sein.

„Ja, alles klar. Sogar den Kindern ist es aufgefallen, dass ich eine Minute zu spät war." Eine verdammte Minute. Das wollte ich noch mal betonen. „Das war schon peinlich."

Kurz vor Ende der Mittagspause kam Susanne aus dem Büro und zeigte mir die Bücherecken in den verschiedenen Räumen. Ich erkannte einige Klassiker aus meiner eigenen Kindheit und Märchenbücher mit idyllisch-altertümelnden Zeichnungen auf dem Einband. Die moderneren Bücher waren eine Mischung aus Mutmach-Tiergeschichten, Grenzen setzen und Toleranz.

„Der Bestand hat leider über die letzten paar Jahre kontinuierlich abgenommen, und viele von den Büchern, die noch da sind, sollten mal durch neue ersetzt werden."

„Mhm. Also mir ist da jetzt nichts aufgefallen. Inhaltlich. Bis auf dass manche etwas abgegriffen aussehen. Außer der Struwwelpeter. Der hätte allerdings schon zu meiner Kindergartenzeit aus der Bücherecke entfernt gehört. Steht da nicht auch diese furchtbare Geschichte drin mit dem Schneider, der Kindern, die am Daumen lutschen, nachts heimlich den Daumen abschneidet?"

Ich hatte die Geschichten eigentlich gar nicht im Kindergarten kennengelernt. Ich war dort mit unrealistischer Schundliteratur indoktriniert worden, laut Irina, woraufhin sie beschloss, mit den Büchern aus ihrer eigenen Kindheit gegenzusteuern und mir die Abenteuer der Ameise Ferdinand und eben diese blöden Struwwelpeter-Geschichten vorgelesen hatte. Aber nicht so, dass sie das kritisch hinterfragt hätte, sondern so, als könnten diese Dinge tatsächlich passieren, wenn man nicht auf seine Eltern hörte. Ich glaubte eigentlich schon mit fünf kein Wort von dem, was da drin stand. Um Irina zu testen, fragte ich sie, ob man den komischen Schneider nicht austricksen könne, indem man sich die Daumen selber abbeißt und dann hinunterschluckt.

„Da kriegst du dann aber Darmverschluss, weil der Knochen vom Daumen nicht verdaut werden kann“, sagte Irina, als hielte sie es tatsächlich für möglich, dass ich mir selbst den Daumen abbeißen würde, und erklärte mir dann noch, wie es ist, an Darmverschluss zu verenden. (Man bekam heftigste Bauchschmerzen, der Darm blähte sich auf, bis er Löcher bekam, und am Ende erbrach man seine eigene Kacke.)

„Das sehe ich eigentlich genauso“, holte Susanne mich aus meinen Erinnerungen.

„Aber wieso stehen solche Bücher dann überhaupt hier rum?“

„Tja, also. Ich habe ja schon erwähnt, dass es hier einige Eltern gibt, die ein sehr … traditionelles Weltbild haben. Sie sind der Ansicht, das sei deutsches Kulturgut, deswegen müsse man Kindern eben ab und zu auch mal solche Geschichten vorlesen.“

„Könnt ihr solche Eltern nicht rausschmeißen? Oder zumindest die Bücher entfernen? Es kann euch doch niemand zwingen, hier Bücher rumstehen zu haben, die ihr selbst veraltet findet.“

„Das Ding ist, es gibt auch Kinder, die dieses Buch (und andere) hier stehen haben wollen. Sie haben sie anscheinend zu Weihnachten bekommen, extra für die Kita, weil wir doch dieses Projekt haben, dass jedes Kind auch eigene Bücher mitbringen darf. Der Bücherschwund betrifft dagegen eher die nicht so traditionellen Bücher.“

„Verstehe ich das richtig, dass du damit sagen willst, dass hier manche Eltern Bücher entfernen, die ihnen nicht genehm sind? Kann man die nicht dafür belangen? Oder gleich ganz rausschmeißen?“

„Wir sind eine staatliche Kita. Ich kann hier niemanden auf Verdacht rausschmeißen. Das könnte ich auch in einer privaten Einrichtung nicht. Ich habe ja auch gar keine Beweise. Die Eltern dürfen nicht mit in die Räume normalerweise, und wenn, dann nicht alleine. Wie dem auch sei, wir brauchen neue Bücher. Guck dich doch in der nächsten Zeit mal um, und wenn dir was Nettes über den Weg läuft, sag Bescheid. Nur so als Vorwarnung, unser Buch-Budget ist leider nicht besonders hoch.“

„Ich werde jetzt hier nicht körbeweise Bücher anschleppen, keine Sorge. Für welche Altersgruppe ist es denn am dringendsten?“

„Ich würde denken, für die Vorschulkinder. Vielleicht findest du ja was, das manche schon selbst lesen können.“

„Ach, dürfen die Kinder das hier? Zu meiner Kindergartenzeit hieß es immer, nicht lesen, nicht schreiben, sonst sind die Lehrer sauer, weil sie dir nichts mehr beibringen können."

„Heute sieht man das anders. Ich finde, man darf Kinder in ihrer Neugierde nicht ausbremsen."

Marla wurde an diesem Tag erst von Torben abgeholt, als ich schon Feierabend hatte. Die folgenden Tage kam Kathi. Auch in der nächsten Woche sah ich Torben nicht, da ich zum „frühen Frühdienst" eingeteilt war und schon um zwei nach Hause gehen konnte. Ich ging ein paar Mal mit Madeleine und Annika an den Schlachtensee, aber nicht ins Wasser, weil ich keine passende Badekleidung fand. Nackt zu gehen wie Madeleine und Annika traute ich mich nicht, obwohl auch sie keine „den heteronormativen Schönheitsvorstellungen entsprechende" Figuren hatten. Dass ich mir wirklich mal ausgemalt hatte, durch irgendwelche Sex-Clubs zu tingeln, war mir mittlerweile genauso peinlich wie mein Ausraster in der Garage. Auch sonst war von meinen Großstadt-Fantasien nicht viel geblieben. Ich war froh, wenn ich abends einfach nur ins Bett gehen konnte. Ein Glück waren Madeleine und Annika auch nur selten in Feierlaune – und wenn, dann lebten sie sie draußen aus.

Ich hatte eigentlich gedacht, dass ich warten würde, bis Torben und ich uns zufällig mal wieder begegneten. Eine Woche verging, eine zweite, und entweder wurde Marla von Kathi abgeholt oder erst, wenn ich schon weg war. Sollte ich doch versuchen, irgendwie Kontakt zu ihm aufzunehmen?

Lieber noch warten. Müsste er sich nicht eigentlich bei mir melden? Ich hatte doch unser erstes Treffen angeleiert.

Das Leben ohne Alk war eigentlich gar nicht so schlecht und auch nicht so schwer, wie ich mir das vorgestellt hatte. Bis jetzt natürlich. Aber ich sollte ja keine falsche Bescheidenheit an den Tag legen, hatte Frau Richter gesagt. Zu meinem dreißigtägigen Jubiläum gönnte ich mir *Kinder erziehen und begleiten – eine Einführung in die Kindergartenpädagogik*. Das hatten mir Meltem und Oliver empfohlen. Es war eines ihrer Standardwerke in der Erzieherausbildung gewesen und das einzige, was einem im Alltag wirklich etwas nützte.

Mein erstes Geld für das Praktikum war tatsächlich pünktlich auf dem Konto, aber davon hatte ich gerade mal die Miete bezahlt, das heißt, ich würde mir an den Wochenenden einen Nebenjob suchen müssen. Ja, ich hatte gewusst, dass das so kommen könnte. Ronni und Irina hatte ich natürlich erzählt, dass ich für mein Praktikum pro Monat 983 Euro netto bekam, was theoretisch gerade so reichte. Der Betrag war ein ergoogelter Durchschnittswert. In Wirklichkeit bekam ich 567 Euro, und selbst das war schon viel für den Job. Irina hatte noch meinen Arbeitsvertrag sehen wollen. Ronni hatte sie in letzter Sekunde davon abgehalten. „Sie ist jetzt erwachsen. Sie will das alleine hinbekommen. Dann müssen wir ihr auch die Möglichkeit geben, sich auszuprobieren. Sonst hat sie ja nie die Möglichkeit zu wachsen." Wenn Irina nicht wäre, hätte ich mich schon längst wieder zu Hause gemeldet. In drei Monaten, wenn der letzte Rest meines zurückgelegten Ausbildungsgehalts aufgebraucht war, würde ich das wohl oder übel trotzdem tun müssen.

Erst nach zwei, drei Wochen wurde mir klar, wie viel Zeit ich durch die Sauferei verschwendet hatte. Diese Einführung in die Kindergarten-Pädagogik war seit vier Jahren das erste Buch, das ich von vorne bis hinten durchlas.

Ich war mir gar nicht mehr so sicher, ob ich überhaupt etwas studieren wollte. Meine Zeit wäre bestimmt besser investiert, wenn ich Oliver und Meltem in ihren Plänen unterstützte, einen bundesweiten Streik aller Erzieherinnen und Erzieher für mehr Gehalt zu organisieren (mindestens 3000 netto, das kriegten Lehrer ja auch).

Das meiste in diesem Buch war wirklich nützlich, und am Ende jedes Kapitels befand sich eine kurze Zusammenfassung, die man mehr oder weniger auswendig lernen konnte, jedenfalls hatten Meltem und Oliver das so gemacht.

Körperliche und emotionale Gewalt: kindliche Wahrnehmung schärfen und stärken

- Kann sowohl zu Hause als auch im Kindergarten stattfinden und in beiden Fällen recht subtile Formen annehmen: Im häuslichen Umfeld auftretende Missachtung als Strafe bzw. Desinteresse am Kind sind bereits Formen der emotionalen Vernachlässigung und können schwere seelische Folgen haben. Im Kindergarten wenden schon Vor-

schulkinder Mobbing-Strategien wie soziale/emotionale Erpressung an. („Wenn du xy nicht machst, sind wir/bin ich nicht mehr dein/e Freund/in.")

- Das Kind steht unter echtem Leidensdruck, wenngleich es ihm schwerfällt zu erklären, woher dieser Leidensdruck kommt, und es in seiner Not manchmal auf Erklärungen zurückgreift, die Erwachsenen nicht schlüssig oder abstrus erscheinen.

- Da sowohl die Eltern des von Mobbing betroffenen Kindes als auch die Eltern der mobbenden Kinder entweder Ausübende von Gewalt sein können und/oder ihre Kinder in Schutz nehmen wollen, erst mit dem Kind selbst sprechen. Offene Fragen stellen, Suggestionen vermeiden.

AUGUST

Ich praktiziere jetzt übrigens aktiv Reizkontrolle: Annika nimmt mich zum Einkaufen mit in den Bio-Markt. Eigentlich kann ich mir keine Bio-Sachen leisten, aber der Geruch in den anderen Supermärkten erinnert mich so an die Zeiten, in denen ich unter dem Vorwand, ich müsse kurz vor dem Schlafen noch mal laufen gehen, schließlich wolle ich ja abnehmen, und alles sei doch besser, als vor dem Fernseher zu sitzen und Schokolade zu essen, fünf Minuten vor zehn noch zwei oder fünf Mini-Flaschen Apfelkorn besorgte, die ich auf dem Heimweg leeren konnte. Irina stand immer schon hinter der Haustür und guckte, ob ich in den Keller ging, um eine Flasche hinter der Waschmaschine zu verstecken. So blöd war ich natürlich nicht. Aber ich hätte echt viel Geld gespart, wenn ich mir einfach eine große Flasche hätte kaufen und mit auf mein Zimmer nehmen können. So musste ich immer eine Ausrede finden, um rauszugehen. Ronni hätte mir mal einen Hund aus dem Tierheim mitbringen sollen.

Und Irina immer mit ihrem „Hauch mich an, hauch mich an".

Natürlich hat sie es gemerkt. Aber gesagt hat sie auch nichts mehr irgendwann.

Wenn ich mir das Gesaufe abgewöhne, kann ich vielleicht auch gleich meine Essgewohnheiten umstellen, zumindest zu Hause, beim Essen in der Kita kann ich wohl kaum Extra-Ansprüche stellen. Obst und Gemüse sind gar nicht so teuer, eigentlich nur die Milch- und Fertigprodukte. Tofu ist sowieso ungesund und schlecht für die Umwelt, denn Soja-Anbau fördert Monokultur, sagt Madeleine. Der einzige Grund, warum sich das in Europa so gut verkauft, ist, dass die Menschen hier immer noch glauben, Fleisch unbedingt mit etwas Fleischartigem ersetzen zu müssen, statt einfach mehr Gemüse (aber nicht so viele Nüsse!) zu essen.

Hab mir gerade so ein paar YouTube-Videos von und mit Transmännern angeguckt. Finde ich jetzt Transmänner generell attraktiv oder ist Torben eine Ausnahme? Ist doch schon seltsam, dass der erste Mann, in den ich mich verliebe, ein Transmann ist. Wenn ich einen Transmann attraktiv finde, heißt das dann, dass ich alle Transmänner attraktiv finde? Natürlich nicht. Oder dass ich alle Männer attraktiv finde? Ja wohl noch viel weniger. Aber schon interessant, wie unterschiedlich das Testosteron wirkt. Bei manchen sieht man nach drei Monaten schon fast nicht mehr, dass sie mal eine Frau waren, und manche können es wohl zwei Jahre nehmen und nichts passiert. Obwohl ich bei Torben wirklich gleich gesehen habe, dass er ein Mann ist. Kleider machen doch nach wie vor das meiste aus.

Fände ich ihn auch nett, wenn er sich nicht als Mann bezeichnen würde? Oder fände ich ihn dann noch netter? Um das wirklich wissen zu können, muss ich ihn noch mal sehen. Eigentlich wäre es doch total leicht, seine Nummer herauszukriegen. Ich habe doch noch Angelikas Nummer. Sie ist vielleicht unfreundlich und übergriffig, aber was soll's.

Ich kann ja sagen, ich muss Bücher für den Kindergarten besorgen und dass ich dazu seine Hilfe brauche, weil er ein Kind in der Vorschulgruppe hat.

Heute bei Angelika angerufen. Ich hab es sieben Mal klingeln lassen. Sie ging nicht ran. Ich probierte es in der Mittagspause noch zwei Mal. Als ich nach Hause kam, sah ich, dass sie versucht hatte, mich zurückzurufen.

„Na, ist es dringend? Soll ich dir doch ein paar Campral vorbeibringen?"

„Nein, alles gut. Eigentlich wollte ich was anderes fragen, aber es hat sich erledigt."

„Ach so, na klar. Aber es ist immer gut, wenn man die Dinger vorbeugend zu Hause hat."

„Nein, ich wollte wirklich was anderes fragen."

„Dann frag das doch."
„Nein, ich sagte doch, es hat sich erledigt."

Ich lenkte mich ab, indem ich mich alleine auf die Suche nach geeigneten neuen Kinderbüchern machte, wie Susanne mich gebeten hatte. Genaugenommen hatte sie mir diese Aufgabe sogar auf meiner zweiten Teambesprechung offiziell übertragen. Oliver und Meltem schienen darüber nicht sehr glücklich zu sein. Ich fand es irgendwie scheiße, weil ich dachte, ich hätte gerade angefangen, mich mit ihnen zu verstehen. Jedenfalls saß ich in der Mittagspause mit ihnen zusammen, wenn es sich ergab.

„Das ist doch ihre Masche, dass sie den Neuen erst mal was gibt, damit sie sich special fühlen", sagte Oliver, als ich mich gerade mit meiner Dose voller Apfelschnitze (das kriegte ich mittlerweile hin vor der Arbeit) zu ihnen an den Tisch setzte.

„Aber nur bestimmte Personengruppen", sagte Meltem.

Wer? Lesben? War ich am Ende doch nur der Diversity Hire?

„Ich nehme an, ihr redet gerade über mich."

„Nee, eigentlich war das mehr so eine generelle Feststellung." Oliver versuchte, ein Stück Tomate aus seinem Salat zu picken.

„Als ob, oder?" Ich hasste es, wenn etwas so offensichtlich war und die Leute trotzdem so taten, als würde ich mir das nur einbilden. Und ich mich dann über mich selbst aufregte, weil es ja trotzdem sein konnte, dass sie recht hatten.

„Wirklich, das geht jetzt nicht gegen dich persönlich", fing auch Meltem an. „Das war mehr so eine allgemeine Beobachtung."

„Warum müsst ihr diese Beobachtung ausgerechnet dann machen, wenn ich quasi nebendran stehe?"

„Also gut, das kam vielleicht wirklich etwas passiv-aggressiv rüber. Aber es ging jetzt wirklich nicht speziell um dich. Magst du auch ein bisschen Salat?"

„Nein, danke." Wenn es nicht um mich ging, wieso musste man dann mir gegenüber passiv-aggressiv sein? „Welche Personengruppen meinst du denn dann?", fragte ich Meltem.

„Na ja, welche wohl? Mir hat sie noch nie irgendwelche Sonderaufgaben übertragen."

„Doch", sagte Oliver. „Du durftest doch mal diese Reihe machen, Feste aus aller Welt oder so."

„Ach, stimmt. Ja, danke für nichts, oder?"

„Na ja, und ich als Quotenlesbe darf jetzt halt neue, diverse Kinderbücher besorgen. Ist ja vom Prinzip her das Gleiche, oder?"

„Quotenlesbe? Du? Ich war aber schon vor dir da, möchte ich mal kurz erwähnen."

„Ach so? Ja, sorry ..."

„Hast du mir gar nicht angesehen, oder?"

„Äh, nee." Peinlich, war aber wirklich so. Aber klar, es musste ja noch mehr solche geben wie Irina. Trotzdem, warum konnte ich nicht einfach auch so rumlaufen, unauffällig und normal? Selbst Ronni zog sich wenigstens noch Frauen-Hosen an. Egal. Ich wollte dieses Fass nicht auch noch vor den beiden aufmachen. „Aber cool. Nur, dann ist es echt komisch, dass Susanne mich mit dieser Bücher-Sache beauftragt hat."

„Ja, na klar. Sie reduziert Leute immer auf das, was sie ihnen auf den ersten Blick ansicht. Das ist so nervig."

„Wollen wir das nicht zusammen machen? Ich hab eh keine Ahnung, welche Bücher überhaupt erlaubt sind."

„Nee, sorry, ich kann dir da leider nicht helfen. Ich bin grundsätzlich nur beim Thema kulturelle und religiöse Vielfalt redebefugt. Meine Eltern sind zwar Atheisten, aber das kann doch keiner wissen, weil man es mir nicht ansieht. Außerdem habe ich die Schnauze voll davon, hier ständig irgendwelche Aufgaben zu übernehmen, für die andere dann die Lorbeeren einheimsen. Geht jetzt echt nicht gegen dich, aber nee, das mache ich nicht mehr."

„Kein Ding."

Oliver stand auf und holte ein Schälchen und eine Gabel aus der Küche. Er schüttete mir die Hälfte von seinem Salat in das Schälchen.

„Danke", sagte ich.

„Bitte. Ich schaff eh nicht das Ganze."

„Willst du nicht auch was?", fragte ich Meltem.

„Nein, danke. Ich finde es echt nicht okay, wie Susanne die Neuen hier behandelt. Ganz allgemein." Meltem senkte ihre Stimme. „Erst schmiert sie ihnen Honig ums Maul und überträgt ihnen irgendwelche megaspeziellen Aufgaben, aber wenn es dann ein Problem gibt, lässt sie sie fallen wie eine heiße Kartoffel. Du wirst ja auch schon gerüchteweise mitbekommen haben, was mit Neela passiert ist, oder?"

„Na ja. Sie hat wohl oft und gerne Party gemacht und hat davon Burnout bekommen."

„Ja. Genau." Sie lachten beide.

„Woran lag es denn dann? Lass mich raten. Riegers haben irgendwelche mysteriösen Andeutungen gemacht, und Susanne wollte sich nicht mit ihnen anlegen, weil das hier ja eine staatliche Einrichtung ist und sie nicht einfach Eltern rausschmeißen können."

Plötzlich legte Meltem mir ihre Hand auf den Mund und lauschte. Auch Oliver saß wie erstarrt da. Ich traute mich nicht, weiter zu atmen, weil ich Angst hatte, ich könnte Meltems Hand vollsabbern. Draußen lärmten die Feldmäuse, die sich gerade für ihre Gartenzeit fertig machten. In der Küche räumte jemand das Mittagsgeschirr der anderen Gruppen in die Spülmaschine.

„Olli, geh mal bitte raus und guck, ob die Tür zum Büro offensteht."

„Ich bin doch gerade in die Küche gelaufen, da war die Tür zu."

„Aber du hast die Tür zum Erzieherzimmer aufgelassen. Da wird sie wahrscheinlich gehört haben, dass wir hier sind, und hat die Tür von ihrem Büro aufgemacht."

„Da bin ich ja froh, dass ich nicht die Einzige bin, die zu leicht paranoiden Gedankengängen neigt", sagte ich.

Oliver lachte. „Ja, ich geh ja schon", sagte er, als er Meltems verzweifelten Blick sah.

„Hallo, ich bin jetzt hier gerade durch den Flur geschlichen wie ein pädophiler Hausmeister und habe an der Tür zum Büro gelauscht. Nichts. Dann habe ich geklopft. Nichts. Als ich die Klinke runtergedrückt habe, war die Tür abgeschlossen. Also chill, sie ist gar nicht da. Hat sie nicht mittwochs eh immer ihren Physio-Termin?"

„Was war denn jetzt eigentlich so wichtig und geheim?", fragte ich.

„Neela wurde gemobbt", sagte Meltem.

„Massivst", sagte Oliver.

„Von Riegers."

„Nein. Von Herrn Pasemann." Meltem lehnte sich zurück, erleichtert, dass die Katze aus dem Sack war.

„Leider weiß ich nicht, wer das ist."

Meltem sah mich halb genervt, halb amüsiert an. „Ihr kennt euch bisher wahrscheinlich nur beim Vornamen. Thomas, ach nein, Thorsten, oder?“

Oliver grinste in seine Schüssel.

„Torben, oder wie?“

„Ach ja, richtig.“ Meltem kicherte vor sich hin.

„Was ist daran denn bitte so witzig?“

„Na jaaa. Du scheinst dich ja sehr gut mit ihm zu verstehen.“ Oliver kaute versonnen auf seinem Salat. (Ich hatte meinen noch gar nicht angerührt.) „Und woher wisst ihr das schon wieder?“

„Das war ja wohl nicht zu übersehen“, sagte Oliver.

„Bitte? Der hat doch Marla, seit ich hier arbeite, erst ein oder zwei Mal abgeholt. Also ich würde sagen, unser Verhältnis ist freundlich-neutral.“

Meltem und Oliver sahen sich an und lachten.

Ich konnte jetzt wirklich nicht sagen, dass ich verliebt in ihn war. Aber freundschaftlich war unser Verhältnis ja wohl auch nicht. Streng genommen hatten wir uns ja erst zwei Mal im Leben gesehen. Konnte man da überhaupt schon von einer persönlichen Beziehung sprechen?

Meltem ließ sich eine Tasse Cappuccino aus dem Billig-Pad-Gerät heraus. „Will noch jemand eine?“

Ich hasste diese Plörre eigentlich, sie schmeckte nur nach Wasser und Zucker, und Koffein war auch keines drin. Aber ich hatte das dringende Gefühl, dass das eine dieser Situationen war, wo man etwas aus rein sozialen Gründen tat.

„Ja gut, ich nehme auch eine.“

„Du musst nicht, das weißt du, oder?“, sagte Oliver.

„Okay. Dann lasse ich es lieber.“

„Aber du musst das doch jetzt nicht nur sagen, weil er das sagt. Du musst doch selber wissen, ob du einen Kaffee willst oder nicht.“

„Also, ich will keinen.“ Was sollte ich sonst sagen. Wäre ja blöd gekommen, wenn ich meine Meinung noch mal geändert hätte. „Und ich weiß nicht, was ihr über Torben und mich mitbekommen habt, und vor allem von wem, aber zwischen uns ist nichts.“

„Da muss er seiner Ex aber ganz was anderes erzählt haben“, sagte Oliver.

Mein Herzschlag stieg auf hundertzwanzig. „Was hat sie denn gesagt?“ Mein Gesicht kribbelte, als würde jemand mit tausend Nadeln gleichzeitig hineinstechen.

„Mann, das war Spaß. Kathi redet doch mit mir nicht über die Flirtereien von ihrem Ex.“

Woher sollte ich denn wissen, wer hier mit wem über sein Privatleben redete?

„Wir haben halt gesehen, wie Torben sich beim Sommerfest um dich gekümmert hat“, sagte Meltem.

„Hat er das mit dieser Neela auch gemacht, oder was?“

„Eifersüchtig. Wusste ich's doch.“

„Olli, jetzt lass es doch mal. Du siehst doch, dass sie voll fertig ist.“

Wieso sah man das bei mir immer?

„Mich interessiert lediglich, ob er es mit mir dann genauso macht – erst nett sein und mich dann mobben, bis ich Burnout kriege.“

„Nein, zu Neela war er am Anfang eher, wie hast du es genannt, freundlich-neutral. Erst, als sie sich zu sehr eingemischt hat – seiner Meinung nach –, wurde er ungemütlich.“

„In was denn? Ich kann mir ehrlich gesagt nicht vorstellen, dass Torben Leute mobbt, vor allem, weil er doch selber in so einer vulnerablen Lage ist.“

„Ja, aber das hat nicht unbedingt was mit seiner Transidentität zu tun. Als seine Freundin sich von ihm getrennt hat, hat er das auch gleich darauf geschoben, dass sie seine Transition nicht verkraftet hat oder so. Dabei kann ich mir vorstellen, dass er schon vorher kein einfacher Mensch war.“

„Seine Transidentität ist ja auch nicht von einem Tag auf den anderen aufgetaucht. Und es ist doch schon bitter, wenn gerade dann, wenn man den Mut gefunden hat, so zu leben, wie man wirklich ist, sich die Menschen, die man am meisten liebt, von einem abwenden.“

„Na ja, es bringt ja nichts, da weiter zu spekulieren“, versuchte Oliver das Thema zu wechseln.

„Und es hörte sich auf der Teambesprechung auch nicht gerade so an, als wäre Susanne auf Torbens Seite. Ich meine, wenn mein Kind mir erzählen würde, dass andere Kinder die Bücher klauen, die ich ihm mitgegeben habe, wäre ich auch wütend. Susanne hat das doch voll abgetan, als würde er sich das nur einbilden.“

„Dass Marla ihm das erzählt hat, heißt aber nicht, dass es auch stimmt“, sagte Oliver. „Ja, ich weiß, man soll den Kindern erst mal glauben, wenn sie was erzählen, aber man darf es halt nicht immer wörtlich nehmen.“

„Man soll ihnen glauben, aber nicht ernst nehmen, was sie sagen. Das ist doch voll der Doublebind.“

„Nein, ist es nicht. Ich glaube Marla ja, dass sie geärgert wird. Ich glaube nur nicht, dass das auf die Weise passiert, wie sie es ihrem Vater erzählt. Manchmal denken Kinder sich Dinge aus, die ihre innere Gefühlswelt greifbarer widerspiegeln als das, was ihnen tatsächlich passiert.“

„Ja, manchmal. In wie viel Prozent der Fälle denn?“

„Weiß ich nicht. Und ich will ja auch nicht ausschließen, dass sich die Dinge tatsächlich so abspielen. Nur, uns hat sie zum Beispiel nichts davon erzählt, dass ihr jemand Bücher geklaut hat, oder auch nur, dass ihre Bücher überhaupt verschwunden sind. Eigentlich war Susanne die Erste, der das aufgefallen ist, und das auch erst einen oder zwei Monate, nachdem Marla sie mitgebracht hat.“

„Na ja, das sagt Susanne jetzt so“, meinte Meltem. „Ich glaube, sie hat Torbens Bücher selber weggeräumt, weil sie nämlich keinen Bock hatte auf Stress mit unseren eher traditionellen Eltern. Allerdings waren die Bücher auch nicht ganz ohne, und einige Kinder haben danach wirklich komisches Zeug erzählt. Lars meinte plötzlich, er hat eine Muschi in seinem Penis und solche Sachen. Ich denke mal, da werden Müllers Angst bekommen haben, dass Torben demnächst eine Drag Queen zum Vorlesen engagiert, und haben sich an Susanne gewandt.“

Ronni hat angerufen. Sie soll von Irina fragen, wie es mir geht. Das heißt dann wohl, sie selber interessiert es eigentlich gar nicht. Und Irina traut sich nicht, mich selbst zu fragen. Okay, tschüs.

Heute Nachmittag um halb vier kam Kathi und holte Marla ab. Sie blieb mit Amelies Mutter im Foyer stehen und redete mit ihr leise über irgendeinen Er, es konnte sich nur um Torben handeln. Ob ich in dieser Erzählung auch eine Rolle spielte, konnte ich leider nicht herausfinden. Schadenfrohes, hinterhältiges Lachen. Ich vermutete, ja.

„Das ist voll sexistisch, Männer lästern auch und die würdest du anders beschreiben", meldete sich Steffi in meinem Kopf, nachdem ich fast zwei Tage nichts von ihr gehört hatte. Du weißt ja nicht mal, ob es überhaupt um Torben und dich geht.

Aber warum sollte ich ausgerechnet Torbens Ex in Schutz nehmen. „Du nervst", telepathierte ich Steffi zurück, das ist doch genau wie dieser christliche Bullshit von wegen seine Feinde lieben. Brauche ich nicht.

Marla und Amelie spielten Verstecken hinter den Beinen ihrer Mütter und versuchten sich dabei Ohrfeigen zu geben. Kathi und ihre Freundin flüsterten und lachten munter weiter. Irgendwann fingen die Kinder an, von einem Bein auf das andere zu hüpfen, aber statt aufs Klo rannten sie nach draußen und verschwanden hinter dem Rutschenhäuschen. Ich beobachtete das Ganze von der Küche aus, wo ich grellbunte Plastikbecher aus der Spülmaschine räumte. Wenn ich sie sehen konnte, sahen sie mich doch auch. Warum redeten sie extra leise, als ob sie etwas total Geheimes zu besprechen hätten, stellten sich dazu aber mitten ins Foyer?

Die Becher waren ausgeräumt, im unteren Korb waren nur Schneidebretter und anderes Zeug, von dem ich nicht wusste, wo es hinsollte. Ich ließ meinen Blick über die Hängeschränke schweifen. Sollte ich die jetzt wirklich alle durchgucken, nur um das herauszufinden? Susanne hatte mir zwar aufgetragen, die Spülmaschine „so weit es ging" auszuräumen, aber was war, wenn jetzt eine von den anderen Erzieherinnen hereinkam und dachte, ich würde nur rumschnüffeln? Und was war mit Marla und Amelie? Wenn die jetzt auf dem Gelände des Kindergartens verloren gingen, war dann nicht der Kindergarten, und ich als eine seiner Mitarbeiterinnen, daran schuld oder zumindest mitverantwortlich?

„Haha, ja das ging wirklich sehr schnell", meinte Kathi, als ich an ihr vorbei Richtung Hofausgang ging. „Wie man das halt von Lesben so kennt." Hinter meinem Rücken klang es fast so, als habe sie extra den Kopf in meine Richtung gedreht, um es mir hinterherzuflüstern. Gruselig.

Machte Alkoholentzug eigentlich paranoid? Sollte ich mir vielleicht doch professionelle Hilfe suchen? Wieso dachte ich das jetzt? Körperlich merkte ich doch gar nichts mehr.

Ich ließ meinen Blick über die Wiese schweifen. Dann ging ich raus und suchte den Spielplatz ab – Rutschenhäuschen, Tipi, sogar in den Sandkasten stieg ich hinein, um ganz sicherzugehen, dass sie sich nicht vergraben hatten. Von Marla und Amelie keine Spur.

Panik stieg in mir auf. Nicht, weil die Kinder verschwunden waren, wenn ich ehrlich bin (das war ja nicht meine Schuld), sondern weil ich Angst hatte, dass Kathi und Amelies Mutter denken würden, ich hätte etwas mit dem Verschwinden ihrer Kinder zu tun. Ich wollte sie vom Klettergerüst herunterholen, dabei waren sie abgestürzt und hatten sich das Genick gebrochen, und dann hatte ich ihre Leichen im Gebüsch versteckt.

Gebüsch. Da raschelte etwas. Etwas Großes. Kichern.

Mann. Das hätte ich mir ja gleich denken können. Ich schob die Äste der Fichtenhecke auseinander. Ein Hohlraum öffnete sich, dessen Decke mir ungefähr bis zum Bauchnabel ging und der gerade groß genug war, dass zwei fünfjährige Kinder bequem darin sitzen konnten.

Marla sprang auf und versuchte, mir die Äste aus der Hand zu ziehen, um die Öffnung wieder zu verschließen.

„Das bringt nichts. Sie hat uns doch schon längst gesehen“, sagte Amelie geduldig, als müsse sie Marla solche Dinge öfter erklären.

„Aber du petzt uns nicht, oder?“ Marla sah mich durch die Äste prüfend an.

„Nein, sie *ver*petzt uns nicht“, sagte Amelie. Woher sie diese Gewissheit nahm, war mir schleierhaft.

„Nein, ich verrate natürlich nichts“, sagte ich, einfach nur, um klarzumachen, dass das immer noch meine Entscheidung war und dass ich auch ganz anders könnte, wenn ich wollte.

Sie hatten sich aus Ästen und den Wänden von Pappkartons zwei Gebilde konstruiert, die von der Form her an Ohrensessel erinnerten, aber sehr unbequem aussahen. Aber man hatte sie halt gebaut, jetzt musste darauf auch gesessen werden, vermutete ich. (Erinnerungen an „das Auto“, ein instabiles Konstrukt aus Rollbrett und alter Euro-Palettee, ploppte vor meinem inneren Auge und in meinen Gesäßmuskeln auf. Diese Sessel hier waren um einiges filigraner, musste ich zugeben.) In der Mitte zwischen den beiden Sesseln stand ein Tisch aus einer umgedrehten Holz-Spielzeugkiste aus dem Raum der Sonnenkäfer. Die Kiste berührte nicht überall den Boden, es sah aus, als sei etwas darunter geschoben.

„Da habt ihr euch aber ein super Versteck ausgesucht. Ihr seid ja hier drin wie vom Erdboden verschluckt!“

„Echt jetzt?“, fragte Marla begeistert.

„Nein, du Nusspli.“ Amelie schlug ihr leicht gegen die Stirn. „Sie hat gesagt, *wie* vom Erdboden verschluckt. Außerdem geht das doch in echt gar nicht.“

„Ha ha ha, Nusspli, wie die Schokocreme, die ich bei dir heimlich esse.“ Marla wippte leicht auf und ab und wuschelte sich vergnügt durch die Haare.

„Oh Mann, Marla. Jetzt ist es ja nicht mehr heimlich, wenn du es jedem erzählst.“

„Ja, aber“, Marla hielt in ihren Bewegungen inne und dachte angestrengt nach, und verkündete dann stolz die Lösung des Problems. „Sie hat doch gerade gesagt, sie erzählt nichts weiter.“

„Ja, aber das heißt doch nicht, dass du ihr alles alles alles aus deinem ganzen Leben erzählen musst!“

„Ich meine, hast du in echt gedacht, dass wir ganz weit weg sind?“

„Ja. Ich habe euch nirgendwo gesehen, und da dachte ich schon, jemand hätte euch heimlich mitgenommen.“

„Nein nein, mach du dir mal keine Sorgen“, sagte Marla beruhigend, „wir wohnen doch hier.“

Und das anscheinend schon länger. Der von den Wurzeln der Fichtenhecke durchzogene Erdboden war sogar unter dem Schatten der Äste staubtrocken, bis auf einige Stellen rechts in der hinteren Ecke, soweit ich das erkennen konnte. Zwischen den kleinen Zweigen, Stöckchen und Steinchen lagen Wollfäden, Verpackungsreste (war das da rechts ein Stück Nusspli-Riegel-Karton?), bunte Seiten aus Zeitschriften, Plastikperlen und sogar Stoffreste. Es sah aus, als habe ein kleines Nagetier alle verfügbaren Materialien aus der näheren Umgebung zum Nestbau herangeschleppt. Es roch sehr gemütlich. Irgendwie nach Urlaub am See, auch wenn ich mir nicht erklären konnte, wo die dezent modrige Algen-Note herkam.

„Da habt ihr es euch aber schön gemacht. Darf ich eure Höhle auch mal von innen sehen?“

„Welche Höhle?“, fragte Marla. „Ach so.“ Sie sah sich um. „Wir sagen immer Wohnzimmer dazu.“

„Marla.“ Amelie seufzte resigniert. „Musst du alles verraten!“

„Aber! Laura hat doch extra gesagt, dass sie nichts weitersagt.“

„Ja toll. Wir kennen Laura aber nicht, deshalb wissen wir gar nicht, ob es überhaupt stimmt.“

Die zwei waren ja wie Samson und Tiffy aus der Sesamstraße.

„Ja, tut mir leid, Amelie, aber da musst du mir jetzt halt mal vertrauen, auch wenn du mich noch nicht so gut kennst.“

„Ja, genau. Das sagen die doch alle.“ So wie sie das sagte, kam ich mir vor wie ein Sexualstraftäter. Ich begann mich ernsthaft zu fragen, ob Amelie mit solchen Gestalten schon Erfahrungen hatte machen müssen, oder Erlebnisse, wie man das jetzt korrekterweise nennen sollte, laut einer Uralt-Taz aus dem Zeitschriften-Korb aus dem WG-Klo.

„Darf ich jetzt mal kurz reinkommen?“, versuchte ich es noch einmal. Marla sah Amelie fragend an.

„Wenn's unbedingt sein muss“, seufzte Amelie. Sie schien Marla diesen Wunsch nicht abschlagen zu können. Wenn es um Samson ging, hatte Tiffy eben ihre Soft Spots.

Ich zwängte mich kriechend und krabbelnd zwischen den Zweigen hindurch und fasste dabei voll in eine dieser mysteriösen feuchten Stellen. Amelie lächelte still vor sich hin. Marla sah es und lächelte auch. Sie hüpfte dabei auf und ab, dass die Zweige wackelten.

„Marla, das geht nicht. Ich hab dir schon … hundert Mal“ (nach einer kleinen Pause, als hätte sie tatsächlich gerade nachgezählt) „gesagt, das sieht man von außen.“

„Ja okay.“ Marla setzte sich auf einen der Sessel.

Ich kauerte mich in die Ecke links neben dem Eingang und stieß dabei mit dem Kopf an einen Ast, der dadurch gefühlt die Hälfte seiner Nadeln auf mich herabrieseln ließ. Als ich drinnen war, inspizierte Amelie ihn sorgsam, wie um zu gucken, ob er noch zu retten war.

Ich wollte jetzt aber doch gern wissen, in was ich da hineingefasst hatte. „Habt ihr die Hecke gegossen? Das ist aber nett von euch!“ Ich kam mir sehr erwachsen vor.

Marla musste sich an der Papp-Lehne ihres Sessels festhalten, um nicht vor lauter Freude wieder an die Decke zu hüpfen. „Ja, genau! Stimmt doch, oder?“, fragte sie Amelie. „Aber gar nicht mit einer Gießkanne“, sagte sie, bevor Amelie ihr Okay geben konnte, „sondern nur mit unseren Körpern.“

Es war glaube ich hauptsächlich die Angst um das Sitzmöbel, die Amelie davon abhielt, Marla vom Sessel zu schubsen.

Na ja, gut, eigentlich hätte ich es mir ja denken können.

„Na ja, macht nichts. Es ist ja schon fast wieder getrocknet“, behauptete ich. „Sagt mal, was habt ihr eigentlich unter eurem Tisch versteckt?“

„Wir haben da gar nichts versteckt. Eigentlich ist das bloß …“

„Da sind halt unsere Sachen drin, die nicht nass werden dürfen“, stellte Amelie richtig.

„Ach so. Ich hab nur gesehen, dass da was unter dem Tisch vorguckt. Und das Dach von eurem Wohnzimmer ist ja auch nicht ganz dicht. Also ich weiß nicht, ob die Sachen darunter wirklich trocken bleiben.“

„Haha, die denkt, es hat geregnet und deswegen ist der Boden nass.“ Marla zeigte mit dem Finger auf mich.

„Äh nein, das denkt die nicht. Die ist nämlich nicht so doof wie du.“ Das war lediglich eine neutrale Feststellung, nicht etwa ein Kompliment an mich.

„Also, vielleicht muss man die Sachen in eine Plastiktüte packen, wenn sie nicht nass werden sollen“, schlug ich vor.

„Ja, das wissen wir sowieso schon längst“, sagte Amelie. „Und jetzt geh raus. Wir müssen noch was besprechen.“

„Aber das mit der Plastiktüte stimmt vielleicht echt“, rief Marla. „Guck mal.“ Sie hob den Tisch an. In der Erde darunter lag ein schiefer Stapel Kinderbücher. „Die sind schon ganz dreckig. Und da am Rand sind sie auch noch nass geworden.“ Sie weinte. „Dabei hat mein Papa mir die gekauft, extra für hier.“ Sie weinte noch stärker.

„Manno Marla, jetzt hast du alles verraten!“, sagte Amelie, weinte aber selber fast mit.

Waren es also doch nicht die von ihren konservativen Eltern indoktrinierten Kinder, sondern Marla selbst.

„Ach, das tut mir leid. Gibt es einen Grund, warum ihr die Bücher nicht drin im Gruppenraum lassen konntet?“

„Das ging halt nicht“, sagte Marla, setzte sich auf den Boden und streichelte über die gewellten Seiten und den gerissenen Rücken eines Buches mit drei dicken grauen Vögeln auf dem Einband, die unter einem Regenbogen saßen. „Manno, jetzt sind die alle ganz kaputt." Wieder liefen ihr Tränen über die Wangen. „Dabei hat Papa mir die extra gekauft, bevor er ins Krankenhaus musste. Damit wir das zusammen lesen können, wenn seine Operation vorbei ist. Und das Buch ist voll schön, das war mein Lieblingsbuch", sie schluchzte, „aber dann hat er gesagt, wir können es ja mal mit in den Kindergarten nehmen, damit Susanne es auch den anderen Kindern vorlesen kann. Aber das war total doof!"

„Kannst du mir das genauer erklären?", fragte ich, kam mir aber schon im selben Moment blöd vor. Wenn sie es könnte, hätte sie es ja gemacht, oder? „Also, Susanne hat das Buch vorgelesen, oder?"

Marla nickte.

„Und was ist dann passiert?"

Marla zuckte mit den Schultern und verschränkte die Arme vor der Brust. Dann fing sie erneut an zu schluchzen.

„Mann! Die haben halt so fiese Sachen gesagt", sagte Amelie, als ob ich mir das doch selber hätte denken können.

„Und was hat Susanne dann gesagt?"

„Nichts", sagte Marla trotzig.

„Also, das kann ich mir jetzt irgendwie gar nicht so richtig vorstellen. Wenn ein Kind etwas Fieses sagt, dann sagt doch die Erzieherin was. Also jedenfalls Susanne, oder?" Meine Kindergärtnerin aus diesem blöden Kacknest, wie hieß sie noch mal, ach, Monika, die hätte bestimmt noch mitgelacht. Aber hier in Berlin-Kreuzberg?

„Mann. Die haben natürlich erst was gesagt, als wir im Garten waren und Susanne gerade telefoniert hat. Die sind ja nicht blöd."

Na gut, wenn die alle so schlau waren wie Amelie, nur in fies, dann konnten sie bestimmt sehr genau den richtigen Zeitpunkt abpassen, um einem anderen Kind im Vorbeigehen einen gemeinen Spruch reinzudrücken. So waren die Kinder zu meiner Kindergartenzeit nicht, die hatten einfach ganz offen beim Mutter-Vater-Kind-Spielen erörtert, wer von den beiden Gestörten der Mann und wer die Frau war, während die Tochter der beiden Gestörten nebendran saß, wenn es denn die Tochter war, wusste man's? Weil niemand eingegriffen hatte. Sonst hätten sie es vielleicht auch heimlich gemacht. Oder waren Dorfkinder wirklich dümmer als Stadtkinder?

„Was haben sie denn zu euch gesagt, nachdem Susanne das Buch vorgelesen hat?"

„Ist doch egal." Marla wurde rot.

„Ich weiß, es ist peinlich, so was zu wiederholen. Aber eigentlich muss es den Leuten peinlich sein, die so was sagen. Also, wenn es dir hilft, kannst du es mir erzählen."

„Ich will aber nicht." Sie ließ ihren Oberkörper auf die Tisch-Kiste sinken und legte ihren Kopf auf den Armen ab. Amelie beugte sich über sie und streichelte ihr den Kopf.

„Hast du Susanne schon mal davon erzählt?"

„Ja", Marla weinte immer noch, eigentlich sollte ich sie in den Arm nehmen, durfte ich das, wo ich sie doch erst ein paar Wochen kannte? „Aber dann hat Susanne mit den Müsli-Eltern geredet, und am nächsten Tag haben die Kinder gesagt, ich bin eine dumme Petze, petzen darf man nicht, dann ist man ein Kameradenschwein und dann kriegt man irgendwann von den anderen Kindern Ärger. Und die machen das in echt. Die haben mir schon mal so eine blöde Falle gebaut, wo ich drüber stolpern sollte, aber Amelie hat gesehen, dass da eine Schnur war, und hat sie heimlich durchgeschnitten."

„Die haben Angelschnüre zwischen den zwei Büschen im Hof gespannt", erklärte Amelie. „Die sieht man doch nicht, weil die aus Nylon sind. Und da waren noch Angelhaken dran. Marla hätte sich das ganze Bein aufreißen können, wenn sie da reingelaufen wäre."

„Und die Arme vielleicht auch", sagte Marla.

„Oh Mann, das ist aber echt gemein. Und gefährlich." Irgendjemandem musste man doch davon erzählen. Irgendeinem Erwachsenen. Zu denen zählte ich mich selber im Moment nicht.

Marla weinte wieder.

„Kannst du sie nicht mal in den Arm nehmen?", fragte ich Amelie.

„Sie mag das nicht", sagte sie.

Ach Mist. Die Frage war ja auch vollkommen falsch gestellt. „Möchtest du mal in den Arm genommen werden", hätte ich fragen sollen. Iiihh. Das klang total nach Thomas.

„Das kann ich aber selber sagen", sagte Marla.

„Weiß ich, dass du das kannst. Aber du bist immer so langsam."

„Trotzdem kann ich das alleine." Marla richtete sich auf. Das Thema Bücher schien für einen Moment vergessen.

„Manchmal muss man das halt ganz schnell sagen. Wenn man nichts sagt, denken manche Leute, es ist okay, wenn sie einen anfassen, da hat die Amelie schon recht." Und die meisten Leute aka Männer denken das immer noch, auch wenn man vorher was gesagt hat. „Aber das lernst du noch. Jetzt ist es ja erst mal gut, dass Amelie mir das erklärt hat." Ich hatte Lust, Pläne zu schmieden gegen diese blöden Arschlochkinder. Man könnte denen ja auch mal eine Falle bauen. Aber eine, die sie nicht sehen würden. „Welche Kinder sind das denn eigentlich, die dich immer ärgern?" Ich sah mich schon nachts über das Tor klettern und Löcher in die Wiese buddeln, die ich dann mit Zweigen und Laub fein säuberlich abdecken würde.

Marla sah zu Amelie, die mich mal wieder anmotzte. „Die kennst du eh nicht."

„Na ja, aber ich bin doch jetzt schon noch eine Weile hier. Da kannst du sie mir doch mal zeigen."

„Und was bringt das? Wir haben Susanne doch schon mal was gesagt, und dann haben sie diese Falle gebaut."

„Diese blöden Müslis!", rief Marla.

Die Müslis? Das konnten doch nur solche Globuli-Kinder sein. Ich hatte eigentlich gedacht, dass Marla und Amelie auch zu ihnen gehörten.

„Meint ihr diese Riegers? Die waren zu mir auch voll blöd. Also zumindest die Eltern."

„Ja? Was haben sie denn gemacht?" Amelie verließ Marlas Seite und setzte sich auf den anderen Sessel.

„Na ja, also die haben …" Ich wusste ja nicht mal, was sie genau gesagt hatten, da sie sich nicht getraut hatten, es mir ins Gesicht zu sagen.

„Siehst du, das ist nämlich voll doof, da drüber zu reden", sagte Marla. „Mein Papa nervt mich mit so was auch immer."

Ach herrje. Ich erinnerte mich an die sonntäglichen „Wir reden über unsere Erlebnisse der Woche und benennen unsere Gefühle dazu"-Aktionen, wo ich dann irgendwann einfach beschlossen hatte, irgendwelche geretteten Bienen zu erfinden. Das war ja sicher nur nett gemeint gewesen, Kommunikation üben und so. Aber wenn man das, was man erlebt hatte, nicht in Worte fassen konnte, nicht mal, weil es so besonders schlimm gewesen war oder weil die Eltern einem das Gefühl gaben, dass man es nicht erzählen durfte, sondern einfach, weil man es nicht konnte, und man sich am Ende nicht anders zu helfen wusste, als zu lügen, war es ja auch kontraproduktiv. Hoffentlich machte Torben das nicht genauso.

„Jetzt musst du das uns aber sagen. Wir haben dir auch gesagt, dass uns welche ärgern." Marla hatte sich wieder aufgerichtet und sah mich erwartungsvoll an.

Ich kauerte zwischen zwei Wurzeln und musste aufpassen, nicht das Gleichgewicht zu verlieren und noch mal in einen der Pipiflecken zu fassen. Ich konnte mich doch nicht bei zwei kleinen Kindern, die ich eigentlich betreuen sollte, über meine Probleme ausheulen.

„Genau. Wer A sagt, muss auch B sagen." Aber Amelie würde auch nicht locker lassen.

„Ich hab ja nicht mal selber gehört, was sie gesagt haben. Sie haben sich wohl bei Susanne über mich beschwert." Was machte ich hier eigentlich? Wer weiß, wem Marla und Amelie das dann weitererzählten. „Und ich weiß auch gar nicht, ob wir wirklich von denselben Personen reden."

„Na die so ein bisschen reden wie du", erklärte Marla.

„Ähm, nein? Ich komme aus dem Schwarzwald. Die kommen glaube ich aus Sch-Stuttgart." Sie kamen garantiert nicht aus Stuttgart, sondern aus irgendeinem winzigen Nest auf der Alb, aber damit brauchte ich ja die Kinder nicht zu behelligen.

„Doch, doch! Die klingen genau wie du. Dann sind die das. Also die Kinder von denen, die ärgern uns immer."

„Also, eigentlich ärgern sie nur Marla", stellte Amelie klar.

„Und was haben die jetzt zu dir gesagt?", fragte Marla.

Es führte wohl kein Weg daran vorbei. „Ich weiß das doch gar nicht. Ich habe ihre Mutter am ersten Tag angerempelt und mich nicht entschuldigt, und seitdem hassen sie mich, weil sie haben sich anscheinend auch bei Susanne über mich aufgeregt."

„Das hast du schon gesagt", sagte Amelie.

„Aber warum hast du dich denn nicht entschuldigt?", fragte Marla.

„Jetzt lass sie doch mal zu Ende erzählen."

„Eigentlich gibt es nichts zu erzählen. Ich hab ja schon gesagt, ich weiß überhaupt nicht, was sie über mich gesagt haben, nur dass sie über mich rumgelästert haben. Und es reicht ja schon, wenn man einfach nur weiß, dass die Leute einen blöd finden, damit man sich schlecht fühlt. Das ist doch das Blöde, dass man weiß, da ist was, aber man kann es nicht beweisen."

Als ich mich das sagen hörte, kam ich mir wirklich vor wie kurz vor der Erleuchtung. Und dieses Gefühl würde ich jetzt an Marla weitergeben. „Dann überlegen wir uns jetzt mal, was wir mit den Kindern machen, die euch ärgern. Und die Bücher können auch nicht mehr länger hierbleiben."

„Die kann man doch jetzt eh wegschmeißen." Von einer Sekunde auf die andere war Marla wieder am Boden zerstört.

„Nein, das machen wir nicht. Ich nehme die mit und repariere sie, okay?" Mist. Das hieß doch eigentlich, ich würde neue kaufen müssen. Aber dadurch würde ich Marla ja total invalidieren, oder nicht? Gab es irgendwo tatsächlich Menschen, die Kinderbücher reparierten? „Wenn du sie hier lässt und es regnet, dann gehen sie nur noch mehr kaputt." Ich streckte meine Hand aus.

„Nein. Das sind meine." Sie drückte die Bücher an sich. „Die gebe ich nie wieder irgendjemand anders."

„Okay. Das verstehe ich. Aber ich würde sie dir doch zurückgeben, sobald ich sie repariert habe." Wenn das überhaupt funktionierte.

Kurzes Flüstern mit Amelie.

„Aber wehe, du schmeißt die dann doch weg, weil sie so kaputt aussehen."

„Nein, das würde ich nie machen. Ich weiß doch, dass das deine Bücher sind." Mein Notfall-Plan, einfach neue Bücher zu kaufen, fiel damit wohl auch flach.

Aber Marla hob den Tisch an und suchte die restlichen Bücher heraus. „Guck mal! Alles kaputt! Meine armen Büchlein." Sie streichelte ein letztes Mal über die Einbände, bevor sie sie mir in die Hand drückte. „Alles nur wegen diesen blöden Müsli-Kindern! Sonst hätte ich die nie hierhin gelegt!"

Ich fragte nicht, warum sie denn die Bücher nicht wieder mit nach Hause genommen hatte. Die Antwort kannte ich selbst nur zu gut.

Ich schickte Marla und Amelie rein zu ihren Müttern, holte mir eine große, blaue Ikea-Tragetasche aus dem Materialraum und tat, als würde ich herumliegendes Spielzeug einsammeln. Als ich mit den Büchern, die ich zur Tarnung mit Schaufeln, Sieb und Förmchen abgedeckt hatte, ins Foyer zurückkam, waren alle vier schon weg. Ich konnte mir lebhaft vorstellen, wie Amelie ihre Mutter und Kathi zum Gehen überredet hatte, bevor sie auf die Idee kamen zu fragen, was ich da draußen so lange mit ihren Kindern gemacht hatte.

SEPTEMBER

Wollte gestern eigentlich noch eine Pro-Contra-Liste machen (soll ich Torben das erzählen mit Marlas Büchern oder nicht?), aber dazu kam ich dann nicht mehr. Annika und Madeleine luden mich zum Essen ein, und ab da versank der Abend im Chaos. Leider nicht auf die WG-typische Art, die ich mir gewünscht hätte. Oder doch? Ich weiß es nicht.

Bin jetzt seit fast zwei Monaten hier. Das heißt auch, fast zweimonatiges Jubiläum. Annika hat mich schon ein paar Mal gefragt, ob ich mit ihnen weggehen will. Sie trinken ja beide nichts. Zumindest da hatte ich den richtigen Riecher. Wie schlimm wäre es jetzt, wenn ich mit Leuten zusammenwohnen müsste, die sich zu jeder Mahlzeit außer vielleicht dem Frühstück ihr Bierchen aufmachen. Trotzdem. An manchen Tagen bin ich froh, dass ich es vom Kindergarten nach Hause schaffe, ohne irgendwo reinzugehen und mir was zu holen. Ja, ich sollte es demnächst trotzdem mal probieren, Annika und Madeleine wissen sowieso Bescheid, denen könnte ich sogar sagen, dass ich früher nach Hause will, aber irgendwie bin ich so müde und will nur schlafen und Zeit zwischen mein letztes Besäufnis und mein jetziges Leben bringen. Kann man sich nicht für drei Monate in ein künstliches Koma versetzen lassen, das geht doch wirklich.

Und das Schlimme ist, dass Annika und Madeleine sich voll bemühen, aber irgendwie passt die Chemie zwischen uns doch nicht so, dass ich mit ihnen weggehen will, und dann denke ich wieder, ich bin so eine undankbare Tussi, ich kann doch froh sein, dass sich überhaupt jemand mit mir abgeben will. Aber die Menschen (der Mensch), mit dem ich wirklich was zu tun haben will, meldet sich nicht.

Wie auch. Er hat ja meine Telefonnummer nicht.

Aber könnte er die nicht, wenn er es darauf anlegen würde, selber rauskriegen, und kann man das von ihm erwarten?

Außerdem, es ist eh schon so lange her, dass ich ihn das letzte Mal gesehen habe, ich weiß gar nicht, ob das, was zwischen uns war, noch mal auftauchen wird, oder ob das nur durch mein allgemeines Gefühlschaos nach dem Umzug bedingt war.

Ich war kurz davor, Angelika anzurufen, um an seine Nummer zu kommen.

„Willst du was mitessen?", fragte Annika, als ich in die Küche kam, um mir ein Brot zu schmieren und diesen Anruf noch ein bisschen hinauszuzögern. Annikas und Madeleines Einladungen waren immer so spontan, dass ich überhaupt keine Möglichkeit hatte, mich darauf vorzubereiten, geschweige denn, etwas dazu beizusteuern. Annika fing an, einen Lollo Rosso zu putzen. Auf dem Tisch hatte sie Tomaten, Bohnen und Zwiebeln bereitgelegt.

„Ja, gerne." Ich hatte Hunger. Was sollte ich lange drumherum reden. „Ich habe noch Nudeln mit Pesto. Wollte ich mir eh grade selber machen", behauptete ich, um nicht ganz als Schmarotzer da zu stehen.

Madeleine öffnete die Kühlschranktür. Sie schien ganz dringend etwas zu suchen. Dann noch dringender. Währenddessen ein kaum merklicher Seitenblick zu Annika.

„Ach nee, lass mal", sagte die. „Es ist so warm heute."

Madeleine schob die Dinge im Kühlschrank wieder an ihren Platz und schloss die Kühlschranktür.

Die beiden schienen die Kunst, über die Art und Weise, wie sie ein Möbelstück berührten, Nachrichten auszutauschen, ebenso gut zu beherrschen wie meine Eltern.

„Okay, dann nicht. Hatte ich eigentlich eh nur aus Höflichkeit gesagt."

„Versuche nicht, etwas zu sein, das du gar nicht bist", orakelte Madeleine, die mein Angebot offensichtlich als passiv-aggressiven Seitenhieb gegen ihre Kochkünste verstand.

Annika machte den Wasserhahn an und nach jedem Salatblatt wieder aus. Das war wahrscheinlich Morse-Code für „Ruhe Schwere Wärme", hatte aber auf mich den gegenteiligen Effekt. Ich bekam Lust, etwas tatsächlich Aggressives zu erwidern, irgendwas über Stimmungsschwankungen und vegane Ernährung oder so. Als könne sie Gedanken lesen, drehte Annika den Wasserhahn stärker auf und ließ ihn laufen, während sie nun ebenfalls irgendwas im Kühlschrank suchte. Madeleine ließ die leere Bohnendose auf die Arbeitsplatte fallen und sprang an die Spüle, um den Wasserhahn auszustellen.

Irgendwie lag mir hier gerade zu viel Anspannung in der Luft. „Ich muss mal kurz meine E-Mails checken“, behauptete ich. „Äh, ich mache das immer am Computer, weil … also auf jeden Fall, der Computer steht in meinem Zimmer.“

„Kein Ding“, meinte Annika.

Madeleine entkrampfte ihren Nacken.

„Also, ihr könnt mich ja rufen, wenn ich was helfen soll, helfen kann, meine ich.“

„Ja alles klar, machen wir.“ Annika legte extra die Salatblätter beiseite, um mich anzugucken und mir beruhigend zuzulächeln.

Natürlich keine E-Mail von meinen Eltern. Kein „Hast du dich gut eingelebt?“ oder „Wie war denn jetzt deine erste Zeit im Kindergarten?“.

Wahrscheinlich würden sie sich so lange nicht melden, bis ich anfing, mir Sorgen zu machen, sie könnten vielleicht auf ihrem Kurzurlaub tödlich verunglückt sein, und schließlich solche Angst um sie hatte, dass ich sie von mir aus anrief – so dass sie ganz erstaunt fragen konnten, warum ich mich denn schon wieder so lange nicht gemeldet hätte. Nein, mit mir nicht mehr.

Ich googelte „Supermarkt Erkelenzdamm Öffnungszeiten“. Rewe. Zweiundzwanzig Uhr. Sehr schön.

„Kommst du?“, rief Annika aus der Küche. „Essen ist fertig!“

Wie zu Hause. So peinlich.

Und eigentlich sollte ich doch einfach diese dumme Pro-Contra-Liste machen.

Sollte ich mich mit ihm treffen? Sollte ich eine Ausrede vorschieben (Bücher) oder sollte ich ihm sagen, warum ich mich wirklich mit ihm treffen wollte? Um das alles auseinanderzudröseln, würde ich fünf Listen brauchen.

„Kann ich noch was helfen?“, fragte ich, bevor ich mich an den gedeckten Tisch setzte. Madeleine lächelte müde.

„Aber ich mache den Abwasch“, erklärte ich nach dem Essen.

„Das reicht später auch noch“, meinte Annika. „Es ist ja nicht viel.“ Sie nahm Madeleines Hand und streichelte ihre Finger.

„Wir wollten nämlich noch zum Schlachtensee, bevor es nächste Woche wieder regnet, und dachten, wir fragen dich mal", sie lächelte Madeleine beruhigend an, „ob du vielleicht mitkommen möchtest."

Jaja. Madeleine hatte keinen Bock drauf, hatte sich aber von Annika breitschlagen lassen, als Wiedergutmachung dafür, dass sie heute oder gestern oder vor fünf Jahren mal irgendwas verkackt hatte. Ich war lange genug Spielstein im Beziehungs-Hin-und-Her meiner Eltern gewesen. So was brauchte ich nicht noch mal.

„Das ist echt lieb. Von euch beiden. Aber ich bin noch so geschafft von der Arbeit, ich muss heute echt früh ins Bett."

Mit regloser Miene wechselten Annika und Madeleine vielsagende Seitenblicke.

Aber wenn man müde war, durfte man sich doch wohl auch mal vor zehn ins Bett legen, oder? Ich musste um sechs aufstehen und brauchte meine neun Stunden Schlaf. (Eigentlich brauchte ich nur siebeneinhalb, die anderthalb Stunden extra hatte ich zusätzlich zum Verstoffwechseln gebraucht, das war einfach noch so drin.)

Scheiße, halb acht schon! Katze! „Außerdem muss ich jetzt Josie füttern. Und ich sollte sowieso mal ein bisschen Zeit mit ihr verbringen." Bei einer gemütlichen Flasche Bier. Oder zwei. „Ich meine, es ist echt lieb gemeint, aber ich fühle mich gerade etwas reizüberflutet."

Es kitzelte in meinem Magen, aber eklig. So wie als Kind, wenn Ronni mir auf dem Markt eine Bratwurst spendiert hatte. Das kommt vom Phosphat, hatte Irina immer behauptet. Es ist mir ja egal, womit du dich vergiftest (Ronni hatte immer noch nicht aufgehört zu rauchen), aber halte bitte das Kind da raus.

Ein Knäuel aus borstigen Würmern wand sich in meinem Magen. Wildreis, Broccoli, Erdnuss-Sauce. Salat mit Essig und Öl. Es war ja alles vegan gewesen. Würmer konnten es also nicht sein. Vielleicht fingen die Wildreis-Körner in meinem Magen an zu sprießen. Ein dünner Schweißfilm legte sich über mein Gesicht, aber ich konnte nicht sagen, ob mir heiß oder kalt war.

„Also, wenn ihr jetzt los wollt, lege ich mich so lange hin und mache dann den Abwasch. Ich weiß auch nicht, was es ist, ich glaube, ich werde krank. Sommergrippe oder so."

Und ich musste noch duschen gehen. Nein, nicht duschen. Das war so viel Aufwand. Machte ich morgen früh.

Einfach hinlegen. Decke über den Kopf. Allerhöchstens noch Zähne putzen.

Ich hatte über acht Wochen durchgehalten, und auf ein Mal fühlte ich mich, als hätte ich erst seit drei Tagen nichts mehr getrunken.

„Suchst du was?“, fragte Annika.

Katze füttern. „Ich weiß grad nicht, wo ich das Katzenfutter hin habe. Also ich weiß schon, wo es sein müsste, ich weiß nur nicht, ob es tatsächlich dort ist. Also ob es jetzt an dem einen oder dem anderen von zwei möglichen Orten ist.“ Annika sah mich mitleidig an. Ja, jetzt wo ich mich hörte, merkte ich es selbst.

„Wenn das Futter in der Küche stehen würde, hätte ich es hundertprozentig gesehen. Geh doch noch mal in deinem Zimmer nachgucken.“ Madeleine hob die Hand, es sah aus, als wolle sie mich herausscheuchen oder mir hinterherwinken wie einem kleinen Kind.

Ich stand so neben mir, dass ich ihrer Handbewegung folgte und ohne Widerworte zurück in mein Zimmer tappte. Die Futterdosen standen im noch fast leeren Bücherregal. Ich riss eine Dose auf, schmiss den Deckel in den Papierkorb (ich würde jetzt ganz sicher nicht noch mal zurück in die Küche gehen), füllte eine halbe Dose in den Napf und stellte ihn neben das Bett. Josie schlich sich aus der hintersten Ecke geduckt an den Rand des Bettes, so dass nur ihr Kopf darunter hervorguckte, und fing an zu fressen. In einem der unteren Kartons (Katze II oder III) lag noch eine Futternapf-Unterlage. Ich war zu faul. War ja eh bloß Laminat. Ich legte mich aufs Bett. Josie knurrte. Ich streckte trotzdem meine Hand nach ihr aus. Sie schlug nach mir, ließ ihr Futter stehen und verschwand wieder in ihrer dunklen Ecke. Ich rieb mir meine Hand, wartete, bis die drei Kratzer anfingen zu bluten. Ich bekam Gänsehaut. Weil mir am ganzen Körper die obere Hautschicht fehlte, tat es mehr weh als nur ein normaler Kratzer an meiner Hand. Steffi sollte sich auf mich legen, mir etwas von ihrer Haut abgeben, meine Haut mit ihrer verschließen.

Die Küchentür ging auf. „Wir können doch nicht vierundzwanzig Stunden auf sie aufpassen. Wenn sie Scheiße bauen will, wird sie das irgendwann machen, egal, ob wir dabei sind oder nicht“, dozierte Madeleine auf dem Flur. „Lass sie doch zu Hause saufen, ist jedenfalls besser, als wenn sie morgens vor dem Kindergarten auf dem Wassertorplatz versumpft. Obwohl das vielleicht auf lange Sicht das Beste wäre. Für die Kinder."

Annika murmelte wohl einen Einwand, aber ihr Tonfall klang nicht sehr überzeugt.

Ich sprang auf. Josie fauchte und jaulte. Ich riss die Tür auf. „Wenn du mir was sagen willst, dann sprich mich doch direkt an und nicht so, dass ich es sowieso hören kann, aber du mich dabei nicht angucken musst." Für einen winzigen Moment fühlte ich mich geehrt, dass sie „zu Hause" gesagt hatte. Hieß das, dass sie mich trotz allem angenommen hatten? „Ja, ich saufe. Na und. Nach allem, was ich euren überheblichen Kommentaren entnehmen kann, wusstet ihr das ja wohl schon, bevor ich hier eingezogen bin. Habt ihr eigentlich alle eure Freundinnen eingeweiht? Angelika, Torben, wen noch? Ich wette, seine Ex ist auch schon informiert."

Madeleine lachte. Nicht gehässig, sondern ehrlich amüsiert. „Hallo, Angelika wusste von Anfang an Bescheid, weil du, als sie am Samstag vor der Tür stand, noch so besoffen warst, dass du über eine halbe Stunde gebraucht hast, um deine Katze einzufangen, die nicht mal aus dem Zimmer rennen konnte, und Angelika musste noch die Hälfte deines Geraffels in halb zerfallene Kartons packen."

„Das stimmt überhaupt nicht." Trotzdem fühlte ich mich ertappt. Aber wenigstens hatte Angelika ihnen anscheinend nichts von meinem Aussetzer bei ihr in der Wohnung erzählt. Andernfalls würde Madeleine sich jetzt kaum die Gelegenheit entgehen lassen, mir das unter die Nase zu reiben. „Josie hat halt Angst vor Autofahrten. Und die Kartons konnte man sehr wohl noch benutzen, sonst wären ja wohl nicht alle meine Sachen hier." Mir traten Tränen in die Augen, aber es fühlte sich gar nicht so an, und jetzt dachten alle, ich würde heulen, obwohl es gar nicht stimmte.

Ich schwitzte, aber mir war gar nicht warm.

Mir war schlecht, aber ich konnte nicht brechen.

Konnte ich nicht ein Mal ein Gefühl haben, das zu der Situation passte, in der ich mich gerade befand?

Am Bahnhof hatte ich einfach nur Angst gehabt, und mein Körper hatte sich genauso verhalten. Direkt nach Steffis Tod, oder währenddessen, weil ja niemand so genau wusste, wie lange sie noch gelebt hatte, wie lange lebte man noch, nachdem man vom

Zug erfasst und links und rechts in Streifen und Klumpen und kleinen Spritzern an die Mauern des Bahnhofsgebäudes und des Wartehäuschens geschleudert worden war?

Ich hatte so große Angst, dass meine eigenen Eingeweide zusammengepresst, aus mir hinausgeschleudert wurden. Als ich den Bahnsteig entlanglief, wanden sie sich um meine Füße und bei jedem Schritt, den ich machte, klebten sie an mir, verhedderten sich, ich kam nicht vorwärts, dabei fühlte ich mich im Kopf so leicht! Das letzte Mal, dass das, was mein Körper machte, zu dem passte, was ich fühlte.

Ich stand auf. Mir wurde schwarz vor Augen. Tausend kleine Nadelstiche bohrten sich von innen durch meine Haut. Ich stützte mich auf dem Tisch ab. Zur Spüle, oder schaffte ich es noch aufs Klo?

Als ich mich über die Kloschüssel beugte, kam natürlich nichts mehr.

„Wirklich, danke für die Einladung", sagte ich zu Annika. „Aber es geht mir echt nicht so gut. Ich muss heute echt zu Hause bleiben, dass ich morgen wieder fit bin."

„Na gut. Mach, wie du denkst", antwortete Madeleine an Annikas Stelle. „War ja nur ein Angebot." Sie stand auf und ließ ihren Teller in die Spüle fallen.

Es war mir auch klar, dass ich besser mitgehen sollte. Aber ich hatte sie nicht darum gebeten, mich vom Saufen abzuhalten. Und wer sagte denn, dass ich mit ihnen am See nicht erst recht saufen würde? Also brauchten sie von mir jetzt auch keine Dankbarkeit erwarten. „Ich muss echt ins Bett. Tut mir leid. Das Geschirr mache ich noch, später."

„Aber mach hinterher bitte das Spülbecken richtig sauber", als befürchtete sie, ich würde doch noch in die Spüle kotzen.

„Aber irgendwie fühle ich mich schon scheiße. Wir sollten sie mitnehmen. Was ist … nach nicht mal zwei Monaten?", hörte ich Annika flüstern, als sie im Flur ihre Sachen zusammenpackten. Peinlich. Aber irgendwie auch cool. dass sie sich Sorgen um mich machten. Irina und Ronni hatten sich auch Sorgen um mich gemacht, aber ihre Besorgnis war immer mit „Enttäuschung" (Irina) oder Hilflosigkeit (Ronni) vermischt gewesen. Es war irgendwie erleichternd, wenn sich jemand, der einen nicht kannte, nur so oberflächlich Sorgen um einen machte.

Ich sollte mitgehen. Selbst wenn ich mir an diesem See irgendwo heimlich ein Bierchen gönnte, wäre das immer noch besser, als hier zu Hause zu sitzen und vielleicht irgendwann doch zum Späti zu kriechen und mich dann alleine zu besaufen. Weiße Kettenglieder, schwarze Kettenglieder. Mann ey. Ich wollte doch neue Leute kennenlernen. Und jetzt kriegte ich eine Extra-Einladung, auch noch handgeschrieben sozusagen, an den Arsch getragen und packte es trotzdem nicht. Das war doch genau das. Madeleine war vielleicht nervig, aber auch nur, weil sie wegen irgendwas eifersüchtig war, und, zugegeben, ich vielleicht auch nicht gerade die einfachste Mitbewohnerin war, und Annika war doch eigentlich ganz nett. Ich kramte ziellos in meinen Kisten rum. Dabei wusste ich ganz genau, dass ich meinen Bikini zu Hause gelassen hatte, zusammen mit meinen anderen Mädchen-Klamotten. See war eh nicht mehr so meins. Und noch mehr zwischenmenschlichen Input hielt ich echt nicht aus heute. Ich wollte einfach nur alleine sein. Ich musste es nur schaffen, dabei keine Scheiße zu bauen. Außerdem hatte ich mich seit fünf Wochen nicht rasiert.

Andererseits, wenn ich gar nicht ins Wasser ging und meine lange Hose anließ, war das doch egal.

„Torben kommt übrigens auch." Annika strich über die Zimmertür, vermutlich als Ersatzhandlung, weil sie mir gerade nicht die Schulter tätscheln konnte. „Er hat sich ja sehr um dich bemüht, wie man hört."

„Wie man hört? Von wem denn das jetzt schon wieder? Ich zieh echt wieder zurück aufs Dorf."

„Also, kommst du jetzt mit?", versuchte es Annika noch einmal.

Madeleine atmete genervt aus. Dem Echo nach zu urteilen, stand sie schon halb im Treppenhaus.

Die perfekte Gelegenheit, ein „zufälliges", zwangloses Treffen, ich könnte mich ja mit Torben abseilen später (woher kannten die beiden ihn eigentlich?). Aber der Gedanke, mit einer genervten Madeleine, die offensichtlich Pärchenzeit mit Annika wollte, eine knappe Stunde mit der S-Bahn durch Berlin zu gurken, schreckte mich ab. Andererseits, jetzt hatte Annika sich solche Mühe gegeben, mich einzubinden, wann würde ich jemals wieder so eine Gelegenheit bekommen?

„Nein, ich bleibe hier. Ich muss wirklich erst mal runterkommen."

„Ja, wie du meinst." Madeleine klang erleichtert.

Ich kam doch noch mal aus meinem Zimmer. „Aber wirklich, vielen Dank für dein Angebot", sagte ich zu Annika.

„Ach", sagte Madeleine ganz beiläufig, „du wolltest doch heute die Wohnung ein bisschen aufräumen, oder? Vielleicht hilft dir das ja auch, auf andere Gedanken zu kommen."

Wie bitte? „Die Küche." Meine Stimme wurde auf die Schnelle irgendwie nicht richtig laut. „Eigentlich war nur von Abwaschen die Rede."

„Hm?", fragte Madeleine. „Also", ohne eine Antwort abzuwarten, „dann kannst du ja gleich mal den Flur mit aufräumen. Also ich meine jetzt speziell deine Schuhe. Die stehen hier voll im Weg rum, und alles ist voller Sand."

War die Androhung von Großputz ein letzter Versuch, mich doch noch zum Mitkommen zu bewegen? „Guck dir mal bitte das Schuhregal an. Wie genau hätte ich meine Schuhe da noch reinstellen sollen? Und die Schuhe sind fast alle von euch. Woher soll ich denn wissen, wo ich meine hinräumen soll? Und das bisschen Sand kannst du ja wohl selbst wegsaugen. Der kommt doch von deinen Schuhen."

„Hallo? Du kannst doch den Sand nicht wegsaugen! Davon geht der Motor kaputt!"

„Jaja. Passt schon." Ich schmiss ihr die Tür vor der Nase zu.

Sobald die Haustür unten zugefallen war, stellte ich mein Paar Schuhe in mein Zimmer, saugte die drei Körner Sand weg und wechselte den Staubsauger-Beutel. Um weiteren Auseinandersetzungen vorzubeugen, wusch ich ab (hoffentlich hatte ich die Teller richtig herum in den Geschirrständer gestellt). Eigentlich hätte ich es aus Prinzip sein lassen sollen, aber ich wollte mich tatsächlich mit irgendetwas ablenken, solange es ging. Ich hasste das, wenn Leute, die ich nicht leiden konnte, recht hatten.

Ich legte mich ins Bett. Es war erst halb neun, aber das war mir egal. Ich hatte ja die Hoffnung gehabt, dass Josie sich zu mir aufs Bett legen würde, aber sie saß immer noch beleidigt in ihrer Ecke. Ich konnte sie ja auch nicht die ganze Zeit im Zimmer lassen. Sie war es gewohnt, nachts draußen zu sein. Ich sollte also, wenn ich schlief, zumindest meine Zimmertür offen lassen, damit sie wenigstens in der Wohnung herumlaufen konnte.

Irgendwie hatte ich das alles nicht wirklich durchdacht.

Nicht nur mit Josie, die ich ja nicht bis ans Ende ihrer Tage als Support Animal missbrauchen konnte. Überhaupt. Was machte ich hier? Zwei nervige Tussen, die einem die ganze Zeit das Gefühl gaben, alles falsch zu machen, aber niemand, der einem sagte, was das denn war, geschweige denn, wie man es richtig machen konnte. Ich hätte zu Hause bleiben sollen.

Ein Hauch von Josies vollem Katzenklo stieg mir in die Nase. Durch den frisch gewaschenen Kissenbezug roch ich plötzlich die Spuren der gefühlt hundert Male, die ich morgens mit dem Kopf in meiner Kotze aufgewacht war. Ich hatte meine Kissenbezüge immer heimlich in die Waschmaschine getan, zusammen mit irgendwelchen anderen Wäschestücken, zur Not frischen aus dem Schrank, nur um eine Maschine vollzukriegen, damit sich nicht nur ein einsames Wäschestück in der Maschine drehte, falls Irina nachts in den Keller ging. Das Kissen hatte ich zwei oder drei Stunden bei offenem Fenster aufs Fensterbrett gelegt. Danach war der Geruch weg gewesen. Hatte ich gedacht.

Ronni und Irina mussten das jedes Mal gerochen haben.

Ich war wohl wieder einigermaßen klar im Kopf. Es nervte mich, denn es brachte mich überhaupt nicht weiter. Nur auf so dumme Gedanken, wie scheiße alles war. Ich kannte nur eine Sache, die mich für ein paar Stunden ablenken konnte. Ja, manchmal guckte ich Pornos. Aber nur die billigen, hässlichen, ekligen mit Männern. Zum Abgewöhnen. Um mir vor Augen zu führen, was ich verdiente, jetzt, wo Steffi weg war. Es gab ja sogar eine Porno-Version von dem, was die Kühe aus Steffis alter Schule mit ihr gemacht hatten. Nannte sich Feminization, aber die „Protagonisten" waren immer nur Männer. Sonst gab es nur noch solche mit „Hotteste Bitches der ganzen Klasse verprügeln hässliche Dyke auf Schulklo". Das kam dem, was Steffi passiert war, schon näher, aber eben auch nicht wirklich.

Ich wollte das doch gar nicht sehen.

Ich guckte mir das nur an, um mir besser vorstellen zu können, dass sie das mit mir gemacht hätten statt mit ihr.

Und dass sie noch leben würde. Weil ich sie gerettet hatte. Was natürlich nie hätte passieren können, da wir uns damals noch gar nicht kannten. Was irgendwie erleichternd war. Denn ich hätte gar nichts gemacht, das wusste ich genau.

Aber sie war ja gar nicht wegen diesem blöden Video gestorben.

Und ich surfte hier auf blöden xHamster-Seiten rum. Madeleine war irgendwas mit technische Redakteurin oder so und hatte bestimmt heimlich irgendein Programm installiert, mit dem sie nachverfolgen konnte, welche Seiten die Nutzerinnen dieses Netzwerks besucht hatten. Allein schon, um zu wissen, was Annika so machte, wenn sie mal nicht in der Nähe war.

Sollte ich ihnen schreiben und hinterherfahren? Aber bei dem Gedanken, mich draußen durch die stickige Stadt-Abendluft zu quälen, rann mir das letzte bisschen Energie aus den Gliedmaßen.

Ich würde jetzt Angelika anrufen. Wenn sie ranging, würde ich sie fragen, ob sie vorbeikam und mir diese Wunderpillen vorbeibrachte. Nach allem, was ich über sie wusste, hatte sie bestimmt Zeit für so was. Wenn nicht, würde ich zum Späti gehen.

Ich ließ es ein Mal klingeln, zwei Mal, drei Mal. Vier Mal. Fünf Mal. Langsam wurde es peinlich.

Sechs Mal.

Sieben Mal. Das war eine magische Zahl.

Sie ging nicht ran.

Nach dem neunten Mal (auch eine magische Zahl) legte ich auf.

Eine Möglichkeit hatte ich noch: Fluchtschlaf. Ich würde mich hinlegen, und wenn ich Glück hatte, waren wenn ich aufwachte, die Läden zu. (Oder ich würde zum Späti gehen.)

Es gelang mir tatsächlich, Josie unter dem Bett hervorzuziehen. Sie kratzte und schnappte nach mir, aber das war mir egal. Ich legte mich hin und setzte sie auf meinen Bauch. Unter ihrem Fell sah ich ihre angespannten Nackenmuskeln. Sie war mich gerade wirklich am Hassen. Ich wollte nicht noch einen Kack-Anfall provozieren und ließ sie doch wieder los. Sie verkroch sich fauchend wieder unters Bett. Ihre Krallen klickten nervös über das Laminat am Fußende des Bettes, als drehte sie sich im Kreis.

Schweißgebadet wachte ich auf. Mein Herz klemmte in meinem Brustkorb fest und drückte sich zu meinen Ohren hinaus. Es schlug so fest, dass sogar mein Rücken zitterte. Ich atmete durch die Nase ein. Es roch zumindest nicht nach Katzenscheiße. Ich sah auf mein Handy. 21:17 Uhr. Angelika hatte angerufen, um zehn nach sieben, also kurz nachdem ich eingeschlafen war. Hätte ich mein Handy mal auf laut gestellt. So spät konnte ich nicht mehr zurückrufen.

Erst jetzt sah ich, dass Josie aufs Bett gehüpft war. Zwar am Fußende, aber immerhin.

„Ja hallo!" Ich setzte mich auf.

Sie sah mich mit tiefster Verachtung an und verschwand wortlos wieder unter dem Bett. Wahrscheinlich hatte ich durch mein Aufwachen in letzter Minute ein Attentat abgewandt.

Draußen war es immer noch stickig, aber als ich mich dem Kanal näherte (zumindest vermutete ich, dass ich mich ihm näherte), spürte ich zumindest den Ansatz eines Windhauchs.

Eigentlich war das jetzt eh eine blöde Idee. Ich hatte die ganze Woche Frühdienst, musste also morgen um kurz vor sechs aufstehen. Meine schlechte Laune verschlechterte sich. Weiße Kettenglieder, schwarze Kettenglieder. Ich hatte es bis hierhin geschafft. Einfach wieder umdrehen, dann könnte noch alles wieder gut werden. Und das würde sich so gut anfühlen! Ich würde später so stolz auf mich sein! Und zur Belohnung könnte ich am Wochenende mal ein Bierchen trinken – wenn ich es bis dahin schaffte. Wenn nicht, würde ich zwar auch trinken, aber irgendwie machte das gerade Sinn. Es würde sich zumindest besser anfühlen, nach einer Weile ohne trinken wieder mit wenig anzufangen, als jetzt einen Absturz zu haben, und dann, wer weiß, was morgen war. Das war eine neue Arbeitsstelle, verdammt. Zu Hause hatte ich auch was getrunken, wenn ich arbeiten musste – aber eben schon um fünf angefangen und um diese Zeit längst Schluss gemacht. Ich brauchte sechs Stunden Schlaf, um wieder so weit fit zu sein, dass ich irgendwas Sinnvolles tun konnte. Neun waren optimal, aber das schaffte ich nur an den Tagen bevor ich meine Tage kriegte. War wohl doch was dran an der Theorie, dass man über sein Menstruationsblut entgiftete.

Ich würde jetzt einfach noch zehn Minuten am Landwehrkanal entlanggehen, und wenn ich dann nichts fand, würde ich wieder umdrehen und denselben Weg zurückgehen.

Wenn ich nichts fand. Ha ha. Ich sah schon von hier aus eine Holzbank unter einem blinkenden Lycamobile-Schild stehen, auf der drei Leute gut gelaunt ihre Bierflaschen leerten. Na gut, neue Regel: Ich würde eine Flasche Bier trinken, draußen, vor dem Laden. Trinken war okay, solange ich keinen Alkohol mit nach Hause nahm. Ich hatte es jetzt acht Wochen geschafft, da musste es doch möglich sein, von nun an nur noch zu besonderen Anlässen zu trinken.

Das Problem war, dass ich damit ab jetzt theoretisch nur noch zusammen mit anderen Leuten trinken durfte. *Auch noch in aller Öffentlichkeit*, hörte ich Irina meckern. Aber darum ging es nicht. Wenn ich unter Leuten Alkohol trank, musste ich immer so aufpassen. Entweder, weil ich genötigt wurde, an irgendwelchen Gesprächen teilzunehmen, oder, weil ich mir irgendwelche Leute vom Hals halten musste, die mehr wollten als nur reden. Das war ohne Alkohol im Blut schon anstrengend genug.

Ich sah durch die Tür des Spätkaufs. Die Leute mit den Bierflaschen hatten ausgetrunken und gingen an mir vorbei in den Laden. Der Letzte, ein Typ in schwarzer Schlabber-Baumwoll-Jogginghose und Kapuzenpulli aus Inka-Webstoff, hielt mir mit einem freundlichen Nicken die Tür hinter sich auf. Das war mir in Berlin bisher noch nie passiert. Da konnte ich ja wohl schlecht wieder auf dem Absatz kehrtmachen.

Ein Bier.

Die Gruppe vor mir kaufte sich ein Sixpack eines Bieres, das aussah, als sei da nicht nur Getreide, Malz und Hopfen drin. Aber wenn schon, denn schon. Ich ging ans Regal, löste eine der in psychedelischen Farben etikettierten Flaschen aus der Packung und ging damit zur Kasse.

„Gute Wahl", meinte der Typ im Kapuzenpulli, bevor er zu seinen Leuten nach draußen ging.

„Danke." Ich wartete kurz, damit es nicht so aussah, als würde ich ihm hinterherrennen, und stand dann absichtlich unentschlossen draußen zwischen Tür und Bank herum.

„Neu hier?", rief er schließlich herüber.

„Ja. Ziemlich."

„Ah ja." Er nickte wissend und trank dann ein Drittel seiner Bierflasche in einem Zug aus. „Setz dich doch zu uns."

„Sitzen ist eher schlecht", meinte eine der Frauen, die auf der Bank saßen. Sie hatte braunrot getönte Haare und ungefähr meine Statur. Die zwei Frauen neben ihr waren normalgewichtig (nach Irinas Maßstäben, also eigentlich klapperdürr). Es musste ihr also bewusst sein, dass es an ihr lag, dass niemand mehr auf der Bank Platz hatte. Sie sah mich an, als warte sie darauf, dass ich protestierte oder ihr beipflichtete, ich wusste es auch nicht genau.

„Passt schon. Ich bin eh den ganzen Tag gesessen“, erklärte ich, einfach, weil es zur Situation passte.

„Ach, studierst du?“, fragte der Inka-Pulli.

„Nein, ich mache gerade eine Art Praktikum.“

Man wartete offensichtlich auf weitere Details. Aber wenn ich sagte, dass ich ein Praktikum in einem Kindergarten machte, würde ich mir eine neue Lüge ausdenken müssen, um zu erklären, wie man es schaffte, dabei den ganzen Tag zu sitzen. Ich wusste aus Erfahrung, dass ich schon nüchtern schlecht darin war, den Überblick über meine sozialen Lügen zu behalten, deshalb erschien mir das irritierte Schweigen der anderen das kleinere Übel zu sein.

„Warum bist du denn nach Berlin gezogen?“, fragte die Dicke. Ich konnte keinen ironischen Unterton feststellen. Wahrscheinlich hatte ich in ihre Blicke, waren es überhaupt Blicke gewesen?, doch zu viel hineininterpretiert.

„Ich brauchte dringend einen Tapetenwechsel“, antwortete ich, wahrheitsgemäß, wenn auch etwas verkürzt.

Wieder erwartungsvolles Schweigen.

„Ich komme aus so einem kleinen Nest im Schwarzwald, und da ist es eben nicht ganz einfach als …“

„Oh, Schwarzwald, so schön da“, warf die eine Dünne ein. Ihrer Artikulation nach war das Bier, das sie in der Hand hielt, nicht ihr erstes. „Da war ich mit meinen Eltern immer. In Alpirschbach.“ Sie trank ihre Flasche aus. Keine Ahnung, ob das „sch“ absichtlich da gelandet war.

„Ja, das ist tatsächlich relativ in der Nähe von da, wo ich gewohnt habe. Aber außer ach so schöne Häusle angucken konnte man dort nicht viel mehr machen als sich ein schönes Bäumle zum Erhängen zu suchen.“

„Da haben sie doch so ein Kino, wo immer so alternative Filme laufen. Viel besser als in Berlin.“

Ja, das machte natürlich vieles wieder wett. „Subiaco. Ja, ich weiß. Dorthin haben mich meine Eltern leider nie mitgenommen, und die Verbindung mit öffentlichen Verkehrsmitteln ist eher so …“

„Aber die zeigen doch da auch Kinderfilme“, unterbrach sie mich schon wieder. „James und der Riesenpfirsich und diese ganzen anderen Filme, die sonst nirgendwo mehr laufen.“

„Ach, das wusste ich gar nicht“, log ich. Ich hatte keine Lust zu erörtern, warum meine Eltern nie mit mir zusammen nach Alpirsbach gefahren waren. Ich wusste es selbst nicht. Das schien so ihr Safe Space zu sein. Eine Weile lang hatte ich vermutet, dass dort irgendwo auf einer Waldlichtung Lesbenpartys stattfanden oder dass sie gemeinsam etwas mit einer anderen Frau hatten, die dort oben wohnte.

„Du, soll ich dir eigentlich dein Bier aufmachen?“, fragte der Kapuzenpulli in herablassend-hilfsbereiter Hipstermanier.

„Nein, geht schon“, sagte ich, ohne die Flasche zu öffnen. Sie einfach nur als Requisite in der Hand zu halten war eigentlich gar nicht schlecht.

„Also, warum bist du jetzt nach Berlin gezogen?“, hakte die Dicke nach.

Interessierte sie das wirklich oder suchte sie nur eine neue Gelegenheit, mich zu unterbrechen? Und überhaupt, gehörte die Frage, warum man irgendwo hinzog, zu den Smalltalk-Items oder war es nicht eher schon ein grenzverletzender Eingriff in die Persönlichkeitsrechte?

„Zieht nicht jeder irgendwann mal nach Berlin?“, fragte ich zurück. „Also weil, na ja, ich komm einfach vom Dorf“, versuchte ich meinen vorherigen Ton wieder auszugleichen. „Da war es halt irgendwann langweilig.“

„Allerdings“, hörte ich eine leicht belegte, jungenhafte Stimme hinter mir. „Ich meine, ich liebe meine Freundin, aber deswegen in so ein verschlafenes Kacknest zu ziehen, das tue selbst ich mir nicht an.“

Ich drehte mich um, und da stand …

Torben.

Nee, oder?

Ich war so überrascht, dass ich aus lauter Verwirrung anfing zu lachen.

„Ach übrigens, danke, mein Hase.“ Er nahm mir die Bierflasche aus der Hand.

What?

„Bitte bitte.“ Ich beschloss, das Spielchen mitzuspielen. Irgendwie war ich ja wirklich froh, das Ding los zu sein. „Wie bist du denn jetzt eigentlich …“

„Na, ich hab doch gesagt, ich hole dich ab.“

„Ach, stimmt ja! Das hatte ich ganz vergessen."

„Macht nichts. Du weißt doch, ich finde deine gelegentliche Schusseligkeit sehr liebenswert." Er bot mir lächelnd seinen Arm. „Sollen wir nach Hause gehen?"

Licht und Wärme durchfluteten mich. Ein Lächeln breitete sich auf meinem ganzen Körper aus. So fühlten sich andere, wenn sie gekifft hatten. Und ich fühlte das von Natur aus. Wie praktisch!

„Hach, und so förmlich. Da kann ich ja nicht nein sagen. Tschühüss!", rief ich. Aber Inka-Pulli und seine Gefährtinnen hatten sich bereits anderen Themen zugewandt. Es ging um irgendeinen Nachbarn, der letztens schon wieder nachts bei offenem Fenster auf dem Fensterbrett gesessen hatte. Mit den Beinen nach außen, im vierten Stock. Sollte man da mal was sagen?

Ich ging einfach drauf los, und Torben machte seinen Arm lockerer, wie um zu fragen, ob es noch okay für mich war, dass ich mich bei ihm unterhakte. Dabei berührten sich unsere Hände – war das jetzt Zufall oder hatte er versucht, nach meiner Hand zu greifen? Irgendwie war es mir doch zu früh, Hand in Hand zu laufen, und außerdem, was, wenn die Berührung wirklich versehentlich war, es wäre ja total peinlich, wenn ich diejenige wäre, die dann wirklich nach seiner Hand griff. Er schien meine Unsicherheit zu bemerken, denn er enthakte sich schließlich ganz.

So war das jetzt auch nicht gemeint.

Bevor der Abstand zu groß wurde, nahm ich seine Hand doch. Er öffnete sie, und während unsere Körper wie unbeteiligt nebeneinander her liefen, suchten sich unsere Finger und fanden sich schließlich.

Irgendwann kamen wir in eine ruhige Seitenstraße, die sich in einem sanften Bogen unter Lindenbäumen dahinzog. Alte Stadtvillen links und rechts, die Häuserreihen mit Stuckfassade aufgelockert durch gelegentliche Graffiti. Ich blieb stehen. „Ich wusste gar nicht, dass es in Berlin auch so schöne Ecken gibt."

„Und auch noch ganz bei dir in der Nähe."

Ich musste etwas irritiert geguckt haben, denn Torben lächelte amüsiert in sich hinein. „Hier links, das ist der Erkelenzdamm."

„Ach, wieder was gelernt heute."

Torben schwieg. Er drehte sich zu mir und drückte meine Hand fester. Ich spürte körperlich, wie die Energien, die ihn umgaben, sich veränderten. So wie man spürte, dass jemand aggressiv war oder Angst hatte. Als hätte sich plötzlich ein Schalter umgelegt, so dass er nur noch ein bestimmtes Programm fahren konnte, einen in sein Gehirn eingeschriebenen Plan, von dem ihn nichts mehr abbringen konnte, nicht mal er sich selbst.

Na gut, so bedrohlich fühlte es sich nicht an, aber unter all den warmen lächelnden Gefühlen in meinem Körper doch irgendwo unangenehm.

Thomas. Kurz bevor er seinen stinkenden, mit Spucke- und Essensresten verklebten Mund auf meinen drückte.

„Geht's dir gut?" Torben schien zu merken, dass ich mich unwohl fühlte.

„Ich bin ein bisschen müde."

Bestürzt (ob ehrlich oder nicht konnte ich gerade nicht sagen) legte er seinen Arm um mich.

„Nein, so war das nicht gemeint." Ich nahm seinen Arm von meiner Schulter und ging weiter.

„Entschuldigung." Er folgte mir, vergrub seine Hände in den Hosentaschen und sah betreten auf die unebenen Pflastersteine, als müsse er jeden seiner Schritte genau planen, um nicht hinzufallen.

„So auch nicht", sagte ich. „Es hat mich nur gerade an eine unangenehme Situation erinnert." Mehr brauchte er nicht zu wissen.

Inzwischen waren wir an meinem Tor angekommen. Mein Tor. Seltsam. „Wie oft standen wir jetzt schon zusammen hier?"

„Jetzt ist das dritte Mal."

Dass er sich das auch gemerkt hatte. Plötzlich waren von den letzten acht Wochen nur noch diese drei Male übrig.

Er nahm meine andere Hand in seine. Wir streichelten uns gegenseitig über unsere Finger, unsere Handrücken, Unterarme, atmeten schweigend, lächelten uns an, von der Seite, von unten herauf.

„Jetzt würde ich dich wirklich gerne küssen." Ich machte einen winzigen Schritt auf ihn zu.

„Ich dich auch."

„Okay." Ich atmete aus. „Aber …"

„Ja?" Er zog seinen Kopf kaum merklich zurück.

„Wo kamst du denn eigentlich auf einmal her, gerade eben an dem Laden?"

„Ich … ich war halt noch spazieren, und da habe ich dich vor dem Laden stehen sehen."

„Bullshit."

„Ja … stimmt." Er seufzte. „Ich war doch mit Madeleine und Annika am See. Und Annika meinte, dass es dir nicht so gut geht. Und da dachte ich, ich guck mal nach dir."

„Das ist eigentlich ein sehr netter Gedanke. Was mir Sorgen macht, ist, dass du mich so schnell gefunden hast."

„Naja. So schnell jetzt auch wieder nicht." Er kratzte mit seinem Schuh an einer der unebenen Gehwegplatten herum.

Er hatte mich extra gesucht. Wie süß! Oder creepy. „Greifst du dir öfters spätabends irgendwelche Sucht-Wracks ab, oder wie?"

Er lachte.

„Was gibt's da zu lachen?"

„Wegen spätabends. Es ist kurz nach elf."

„Jaha, du bist ein Berliner. Ich hab's verstanden. Könnten wir mal zu meiner eigentlichen Frage zurückkommen?"

Er schob die Hände in die Hosentaschen und zog die Schultern hoch. Und sagte nichts.

„Was ist? Soll ich dich jetzt fragen, ob dir kalt ist oder so?"

Er seufzte. Das sollte wohl Ausdruck seiner grenzenlosen Geduld mir gegenüber sein. „Können wir vielleicht hochgehen?"

„Ahahahaha. Ja, genau!!!"

„Kannst du vielleicht mal aufhören … Es gibt eben manche Dinge, über die ich nicht auf offener Straße sprechen will, okay?"

„Tut mir leid. Aber nein."

„Okay, wie du willst. Dann reden wir halt hier draußen darüber." Er lehnte sich an das Tor und schien es sich dabei regelrecht gemütlich zu machen. „Ich hatte früher eben auch mal … also jetzt kein Suchtproblem, jedenfalls war das nicht die eigentliche Ursache meiner …"

„Ach, na Gott sei Dank. So tief gesunken wie ich bist du also doch nicht."

„Kannst du mich mal ausreden lassen bitte?" Er verschränkte die Arme wie ein Türsteher in einer Dorfdisko. „Ich hatte Probleme mit der Regulation meines Aggressionspotentials." Na, das passte ja.

„Wieso? War dein Potential zu niedrig, oder was?" Ich grunzte amüsiert. Allerdings konnte ich wohl schlecht leugnen, dass mir dieses Problem bekannt vorkam.

„Nein." Er lehnte sich noch breiter an die Stäbe des Metallgitters.

„Aha."

Er sah auf seine Schuhspitze.

„Also zu hoch."

Er atmete aus und starrte vielsagend in die Nacht.

„Und zur Regulation dieses zu hohen Aggressionspotentials war Testosteron bestimmt sehr hilfreich. Du nimmst doch Testosteron, oder?"

Er scannte mein Gesicht, wahrscheinlich danach, ob er irgendwo den Ansatz einer Rechtfertigung finden konnte, mir eine reinzuhauen.

Jedenfalls hätte ich das getan.

Ich musste wirklich so langsam mal meine Interpretation anderer Menschen überdenken. Aber ich konnte seinen Gesichtsausdruck gar nicht richtig deuten. Wut? Enttäuschung? Belustigung? Resignation?

„Ja und ja." Seine Gesichtszüge froren ein.

„Okay. Verstehe ich zwar nicht. Aber tut mir leid, dass ich so blöde Fragen gestellt habe."

Er schwieg. Offensichtlich duldete er bei diesem Thema keine weitere Diskussion. Hier hätte ich mich eigentlich verabschieden oder wenigstens meine Klappe halten sollen. Aber irgendwie interessierte es mich jetzt doch. „Und warum genau?"

„Das lassen wir mal lieber", meinte er. „Du willst dich doch nur über mich lustig machen oder an mir deine transfeindlichen Sprüche ausprobieren."

„Ich glaube, du verwechselst mich mit deiner Mutter."

„Warum glaube ich dir das nicht?"

„Ach komm, das ist jetzt auch mies. Ich habe halt keine Ahnung von diesem Thema. Da kannst du mir doch ein bisschen auf die Sprünge helfen, oder?"

„Weißt du, wie vielen Leuten ich schon auf die Sprünge geholfen habe? Ich bin doch nicht euer Erklärbär. Du kannst dich ja auch selber darüber informieren, und wenn du dann noch ernsthafte Fragen hast, können wir noch mal reden."

Sehr freundlich. „Aber wenn ich jetzt einfach was im Internet recherchiere, weiß ich ja immer noch nicht, wie es wirklich ist. Also für dich."

„Netter Versuch", schnaubte er.

„Außerdem stehen im Internet ja auch voll die Fake News."

„Wenn man will, dann findet man auch die richtigen Informationen. Aber wenn du von vornherein überzeugt bist, dass ich einfach anderweitig gestört bin oder nur so tue, als ob ich ein Mann bin, dann landest du natürlich bei den Fake News."

„Gut, dann mache ich das mal." Jetzt war schon wieder die ganze Erotik hinüber nur wegen diesem Ideologie-Gedöns. Es interessierte mich doch eh viel mehr, ob man dieses Testosteron beim Knutschen rausschmeckte oder nicht. War das jetzt auch schon wieder transphob? Und warum war der erste Mann, in den ich mich verliebte, ausgerechnet trans?

Gedankenstopp.

„Ich habe mich übrigens noch gar nicht bedankt. Für vorhin." Auf die Frage, wie er mich so schnell gefunden hatte, hatte ich allerdings immer noch keine Antwort.

„Schon gut", brummelte er mit seiner krächzigen Stimmbruch-Stimme. „Mann, ich wohne am Zoo."

„Das macht ja auch Sinn."

Er lächelte müde. „Direkt neben dem Späti ist meine U-Bahn-Haltestelle. Also keine Stalking-Aktion von mir, wie du offensichtlich befürchtet hast."

„Aber, gibt es vom Schlachtensee keine direkte Verbindung zu dir?"

„Mann. Du bist aber auch penetrant."

„Wie bitte? Wieso bin ich penetrant, wenn ich mich nach den Motiven erkundige, aus denen mir ein Typ nachts um elf vor dem Spätkauf auflauert?"

„Du siehst das echt so, oder?" Er versuchte, amüsiert zu klingen.

„Im Moment schon. Es ist doch irgendwie ein seltsamer Zufall, oder?"

„Es ist natürlich kein Zufall. Ich habe mir Sorgen um dich gemacht."

Ein Schauer lief mir über den Rücken. Ich wollte ihn umarmen. Einfach da weitermachen, wo mein negativistisches Gequatsche uns unterbrochen hatte.

„Deshalb bin ich mit Madeleine und Annika zum Kotti zurückgefahren", meinte er. „Eigentlich dachten wir, du liegst besoffen in deinem Zimmer und deine Katze kackt hinter irgendwelche Möbelstücke oder ist gleich ganz getürmt. Aber dann haben wir dich ja vor dem Späti entdeckt."

„Aha." Meine Verliebtheitsgefühle verflogen schlagartig. „Wir. Das heißt, Madeleine und Annika haben mich auch gesehen."

„Ja. Aber wir dachten, es ist besser, wenn ich alleine nach dir gucke."

„Ach so. Ihr habt euch abgesprochen, wer die Schnapsdrossel nach Hause bringen muss, und das warst du, weil ich bei dir am wenigsten aggressiv reagiere. Das hättest du doch gleich sagen können."

„Sag mal, findest du das eigentlich nicht selber anstrengend?"

„Was denn?"

„Na, so zu sein, wie du bist."

„Ähähä, ja danke. Die Frage gebe ich gerne zurück."

Torbens Kiefermuskeln spannten sich an. Er hatte seine Arme verschränkt. Trotzdem zuckten seine Hände. Er atmete aus. „Okay, tut mir leid. Das war missverständlich formuliert. Findest du es nicht anstrengend, immer so zu tun, als seist du jemand ganz anderes?"

„Also, ich weiß nicht, warum du jetzt von dir auf andere schließt, aber ich für meinen Teil bin einfach so, wie ich bin."

„Wie bist du denn?"

„Was ist das denn für eine überhebliche Frage? Und warum sollte ich sie dir beantworten? Wir kennen uns ja nicht mal."

„Ach. Okay." Er ließ die Schultern sinken und sah irgendwo neben sich auf den Boden.

„Nein, ernsthaft. Was ist das hier? Vor fünf Minuten war ich kurz davor, mit dir herumzuknutschen, und jetzt stellt sich raus, eigentlich hängst du nur mit mir ab, weil Madeleine und Annika dir die Arschkarte zugeschoben haben und du mitmachst, weil du aus Pflichtgefühl meinst, dich um mich kümmern zu müssen."

„Das frage ich mich auch. Es lief doch alles prima. Bis du aus heiterem Himmel angefangen hast, mir zu unterstellen, ich würde aus unlauteren Motiven handeln."

„Nicht ‚unlautere' Motive. Einfach andere Motive als die, die du am Anfang vermittelt hast. Ich meine, erst machst du einen auf, ich bin verliebt und halte Händchen, und dann stellt sich raus, du tust es nur Annika und Madeleine zuliebe."

„Kann es sein, dass du permanent denkst, dass andere dich verarschen wollen?"

„Es hat sich doch jetzt gerade wieder bestätigt, oder?"

„Mann ey. Das ist jetzt aber Absicht, oder?“ Er ging einen winzigen Schritt auf mich zu. Ich blieb stehen. „Also, ein kleines bisschen selber mitmachen musst du schon.“ Er streckte die Arme aus.

Und was sollte ich jetzt?

Er nahm mich in den Arm und drückte mich an sich. „Warum können wir uns denn nicht alle drei Sorgen um dich machen? Und warum muss sich das ausschließen, dass ich mir Sorgen mache und dass ich dich, also, dass ich in dich verliebt bin?“

Ich musste einfach meine Nase in die kleine Falte drücken, die entstand, als er seinen Kopf zur Seite drehte. Ich atmete ein, als ich ihn mit der Nase berührte, zuckte er weg, aber das war mir egal. Er roch nach weißem Tee, vermischt mit Schweiß – Frauenschweiß, mit einer zusätzlichen, stechenden Note, die den Frauen-Geruch umso mehr hervorhob. Nicht unbedingt Puma-Käfig, aber doch ganz dezent in dieser Richtung. „Danke, dass du mir das gesagt hast. Ich weiß doch nie, was die Leute über mich denken, oder ob sie wirklich meinen, was sie sagen.“ Wusste ich jetzt übrigens auch nicht. Er konnte mir auch einfach das erzählt haben, was ich hören wollte. Was das war, war ja nicht allzu schwer herauszufinden, wenn man mich nur eine kleine Weile kannte.

Sein Atem berührte meine Wange. Wir waren ungefähr gleich groß. Keine blöden Verrenkungen. Ich müsste einfach nur meinen Kopf ein kleines Stück drehen, dann …

Oh.

Warm und weich, trotz Bart gar nicht so rau und stoppelig wie sonst bei Männern. Außerdem, Thomas’ Mund war so groß gewesen, dass seine Spucke sogar meine Wangen und mein Kinn verschmiert und einen klebrigen, stechend riechenden Film auf meiner Haut hinterlassen hatten. Torbens Mund fühlte sich überhaupt nicht überdimensioniert an. Erst jetzt, als seine Zunge schon in meinem Mund war, merkte ich, dass mir zwei. drei Zwischenschritte fehlen mussten. Oder hatte er sich wirklich einfach zu mir rübergebeugt und mir seine Zunge in den Hals gesteckt? Aber es fühlte sich nicht ungewollt an. Einfach nur irgendwie Okay. Das Problem war, ich hatte es mir spannender vorgestellt, und jetzt passierten die Dinge nicht, die ich erwartet hatte. Das war auch irgendwie komisch. Es passierte auch nichts Negatives, aber alles in allem war es eher langweilig. Ich wollte mich lösen, irgendwie meine Position ändern. Dann fiel mir auf, dass ich das gar nicht musste. Ich versuchte, mich auf seinen Geschmack zu konzentrieren. Da musste es doch einen Unterschied geben?

War aber nicht so. Er schmeckte immer noch nach Frau. Jetzt nicht nach einer Glitzernagellack und Pink Sugar tragenden Frau, einfach nach sich selbst, und ein bisschen nach Kräuterbutter-Baguette (das hatte bestimmt nicht Madeleine mitgebracht), aber immer noch warm und sauber, nach Frau halt. Der Geruch seiner Haare war etwas speziell. Sie rochen nach ungelüftetem Zimmer, ungemachtem Bett. Aber ich mochte das. Steffi hatte sich immer so zugesprüht mit ihrem Axe Bodyspray, da war von ihrem Geruch gar nichts mehr übrig geblieben.

Seine Bewegungen veränderten sich. Zuerst hatte er nur seinen Mund auf meinen gedrückt, wir hatten unsere Speichelprofile abgeglichen, und als ich nichts einzuwenden hatte, hatte er ein bisschen mit seiner Zunge in meinem Mund herumgefühlt. Ich wusste irgendwie nicht so recht, wohin mit meiner Zunge, und tat nichts anderes als die Bewegungen, die er mit seiner Zunge machte, mit meiner zu wiederholen. Irgendwann wurde es langweilig, wie gesagt, aber ich konnte mich auch nicht davon lösen. Es hatte etwas beinahe Hypnotisierendes, vor und zurück, zur Seite und im Kreis herum. Ich bekam auch gar keinen Krampf im Nacken wie sonst bei Männern. Sehr angenehm.

War das diese sexuelle Duldungsstarre, von der unser Biolehrer fabuliert hatte? Die es (vermutlich) nicht nur bei weiblichen Schweinen und Kühen, sondern auch bei weiblichen Menschen gab, harhar? Vielleicht fand ich das, was gerade passierte, eigentlich gar nicht so langweilig, aber okay, sondern dachte nur, dass ich das glaubte, weil ich in diesem Zustand der positiven Gleichgültigkeit gefangen war? Positive Gleichgültigkeit, war das nicht eigentlich ein Widerspruch?

Torben löste seinen Mund von meinem. „Du, ich muss mal ganz kurz atmen."

Innerhalb von Sekundenbruchteilen zogen sich die Muskeln in meiner Gebärmutter zusammen. Wut, oder war es Ärger?, stieg von dort auf (ich hatte bisher gar nicht mitbekommen, dass sich dort überhaupt irgendwelche Gefühle aufhielten) und formierte sich zu einem Stachel, der die ungewohnte, aber auch nicht unangenehme Scheißegal-Blase zerstach. Warum hörte er plötzlich auf? Er hatte doch angefangen mit der Knutscherei, und jetzt war ich daran schuld, dass er nicht atmen konnte, und natürlich bestimmte er jetzt aus dem Nichts heraus, dass er keinen Bock mehr auf mich hatte.

„Ach so. Ja, schade", fasste ich meine Gedanken zusammen.

„Ja, finde ich auch." Er atmete übertrieben aus und ein, um mir zu demonstrieren, wie dringend er Luft brauchte. „Aber es hilft ja nichts." Offensichtlich hatte er beschlossen, die deutliche Verärgerung in meiner Stimme zu ignorieren.

Ich wusste auch gar nicht genau, ob und wie ich ihm das, was mich störte, sagen sollte. Das hätte endlose Diskussionen und Missverständnisse nach sich gezogen, und dazu war ich jetzt zu müde. Worüber regte ich mich eigentlich genau auf? Was Küsse anging, hatte ich ja nun wirklich schon Schlimmeres erlebt.

Gedankenstopp.

Jetzt kapierte ich endlich mal, was Frau Richter damit gemeint hatte. Man musste etwas haben, wofür es sich lohnte, die Gedanken zu stoppen.

Weil man im Hier und Jetzt sein wollte.

Weil dieses Hier und Jetzt besser oder zumindest interessanter war, als sich zum hundertsten Mal zu fragen, warum das andere Hier und Jetzt so scheiße war.

„Okay. Was machen wir jetzt?" Ich fummelte mir mit beiden Händen in Gesicht und Haaren herum, um zu überprüfen, ob die Aktion gerade irgendwelche Spuren hinterlassen hatte, von denen ich noch nichts mitbekommen hatte. Ein Spiegel wäre praktisch. Und Licht.

Als Antwort küsste er mich erneut. Diesmal versuchte ich, den Rhythmus vorzugeben. Er reagierte nicht darauf, wollte dieselben vier Moves durchziehen wie gerade eben. Ich nahm sein Gesicht in meine Hände und streichelte mit meinem Daumen seine Wangen. Seine Haut war weich, ein bisschen schlaffer, als ich vom Aussehen her vermutet hätte. In größeren Abständen ertastete ich einige Stoppeln, oder Pickel, oder Stoppeln mit Pickel drumherum, so genau konnte ich das nicht sagen. In Haslach gab es eine ältere Frau, die mit den Jahren eine eher geschlechtsuntypische Gesichtsbehaarung entwickelt hatte und sich ab und zu rasierte. So ähnlich musste sie sich auch anfühlen. Dieser Gedanke sollte mich eigentlich abtörnen oder so, aber das tat er nicht.

Ich zog Torben näher an mich heran, tastete mit meiner nach seiner Zunge. Wir berührten uns. Dann wusste ich auch nicht mehr weiter. Also machte ich dieselben Bewegungen wie er vorhin, nur in Schlecht.

Er schob sich näher an mich heran, legte seine Arme fest um mich, übernahm wieder die Führung. Er drückte mich gegen das Tor, nicht so blöd aggressiv, wie man das in manchen Schnulzen sieht. Eigentlich war es ganz bequem, von vorne gehalten zu werden und sich gleichzeitig anlehnen zu können. Und plötzlich passierte es doch. Alles Blut floss vom Kopf in meinen Bauch, sammelte sich dort als warme weiche Frucht, die kurz darauf sanft, aber deutlich wahrnehmbar zu Boden fiel und meine Knie zittern ließ. Ich atmete, ein Mal, dann noch mal, weil ich keine Luft einatmete, nur noch Torbens Atem. Ich atmete fester ein, es kam keine Luft mehr in meinem Gehirn an, nur noch sein Geruch. Ich krallte mich an seinem Hintern fest, schob mich an seinem Oberschenkel hinauf hinab hinauf. Er legte seine Hände um meine Hüften und drückte mich gegen die Stelle kurz über seinem Knie. Er fing an, wie nervös mit dem Fuß zu wippen. Ich musste meine Arme um seinen Hals legen, um nicht abzurutschen. Ich spürte die Wärme seiner Hände durch den Stoff meiner Hose. Die Wärme seines Körpers schlug mir in kurzen, duftenden Wellen aus seinem T-Shirt entgegen. Ich wollte mich nur noch in diesen Geruch hineinfallen lassen. Ich wollte wissen, wie dieser Geruch roch, wenn er direkt aus seiner Haut aufstieg. Ich löste meine Hand von seiner Schulter und schob sie von unten durch den Ärmel seines T-Shirts, um den Stoff anzuheben. Mein Mund und meine Kehle öffneten sich und es kamen peinliche Geräusche heraus.

„Alles okay?“, fragte Torben. Er wollte ganz nüchtern und neutral klingen, aber sein Atem war rau und abgehackt.

„Ja. Anders als sonst, aber sehr okay.“

„Aha.“ Er nahm meine Hand aus seinem T-Shirt, drückte aber gleich darauf seine Lippen auf meine.

„Sag mal“, ich löste mich von ihm, „du arbeitest doch im Zoo, oder?“

„Ja.“ Er hob den Arm und roch an seiner Achsel. „Sorry not sorry.“ Er lächelte verschmitzt.

„Aber daran liegt es eh nicht. Glaube ich."

„Aha. Woran denn dann?" Er klang plötzlich ernst. Durch sein T-Shirt hindurch fühlte ich seinen Herzschlag, hart, aber merkwürdig zurückgenommen, als wolle er sein Herz am Schlagen hindern.

„Na jaaa. Du nimmst doch bestimmt Testosteron, oder? Das riecht halt nach Mann. So leicht."

„Und Männer riechen nach Zootier?"

„Puma. Und Pumas sind cool, oder?"

„Na ja. Kommt auf den Kontext an."

„Also, ich meinte das positiv. Es betont irgendwie den Kontrast zu deinem eigentlichen Geruch."

Seine Schultern sanken. Er hatte immer noch seine Arme um mich gelegt, aber trat einen Schritt zurück.

„Mein eigentlicher Geruch."

„Na ja … ich stehe nun mal auf Frauen, und es ist doch schon seltsam, dass du der erste Mann bist, in den ich mich verliebe. Also nicht dass du denkst – ich habe dich wirklich als Mann gelesen, am Aussehen liegt es nicht. Und darauf kommt es dir doch an, oder?"

„Ach, du denkst auch, das ist der einzige Grund, warum ich das mache, oder?" Er schob mich von sich, löste sich vom Tor und zündete sich eine Zigarette an. „Was würdest du denn sagen, wenn Leute behaupten würden, du ziehst dich nur so an, wie du dich anziehst, weil du für einen Mann gehalten werden willst?" Er rückte seine Schirmmütze zurecht.

„Ich würde mich aufregen. Ich will ja nicht für einen Mann gehalten werden. Aber du …"

„Lass mich ausreden!" Er blies mir seinen Rauch ins Gesicht. Hieß es nicht, das machten Frauen, wenn sie mit einem vögeln wollten? „Du willst nicht für einen Mann gehalten werden, weil du eine Frau bist. Siehst du. Und ich will nicht für eine Frau gehalten werden, weil ich ein Mann bin."

„Also das heißt, wenn dich einfach alle für einen Mann halten würden, egal, wie du aussiehst, dann würdest du gar keine Hormone nehmen?"

„Warum habe ich dann permanent das Gefühl, dass du dich über diese Dinge lustig machst?"

„Selektive Wahrnehmung? Negativistisches Weltbild?"

Er warf mir die Zigarette vor die Füße, machte ein paar Schritte rückwärts, war kurz davor, rücklings auf die Straße zu laufen.

„Pass auf!" Ich löste mich vom Tor und packte ihn beim Arm.

„Da ist doch gar nichts!" Er riss sich los und rieb die Stelle, wo ich ihn angefasst hatte, als sei sie dreckig.

„Müssen wir … ich meine, können wir das vielleicht wann anders besprechen?", fragte ich.

„Ach? Wann wäre es dir denn genehm?"

„Mann. Ich meine, müssen wir das überhaupt so im Detail ausdiskutieren? Jedes Mal?"

„Ich glaube, du spinnst, oder? Du fängst doch jedes Mal mit dieser transphoben Kacke an, wenn es gerade interessant wird. So als wolltest du überhaupt nicht mit mir, na ja, näher in Kontakt treten. Also, entweder hast du vor irgendwas Angst, oder du spielst hier irgendwelche Spielchen. Und SM ist nicht so meins, nur dass du das schon mal weißt."

„Äh, ja, doch. Ich will schon. Nur, ich glaube, wir hätten doch erst ein richtiges Date haben und reden sollen und diesen ganzen Quatsch."

„Wir können doch darüber reden. Aber muss das ausgerechnet jetzt sein? Ich meine, wir waren doch gerade mit etwas ganz anderem beschäftigt."

„Ja, schon klar. Aber ich konnte ja auch nicht wissen, dass anscheinend immer, wenn wir gerade dabei sind, oder kurz davor, irgendwelches anderes Zeug auftaucht."

Er streckte seine Hand aus und strich mir über die Wange.

Ich rechnete nicht damit, zuckte zurück. Ich war mit einem Mal so müde. „Es ist doch alles scheiße. Ich dachte halt, ich stehe auf Frauen. Ich hatte jahrelang richtig Stress deswegen. Und jetzt das. Ich komme mir vor wie ein dummes Hetchen aus einer Fünfziger-Jahre-Schnulze, die am Ende doch noch bekehrt wird, weil sie endlich den richtigen Stecher gefunden hat."

„Oh Mann. Das tut mir echt leid." Er öffnete seine Arme.

Ich ließ mich hineinfallen.

Er lachte schadenfroh.

„Du findest das auch noch gut, oder?" Ich schlug ihm mit den Fäusten gegen die Brust. „Du Schuft!"

Wir lachten beide.

„Ich meine das aber ernst!"

Er nahm meine Hand von seiner Brust und küsste meine Wange, mein Ohr, meine Schläfe. Seine Lippen wurden auf meiner Haut zu einem Lächeln.

„Ich kann doch jetzt nicht von einem Tag auf den anderen als Hete rumlaufen. Was sollen denn meine Eltern denken? Und meine Street Cred ist dann ja wohl auch in der Tonne."

Er küsste mich hauchzart auf den Mund. „Für mich ist das auch alles nicht einfach", sagte er dann und legte mir eine Haarsträhne hinters Ohr. „Also auch … na ja, ich glaube, wir müssen doch mal in Ruhe reden."

„Willst du noch mit hochkommen?" Einerseits wusste ich, dass mir das eigentlich zu viel wäre. Andererseits wollte ich nach dieser ganzen Aufregung nicht alleine in meinem Zimmer sitzen, bei einer Katze, die mich hasste und in meiner Abwesenheit wahrscheinlich meine Einrichtung unbenutzbar gemacht hatte.

„Lass uns Telefonnummern austauschen, okay."

„Okay." Ich zückte mein Handy.

„Was?"

„Was?"

„Du grinst so. Du gibst mir jetzt nicht irgendeine 666 666-Fake-Nummer."

„Nee. Aber 666 666 klingt eigentlich echt gut."

„Nur …"

„Nicht heute." Wir sagten es gleichzeitig. Küssten uns. Lachten.

War nicht alles andere egal?

Ich gab ihm meine Nummer, er klingelte mich an, ich speicherte ihn ein, er mich auch.

„Tschüs. Bevor wir doch noch auf dumme Gedanken kommen." Er lief vor zur Straße, ich blieb stehen. Erst als es gar nicht mehr ging, ließ er meine Finger los.

Als er weg war, überlegte ich für einen ganz kurzen Moment, ob ich noch mal raus auf die Straße rennen sollte, natürlich nicht in dieselbe Richtung wie er, und nach einem anderen Spätkauf suchen. Es war so viel passiert heute, und ich hatte es mir schon ein Mal verkniffen, das zeigte doch, dass ich es konnte, da würde ich es auch noch ein anderes Mal schaffen. Nur nicht heute. Nach dem Stress hatte ich mir doch ein Bier verdient.

Andererseits reizte es mich noch mehr, auszuprobieren, ob ich es trotz der ganzen Aufregung schaffen würde, nüchtern zu bleiben.

Es war in diesem Moment die interessantere Alternative. Also ging ich nach oben.

Madeleine und Annika guckten Fernsehen und lachten leise über irgendwas. Ich nahm jetzt einfach mal an, über den Film, den sie guckten. Nicht immer gleich das Schlechteste denken. Dazu war ich nach den fünf Treppen auch zu müde. Meine Zimmertür stand einen Spalt offen. Josie saß trotzdem in meinem Zimmer auf dem Bett. Ich konnte keine Zeichen der Missbilligung feststellen. Vorerst.

Am nächsten Morgen stand Madeleine neben meinem Bett. „Mach mal deinen Wecker aus. Und das Fenster auf. Hier stinkt's."

Ich drückte schwerfällig auf meinem Handy herum. „Ich habe nichts getrunken." Aber mir war auch neu, dass man auch verpennen und sich benebelt fühlen konnte, obwohl man gar nichts getrunken hatte.

„Nee, ist klar. Du warst nur spazieren gestern Abend."

„Ja, ist echt so. Ich habe Torben getroffen."

„Siehst du, hab ich's dir doch gesagt, das waren die beiden, die gestern Nacht da draußen krakeelt haben." Annika lachte in der Küche vor sich hin.

„Wie du schon gesagt hast, ich muss jetzt los." Aufsteigende Gedanken daran, was sie gehört hatten, wie sie die Geräusche interpretierten, jetzt, da sie wussten, wer sie von sich gegeben hatte, und ob oder wie sich das auf das WG-Klima auswirken würde, schob ich beiseite.

Als ich durchs Foyer ins Erzieherzimmer hetzte, war es 7:40 Uhr.

„Laura, kommst du mal kurz?", rief Susanne aus dem Gruppenraum.

Mit einem dumpfen Drücken in der Magengrube ging ich zu ihr. „Entschuldigung, dass ich zu spät bin. Ich habe leider verschlafen."

„Leider nicht zum ersten Mal. Nach fast zwei Monaten solltest du dich doch langsam umgestellt haben."

„Es tut mir leid. Ich weiß echt nicht, woran das liegt." Ich wollte heulen. Ich hatte noch nie in meinem Leben Probleme mit dem Zuspätkommen gehabt. Selbst in meinen schlimmsten Zeiten bei der Firma Benz nicht. Vom Fahrrad gefallen, ja, aber immer noch pünktlich. Und jetzt? Wenn man sich den ganzen Scheiß schon gab mit der Entzieherei, konnte man doch wenigstens erwarten, dass das Leben, wenn schon nicht besser, dann doch wenigstens nicht schlimmer wurde als vorher.

„Ja, alles klar. Ich habe übrigens noch ein bisschen schwarzes Tonpapier gefunden, das könnt ihr ja später für die Augen von den Igeln nehmen. Für die Fensterdeko?", hakte sie nach, als ich nicht reagierte.

„Ja, klar." Scheiße. Ich hätte wohl für heute Tonpapier besorgen sollen, weil ich vor Wochen erwähnt hatte, dass ich öfter mal zu Real am Treptower Park ging, um nach Kleinigkeiten für mein Zimmer zu gucken, und es dort anscheinend das günstigste Tonpapier von ganz Berlin gab. Ich hatte mir schon neue Bettwäsche besorgt. Für ein Bett musste ich noch zwei oder drei Monate sparen.

Diesmal wollten wir jedenfalls Deko für das Herbstfest basteln. Das hatte ich total verdrängt. Es war Anfang September, verdammt. Das war ja schlimmer als Weihnachtsmänner im Supermarkt. „Ähm, es tut mir sehr leid, aber ich habe leider vergessen, dass du mir das am Mittwoch gesagt hast." Ganz ehrlich, wenn man in einem Kindergarten arbeitete, konnte man doch wohl eine Abo-Bestellung für Tonpapier, Knete und solches Zeug einrichten und musste damit nicht die Mitarbeiter außerhalb ihrer Arbeitszeit behelligen.

Sie sah mich entgeistert an. Hatte ich meine letzten Sätze laut gesagt? Würde sie mich auf der Stelle feuern?

„Ich habe leider erst Mittwoch Abend bemerkt, dass wir nicht mehr genug Tonpapier haben. Da habe ich dir erst gegen sieben eine SMS geschickt."

„Dann hast du es mir gar nicht gesagt? Ich hatte mich schon gewundert." Das machte die Gesamtsituation jetzt nicht besser, aber wenigstens wirkte ich dadurch weniger dement. „Äh ja, mein Handyspeicher ist voll oder so. Jedenfalls wird es mir nicht mehr auf dem Startbildschirm angezeigt, wenn mir jemand eine SMS schreibt." Ich öffnete die SMS-App. Tatsächlich, Mittwoch, 27.8., 19:02 Uhr.

„Das konnte ich doch nicht wissen, dass du es nicht hinbekommst, deinen Handyspeicher regelmäßig aufzuräumen. Was willst du stattdessen mit den Kindern machen?"

„Da müsste ich mal in den Materialraum schauen."

„Ja, dann mach das. Um acht wollen wir anfangen. Ich gehe dann schon mal in den Morgenkreis." Sie ging in den Gruppenraum. „So, jetzt kommt ihr mal alle in den Kreis. Nein, Laura macht heute nicht mit", sagte sie zu Lars. „Sie muss noch etwas vorbereiten für nachher."

Nein, die Laura kann heute nicht mitspielen. Sie hat ihre Hausaufgaben nicht gemacht. Woher hätte ich denn wissen sollen, dass Susanne mir eine SMS geschickt hatte? An einem Mittwoch Abend außerhalb meiner Arbeitszeit? Und dass ich auch nur eine Sekunde geglaubt hatte, ich könnte so verpeilt sein, dass Susanne am Freitag etwas zu mir gesagt und ich es überhaupt nicht mitbekommen hatte, war auch wieder so typisch. Aber wenn ich in der U-Bahn kontrolliert wurde, vergaß ich im ersten Moment auch oft, dass ich mir doch eigentlich eine Fahrkarte gekauft hatte.

Panisch scannte ich die Regale und Schränke im Materialraum. Acrylfarben.

Tonpapier. Aber wirklich nicht genug für fünfzehn Kinder.

So eine Scheiße. Es war doch aber auch klar, dass mir so was ausgerechnet jetzt passieren musste, wo ich das erste Mal seit gefühlt hundert Jahren wieder glücklich war. Gewesen war.

Wo sollte ich in den nächsten zwanzig Minuten irgendwas zum Basteln herbekommen? Geschweige denn irgendwas, woraus man Igel basteln konnte?

Es regte mich alles so auf. Jaja, wenn ich erst mal mit dem Saufen aufgehört habe, wird mein ganzes Leben viel viel geiler. Was für eine Lüge. Was machte ich denn jetzt? Ich hatte keine Ahnung. Am besten gleich meine Kündigung einreichen, bevor Susanne mich wirklich von sich aus rauswarf.

Ich musste hier raus, bevor ich irgendwas zusammentrat.

Ich regte mich auf, gleichzeitig fühlte ich mich immer noch total benommen. Mein Herz schlug so schwer, dass ich keine Luft mehr bekam. Als ich die Eingangstür öffnete, dachte ich, ich würde gleich aufs Pflaster kotzen. Wenigstens war es nicht mehr so eklig schwül-warm wie die letzten Tage.

Ich musste mich so hart zusammenreißen, nicht auf offener Straße loszuheulen.

Wer kam im nächsten Moment angeradelt, mit Marla im Kindersitz?

„Hallo Laura!“, rief sie. „Siehst du! Heute sind wir mal zu spät!“

Torben nahm sie aus dem Kindersitz am Lenker und drückte ihr ihren Rucksack in die Hand. Sofort öffnete sie ihn. „Guck mal, was ich mitgebracht habe heute zum Basteln! Meine Mama hatte noch so Kulleraugen da, die kann man dem Igel dann ankleben.“ Sie suchte. „Ach, und dann habe ich noch Glitzi …“

„Hase, lass das mal drin. Nicht, dass es noch alles durch die Gegend purzelt.“

Marla machte den Rucksack wieder zu. „Okay, dann zeig ich's dir drinnen. Aber dann musst du aufpassen, dass der doofe Lars den Glitzi nicht verschüttet. Der ist so tollpatschig!“ Sie hüpfte auf und ab. „Ich mach heute nämlich einen extra schönen Igel, für meine Mama, die ist krank. Also ich mache zwei, einen für hier und einen richtig schönen für Mama.“

Torben sah lautlos lachend zu mir herüber. Ich wusste, ich sollte, aber ich konnte mich nicht aufraffen, zurückzulachen. „Ist es was Schlimmes, mit Kathi?“

„Nein, bloß Magen-Darm oder so.“ Er guckte wieder auf seinen rechten Fuß, mit dem er nervös auf den Boden tappte, als sei ihm das megapeinlich. „Aber was ist denn mit dir?“ Er hob seinen Kopf wie aus tiefsten Gedanken. „Du siehst auch nicht besonders glücklich aus. Liegt es“, er bewegte lautlos die Lippen, „an gestern?“

„Nein, gar nicht“, murmelte ich. Ich wäre nie darauf gekommen, dass er so was denken könnte. „Nur, leider wird das nichts mit den Igeln heute. Ich habe vergessen, Tonpapier zu kaufen. Also eigentlich nicht vergessen, es ist schon irgendwie meine Schuld, aber irgendwie …“ Marla guckte interessiert zu mir herauf, „ach, das ist eine lange Geschichte. Erzähle ich dir ein andermal.“

„Aber jetzt habe ich extra die ganzen Sachen mitgebracht. Zum Igel-Basteln! Und ich hab meiner Mama versprochen, dass ich ihr einen mitbringe heute für unser Küchenfenster, damit sie schnell wieder gesund wird.“

Ich dachte, sie würde wütend werden. Stattdessen fing sie an zu weinen.

Ich wollte nur noch in ein Loch kriechen, mich zusammenrollen und warten, bis Erde mich bedeckte.

„Na ja, notfalls macht ihr die Igel halt morgen. Auf einen Tag hin oder her kommt es auch nicht an.“

„Aber ich hab's ihr versprochen!"

„Ja. Aber wenn du nichts dafür kannst, dass ihr heute keine Igel basteln könnt, dann ist die Mama auch nicht sauer auf dich."

„Die Mama ist überhaupt nie sauer!"

Erneuter Blick zu mir von Torben, mit hochgezogener Augenbraue.

„Aber sie ist dann bestimmt traurig, weil wenn man jemand was verspricht, und dann macht man es nicht, dann ist es ganz blöd." Sie setzte sich neben das Fahrrad, verschränkte die Arme und kratzte mit der Ferse ihres Schuhs auf dem Asphalt herum.

Torben schloss die Augen und atmete aus. „Aber Hase. Das habe ich dir doch gerade versucht zu erklären. Manchmal klappen Dinge nicht, da kann keiner was für, und dann ist es nicht das Gleiche, wie wenn man ein Versprechen nicht hält."

„Blöd!" Sie schlug mit ihrem Bein mehrmals auf den Boden.

„Marla-Hase, lass das bitte. Du weißt, da gehen die Schuhe von kaputt."

„Also, wir machen auf jeden Fall was anderes heute", sagte ich, nur damit ich irgendwas gesagt hatte.

„Was denn?", knatschte sie. Aber sie hörte auf, ihre Schuhe zu malträtieren.

„Das weiß ich leider noch nicht so genau."

„Siehst du!" Diesmal stampfte sie richtig.

„Marla, es reicht!" Torben stellte das Fahrrad in den Ständer neben der Tür.

„Mir doch egal" Sie schmiss sich hin und schlug mit den Händen auf den Asphalt, der voller kleiner Kieselsteine war.

„Marla! Da bist du doch viel zu alt für!"

„Mir doch egal!" Sie legte den Kopf auf die Arme und heulte und ramponierte weiterhin die Spitzen ihrer Schuhe.

„Nein. Das ist die Milchzahn-Pubertät. Betrifft Kinder von fünf bis sieben." Stand in dem Buch, das ich mir auf Meltems und Ollis Empfehlung hin gekauft hatte. Aber ich kam mir vor, als würde ich auf das erste Exemplar einer unbekannten Spezies blicken.

„Echt? Das hat einen Namen?"

„Ja. Nur der Name allein bringt uns jetzt glaube ich auch nicht weiter. Außerdem, es ist ja wirklich blöd, wenn sie sich aufs Igel-Basteln gefreut hat", Torben sah mich entgeistert an, ich konnte es nicht richtig deuten, „und jetzt geht es nicht, also da müssen wir …"

„Genau! Ich hab mich so gefreut!" Marla fing wieder an zu strampeln und zu heulen.

„Deswegen muss ich mir jetzt was anderes ausdenken. Bis um acht. Hast du eine Ahnung, woraus man noch Igel basteln könnte?"

„Was ist denn da?", rief Torben gegen Marlas Geschrei an. Er beugte sich zu ihr herunter und strich ihr über den Kopf.

„Acrylfarben."

„Habt ihr altes Papier? Dann könntest du doch Pappmaché machen."

„Ist das nicht ein Riesengemansche? Und muss man das nicht über Nacht ziehen lassen oder so?"

„Nein. Aber du brauchst Unmengen Klopapier. Und Kleister."

„Klopapier. Ha ha", motzte Marla. „Daraus kann man doch gar nichts basteln. Ihr lügt schon wieder!" Und die Sirene ging wieder an.

„Jetzt steh mal auf." Torben nahm sie unter den Armen und wollte sie aufrichten.

„Manno! Lass mich!" Sie schlug nach ihm und legte sich wieder hin.

„Wir machen Salzteig." Mehl, Wasser, Öl, Salz. Christbaumschmuck basteln mit Herrn Schödl und seiner Frau. Warum war mir das nicht früher eingefallen. Und nach dem Backen konnte man die Tiere mit Acrylfarben anmalen. Oder man buk sie gar nicht erst im Ofen, sondern verzierte sie mit irgendwas. Aus Zweigen konnte man doch super Stacheln basteln. Wer hätte gedacht, dass der dumme Jugendleiter-Kurs doch mal zu was nütze sein würde.

Ich sah auf mein Handy. Dreiviertel acht. „Schaffe ich das in einer Viertelstunde zum Rewe und zurück?"

„Könnte knapp werden. Aber ich kann dich auf dem Fahrrad mitnehmen."

„In meinem Sitz? Nein!" Marla boxte Torben gegen den Arm.

„Sehe ich aus, als ob ich in deinen Sitz passe?"

„Ha ha. Ich will rein. Und nur wegen euch habe ich jetzt den Morgenkreis verpasst." Sie verschränkte die Arme, senkte den

Kopf und schob ihre Unterlippe vor. „Das sage ich Susanne. Man darf nämlich nicht zu spät zum Kindi kommen."

Diesmal ein unverhohlenes Augenrollen von Torben. „Dann gehen wir jetzt mal ganz schnell rein, okay?" Er zwang sich ein Lächeln ab.

„Du bist blöd!"

„Dann geh alleine rein." Er zuckte mit den Schultern, zog den Fahrradsitz aus der Halterung und stellte ihn hinter die Eingangstür. „Na hopp, ich muss los." Er hielt Marla die Tür auf und ihr ihren Rucksack hin.

„Nein, du musst mit!" Sie klammerte sich an sein Bein.

„Also ich glaube, das mit der Wackelzahnpubertät ist es nicht. Ich glaube, Kathi hat ihr wieder irgendwas erzählt, und jetzt hat sie vor was Angst und will es mir aber nicht sagen."

„Was denn?"

„Lange Geschichte. Komm, wir fahren los." Er ging zurück zum Fahrrad. Als ich hinter ihm auf dem Fahrrad saß, fiel mir mit einem Mal siedendheiß ein, dass ich Torben ja eigentlich auch noch die Sache mit den Büchern erzählen musste, die inzwischen bei mir in einer Tüte im oberen Fach meines Kleiderschranks lagen. Der Buchbinder hatte gemeint, hundert bis hundertfünfzig Euro müsse ich rechnen für die drei Bücher. Günstiger wäre es, die Bücher neu zu kaufen und dann dafür zu sorgen, dass sie etwas angegammelt aussahen. Seine Worte. Das vertrug sich eigentlich ganz gut mit meinem Plan, nämlich, sie heimlich reparieren zu lassen und sie dann Torben zurückzugeben und zu sagen, wir bräuchten auf dem Bücherwagen Platz für neue. Nur wusste ich ja nicht, in welchem Zustand sie gewesen waren, als Marla sie mitgebracht hatte. Jetzt war eh ein schlechter Zeitpunkt für so was. Ich schlang meine Arme fester um ihn.

Nach nicht mal fünfzig Metern kam uns Meltem entgegen. Sie guckte, guckte noch mal und fing an zu grinsen.

Na toll. Wo kam die denn jetzt überhaupt her?

Aber na ja. Dann war es halt so. Torbens Rückenmuskeln zuckten, als wolle er mich mit dem Rücken anstupsen. Als er mal eine Strecke geradeaus fahren konnte, drehte er sich um und grinste. Ich lächelte zurück. Er drehte sich wieder um und griff ohne hinzugucken nach meiner Hand und streichelte sie.

Hundert Gramm Mehl, fünfzig Gramm Salz, zwanzig Gramm Öl, wiederholte ich in Gedanken immer wieder. Pro Person.

Die Uhr im Foyer zeigte Viertel nach acht. „Hallo, das hat ja ewig gedauert. Susanne hat gesagt, wir malen jetzt Igel auf weißes Papier und malen die dann aus, und die Deko mit dem Tonpapier machen wir am Donnerstag", begrüßte mich Marla, als ich mit drei Kilo Mehl, zwei Kilo Salz und einem Liter Öl im Rucksack im Gruppenraum stand. „Das geht nämlich gar nicht, dass du an einem Tag zwei Mal zu spät kommst." Bevor ich antworten konnte, rannte sie zurück in die Malecke.

Ich setzte mich an einen der Esstische und wartete auf meinen Anschiss von Susanne, als sei ich selber ein Kindergarten-Kind.

„Es tut mir leid, dass es am Wochenende dieses Missverständnis mit dem Tonpapier gab. Ich sehe ein, dass es nicht allein deine Schuld ist." Sie klang, als hätte sie diese zwei Sätze gerade auswendig gelernt. „Aber es geht nicht, dass du dann den Kindern etwas ankündigst, ohne mit mir vorher darüber zu sprechen, die Kinder sich gegenseitig hochschaukeln und du dann zum zweiten Mal an einem Tag zu spät kommst."

Mit einem unangenehmen Prickeln stieg mir die Hitze ins Gesicht. „Es tut mir leid. Mir ist was dazwischengekommen."

„Ja, das ist uns nicht entgangen. Aber dann hättest du doch vorher noch mal reinkommen können, um zu sagen, was du vorhast, bevor du das Gelände verlässt. So habe ich ehrlich gesagt gedacht, du hast dich für immer verabschiedet, weil du die Schnauze voll hast."

„Wäre dir das lieber?"

Susanne sah kopfschüttelnd zur Decke und tat, als sei sie ganz überrascht über meine direkte Frage. „Es geht doch darum, was dir lieber ist. Und ich habe nicht den Eindruck, dass du hier besonders glücklich bist."

„Ja, stimmt. Das liegt aber nicht an der Arbeit." Plötzlich war ich doch traurig. Mein letzter Tag war gekommen, ich fühlte es ganz genau.

„Das mag ja sein. Aber du kannst deine Probleme mit dir selbst nicht unbegrenzt auf der Arbeit ausleben. Ich habe das Gefühl, du musst erst mal lernen, mit dir selbst klarzukommen, bevor du dich um andere kümmerst."

Oh, ziehe erst den Balken aus deinem eigenen Auge, bevor du jemand anderem den Splitter ziehst, das hatte mir doch schon Herr Schödl nahegelegt zum Abschied.

Ja, es ging mir scheiße, und ich war keine von denen, die aus dem Stand fünfzehn Kinder in gute Laune versetzen konnte. Aber musste man so was von Geburt an können? Ich dachte, ich sei hier, um das zu lernen.

„Tut mir leid, dass ich anscheinend noch nicht erwachsen genug wirke oder so. Aber mir macht der Job wirklich Spaß."

„Dass es dir Spaß macht, reicht aber nicht. Du musst auch mal an die Kinder denken. Und da muss man seine eigenen Bedürfnisse auch mal zurückstellen können."

„Ja, das ist mir auch klar. Vielleicht bin ich einfach noch nicht so weit", sagte ich. Aber findest du es nicht seltsam, dass auch die letzte Praktikantin diese Einrichtung nach fast genau zwei Monaten verlassen hat?, dachte ich.

„Noch mal, du kannst nicht vor Kindern irgendwas ankündigen, ohne mit mir vorher abzusprechen, ob das überhaupt machbar ist. Zum Beispiel, ob heute genug Erzieher da sind, um zwei Gruppen in getrennten Räumen zu beaufsichtigen, und eine davon in der Küche. Die ist nämlich nicht für fünfzehn Kinder ausgelegt. Und wenn der Backofen an ist, brauchst du eigentlich schon für eine Halbgruppe zwei Erzieher."

„Aber Salzteig muss man gar nicht backen. Den kann man auch einfach trocknen lassen."

Sie sah mich an, als zweifle sie an meiner Zurechnungsfähigkeit.

„Ja, ich weiß, das ist gerade nicht der Kernpunkt. Trotzdem, ich habe mir schon was dabei gedacht, auch wenn ich dir meine Überlegungen nicht mitgeteilt habe."

„Das ist schön. Trotzdem kann ich so nicht mit dir arbeiten."

Ich wartete darauf, dass sie noch etwas sagte.

Aber sie sagte nichts.

Nichts.

Mir traten Tränen in die Augen. Ich blinzelte. Schluckte. Es nützte nichts. Ich heulte richtig. „Es tut mir leid! Ich habe das doch nicht mit Absicht gemacht. Ich weiß, ich bin verpeilt und nicht besonders gut darin, mich mit anderen Leuten auszutauschen. Aber das liegt doch auch nur … also teilweise daran, dass ich bisher mehr so mein eigenes Ding gemacht habe. Ich hatte eben keine Leute, mit denen ich mich absprechen musste, weil ich die meiste Zeit meines Lebens alleine war." Bevor ich mich hier komplett nackig machte, heulte ich lieber wieder.

Susanne seufzte, sah mich an, als wartete sie auf weitere Reaktionen, um mein Verhalten abschließend beurteilen zu können. Aber ich konnte nur noch heulen. Ich konnte nicht schon wieder was verkacken. Meine Ausbildung, und jetzt das. Und eigentlich mein Abitur doch auch. Irina hatte recht. Ich war total der Loser. Wäre ich auf meiner alten Schule geblieben, hätten sie mich zwar weiter gemobbt, aber wenigstens wären Steffi und ich nie so richtig zusammengekommen. Unter normalen Umständen wäre Steffi doch total unwichtig für mich gewesen, ich hätte sie längst wieder vergessen und unsere Beziehung, Affäre oder whatever the fuck das war als „Phase" abgetan.

Das war doch alles Kacke, jahrelanger Stress für nichts, na toll, aber eine richtige Hete war ich jetzt immer noch nicht. War Torben nur der nächste Schritt auf meinem Weg zur Heterosexualität?

Ihh, nein!

Aber was war es denn dann?

Susanne reichte mir eine Packung Tempos aus der hinteren Hosentasche. „Ich nehme an, dass du gewisse Dinge, die für die Arbeit mit Kindern wichtig sind, in Zukunft berücksichtigen wirst?" Oh nein, sie dachte ja, mein Heulkrampf hätte ausschließlich was mit dem drohenden Verlust meiner Stelle zu tun. Hatte es ja. Auch. Es musste halt immer alles auf einmal passieren.

„Ja. Ich werde mich ab jetzt auf jeden Fall zusammenreißen."

Das war Susanne auch wieder nicht recht. „Du sollst dich nicht zusammenreißen. Du sollst dich mal ernsthaft um deine Probleme kümmern. Die Versuche, die du bisher unternommen hast, waren offensichtlich nicht besonders effektiv."

„Na ja, aber wenigstens bin ich eine von meinen dysfunktionalen Bewältigungsstrategien los. Ich meine, du weißt doch eh Bescheid, oder? Torben, also Herr Pasemann, meinte, du bist mit seiner Mutter befreundet."

„Nein, davon wusste ich nichts und will auch nicht mehr wissen. Such dir eine kompetente Therapeutin oder einen Therapeuten. Ich wüsste da wen. Erinnere mich nachher noch einmal daran, dann schreibe ich dir die Nummer auf." Auf einmal war sie wie ausgewechselt.

Was sollte das denn jetzt? Mich erst in den Glauben versetzen, dass alles verloren war, mir zugucken, wie ich weinte, und dann eine Hundertachtzig-Grad-Wende machen und so tun, als sei nichts geschehen. Das grenzte doch an Sadismus. Wieso schafften es Menschen überhaupt, in mir solche Gefühle auszulösen? Mein Tag war noch nicht mal zwei Stunden alt und ich hatte schon mindestens zehn verschiedene Emotionen hinter mir. Ich hielt das schon rein körperlich fast nicht aus. Wie sollte das dann erst mal werden, wenn ich über dreißig war?

Der Rest des Tages verlief ohne weitere Zwischenfälle. Am Samstag beschloss ich, Marlas Bücher selbst zu reparieren. Ich dachte, ein bisschen Tesa, ein feuchtes Tuch, fertig, aber nein. Das war total kompliziert und schon seine 150 Euro wert. Aber ich machte das jetzt selber, schlimmer als vorher würden sie schon nicht aussehen.

Fand ein Wikihow dazu. War viel Gefummel, aber machbar, und die Sachen, die man dazu brauchte, waren auch nicht unendlich teuer. Gleich mal bei Amazon bestellt, ja, ich weiß, böse.

Gestern Nachmittag bat mich Susanne in ihr Büro. Wahrscheinlich hatte ich schon wieder was verkackt und war so verpeilt, dass mir das nicht mal aufgefallen war.

„Am Samstag ist ja unser Herbstfest", sagte sie, als wolle sie sich vergewissern, dass diese Information mittlerweile auch zu mir durchgedrungen war. „Ich dachte mir, dann kannst du ja deine Salzteig-Igel dort basteln." Ich sah mich alleine neben einer riesigen Schüssel Teig sitzen, während die Kinder alle mit Oliver Kastanienmännchen bauten.

„Ja, okay. Ich denke … also ich glaube, das bekomme ich hin."

„Gut. Dann zeig mir bitte am Freitag deine Liste mit Materialien beziehungsweise sag Bescheid, wenn du noch welche brauchst."

Freitag Bescheid sagen, falls ich noch Materialien brauchte. Wenn am Samstag das Fest war. So sehr langfristig geplant schien mir das jetzt auch nicht. Hätten wir sie letzten Freitag gemacht, könnten wir sie am Samstag auf dem Fest ausstellen. Ich war nach wie vor überzeugt, dass das die bessere Lösung gewesen wäre. Aber manchmal musste man wohl nicht nur Dinge tun, sondern auch Dinge nicht tun, um mit Leuten klarzukommen. „Ich würde gerne mit den Kindern Bucheckern, Blätter und Zweige sammeln gehen. Dann können wir den Igeln richtige Stacheln machen und Nester bauen."

Susanne sah aus, als wollte sie mich noch mal wegen irgendwas anschnauzen. „Na gut, das kannst du ja dann morgen Nachmittag während der Wiesenzeit machen", sagte sie stattdessen.

„Was ist denn Salzteig?" Amelie sah misstrauisch zu den Zutaten hinauf, die ich in exakt der Reihenfolge, in der ich sie verwenden musste, auf der Arbeitsplatte aufgereiht hatte.

„Das ist quasi selber gemachte Knete. Es geht ganz einfach und man kann den Teig am Ende selber anmalen", erklärte ich.

„Und ich hab Glitzer mitgebracht. Für die Füße von meinem Igel." Marla durchsuchte ihren Rucksack nach ihrem geliebten Glitzer. Sie öffnete eine kleine rosa Plastiktasche mit Reißverschluss, in der ungefähr zehn Dosen mit Glitzerpuder in den unterschiedlichsten Farbtönen waren. „Dann kriegen meine Igel nämlich Nagellack. So wie ich." Marla streckte mir stolz ihre Hände entgegen. Die Nägel der einen Hand waren glitzerrosa lackiert, die der anderen perlmuttfarben. Ich brachte es nicht über mich, ihr zu sagen, dass die Igel, die wir formen würden, gar keine Füße hatten, und bekam schon den ersten Schweißausbruch an diesem Nachmittag.

Plötzlich kam ein ganzer Schwung Kinder von draußen zur Küche herein.

„Samuel hat gesagt, ihr macht Pizza."

Samuel nickte.

„Nein, wir machen Knete, die man anmalen kann", sagte Amelie.

„Das hat Laura gerade erklärt. Das habt ihr wohl verpasst", sagte Marla und stellte sich mit ausgebreiteten Armen vor die Tür.

„Aber hier ist fast noch niemand."

„Trotzdem, jetzt ist es zu spät. Ihr dürft hier nicht rein."

„Doch", rief Samuel. „Es dürfen mindestens zehn Kinder sein."

„Das stimmt allerdings." Mir wäre es auch lieber gewesen, mit Amelie und Marla alleine zu sein.

„Na dann gehe ich schnell um den Block, frische Luft schnappen, und helfe dir dann hier", sagte Olli.

„Hahaha, gar nicht, du willst nur rauchen", sagte Samuel.

„Egal. Komm, wir fangen schon mal an." Lukas packte Samuel am Ärmel. Lars, der Jüngste, kam als Letztes hinterhergerannt, war aber als Erster in der Küche, riss die Schubladen auf und klopfte freudestrahlend seine Umgebung ab inklusive der anderen Kinder.

„Oahaa, machen wir Pizza?“ Er schnappte sich eine Tüte Mehl und riss sie auf. Ungefähr ein Zehntel der Packung landete auf dem Boden.

„Nein, du Eumel, wir machen Igel. Das hat Laura doch schon hundertmal erklärt.“ Amelie setzte sich auf den Stuhl, der am nächsten an der Arbeitsplatte mit den Zutaten stand, und hielt Marla einen Platz frei. Die kam sofort angerannt und baute ihr Glitzer-Sortiment vor sich auf.

Ich nahm Lars die Tüte aus der Hand. Dabei verschüttete ich selbst drei Mal so viel Mehl auf dem Boden wie er.

„Hahaha, guck mal, Schlittschuh!“ Er malte mit dem Fuß Streifen in die Mehlschicht. „Ich will lieber Pizza backen.“

„Lars! Wir machen keine Pizza. Hör doch mal zu!“, sagte Marla. Sie schüttelte eines ihrer Glitzerpuder-Döschen. „Haben wir eigentlich auch Pinsel oder soll ich eine Pinzette nehmen?“

„Wofür denn genau?“ Was zur Hölle hatte sie denn bitte mit den – eigentlich überhaupt nicht vorgesehenen – Igelfüßen vor?

„Na ja, man kann zu dem Glitzer ein bisschen Wasser machen, dann kann man es benutzen wie Farbe. Oder man kann die Sachen mit so durchsichtigem Lack anstreichen, und dann den Glitzer draufstreuen. Dann muss man es aber ganz lange trocknen lassen.“ Sie schraubte das Döschen auf und rührte mit dem Zeigefinger darin herum. „Meine Mama ist nämlich immer noch krank, deswegen kann sie heute nicht kommen und ich muss ihr einen Glitzer-Igel mitbringen.“

Lars, der als einziges Kind noch keinen Platz gefunden hatte, rannte zu ihr und riss es ihr aus der Hand. „Das ist für deine Mama ihr Gesicht. Wenn sie im Sarg liegt.“ Er hüpfte damit durch den Raum wie ein Bekloppter. Glitzerpuder verteilte sich auf dem Tisch, dem Boden und den anderen Kindern.

Wo war Oliver, wenn man ihn brauchte? Oder Meltem? Die kannte ihn doch schon so lange. Die wusste bestimmt, wie man ihn einfing, ohne dass er sich noch mehr aufregte. Also ohne ihn anzufassen.

„Lars, das geht nicht. Setz dich bitte hin und gib Marla ihre Dose wieder.“

Er antwortete nicht, sondern schüttete sich den Rest des Glitzers auf die Haare und schüttelte dann wie wild den Kopf.

„Das geht nicht." Meine Stimme wurde laut. Vor Panik. „Wenn du den anderen Kindern was wegnimmst, kannst du leider nicht mit uns basteln. Dann musst du draußen auf den Hof gehen und schaukeln."

Er schien mich überhaupt nicht zu hören, genauso wenig wie Samuel und Lukas, die hochkonzentriert Schlangenlinien auf die Tischplatte malten und das Verhalten ihres Bruders beobachteten, ohne den Kopf zu heben. Müssten sie eigentlich nicht schon längst eingeschult worden sein? Sie waren eines dieser Zwillingspaare, die aussahen wie gewöhnliche Geschwister, eigentlich nicht mal das. Vielleicht hatten Riegers beschlossen, sie noch ein Jahr mit Lars zusammen im Kindergarten zu lassen, damit die beiden ihn unter Kontrolle halten konnten.

„Setz dich bitte hin, sonst muss ich dich nach draußen bringen."

Zwecklos. Ich schnappte mir seine Hand und wollte mit ihm zusammen nach draußen gehen. Er ließ sich wie ein nasser Sack auf den Boden fallen und kugelte mir dabei fast die Schulter aus. „Du darfst mich gar nicht festhalten", brüllte er.

„Doch, das darf ich, wenn du einfach anderen Kindern ihre Sachen wegnimmst."

„Stimmt gar nicht! Du musst mich erst fragen. Oder Marla muss mich fragen, damit ich sie ihr wieder zurückgebe", in unveränderter Lautstärke.

Ach, Tatsache. Da war mal was gewesen. Aber dafür hatte ich jetzt wirklich keine Nerven. „Nein, ich sage dir jetzt: Du gibst Marla ihr Glitzer zurück, und dann gehen wir beide raus."

„Nein, sie muss mich zuerst fragen."

„Wieso muss sie dich erst fragen, ob du so nett bist, ihr das Glitzer zurückzugeben, wenn du es ihr doch weggenommen hast? Das ist doch selbstverständlich, dass man eine Sache, die man einfach so genommen hat, so schnell wie möglich wieder zurückgibt." Aber das kapierte auch ein Fünfjähriger.

„Das ist meine Dose, die kriegt niemand! Du dummes Arschgesicht!" Aus dem Nichts sprang Marla auf und trat Lars, der immer noch auf dem Boden lag, in den Bauch. Der ließ endlich meinen Arm los, sprang auf und haute Marla eine runter.

„Es reicht jetzt." Ich hob Lars mit beiden Händen hoch und trug das strampelnde Kind aus der Küche. Seine Brüder taten, als kannten sie ihn gar nicht. Nur, wohin jetzt?

„Lass mich los!" Er kniff mich in den Arm. Ich hatte wirklich große Lust, ihn einfach fallen zu lassen. Aber unter all dem Gestrampel und Geschrei merkte ich, wie er vor Anstrengung zitterte und sich selbst an den Rand der Erschöpfung brachte und alles tat, dass andere ihm diese Erschöpfung nicht anmerkten. Ich setzte mich auf eine der Bänke im Flur und nahm ihn auf meinen Schoß. Sobald ich ihn losgelassen hatte, rutschte er von meinen Knien vor meine Füße und verwandelte sich in ein heulendes Häufchen Elend.

„Ach Lars. Was ist denn los mit dir?" Ich wollte ihm über den Kopf streicheln, traute mich aber nicht, ihn anzufassen.

Er drehte sich zu mir um und legte den Kopf auf mein Knie. Sein Blick war so müde. Er wirkte plötzlich mindestens zehn Jahre älter, als er war. Ich hatte keine Ahnung, was ich sagen, ihn fragen, mit ihm machen sollte.

„Larsibär! Wo treibst du dich denn schon wieder rum", rief Oliver durch den Flur. „Du wolltest doch Igel basteln, oder?"

War das jetzt irgendwie taktlos, oder nahm ich das hier alles viel zu ernst? „Erst war er total aufgedreht, und jetzt, weiß ich nicht, wirkt er irgendwie so, als wäre er krank. Findest du nicht auch?"

„Nein, ich bin nicht krank!" Lars sprang auf und hüpfte in Ollis Arme. „Ich will jetzt Igel machen. Aber nur, wenn du auch mitmachst."

„Alles klar. Dann mal los! Aber was hast du denn da auf dem Kopf?" Olli wuschelte ihm durch die Haare. Pinkes Glitzer fiel rings um ihn auf den Boden.

„Er hat … egal, erzähle ich dir später."

Als wir in die Küche kamen, saß Torben in der Küche, Marla auf dem Schoß und Amelie neben sich. Die beiden Jungs waren verschwunden. Marla weinte. Larissa und Amin aus der Mäuse-Gruppe (ein Jahr jünger als Marla und Amelie) streichelten ihr über die Schulter und räumten ihre Glitzerdöschen wieder in ihre rosa Plastiktasche.

„Der Arsch hat meinen Glitzer verschüttet!" Marla zeigte auf Lars und vergrub dann ihren Kopf an Torbens Hals. „Der macht immer alle meine Sachen kaputt!"

Alles was ich anfing, endete in Chaos und Tränen. Ich war wohl wirklich ungeeignet für diesen Job.

„Marla, wir haben dir schon ein paar Mal gesagt, es geht nicht, dass du ständig solche Wörter benutzt." Oliver stellte Lars auf dem Boden ab. „Such dir mal einen Platz."

Klar, böse Wörter waren jetzt natürlich das Hauptproblem. „Aber es stimmt doch. Er hat Marlas Sachen verschüttet. Und ich wusste nicht, wie ich ihn davon abhalten sollte. Ich kann schon verstehen, dass Marla da sauer ist."

„Genau." Marla löste sich von ihrem Vater und stocherte in seine Richtung. „Wenn Larsi und seine Brüder was machen, hat das nämlich nie Konsiquenzen."

Larsi?

Siehst du, signalisierte Olli mir mit besserwisserischen Blicken, eigentlich mag sie ihn nämlich total.

Tatsächlich verlief das Teig-Machen ohne weitere Aussetzer, und es gelang den beiden sogar, einen Igel mit Füßen zu formen. Lars machte den Körper und Marla die Füße, etwas überproportional zwar, aber das mussten sie ja sein, wenn sie später noch mit Glitzer bestrichen werden sollten. Ich zeigte ihnen, wie sie die Füße mit einem Zahnstocher an den Körper „nähen" mussten. Lars machte die Vorderfüße, Marla die hinteren, und es herrschten Ruhe und Frieden.

„Jetzt könnt ihr euch aussuchen, wie ihr die Stacheln machen wollt. Aus Bucheckern oder mit Nelken?", fragte ich, als alle vier Füße dran waren. Das Tier sah aus wie ein Seehund mit Maulwurfsfüßen, aber Hauptsache, den Kindern gefiel es.

„Iiihh!" Lars schob die Nelken von sich weg. „Duuhu?"

„Ja?"

„Bist du eigentlich eine Frau oder ein Mann?"

Bevor ich darüber nachdenken konnte, wie Lars jetzt von Nelken auf das Thema Mann oder Frau kam, streckte er seinen Arm aus. Gefühlt einen Zentimeter vor dem Schriftzug auf meinem T-Shirt bremste er seine Bewegung dann doch noch ab. Aber ein beinah verschmitztes Lächeln huschte über sein Gesicht. Ich versuchte, meinen Schrecken dadurch zu überspielen, dass ich nicht zurückwich, sondern mich besonders gerade hinsetzte. Dabei hatte ich Angst, dass es so wirkte, als wolle ich meine Brust auch noch absichtlich rausdrücken.

Lars war ein fünfjähriges Kind. Ich kam mir total pervers vor, überhaupt zu denken, seine Tatschversuche könnten irgendwie anders als durch reine Neugier begründet sein. Vielleicht fand er einfach nur die bunten Buchstaben auf meinem T-Shirt interessant. Andererseits glaubte ich nicht, dass der kleine Larsibär auch versuchen würde, Oliver ans T-Shirt zu fassen, um zu gucken, ob er „wirklich ein Mann" war. Sechs Monate alte Babys konnten zwischen Männern und Frauen unterscheiden. Ich war stinksauer, aber gleichzeitig gelähmt vor Scham. Das war doch genau das Fiese. Je dümmer die Sprüche und die Leute, die sie machten, desto größer der Schmerz darüber.

Durchatmen. Er ist ein Kind. Er hat sich doch gar nichts dabei gedacht. „Ich bin eine Frau. Also. Du nimmst ein paar von den Bucheckern-Schalen und drückst sie mit dem Stiel nach unten in den Körper rein."

Ich merkte, wie pervers das klang. Mein Gesicht wurde heiß.

Die Kinder bemerkten es anscheinend nicht. Also weiter.

„Aber hast du einen Penis oder eine Muschi?" Lars zerdrückte beinahe den noch stachellosen Igel in seiner Hand, so beschäftigt war er mit dieser Frage.

„Ich bin eine Frau. Also weißt du doch, was ich habe." Ich kam mir furchtbar verklemmt vor. Wieso konnte ich nicht einfach sagen, „Ja, ich habe eine Muschi, so wie andere Frauen auch"?

Weil ich das Wort „Muschi" hasste, genau wie alle anderen Wörter, die dieses Organ da unten beschrieben. Wieso musste man das überhaupt benennen? Ich hatte mal mitbekommen, dass Typen ihrem Penis Namen gaben. Ich hatte bisher noch keine Möglichkeit gehabt zu überprüfen, ob das stimmte, aber wenn, war es doch vollkommen ekelhaft und unnötig. Es war halt einfach ein Körperteil, mit dem man Dinge tat, oder? Den Mund oder die Hand benutzte man doch viel öfter, aber niemand käme auf die Idee, seinen Mund Horst zu nennen und seine Hände Hildegard und Hannelore.

Ich wurde das Gefühl nicht los, dass Lars ganz genau merkte, dass ich mich am liebsten zwischen Laub, Bucheckern und Kiefernzapfen vergraben hätte. Dabei hieß es doch immer, kleine Kinder seien offen und aufgeschlossen gegenüber neuen Eindrücken.

Schluss jetzt. Ich war fast zwanzig Jahre älter als dieser hyperaktive Knirps. Eigentlich sollte ich doch den Kindern etwas beibringen, anstatt mich von ihnen ärgern zu lassen. Ich würde ab jetzt einfach so tun, als sei alles, was die Kinder sagten, vollkommen ernst gemeint und ohne jeden Hintergedanken gesagt worden. Sollte man davon bei kleinen Kindern nicht sowieso ausgehen?

„Also, ich glaube, was ihr meint, ist, dass ich keine Mädchen-Kleider anhabe, obwohl ich eine Frau bin.“ Mädchen-Kleider. Natürlich hatte ich keine Mädchen-Kleider an, wenn ich eine Frau war. Hauptsache putzig klingen. Oder sollte man als Frau tatsächlich am besten Mädchen-Kleider anziehen, auch wenn man gar kein Mädchen mehr war? Und warum konnte ich nicht einfach so cool und abgeklärt sein, wie meine Kleider meinen Mitmenschen weismachen sollten? Diese Diskrepanz war doch das Schlimmste. Wenn ich einfach normale Kleider anhätte, würde mich kein Mensch mit solchen Dingen belästigen.

„Also“, versuchte ich es noch einmal, „ich bin eine Frau. Aber das heißt nicht, dass ich deswegen Frauenkleider anziehen muss. Jeder kann anziehen, was er will.“

„Woaahhhaaa! Dann zieh ich morgen meinen Schlafanzug an.“ Lars trommelte begeistert mit beiden Händen auf die Tischplatte.

Na super. Ich hörte schon die Vorhaltungen von Lars' Mutter ob des Schlamassels, den ich ihr eingebrockt hatte.

„Na ja. Es muss schon zur Situation passen. Einen Schlafanzug zieht man nur an, wenn man ins Bett geht,“ (was für eine erbärmliche Lüge!) „und zum Wetter muss es natürlich auch passen“, schob ich schnell hinterher, um dem armen Kind wenigstens eine brauchbare Information zu geben.

„Aber ich kann doch morgen nicht einfach mit einem Kleid in den Kindi gehen.“

„Warum denn nicht?“

„Da lachen mich doch alle aus!“

„So wie du mich?“

Verwirrtes Schweigen.

„Am Anfang hab ich halt wirklich kurz gedacht, dass du ein Mann bist.“

Am Anfang. A-ha. Jetzt also nicht mehr. Und warum fragst du mich dann extra noch, du Eumel?, dachte ich.

„Aber halt so ein komischer Mann, nicht so wie Olli.“

„Aha. Was meinst du denn mit ‚komischer Mann'?"

Lars sah einen kurzen Moment zu Boden, als sei er verlegen, dann plötzlich grinste und hüpfte er und zeigte mit dem Finger auf Torben.

Torben verdrehte die Augen. „Das hätte ich dir gleich sagen können."

„Erstens mal, was ist daran komisch, und zweitens weißt du ja dann jetzt Bescheid. Ich bin kein Mann, sondern eine Frau, auch wenn ich Männerkleider anhabe." Obwohl das, was ich trug, allerhöchstens Soft Butch war.

„Wie, Männerkleider? Ich dachte, für Männer gibt es keine Kleider?", fragte Marla.

„Männerkleidung, nicht Männerkleider", erklärte Torben.

Vor lauter Männern in Kleidern war ich für einen Augenblick so verwirrt, dass ich mir nicht sicher war, ob ich nicht doch aus Versehen etwas Falsches gesagt hatte.

„Nicht Kleider wie Röcke. Kleider wie Kleidung."

„Ja, genau", sagte Torben gutmütig.

Die Kinder bohrten Löcher in den Teigklumpen in der Mitte des Tischs und sahen mich erwartungsvoll an. Meine eigene Verwirrung schien sich nun endgültig auf die Kinder übertragen zu haben.

„Also, egal ob man ein Mann oder eine Frau ist, alle können anziehen, was sie möchten, solange keiner friert."

Torben lächelte müde.

„Siehst du das nicht so?", fragte ich ihn.

„Hä, aber woher weißt du das?", fragte Lars, bevor Torben antworten konnte.

Gute Frage. „Na, es ist einfach so." Nicht so autoritär! War das Aufstellen solcher Behauptungen überhaupt noch unter dem Begriff gewaltfreie Kommunikation abgedeckt? „Probier's doch mal aus." Das würde er sich garantiert nicht trauen.

„Okay, dann zieh ich morgen ein Kleid von meiner Oma an."

Mist.

„Wieso denn von deiner Oma? Es kann ja ruhig was Modernes sein."

„Aber meine Cousine ist erst drei. Die Sachen von ihr passen mir doch gar nicht. Aber ich kann ja mal mit Marla Kleider tauschen."

„Ich will aber keine Jungshosen anziehen. Die sind hässlich." Marla machte sich daran, Bucheckern auf den Igelrücken zu setzen. „Meine Mama will immer, dass ich die anziehe, damit ich nicht so empfindlich werde später."

Ach. So rum gab's das also auch. Obwohl ich Marlas Mutter so gar nicht eingeschätzt hätte. Dann waren Nagellack und Glitzer wohl eher Torbens Einfluss zuzuschreiben.

„Ups!" Lars hielt sich die Hand vor den Mund und zeigte auf mich, besser gesagt, zwischen meine Beine. Was stimmte mit dem Kind nicht? „Guck mal, was Laura für eine Hose anhat."

Ich trug meine Fünf-Taschen Northface Wanderhose. So wie immer, nur heute in dunkelgrau. Okay, man sah mir wohl doch an, dass ich bis vor drei Monaten noch in Frauenklamotten rumgelaufen war. „Das macht doch nichts." Ich lachte mühsam. „Ich hab doch gerade gesagt, alle können anziehen, was sie wollen."

„Aber du hast auch noch kurze Haare."

„Und der Olli hat lange Haare."

„Ja, aber bei ihm ist das trotzdem eine Männerfrisur", sagte Marla, die eine Schnecke gerollt hatte und nun versuchte, am Kopfende Fühler zu befestigen.

„Und warum?", fragte ich.

„Weil Olli eben ein Mann ist."

„Ja siehst du, und ich bin eine Frau, deshalb habe ich eine Frauen-Frisur." Hatte mir Ronni vor knapp zwanzig Jahren nicht den exakt gleichen Spruch aufgesagt?

„Und was ist mit Torben?" Kriegte Lars einfach nur überhaupt nichts mit, oder war er gnadenlos unverschämt und obendrein noch schlau genug, das zu verbergen?

Torben sah wohl, dass mir diese Frage auf der Zunge lag, und machte eine wegwerfende Geste.

„Ich glaube, für Fühler ist Salzteig zu dünn", sagte ich also stattdessen zu Marla. „Guck mal, hier ist ein Pfeifenputzer. Vielleicht kannst du den nehmen statt Zahnstocher."

„Aber eine Schnecke hat doch keine roten Fühler. Außerdem passt das Plüschige gar nicht zu dem Teig." Marla war kurz vorm Verzweifeln ob meiner blöden Ideen.

„Okay, dann nimm doch ein kleines Stückchen Zahnstocher und mach an das eine Ende eine kleine Kugel aus Teig. Das sind dann die Augen." Ich nahm einen Zahnstocher und schnitt ihn in vier kleine Stückchen.

„Ja, aber hast du jetzt auch einen Penis oder nicht?", rief Lars dazwischen.

Die anderen Kinder sahen sich kurz an und guckten dann schnell wieder auf ihre Teigklumpen.

„Du lässt aber auch nicht locker, oder?"

„Nö." Er sah mir direkt ins Gesicht und grinste fröhlich. Mit einem Mal war ich mir nicht mehr sicher, ob er auch nur im Ansatz verstand, dass und warum diese Frage verletzend war. Aber dass sie unverschämt war, so viel hatte er doch auf jeden Fall kapiert.

Trotzdem, ein Spruch wie „Ja, klar hab ich einen, der ist im Rucksack, warte, ich hol ihn schnell" fiel in dieser Situation wohl eher flach.

„Nein, ich habe keinen Penis. Warum interessiert dich das denn so genau?"

„Einfach so."

„Nein, im Ernst. Wieso fragst du mich das?" Ich hatte total pädagogisch korrekt klingen wollen, aber tatsächlich klang ich einfach nur extremst angepisst.

„Ha, weiß nicht?" Lars zuckte fröhlich mit den Schultern, zupfte ein Stück vom Hinterteil des Igels ab, das Marla noch nicht mit Bucheckern verziert hatte, und steckte es sich in den Mund.

Ich wartete. In spätestens einer Sekunde musste ihm seine gute Laune doch vergehen. Er kaute neugierig. Sein Grinsen war nicht aus seinem Gesicht zu kriegen.

„Na, schmeckt's?"

„Ja", sagte er.

„Aber, sind da nicht Eier drin? Das ist doch Teig!", fragte Amin. „Davon bekommt man Salomellen."

„Als wir den Teig vorhin gemacht haben, hast du da gesehen, wie jemand Eier reingetan hat?"

Amin überlegte kurz. Irgendwie war es doch putzig zu sehen, wie er wirklich ernsthaft darüber nachdachte. „Nein", befand er.

„Also. Keine Eier. Keine Salmonellen."

Lars knipste noch ein Stück Teig ab und war im Begriff, es in den Mund zu stecken.

„Hee! Wieso machst du unseren Igel kaputt?", rief Marla. „Da fehlt ja jetzt ganz viel!"

„Na und. Den hab eh ich gemacht und außerdem ist er hässlich.“ Er machte sich daran, noch ein Stück abzureißen.

Ich hielt seinen Arm fest. „Gib mal her jetzt.“ Ich streckte die Hand aus.

„Du darfst mich nicht anfassen! Du fasst mich immer an! Du dumme Sau!“ Er haute mir gegen den Oberarm.

Weder Oliver noch Torben sahen aus, als hätten sie vor, sich einzumischen.

Und so ging das ganze Spiel von vorne los.

Lars warf sich auf den Boden, Marla warf ihn mit Teigstücken ab, Lars sprang auf und trat nach ihr, Marla nannte ihn einen Kackarsch.

Dann hatten sie ihre fünf Minuten hinter sich gebracht und machten sich gemeinschaftlich daran, dem Igel die Fußnägel zu lackieren.

„So, fertig.“ Marla und Lars präsentierten uns stolz ihr Werk. Sie hatten nicht nur die Fußnägel, sondern die ganzen Füße des Tiers mit grünem, rotem und goldenem Glitzer bemalt. Den Rest wollten sie weiß lassen. „Er hat schon bunte Füße. Das reicht. Und das sind doch richtig schöne Herbstfarben, oder Papa?“

„Ja, stimmt.“ Torben knautschte den Schirm seiner Baseball-Kappe, während er das Kunstwerk seiner Tochter gerührt betrachtete. „Das habt ihr doch super hinbekommen am Ende.“

„Aber das, was du Laura gefragt hast, das war voll unhöflich. Merk dir das mal.“ Marla stupste Lars mit dem noch nassen Pinsel in die Wange.

Torben und ich sahen uns an.

„Es interessiert mich ja eigentlich gar nicht.“ Lars riss Marla den Pinsel aus der Hand und malte damit auf dem Tisch herum.

„Hör mal auf, den Tisch einzusauen“, sagte Olli, der uns bisher mehr oder weniger ignoriert und in der Zwischenzeit seine eigene Tiersammlung kreiert hatte. Der Tisch war also schützenswert. Mir dagegen musste man nicht helfen. Gut, dann wusste ich darüber jetzt auch Bescheid.

Torben sagte auch nichts. Aber dass er sich bei dem Thema raushielt, war zumindest verständlich.

Lars bepinselte unbeirrt weiter den Tisch „Nur, mein Bruder hat letztens mal gesagt, dass ich dich das fragen soll.“

Aha. Daher wehte der Wind.

„Na ja, dann sag ihm mal einen schönen Gruß, man muss keinen Penis haben, um eine bequeme Hose anzuziehen."

Amin und Larissa sahen sich halb schockiert, halb amüsiert an.

„Die hat Penis gesagt", flüsterte Amin und kratzte sich aufgeregt am Ohr.

„Ja, und? Ihr doch auch."

„Ich nicht. Nur Lars", stellte Larissa klar. „Und Amin."

„Ist ja egal. Jedenfalls wisst ihr jetzt Bescheid, oder?"

Beide schwiegen. Marla hingegen schien das alles gar nicht zu interessieren, sie versuchte gerade, Stielaugen an den Kopf ihrer Schnecke zu kleben.

„Tut mir leid, dass ich das gefragt habe", sagte Lars aus dem Nichts.

„Ist schon okay. Dein Bruder hat das bestimmt als Witz gemeint und hat dir nicht erklärt, dass es witzig sein sollte."

„Ach so."

„Ich bastel noch mal was", rief Marla. „Ich bin fertig", rief sie fünf Minuten später. Sie hatte es tatsächlich geschafft, aus Salzteig ultra-dünne Fühler mit kleinen Kügelchen daran als Augen zu basteln, sie an dem Schneckenkörper zu befestigen und dann auch noch das gerollte Schneckenhaus darauf zu setzen.

„Was ist denn das eigentlich?", fragte Amin, ehrlich interessiert.

„Na, eine Schnecke", sagte Marla mit mühsam verborgener Enttäuschung.

„Hä nein, sieht doch aus wie ein Wurm." Lars hob den Schneckenkörper mit spitzen Fingern hoch. Das Haus fiel ab. Er schwenkte den Schneckenkörper über dem Tisch. Der bog sich und die Fühleraugen fielen wieder ab.

Runde Nummer drei war hiermit eröffnet.

„Lass das!" Marla sprang auf und zog Lars am Ärmel. Die Schnecke landete auf dem Boden. Marla bückte sich, um sie aufzuheben. Lars trat ihr auf die Hand. Marla schlug ihm gegen das Knie. Lars heulte.

Die Überreste der Schnecke klebten platt auf dem Laminat.

„Dann mach ich eben keine Schnecke mehr." Marla rieb sich weinend die Erde von der Hand, auf der ein roter Schuhabdruck zu sehen war. „Ich hab doch gesagt, der Arsch macht alles kaputt, und keiner macht was."

„Nee, also das geht jetzt wirklich nicht mehr. Du kannst ja anscheinend am besten mit ihm umgehen, also mach halt auch mal was", sagte ich zu Oliver, der daraufhin beinah widerwillig von seinem Stuhl aufstand. „Lars, guck dir mal Marlas Hand an." Marla gab mir immer noch schluchzend ihre Hand und ich zeigte sie ihm. „Das geht nicht. Das merkst du doch selber, oder?" Am liebsten hätte ich mit Marla mitgeheult.

Torben nahm sie auf den Arm. „Ich glaube, wir gehen jetzt besser."

„Ja, und du kommst mit." Ich streckte meine Hand aus, um nach seiner zu greifen, und zog sie dann wieder zurück. „Komm jetzt bitte mit raus. Das ist überhaupt nicht okay, wie du dich mir und Marla gegenüber benimmst. Aber dir macht das doch selber keinen Spaß, oder? Du hast dich doch mal total gut mit Marla verstanden, hat mir Meltem neulich erzählt."

„Ha ha, das stimmt gar nicht!" Er ließ sich auf seinen Hintern fallen. „Ich fand die schon immer voll doof. Die wird bestimmt mal genauso dumm wie Torben mit seinem Plastikpimmel."

„So ein Lügner! Der war sogar mal bei meinem Geburtstag!"

Wenn ich das hier noch eine Minute mit ansehen musste, würde ich einen Herzinfarkt kriegen. „Was machst du dir denn für seltsame Gedanken? So funktioniert das doch alles gar nicht!", sagte ich zu ihm. „Olli, jetzt sag mir nicht, dass es normal ist, dass dieses Kind immer und überall Penisse sieht."

„Ja, komm, ich geh mal kurz mit ihm auf den Hof." Olli schlurfte bocklos um den Tisch herum.

„Nein. Ich gehe jetzt mit ihm zu seinen Eltern."

„Musst du nicht. Das ist denen eh egal." Lars verschränkte die Arme und drehte sich von mir weg. „Ich will lieber zu Olli." Er stand auf und klammerte sich an Ollis Bein.

„Tut mir leid, aber ich tue mir und Marla das nicht länger an. Ich gehe. Du kannst mir ja später erzählen, wie es gelaufen ist." Torben trug Marla aus der Küche.

„Merkst du nicht, dass du dich voll zu seinem Dackel machst?", meckerte Olli, kaum dass Torben um die Ecke verschwunden war.

„Wieso das denn? Weil ich finde, dass man es nicht einfach unter den Teppich kehren kann, wenn ein Kind ein anderes permanent verletzt und beleidigt? Warum hast du kein Interesse daran, dass diese Situation endlich mal aufgeklärt wird?"

„Weil das die Situation für Lars nur verschlimmern würde. Er ist sowieso schon das schwarze Schaf der Familie, und du kennst doch seine Eltern. Glaubst du wirklich, dass sie in der Lage sind, ihn adäquat zu unterstützen?“

„Findest du es schlau, das jetzt vor Lars zu besprechen?“

„Na und. Ich weiß das eh alles schon“, erklärte er. Ich wagte zu bezweifeln, dass er wusste, wovon er gerade redete. „Ich will mal ein richtiges Fest in der Kita machen. Ohne Eltern und mit Übernachten. So wie mein Bruder. Die haben in der Schule mal eine Lesenacht gemacht, da waren die bis morgens in der Schule und der Lehrer hat ihnen abends ein ganzes Buch vorgelesen.“

„Findest du es schön, wenn dir jemand was vorliest?“, fragte ich.

Er nickte eifrig.

„Aber die Bücher, die Marla mitgebracht hat, die mochtest du nicht, oder?“, fragte ich.

Er paddelte und ruderte mit seinen Armen. „Weiß nicht. Die waren halt doof. Die hatten gar keine richtige Geschichte. Nur so komische Sachen über Körper und so. Und dass alles ganz normal ist und so. Aber das stimmt nicht!“

„Was meinst du denn? Ich kann mir leider gar nichts vorstellen unter dem, was du erzählst.“

„Mein Gott, er fand die Bücher scheiße und gut ist. Lass ihn doch mal in Ruhe. Was muss man seinem Kind auch Aufklärungsbücher mit in den Kindergarten geben, also wirklich, das kann man doch zu Hause klären und erst mal die anderen Kinder fragen, ob sie darüber überhaupt reden wollen.“

„Ach, was ist das denn jetzt? Hast du Angst vor der Frühsexualisierung unserer Kinder?“

„Ach komm, mach dich nicht lächerlich. Es gibt genug Kinder, die von zu Hause aus schon frühsexualisiert sind. Das weiß ich selber.“

„Trag mich“, verlangte Lars und streckte Olli seine Arme entgegen. Er nahm ihn hoch.

„Aber machen wir das mal mit einer Lesenacht?“ Lars drückte seine Nase an Ollis Schulter. „Aber nur mit guten Büchern, okay?“

„Ich überleg mir was für dich.“ Er strich Lars die Haare aus dem Gesicht. „Aber du verstehst jetzt hoffentlich, warum ich es keine gute Idee finde, wenn du jetzt einen Showdown zwischen Torben, dir und seinen Eltern inszenierst.“

Ich kam gerade nicht wirklich hinterher. Auch, weil sich alles in mir dagegen sperrte, mir das, worauf Olli wahrscheinlich anspielte, genauer vorzustellen. „Ich finde nur, du könntest das etwas weniger herablassend formulieren. Und hast du nicht gerade gesagt, Aufklärungsbücher sind scheiße? Aber es ist doch gut, wenn die Kinder verstehen, was mit ihnen passiert."

„Es kommt halt darauf an, wie. Ich finde, es muss echt nicht sein, dass ein Kind ohne jegliche Vorwarnung mit der angeblichen Tatsache konfrontiert wird, dass der Körper eines Menschen keinerlei Hinweise darauf gibt, welches Sexualorgan dieser Körper hat."

„Ach komm jetzt. In dem Buch geht es um einen Vogelschwarm, der keine äußerlich erkennbaren Geschlechtsmerkmale hat, wie das bei Vögeln halt so ist, und auf seiner Reise in den Süden ganz viele Abenteuer erlebt und am Ende glücklich vereint auf einem Regenbogen sitzt."

„Siehst du, siehst du", brüllte Lars, „das ist doch auch so eine Lüge. Auf einem Regenbogen kann überhaupt kein Vogel sitzen. Ein Regenbogen ist nämlich nur bunte Luft, weiter nichts."

„Manchmal erfinden Leute einfach Sachen, weil sie schön aussehen."

„Also dann ist das auch erfunden, dass manchen Frauen ein Penis wächst. Weil das schön aussieht?" Lars bohrte sich mit dem Zeigefinger im Augenwinkel herum, als sei er kurz vor dem Mittagsschlaf. „Das ist doch voll dumm", quengelte er.

„Es gibt Männer ohne Penis und Frauen mit Penis", erklärte ich. „Das kann man halt manchen Menschen nicht von außen ansehen. Wie eben bei diesen Vögeln. Denen sieht man es auch nicht an."

„Hä, also kann meiner Mama zum Beispiel auch ein Penis wachsen? Oder dir? Das sagt mein Bruder halt immer", er wedelte aufgeregt mit den Armen, konnte sich aber ein Grinsen nicht verkneifen.

„Das wächst doch nicht einfach von heute auf morgen! Erst recht nicht bei Leuten, die das gar nicht wollen!" Oder doch? Gab es da nicht so eine Ecke in Mexiko, wo das tatsächlich öfter mal vorkam?

„Ganz ehrlich, glaubst du diesen … also glaubst du das wirklich?" Oliver schnaubte. „Du siehst Torben nicht an, dass er eine Frau ist? Und einer Transfrau nicht, dass sie ein Mann ist?"

„Aber so einfach ist es doch gar nicht."

„Eben. Dann darf man es auch nicht als einfach darstellen. Und diese Analogie mit den Vögeln ist doch absolut lächerlich, oder. Selbst wenn wir Menschen es den Vögeln nicht ansehen, ist Leuten, die sich mit Vögeln auskennen ...", ich prustete, „... doch völlig klar, welches Geschlecht sie haben. Ja haha, mit Vögeln. Reiß dich zusammen, echt jetzt."

Lars lachte mit, ohne so richtig zu wissen, worüber. Ich kam mir irgendwie schäbig vor.

„Und transsexuelle Tiere, ganz ehrlich. Was der hier schon für Stuss über Hyänen und Clownfische erzählt hat, das ist Wissenschaftsleugnung pur. Nur weil es manche Tiere gibt, die manche Aspekte ihres Geschlechts wechseln können, ist das doch kein Beweis dafür, dass das bei Menschen auch so ist. Da kann ich auch sagen, nur weil Fische unter Wasser atmen können, können Menschen das auch. So was kann doch keiner ernst nehmen!"

Im Foyer war bereits um kurz vor elf wieder das anscheinend traditionelle Kuchenbuffet angerichtet, diesmal eher in Braun- und Orangetönen gehalten, was die angebotenen Lebensmittel nicht unbedingt appetitlicher wirken ließ. Diesmal standen auch drinnen Tische, denn inzwischen hatte es sich zugezogen und es nieselte, so dass nur die ganz Abgehärteten in Jack-Wolfskin-Jacke, ihre Kinder in Regenhose, im Freien saßen. Torben und Marla waren komischerweise immer noch da. Sie saßen drinnen an einem der Tische in der Ecke und sahen sehr verloren aus.

Ich ging zu ihnen an den Tisch. „Schön, dass ihr doch noch da seid. Darf ich mich zu euch setzen?"

„Bitte." Torben zog demonstrativ den freien Stuhl unter dem Tisch hervor, wandte sich aber sofort wieder Marla zu.

„Geht es wieder mit deiner Hand?" Mir fiel kein besseres Gesprächsthema ein.

„Weiß nicht." Marla zeigte sie mir. Der Abdruck war immer noch leicht zu sehen, aber geschwollen war nichts. „Aber vielleicht trotzdem mal zum Arzt gehen, falls es schlimmer wird. Nicht, dass doch was gebrochen ist."

„Vielen Dank für den Ratschlag. Ich habe ja leider erst seit drei Monaten mit Kindern zu tun, weißt du."

„Ja, Scheiße. Tut mir leid."

„Mir auch."

Marla sah zwischen uns hin und her und konnte mit der Situation offensichtlich genauso wenig anfangen wie ich.

„Wo ist eigentlich deine Mama?" Mir fiel immer noch nichts Besseres ein.

„Na, die ist immer noch krank. Immer noch das mit dem Magen." Marla popelte das Papierförmchen von ihrem Cupcake ab. „Lars war mal mein bester Freund. Aber seit wir in der Sonnenkäfer-Gruppe sind, ist er voll dumm geworden." Statt den Cupcake zu essen, bohrte sie in der blassorangen Cremefüllung herum und sah bekümmert zu dem Tisch, an dem Lars inzwischen wieder bei seinen Eltern und Geschwistern saß.

„Das tut mir echt leid. Aber weißt du, ich glaube, es liegt gar nicht an dir, dass er sich nicht mehr traut, mit dir zu spielen." Endlich, ein Thema!

„Ach, woran liegt es denn dann? Jetzt bin ich aber gespannt auf deine Expertise."

„Es liegt auch nicht an dir. Jetzt wirklich. Er hat vorhin bei Olli auf dem Arm ein bisschen erzählt."

„Wie süß."

„Er hat gar kein Problem mit Trans-Menschen allgemein. Er hat nur Angst vor Männern, beziehungsweise davor, dass den Menschen in seiner Umgebung plötzlich unkontrolliert Penisse wachsen."

„Und deswegen sitzt er stundenlang bei Olli auf dem Arm und lässt sich trösten. Das macht natürlich Sinn. Meinst du nicht, es ist wahrscheinlicher, dass ihm jemand erzählt hat, dass ich durch meine Transition zum bösen Pädo/Perversling mutiert bin?"

„Nein, ehrlich, das Gefühl hatte ich nicht. Manchmal gibt's das doch, dass Kinder irgendwas hören und sich etwas komplett anderes, vollkommen Abstruses darunter vorstellen. Ich saß in der ersten Klasse mal neben einem Jungen, der an einem Tag urplötzlich anfing zu weinen und zu zittern, weil er nachmittags zum Zahnarzt musste. Erst mal hat keiner von den Lehrern was gemacht, weil sie dachten, jaja Zahnarzt, ist doch normal, dass man davor Angst hat. Aber es wurde immer schlimmer, und am Ende der sechsten Stunde war er nur noch ein blasses Häufchen Elend. Da hat ihn unsere Mathelehrerin endlich mal gefragt, was los ist, und er meinte, er kriegt heute eine Bombe in den Zahn eingesetzt."

„Hä was, stimmte das dann wirklich?" Marla schlabberte nun doch an der Kürbiscreme herum und sah mich gespannt an. „Aber eine Bombe ist doch normalerweise voll groß, oder?"

„Ja, siehst du. Er hatte es nur falsch verstanden. Er sollte nämlich eine Plombe in den Zahn kriegen, keine Bombe."

„Eine Plombe?", fragte Marla und kratzte an ihrem Schneidezahn herum.

„Das ist eine Füllung im Zahn. Wenn man sich die Zähne nicht richtig putzt, und Karius und Baktus da ein Loch reingefressen haben, dann muss der Zahnarzt das Loch wieder zumachen, und das, womit er das Loch füllt, heißt Plombe", erklärte Torben.

„Und aus was ist das Plombe dann? Aus Papier?"

„Nein, eine Plombe ist eine Füllung aus Amalgam. Oder Keramik. So wie hier, guck." Ich zeigte ihr meine Plombe an einem meiner Eckzähne.

„Iiihh, da, stimmt. Aber die sieht man ja fast gar nicht."

„Na ja, das soll ja so sein."

„Entschuldigung, ich hätte da mal kurz eine Frage."

Schon bevor ich mich umdrehte, wusste ich, dass diese Frage keine angenehme sein würde.

„Ach, Ferdinand, setz dich doch." Torben war auf einmal cool und geschmeidig, kein Vergleich zu damals, als er vor Susanne auf der Teambesprechung herumgestottert hatte. Und seit wann waren Herr Rieger und Torben per du?

„Es tut mir ja leid, dass der Lars gerade etwas überreagiert hat, aber ich finde, es geht gar nicht, dass Sie ihn und seine Geschwister in Ihre Trans-Problematik mit reinziehen." Er siezte Torben, mich ignorierte er einfach. Was war denn das für ein armseliger Heinz?

„Was hat denn das eine mit dem anderen zu tun?", fragte ich ganz naiv. „Außerdem war ich das, die mit Lars darüber geredet hat. Also können Sie das gerne mit mir klären."

Er stand immer noch mit dem Rücken zu mir und tat, als sei er vollkommen auf Torben fokussiert.

Als weder Torben noch ich darauf reagierten, musste er sich wohl oder übel doch zu mir umdrehen. „Ach, dann ist das auf Ihrem Mist gewachsen?"

„Nein. Ihr Sohn hat das Thema von sich aus angeschnitten, weil er Angst hatte, ich könnte einen Penis haben."

Herr Rieger sagte nichts, aber es war vollkommen klar, was er dachte.

Herrje, das war aber auch dumm formuliert.

„Also ganz ehrlich, sehen Sie nicht, dass Ihr Kind leidet? Und das liegt nicht daran, dass ich komische Klamotten anhabe oder Herr Pasemann einen Bart hat. Lars hat Angst und wird deswegen anderen Kindern gegenüber aggressiv. Und ich vermute sehr stark, dass irgendein Erwachsener diese Angst in ihm ausgelöst hat. Dem sollten Sie unbedingt mal auf den Grund gehen. Weil so geht es echt nicht weiter."

„Jetzt passen Sie mal auf, was Sie hier sagen. Solche Anschuldigungen werden sehr schnell justiziabel. Ganz dünnes Eis."

Justiziabel! Ach guck an. „Also ich persönlich würde mir ja erst mal Sorgen um mein Kind machen, bevor ich anderen Leuten mit dem Anwalt drohe, aber wenn man möchte, kann man die gut gemeinten Hinweise, die man bekommt, auch gleich auf sich persönlich beziehen."

Torben stupste mich unter dem Tisch an, aber diesmal nur ganz leicht.

„Dann können wir das Gespräch an dieser Stelle ja beenden." Herrn Rieger stand der Schweiß auf der knallroten Stirn. „Ich werde mich diesbezüglich an Frau Keller wenden. Ich glaube kaum, dass sie ein Interesse daran hat, eine Angestellte weiter zu beschäftigen, die unhaltbare Anschuldigungen gegen die Eltern einiger Kinder verbreitet."

„Du blöde Kuh!" Kaum saß Herr Rieger wieder am Tisch seiner Familie, stand Oliver hinter mir. Er musste alle seine Kräfte aufbringen, um nicht loszuschreien. „Seit über einem Jahr versuche ich, Lars und seine Mutter so weit zu kriegen, dass sie endlich mal zum Jugendamt gehen. Und du machst alles kaputt, nur weil du dich unbedingt vor deinem Pseudo-Stecher hier profilieren musst!"

Nicht gerade leises Gelächter von den Tischen hinter und neben uns. Andere Eltern schauten betreten auf ihre Teller und legten den Arm um ihre Kinder, um sie davon abzuhalten, zu uns herüberzugucken. Na und. „Wenn du das schon seit einem Jahr probierst, und es hat sich nichts getan, dann funktioniert deine Methode offensichtlich nicht."

„Ich hatte ihn fast so weit, dass er was gesagt hätte, aber du ..."

„Das kannst du vergessen. Egal, zu wem du gehst, Jugendamt, Polizei oder sonst wer, die werden das eh nur so hindrehen, dass du es ihm eingeredet hast." Genau so was hatte doch die Polizistin damals auch zu Ronni gesagt, von wegen, der Zeitraum zwischen mutmaßlicher Tathandlung und meiner Aussage bei der Polizei sei viel zu lang gewesen, jeder Anwalt würde es so hindrehen, dass ich in dieser Zeit „gecoacht" worden sei, oder, noch wahrscheinlicher, mir „autosuggeriert" habe? „Lass es einfach. Das müssen die unter sich klären. Wenn es sich überhaupt um eine innerfamiliäre Sache handelt. Da kommen ja durchaus auch noch andere Personen in Frage. Lars kommt ja nicht nur mit Menschen aus seiner Familie in engeren Kontakt."

Herr Rieger nickte von seinem Platz aus, griff nach seinem Kaffeebecher, als wolle er Oliver damit zuprosten.

„Du sagst doch selbst, er erzählt nichts Konkretes. Er scheint nur eine Abneigung gegen Penisse zu haben, fragt aber auf der anderen Seite die ganze Zeit nach und fasst dann andere Menschen auch mal an Stellen, wo er einen vermutet." Wenn ich heute noch einmal das Wort Penis sagen musste, bekam ich einen Schreikrampf.

„Ja wohl kaum zu Unrecht, oder?", frotzelte jemand hinter mir. Zustimmendes Gelächter.

„Wenn der arme Junge sich halt gleich mit zweien von der Sorte auseinandersetzen muss, wer kann ihm da noch verdenken, dass er verwirrt ist?", schaltete sich eine Frau ein. Das war doch die Mutter von Amelie, oder?

„Klar, und weil sie sich nicht eingestehen können, was ihre Experimente auf andere Menschen – Kinder vor allem! – für Auswirkungen haben, unterstellen sie einem unbescholtenen Vater irgendwelche abstrusen perversen Sachen. So typisch." Keine Ahnung, wer das sagte.

„Manche Dinge kann man anderen auch nur unterstellen, wenn man weiß, wovon man spricht."

„Würde mich nicht wundern, wenn das arme Kind genauso wird."

„Ich hab ja auch schon gehört, das ist vor allem ein Phänomen sozialer Ansteckung."

„Kann man ja gerade live beobachten."

In fucking Berlin? Echt jetzt? „Was seid ihr eigentlich für spießige Arschgeigen? Da hätte ich ja im Scheiß-Schwarzwald bleiben können, ehrlich."

„Wäre wohl besser gewesen", entblödete sich Herr Rieger nicht, mir zuzurufen.

„Und gerade Sie müssen jetzt noch das Maul aufreißen, oder? Ihr Kind hat ganz offensichtlich ein gravierendes Problem und alles, was Ihnen einfällt, ist, hundert Mal zu beteuern, dass er das Problem aber nicht wegen Ihnen hat, obwohl das überhaupt niemand behauptet hat, was Sie auch mitbekommen hätten, wenn Sie nicht nur auf sich und Ihren eigenen Arsch fokussiert wären."

„Also jetzt muss ich mich aber doch noch mal einschalten", warf Frau Rieger panisch ein. Ich hatte den Verdacht, dass sie ihr Familienleben sonst eher im ausgeschalteten Zustand verbrachte. „Es war Marla, die irgendwann mit diesen … sehr drastischen Schilderungen von Operationen angefangen hat und von nichts anderem mehr gesprochen hat als von aufgeschnittenen Bäuchen und diversen Körperöffnungen, aus denen Schläuche raushängen."

„Das muss ihr jemand eingeredet haben. Oder sie hat es sich selbst so vorgestellt, weil sie mit gewissen Eingriffen nichts anzufangen weiß und sich eben Sorgen macht. Dann müssen wir ihr das noch mal genauer erklären. Torben hat ihr diese Schauermärchen jedenfalls nicht erzählt. Oder?"

„Nein."

Was sollte er auch sonst sagen. Aber man konnte ja auch ein Mal im Leben glauben, was jemand sagte, oder nicht?

Ich stand auf und nahm Marla an der Hand. „Komm, zeig mir mal eure Muffins. Die nehmen wir mit, und dann essen wir sie zu Hause."

„Wir haben diesmal keine Muffins mitgebracht."

„Ach ja, warum wundert das hier keinen", nörgelte eine Oma in schönster Landfrauen-Manier.

„Weil meine Mama krank ist und mein Papa sich um sie gekümmert hat, deswegen, du Arschkuh. Kümmer dich um deine eigenen Sachen!" Marla lernte schnell und war hörbar mit Spaß bei der Sache.

„Na gut, dann können wir ja jetzt gleich gehen", sagte ich und räumte Torbens und Marlas Geschirr vom Tisch.

„Aber vorher räumst du bitte noch die Küche auf. Da sieht es doch noch sehr wüst aus." Ein Punkt an Susanne für perfektes Timing.

„Ja, kein Ding. Ich helfe dir", sagte Torben, und übertönte damit das spöttische Gemurmel der anderen Eltern.

„Ich auch", sagte Marla. „Gib mir schon mal die Teller. Ich bring sie in den Mülleimer." Vollkommen unaufgeregt bahnte sie sich ihren Weg zwischen den Tischen hindurch zu den drei grinsenden Müllfröschen und ging uns voran in die Küche.

„Und jetzt? Gehen wir zu mir oder zu dir?" Wir hatten die Küche picobello aufgeräumt, die zurückgelassenen Tiere ordentlich auf der Fensterbank angeordnet, den restlichen Teig und die Zutaten mitgenommen, damit ja nichts stehen oder liegen blieb, was nicht in den Kindergarten gehörte.

„Also, zu dir ist näher. Und dann kannst du ja auch erst mal deine Sachen abstellen", sagte Torben.

„Jaaa, ich will mal dein Zimmer sehen", rief Marla, „und deine Katze. Wie heißt die eigentlich?"

„Josie."

„Ist die schon alt?"

„Na ja, geht so. Sieben oder acht Jahre. Also in Menschenjahren vielleicht so zwischen fünfundvierzig und fünfzig."

„So alt wie ein Opa?"

„Nein, noch nicht ganz. Aber bald."

„Das ist aber krass, dass sie das geschafft hat, sich in diesem Alter noch mal an komplett andere Lebensumstände anzupassen."

„Na ja, nicht so wirklich. Ehrlich gesagt habe ich ein schlechtes Gewissen, dass ich sie mitgenommen habe." Scheiße, Torben war ja Tierpfleger. Was, wenn er der Meinung war, ich würde Josie nicht artgerecht behandeln, und er mich deswegen hasste und Schluss machte, bevor unsere Beziehung richtig angefangen hatte?

„Wo ist sie denn?", rief Marla durch die Wohnung, kaum, dass sie den Flur betreten hatte. Ich hätte eigentlich noch gerne gesagt, dass heute Samstag war und Madeleine und Annika ausschlafen wollten, aber jetzt waren sie ja eh schon wach. Kurz vor zwölf. Das musste eben auch mal sein. „Da ist dein Zimmer, oder?" Bevor ich antworten konnte, stand Marla schon drin.

Inzwischen war Josie dazu übergegangen, manchmal auf der Fensterbank zu sitzen und wehmütig aus dem Fenster zu schauen. Aber nur nachts. Sobald sie hörte, dass ich das Zimmer betrat, verschwand sie wieder unterm Bett. Auch zum Fressen kam sie nach wie vor nur nachts raus.

Und das Katzenklo stand auch noch in meinem Zimmer. Sehr einladend. Als ich hineinging, um meinen Rucksack abzustellen, lag Marla schon unter dem Bett und redete auf Josie ein. Sie knurrte und jaulte.

„Oh je, da klingt aber jemand sehr unglücklich." Torben setzte sich neben Marla und schaute ebenfalls unter das Bett. Ich kontrollierte so lange das Katzenklo. Es schien noch einigermaßen leer zu sein.

„Ich gehe mal in die Küche. Da können wir ja aus dem restlichen Teig noch ein paar Tiere machen", versuchte ich Torben und Marla von Josies misslicher Lage abzulenken. Bei so viel Mehl und Öl, wie noch übrig war, konnten wir gleich schon mal die Weihnachtsdeko mitbasteln. „Wollt ihr was trinken? Oder essen?"

„Nein, Katze", rief Marla. Torben sagte gar nichts. Bestimmt sah er sich Josie ganz genau an und stellte gerade fest, dass sie vom Umzug und von meinem Umgang massivste psychische Schäden davongetragen hatte. Ich setzte mich an den Küchentisch und fing an, kleine Menschen zu formen.

„Wo ist denn ihr Wasser?", fragte Torben.

„Neben dem Kleiderschrank, in der Salatschüssel."

„Große Schüssel. Das ist ja schon mal gut."

„Ja, ich weiß."

„Aber sie braucht mindestens zwei davon. Und sie muss sich in der ganzen Wohnung bewegen können. Ein Zimmer ist zu wenig", schob er noch hinterher, als ob ich das nicht eh schon wüsste.

Plötzlich stand er hinter mir, mit Josie auf dem Arm.

„Sie traut sich halt nicht raus." Ich wollte ihr über den Kopf streicheln. Sie drehte sich weg und beschnupperte stattdessen Torbens Hand. Dann hüpfte sie von seinem Arm und schubberte sich genüsslich am Herd, bevor sie sich auf Madeleines Korbsessel legte. „Oder doch. Wenn ich da bin, verkriecht sie sich jedenfalls immer unterm Bett. Ich glaube, sie hasst mich." Sie sah mich an, als hätte sie jedes meiner Worte verstanden.

„Oder sie will dich nicht alleine lassen. Du sperrst sie ja denke ich nicht ein, wenn du im Zimmer bist, also könnte sie ja auch rausgehen. Aber trotzdem bleibt sie bei dir."

„Trotzdem glaube ich, dass sie mich hasst. Sonst würde sie ja zu mir aufs Bett kommen, so wie früher."

„Das glaube ich nicht." Torben streichelte mir über die Schulter. „Sie hat wahrscheinlich einfach nur Heimweh. Das war doch bestimmt eine Draußen-Katze, oder?"

„Ja. Ich weiß selber, dass das eine Scheißidee war. Aber sie ist doch aus dem Tierheim, und so wie ich Irina kenne, hatte ich echt Schiss, dass sie Ronni dazu zwingt, Josie wieder zurückzubringen." Ich ging zu ihr hin. Bevor ich sie überhaupt berühren konnte, sprang sie vom Sessel und verließ die Küche.

„Katziii! Hallo!", hörte ich Marla gefühlte zehn Sekunden später aus meinem Zimmer rufen, „so ein weiches Fell!"

„Sie ist einfach beleidigt", sagte Torben. „Auch wenn es schwerfällt, nimm es nicht persönlich."

„Ich bemühe mich."

Torben lehnte die Küchentür an. Dann legte er seine Arme um mich. Ich legte meinen Kopf an seinen Hals. Ich mochte seinen Geruch einfach so gerne. Warum, wieso, lag es jetzt daran oder an etwas anderem, das war doch egal. Ich atmete ein. Torbens Duftmoleküle wanderten durch meinen Körper, lagerten sich an meinen empfindlichsten Stellen ab und machten sie noch empfindlicher.

Mit Steffi hatte ziemlich viel in meinem Kopf stattgefunden, das Aufregendste daran war gewesen, es überhaupt zu tun. Das Blut war eher in die Wangen geflossen als in andere Körperteile. Mit Torben fand viel mehr in meinem Körper statt.

Plötzlich stand Marla in der Tür. Auch sie hatte es geschafft, Josie auf den Arm zu nehmen. Sie vergrub ihren Kopf im Katzenfell und lächelte in sich hinein. „Mama ist ja auch wieder in einer Beziehung, hat sie gesagt. Aber ich weiß gar nicht, mit wem. Wenigstens weiß ich das jetzt bei dir." Sie schnappte mit dem Mund nach Josies Ohren. Josie ließ es sich gefallen.

Langsam wurde ich wirklich eifersüchtig. „Komm, wir machen noch ein paar Igel. Mit Glitzerfüßen."

„Aber kann ich nicht mit der Katze spielen? Ich geh auch raus." Marla sah bittend zu Torben und schaukelte dabei Josie in ihren Armen, die aus voller Brust schnurrte.

„Sag mal, hast du der Katze irgendwelche geheimen Tropfen aus deinem tiermedizinischen Arsenal eingeträufelt? Seit ihr hier seid, erkenne ich sie überhaupt nicht wieder."

„Sie braucht wohl einfach nur Beschäftigung." Er hielt mich immer noch umarmt, obwohl Marla jetzt mit in der Küche stand.

„Gehen wir raus?", fragte sie. „Wir können Josie doch mal den Garten zeigen."

„Hast du eine Leine?", fragte mich Torben.

Ich hatte tatsächlich vor meinem Umzug eine gekauft. Aber Josie ließ sich halt von mir nicht anfassen. Was sollte ich machen. „Ja, die müsste noch in irgendeiner Kiste sein. Ich hole sie mal." Schweren Herzens löste ich mich von Torben und ging in mein Zimmer. Marla folgte mir.

In der einzigen Katzenkiste, die ich noch nicht ausgepackt hatte, war die Leine nicht. Hatte ich sie doch schon ausgepackt? Kleiderschrank? Ja, oben im Krimskrams-Fach.

Neben der Tüte mit Marlas Büchern, wie ich leider zu spät bemerkte.

„Marla, komm, dann zieh dir mal deine Jacke wieder an." Torben stand nun ebenfalls vor dem Kleiderschrank. „Ach, du warst bei Ballweg?"

„Hä?"

„Na, bei der Buchbinderei." Er zeigte auf die Papiertüte. „Da habe ich mal so ein altes Tierlexikon für Marla aufmöbeln lassen."

„Ach so. Ja, stimmt. Da war ich letztens. Hab ich ganz vergessen."

Torben war leicht irritiert, dass ich sonst nichts weiter sagte.

„Hä, hast du mir auch ein Tierlexikon gekauft?", fragte Marla.

„Äh, nein? Du hast doch schon eins?" Sie hatte offensichtlich keine Ahnung, was sich in der Tüte befinden könnte.

„Was sind denn da dann für Bücher drin?" Sie hüpfte, als glaubte sie ernsthaft, die Tüte dadurch erreichen zu können.

„Na, Bücher halt."

„Aber was für welche?", bettelte sie weiter.

Was sollte ich machen? Zwinker-zwinker, blinzel-blinzel? Wahrscheinlich würde sie ihre Bücher gar nicht vermissen, wenn niemand sie mehr daran erinnerte.

„Jetzt lass mal, Laura will uns das eben nicht sagen." Er klang halb amüsiert, halb peinlich berührt. So ein Mist. Er dachte bestimmt, ich hatte eine Kollektion von vintage-lesbisch-erotischen Romanen mit handgezeichneter Bebilderung in der blöden Tüte versteckt.

„Ach soo. Ich glaub, ich weiß was", erklärte Marla niemand Bestimmtem und setzte sich auf mein Bett, in die Ecke unter dem Fenster, die am weitesten von Torben entfernt war. „Laura, komm mal kurz."

Och nee, oder. Wo war Amelie, wenn man sie brauchte.

„Ja, Marla, was gibt's denn?" Ich beugte mich zu ihr herüber.

Sie winkte mich noch näher heran. „Sind das die Bücher?", flüsterte sie. Ihr Atem kitzelte mich am Ohr. Sie sprach trotzdem noch sehr laut, war sich dessen aber leider überhaupt nicht bewusst.

„Ja genau." Es war natürlich total bescheuert, rumzuflüstern, wo klar war, dass Torben jedes Wort verstand.

„Marla, du weißt genau, es nützt überhaupt nichts, wenn du flüsterst." Er verschränkte die Arme. „Was sind denn ‚die Bücher'?" In dem Moment, wo er es sagte, kam er von selbst drauf. „Was machen denn unsere Bücher bei Laura?"

„Weiß ich nicht!" Marla kratzte und zog sich am Ohr und zappelte hin und her.

„Jemand hat sie kaputt gemacht, oder?" Torben nahm die Tüte heraus.

Ich nahm sie ihm aus der Hand, bevor er hineingucken konnte. „Ich erkläre das jetzt mal kurz, o.k?"

Marla nickte.

„Susanne hat wohl die Bücher vorgelesen, das war vor meiner Zeit, und da haben ein paar Kinder gelacht und dumme Bemerkungen gemacht, also du kannst dir ja denken, welche Kinder, so dass Marla und Amelie die Bücher in Sicherheit gebracht haben. Sie haben sie in ihrer Höhle versteckt …"

„Manno! Das sollst du doch nicht sagen! Jetzt haben Amelie und ich gar keinen Geheimplatz mehr!"

Dass sie das schlimmer fand als die kaputten Bücher, wunderte mich. Ich hätte mehr Angst vor dem Anschiss meiner Eltern gehabt. Ganz davon abgesehen, dass ich gar nicht gesagt hatte, wo die Höhle war.

„Aber wir haben doch auch darüber geredet, dass es nicht gut ist, Geheimnisse zu haben. Wenn dich andere Kinder ärgern, dann musst du … also dann kannst du doch mit mir darüber reden.“ Seine Stimme klang belegt vor Enttäuschung und Schmerz.

Marla wurde kleiner und kleiner in ihrer Ecke unterm Fenster.

„Aber das ist doch normal“, versuchte ich ihn zu beruhigen. „Kinder reden gerade mit Menschen, die für sie wichtig sind, oft nicht über Dinge, die sie belasten. Weil sie Angst haben, dass diese Menschen dann zu angeschlagen sind, um noch weiter als Bezugspersonen zu fungieren.“ Also, so stand das in meinem Lehrbuch zur frühkindlichen Pädagogik, das ich mehr oder weniger auswendig gelernt hatte. Aber das musste ich ja nicht laut sagen.

„Aber sie weiß doch, dass sie mit allem zu mir kommen kann.“

„Ja schon. Aber sie will dich eben auch nicht verletzen.“

„Und außerdem hat Laura gesagt, sie repariert die Bücher wieder.“ Marla war wieder zwei Zentimeter größer geworden.

„Das ist aber nicht ihre Aufgabe. Sag mir, was es gekostet hat, dann gebe ich es dir wieder.“

„Äh? Ach so, wegen der Tüte. Die hat er mir nur mitgegeben, als ich nach dem Preis gefragt habe, weil ich selber keine passende hatte. Ich hatte die Bücher natürlich schon vorher selber in eine Tüte gepackt, nur war die halt zu groß und …“ Ich wollte nicht, dass er dachte, ich hätte die Bücher nicht mit der allergrößten Sorgfalt behandelt. „Ich hatte eigentlich vor, die Bücher selber zu reparieren, nur bin ich bisher leider noch nicht dazu gekommen.“

„Ja, schon gut. Jetzt würde ich sie aber doch gerne sehen.“

„Ich muss dir nur vorher sagen, Marlas und Amelies Höhle ist leider nicht ganz wasserdicht.“

„Guck sie dir doch einfach nicht an, und Laura und ich reparieren die Bücher alleine, okay?“ Marla kam vom Bett herunter und strich Torben über den Oberarm.

Natürlich nahm er die Bücher doch aus der Tüte. Seine Schultern sanken, als er die zerkratzten, aufgequollenen Einbände mit den verblichenen Figuren darauf und die gewellten Seiten befühlte. Er legte die Bücher vorsichtig auf meinen Schreibtisch. „Ich muss mal kurz aufs Klo.“

Als er aus dem Zimmer ging, lief Josie ihm hinterher und versuchte, ihren Kopf an seinem Bein zu reiben. Er streichelte sie. Sie maunzte aufmunternd. Er schloss die Badtür hinter sich ab und machte die Dusche an.

„Jetzt weint er bestimmt.“ Marla drehte sich zur Wand.

„Ja, aber das liegt nicht an dir. Ich kann voll verstehen, dass du ihm das nicht sagen wolltest. Wenn man merkt, dass ein anderer Mensch verletzt ist, fühlt es sich an, als ob einem selber was weh tut. Deswegen will man so was halt vermeiden."

„Vermeiden?"

„Du wolltest dieses Gefühl nicht haben. Deswegen hast du nichts gesagt. Aber jetzt bin ich ja auch noch da. Weißt du, es ist nicht schlimm, wenn Leute sich manchmal schlecht fühlen. Da kann man dann mit Freunden drüber reden und dann geht es wieder vorbei."

„So wie ich mit Amelie drüber geredet habe?"

„Ja, genau."

„Aber Amelies Mama hat auch schon über meinen Papa gelästert. Dass er gar nicht mein richtiger Papa ist und so. Aber dann könnte ich ja auch sagen, Kathi ist nicht meine richtige Mama, und das stimmt ja auch nicht, oder?"

„Also, meine Mamas haben immer gesagt, die Menschen, die am meisten mit einem geredet haben, als man noch im Bauch war, erkennt man als Baby an ihren Stimmen wieder, und das sind dann die Eltern."

„Echt, du hattest mal zwei Mamas?"

„Na ja, ich hab sie immer noch."

„Ach so, ja, weil ich versteh das nicht. Manche sagen, Torben war mal meine Mama, weil er mich im Bauch gehabt hat. Und jetzt, weil ich nicht mehr in seinem Bauch bin, ist er mein Papa. Aber er sagt, er war doch schon immer ein Mann, nur haben andere Menschen das nicht erkannt, weil er aussah wie eine Frau. Das verstehe ich nicht."

„Da hast du doch ein Buch dazu." Ich stand auf und holte das Baby-Buch mit den bunten Figuren vom Tisch. „Sollen wir das mal zusammen angucken?"

Marla nickte. Ich setzte mich und sie kletterte auf meinen Schoß. „Also den Text kenne ich schon, nur die Bilder verstehe ich nicht."

„Also, guck mal, die Menschen sind zum Beispiel alle ganz bunt. Weil Menschen verschiedene Hautfarben haben können."

„Hä, aber guck mal, die sind doch alle orange und lila und grün. So welche Hautfarben hat doch keiner in echt."

„Ja, das stimmt. Das soll heißen, dass es egal ist, was jemand für eine Hautfarbe hat, es gibt eben Menschen mit ganz verschiedenen Hautfarben, und alle Hautfarben sind gleich gut."

„Ja, okay." Sie seufzte resigniert. „Aber warum haben sie die Menschen dann nicht mit den Hautfarben gemalt, die sie in echt haben? Das wäre doch viel einfacher."

„Das hätten sie auch machen können, stimmt. Wenn ich's mir richtig überlege, ist das mit den bunten Farben echt ein bisschen oberflächlich. Aber siehst du, man muss ja nicht alles gut finden, was man liest. Du würdest es anders machen. Vielleicht gibt es ja auch Bücher, wo das anders ist."

„Ja, alles gut", sie hatte weitergeblättert und längst Interessanteres entdeckt. „Guck mal. In dem Buch geht es doch eigentlich darum, wo ein Baby herkommt."

„Ja?"

„Aber in den anderen Büchern im Kindergarten war das ganz anders erklärt. Da war das halt so, ein Mann und eine Frau mögen sich und dann hat der Mann einen Penis und steckt ihn in den Bauch von der Frau und dann hat die Frau ein Baby im Bauch. Und die Menschen hier in dem Buch sehen ja auch sonst am Körper ganz anders aus. Also gar nicht wie echte Menschen. Das ist doch doof!" Sie kratzte sich wieder am Ohr, bis es knallrot war. Die Menschen bestanden tatsächlich aus o-, i-, oder x-förmigen bunten Figuren, denen entweder ein Spermium oder ein Ei auf den Bauch gemalt war.

Ich nahm ihre Hand in meine und streichelte sie. „Ich schätze, die wollten einfach nur witzig sein. Und für manche Menschen ist es halt schwierig, sich Bilder von Menschen anzugucken, auf denen man die Geschlechtsteile, also die Vulva oder den Penis, drauf sieht. Man muss das nämlich gar nicht auf einem Bild sehen, um zu erklären, wie ein Baby entsteht. Aber du willst lieber ein Bild, wo man das erkennt, oder?"

„Nee, auch nicht. Bei einem richtigen Menschen sieht man ja auch nicht immer, ob er einen Penis oder eine Vulva hat. Aber guck mal, da auf dem Bild haben die Menschen doch so Zeichen auf dem Bauch."

„Ja, die stehen dafür, ob dieser Mensch Spermien oder Eizellen in seinem Bauch hat."

„Ja, weiß ich doch." Marla wippte mit den Beinen. „Aber bei echten Menschen ist das doch gar nicht so! Mein Papa hat ja auch keine Eizelle auf seinem Hemd oder? Das Buch ist einfach dumm!"

Langsam, aber sicher keimte in mir der Verdacht, dass eventuell, also nur ganz vielleicht, gar niemand im Kindergarten über dieses Buch gelacht, sondern Marla es schlicht und ergreifend aus eigenem Antrieb versteckt hatte.

Gut, vielleicht einfach beides. Warum sollte sie sich von den anderen Kindern für etwas auslachen lassen, was sie selber dumm fand? Hätte ich genauso gemacht. „Okay, das Buch ist doof. Dann sagst du deinem Papa einfach, dass er mit dir zusammen nach einem anderen Buch gucken soll."

„Ja, toll, ganz schlau, oder? Wie soll man wissen, ob ein Buch gut ist, bevor man es kauft? Da darf man doch vorher gar nicht bis zu Ende reingucken."

„Aber das ist oft so, dass man etwas bekommt und noch nicht weiß, ob es gut ist oder nicht." Es sei denn, man bestellte bei Amazon und schickte es innerhalb von vier Wochen zurück. „Es nervt, ist aber nicht weiter schlimm."

„Okay, toll." Sie stand auf, legte das Buch beiseite. „Aber guck mal, das einzige Buch, das schön war, ist jetzt ganz kaputt."

Die grauen Vögel auf dem Regenbogen, auf dem man in Wirklichkeit gar nicht sitzen konnte. Der Buchrücken hatte sich gelöst und einige Seiten auch. Auf dem Einband war ein riesen Kratzer, mitten durch den Bauch des Vogels, der in der Mitte saß. Darunter schaute die Pappe hervor. Nein, ich fing jetzt keine Mutmaßungen darüber an, ob der Kratzer rein zufällig an dieser Stelle war.

„Es wird nicht so aussehen wie vorher, aber wir könnten es immerhin so weit reparieren, dass man es wieder angucken kann."

„Aber was ist, wenn es dadurch noch mehr kaputt geht?" Marla umarmte es und strich sanft über den Vogel, der mit einer Kirsche im Schnabel über den hinteren Einband flog.

„Dann sind wir halt vorsichtig. So viel schlimmer kann es außerdem eh nicht mehr werden, oder?"

„Aber hast du so Sachen da, mit denen man das reparieren kann?"

„Ja."

„Okay, dann kann das mein Papa machen und wir gehen mit der Katze raus. Wo ist die eigentlich?“

„Wahrscheinlich ist sie in der Küche, komm, wir gucken mal.“

In dem Moment hörte ich, wie Torben aus dem Bad kam, natürlich mit Josie auf dem Arm.

„Papa, kannst du uns das Buch reparieren? Aber du bist nicht sauer, oder?“ Marla beobachtete sein Gesicht.

„Nein, natürlich nicht“, sagte er und rückte seine Schirmmütze zurecht.

„Also dann gehen Laura und ich jetzt mit Josie in den Hof.“ Sie schnappte sich Josies Leine vom Schreibtisch und versuchte sie ihr umzuschnallen. Bei aller Sympathie für ihre neugewonnenen Freunde ging Josie das dann doch ein bisschen zu schnell, aber statt sich wie sonst unter mein Bett zu verkriechen, setzte sie sich wieder in die Küche auf Madeleines Sessel.

Torben nahm Marla die Leine ab und Josie auf den Schoß. „Na, willst du mal spazieren gehen?“ Er kraulte sie ganz leicht unterm Kinn. Sie schnurrte wie blöd. „Sollen wir dir mal den Garten zeigen, ja?“ Noch mehr Geschnurre.

„Also langsam werde ich echt eifersüchtig.“

„Aber das ist immer so bei meinem Papa. Egal welches Tier, die werden immer total lieb zu ihm.“ Stolz näherte sie sich Torben und beobachtete mit ehrfürchtigem Abstand, wie er Josie das Geschirr umlegte. Ich dachte, sie würde anfangen zu jaulen und zu knurren, aber nein. Sie schüttelte sich, drehte sich auf Torbens Knien ein paar Mal um sich selbst und sprang dann herunter, bereit, an seiner Seite alle erdenklichen Abenteuer zu bestehen.

„Marla, ich glaube, wir müssen Torben mitnehmen. Nur mit uns zweien geht Josie bestimmt nicht in den Hof.“

„Na gut. Aber was ist dann mit den Büchern?“

„Wie wäre es, wenn wir jetzt alle zusammen runtergehen und nachher reparieren wir zusammen die Bücher?“, fragte Torben.

„Okay, machen wir so“, beschloss Marla. „Laura hat gesagt, dass sie sogar schon die Sachen zum Reparieren da hat.“

„Du hast extra Sachen zum Reparieren gekauft?“

„Na ja, der Buchbinder meinte doch, es lohnt sich nicht, sie ihm zu geben. Da dachte ich erst, dass es am einfachsten wäre, die Bücher noch mal neu zu bestellen. Aber dann sind es ja nicht mehr Marlas Bücher. Das ist doch wie wenn der Hamster stirbt und die Eltern kaufen heimlich einen neuen."

„Echt, haben das deine Eltern mal gemacht?"

„Nein. Aber manche Eltern machen das. Das war nur ein Beispiel."

„Echt? Für was?", fragte Marla.

„Dafür, dass manche Menschen den Menschen, die sie lieb haben, nicht immer die Wahrheit sagen, damit diese Menschen keine schlechten Gefühle wegen ihnen kriegen. Aber das ist nicht gut, denn meistens merken die anderen Menschen das doch und fragen sich, was mit der Person los ist."

Marla fasste sich ans Ohr. „Hä, hat das jetzt was mit mir zu tun?" Ihre Stimme wurde wieder ganz leise.

„Ja. Torben meint, er hat sich Sorgen um dich gemacht, weil er gemerkt hat, dass es dir nicht gut ging, aber du hast ihm nicht erzählt, warum, und da hatte er das Gefühl, dass er gar nicht weiß, wie er dir helfen soll. Aber ganz ehrlich, Torben, was hättest du gemacht, wenn Marla dir die Wahrheit erzählt hätte?"

„Na ich hätte mit ihr geredet und ihr andere Bücher besorgt, die sie und die anderen Kinder vielleicht besser verstehen. Nein, Quatsch. Ich hätte sie wahrscheinlich gleich aus diesem Kindergarten genommen."

„Aber … warum muss ich aus dem Kindergarten raus, wenn Lars zu mir blöd ist? Dann kann ich ja gar nicht mehr mit Amelie spielen, nur wegen dem Blödmann!"

„Aber es bringt doch nichts, sich das monatelang zu geben und nichts ändert sich!"

„Aber wir wissen alle, dass Lars derjenige mit dem größeren Problem ist. Außerdem ist es ja nur noch ein Jahr, und wie Marla schon sagt, Amelie ist ja auch noch da."

„Genau!", sagte Marla. „Eine Freundin zu haben ist viel wichtiger. Außerdem sind wir eh die meiste Zeit in unserem Wohnzimmer", sie trat mir völlig offensichtlich gegen den Fuß, denn sie hatte anscheinend vergessen, dass Torben schon längst Bescheid wusste, „und kommen nur zum Essen raus. Und Lars weiß nicht, wo unser Wohnzimmer ist, also."

„Aber die anderen Kinder haben doch auch gelacht, nicht nur Lars, oder?" Torben bückte sich, um Josie hochzunehmen, die nun doch versuchte, das Geschirr abzustreifen und abzukauen. „Laura, du hast doch gesagt, dass auch die anderen Kinder gelacht haben."

„Ja, aber ich weiß das auch nur von den Erzieherinnen. Als Susanne diese Bücher vorgelesen hat, habe ich ja noch gar nicht dort gearbeitet."

„Also, Marla, was war da jetzt los? Haben die jetzt gelacht oder nicht?"

„Das weiß ich nicht mehr!" Marlas Ohr war tiefrot. „Das ist doch schon so lange her."

Ich nahm ihre Hand weg und hielt sie fest. „Ist doch okay. Du hast dich halt unwohl gefühlt. Manchmal müssen die Leute auch gar nichts Spezielles machen, es reicht schon zu hören, wie sie miteinander reden oder sich angucken, und dann weiß man, was sie über einen denken."

„Ja, genau! Und ich wollte die Bücher nicht mit nach Hause bringen, weil ich doch wusste, dass Papa dann gleich merkt, dass wieder irgendwas war."

„Jetzt lass es, wie es ist. Es ist nur noch ein Jahr, und sie findet es offensichtlich nicht so schlimm da."

„Ach komm, das sagst du doch eh nur, weil du auch denkst, Leute wie wir können eh nichts machen. Und wenn das wirklich stimmt, dass sie es nicht schlimm findet, dann wäre das doch gerade das Schlimme, oder? Guck dir mal ihre Hand an."

Sie war immer noch rot. In der Mitte des Handrückens war sogar eine blau-schwarze Stelle. „Meinst du, es ist doch gebrochen?"

„Nein, das glaube ich nicht. Aber Gewalt ist doch nicht erst schlimm, wenn etwas gebrochen ist! Also ich muss jetzt wirklich raus hier, sonst kriege ich die Krise."

Noch bevor er das sagte, saß Josie schon unter der Türklinke, als täte sie seit Wochen nichts anderes, als jeden Tag an der Leine spazieren zu gehen.

Wait, what?

Die Art und Weise, wie Josie zielstrebig die Blumentöpfe am Treppenhausfenster beschnüffelte und sich unten im Hof an der Ecke des Fahrradschuppens rieb, bestärkten mich in meiner Vermutung. „Findest du nicht auch, sie kennt sich schon total gut aus hier?"

„Habe ich auch gerade überlegt."

„Irgendjemand muss mit ihr die letzten Wochen spazieren gewesen sein. Das würde erklären, warum sie nachmittags nur noch unter meinem Bett herumliegt." Das würde dann auch heißen, dass jemand heimlich in mein Zimmer ging, um die Leine herauszuholen. Ich wusste gerade nicht, was ich davon halten sollte. „Meinst du, es ist Annika, oder eher Madeleine?"

„Och, keine Ahnung, ehrlich. Ich schätze mal, beide. Sie machen ja sonst auch alles zusammen. Dass sie bei dir nur unter dem Bett liegt, kann aber auch daran liegen, dass du jetzt nicht gerade viele Liege- oder Klettermöglichkeiten für sie geschaffen hast. Dann geht sie halt an den Ort, an dem sie sich am sichersten fühlt."

Wusste ich's doch. „Bin ich also doch durch den Katzentest gefallen, oder?"

„Den was?"

„Na ja, es heißt doch, bevor man sich Kinder anschafft, soll man sich eine Katze holen, um zu gucken, ob man in der Lage ist, sich um ein anderes Lebewesen zu kümmern."

„Bitte was? Bist du schwanger?"

„Äh, nein? Ich hab den Katzentest doch gar nicht bestanden, und ich meinte ja auch nicht, dass ich selber ein Kind kriegen will." Oh Mann. Ja, ich will mit dir zusammenziehen. Das ist schon unser drittes Date. Wir sind quasi längst überfällig.

„Ach so. Ja also, weißt du, eigentlich brauchst du gar keinen teuren Kratzbaum oder so. Josie ist ja eh schon eine Seniorkatze. Du musst ihr einfach Decken und Kissen hinlegen, oder hast du noch ein paar Umzugskartons übrig? Vielleicht noch so eine Fensterliege. Aber höher kommt sie sowieso nicht."

Na toll. Ich offenbarte ihm quasi meine Pläne für unsere gemeinsame Zukunft und er fachsimpelte hier über Geriatrie bei Katzen. Hätte ich das mit dem dritten Date mal laut gesagt.

„Unten im Keller sind noch ein paar, die nicht ganz kaputtgegangen sind während des Umzugs."

„Siehst du, da legst du ein paar alte Decken rein und stellst sie mit der Seitenwand auf dem Boden auf und gut ist."

„Aber nicht jetzt, oder?" Bei dem Gedanken daran, jetzt in den Keller zu gehen, wurde ich einfach nur müde.

„Hast du keinen Bock, deine Leichen im Keller zu wecken, oder was?" Er lachte.

„Ja, so ähnlich. Ich habe da noch die Kisten mit den Sachen von Steffi, also."

„Oh, Entschuldigung. Deine Freundin. Das ist mir jetzt wirklich unangenehm."

„Du kannst ja nichts dafür. Aber ist Josie wirklich schon so alt? Im Tierheim haben sie damals wohl gesagt, sie wäre erst zwei Jahre alt."

„Na ja. Im Tierheim sagen sie viel. Wie sollen sie die Tiere sonst vermitteln."

„Aber, was meinst du denn, wie alt sie in Wirklichkeit ist?"

„Na, zehn bestimmt."

„Dann war sie ja schon mindestens sechs Jahre, als Ronni sie geholt hat. Und wie alt werden Katzen eigentlich genau?" Bitte, das jetzt nicht auch noch.

„So genau kann man das doch nie sagen. Aber mit guter Pflege hat sie bestimmt noch zwei oder drei Jahre."

„Mit guter Pflege. Dann in meinem Fall wohl eher zwei Katzenjahre, oder?"

„Hä, was ist mit Josie? Ich will mal die Leine halten."

Torben gab sie ihr. „Josie ist alt."

„Ja, okay. Ich passe ganz gut auf sie auf. Darf ich auch auf die Dachterrasse?"

„Ja. Aber nicht vor das Tor, okay? Immer auf dem Gelände bleiben."

„Okay. Tschüs!" Sie stand schon im Eingang des gegenüberliegenden Seitenflügels, da rief sie: „Wann soll ich denn wieder zurück sein?"

„Das fragt sie mich immer, was ja super ist, aber Uhr lesen können wir doch noch gar nicht. Ich weiß nie, was ich ihr da antworten soll."

„Komm einfach wieder, wenn du aufs Klo musst", rief ich. „Dann gehen wir wieder hoch."

Ohne darauf zu antworten, verschwand sie im Treppenhaus und rannte die Treppe zur Dachterrasse hoch.

„Eigentlich auch eine ganz gute Antwort. Gucken wir mal, wie lange sie wegbleibt."

„Aber hast du jetzt nicht Angst, dass sie irgendwas Gefährliches macht oder von der Dachterrasse fällt oder so?" Und ein bisschen Sorgen machte ich mir auch um Josie. Was war, wenn sie erschrak und wegrannte, und dann verhedderte sich die Leine irgendwo und sie kam nicht mehr weg?

„Na ja, zumindest deine Katze kennt sich ja schon aus. Und irgendwas ist eh immer."

Wir setzten uns auf eine der Bänke neben dem Fahrradschuppen, von wo aus man das ganze Gelände im Blick hatte. Eine Weile saßen wir einfach nur, schwiegen und sahen in die Herbstsonne, die so matt durch den Nebel schien, dass sie unsere Gesichter gar nicht mehr erreichte.

An meinen erogenen Zonen bildeten sich Wärmeflecken. „Meinst du, Marla kann uns sehen von der Dachterrasse aus?", fragte ich nach einer Weile, mit klopfendem Herzen.

„Vielleicht könnte sie das", Torben rutschte näher an mich heran, „aber ich glaube, sie ist gerade mit anderen Dingen beschäftigt." Er hob seinen Arm, um ihn um mich zu legen, hielt ihn aber in der Luft, um abzuwarten, ob es für mich okay war. Ich lehnte mich an seine Schulter, drehte mich zu ihm hin. Er hielt mich fest und wir küssten uns. Es fehlte nur noch, dass kleine graue Vögel sich auf einem Regenbogen über unseren Köpfen niederließen.

Aber irgendwas fühlte sich noch falsch an. „Ich habe irgendwie das Gefühl, dass du denkst, dass wir gar nicht richtig zusammenpassen", eierte ich herum.

„Denkst du wirklich, dass ich das denke, oder denkst du, dass ich das denken könnte?" Er streichelte mir mit dem Daumen über den Nacken. Ich war mir sicher, er konnte genau spüren, dass ich davon Gänsehaut bekam.

„Ja, kann sein, dass ich mir das nur einbilde. Aber weißt du, ich war mal in einer Situation, wo ich mir das nicht eingebildet habe. Also, glaube ich."

„Du denkst immer noch, dass ich nur so tue, als ob ich auf dich stehe? Du weißt, dass ich das Gleiche auch von dir sagen könnte, oder?"

„Wieso das denn?"

„Woher soll ich denn zum Beispiel wissen, dass du dich nicht nur aus Neugier an mich ranmachst?"

„Wenn es das wäre, gibt es ja wohl in Berlin tausend andere Gelegenheiten, wo ich das austesten könnte, und ich müsste nicht stundenlang mit dir im Nieselregen auf einer Bank sitzen."

„Ja, eben.“

„Hä?“

„Ach. Keine Ahnung.“

„Aber es ist doch schon irgendwie besonders, Hormone zu nehmen, oder?“

„Echt? Fast jede zweite Frau nimmt Hormone und keiner findet das unnormal.“

„Hä? Ach, Pille. Aber du weißt, dass es mittlerweile nur noch ein Drittel aller Frauen sind. Außerdem ist es doch noch mal ein Unterschied, ob es gleich- oder gegengeschlechtliche Hormone sind.“

„Warum? Auch weibliche Körper produzieren Testosteron und männliche Östrogene. Und auch ältere Frauen nehmen Hormone gegen Wechseljahresbeschwerden. Androgene und Östrogene kommen sogar in Pflanzen vor, die man essen kann.“

„Ja, aber doch nicht in der Menge, in der du sie zu dir nimmst. Die Dosis macht das Gift.“

„Dafür, dass du es nicht schlimm findest, dass ich sie nehme, hast du aber ganz schön viele Einwände.“

„Aber ich meine es nicht so …“

„Na prima. So kommt es aber bei mir an.“

Mutierte ich hier gerade zu Irina? „Ich mache mir doch nur Sorgen! Ich hab halt ein bisschen recherchiert, und ich weiß, du meintest, es gibt viele Fake News und so, aber gesund in dem Sinne scheint es nun mal echt nicht zu sein.“

„Das kannst du von Antidepressiva oder Ritalin auch sagen. Trotzdem geht es den Menschen besser, wenn sie es nehmen, als wenn sie es nicht nehmen würden.“

„Also, ist das echt so, dass Testosteron nicht nur dein Aussehen verändert, sondern auch deine Persönlichkeit?“

„Ey, reg mich nicht auf jetzt. Sorry, aber du klingst echt wie meine Mutter. Von Antidepressiva sagt doch auch niemand, sie verändern die Persönlichkeit. Sie verändern deine Stimmung. Das ist was ganz anderes. Aber wenn die Stimmung besser wird, verhält man sich anders, und dann denken Menschen um einen herum halt, die ‚Persönlichkeit‘ hätte sich verändert.“

„Also, nimmst du das gar nicht, weil du anders aussehen willst, sondern nur, weil du dich besser *fühlen* willst?“

„Mann! Welchen Teil von reg mich nicht auf hast du gerade nicht verstanden? Was heißt hier, *nur* weil ich mich besser fühlen will? Und was ist, wenn ich mich halt nur besser fühle, wenn ich als Mann leben kann?“

„Das verstehe ich ja. Aber wenn es eine andere Möglichkeit gäbe, glücklich zu werden, wärst du dann vielleicht eine Frau geblieben?“

„Hätte wäre könnte. Woher soll ich das wissen?“ Torben bekam kleine rote Flecken auf den Wangen, die sie leuchten ließen wie Apfelbäckchen. War ich pervers, weil ich das putzig fand?

„Eigentlich interessiert es mich ja auch nur deshalb, weil ich das mit der antidepressiven Wirkung jetzt schon öfter gelesen habe“, hallo, ich habe recherchiert, nimm das bitte zur Kenntnis, „und wissen wollte, ob das wirklich stimmt.“

„Und warum willst du das so genau wissen?“

„Weil ich mich für dich interessiere. Was findest du so schlimm daran?“

„Ich finde es nicht schlimm. Ich wollte dir halt mal zeigen, wie es nervt, wenn Leute ständig in deinen persönlichen Angelegenheiten rumbohren, und du das Gefühl hast, sie interessieren sich gar nicht für dich, sondern nur für diesen einen, angeblich so besonderen Teil deiner ‚Persönlichkeit‘, und sie deshalb andauernd Fragen stellen, auf die sie sich die Antworten selber denken könnten, wenn sie nur ein bisschen Empathie aufbringen würden.“ Er grub die Absätze seiner Schuhe in den Matsch und lehnte sich kerzengerade zurück. Er atmete aus, aber besonders entspannt sah das nicht aus.

„Mann, was ist das jetzt eigentlich schon wieder“, sagte er. Jetzt habe ich hier mal zehn Minuten kindfrei und wir zoffen uns. Das ist ja echt wie mit meiner Ex, ganz ehrlich.“

„Ich glaube ja, das ist so eine Art Übersprungshandlung.“

Torben kramte ohne hinzugucken mit beiden Händen in den Taschen seiner Softshell-Jacke herum. „Da musst du dir echt was anderes ausdenken. Jedes Mal solche Diskussionen, das halte ich nicht aus.“

„Oder na ja, wir müssen halt was machen, damit ich nicht in solche Übersprungshandlungen verfalle.“

„Wir müssen halt was machen … sag mal, bist du dreizehn? Sag doch, was du meinst.“

„Weil's dich geil macht oder was?“

„Ey sag mal. Wir sollten glaube ich echt nicht mehr miteinander reden, oder.“

„Und du hast mir immer noch nicht gesagt, ob das mit dieser antidepressiven Wirkung jetzt stimmt.“ Es interessierte mich wirklich. Aber ich saß auch viel zu dicht an Torben, so dass ich seinen Geruch nicht mehr aus der Nase bekam.

„Ja, es stimmt. Aber ernsthaft jetzt mal. Du kannst meine Transition wirklich nicht als Zutat für deine erotischen Fantasien benutzen. Verstehst du das?“

„Ja, das versteh ich. Das Problem ist, es ist alles so durcheinander. Ich finde dich attraktiv, aber mir ist immer noch nicht klar, wieso.“

„Machst du dir etwa immer noch einen Kopf, dass du deine Identität verlierst, wenn du dich nicht mehr Lesbe nennen darfst?“

„Och, Identität. Es geht doch nicht nur darum, als was ich mich identifiziere. Es geht darum, was ich bin, und dass ich lange dar um kämpfen musste, um so zu sein.“

„Dito.“

„Ist das ein Wort, das ich kennen muss?“ Sobald ich mal meine Meinung sagte, musste er hier mit elitären Fremdwörtern um sich schmeißen.

„Es heißt, bei mir war das genauso. Und übrigens, der Begriff Identität beschreibt doch das, was man ist.“

„Äh nein. Identität beschreibt etwas, mit dem ich mich identifiziere, weil es einen Teil meiner Verhaltensweisen erklärt. Die ich aber auch wieder ablegen kann, wenn ich möchte. Ich gehe gerne zu Fußballspielen, also identifiziere ich mich mit Fußball. Oder als Fußballfan.“

„Und jemand, der im Rollstuhl sitzt und nie zu Fußballspielen gehen kann, der ist dann kein Fußballfan?“

„Aber es ist doch was anderes, ob ich etwas nicht machen will, oder ob ich es machen will, aber nicht machen kann. Außerdem gibt es ja noch andere Möglichkeiten auszudrücken, dass man ein Fußballfan ist. Sagt ja keiner, dass man die alle auch wirklich umsetzen muss. Und ja, ich weiß, was jetzt als Nächstes kommt – wenn jemand ein Mann ist, muss er ja auch nicht alle Kriterien des Mannseins erfüllen, um als Mann zu gelten. Und überhaupt, welche Kriterien das genau sind, darf ja auch kein Außenstehender, Entschuldigung, keine außenstehende Person, festlegen. Aber warum denn nicht? Ein Viereck ist nun mal ein Gebilde, das vier Ecken hat. Wenn Mehrecke sich identifizieren könnten, und ein

Dreieck würde sagen, es identifiziert sich als Viereck, würden wir doch auch sagen, das kann das Dreieck gerne tun, aber es ist immer noch ein Dreieck."

„Ich merke, du hast diesen TERF-Blog da gelesen." Er schüttelte entnervt den Kopf. „Du weißt aber, dass dieses Bild mit den Drei- und Vierecken eine Anspielung auf ein total frauenfeindliches Buch ist, oder?"

„Nein wusste ich nicht, aber das braucht dich ja eh nicht mehr zu jucken, jetzt, wo du ein Mann bist."

„Ach komm, stell dich doch nicht absichtlich dumm. Was kann ich denn dafür, dass du nicht damit klarkommst, dass du auf mich stehst, obwohl ich leider leider nicht in dein Beuteschema passe." Ein wissendes Grinsen, ein Zucken in der Augenbraue deuteten sich auf seinem Gesicht an.

„Siehst du, und genau das ist das Problem. Du passt wunderbar in mein Beuteschema. Ich stehe total auf maskuline Frauen. So ein bisschen Bart und eine tiefe Stimme stören mich überhaupt nicht, im Gegenteil. Und warum soll ich mich als hetero identifizieren, wo du ganz offensichtlich weiblich bist, auch wenn andere zu dumm sind, das zu erkennen. Für mich hat sich doch gar nichts geändert. Ich stehe nach wie vor auf Frauen."

„Dann hast du also gelogen, als du gesagt hast, du dachtest, ich bin ein Mann?"

„Nein. Aber es passiert mir auch manchmal mit Frauen, die kein Testosteron nehmen, dass ich sie für Männer halte." Das war jetzt zwar gelogen, aber es könnte mir ja theoretisch noch passieren, also. „Du bist eine Frau, auch wenn du nicht den in unserer Gesellschaft gängigen heteronormativen Schönheitsidealen für Frauen entsprichst. Ich habe mich in dich verliebt, so wie ich mich vorher auch nur in Frauen verliebt habe. Ende der Diskussion."

Ich rechnete damit, dass Torben mich anpampte, oder einfach aufstand und ging. Stattdessen weinte er.

Mir lag etwas Fieses auf der Zunge. Frauen und Gefühle und so.

Ich verkniff es mir. Ich wollte nicht für noch einen tödlichen Unfall verantwortlich sein. Wenn auch aus komplett entgegengesetzten Gründen. Oder doch den gleichen?

Ich war einfach nur noch müde. Es war alles so dumm. „Ich weiß, ich wirke nicht so, aber ich wollte dich nicht verletzen. Und du hast recht, ich komme nicht damit klar, dass ich mich in einen Mann verliebt habe. Weil einerseits okay, du bist ein Mann, andererseits hätte ich mich aber auch nicht in einen Standard-Mann verliebt."

Torben weinte immer noch.

Ich hasste das. Wenn Irina flennte, kam ich total gut damit klar. Sie heulte sowieso wegen jedem Scheiß und weil sie einem ein schlechtes Gewissen machen wollte. Das war so leicht zu durchschauen, dass es einfach nur aggressiv machte.

Aber Torben weinte richtig, und deswegen bekam ich wirklich ein schlechtes Gewissen. Hatte ich jetzt nur meine Luxusprobleme auf ihm abgeladen? Dann nannte ich mich halt hetero, war doch egal.

Aber ich war mir tausendprozentig sicher, dass ich mich nicht in einen anderen Mann verliebt hätte. Und das konnte ich ja auch nicht einfach verleugnen.

„Kann ich dir irgendwie helfen?" Ich kam mir so klein und dumm vor.

Seine Schultern hoben und senkten sich. Er schluchzte. Ich wusste nicht, ob sich darunter ein Ja oder ein Nein verbarg. Vielleicht auch keines von beiden. War ich ein Trampel, wenn ich ihn trotzdem umarmte, oder gerade, wenn ich ihn nicht umarmte?

Ich umarmte ihn.

Er lehnte seinen Kopf an meine Brust. Mich überkam das unbändige Bedürfnis, an seinen Haaren zu schnüffeln, die winzige lichte Stelle an seinem Hinterkopf zu küssen.

Bei einem Mann würde ich das doch alles überhaupt nicht süß finden, oder?

„Es tut mir wirklich leid. Ich mag dich einfach. Ich weiß, eigentlich sollte diese ganze Geschlechterkacke egal sein."

„Ist sie doch auch. Nur fängst du jedes Mal, wenn wir uns gerade näherkommen, mit irgendwelchen theoretischen Diskussionen an, so als wolltest du gar nicht, dass noch irgendwas anderes passiert."

„Ja, okay. Dann scheiß auf Theorie jetzt." Ohne ihn loszulassen, stand ich auf, wir drehten uns, so dass ich auf ihm saß. Wir knutschten. Es fühlte sich an, als würde ich ihm die ganze Zeit meinen Unterkörper entgegenstrecken. Ich meinte zu spüren, wie seine Hand in diese Richtung zuckte, und allein dieser Gedanke schickte schon Wellen dorthin. Es war mir außerdem neu, dass die Naht der eigenen Jeans plötzlich erotisch interessant werden konnte. Ich rutschte ein bisschen auf seinem Schoß hin und her, weil ich mich anders hinsetzen musste.

„Nein bitte. Keine Diskussionen jetzt."

„Hatte ich nicht vor." Wirklich nicht.

„Okay." Er zog mich fester an sich heran.

Meine Rückenmuskeln zuckten von innen gegen meine Haut. „Aber, darf ich dich trotzdem was fragen? Ich will nur, dass du mir was erzählst, ich will nicht streiten, ehrlich."

„Ja, was denn? Ich hasse das, wenn Leute fragen, ob sie mich was fragen dürfen, und ich soll das entscheiden, ohne dass ich weiß, was sie mich denn eigentlich fragen wollen."

„Dann sage ich es dir jetzt. Du musst auch nicht antworten."

„Ja, dann frag."

„Wann, oder wie, hast du gemerkt, dass du nicht mehr in deinem Körper leben willst?"

Torben schnaubte und schüttelte den Kopf. „Was heißt hier, nicht mehr in meinem Körper leben? Ich lebe doch immer noch in meinem Körper. Seinen Körper kann man nicht ersetzen, und das will doch auch keiner. Dieses ganze ‚Ich bin im falschen Körper geboren', das ist einfach total verkürzt und entstellend. Mal angenommen, du hast halt den Körper, den du hast, und der macht irgendwelche Dinge, mit denen du dich nicht wohlfühlst."

„Ja?" (Nannte sich das nicht generell Pubertät? Aber ich sagte nichts.)

„Also Dinge, unter denen du leidest, weil sie für dich nicht normal sind, auch wenn alle Leute um dich herum dir das einreden wollen?"

„Ja." (Pubertät?)

„Und außerdem halten dich die Leute permanent für jemanden, der du gar nicht bist, einfach, weil sie dich angucken und irgendwelche Assoziationen zu deinem Körper haben, die überhaupt nichts mit deiner Persönlichkeit zu tun haben."

„Ja, das verstehe ich voll." (Konnte das nicht jeder Mensch von sich sagen, dessen Körper in manchen Punkten von dem der Mehrheit abwich, zum Beispiel weil er dick war und alle Menschen, denen man in diesem Körper begegnete, mit ihm assoziierten, dass der dazugehörige Mensch dumm und faul war, obwohl das die Persönlichkeit des oder der Körperhabenden überhaupt nicht widerspiegelte?)

„Also, dann ist es doch okay, seinen Körper einfach so weit zu modifizieren, dass man sich erstens selbst darin wohlfühlt und zweitens er von anderen Menschen als etwas gelesen werden kann, was deine Persönlichkeit widerspiegelt."

„Ja, klar." (Ich kannte das als Abnehmen und neuer Haarschnitt. Okay, böse, ich weiß.)

„Ich merke genau, dass du das jetzt wieder nur abnickst."

„Na ja." Meine Nase juckte. „Ich soll ja jetzt nichts sagen."

„Jetzt tu nicht so passiv-aggressiv."

„Okay. Aber ich muss halt echt überlegen, wie ich das am besten formuliere."

„Lass dir Zeit", sagte er, mit einer Mischung aus Drohung und Resignation.

„Also. So wie du das gerade beschrieben hast, klingt es, als sei eine Geschlechtsumwandlung einfach eine Art Schönheits OP."

„Ach komm, oder." Er schien zu überlegen, ob er mich loslassen sollte, hielt mich dann stattdessen noch fester. „Ganz intuitiv, wenn du jetzt nicht versuchst, da auf Krampf irgendwelche Theorien drum herum zu basteln, weißt du doch, dass es einen Unterschied gibt oder?"

„Ja. Aber warum ist der so scheiße zu beschreiben?"

„Kann man es nicht mal so lassen, ohne dass man es beschreiben muss?"

„Also meine Freundin, Stefanie, die wurde von so ein paar Deppen an unserer Schule geärgert. Die haben manchmal Stefan zu ihr gesagt. Sie hat sich natürlich total aufgeregt, weil sie war ja eine Frau. Und … nein, lass mich mal bitte ausreden." Ich legte ihm den Finger auf den Mund. Seine Lippen waren so warm, und sein Atem an meinem Finger so weich. „Ist das dann für dich anders rum, oder?"

„Ja. Genau." Er ließ seinen Kopf an meinen Hals sinken. „Dann können wir ja jetzt endlich über andere Dinge reden."

„Aber es interessiert mich halt so … Du hast doch Marla bekommen. Hast du dich während der Schwangerschaft auch schon als Mann gefühlt?"

„Ich habe mich schon immer so gefühlt. Wenn ich auch schon früher so gehandelt hätte, hätte ich mir und anderen echt viel Scheiße ersparen können."

„Dann wärst du gar nicht schwanger geworden?"

„Wahrscheinlich nicht. Obwohl ich das Schwanger-Sein an sich nicht schlimm fand. Außer halt die ersten Wochen. Aber ich hätte mir die ganzen Aktionen geklemmt, die zu der Schwangerschaft geführt haben. Und die Geburt war scheiße. Und nein, nicht, weil das nicht zu meiner Genderidentität gepasst hätte oder so ein Quatsch. Das ist das Letzte, worüber du dir während einer Geburt Gedanken machst. Andererseits, wenn es mir danach nicht so schlecht gegangen wäre, hätte ich nie den Mut gefunden, meinen Körper so zu verändern, dass ich mich darin zu Hause fühlen kann. Ich weiß, klingt schmalzig. Aber weißt du, die ganze Zeit, wenn du schwanger bist, erzählen dir die Leute, dass dein Körper jetzt ein Haus ist für einen neuen Menschen. Na ja, und wenn dieser neue Mensch sich dann ausgewohnt hat, kann man ja mal dafür sorgen, dass man sich erst mal selber in seinem eigenen Körper wohl fühlt. Und na ja, das Geglotze von den Leuten in der Schwangerschaft hat auch übelst genervt. Das meinte ich vorhin damit, dass die Leute dann irgendeinen Kack mit dir assoziieren, der du gar nicht bist. Dafür bin ich Marla irgendwie schon dankbar. Ohne sie hätte ich das nie so deutlich erkannt."

„Aber, willst du … ich meine, hast du vor, dich …" Ich hatte keine Ahnung, warum es mir so peinlich war, diese Frage zu stellen.

„Nein, ich will mich nicht weiter operieren lassen. Das ist mir zu riskant. Die Brüste sind ab, das reicht." Er zog die Schultern nach vorne, als seien sie immer noch da und er wolle sie bedecken. „Ich hab sie mir übrigens erst abnehmen lassen, nachdem ich Marla abgestillt hatte. Logischerweise. Das wolltest du wahrscheinlich gar nicht wissen." Er lachte. „Nur, der Tante vom Jugendamt, die mich nach Marlas Geburt betreut hat, der war es ganz wichtig zu wissen, ob meine Probleme mit meiner Geschlechtsidentität sich irgendwie negativ auf meine Fähigkeit auswirken würde, mich um Marla zu kümmern."

„Ja, klar, weil das ja auch ein Problem der Geschlechtsidentität ist. Nur feminine Menschen können sich um Kinder kümmern, maskuline Menschen schrauben an Autos rum und grillen Steaks. Das ist doch Allgemeinbildung."

„Ich sehe, du weißt Bescheid."

„Mann, das tut mir echt leid mit dem Jugendamt. Uns haben die auch jahrelang belästigt. Wegen der Stiefkindadoption. Und dann kannst du ja nicht mal mit normalen Leuten darüber reden, weil in den Medien ja überall steht, wie einfach das heutzutage ist, und dass sich ja gar nichts mehr ändern muss."

„Ja gut, ich denke, das kommt auf die Zeitung an. Und das mit den ‚normalen Leuten' lasse ich jetzt auch mal besser unkommentiert stehen."

„Ach Mann, jetzt pflück aber du auch nicht an jeder meiner Äußerungen herum. Bei mir war es halt so, dass immer, wenn ich Leuten davon erzählen wollte, wie stressig dieser ganze Adoptions-Müll für uns alle war, die Leute dann alles besser wussten, weil sie nämlich irgendeinen total homo-freundlichen Artikel gelesen oder eine total inklusive Serie geguckt haben. Und wenn es bei dir nicht so war wie bei dem Einzelfall, der in dem Artikel beschrieben wurde, dann warst du und deine Familie irgendwie selber schuld, weil dann muss ja wohl auch irgendwas anderes nicht gestimmt haben. Ich hasse das. Dann sollen die Leute lieber gleich zugeben, dass sie Homos eigentlich hassen und nur die paar tolerieren, die sich am ehesten noch wie Heteros benehmen, dann spart man sich wenigstens das ganze Gaslighting."

„Na ja, aber ist das Ziel von solchen Artikeln nicht zu zeigen, wie es sein könnte?"

„Aber das schnallt doch der 0815-Helmut oder Karl-Heinz nicht, was das Ziel von irgendwas ist. Die lesen solche Artikel, denken, siehst du, die Homos und die Frauen und das ganze andere Gesocks, die haben doch jetzt mal genug Rechte und können endlich ihre Fresse halten."

Torben nahm meine Hand. Ich merkte, dass ich mich in meiner Aufregung an seinem Oberschenkel festgekrallt und dabei mit der Hand immer höher gerutscht war. „Also ich weiß ja noch nicht, warum, aber bei dir scheint es eine sehr starke Verknüpfung zwischen Wut und sexueller Betätigung zu geben." Er lächelte, aber besonders angenehm war es ihm nicht.

„Sorry. Das war echt keine Absicht." Ich kam mir vor wie ein alter Sack, der gerade der Sekretärin unter den Rock gefasst hatte, ganz aus Versehen natürlich.

„Schon okay. Ist ja alles noch dran. Was waren denn eure Erfahrungen mit dem Jugendamt?"

„Meine nicht-leibliche Mutter, also Ronni, musste mich ja adoptieren. Und das gab mega den Stress, weil Ronni einen Unfall hatte und deshalb gerade nicht arbeiten konnte und Irina wegen mir nur Teilzeit gearbeitet hat. Also irgendwie so. Jedenfalls wollte ständig das Jugendamt was von uns, weil es Ronni nicht so gut ging nach dem Unfall und sie behauptet haben, dass Ronni Depressionen hat und den Unfall nur vorschiebt. So haben sie mir das jedenfalls später erzählt."

„Hast du davon viel mitbekommen?"

„Von Ronnis Unfall nicht. Sie hatte sich einfach das Bein gebrochen, und es gab irgendwelche Komplikationen, mit der Wund- oder Knochenheilung. Von psychischen Problemen hab ich nie was mitbekommen. Aber das muss ja nichts heißen. Und ich hab nie geschnallt, dass das welche vom Jugendamt sind. Ich dachte immer, die sind hier, weil sie unser Haus kaufen wollen, weil wir doch jetzt die Raten bald nicht mehr zahlen können, und ich dachte, die kommen so oft wieder, weil ihnen irgendwas am Haus nicht gepasst hat und sie gucken wollen, ob meine Eltern das inzwischen behoben haben. Weil sie sonst das Haus nicht kaufen. Und es war wohl wirklich jedes Mal, bevor die kamen, irgendwas kaputt."

Ich erinnerte mich nur noch an dieses eine Mal, an Ronni, wie sie vor der Spülmaschine kauerte und irgendein verstopftes Sieb erst nicht raus-, und dann nicht wieder reingeschraubt kriegte. Sie saß auf dem Boden zwischen den Schubladen der Spülmaschine, in die noch das dreckige Geschirr eingeräumt war, und kriegte einen Heulkrampf. Das erste Mal, dass ich sie weinen sah. Das war das Einzige an der ganzen Sache, woran ich mich selbst erinnerte, abgesehen von den groben Gesichtszügen von Siggi und Daggi. Den Rest wusste ich nur aus den Erzählungen von Ronni und Irina, wobei sie die meisten Dinge nicht mir erzählten, sondern ihren Freunden, die paar Male, wo sie Freunde da hatten, denen sie so was erzählen konnten.

„Du kannst halt nur Präzisionsdrehteilfertigungsmaschinen reparieren. So eine popelige Spülmaschine ist einfach unter deinem Niveau", versuchte Irina sie aufzumuntern. „Wir stellen jetzt das Geschirr da rein und lassen das doofe Ding zu. Das merkt doch kein Mensch."

„Aber was ist, wenn diese Dagmar findet, dass man die Spülmaschine auflassen soll, weil sonst das Geschirr verschimmelt, und sie uns unterstellen, wir würden unser Kind mit verschimmeltem Geschirr vergiften oder so?"

„Selbst wenn es schimmelt, geht der Schimmel doch beim Spülen wieder weg."

„Ja, wenn man eine funktionierende Spülmaschine hat."

„Haben wir doch. Morgen wieder. Jetzt mach die Klappe zu, die kommen gleich."

„Ich bin Mechatroniker. Ich muss so was können." Sie steckte den Kopf in die Spülmaschine und wühlte und zerrte im Inneren herum. Irgendein Plastikteil brach ab. Sie kam wieder heraus und stieß sich den Kopf am Rahmen des Gehäuses. „So eine verfickte Scheiße!" Sie warf ein graues Plastik-Ding, das aussah wie ein Propeller, durch die Küche, wo es ganz auseinanderbrach. Sie stand auf und schmiss die Tür der Maschine zu. Dabei stieß sie mit der Ferse gegen einen der Ablagekörbe, der mitsamt dem Geschirr umkippte. Natürlich sah es in der Küche aus, als wäre gerade jemand bei uns eingebrochen. Und natürlich klingelte es an der Tür, als Irina gerade die Mülltüte mit den Scherben rausbringen wollte. Natürlich riss die Mülltüte beim Hochheben und Tee- und Kaffeereste kleckerten auf den Küchenboden. „Ich sag ja, seit die hier aufgetaucht sind, hat unser Helmut uns besonders auf dem Kieker", meinte Irina. „Ich habe schon das Bild von Brigitte Fassbaender abgehängt und die Bücher von Virginia Woolf aus dem Regal genommen. Ich weiß auch nicht, was wir noch tun können, um ihn zu besänftigen. Ich dachte immer, er sei auf unserer Seite."

„Aber über diese Sachen hat er sich doch früher nicht aufgeregt. Vielleicht ist es genau das Gegenteil, wir sollten aufhören, uns den Gepflogenheiten seiner Spezies anzupassen. Vielleicht fühlt er sich auf den Schlips getreten, weil wir seine Traditionen parodieren."

Helmut war unser heterosexueller Hauskobold, dem meine Eltern nachsagten, er nähe alle paar Monate Irinas Kleider enger und kotze nachts heimlich in die Spülmaschine.

(Irina, verzog angewidert das Gesicht, als sie morgens die Spülmaschine aufmachte: „Hast du gestern schon wieder die Teller nicht vorgespült, bevor du sie reingestellt hast?"

Ronni: „Doch, natürlich. Das war der Helmut. Das habe ich dir doch schon so oft erklärt.")

Sie sagten, er sei beleidigt, weil die Familie, die vorher in unserem Haus gewohnt hatte (Mann, Frau, drei Kinder) ihn im Keller eingesperrt und zurückgelassen hatte (die Vorbesitzer hatten wohl vergessen, uns den Kellerschlüssel zu geben und ihn uns per Post zugeschickt). Jetzt sei er sauer, weil er wohl in die Frau verliebt gewesen war, und er dachte, dass seine ehemalige Familie ihr Haus an zwei Lesben verkauft hatte, um ihn zu bestrafen.

„Aber Helmut ist doch eigentlich ein Netter. Vielleicht ist er nur sauer, weil er nachts nicht mehr in die Spülmaschine kotzen darf."

„Sie beide wirken ja recht gehetzt heute", meinte Siggi, nachdem er es sich mit Daggi an unserem Küchentisch gemütlich gemacht hatte. Er sah sich um und bemerkte einen kleinen braunen Spritzer an der Tür des Spülschranks. Als er lange genug hingesehen hatte, um Irinas Aufmerksamkeit darauf zu lenken, wandte er taktvoll seinen Blick ab und begutachtete stattdessen die Auswahl an Zeitschriften auf dem Küchentisch (Spiegel, Brigitte, Auto, Motor und Sport). Irina tat hastig eine neue Mülltüte in den Eimer, Ronni löffelte konzentriert fünf Löffel Kaffee in die große Drückerkanne und stellte Tassen, Untertassen und einen Teller mit Gebäck auf den Tisch. Dann entdeckte sie eine Schliere auf dem Tisch und räumte wieder ab, um noch einmal nachzuwischen.

Siggi und Daggi schwiegen und taten, als bemerkten sie von der verkrampften Geschäftigkeit um sich herum nichts.

„Das ist wegen Helmut. Der ist heute Nacht wieder mal durchs Haus geschlichen und hat alles durcheinandergebracht", erklärte ich.

„Wie, alles durcheinandergebracht?", fragte Daggi mit einem schnellen Seitenblick auf Siggi.

„Wer ist Helmut?", fragte Siggi und griff neben sich nach seiner Aktentasche.

Ich wusste nicht, welche Frage ich zuerst beantworten sollte, und sah erst Siggi und dann Daggi verwirrt an. „Der Helmut ärgert uns immer. Meistens nachts." Ich grinste. „Und wenn er fertig ist, versteckt er sich und wartet, bis es wieder dunkel wird."

An dieser Stelle wollten Ronni und Irina die Situation aufklären, wurden aber von Siggi ziemlich schroff unterbrochen. „Laura, willst du mir nicht mal zeigen, wo sich dieser Helmut nachts versteckt?"

„Aber das weiß ich doch nicht. Ich sehe ihn ja gar nie. Der kommt immer nur, wenn ich schon schlafe."

„Woher weißt du denn dann, dass er da war?"

„Na weil morgens dann immer alles total Chaos ist. Der durchwühlt zum Beispiel immer den Kleiderschrank von meinen Müttern."

Irina und Ronni versuchten über verzweifelte Blicke, gemeinsam eine Strategie zu entwickeln, um dieses Missverständnis aufzuklären. Aber sie dachten, wenn sie jetzt etwas sagten, würde ihnen das als Versuch ausgelegt werden, meine Sichtweise manipulieren zu wollen.

„Ist der Helmut ein Freund von deiner Mama?", fragte Daggi.

„Nein, und von meiner Mami auch nicht. Der ärgert uns immer nur, hab ich doch gerade gesagt."

„Und seit wann?"

„Seit wir in dem Haus wohnen."

„So lange schon?" Daggi blätterte wie beiläufig durch die Akten. Meine Eltern hatten das Haus kurz nach meiner Geburt gekauft.

„Ja, und sogar schon vorher. Als wir hier eingezogen sind, war er aber im Keller eingesperrt. Und seit meine Mami ihn freigelassen hat, ist er sauer auf uns, weil er denkt, dass seine richtige Familie ihn nicht mehr wollte und ihn einfach hier gelassen hat. Dabei haben die ihn doch im Keller eingesperrt, und trotzdem ist er sauer auf uns. Voll unfair!"

„Sag mal, ist dieser Helmut ein Tier?", fragte Daggi, nun doch etwas skeptisch geworden.

„Nein, ein Heinzelmännchen. Oder ein Kobold oder so. Und die beschützen einen doch eigentlich. Aber unser Helmut ärgert uns bloß."

„Ach sooo. Ja, jetzt macht das Ganze natürlich Sinn." Daggi legte erleichtert ihren Stift beiseite. „Ich weiß, warum der euch ärgert. Kobolde mögen es nämlich gar nicht, wenn man sie als Heinzelmännchen bezeichnet. Da werden sie sauer."

Ronni und Irina hätten am liebsten laut losgelacht, waren aber so verunsichert, dass sie betreten schwiegen und versuchten, nicht zur Spülmaschine zu gucken.

„Und woran erkennt man, ob jemand ein Kobold oder ein Heinzelmännchen ist?“, fragte ich.

„Nur die Kobolde, die in Köln wohnen, heißen Heinzelmännchen.“

„Und alle anderen Kobolde heißen einfach Kobold?“

„Ja, genau.“

„Aber unserer heißt ja auch noch Helmut.“

„Das ist okay, solange du ihn bloß nicht Heinzelmännchen nennst.“

„Und laut unserer Familienlegende waren Siggi und Daggi so gerührt von diesem Zwischenfall, dass sie von nun an nur noch nett und verständnisvoll waren und meiner Adoption durch Ronni endlich zustimmten. So hatte Helmut, unser heterosexueller Hauskobold, unserer Familie letztendlich doch geholfen, nur eben, typisch Kobold, ganz anders, als wir Menschen das erwartet hätten“, schloss ich meinen Bericht.

„Alles klar. Helmut hat mir gerade mehr über deine Familie verraten als alles andere vorher.“

„Dann warte mal ab, was noch kommt. Außerdem, ich kann ja nicht mal mehr sagen, was sich von dieser Geschichte wirklich abgespielt hat und was ich einfach glaube, gesagt zu haben, weil meine Eltern mir tausend Mal erzählt haben, dass ich das gesagt haben soll. Außerdem ist es so typisch, oder, Siggi und Daggi haben nicht etwa zugestimmt, weil meine Mütter endlich mal etwas aus eigener Kraft geschafft haben, nein, ein ominöser Kobold hat ihnen zu ihrem Glück verholfen.“

„Wenn ihnen diese Erklärung hilft, dann musst du sie ihnen lassen.“

„Und was war bei dir? Bist du deine Siggis und Daggis wenigstens los?“

„Nein. Und bis es so weit ist, wird es wohl auch noch eine Weile dauern. Mir hat die ja ausgerechnet Angelika ins Haus geholt. Weil ich diese scheiß postpartalen Depressionen hatte und sie meinte, ich brauche jemanden, der ab und zu nach mir guckt. Weiß du, sie labert immer rum, was sie alles macht und wie vielen Mädchen sie schon geholfen hat mit ihrer Mädchen-Sozialarbeit. Aber bei ihrer Pflegetochter hat sie es nicht geschafft, zwei Mal in der Woche vorbeizugucken, nein, dafür musste sie mir eine Familienhelferin organisieren, weil so eine regelmäßige Verpflichtung war ihr dann doch zu viel in diesem Moment. Sie hätte mir ja die ganze Zeit schon gesagt, dass ich vergessen könnte, dass sie einen auf Vollzeit-Oma macht, und dass ich mich ja für dieses Kind aus freien Stücken entschieden hätte, bla sülz. Sehr feministisch, oder. Ich helfe allen Frauen, aber nur, wenn sie Entscheidungen treffen, die ich gut finde. Wenn eine Frau halt leider nicht in der Lage ist, ihr Kind, oh pardon, ihren Fötus, abzutreiben, ja dann ist das natürlich ihr Problem."

Ich zog ihn an mich heran, schmiegte meine Wange an seine und streichelte sein Gesicht. Es war ein winziges bisschen stachelig, aber nicht kratzig. Seine Haut war glatt und weich, ein bisschen nachgiebig, eben anders als Männerhaut. Ja, ich weiß, das durfte ich ihm so nicht sagen. Aber denken ja wohl schon. „Mich nervt es auch total. Die ganze Zeit heißt es, Frauen, oder Menschen mit Vulva, sollen doch bitte schön Kinder bekommen, aber wenn sie es dann machen, kriegen sie dafür auch wieder aufs Maul, oder. Willst du kurz nach der Geburt arbeiten gehen, bist du karrieregeil, willst du zu Hause bleiben, bist du dumm und faul, kriegen Lesben Kinder, sind sie egoistisch, weil sie sich wider die Natur irgendeinen Wunschtraum erfüllen wollen, klar, weil Hetero-Frauen werden ja alle ungewollt und ganz aus Versehen schwanger, oder, und wenn du alleine ein Kind großziehst, wird es sowieso bindungsgestört, weil es angeblich nur eine richtige Bezugsperson hat. Ey, du glaubst nicht, was ich mir für Gülle anhören musste auf dem Drecksdorf. Von wegen, ich sei früher in die Pubertät gekommen, weil mein Körper verfrüht Pheromone ausschüttet, um Männer anzulocken, weil ich ja keinen Vater zu Hause habe. Und dass ich nie gelernt hätte, mit Männern umzugehen. Widerlich, wirklich. Und dann noch die ekligen Ossi-Bananenwitze on top. Und ich dachte, hier wäre es anders, aber auch nicht wesentlich, oder."

„Na ja, engstirnige Spießer … Spießer*innen gibt es nun mal überall."

„Aber es ist doch voll traurig, wo Lars und Marla sich doch so gut verstanden haben, dass diese Freundschaft in die Brüche gegangen ist, nur weil seine Eltern nicht mit dir klarkommen."

„Na ja, ganz so ist es auch nicht. Ich habe Frau Rieger ja im Krankenhaus kennengelernt. Und solange ich nur ganz normal lesbisch war, war alles kein Problem. Sie musste länger da bleiben wegen Komplikationen nach ihrem Kaiserschnitt und weil Lars doch ein Frühchen war, ach Scheiße, na ja, sag ihr einfach nicht, dass du das weißt und von wem, und mich hatten sie quasi unter Suizid-Beobachtung, und sie hat mich total unterstützt, auch bei den Gesprächen mit der Baby-Lotsin, die zwar nett war, aber zu nett, weißt du, was ich meine, ach und weißt du, was der absolute Abschuss ist? Angelika war es ja leider zu viel, verbindlich zuzusagen, dass sie ein paar Mal in der Woche nach uns guckt in der ersten Zeit, und da meinte das Jugendamt, es wäre doch total hilfreich für mich, wenn man mir einen Vormund an die Seite stellt, vor allem vor dem Hintergrund, dass ich doch selber eine nicht ganz einfache Geschichte hätte als ehemaliges Heimkind, und jetzt rate mal, wer sich dann aber doch dazu hat überreden lassen, Marlas Vormund zu werden."

„Nein."

„Doch."

„Scheiße. Das tut mir echt leid." Ich hatte Lust, seine Jacke und seine Hose zu öffnen und ihn zu streicheln und zu küssen. Ich rutschte ein winziges Stück näher an ihn heran. Er kam ebenfalls ein kleines bisschen näher und umarmte mich kurz und fest. „Ich weiß, was du meinst, aber ich glaube, Ort und Zeit sind ein bisschen schwierig gerade." Er schob mich sanft, aber bestimmt von sich.

„Josie! Nein, nicht da hin. Warte mal, ich bin gleich da", sagte Marla, irgendwo links über uns.

„Na, wenigstens scheinen beide noch zu leben." Torben lehnte sich zurück, legte die Hände in den Nacken und streckte die Beine aus.

„Haaa! Guck mal da!", quietschte Marla. Ich guckte und guckte, aber ich konnte sie beim besten Willen nirgends entdecken.

„Redet sie über uns?"

„Nein. Mit der Katze. Oder mit sich selber. Sie sitzt hinter dem Geländer."

„Hast du keine Angst, dass sie versucht, drüber zu klettern?"

„Wer? Marla oder Josie?"

„Josie ist zu alt dafür. Meintest du doch vorhin."

„Na ja, Marla ist fast sechs. Da weiß sie, dass man manche Dinge lieber nicht macht."

„Wann hat sie eigentlich Geburtstag?"

„Am Montag."

„Ach, so bald schon?"

„Ja. Wird wohl dieses Jahr eher im kleinen Rahmen stattfinden. Lars fällt aus, Kathi wird wahrscheinlich krank sein, und Amelie, na ja, ihre Mutter ist ja eher mit Kathi befreundet als mit mir."

„Aber komm, da muss man doch drüberstehen als Eltern."

„Für manche ist das eben schwierig. Wenn dein Kind mit einem Kind befreundet wäre, dessen Eltern irgendwelche Ansichten haben, mit denen du überhaupt nicht klarkommst, also, ich weiß auch nicht."

„Und du bist jetzt der mit den komischen Ansichten."

„Ja, schaut so aus. Na ja, jedenfalls habe ich Marla gesagt, dass wir eh erst nächstes Wochenende feiern, weil ja dieses Wochenende erst mal Kindergarten-Fest ist. Na ja, war ja jetzt eher nicht so feierlich für Marla."

„Ja, das war echt scheiße heute. Ich hätte da auch mehr drüberstehen müssen. Aber der kleine Penner, der hat mich so aggressiv gemacht mit seinem Gequatsche, ob ich einen Penis habe."

„Ja, aber dann weißt du mal, wie das ist, wenn jemand dich einem Geschlecht zuordnet, dem du dich nicht zugehörig fühlst."

„Also bitte, ich fühle mich dem weiblichen Geschlecht nicht ‚zugehörig', ich bin es leider. Und das kann man sich nicht aussuchen."

„Aber man kann sich aussuchen, wie andere einen wahrnehmen."

„Offensichtlich nicht immer, wie der bedauerliche Zwischenfall heute Morgen zeigt. Aber wenigstens weiß ich jetzt, wie meine Freundin sich gefühlt haben muss. Sie wurde ja nicht nur in der Schule geärgert. Sogar ihr Bruder war fies zu ihr. Er nannte sie immer ‚die fette Steffi Manzer, halb Mann halb Panzer'. Und meine Mutter meint ja, seit ihrem Tod hätte ich mich ihr immer mehr angeglichen äußerlich. Und deswegen frage ich mich, wenn du mit so einer wie Kathi zusammen warst, was willst du dann mit mir?"

„Boah!" Torben heulte auf. „Ey deine Vergleiche sind so daneben, ich kann echt nicht mehr."

„Papa, was ist?", fragte Marla. „Soll ich runterkommen?" Da, endlich, entdeckte ich ihr Gesicht zwischen den zwei großen Blumenkübeln.

„Nein, mein Hase, alles gut. Laura hat mir nur gerade was Spannendes erzählt."

„Oh, danke fürs Kompliment."

„Ja, aber ganz ehrlich, du machst dir Sorgen um Identitätsverlust und so. Also wenn ich mit dir irgendwo auftauche, kann ich meine Community aber auch vergessen."

„Ja, okay. Jetzt sind wir quitt. Aber nur interessehalber, was für eine Community meinst du genau? Und war das bei Kathi nicht genauso? Sie hat dich doch verlassen, weil sie mit deiner Transition nicht klargekommen ist, oder?"

„Ach, gab es mal wieder hitzige Debatten im Erzieherzimmer oder was? So ein Schwachsinn, wirklich. Als ich mit Kathi zusammengekommen bin, habe ich schon längst als Mann gelebt."

„Warum hat Kathi dann mit dir Schluss gemacht?"

Wenn er es mir sagte, hieß das, er vertraute mir. Wenn nicht, konnte ich es vergessen. Manchmal bekam ich solche Hirnfürze. Wenn der Vogel sich auf das Balkongeländer setzt, wird ein guter Tag. Wenn er vorbeifliegt, dann bleibt alles scheiße. Für heute, für morgen, für immer.

„Na ja, das Übliche." Torben sah mit zusammengekniffenen Augen in die Ferne.

Mein Herz machte einen Freudensprung. „Sie hat einen neuen Typen kennengelernt. Und jetzt ist sie schwanger. Nicht von mir, logischerweise." Torben versuchte zu lachen, aber es wurde nur ein heiseres Bellen daraus. Ich hatte Mitleid mit ihm. Vor allem aber war ich erleichtert, dass ich nicht die Einzige war, die sich in Beziehungsdingen hatte verarschen lassen.

Moment. Wie lange kannten Torben und ich uns jetzt? Zwei Monate und eine Woche. „Dann ist sie ja total schnell nach eurer Trennung schwanger geworden, oder?" Ich lächelte angestrengt. Morgenübelkeit kriegte man doch schon ab der vierten Woche, oder noch früher. Mein Herz hämmerte. Aber irgendwie war es doch auch klar gewesen. Das hatte ich jetzt davon, dass ich ein Mal dachte, es gäbe noch jemanden auf dieser Welt, der sich so leicht verarschen ließ wie ich.

„Sie war schon schwanger, als wir uns getrennt haben, wenn du's genau wissen willst."

„Ach Scheiße. Sorry, dass ich so blöd nachgefragt habe. Es klang eher so, als hätte sie Morgenübelkeit."

„Nee, sie hat Schwangerschaftsdiabetes. Also, hat sie mir erzählt. Aber wie gesagt, ich vermute, sie hat keine Lust mehr, sich so viel um Marla zu kümmern. Sie hat natürlich gesagt, sie will weiterhin Kontakt zu Marla halten, wie eine ganz normale Mutter bla bla, aber weißt du, jetzt ist sie selber schwanger, da wird sich das auch bald erledigt haben."

„Ach, daher weht der Wind. Die Hete hat dich verarscht, jetzt holst du dir doch lieber wieder 'ne zuverlässige Lesbe ins Haus zur Kinderbetreuung? Na ja, gut für mich."

„Ich brülle gleich. Zuverlässige Lesbe, Kinderbetreuung. Du redest nicht ernsthaft von dir, oder? Heute Morgen? Du erinnerst dich?"

„Na und? Dass Lars so ist, wie er ist, liegt ja wohl nicht nur an mir." Und ein bisschen hatte ich mich ja verbessert in den letzten Wochen. Auch wenn Susanne das wahrscheinlich anders sah.

Wir schwiegen. Endlich.

„Also, ich muss sagen", murmelte Torben nach einer Weile, „ich finde unseren Kommunikationsstil schon etwas anstrengend auf die Dauer."

„Geht mir genauso. Deswegen würde ich vorschlagen, wir heben das Ganze demnächst mal auf die non-verbale Kommunikationsebene."

„Aha." Er streifte mich mit einem Seitenblick. Wieder die kleinen roten Fleckchen auf den Wangen. „Kathi ist jetzt übrigens wieder mit ihrem Ex zusammen."

„Aha. Ich meine, nee, oder. Das ist ja echt scheiße. Aber irgendwie beruhigend."

„Ich weiß, was du meinst. Aber hat deine Freundin dich denn überhaupt betrogen?"

„Manchmal glaube ich ja, manchmal nein. Ich weiß es einfach nicht. Aber wenn sie es nicht wirklich getan hat, hätte sie es zumindest gerne getan, so viel weiß ich."

„Sicher?"

„Ja. Sie hat es mir gesagt, kurz bevor sie gestorben ist."

„Du hast mir ja noch gar nicht erzählt, wie sie gestorben ist. Musst du natürlich auch nicht."

„Steffi war in meine Mutter verliebt. In Ronni. Sie hat sich nur an mich rangemacht, um bei ihr sein zu können. Sie ist zum Beispiel an den Samstagen, an denen Irina, meine andere Mutter,

Notdienst in der Praxis hatte, immer schon vormittags zu mir gekommen, an den anderen immer erst nachmittags. Und ein Mal hat sie so getan, als wollte sie bei mir übernachten, aber nicht bei mir im Zimmer wie sonst, sondern in unserem Wohnzimmer auf dem Sofa."

„Wie man das so macht, wenn man sich mit seiner Freundin gestritten hat?"

„Nein, anders. Sie hat es darauf angelegt, dass Ronni sie nachts findet, wenn sie nach Hause kommt, und dann hat Ronni sie doch lieber nach Hause gefahren, damit es nicht so auffällt. Als ob man sich nicht denken kann, was die auf der Fahrt gemacht haben."

„Hat sie dir denn gesagt, dass sie in deine Mutter verliebt ist und nicht in dich?"

„Nein, Irina. Die hat immer solche Andeutungen gemacht. Ich dachte auch erst, sie sagt das nur, um mich zu ärgern, weil sie halt ihre eigenen Probleme hat. Aber irgendwann war ich mir halt nicht mehr so sicher."

„Aber das sind doch alles nur Vermutungen. Ganz ehrlich, das klingt ein bisschen danach, als ob du sie hinterher extra als böse hinstellst, damit du ihren Verlust nicht als so schlimm empfindest."

„Wir haben ja später sogar zusammen die Schule gewechselt, so dass wir in eine Klasse gehen konnten. Ich hab extra wegen ihr mit diesem ganzen Gesundheits- und Pädagogik-Film angefangen, weil ich auf der gleichen Schule sein wollte wie sie."

„Hallo? Das ist ja wie aus dem Märchenbuch. Da kann ich ja einpacken, oder?"

„Nein. So war das nicht." Aber es tat gut, dass er dachte, ich hätte so eine richtig romantische Beziehung gehabt. Wenigstens für einen Moment. „Na ja, leider habe ich dann später rausgefunden, dass sie das alles von vornherein so geplant hat, dass sie sich bei diesem blöden Kirchenkurs angemeldet hat, wo wir uns kennengelernt haben, weil sie wusste, dass ich auch mitmache. Also sie hat extra Irina gefragt, als die an ihrem Stand einkaufen war. Und danach hat sie sich so scheiße benommen in dem Kurs, dass wir beide rausgeflogen sind. Und dann hat sie behauptet, dass sie ihren Eltern erzählt hat, dass sie immer noch in dem Kurs ist, und dass sie jetzt einen Unterschlupf bräuchte, damit ihre Eltern nichts merken, aber komischerweise brauchte sie den nur dann schon ab morgens, wenn nur Ronni und ich da waren, ansonsten hat sie sich morgens immer noch im Wald rumgetrieben, bevor sie zu mir gekommen ist. Sie hat gesagt, sie kümmert sich um die Stelle, wo ihre Oma gestorben ist, die hat sich im Wald erhängt, aber das ist doch schon seltsam, dass sie immer nur alle zwei Wochen früher kam, und wirklich immer nur genau dann, wenn …"

„Mach mal kurz langsam, okay. Ich glaube, du bringst da echt was durcheinander. Sie hat Irina gefragt, ob du auch in dem Kurs bist. Was soll denn das mit Ronni zu tun haben? Sie hat *dich* gesehen und hat sich in dich verliebt, so sehr, dass sie sich extra zu diesem offensichtlich bescheuerten Kurs angemeldet hat. Das ist doch voll der Liebesbeweis."

„Aber guck mal, als sie Irina gefragt hat, ob ich in diesem Kurs bin, da konnte sie doch noch gar nicht wissen, ob ich überhaupt lesbisch bin, und noch weniger, ob ich auch in sie verliebt sein würde. Ehrlich gesagt kannten wir uns nicht mal, mir war sie bis dahin noch gar nicht aufgefallen, weil sie sich da ihr neues Image noch nicht verpasst hatte. Es kann ihr also nur um den Kontakt zu Irina und Ronni gegangen sein, und dass ich sie so angehimmelt habe, war nur eine extra Streicheleinheit für ihr Ego."

„Der Begriff Gaydar sagt dir was, oder?"

„Ja, aber trotzdem, eigentlich ging es ihr um Ronni, nicht um mich. Das habe ich einfach gemerkt, ich wollte es nur nicht wahrhaben. Und meine Mutter muss das auch gemerkt haben. Sie hat nämlich ständig über Steffi gelästert. Zu Recht, wie sich dann ja rausgestellt hat."

„Ach komm, jetzt stellst du dich aber absichtlich stur. Überleg doch mal, wie das ist, du wohnst in einem Kuhdorf in Baden-Württemberg und merkst, dass du lesbisch bist, und dann fällt dir ein, dass es da ja diese coole Familie gibt mit zwei Lesben und einer wunderschönen Tochter. Zu denen würdest du doch auch Kontakt haben wollen, oder?"

„Ja, na klar! Das ist doch das Problem. Sie wollte einfach nur Kontakt zu anderen Lesben haben, und ich war so naiv und dachte, es geht ihr um mich. Und sie hat mir immer so ein schlechtes Gewissen gemacht mit den Horror-Storys von ihrer Familie, und meine Eltern, weißt du, dafür, dass sie diese lesbische Bilderbuch-Familie sein wollen, hat Irina mich aber ganz schön fertig gemacht dafür, dass ich leider auch lesbisch geworden bin. Das hat dann doch nicht so gut ins Konzept gepasst, und sie hat diese ‚Schlechte Erfahrungen mit Männern'-Leier abgespult, was halt dummerweise auch noch gepasst hat, weil ich kurz vorher tatsächlich eine ‚schlechte Erfahrung', haha, mit einem Typen gemacht hatte, und zwar, weil die sich den ins Haus geholt haben, damit ich eine männliche Bezugsperson habe."

„Was ihnen wahrscheinlich das Jugendamt dringend nahegelegt hat."

„Meinst du? Trotzdem. Bist du deswegen mit Kathi zusammengekommen? Also, damit Marla eine weibliche Bezugsperson hat?"

„Na ja, zusammengekommen nicht. Aber vielleicht länger zusammengeblieben als nötig. Du siehst es doch bei dir, es ist halt alles multifaktoriell. Aber das mit dem Typen …"

„Der hat mir seine Zunge in den Hals gesteckt. Mehr war nicht. Aber für Irina und Ronni war es genug, um mir zu unterstellen, ich hätte da halt leider den falschen Mann getroffen. Sollen wir nicht langsam mal nach Marla gucken?"

„Ich bin hiiiieeer", rief sie von ihrem Versteck aus.

„Ach du Scheiße, hat sie jetzt alles mit angehört?"

„Nein. Sie ist wie ein Hund. Sie reagiert hauptsächlich auf ihren Namen. Okay, das klang jetzt mies …"

„Ich weiß, was du meinst. Aber denkst du nicht, sie muss mal aufs Klo oder so?"

„Nee, muss nicht", versicherte sie uns.

„Also, ihren Namen und bestimmte andere Signalwörter. Wenn sie nicht muss, dann war sie wahrscheinlich gerade. Irgendwo da oben. Na ja, auch gut." Torben entspannte sich wieder.

„Weißt du, dass sie ein Klo in ihrem Wohnzimmer im Kindergarten haben?"

„Wohnzimmer?"

„Na ja, in ihrer Höhle in der Hecke draußen. Neben der Rutsche."

„Ach, du warst schon zur Wohnungsbesichtigung eingeladen, ja?"

„Ich bin zufällig reingelatscht. Ich hab sie halt im Gebüsch reden und lachen hören, und Amelie war so gnädig, mir Einlass zu gewähren. Sie hat sich natürlich diebisch gefreut, als ich dabei in das gerade frisch benutzte Klo gefasst habe. Und dabei habe ich ja dann auch die Bücher gefunden."

„Die müssen wir noch reparieren", erklärte Marla.

„Bist du sicher, dass sie nur auf Signalwörter reagiert und nicht bloß so tut, damit sie in Ruhe Mäuschen spielen kann?"

Schweigen.

„Sollen wir nicht mal wieder hochgehen?"

„Nee", sagten Marla und Torben gleichzeitig.

„Ich und Josie sind gerade echt beschäftigt." Marla schnaufte sehr wichtig.

„Siehst du. Und ich würde jetzt gerne wissen, was da zwischen dir und Steffi gelaufen ist."

„Du willst wissen, ob ich sie nicht doch vor den Zug geschubst habe."

Er seufzte. „Erzähl mir doch einfach, wie es war."

„Ich weiß doch nicht, wie es war. Also doch, ich weiß es schon, aber ich weiß ja nicht, ob das, was ich zu wissen glaube, das ist, was wirklich passiert ist."

Torben setzte sich aufrecht hin. „Alter bitte, hör bloß auf mit dieser postmodernen Gehirnakrobatik. Das ist was für Leute, die sich gerne selber ficken, weil sie zu viel Tagesfreizeit haben."

„Die Anspielungen versteh ich nicht ganz."

„Sag doch einfach, was passiert ist. Mach dich doch nicht noch selber fertig mit diesem ‚Ich weiß nicht, ob ich weiß, was ich weiß'-Bullshit. Deine Freundin ist tot, oder?"

„Ja."

„Und wie ist sie gestorben?"

„Also. Sie hatte ja mit mir Schluss gemacht."

„Daran ist sie gestorben?"

„Nein. Danach. Ja, ich weiß, wie es klingt. Aber so war es halt irgendwie auch. Sie hat mit mir Schluss gemacht. Und ich habe sie gebeten, das in der Schule noch nicht rumzuerzählen. Sie hat es natürlich trotzdem gemacht. Und das war das zweite Mal, dass sie mich einfach ignoriert hat. Bei dem blöden Kirchen-Kurs hatte ich sie angefleht, das noch niemandem zu erzählen, weil ich echt nicht mit dem Coming-out vor meinen Eltern klargekommen wäre, und sie hat gedacht, ich verarsche sie, weil wenn man zwei Lesben als Eltern hat, muss doch alles locker-easy sein, und hat es vor allen Leuten im Kurs rausposaunt, und wie gesagt, dann wurde ich rausgeschmissen, und sie hat gleich die Gelegenheit genutzt, um einen auf Märtyrerin zu machen und den Kurs freiwillig abzubrechen und sich dabei noch an Ronni ranzuwanzen …"

„Das halte ich für eine Interpretation."

„Na und? Diese Interpretation kann ja trotzdem richtig sein."

Er schüttelte in gespielter Verzweiflung den Kopf. „Okay, weiter. Du wolltest mir ja eigentlich erzählen, wie sie gestorben ist."

„Also, wir waren schon nicht mehr zusammen, aber wir hatten geplant, bei mir zu Hause ihren Geburtstag zu feiern. Sie hat an Halloween Geburtstag, und ich hatte alles vorbereitet, alle Leute hatten gesagt, dass sie kommen, ein paar kamen auch, aber dann hat Steffi eine SMS geschickt, dass sie ihren Geburtstag jetzt doch mit ihren Eltern verbringen und leider ganz kurzfristig absagen muss. Also das war die SMS, die ich bekommen habe, den anderen muss sie geschrieben haben, dass Schluss ist zwischen uns, jaja, Interpretation, unterbrich mich nicht, daraufhin ist jedenfalls keiner mehr gekommen und die paar, die da waren, haben sich auch baldmöglichst verpisst, und ich saß alleine da zwischen Gehirn-Cupcakes und den verfickten Kürbis-Lichterketten. Und meine Eltern haben sich im Hintergrund natürlich auch die ganze Zeit Vorwürfe gemacht, obwohl ich ja selbst schuld war, teilweise. Ich hätte ja diese dumme Party nicht noch zu organisieren brauchen, aber ich wollte halt nicht wahrhaben, dass die Leute aus meiner Klasse eigentlich nur wegen ihr zu mir gekommen wären. Weißt du, das hat mich am meisten geärgert, ich musste mich immer so fucking überanpassen, um es meinen Eltern nicht noch schwerer zu machen, als sie es eh schon hatten, obwohl sie daran ja selbst schuld waren, oder, ich meine, wenn man als lesbisches Paar mit Kind in so ein Kacknest zieht, also bitte, jedenfalls, keiner mochte mich, außer damals in der ersten Klasse, die ich ja dann überspringen musste, weil meine blöden Eltern dachten, wir müssen jetzt allen beweisen, was für ein schlaues Kind wir haben, dank Samenspende oder whatever, ich wurde jedenfalls nur gemobbt, von der zweiten bis zur zwölften Klasse, und in der dreizehnten hat dann einfach gar keiner mehr mit mir geredet, logischerweise, nach Steffis Tod, und Steffi, die dumme Kuh, die war einfach die fette, prollige Ober-Dyke vom Bauernhof und alle mochten sie."

„Und trotzdem ist sie jetzt tot. Warum?" Torben ignorierte einfach mal neunzig Prozent von allem, was ich ihm gerade erzählt hatte.

„Alter, du hast es voll drauf, Leute anzutreiben. Hast du schon mal überlegt, Personal-Trainer zu werden?"

„Ich bin Personal-Trainer. Für Tiere."

„Nee, komm, wir gehen jetzt hoch. Ich will wirklich nicht riskieren, dass Marla da was von mitbekommt."

„Also, ich glaube eh nicht, dass du irgendwas gemacht hast, was zu ihrem Tod beigetragen hat. Ehrlich nicht." Er putzte sich die Nase.

„Papa, mach mal die Jacke zu!", rief Marla.

„Mach ich, mein Hase. Danke fürs Erinnern!"

„Ja, das sagst du jetzt, weil du heiß auf mich bist. Vermute ich jedenfalls."

„Ja, du vermutest richtig."

„Bitte bitte!", rief Marla zurück.

„Aber warum denn eigentlich? Wenn ich mir Kathi angucke, die ist ja ganz anders als ich. Ich kann mir einfach nicht vorstellen, dass du mich wirklich attraktiv findest. Und ich bin damals ja noch so rumgelaufen, also nicht feminin, aber eben so, dass man mich zur Not für hetero hätte halten können. Nichts Halbes und nichts Ganzes. Und ich frage mich halt die ganze Zeit, ob Steffi sich nicht vielleicht doch in mich verliebt hätte, wenn ich mich gleich so gezeigt hätte, wie ich wirklich bin. Vielleicht war sie ja am Anfang auch wirklich in mich verliebt und hat gedacht, dass ich mich noch in die Richtung entwickle, aber ich habe mich nicht getraut, und da …"

„Ach komm, oder. Du müsstest doch am besten wissen, dass einem so Äußerlichkeiten scheißegal sind, wenn man in einen Menschen verliebt ist. Oder bist du doch nicht in mich verliebt?"

„Doch. Aber ich glaube, du verstehst mich gerade falsch. Ich habe mich doch nicht in dich verliebt, obwohl du so aussiehst, sondern weil du so aussiehst."

„Das verstehe ich jetzt nicht. Ich meine, ich habe ja jetzt sekundäre männliche Geschlechtsmerkmale." Er kratzte sich am Kinn. „Da stehen Lesben doch nicht unbedingt drauf."

„Ich schon. Weißt du, was ich richtig heiß finde?" Mein Herz hämmerte. Weil ich so scharf war, aber auch, weil ich wusste, dass meine Beziehung zu ihm – das bisschen, was wir hatten – gleich vorbei sein würde.

„Ja, komm, sag's mir", stöhnte er. Und lachte. Noch.

„Der Gedanke daran, dass dich jeder für einen Mann hält, aber nur ich weiß, dass du in Wirklichkeit eine Frau bist.“ Ich wollte ihn küssen, damit er nicht antworten konnte. Falls der Bruchteil einer Chance bestand, dass zwischen uns noch irgendwas zu retten war.

Er stand auf. Also wohl eher nicht. Wir standen vor der Bank auf dem ausgetretenen, matschigen Stück Wiese und sahen uns an.

Ich sah, dass ihm wieder diese eine Frage auf den Lippen lag. „Ja, ich habe dich wirklich für einen Typen gehalten, als ich dich das erste Mal gesehen habe. Natürlich nicht für einen 0815-Honk. Ich dachte, du wärst einer von diesen ostdeutschen Enricos, wo die Mutter bisschen viel geraucht hat in der Schwangerschaft.“

„Erwartest du jetzt ernsthaft, dass ich darauf irgendwas antworte?“

Das mit dem diabetischen Gelbstich ließ ich dann wohl besser weg. Das kam wahrscheinlich eh vom Rauchen und meine eigene Gesichtshaut sah jetzt auch nicht gerade fresh aus.

„Das hast du doch nur gesagt, um mich zu verletzen. Warum auch immer. Wahrscheinlich, weil du ein Problem mit Männern hast.“

„Okay, eine Frau, die nicht auf dich steht, muss ein Problem mit Männern haben. Eh klar. Aber mein Problem ist, ich finde dich ja attraktiv. Und es wäre schön, wenn du mir glaubst. Ich wollte nur sagen, dass ich dich total süß finde. Der Enrico war jetzt wirklich nicht das beste Bild, um das auszudrücken, das tut mir leid. Aber es kann doch nicht jeder nur irgendwelche Standard-Dinge schön finden.“ Ich wollte mich gerne hinsetzen, damit er sich auch wieder hinsetzte, aber er würde das sicher ausnutzen und erst recht stehen bleiben, einfach, um größer zu sein als ich.

„Und genau damit habe ich ein Problem.“ Er rammte die Hände in die Taschen seiner Regenjacke. „Ich habe keinen Bock, irgendwelche Fetische von selbstunsicheren, sexuell frustrierten Idioten zu bedienen. An dem Punkt war ich schon, das brauche ich nicht noch mal. Und falls dein Lobgesang gerade wider Erwarten doch darauf abzielt, dass ich ja ‚trotzdem‘ schön bin, danke für nichts. Das ist genauso herablassend und verletzend. Ich verstehe ehrlich gesagt nicht, warum du mir das reindrücken musstest.“

„Weil ich wollte, dass du verstehst, warum ich mich in dich verliebt habe. Du riechst wie eine Frau, du fühlst dich an wie eine Frau. Du redest wie eine Frau. Ich kann mich nun mal nicht in Männer verlieben."

„Nach Verliebtheit klingt das allerdings nicht."

„Ja, sorry. Bin ich aber. Ich will es nur nicht so laut sagen, sonst klappt es wieder nicht."

„Und ich habe keine Lust, mich ständig unterschwellig beleidigen zu lassen. Außerdem, du reitest so auf deinem Lesbisch-Sein rum, aber dann willst du es angeblich erotisch finden, dass mich die Leute offiziell für einen Mann halten. Dann würden wir aber tagsüber doch als Hetero-Paar rumlaufen, was du doch total schrecklich findest. Ja, was denn jetzt?"

Erwischt. „Ich weiß es nicht."

„Ich auch nicht. Aber hör doch mal auf, immer alles zu zerlabern. Lass es doch einfach mal sein, wie es ist."

„Mach ich doch. Ich habe dir genau beschrieben, wie es ist. Für mich."

„Ja! Aber du brauchst doch nicht über alles reden, oder? Manchmal kann man doch Dinge einfach für sich behalten, oder?"

„Klar, das dumme Weib soll nicht immer so viel labern und mir meine Illusionen kaputt machen."

„Also, jetzt reicht's." Er ließ mich stehen, fummelte zum hundertsten Mal in seiner Jackentasche herum und holte schließlich ein viereckiges Stofftäschchen heraus. Während er sich mit dem Rücken zu mir eine drehte, stand ich blöd herum. Aber er stand ja auch noch hier. Wenn es vorbei wäre, würde er doch Marla holen und gehen.

Also blieb ich auch stehen.

Er zündete sich seine Kippe an.

Er drehte sich zu mir um.

Ich setzte mich auf die Bank.

Er setzte sich neben mich.

Mein Herz wurde wieder warm und leicht. Ich lehnte meinen Kopf an seine Schulter.

Er rückte zumindest nicht von mir ab.

„Rauchen ist ja zum Beispiel auch viel gefährlicher, als Testosteron zu nehmen." Ich konzentrierte mich auf jeden Quadratzentimeter meines Gesichts, der seine Schulter berührte, darauf, wie meine Haut an der Stelle, wo der Stoff seiner Jacke meine Wange berührte, wärmer wurde, und wie der Torben-Geruch mit Zigarettenrauch vermischt noch intensiver zu werden schien.

„Also das heißt, ich muss mich jetzt entscheiden, ob ich rauche oder Testo nehme?“ Er atmete aus. „Mann, was lache ich mir eigentlich immer für Eulen an, ehrlich.“

„Papa!“, schallte es von oben über den Hof. „Versuch's gar nicht erst. Ich hab's genau gerochen!“

Ein paar Sekunden später Getrampel aus dem Treppenhaus im Seitenflügel. Die Tür ging auf und Marla kam zu uns über die Wiese gerannt. Josies Leine hatte sie sich um den Arm gewickelt. Während sie rannte, wischte sie sich auffällig-unauffällig die Hand an der Hose ab.

„Papa, warum rauchst du? Das ist dumm!“ Mit der Hand, die sie sich gerade abgewischt hatte, schlug sie ihm aufs Knie. „Das darfst du nicht! Du sagst mir auch immer ganz viele Sachen, die ich nicht darf, aber wenn ich was sage, machst du es trotzdem.“

„Du doch auch“, sagte er.

„Ha ha. Du bist so fies.“ Sie verschränkte die Arme und drückte ihr Kinn auf die Brust. Die Finger der einen Hand streckte sie dabei angestrengt von sich. „Sag mir mal ein Beispiel. Ein Beispiel. Siehst du, du hast keins.“

„Ja, tut mir leid.“ Er streckte seine Arme aus und wollte sie auf den Schoß nehmen.

„Nein. Iiihh. Du stinkst.“ Sie drehte sich weg.

Josie schnüffelte und knabberte vorsichtig an einem Grashalm herum. Marla ging in die Hocke und streichelte sie hingebungsvoll. Dabei wischte sie die andere Hand immer wieder an ihrer Hose ab.

„Marla. Was hast du denn da an der Hand?“, fragte Torben.

Sie roch daran. „Nichts.“

„Das glaube ich dir nicht.“

Sie wollte ihre Hand im Jackenärmel verschwinden lassen, aber dann fiel ihr ein, dass an der Hand ja irgendwas dran war.

„Marla.“

„Ja.“

„Was ist mit deiner Hand.“

„Nachher ist es doch was wegen heute Morgen“, murmelte ich.

„Nein, das war die andere.“

Ich ging zu ihr, unter dem Vorwand, Josie auch mal streicheln zu wollen. Nach einigen Sekunden stieg mir ein nur zu vertrauter Geruch in die Nase. „Hat sie schon wieder irgendwo hingekackt?“ Ich vermutete, dass etwas im Fell kleben geblieben war. „Und du hast es versucht abzumachen, oder?“ Ich nahm ihre Hand und roch daran.

Eindeutig.

Marla nickte zögernd.

Ich hob Josies Schwanz und wurde mit einem Tatzenhieb in die Schranken gewiesen. Marla kicherte. Aber ich hatte lange genug gucken können, um zu sehen, dass Josies Fell sauber war. Der Geruch hingegen wurde immer intensiver. Ich schnüffelte an Marlas Hose, ihrer Jacke.

„Nein Hundi, nicht beißen!“ Sie hüpfte fröhlich quietschend zur Seite.

„Ehrlich, ich glaube, sie hat sich Katzenköttel in die Jackentasche gesteckt.“

Torben stand auf. Marla rannte über die Wiese, Josie lief notgedrungen an der Leine hinterher, aber sie knurrte.

„Marla, bleib stehen. Josie mag das nicht.“ Er ging zu ihr und wickelte die Leine von ihrem Arm. Ich ging zu ihnen und übernahm Josie. Torben zog Marla auf seine Knie und machte sich daran, die Reißverschlüsse ihrer Jackentaschen zu öffnen.

„Nein! Du darfst mich nicht festhalten!“ Marla schrie wie am Spieß und biss in Torbens Hand.

„Dann hol das Zeug selber da raus. Ich habe dir erklärt, je öfter man diese Jacke wäscht, desto weniger hält sie warm.“ Falls sie ihm weh getan hatte, ignorierte er das routiniert.

Sie friemelte ein weißes Tempotaschentuch aus der Jacke, durch das schon das Braun durchschien (Josie war wohl mal wieder kurz vor Durchfall), warf es auf den Boden und stampfte mit dem Fuß darauf. Es blieb natürlich an ihrem Schuh kleben.

Ich zupfte es mit spitzen Fingern ab. „Was wolltest du denn damit?“

„Ich wollte es am Montag mit in den Kindergarten nehmen und Lars in die Frühstücksdose tun.“

„Nicht Lars. Wenn, dann doch seinen Eltern.“ Torben lachte trocken.

„Aber haben die eine Brotdose? Nein. Also.“

„Es kotzt mich alles so an, oder. Ich weiß, der Junge hat Probleme, aber es geht doch nicht, dass der seine Aggressionen an meiner Tochter auslässt. Und die werden natürlich immer Recht kriegen, weil alle ihre fünf oder sechs oder was weiß ich wie viele Kinder in diesen Kindergarten gegangen sind. Und weil sie im Förderverein sitzen. Aber das spielt natürlich gar keine Rolle, nein überhaupt nicht."

„Aber hast du nicht gesagt, Angelika und Susanne kennen sich? Da müsste Angelika doch mal ein gutes Wort für dich einlegen können, oder?"

„Ach was. Für die beiden werde ich immer das gestörte Pflegekind bleiben. Susanne hat Marla doch nur aus Mitleid aufgenommen und damit sie Angelika berichten kann, wenn ich Marla misshandle oder so."

„Das macht er aber nicht", sagte Marla mit beschwichtigender Stimme.

„Hätte ich auch nicht gedacht."

„Aber Oma Angelika ärgert ihn immer, sie sagt immer, Männer leben ungesund, oder Männer leben gefährlich und solche Sachen."

„Kann ich verstehen, dass das nervt." Ich sah zu Torben, der gerade damit fertig war, Marlas Schuh abzuputzen. Ich hätte ihn am liebsten umarmt, aber ich hatte ja immer noch das eklige Taschentuch samt Inhalt in der Hand. „Ich gehe zum Mülleimer. Gib mir mal das Taschentuch."

Ich hatte die Dinger gerade entsorgt, da klingelte mein Handy.

Susanne.

Scheiße.

„Wir müssen unbedingt noch mal über diese Sache von heute Morgen reden", sagte sie nach dem üblichen Vorgeplänkel.

„Ja, finde ich auch." Mein Puls war eh schon auf hundertachtzig, da sollte es sich doch wenigstens lohnen. „Ich finde es nicht okay, dass überhaupt niemand von den offiziellen Erzieher*innen eingegriffen hat, als Lars Marla heute Morgen attackiert hat." Natürlich sagte ich das laut genug, dass auch Torben es hören konnte. Wie gesagt, es sollte sich ja lohnen.

„Dann komm doch bitte am Montag um zehn Uhr dreißig in mein Büro, damit wir das in Ruhe besprechen können."

„Können wir das nicht heute noch klären? Ihr seid doch noch auf dem Fest.“ Im Hintergrund hörte ich Besteck klappern und Kinder schreien. Dann könnte ich Torben und Marla gleich mitnehmen. Eher mir selbst zuliebe natürlich.

„Nein, im Moment haben wir sehr viel zu tun. Das hörst du doch sicher auch.“

„Okay, zehn Uhr dreißig dann.“ Allerdings fing meine Schicht am Montag um sieben Uhr dreißig an. War es dumm, zuzugeben, dass ich bereits vom Schlimmsten ausging? Allerdings wollte ich auch nicht am Montagmorgen vor allen Leuten wieder nach Hause geschickt werden. „Also, aber ich habe am Montag doch immer noch Frühschicht, oder?“

„Diesen Montag kannst du mal ausschlafen“, sagte sie kurz angebunden.

Und die Tage danach dann wohl auch. „Ach, danke“, sagte ich, automatisiert freundlich wie ein kompletter Vollidiot.

„Gern geschehen.“ Sie dachte wahrscheinlich, ich hätte extra einen auf scheißfreundlich gemacht.

„Du, ich glaube, Marla und ich gehen mal nach Hause. Die Jacke muss doch in die Waschmaschine.“

„Ja, macht das mal.“ Hatte er jetzt echt nicht gehört, mit wem ich gerade telefoniert hatte?

„Alles okay bei dir?“

„Susanne hat gerade angerufen. Ich soll am Montag zu einem Gespräch in ihr Büro kommen, wegen der Sache mit Lars. Um zehn. Aber ich brauche vorher nicht mehr zum Arbeiten zu kommen.“

Er sah mich an, dann Marla. „Ist doch super. Dann wirst du Marlas Tagesmutter, so lange, bis sie in die Schule kommt.“

„Und du bezahlst mir dann genug, dass es für Miete und Essen reicht.“

„Nicht ich. Das Amt. Und den Rest stockst du mit Hartz IV auf.“

„Ich würde aber nur voll wenig Hartz IV kriegen, weil ich unter fünfundzwanzig bin und meine Eltern noch für mich aufkommen müssen.“

„Mann! Du bist doch für eine Weiterbildung oder Arbeit umgezogen. Da zahlen die trotzdem.“

„Aber nicht, wenn ich gerade gekündigt wurde.“

„Jetzt mach dir nicht so viele Gedanken. Wir überlegen uns was. Aber ich muss jetzt erst mal Marla nach Hause bringen. Ich gucke, dass Kathi heute Abend auf sie aufpasst, und wenn das klappt, komme ich nachher noch mal vorbei, okay?"

Süß. „Ja, okay. Bis später. Hoffentlich."

„Das klappt schon alles." Er umarmte mich. Er küsste mich nicht. Wegen Marla. Schon klar. „Aber mach keinen Scheiß, okay?", flüsterte er mir ins Ohr.

„Hä, was für Scheiß?", fragte Marla. „Ist Susanne jetzt sauer auf dich? Weil du mit uns gar keine richtigen Igel gebastelt hast?"

Danke, danke. Vielen Dank.

„Nein. Weil sie sich mit Lars' Eltern angelegt hat. Und die sind jetzt sauer und haben sich bei Susanne über Laura beschwert."

„So wie du dich über die beschwert hast?"

„Ja, so ähnlich."

„Aber dann macht Susanne doch eh nichts, oder?"

„Eben", sagte er.

„Oder vielleicht kannst du ja heute zu uns kommen, und dann machen wir das mit den Büchern?", fragte Marla.

„Das ist doch eine gute Idee", sagte Torben.

„Ja, finde ich auch. Dann soll Laura mir gleich aus dem Vogel-Buch vorlesen, wenn es wieder ganz ist."

„Also, nur, wenn das wirklich in Ordnung für dich ist. Ich meine, für euch."

„Sonst hätten wir es doch nicht angeboten. Ich würde mich wirklich freuen."

Dieser letzte Satz führte zu einer schlagartigen Umverteilung meines Blutes vom Bauch zwischen meine Beine. Oh Gott, und dann war da ja auch noch Marla. Ich würde mich also noch stundenlang zusammenreißen müssen. „Okay, ein bisschen spontan, aber total gerne! Ähm, ich muss nur vorher noch kurz einkaufen. Morgen ist doch Sonntag."

„Irgendwas Bestimmtes?"

„Wahrscheinlich nicht das, was du denkst. Ich muss wirklich nur meine Wocheneinkäufe machen." Eigentlich brauchte ich dringend etwas, das ich zu Torben und Marla mitnehmen konnte. Irina hatte mir eingeschärft, mich niemals, wirklich nie-mals, irgendwo durchzufressen, ohne selbst etwas zu essen mitzubringen.

„Also, wenn dir das jetzt doch zu kurzfristig ist, dann sag es einfach."

Neiiinnn! „Darum geht es nicht. Ich finde das wirklich total nett von dir – euch. Wenn ich jetzt alleine zu Hause rumsitzen müsste, würde ich durchdrehen. Ich muss wirklich einfach nur einkaufen."

Torben wirkte nicht überzeugt.

Ganz ehrlich, ein bisschen schnell ging mir das jetzt schon. Ich brauchte einfach ein kleines bisschen Zeit, um mich seelisch und moralisch darauf vorzubereiten. Und um in Ruhe meine Sachen zu packen. „Ich hab meine Tage", flüsterte ich ihm ins Ohr. „Und Annika und Madeleine benutzen doch beide diese komischen Stoffdinger. Die sind vielleicht praktisch, aber fragen, ob sie sie mir ausleihen, will ich nicht unbedingt", setzte ich noch einen drauf. Das mit den Stoffbinden stimmte wirklich.

„Ah, alles klar." Torben klang plötzlich etwas hölzern. „Da kann ich dir leider nicht mehr mit helfen."

Oh Mann, da hätte ich auch mal dran denken können. Aber schlimmer noch, jetzt dachte Torben, dass ich meine Tage hatte, und dass sich das sicher auf unsere Abendgestaltung auswirken würde. Ich war so dumm. So dumm! Ich musste unbedingt ein absolut passendes Mitbringsel suchen und ihm erklären, dass das mit meinen Tagen nur ein Vorwand war, um es in Ruhe aussuchen zu können.

„Also, wenn du jetzt eh noch Besorgungen machen musst, dann gehe ich schon mal mit Marla vor und räume die Wohnung ein bisschen auf." Er lächelte, aber es wirkte gezwungen. Er dachte, ich wolle mich nur davor drücken, jetzt gleich mitzukommen, um ihn nachher anzurufen, dass ich aus irgendeinem fadenscheinigen Grund doch nicht kommen konnte.

„Ich komme wirklich. Und ich mache auch keinen Scheiß, versprochen." Ich kuschelte mich an ihn.

„Na dann, bis später." Er zweifelte immer noch.

„Aber du bringst dann die Bücher mit, okay?", sagte Marla.

„Ja, mache ich. Und den Kleber und die anderen Sachen."

Oben in der Küche schmiss ich als Erstes den angetrockneten Klumpen Salzteig weg. Ich stellte Josie frisches Trockenfutter und frisches Wasser hin und sagte Madeleine und Annika Bescheid, wo ich hinging. Sie konnten es sich ja eh denken, also.

„Ich hoffe, das ist okay für euch."

Schweigen.

„Könnt ihr um halb sieben Josie füttern?"

„Ja, kein Ding", murmelte Annika.

Ich duschte. Dann überlegte ich eine halbe Stunde lang, was ich anziehen sollte. Schließlich entschied ich mich, nur eine frische Unterhose an- und ein frisches T-Shirt unter meine Kapuzenjacke zu ziehen.

Dafür hätte ich ihn nicht wegschicken brauchen. Jetzt dachte er sonst was von mir, und ich hatte es wieder mal verkackt.

Ich legte mich aufs Bett. Ich wartete darauf, dass irgendwelche komischen Gefühle hochkamen. Das erste Mal, dass ich mich mit jemandem traf, der mir etwas bedeutete.

Mehr bedeutete als Steffi.

Doch, war so.

Ich manifestierte es ganz deutlich in meinen Gedanken. Torben ist mir wichtiger als Steffi. Du, Steffi, Torben ist mir wichtiger als du. Es tut mir leid, aber das zwischen uns war wohl doch was anderes, als ich dachte.

Ich wartete auf das Kribbeln in der Nase, die Enge in der Brust, die mein schlechtes Gewissen ankündigten.

Nichts.

Ich bin schuld, dass sie tot ist.

Ich bin schuld, dass du tot bist.

Auf einer theoretischen Ebene war mir bewusst, dass das stimmte.

Hätte ich sie nicht beleidigt, hätte sie sich nicht umgedreht und wäre nicht aufs Gleis gerannt.

Aber ich kam nicht an das Gefühl heran. Ich wusste, dass ich es mal gehabt hatte, aber ich konnte mich nur noch ganz schwach daran erinnern, wie es sich angefühlt hatte.

Das fühlte sich auch wieder komisch an.

Warum hatte ich Gefühle nie dann, wenn ich es selber mal passend fand, sie zu haben? Jetzt hatte ich extra den einen Gefühlsauslöser weggeschickt, damit ich in Ruhe mit meinem anderen Gefühlsauslöser fertig werden konnte, und jetzt löste der gar keine Gefühle in mir aus.

Dafür hielt mich der neue Gefühlsauslöser für komplett Banane und würde später umso mehr Gefühle in mir auslösen, die ich dann wieder nicht an Ort und Stelle verarbeiten konnte.

Vor lauter Gefühlen wusste ich nicht, ob ich den Gefühlsauslöser oder das Gefühl mehr hassen sollte.

Ab Montag hatte ich keinen Job mehr. Eigentlich ab heute schon nicht mehr.

Ich würde bald wieder zu Hause wohnen.

Oh. Ein Gefühl.

Kein schönes.

Aber besser als nichts.

Als ich im Rewe stand, regte ich mich auf, dass ich nicht in die Bio-Insel gegangen war. Torben kaufte bestimmt nur Bio-Sachen für sich und Marla. Und ich würde dann mit meinen Assi-Supermarkt-Sachen da ankommen.

Ja, es war mir auch klar, dass ich eigentlich bloß hergekommen war, um mir günstig was zu trinken zu holen.

Nicht für jetzt. Für hinterher.

Wenn ich die Übernachtung bei Torben über die Bühne gebracht hatte, würde ich mich ja auch mal belohnen dürfen.

Wenn es zu einer Übernachtung kam.

Außerdem war ich gerade arbeitslos geworden. Würde bald wieder nach Hause zurückziehen, wo ich dann eh wieder anfangen würde. Da konnte ich ja auch jetzt schon anfangen und in meinen letzten Wochen in Berlin noch mal richtig Spaß haben.

Das Problem war, meine körperlichen Entzugserscheinungen waren weg. Da ließ sich gar nicht mehr dieses Gefühl der Vorfreude erzeugen. Ich wusste zwar, dass ich morgen um diese Zeit saufen wollen würde, aber ich hatte jetzt noch gar keine Lust. Genau genommen konnte ich mir nicht mal richtig vorstellen, wie es morgen sein würde, Lust aufs Saufen zu haben.

Deshalb wollte ich mir auch eigentlich gar nichts kaufen, aber ich kannte mich doch. Was war, wenn ich morgen unbedingt wollte, und dann war vielleicht im Späti das dunkle Porter-Bier ausverkauft, und dann würde ich Tuborg nehmen müssen oder so.

Also war es doch besser, jetzt schon einen Sixpack mit 0,33-Flaschen zu kaufen, den ich dann morgen erst mal trinken konnte. Damit ich danach besoffen genug war für das Späti-Bier und anderes.

Aber vielleicht wollte ich ja morgen gar nicht trinken?

Und überhaupt, was machte ich hier gerade und warum?

Erst funktionierten meine alten Gefühle nicht, und jetzt hatte ich nicht mal mehr Bock aufs Saufen, obwohl ich ausdrücklich saufen durfte?

Ich konnte mich nicht mal mehr mit voller Absicht in Sauflaune reinsteigern, obwohl es mir total beschissen ging. Was war das denn?

Schlechte Laune hatte ich trotzdem, als wäre ich wieder mitten im körperlichen Entzug. Schlimmer. Denn ich wusste jetzt, dass mir Saufen nichts mehr nutzen würde.

Los, auf jetzt. Ich brauchte ein Geschenk. Und irgendwas Sinnvoll-Gesundes und trotzdem Kinderfreundliches zum Essen. Ich bekam Kopfschmerzen, und mir wurde kalt, ich wollte so schnell wie möglich weg. Nachher bekam ich doch wieder richtig Lust. Wo ich so lange darüber nachgedacht hatte.

Es war wohl gerade Dino-Themenwoche. Ich schnappte mir zwei, nein lieber drei Packungen Knusperdinos aus der Gefriertruhe und eine Allosaurus-Spielfigur aus dem Stehkorb daneben. Beides nicht bio. Wahrscheinlich würde Torben die Nuggets freundlich lächelnd ins Gefrierfach schieben, „für später", und die Spielfigur würde irgendwann nach meinem Besuch ganz unglücklicherweise verloren gehen. Wer weiß, was das Teil für Giftstoffe ausdünstete. Mal davon abgesehen, dass ich die ganze Zeit das Gefühl hatte, ich suchte hier eh nur Dinge aus, die ich mir selbst als Kind gerne gekauft hätte.

Egal jetzt. Raus hier.

Noch schnell eine hellgrüne, eine dunkelgrüne Packung Binden mitgenommen. Es war immer gut, seine Lügen so weit wie möglich Wahrheit werden zu lassen.

„Laura!", schallte es durch das Treppenhaus des vermutlich in den frühen Neunzigern zuletzt sanierten Gründerzeit-Altbaus. „Rate mal, wer noch da ist. Der Arsch Riegel. Der darf heute bei uns in der Kloschüssel schlafen. Aber nur mit Deckel zu."

„Dann entschuldige ich mich eben nicht!", rief Lars von irgendwo aus dem Inneren der Wohnung.

„Dann drück ich nachher auf die Klospülung. Alle meine Entchen schwimmen im Klosett, schwimmen im Klosett ..."

„Du doofe Nuss!“ Getrampel von Lars, Gekicher von Marla.

„Wie kommt der denn jetzt hierher?“, fragte ich Torben, als ich schließlich im Dachgeschoss angekommen war.

„Dorothea hat ihn hier abgegeben. Sie muss wohl eine dringende Familienangelegenheit klären. Sag nichts. Ich finde es auch eher suboptimal.“ Torben zupfte an der Knopfleiste des weiß gewolkten, frisch gebügelten Hemds herum.

Und ich hatte es nicht mal geschafft, eine frische Kapuzenjacke anzuziehen.

Jetzt war es eh zu spät. Ich zog mir die Schuhe aus.

„Ich hab mich doch schon entschuldigt. Ganz oft!“ Lars stand nun auch an der Tür, ein Paar Hüttenschuhe mit Hasengesicht an den Füßen.

„Aber warum bist du denn heute Morgen so ausgerastet?“

„Weil der Simon mich heute Morgen geärgert hat. Und davor auch. Schon ganz lange. Und der sagt immer so blöde Sachen zu mir. Aber jetzt hat er Hausarrest. Und meine Mama ist mit den anderen zur Oma nach Stuttgart gefahren, und ich darf so lange hier bleiben.“

„Ja.“ Torben nahm mir meine Schuhe ab und trat zur Seite, um mich in den Flur zu lassen. Alles Weitere würde er mir dann wohl später erklären. „Na, du bist ja auch bestens ausgerüstet“, sagte er mit Blick auf meinen Schlafsack. „Leg den doch am besten gleich ins Wohnzimmer auf die Couch.“ Er schüttelte lachend den Kopf.

„Ja, also ich bin anscheinend vorschnell davon ausgegangen, dass ich bei dir übernachten würde – was ich natürlich nicht muss, wenn du nicht willst –, und wollte auf alle Eventualitäten vorbereitet sein. Ich hoffe, ich habe unser Gespräch im Hof vorhin nicht vollkommen falsch interpretiert.“

„Du hast ja kein Geheimnis aus deinen Absichten gemacht. Wenn ich nicht mit ihnen einverstanden wäre, hätte ich dich ja nicht eingeladen.“

„Das beruhigt mich. Nur, wie es aussieht, werden wir heute eher mit Kinderbetreuung beschäftigt sein.“

„Ach du, ist doch gar nicht schlecht, dass der Larsibär jetzt hier ist. Dann sollen die beiden sich gegenseitig beschäftigen. Das können sie ja ganz gut. Aber vorher sollten wir vielleicht ein paar Grundsatzregeln auffrischen.“

„Guck mal, lecker!“ rief Marla aus dem Flur, wo noch mein Rucksack stand. „Machen wir die gleich in den Ofen?“ Sie kam mit den drei Packungen Knusperdinos ins Wohnzimmer gerannt.

„Pack die bitte wieder in Lauras Rucksack.“

„Aber warum? Die sind doch jetzt schon getaut, dann darf man die nicht noch mal einfrieren!“

„Tu sie bitte zurück in meinen Rucksack“, sagte ich.

„Sind die nicht für uns?“

„Doch. Aber jetzt leg sie zurück, wir wollen erst noch was mit euch besprechen.“

„Ich leg sie schon mal in die Küche, okay?“

„Ja, gute Idee.“ Torben schüttelte resigniert den Kopf. „Und dann holst du gleich mal Lars mit hierher.“

„Lars-Riegel! Es gibt Familientreffen!“

Die Kinder vor neun ins Bett zu kriegen, war an einem Tag wie diesem illusorisch. Nach Knusperdinos (natürlich mit Salat) reparierten wir die Bücher. Es gab eine ganze Serie auf YouTube, nur zum Thema Reparaturen von Kinderbüchern, mit einem extra Video für jede erdenkliche Art von Beschädigung.

„So was scheint wohl doch häufiger vorzukommen“, meinte Torben, als wir den Einband des Vogel-Buchs mit säurefreiem Klebeband flickten.

Marla und Lars wechselten sich mit dem Wundertuch ab und polierten behutsam Zentimeter um Zentimeter der anderen beiden Bücher. Der Name war gar keine so große Übertreibung. Die Einbände bekamen dadurch so eine Art Retro-Finish, das die Bücher fast noch edler aussehen ließ, als wenn sie neu gewesen wären.

Der Kratzer auf dem Bauch des grauen Vogels unter dem Regenbogen war übrigens von Lars, das musste er uns dann doch noch sagen, der Vogel hatte anscheinend gerade eine OP gehabt, aber die war total sinnlos gewesen, die Ärzte hatten sich geirrt, und Lars entschuldigte sich, erst bei dem Vogel, dann bei Marla.

Um halb zehn lagen die beiden schließlich in Marlas Bett, wir sangen *Der Mond ist aufgegangen* und das Bärenkinder-Lied, und nein, es gab heute kein Licht-Anlassen mehr.

Torben und ich wuschen ab, lungerten bei Netflix auf dem Sofa herum und lauschten, wie das Flüstern und Kichern der beiden nach und nach leiser wurde. So lange wie befürchtet dauerte es nicht, um halb elf war Ruhe, und auch Torben und ich gingen endlich (endlich!) ins Bett.

Zusammen Zähneputzen?

Zu früh.

Torben ließ mir den Vortritt, und so saß ich, während er im Bad war, auf dem Bett und sah noch einmal meine Nachrichten und SMS durch.

Sprachnachricht von Angelika, gesendet 19:43 Uhr.

Scheiße. Der Anruf heute Morgen.

„Du, ich habe mich heute Nachmittag mit Susanne getroffen. Da muss ja ganz schön was los gewesen sein heute Morgen. Jedenfalls bist du ja dann wohl so schnell abgerauscht, als das Fest noch mitten im Gange war, da mache ich mir jetzt doch Sorgen …"

„Hör dir das gar nicht erst zu Ende an." Torben stand in ärmellosem T-Shirt und Boxershorts vor mir und verteilte gerade noch einen Rest Creme auf seinen Oberarmen. „Wann hat sie die Nachricht abgeschickt? Um acht?"

„Fast."

„Und vorher hat sie sich noch mit Susanne zum Kaffee getroffen, oder?"

„Ja."

„Das Fest ging vielleicht bis um zwei. Dann wird Susanne sie gleich danach in den Kindergarten beordert haben, damit sie ihr beim Aufräumen hilft. Dann trinken sie erst mal gemütlich Kaffee, und dann lässt sie sich über fünf Stunden Zeit, um sich mal zu melden? Also so viele Sorgen kann sie sich ja nicht gemacht haben, oder. Und wenn sie bei Susanne war, dann weiß sie ja auch, dass wir zusammen gegangen sind, also, wieso muss sie sich da Sorgen machen. Die will sich nur wieder einmischen."

„Verstehe ich. Aber die Nachricht ist doch noch ziemlich lang, wer weiß, vielleicht ist es doch was Wichtiges?"

„Ich kann's dir nicht verbieten. Aber ich habe keine Lust, dass die morgen früh hier auf der Matte steht oder so."

„Es geht echt nicht gegen dich, aber ich kann so was nicht angefangen lassen. Ich glaube auch, es ist nur Gelaber, und, ach Scheiße, ich hab vergessen, es so einzustellen, dass die Häkchen grau bleiben, jetzt weiß sie eh schon, dass ich ihre Nachricht gehört habe."

„Ich habe die Adresse von deinen Eltern rausgefunden und über die Auskunft ihre Telefonnummer. Ich habe sie angerufen, weil ich dachte, vielleicht brauchst du Unterstützung vor dem Gespräch am Montag. Sie sind gerade losgefahren und wohl morgen früh gegen sechs in Berlin. Melde dich bitte unbedingt, wenn du diese Nachricht gehört hast. Deine Eltern hätten sich eigentlich auch schon längst bei dir gemeldet, aber du gehst wohl nie an dein Handy, wenn du beleidigt bist."

Ich bekam schlagartige Hitzewallungen. „Die Frau ist echt nicht ganz dicht, oder? Wie kommt die dazu, meine Eltern zu stalken? Und vor allem, bei der Auskunft anrufen, statt mal bei mir vorher anzurufen, was ist denn bei der los? Und wer weiß, was die meinen Eltern erzählt hat. Garantiert, dass ich wegen Untauglichkeit gefeuert wurde oder so. Die müssen doch jetzt denken, sie können mich morgen früh besoffen unter der Admiralbrücke einsammeln und wieder mit nach Hause nehmen." Ich befürchtete eher, sie würden mich diesmal endgültig in der Uniklinik Freiburg abliefern.

„Ich hab's dir doch gesagt. So was ist ihr Lebenselixier. Wenn deine Eltern die ‚Asozialen' in der Geschichte wären, würde sie es fertig bringen, ihnen das Jugendamt vorbeizuschicken, obwohl du schon seit fünf Jahren volljährig und ausgezogen bist."

„Scheiße Mann, es ist nach elf. Dann fahre ich jetzt wohl besser nach Hause."

„Nein, bleib hier. Dann sollen sie eben hierher kommen."

„Oder nein, ich schreibe ihnen, dass ich umgezogen bin, und schicke sie an Angelikas Adresse vorbei."

Unser Gelächter lockte Marla und Lars aus dem Bett. „Ich will auch lachen!", murmelte Marla. Schlaftrunken klebte sie am Türrahmen und rieb sich die Augen.

„Lacht ihr über uns?" Lars zog am Bändel meiner Kapuzenjacke.

„Nein", sagte Torben. „Wir erklären euch das morgen, okay? Das ist jetzt nicht so wichtig. Entschuldigung, dass wir euch geweckt haben."

„Nicht schlimm." Marla streckte ihre Arme aus und wartete, bis Torben sie auf den Arm nahm und wieder zurücktrug.

Ich wartete. Schließlich schob Lars seine Hand in meine. „Nee, ich kann doch alleine." Nach zwei Sekunden zog er seine Hand wieder weg und ging zurück in Marlas Zimmer.

„So, Lars schläft jetzt auch wieder." Torben setzte sich neben mich aufs Bett. „Aber sein Hundle sieht aus, als wäre es heute ganz gut Gassi geführt worden. Das kannst du morgen auch mal mit diesem Wundertuch abreiben."

„Also, ist das für dich echt okay, wenn ich meinen Eltern deine Adresse schicke?"

„Was bleibt uns anderes übrig. Wenn du jetzt mitten in der Nacht gehst, hättest du ja gar nicht erst kommen brauchen."

„Ja, gut, dass ich Bescheid weiß." Ich griff unter sein Shirt und streichelte seinen Rücken. „Ach, und um elf ist plötzlich doch mitten in der Nacht? Ich dachte, du wärst der eisenharte Berliner Clubgänger."

Er gähnte demonstrativ. „Nur, wenn ich kindfrei habe. Und das kann ich ja in der nächsten Zeit vergessen. Ich meinte eigentlich, du sollst hier bleiben, damit du keine Scheiße baust." Er beugte sich über mich.

„Außer mit dir?" Ich zog ihn auf mich.

Wir küssten und streichelten uns. Bis ich mit meinen Fingern gegen mein dummes Handy stieß, was neben mir auf dem Bett lag.

„Ach, kacke. Ich hab ja gesagt, ich rufe die noch zurück. Und meine Eltern kann ich bei der Gelegenheit auch gleich anrufen."

„Warum melden die sich eigentlich nicht von selbst bei dir? Also bei so was nicht mal zu versuchen anzurufen, ist ja schon krass."

„Ja, ich muss gestehen, ich habe leider randaliert, bevor ich umgezogen bin. Ronni hat mir neue Möbel gekauft, als Bestechungs-Geschenk, und es hat mich so genervt, dass die schon wieder mit irgendwelchem Zeug ankamen, anstatt einfach mal normal mit mir zu reden, dass ich die Möbel zertreten habe, natürlich erst, nachdem sie weg waren. Aber Angelika hat natürlich sofort die Überreste entdeckt, deswegen dachte ich, das wüsstest du längst."

„Nein, so was erzählt sie mir nicht. Sie hat da doch immer Angst, dass ich mich durch so was sozial anstecken lasse und es nachmache, jetzt natürlich erst recht, weil ich doch noch tausend Mal aggressiver bin, seit ich dieses Testosteron nehme."

„Uhh, da krieg ich ja richtig Angst!" Ich streckte mich ihm entgegen.

„Hallo, jetzt sorry, ich weiß, wir kommen echt zu gar nichts oder, aber sag du mal deinen Eltern Bescheid, und ich rufe Angelika an."

„Alles klar." Ich versuchte, mich nicht zu sehr reinzusteigern. Es würde eh die Mailbox rangehen. Ronni fuhr, und Irina hasste Freisprechanlagen, deshalb hatten sie beide ihre Handys in den Taschen.

Ja. Mailbox.

„Tipp mal deine Adresse …" Ich hielt ihm mein Handy hin. Aber Angelika war wohl diesmal dran gegangen.

„Ich soll sie dir geben", unterbrach er das Gespräch. „Sie will dir was ganz Wichtiges sagen", er verdrehte die Augen, „und das geht wirklich nur persönlich."

„Hallo Angelika. Ich finde es ziemlich scheiße, dass du dich ungefragt in mein Familienleben einmischst."

„Akutes Aufmerksamkeitsdefizitsyndrom", flüsterte Torben.

„Es muss echt nicht sein, dass meine Eltern morgen um sechs hier auf der Matte stehen. An einem Sonntag."

„Ja, was soll ich denn machen. Nachdem ich dann auch noch von Susanne erfahren habe, dass sie dich kündigen wollte …"

„Da kann man mich nicht erst mal anrufen? Und fragen, ob ich das okay finde, dass man meine Eltern informiert, dass ich arbeitslos bin?"

„Ja, es tut mir leid. Da habe ich vielleicht etwas vorschnell reagiert. Aber ich bin das halt gewöhnt, so Situationen, wo es nun mal wirklich auf jede Minute ankommt."

Torben, der nur wenige Zentimeter von mir entfernt gesessen und mitgehört hatte, schmiss sich aufs Bett und unterdrückte theatralisch einen Lachanfall. „Die Frau hat einfach so einen an der Waffel, ehrlich. Leg bloß auf, sonst fängt sie gleich an mit ihren Storys von früher, wie sie die Babys von den minderjährigen Prostituierten in den Autos ihrer Zuhälter entbunden hat und so eine Gülle. Ich weiß, das klingt jetzt gemein, aber du musst dir eben immer vor Augen führen, dass …", hier wurde seine Stimme drei Mal so laut, „mindestens neunzig Prozent von dem, was sie erzählt, einfach erstunken und erlogen und wahrscheinlich aus der Bild-Zeitung zusammengelesen ist. Jaja, ist mir doch egal, ob du das hörst. Es weiß eh jeder, Susanne ist doch die einzige Dumme, die dir noch glaubt!"

Ohne ein weiteres Wort legte Angelika auf.

„Okay, Angelika vergrault, check. Was ist mit der Nachricht an meine Eltern, hast du die abgeschickt?"

„Ja."
„Dann können wir uns ja jetzt dem gemütlichen Teil des Abends zuwenden."

Er rutschte zu mir herüber, nahm meine Hände und küsste sie.
„So feierlich? Da wird mir ja ganz warm ums Herz."
„Das ist schön. Aber ich glaube, wir müssen noch eine Sache vorher klären." Er strich mit dem Daumen über jeden einzelnen meiner Fingerknöchel.
„Ich wusste doch, du hast irgendwelche Sonderwünsche." Mein Herz wurde schwer vor Enttäuschung. Hatte ich wieder daneben gegriffen?
„Jetzt hallo, bezieh doch nicht immer gleich alles auf irgendwas Sexuelles. Ich meine, wir müssen diese Sache da klären, von wegen wer da wen gestoßen hat. Ich stelle mich hin, und du schubst mich so, wie du damals Steffi geschubst hast. Du glaubst doch anscheinend wirklich, dass du sie vor den Zug gestoßen hast, oder?"
Mir wurde heiß in der Magengrube. Meine Hände und Füße wurden kalt. „Ich weiß, was du damit erreichen willst. Aber ich glaube, das ist keine gute Idee. Also gut, ich sag dir, was passiert ist."

„Nach dieser Halloween-Party bei mir zu Hause bin ich einfach durchgedreht. Die aus meiner Klasse hatten uns doch noch beide zu einer Party nach Lahr eingeladen, und weil ich so fertig war, meinte Steffi, wir könnten ja Freunde bleiben, und sie würde auch den anderen sagen, wir seien jetzt doch wieder zusammen (als ob sie das gemacht hat), und an dem Tag wollten wir eigentlich einen Zug früher fahren, um in Lahr noch Getränke für diese Party zu kaufen. Als ich schon am Bahnhof war, schickte Steffi mir eine Nachricht, dass sie doch erst den späteren Zug nehmen könne, sie müsse zu Hause noch etwas helfen und ich solle doch schon mal vorfahren. Also gleiches Spiel wie vor ein paar Wochen – ganz plötzlich muss sie doch dringend zu Hause bleiben, da wusste ich eigentlich schon, was Sache ist.
Ich hab ihr zurückgeschrieben, dass ich aber keine Lust habe, da alleine hinzugehen, weil mich ja eh keiner mochte und die Leute mich nur wegen ihr eingeladen haben. Sie reagierte einfach nicht auf meine Nachricht.

‚Ich warte', schrieb ich ihr. Und ich habe wirklich gewartet. Und währenddessen hatte ich trotzdem noch solche Gedanken, wie du vorhin gesagt hast, dass sie vielleicht wirklich zu Hause sitzt und ihre Eltern sie nicht rauslassen und ich gemein bin, weil ich immer gleich das Schlechteste von ihr denke, dass sie vielleicht nur mit mir Schluss gemacht hat, weil sie Ärger von ihren Eltern bekommen hat, und vor allem von ihrem Arschloch-Bruder. Dass sie mich aber eigentlich immer noch liebt. Ich war kurz davor, einfach aus Trotz alleine auf diese dumme Party zu fahren, aber dann dachte ich, aus Solidarität mit ihr bleibe ich jetzt sitzen.

Und dann, weißt du, schickt sie nach zwanzig Minuten eine SMS. ‚Es tut mir leid, aber ich kann frühestens in einer Stunde am Bahnhof sein', gerade, als der nächste Zug abgefahren war. Was hätte ich da denken sollen, außer, dass sie tatsächlich noch kommt? Oder dass sie total fies ist, weil man nämlich die Scheißfahrpläne in- und auswendig kennt, wenn man auf dem Dorf wohnt. Außerdem konnte ich ja schlecht nach Hause gehen, nachdem ich Ronni und Irina groß angekündigt hatte, dass ich mich mit Steffi wieder ausgesöhnt hatte und dass wir ‚im Moment einfach nur gute Freunde' waren.

‚Kommst du auch noch?', fragte Kristina um kurz nach zehn per WhatsApp.

‚Nein, ich bin erkältet', schrieb ich zurück. ‚Viel Spaß! :D', schleimte ich noch hinterher, damit sie mich in Ruhe ließen.

‚Kommst du auch noch?' Das hieß doch, Steffi war schon längst da.

Ich schaltete das Handy auf lautlos.

Irgendwann blinkte es durch meinen Rucksack hindurch.

Ein paar Minuten später noch einmal.

Ronni, zwei Anrufe in Abwesenheit.

‚Wir machen uns Sorgen', kam eine Nachricht hinterher.

‚Wer ist wir?', fragte ich zurück, aus irgendeinem Grund hoffend, dass es Ronni und Steffi sein könnten und nicht Ronni und Irina.

00:00 Uhr. ‚Bist du noch am Bahnhof?', fragte Ronni per WhatsApp. Woher wusste sie das denn?

Um 00:24 Uhr würde der letzte Zug aus Offenburg kommen. Den müsste auch Steffi nehmen. Wenn sie nicht bei Kristina übernachtete.

‚Ich fahre jetzt zum Bahnhof und hole dich ab', schrieb Ronni um 00:10 Uhr. ‚Warte bitte so lange.'

Ich lief ein bisschen hin und her, um mich aufzuwärmen.

Um 00:23 Uhr stellte ich mich hinters Wartehäuschen.

Um 00:24 Uhr fuhr der Zug ein und wieder ab. Drei Leute waren ausgestiegen, und Steffi. Die drei gingen durch die Unterführung. Steffi rannte über die Gleise, wie wir alle nachts, wenn kein Zug mehr fuhr. Ich fragte mich, wie ich so doof sein konnte zu glauben, sie sei vielleicht doch zu Hause geblieben. Wahrscheinlich hatten Kristina und sie die SMS, ob ich auch noch käme, zusammen geschrieben und sich gemeinschaftlich bepisst vor Lachen bei dem Gedanken daran, dass ich Mitte November in der Eiseskälte nachts alleine am Bahnhof saß.

Ich war so wütend. Ich rannte ihr hinterher, auch über die Gleise. Ich wollte ihr nur eine reinhauen. Gar nichts sagen. Einfach aus dem Nichts zu ihr rüberlaufen und ihr eine verpassen.

„‚Na Stefan, war's schön?', fragte ich stattdessen, als ich nur noch einen Schritt hinter ihr war.

Sie erschrak nicht mal. Sie hatte mich mit meinem Geschnaufe wahrscheinlich schon gehört, als ich noch auf dem anderen Bahnsteig stand.

‚Mann, lass mich doch einfach in Ruhe. Es tut mir leid, wenn du dir verarscht vorkommst. Aber schau mal, ich hab jetzt auch Liebeskummer.'

‚Wegen wem?'

‚Kristina.' Aber ganz ehrlich, das war gelogen.

‚Aber trotzdem können wir doch Freunde bleiben, oder? Es geht mir doch auch gar nicht ums Ficken.' Weißt du, ich war so blöd, dass ich mich da immer noch so zum Dackel gemacht habe vor der. ‚Du hättest doch einfach sagen können, dass du nicht verliebt in mich bist. Dann hätten wir uns diese ganze Beziehungsnummer sparen und einfach so befreundet sein können. Und du hättest trotzdem bei uns zu Hause abhängen und meine Eltern kennenlernen können.' Das habe ich ihr gesagt, genau so, und weißt du, was sie geantwortet hat?

‚Ja, das wäre wohl das Beste für alle Beteiligten gewesen. Und jetzt lass mich bitte in Ruhe.'

„Für alle Beteiligten! Wer soll das denn sein außer sie, Ronni und ich?"

Torben nahm mich in den Arm und drückte mir kleine Küsschen aufs Haar.

„Stattdessen habe ich mich natürlich erst richtig zum Brot gemacht, von wegen, dass ich ihr helfen würde, ein paar Dates mit Ronni zu arrangieren, und dass Irina sowieso ständig denkt, dass Ronni sie betrügt, da wäre es gar nicht aufgefallen, wenn sie das mal in echt macht. Da hat sie sich natürlich aufs hohe Ross geschwungen und rumgetönt, ich wäre ja so krank und dass meine Eltern ihr so leidtun. Und dass sie nichts mehr mit mir zu tun haben will und ja ach so froh wäre, wenn sie solche tollen Eltern hätte wie ich, und so abgeschmackte Sprüche, die man nur bringen kann, wenn man diese Eltern gar nicht kennt. Ich bin ihr immer hinterher, diesen blöden Bahnsteig entlang, und wurde richtig sauer, ich hab sie angeschrien, dass sie sich aber erst mal 'nen Pimmel wachsen lassen kann, wenn sie bei Kristina auch nur den Hauch einer Chance haben will, und dass ihr Bruder total recht hat, dass sie nichts Halbes und nichts Ganzes ist, und sie sich doch neben ihre Oma hängen würde, wenn sie noch ein bisschen Grips in der Birne hätte. Irgendwann hat sie sich ganz abrupt um neunzig Grad gedreht und wollte über die Gleise laufen, und ich habe so hinter ihr her gefuchtelt und habe sie noch berührt, und sie ist gestolpert, und dann kam der Zug. Wenn ich nicht so gefuchtelt hätte, wäre sie nicht gestolpert, und dann hätte sie es trotzdem noch rechtzeitig rübergeschafft."

„Ach Laura, das tut mir echt leid." Torben sagte es ganz offen und klar und machte sich mit keinem Wort über mich lustig. In diesem Moment wusste ich, ich würde für immer so neben ihm sitzen wollen. Ich schmiegte mich dichter an ihn. „Die nächste Erinnerung, die ich habe, ist die, dass Steffi sich noch mal umdrehte und mich mit Tränen in den Augen ansah. Was natürlich völliger Quatsch ist, denn in meiner nächsten Erinnerung kreischten schon die Bremsen und Ronni umfasste mich mit beiden Armen, zog mich an sich. Es dauerte Minuten, bis der Zug stand und ich mich aus Ronnis Griff befreit hatte. Verstehst du jetzt, warum ich glaube, dass auch die Erinnerungen an das vorher falsch sind?

Die nächste Erinnerung, von der ich glaube, dass sie wieder stimmt, ist, dass ich den Bahnsteig entlang zur Unterführung rannte. Nicht, weil ich Hilfe holen wollte. Meine Augen hatten zwar für ein paar Sekunden ausgesetzt, aber für Hilfe war es zu spät, so viel hatte ich verstanden. Ich weiß nur, ich wollte einfach weg von Ronni.

Ich sah hinab auf meinen weißen Turnschuh, der unendlich weit unter mir schien. Im nächsten Moment wieder viel zu nah, denn ich bemerkte Spritzer, Klumpen an der Innenseite des Schuhs, rötlich braun.

Ich zwang mich, meinen Kopf wieder nach oben zu nehmen. Ich sah Leute in den erleuchteten Abteilen des Zuges sitzen. Auch der Bahnsteig war auf einmal grell erleuchtet, aber ich erkannte trotzdem keine Farben. Menschen liefen aufgeregt durch den Gang, telefonierten. Guckten genervt. An der Treppe zur Unterführung blieb ich stehen. Ich sah zurück. Nur zwei Waggons standen dort, wo normalerweise der ganze Zug stand. Die zwei vorderen Waggons standen außerhalb des Bahnhofs, so weit weg, dass ich die Spitze des Zuges gar nicht erkennen konnte. Ich ging die Treppe hinunter, meine Beine schwer. Ich müsste doch eigentlich zusammensacken, aber dazu war mein Kopf zu leicht. In der Unterführung blieb ich stehen. Ich sollte irgendwo hinrennen. Ich wusste nicht, ob ich den linken oder rechten Ausgang nehmen sollte. Welcher war weiter?

Ich stand und wartete. Um mein Blickfeld herum bildeten sich schwarze Ränder. Das bisschen, was ich noch sah, verlor die Farbe, wurde grau, so wie aus meiner Haut das Blut nach innen gezogen wurde und in meinen Ohren rauschte. Unter dem Rauschen sagte eine Stimme: ‚Warte'. Aber ich hielt das Rauschen, die Kälte, das Stehen nicht mehr aus. Ich ging zum Ausgang, die Treppe hoch, meine Beine so schwer, dass ich sie nur zentimeterweise anheben konnte. Ich hatte keine Knie mehr. Etwas Schweres, Nasses fiel aus meinem Hosenbein auf meinen Schuh. Ich konnte mich nicht bücken, weil auch meine anderen Gelenke verknöchert waren. Aber der Klumpen fiel von alleine ab. Oben an der Treppe standen Leute. Sie redeten miteinander und wollten mich nicht durchlassen.

Ich musste aber nachgucken. Vielleicht war sie durch den hohen Druck auf die andere Seite, vor das Bahnhofsgebäude geschleudert worden. Vielleicht hatte sie sich dabei etwas gebrochen. Schlimmstenfalls eine Hand verloren. Es gab doch Menschen, die so was überlebten, das las man doch immer wieder. Was standen die Leute hier blöd rum und redeten? Ich griff mit Armen, die sich nicht beugen ließen, nach meinem Handy in der Hosentasche. Ich bekam es nicht zu fassen, dann doch, aber es fiel wieder zu Boden. Ich hob es auf – ich brauchte es doch, ich musste den Notarzt anrufen, 110 oder 112? Ich bekam es zu fassen, richtete mich auf, brauchte alle drei Versuche, um die PIN einzugeben, das blöde Gequatsche von den Leuten! Ich boxte mich durch, einer hielt mich fest, ich schrie und schlug nach ihm, rannte den Bahnsteig entlang, wo war die Stelle?

Auf der anderen Seite sah alles ganz anders aus. Im Zug standen Leute, klopften an die Scheiben, schüttelten die Köpfe, weil die Türen immer noch geschlossen waren. Ich lief weiter, wo war sie? Selbst wenn der Zug sie erwischt hatte, musste sie doch irgendwo sein. Ein Stück dunkelgrün und hellgrün gemusterter PVC-Stoff lag auf dem Bahnsteig. Steffis Anorak war aber hellblau und dunkelblau. An diesem Stoff hier waren außerdem solche Gurte dran, die hatte Steffis Anorak nicht. Das war irgend so ein Hunde-Regencape, das eine Oma hier hatte liegen lassen. Mit Steffi hatte das gar nichts zu tun. Irgendein Hund musste über die Gleise gesprungen sein. Er hatte Steffi gesehen, die schon längst auf dem anderen Bahnsteig war, hatte sie erkannt und vor lauter Freude herumgetobt und war dabei auf dem nassen Belag abgerutscht. Jetzt war sein Frauchen natürlich wütend und Steffi hatte sich vor ihr hinter dem Wartehäuschen versteckt. So musste es sein. Erleichtert rannte ich die letzten Meter. Was schrien die Leute denn so? Ich sah ins Wartehäuschen. Sah rote Klumpen auf dem Boden und Schlieren auf der Sitzfläche. Ach ja, stimmt. Dieser Hund.

Plötzlich griff mir von hinten jemand an die Schulter.

Mann, endlich! ‚Es tut mir leid. Ich sag nie wieder Stefan zu dir!'

Aber es war nur Ronni."

Torben hatte Tränen im Augenwinkel. Mir war gar nicht nach Weinen. Ich hätte viel lieber gewusst, was jetzt Erinnerung war und was nicht. Aber was sollte es bringen, ihn zu fragen. Er wusste es doch noch weniger als ich, er war ja nicht mal dabei gewesen.

„Steh mal kurz auf", sagte er und stand auch auf. „Und jetzt schubst du mich so, wie du damals Steffi geschubst hast."

Mir wurde heiß in der Magengrube. Meine Hände und Füße wurden kalt. „Ich weiß, was du damit erreichen willst. Aber ich glaube, das ist keine gute Idee."

„Entschuldigung. Ich wollte dir eben nur klarmachen, guck mal, du bist ihr hinterhergelaufen und hast sie mit dem Arm berührt. Vielleicht. Dadurch schubst man doch aber niemanden auf die Gleise. Steffi war einfach müde, deprimiert und betrunken. Das war noch nie eine gute Kombination. Und dass der Zug kam, das war einfach Zufall, oder." Er zog mich zu sich.

Ich lehnte mich an seine Schulter. Er umarmte mich, fest und warm.

„Ich weiß, ich bin dumm. Ich weiß, dass keiner was direkt gemacht hat. Aber trotzdem bin ich schuld. Hätte ich sie nicht so angeschrien und sie nicht auch noch Stefan genannt, wäre sie doch gar nicht erst von mir weggerannt. Denn sie hat das nicht geplant, wirklich nicht. Das machst du doch irgendwo auf offener Strecke, die Gelegenheit gibt's bei uns ja auch mehr als genug. Auf jeden Fall macht man das doch nicht, wenn noch Leute dabei stehen. Außer, man weiß sich halt gerade in dem Moment nicht mehr anders zu helfen." Ich weinte.

Torben hielt mich.

„Aber du hasst mich doch jetzt, oder?"

„Warum sollte ich?"

„Na, weil ich diese ganzen Sachen zu ihr gesagt habe, von wegen, sie soll sich einen Pimmel wachsen lassen und so."

„Aber vielleicht wolltest du sie gar nicht beleidigen. Vielleicht hast du ihr unbewusst gesagt, wer sie wirklich ist, und sie konnte damit nicht umgehen."

„So wie alle anderen, die sie ihr Leben lang als hässliches Mannweib bezeichnet haben? Das glaubst du doch nicht wirklich."

„Ich weiß es doch auch nicht. War nur so ein Gedanke." Er legte die Arme um mich und strich mir über den Rücken.

Irgendwann schlief ich ein.

Als ich aufwachte, war mir immer noch so kalt. Ich sah Torben in die Augen, der neben mir gelegen und mir beim Schlafen zugesehen haben musste.

„Bitte. Ziehst du dein T-Shirt aus? Ich will so gern mal richtig deine Haut auf meiner spüren." Ich drückte mich an ihn, so nah es ging. „Mir ist so kalt. Und mehr brauche ich auch nicht."

„Die Hose lasse ich aber an."

„Meine oder deine?"

„Laura, echt jetzt."

„Ist ja gut. Ich hab doch gesagt, mehr brauche ich nicht. Solange ich meine Hose auch anlasse."

„Ach, funktioniert das bei dir auch, ja?"

„Ja. Also, ich glaube, nur bei denen mit der klassischen Naht. Diese neumodischen Yoga-Pants sind leider voll der Erotik-Killer. Ich hoffe, das heißt jetzt nicht, dass bei mir irgendwas unnormal ist."

„Nicht so wie bei mir oder wie?"

„Torben, ich weiß, wie du untenrum aussiehst. Wenn du deine Hose anbehalten willst, erzähl mir lieber nicht zu viel davon."

„Hast du dich informiert, oder wie?"

„Du hast doch gesagt, ich soll recherchieren."

„Na dann."

„Aber, darf ich vielleicht trotzdem mal …"

„Später."

Wir küssten uns. Ich konnte dabei trotzdem atmen. Mein Atem wurde immer schneller, ein bisschen auch mit Absicht, weil ich Torbens Atem auf meiner Zunge spüren wollte, und weil ich wollte, dass er das merkte. Irgendwann kamen wir an einen Punkt, wo wir auf der Stelle traten, oder schwammen.

Vorwärts? Rückwärts? Zur Seite? Wer machte was?

Ich wartete.

Wir küssten uns noch mal.

Ich wartete wieder, schwamm weiter auf der Stelle.

Wartete.

„Du?" Irgendwann konnte ich nicht mehr warten. Aber machen konnte ich auch nichts. „Glaubst du eigentlich, sexuelle Orientierung ist genetisch bedingt, oder eher …"

„Okay, da." Er hob seine Shorts an, nahm meine Hand und legte meine Finger auf die kleine Zunge, die zwischen seinen Löckchen hervorstand. „Bevor wir uns wieder in theoretischen Erörterungen verlieren."

Ich tippte ganz leicht mit meiner Fingerkuppe gegen die feine, warme Haut. „Die ist aber ein kleines bisschen trocken." Ich nahm sie zwischen meine Finger und drückte ein bisschen fester. Meine Haut wurde auch dünner, die Oberfläche meiner Fingerspitzen vergrößerte sich, sie ertasteten langsam, ganz langsam jedes Stückchen, bis an die Spitze und wieder zurück.

„Also, meinst du, ich soll jetzt …“ Torben tastete nach dem Nachttischschrank. Er klang leicht genervt, vielleicht aus Verunsicherung, vielleicht angesichts des Gedankens, jetzt noch etwas tun zu müssen.

„Nein, du sollst gar nichts. Ich will.“ Ich küsste seine Lippen, sein Kinn, das kleine Dreieck darunter, strich mit meinen Lippen sanft über seinen Kehlkopf und die Grübchen über seinen Schlüsselbeinen, stieß mit der Zunge in die kleine Kuhle, die dazwischen lag und bahnte mir langsam, aber unaufhaltsam meinen Weg nach unten.

Um halb sechs klingelte der Wecker. Es war totenstill um uns herum. Sogar Marla und Lars schliefen noch.

Wir blieben noch ein paar Minuten im Bett liegen und beschlossen, erst mal so zu tun, als seien wir ein ganz normales Hetero-Paar, einfach, weil es mich interessierte, wie meine Eltern darauf reagieren würden, dass ich jetzt „doch“ hetero war. Wir entwickelten vage Pläne, wie wir sie nach und nach auf die Spur bringen konnten, wer Torben wirklich war. Na gut, ich entwickelte sie.

Wenigstens waren sie wirklich pünktlich um fünf nach sechs da.

„Na, steht das Bett noch, oder sieht es aus wie die anderen Möbel?“, sagte Irina, als sei seit meinem Auszug nicht ein Tag vergangen. Sie würdigte mich keines Blickes, sondern scannte stattdessen Torben unverschämt auffällig von oben nach unten ab. „Ich wusste gar nicht, dass Helmut mit dir umgezogen ist.“

Alle heiter-ironischen Szenarien der fröhlichen Verwechslungskomödie in meinem Kopf zerfielen augenblicklich zu Staub.